피오니
Peony

피오니

초판 1쇄 인쇄 2009년 7월 28일
초판 1쇄 발행 2009년 8월 5일

지은이 **펄 S. 벅**
옮긴이 **이지오**
발행 및 감수 **이종길**
펴낸곳 **도서출판 길산**
교 열 **박계형** (방송작가)
교 정 **선은미**
편집디자인 **홍명숙**
마케팅·관리 **송유미**

ADD 경기도 고양시 덕양구 행주내동 170-6
TEL 031.973.1513 | FAX 031.978.3571
E-mail keelsan@hanmail.net | http://www.keelsan.com
ISBN 978-89-91291-17-1 03820

값 13,500원

PEONY

Copyright ⓒ 1948 by Pearl S. Buck.
Copyright ⓒ renewed 1975 by Janice C. Walsh, Mrs. Chieko C. Singer, Richard S. Walsh, Mrs. Jean C. Lippincott, John S. Walsh, Edgar S. Walsh, Henriette C. Teusch & Carol Buck.
All rights reserved
Korean translation copyright ⓒ 2007 by Keelsan Books
Korean translation rights arranged with Harold Ober Associates Incorporated New York, NY through EYA(Eric Yang Agency), Seoul

이 한국판 저작권은 EYA(Eric Yang Agency)를 통한 Harold Ober Associates Incorporated사와의 독점계약으로
한국어 판권을 '도서출판 길산' 이 소유합니다.
저작권법에 의하여 한국 내에서 보호를 받는 저작물이므로 무단전재와 복제를 금합니다.
표지의 그림은 '도서출판 길산' 의 소유이므로 무단전재와 무단복제를 금합니다.

● 파본은 구입처나 본사에서 교환해 드립니다.

피오니

펄 S. 벅 지음 | 이지오 옮김

길산

■ 책머리에

역사적으로 다양한 시기에 걸쳐 유대인 이민자들은 중국으로 건너갔다. 소설 〈피오니〉의 배경이 되는 후난 지방의 카이펑 시는 유대인 이주자의 중심지라 할 수 있다. 중국에서 유대인들은 결코 박해받은 일이 없었다. 비록 삶이 고달팠을 수는 있지만, 그것은 그들이 살고 있는 지역의 상황과 환경에서 비롯한 것이었다.

그러므로 이에 기초한다면, 아마도 이 소설은 역사적인 사실을 다뤘다고 말할 수 있을 것이다. 물론 캐릭터들은 순전히 내 상상력의 산물이다.

이야기는 대략 백 년 전으로 거슬러 올라간다. 당시 중국인들은 유대인들을 스스럼없이 받아들였고, 실제로 대부분의 유대인들이 세월이 흐르면서 자신들 스스로를 중국 사람이라고 여기게 되었다. 오늘날 중국에 거주하는 유대인들에게 있어 그들의 선조 이민 세대에 대한 기억은 이미 사라져버리고 없다. 그들은 그저 중국인일 뿐이다. 피부색과 생김새가 다른…….

중국의 유대인들 1000~1932

A.D. 200년에서 1000년 사이, 투르케스탄에서 건너온 많은 수의 유대 상인들과 페르시아에서 탈출한 망명자들이 중국에 정착했다.

884년에 유대인·이슬람교도 상인들의 폭동이 일어나 이들 중 많은 이들이 학살된다.

지도에 *로 표시된 마을들엔 아마도 AD 1200년경까지 소규모의 유대인 지역사회가 형성되었던 걸로 추정된다. 이들 가운데 다수는 500년 전부터 존재해 온 것이 확실하다. 이후 1650년경에 이르면 카이펑 시를 제외한 다른 곳들에서는 유대인 이주자들이 모두 자취를 감추게 된다.

1286년, 마르코 폴로는 중국에 사는 유대인들의 막강한 상업적·정치적 영향력에 관해 글을 썼다.

1890년 무렵, 자신들의 유대주의를 여전히 견지하는 유대인은 카이펑에 거주하는 200여개의 가문뿐이었다.

"지난 40~50년간 우리의 종교는 제대로 맥이 이어지지 못했습니다. 비록 경전들이 여전히 존재하긴 하지만, 누구도 그것들을 어느 것 하나 제대로 이해하지 못합니다. …… 예배당을 수리하고, 그곳에서 봉직할 목사님들을 모시는 게 우리들의 소망이지만, 가난 때문에 전혀 그럴 엄두를 내지 못하고 있습니다."

1850년 카이펑 시의 한 유대인이 샤먼 지역의 영국 영사에게 보낸 편지 중에서

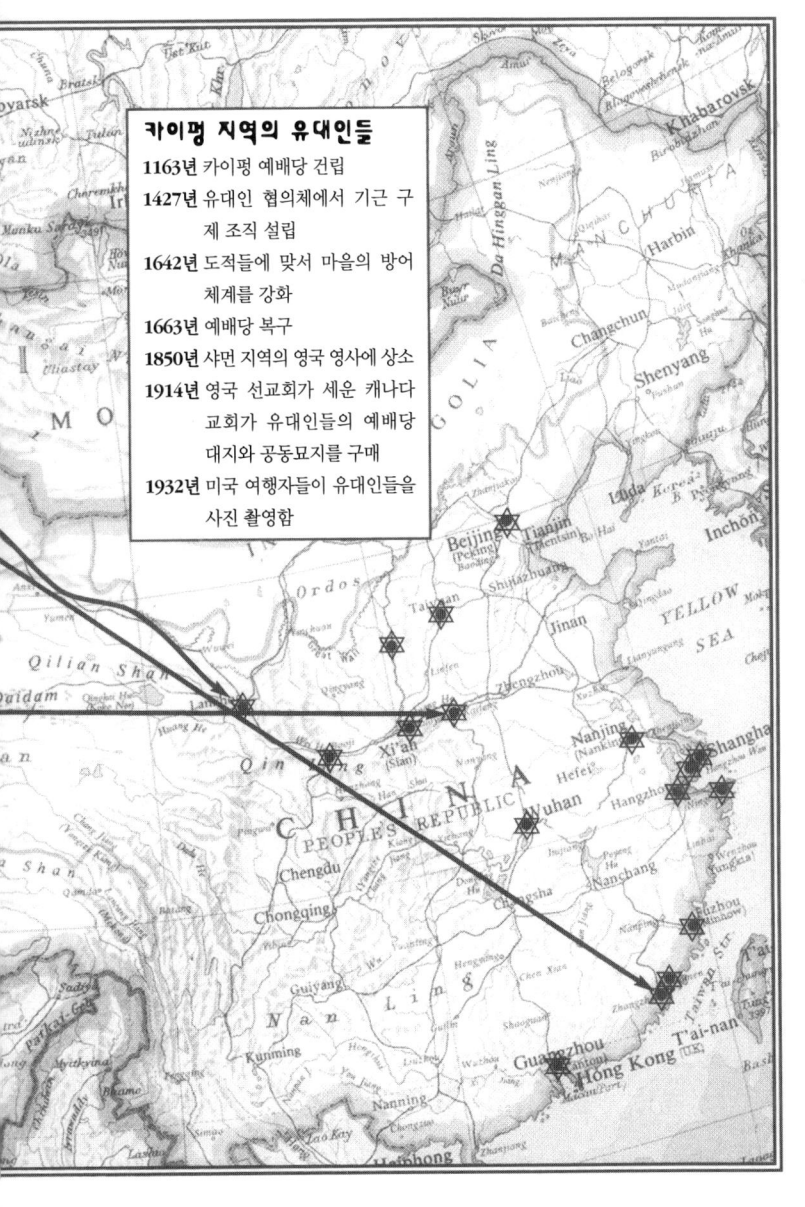

카이펑 지역의 유대인들

1163년 카이펑 예배당 건립
1427년 유대인 협의체에서 기근 구제 조직 설립
1642년 도적들에 맞서 마을의 방어 체계를 강화
1663년 예배당 복구
1850년 샤먼 지역의 영국 영사에 상소
1914년 영국 선교회가 세운 캐나다 교회가 유대인들의 예배당 대지와 공동묘지를 구매
1932년 미국 여행자들이 유대인들을 사진 촬영함

1

때는 봄이었다. 그것도 아주 늦은 봄.

중국 북부 허난 성에 위치한 카이펑 시에서는 높다란 도시 성벽 너머로 안마당에 심은 복숭아나무들이 제철보다 일찍 피어올랐다. 성벽을 둘러싸고 파놓은 해자(濠, 못 - 역자주) 주변의 평지에는 비옥한 농지가 드넓게 펼쳐졌다. 하지만 그렇게 축복받은 천혜의 환경임에도 불구하고 복숭아꽃은 유월절* 즈음에 볼 수 있는 유일한 담홍색 꽃봉오리였다.

카이펑 시에 사는 부유한 유대 상인 에즈라 벤 이스라엘의 집 안마당에서는 유월절에 맞춰 담홍색 복숭아꽃을 피우기 위해 며칠 일찍 가지치기를 하는 것이 관례였다. 이 때문에 매해 봄이면 에즈라 집안의 하녀인 중국 처녀 피오니가 널따란 연회장의 외벽에 기대어 서있는 복숭아나무의 가지치기를 도맡아 해내곤 했다. 그리고 매해 그녀의 주인인 에즈라와 그의 아내 에즈라 부인은 피오니가 야무지게 해낸 복숭아나무

---

* 유대인의 3대 절기 중 하나로, 출애굽 당시 하나님께서 애굽의 첫 아이들은 모두 죽이셨으나 대문기둥에 피를 바른 이스라엘 백성들의 장자는 죽음을 면케 하신 것을 기억하기위해 유대력의 1월 14일에 가족들과 함께 행하는 축제

가지치기 일을 눈여겨 봐주었다. 특히 이번 봄은 무척이나 쌀쌀했고, 먼지가 가득 섞인 북서풍이 오랫동안 도시를 헤집어 놓았기 때문에 오늘밤 축하연을 위해 연회장에 들어서던 그들 부부는 피오니에게 특별히 듬뿍 칭찬을 늘어놓았다.

"유월절을 위해서 우리 피오니가 부린 마술을 좀 보라구." 에즈라가 자신의 통통한 손으로 흐드러지게 핀 담홍색 꽃들을 가리키며 말했다.

에즈라 부인은 잠시 동안 감탄어린 눈빛으로 활짝 핀 복숭아꽃들을 바라보았다. 성미 급해 보이는 그녀의 얼굴에 화색이 감돌았다. "너무 아름답구나. 잘했다, 우리 피오니."

피오니는 매끄럽게 흐르는 소매 아래로 작은 두 손을 가지런히 포갠 채 예의 바르게 입을 꼭 다물고 있었다. 에즈라 집안의 외아들 데이빗의 눈길을 느꼈을 때 피오니는 미소를 지으며 이내 시선을 거두었지만, 랍비의 딸 리아가 따뜻한 미소를 보내왔을 땐 입술을 살짝 떨며 화답을 해주었다. 나이든 랍비는 아무런 반응도 보이지 않았다. 그는 장님이었기 때문에 아무 것도 볼 수 없었다. 그러나, 피오니는 그의 아들인 애런에게는 전혀 눈길조차 주지 않았다.

에즈라 가족과 랍비 가족 모두는 연회장 중앙에 놓인 커다란 둥근 테이블로 다가가 각기 자기 자리를 찾아 앉았고, 피오니는 소리 없이 우아한 동작으로 음식 준비를 지시하기 시작했다. 네 명의 남자하인들이 그녀의 말에 일사불란하게 움직였고, 왕 마란 이름의 나이 든 여자 하인이 차를 따랐다.

오랫동안 에즈라의 집에서 살아오면서 피오니는 매해 이른 봄이면 늘 이와 같은 저녁 만찬을 치러왔다. 그녀는 접시를 포함해 모든 식기들을 테이블 어디에 놓아야 할지를 지시했고, 하인들은 그녀의 말에 전적으로 복종했다. 피오니는 마치 이 집의 딸이기라도 한 양, 각각의 식기들이 어디에 있고, 또 어떻게 놓여야 하는지 잘 알고 있었기 때문이다.

그릇들은 바로 일 년 중 단 하루인 이날, 유월절 전날 밤을 위해 일 년 동안 한 번도 사용되지 않은 채 고이 모셔져왔다. 은수저와 은젓가락, 일곱 개로 가지를 뻗은 멋진 촛대가 붉은색 들보에 매달린 초롱 불빛에 반짝반짝 빛을 발하고 있었다. 피오니는 커다란 은쟁반 위에 무슨 뜻인지 알 수 없는 표식들을 직접 올려놓았다. 그녀가 알고 모르고는 그닥 중요하지 않았다. 어쨌건 매년 이맘때면 구운 계란, 씁쌀한 약초, 사과, 견과류, 그리고 술을 준비하는 것이 그녀의 일이었다. 이국의 종교 행사에 필요한, 그녀로선 익숙하지 않은 음식들의 조합이었지만.

사실 오늘 하루는 이 무관심한 중국 도시에선 낯선 하루일 수밖에 없었다. 비록 피오니는 그 의식들을 잘 알고 있었음에도, 매년 이날엔 어김없이 머리를 갸웃거려야만 했다. 집안을 수색하며 발효시킨 빵조각을 찾는 의식이라니! 집주인 에즈라는 오늘 아침에도 늘 하던 대로 빵조각 수색에 나섰는데, 킬킬대며 하릴없이 이리저리 옮겨 다녔고, 피오니에게 자신이 찾은 빵조각을 내보이며 이게 전부냐고 묻기도 했다. 원래는 늘 에즈라 부인이 발효된 빵조각들을 숨겨두곤 했지만, 몇 해 전부턴 그 일을 피오니에게 맡겼고, 남편이 모두 다 찾아내야 하는 그 빵조각들 역시 피오니가 개수를 세게끔 했다. 집주인은 하인들 앞에서 짐짓 부끄러워하는 척 하며 우스개 소리를 하기도 했다. 피오니 역시 어린 시절 데이빗과 함께 이러한 빵 찾기 의식을 깔깔대며 지켜보았고, 직접 참여해 빵 부스러기들을 찾아내며 유쾌한 시간을 보내곤 했다. 하지만 그때만 해도 피오니는 자신이 하녀의 신분이라는 사실을 알지 못했었다.

이제 그녀는 알고 있다. 자신이 하녀라는 것을 가슴 아프리만치 정확하게 알고 있는 것이다.

피오니는 조용히 서서 연회가 진행되는 걸 지켜보았다. 식탁에 앉아 있는 사람들 모두를 그녀는 어느 정도씩은 알고 있었다. 그 중에서도 데이빗을 가장 잘 알았다. 아니, 자기 자신보다 더 잘 알고 있다 해도 과언이 아니었다.

피오니는 기근이 심했던 어느 해 데이빗의 집으로 팔려왔다. 그 해 황하 강은 제방을 무너뜨리며 흘러넘쳐들어 저지대 유역을 집어삼켰다. 피오니는 당시 너무 어렸기 때문에 자신이 팔려왔다는 것을 기억하지 못했다. 아무리 기억을 더듬어보아도 데이빗의 얼굴보다 앞서 떠오르는 건 없었다. 그는 그녀의 최초의 기억이었다. 명랑한 소년, 데이빗은 그녀보다 두 살이 더 많았고, 늘 키가 더 컸고, 늘 힘이 더 세었기 때문에, 피오니는 본능적으로 그에게 다가가 의지를 했다. 그 시절 피오니는 늘 데이빗에게 자신의 모든 자잘한 생각들이나 고민들을 털어놓았고, 그건 이미 돌이킬 수 없는 힘든 습관이 되어있었다. 하지만 사려 깊은 그녀의 이성은 그 습관을 거둬들여야 한다고 스스로에게 타일렀다. 두 어린아이의 유대관계가 유년기를 넘어서면서까지 이어질 수 있다고 생각하는 건 사리에 맞지 않는 일이었다. 한 아이는 주인이고, 다른 아이가 하녀일 경우에는.

그나마 따뜻하고 친절한 유대인 가정에 오게 된 것만도 다행이라고 생각한 피오니는 이러한 관계성에 대해 불평을 하지 않았다.

집안의 가장인 에즈라 벤 이스라엘은 땅딸한 체격의 쾌활한 상인이었다. 만일 덥수룩한 턱수염을 잘라낸다면 영락없는 중국 사람처럼 보일 거라고 피오니는 종종 생각하곤 했는데, 그의 어머니가 다름 아닌 중국 여자였기 때문이다. 하지만 유대 가문을 소중히 여기는 에즈라 부인에게 있어 이 점은 비통한 일이 아닐 수 없었기에 아무도 그것에 대해 얘기를 꺼내는 일이 없었다. 에즈라 부인은 아들 데이빗이 남편보다는 자신을 닮았다는 사실을 위안으로 삼았고, 아들이 자신의 친정아버지를 많이 닮았다는 사실을 즐겨 말하곤 했다. 데이빗이라는 이름도 그의 외할아버지의 이름을 물려준 것이었다.

이래저래 부인에게 조금씩은 의지를 하고 있던 집안사람들은 모두들 에즈라 부인을 적지 않게 두려워했다. 평소엔 무척이나 상냥한 부인이었지만 성질이 한번 났다하면 그 상냥함은 한 순간에 흔적도 없이 사라지기 때문이었다. 거의 오십 줄에 들어선 그녀는 큰 키에 체구가 꽤 큰 편이었고, 높이 솟은 코와 창백한 피부색만 문제 삼지 않는다면 매력적인 외모를 지녔다고도 할 수 있었다. 한편으론 따뜻한 심성을 지녔으면서도 부인은 누구도 깨뜨릴 수 없는 확고한 신념과 관습을 견지하고 있었다. 이 때문에 늘 그렇듯 이번 유월절 잔치에도 에즈라 부인은 랍비와 그의 두 자녀인 애런과 리아를 초대한 것이다.

애런은 창백한 피부에 사악함이 가득한 열일곱 살 난 소년이었는데, 피오니는 커다란 반점이 있는 그의 창백한 얼굴과 그의 부도덕함들 때문에 애런을 경멸했다. 그의 가족이나 에즈라 집안사람들이 그의 사악한 행동거지를 제대로 파악하지 못하고 있다는 사실에 피오니는 답답함을 느꼈지만, 사실 그녀가 신경을 쓸 사안은 아니었다. 아마도 카이펑 지역에 있는 일곱 개 성씨, 여덟 개 가족들 중 누구도 그 랍비의 아들이 무슨 짓을 저질렀는지 알지 못할 것이다. 그들에게 사실을 알려주기에 중국인들은 너무도 마음이 여렸다.

하지만 애런의 누나 리아는 달랐다. 리아는 착했다. 그녀는 예쁘면서도 동시에 선하게 태어난 그런 보기 드문 피조물들 가운데 한 명이었다. 식탁 근처 자신의 대기 자리에서 리아를 지켜보던 피오니는 자신에게 그런 그녀를 부러워할 자격이 없다는 것을 새삼 깨달으며 착잡하면서도 유쾌한 감정을 느꼈다. 오늘 밤, 포도주색 원피스 차림에 금빛 띠를 허리에 두른 리아는 더할 나위 없이 아름다웠다. 그저 키가 좀 크다는 것이 아쉬울 따름이었다. 중국인들은 키가 큰 여자를 좋아하지 않았다. 하지만 이 결점에 맞서, 리아는 크림처럼 새하얀 피부와 밝게 빛나는 크고 짙은 두 눈, 곡선을 그리는 긴 속눈썹, 그리고 붉고 도톰한 입술을 지니고 있었다. 하지만 코는, 역시 중국의 미의 기준으로 볼 때 너무 높았다. 물론 에즈라 부인의 그것만큼 크지는 않았지만.

리아는 그저 외모만 아름다운 것이 아니었다. 그녀에겐 넘치는 기운과 누구도 함부로 할 수 없는 기품이 존재했다. 피오니는 이러한 리아의 아름다움과 기품을 높이 평가했지만, 쉽사리 이해를 할 수는 없었다. 중국 사람들은 리아에 대해 이렇게 말하곤 했다.

"리아의 심성은 하늘이 내린 거지."

그 말뜻은 그녀의 착한 심성은 타고난 것이고, 그녀의 타고난 기품은 그녀 안에 있는 선성善性의 샘으로부터 자연스레 흘러나오는 것이라는 의미였다. 아버지 곁에 앉아 민첩하게 부친의 시중을 들던 리아는 거의 입을 여는 일이 없었음에도 주위를 환하게 밝히며 축제일을 기쁨으로 충만하게 만들었다.

아마도 이러한 리아의 모습 가운데 일부는 그녀의 랍비 아버지로부터 물려받았으리라. 꽤나 큰 키에 비쩍 마른 랍비는 연한 빛깔의 길고 헐거운 의복 차림으로 성자의 분위기를 물씬 풍기고 있었다. 수년 전 그는 당시 많은 중국인들 사이에 유행했던 눈병에 걸렸었는데, 치료법이 없었던지라 결국 앞을 못 보는 신세가 되고 말았다. 외국인이었기 때문에 풍토병에 대한 면역력이 없었던 그는 순식간에 시력을 잃어버렸다. 그는 이미 세상을 떠난 아내가 서른을 넘길 무렵부터 그녀를 볼 수 없었고, 리아와 애런은 그저 어린 아이들이었을 때의 모습만이 머릿속에 남아있을 뿐이었다. 이렇게 인간의 얼굴을 보는 대신 오직 신의 얼굴만을 볼 수밖에 없는 상황이어서인지, 아니면 워낙 타고난 그의 덕성 때문인지, 그는 이제 온전히 영적인 존재로 느껴졌다. 더 이상 육체적인 인간으로 보이지 않았다. 눈이 멀면서 새하얗게 변하기 시작한 그의 머리칼은 희고 아름다운 그의 얼굴을 부드럽게 감싸고 있었다. 또한 기다란 흰 수염 위로 높이 솟은 코와 움푹 들어간 두 눈이 당당하고 차분하게 자리하고 있었다.

그렇게 사람들은 잔치 식탁에 둘러앉아 있었고, 피오니는 미소 띤 얼굴로 모든 움직임들을 주시했다. 그녀는 데이빗이 식탁 너머에 앉아있는 리아를 바라보고 있는 모습을 잠시 쳐다보았지만, 다시금 시선을 거둬들였고, 애써 비통한 마음을 다스렸다. 데이빗은 리아와 거의 같은 키였는데, 피오니는 그가 리아보다 더 아름답다고 생각할 정도로 눈부셨다. 열아홉 살인 데이빗 벤 에즈라는 젊은 청년이 보여줄 수 있는 아름다움의 정점에 이른 상태였다. 게다가 말쑥하게 차려입은 유대인 전통 의복은 그에게 너무도 잘 어울렸다. 피오니도 그 점을 인정하지 않을 수 없었다. 비록 그 옷들이 데이빗을 낯설게 느껴지게 하기 때문에 개인적으로 좋아하진 않았지만. 사실 평소에 데이빗은 그저 편안하다는 이유로 중국옷을 즐겨 입었다. 하지만 오늘은 파란색과 금색이 어우러진 유대인 전통 의복 차림이었고, 짧고 곱슬거리는 짙은 흑색 머리칼 위엔 파란색 실크 유대 전통 모자를 눌러썼다. 피오니는 자신도 모르게 그를 계속 바라보지 않을 수 없었고, 피오니와 눈이 마주친 데이빗은 그녀에게 눈부신 미소를 지어주었다. 당황한 피오니는 얼굴을 살짝 붉히며 즉시 목례로 답을 했고, 이어 남자 하인 가운데 가장 연장자인 왕 씨 노인에게 유월절 술병을 가져오라고 일렀다.

"주인님께 갖다 드리세요." 그녀가 지시를 내렸다.

"알고 있어." 그가 못마땅한 투로 말했다. "뭐 하루 이틀 하는 일도 아닌데, 나한테 그런 것까지 일일이 말할 필요 없다구. 넌 내 마누라만큼이나 고약하게 구는구나!"

그가 나지막이 투덜거리는 사이, 그의 아내 왕 마는 손 씻는 의식을 준비하기 위해 여러 하인들과 함께 많은 수의 대야와 물주전자, 그리고 수건을 가지고 들어섰다.

에즈라는 스스로 술에 축복을 내리는 대신, 방석이 놓인 의자에서 몸을 일으켜 랍비의 잔을 채웠다. "우리를 위해 술에 축복을 내려주십시오, 랍비시여." 그가 말했다.

그러자 랍비는 몸을 일으켜 잔을 든 뒤 술에 축복을 내렸고, 모두들 자리에서 일어나 술을 마셨다. 다시금 자리에 앉았을 때 왕 마는 하인들을 이끌고 식탁 주변을 돌며 은 대야에 물을 부었고, 앉아있던 사람들은 손을 씻은 뒤 수건으로 물기를 말렸다. 그리고 나서 각자 씁쓸한 약초 하나씩을 집어 들고는 소금에 찍어 먹었다.

이러한 광경은 이 집의 중국 하인들에겐 친숙하면서도 동시에 늘 낯설기만 한 것이었다. 방 안 여기저기에 서 있던 중국인들은 매혹과 경탄과 존경이 담긴 눈빛으로 조용히 의식을 지켜보았다. 그렇게 하인들 모두의 시선이 집중된 가운데 의식을 진행해야 했기에 에즈라도 조금은 긴장하는 모습이었다.

"얘야, 데이빗. 리아가 너보다 어리니까 올해엔 리아가 네 가지 질문을 던질 게다." 그가 말했다.

그러자 리아는 살짝 얼굴을 붉히며 자신의 깊고 달콤한, 그러나 여전히 아이의 느낌이 나는 목소리로 질문을 던졌다.

"오늘 밤은 어떤 점에서 다른 날 밤과 다른가요?"

그녀는 총 네 개의 질문을 던졌고, 식탁에 앉아있던 사람들은 각각의 질문에 대답을 했는데, 랍비의 엄숙한 목소리가 그 누구의 목소리보다 우렁찼다.

"다른 날 밤에는 발효시킨 빵을 먹을 수도 있지만, 오늘 밤엔 오직 누룩을 넣지 않은 빵만을 먹습니다."

"다른 날 밤에는 다른 종류의 약초를 먹을 수도 있지만, 오늘 밤엔 입에 쓴 약초만을 먹습니다."

"다른 날 밤에는 약초를 소금에 찍어 먹을 필요가 전혀 없겠지만, 오늘 밤엔 소금에 두 번 찍어 먹습니다."

"다른 날 밤에는 허리를 쭉 펴고 앉아서 먹지만, 오늘 밤엔 뒤로 기대

앉아서 먹을 수 있습니다."

네 개의 질문의 문답이 오고가자, 에즈라가 운을 뗐다. "자 이제 하가다* 이야기를 들려주세요, 랍비님."

하지만 그때 에즈라 부인이 남편을 나무라며 나섰다. "오, 여보, 바로 당신이 이 집의 가장이에요. 그 이야기를 들려줘야 할 장본인이라고요! 매년 이야기를 하지 않고 이렇게 넘어갔으니, 분명 까맣게 잊어버렸을 거예요. 그래도 히브리어를 잊어 먹진 않았을 테니 우리에게 읽어줄 순 있겠죠."

"랍비 어른 앞에서 감히 내가 어떻게 나서나?" 에즈라가 쑥스러운 듯 웃으며 말했다.

그리하여 랍비 노인이 에즈라를 대신하여 고대의 이야기를 들려주기 시작했다. 타국에서 노예 생활을 하던 선조들의 이야기에서부터 시작해, 그 가운데 모세란 이름을 가진 한 사람이 분연히 들고 일어서 그들을 해방시켜준 이야기, 그가 동포들에게 누룩을 넣지 않고 빵을 신속하게 만드는 방법을 가르쳐 준 이야기, 양 한 마리를 죽여 문설주에 그 피를 뿌려서 표식을 한 이야기, 이어서 그들의 통치자가 모든 집안의 장남들을 죽인 이야기, 그리고 마지막으로 그 나라의 왕이 동포들을 풀어준 이야기까지. 그래서 영원히 매년 이 날은 그들에게 자유의 축제날인 것이라고 설명하며 랍비는 이야기를 마무리했다.

"그날이 올 때까지." 랍비가 고개를 높이 쳐들며 말했다. "우리에게 속한 땅으로 돌아갈 때까지. 바로 우리 조상의 땅으로!"

"그날이 곧 올 것입니다!" 에즈라 부인이 소리 높여 말했고, 이내 눈물을 훔쳤다.

"그날이 곧 올 것입니다!" 리아도 진중하게 말했다.

하지만 에즈라와 데이빗은 잠자코 있었다.

---

* 탈무드에 있는 비율법적인 이야기. 유월절 축하연에 사용되는 전례서이다.

이야기가 길게 이어지는 동안 피오니는 하인들에게 술을 더 따르라는 몸짓으로 네 차례 지시를 내렸었다. 식탁에 앉아 있던 사람들 모두는 그녀가 알지 못하는 무언가를 기리며 술을 마셨는데, 피오니는 그들이 무엇을 기리고 염원하는지 알지는 못했지만, 적어도 잔을 비우면 술을 반드시 채워 넣어야 한다는 것만은 분명히 알고 있었다. 그녀는 '유대인'이라는 말의 의미도 정확히 알지 못했으며, 그건 다른 중국인들도 마찬가지였다. 그들이 알고 있었던 건 그저 이 부자 도시에서 유복한 생활을 하고 있는 이 외국인들이 오래 전 '유대'라고 하는 멀리 있는 나라, 또는 '유대인들의 나라'라고 불리던 곳에서 이주해왔다는 사실 뿐이었다. 페르시아와 인도를 거쳐 그들은 해상과 육로를 통해 중국으로 건너왔다. 역사상 여러 시기에 걸쳐 세대에서 세대를 이어가며 그들 민족은 상인 신분으로 또는 무역상으로서 조금씩 조금씩 유입되어온 것이다. 하지만 때로는 한 번에 수백 명씩 무리를 지어 옮겨오기도 했다. 자신들의 가족과 목사들을 대동하고서. 이렇게 중국으로 유입되어온 약 70개의 가문 가운데 하나인 에즈라 일가의 조상 역시 여러 해 전에 인도를 거쳐 중국으로 들어왔는데, 그들이 가지고 들어온 면직물들은 오직 실크만을 만들 줄 알았던 중국인들에게는 보물과도 같았다. 이 귀중한 선물로 그들은 황제의 마음을 살 수 있었고, 황제는 그들에게 차오라는 중국식 성씨를 하사하였다. 이 때문에 '에즈라'라는 성씨는 이 카이펑 시에서 오늘날까지 차오란 이름으로 알려져 왔다.

카이펑의 중국인들은 이 조용하고도 정숙한 침략을 관대한 시선으로 받아들였다. 유대인들은 총명한 사람들이었고, 에너지와 기지가 넘치는 민족이었다. 여유롭고 풍족한 생활에 흠뻑 빠져 나태해진 몇몇 중국인들은 종종 유대인을 고용해 자신들의 사업을 관리하게 하기도 했다. 그들은 거의 습관적으로 둘째나 셋째 딸들을 아내로 삼으라며 유대인들에게 주곤 하였는데, 유대인들의 경우 그들처럼 답례로서 자신들의 딸을 내주는 일은 결코 없었다.

"빨리 좀 움직여요, 이 느려터진 양반아!" 랍비가 자리에 앉자, 왕 마가 왕 씨 노인에게 속삭였다. "어서 계란을 가져오라구요!"

왕 마 역시 이 집의 하녀였다. 그녀 역시, 지금 피오니가 저렇게 의식을 지켜보고 있듯이, 젊고 어여쁘던 시절 똑같은 임무를 해냈다. 그러나, 이제 자신이 주관해왔던 이 모든 일들을 똑소리나게 처리하는 피오니를 질투하기에 그녀는 너무 늙었고, 또 마음씨가 고왔다. 그럼에도 가끔씩 그녀는 앞으로 나서서 목소리를 내곤 했다.

왕 씨 노인이 문 쪽으로 달려가 소리를 지르자, 하인들이 소금물에 삶은 뒤 껍질을 벗긴 계란들을 사발에 담아 내왔다. 식탁에 앉아있던 사람들은 계란을 집어 들어 조용히 먹기 시작했다.

"우리의 눈물과 우리의 희망을 담아내노라." 랍비 노인의 낮게 깔린 목소리가 식탁을 둘러싸며 퍼져나갔다.

계란들을 다 먹고 나자 에즈라가 손뼉을 치며 말했다. "자, 자, 이제 잔치를 벌이도록 합시다!"

왕 마와 왕 씨 노인은 하객들이 계란을 먹는 동안 하인들을 데리고 밖으로 나갔고, 이제 커튼이 젖혀지자, 온갖 종류의 생선과 가금류, 그리고 돼지고기를 제외한 다양한 육류 요리들이 담긴 접시들을 하인들이 들고 줄지어 연회장 안으로 들어와, 이 풍성한 음식들을 식탁 위에 타원을 만들며 올려놓았다. 에즈라는 젓가락을 들어 흔들며 모두들 식사를 시작할 것을 독려했고, 랍비와 리아의 사발에 가장 맛있어 보이는 음식들을 직접 덜어주었다.

그렇게 모두들 식사를 시작했고, 에즈라도 목에 핏줄이 불거져 나올 때까지 먹고 마셨는데, 그는 먹는 내내 흥겹게 사람들과 이야기를 나누며 모든 이들에게 음식을 더 들라며 강하게 권유했다. 하객들 가운데 오직 애런만이 조용히 앉아 식사를 했다. 하지만 마치 오랫동안 굶주린 사람처럼 걸신들린 듯 급하게 음식을 먹어댔다. 리아는 그의 탐욕스런 모습을 책망어린 눈빛으로 바라보았지만, 그는 누이에게 주의를 기울이지 않았다. 한 차례 리아와 눈이 마주쳤지만 그저 부루퉁한 표정을 지어 보일 뿐이었다. 이 광경을 바라본 데이빗은 무척 못마땅했지만 아무런 말도 하지 않았다. 그는 자신의 접시 위에서 부드러운 육질의 고기를 한 점 찾아내 리아의 접시 위에 올려놓아주었다. 피오니는 그 모습을 지켜보았다.

축하연은 여느 해와 다름없이 진행되었다. 에즈라는 먹고 마시면서 점점 더 흥겨워했고, 에즈라 부인조차 남편의 우스개 소리와 시시한 말들에 자주 웃음을 터뜨렸다. 랍비는 고매한 미소를 희미하게 머금었고, 애런은 숨죽여 킬킬거렸으며, 데이빗은 아버지의 농담을 농담으로 응수하며 리아를 웃게 만들었는데, 나중에는 오직 리아를 더욱 더 크게 웃게 만들기 위해 우스개 소리를 늘어놓기 시작했다. 에즈라 부부는 아들의 재치 있는 말솜씨를 대견스러워했다. 피오니는 그 모습을 쓸쓸하게 지켜보았다. 하지만 그녀는 아무런 내색도 하지 않았다. 그저 부드러운 미소만을 입가에 머금은 채 바쁘게 몸을 움직이며 파티의 시중을 들었다. 얼마 후 그녀는 하인들을 모두 물러가게 하고 홀로 하객들의 술잔을 채우며 달콤한 간식들을 계속 보충했다. 어느덧 시간은 흘러 연회는 끝이 났고 손님들은 모두 집으로 돌아갔다. 이제 그녀는 바쁜 걸음으로 데이빗의 침실로 건너가 비단 이불을 살짝 접어 올려놓고, 육중한 은고리에 매달려있는 화려한 수가 놓인 커튼을 풀어 내려 잠자리를 준비했다. 하지만 데이빗이 올 때까지 기다리진 않았다. 피오니는 서둘러 자신의 침실로 가 좁은 침대에 몸을 뉘었지만, 오랫동안 잠을 이루지 못했다. 리아를 바라보던 데이빗의 얼굴만이 눈에 아른거릴 뿐이었다. 그녀는 쉽사리 잠을 이룰 수 없었다.

다음날 아침 피오니는 일찍 잠에서 깼고, 여전히 그녀의 눈꺼풀에는 전날 밤 리아를 바라보던 데이빗의 얼굴이 매달려 있었다. '바보같이!' 그녀가 불만족스럽게 마음속으로 말했다. 피오니는 바로 자리에서 일어나 세수를 하고 새로이 머리를 땋았다. 그리고 방청소를 한 뒤 복숭아나무 정원으로 나섰다. 조용한 봄날 아침이었다. 풀잎 위의 이슬방울들은 이른 태양빛을 받으며 여전히 반짝이고 있었고, 정원 한가운데 있는 연못의 물은 석조 테두리 바깥으로 넘쳐흐를 듯했다. 물은 맑았고, 수면 바로 아래에서 헤엄치던 금빛 물고기들은 햇살에 빛을 발해 눈이 부실 정도였다.

정원에 둘러 쌓인 거대한 저택은 아직도 깊은 잠에 빠져 있었다. 처마 밑의 새들만이 자유로이 지저귀며 아침을 알리고 있었지만, 자그마한 페키니즈 개 한 마리마저도 문지방에서 마치 암사자처럼 깊은 잠에 빠져 있었다. 미닫이 문소리가 들리자 재빠르게 고개를 치켜든 개는 피오니를 보고는 위엄 있게 자신의 여주인님 쪽으로 다가와 멈춰 섰고, 피오니가 몸을 굽혀 부드럽게 머리를 쓰다듬어 줄 때까지 얌전히 기다렸다.

"조용히 있어야 해." 그녀가 낮은 목소리로 말했다. "모두들 아직 주무시고 계시니까."

당당한 자세로 그녀의 부드러운 손길을 받은 개는 마치 피오니의 애기를 알아들었다는 듯이 다시 바닥에 몸을 뉘였다. 미소 띤 얼굴로 일어선 피오니는 그토록 오랫동안 살아 온 집이었건만, 마치 처음 보는 풍경인 듯 즐거운 마음으로 주변을 둘러보았다. 다시 한 번, 이전에도 종종 그래왔듯이, 전날 밤의 앙금이 말끔히 사라졌다. 아침이 되면 그녀를 둘러싼 삶의 많은 기쁨들이 되살아났다. 그녀는 안락함을 누렸고, 아름다움을 찬미했다. 이 집에는 그 두 가지 모두가 그득했다. 비록 그녀가 이 저택이 내뿜는 그 따뜻함과 애정의 주류 속에 있진 않았다 해도, 그녀에게까지 충분히 흘러넘치고도 남는 안락함과 아름다움이 이 집에는 존재했다.

피오니는 지난밤 느꼈던 두려움을 옆으로 밀어내고, 좁다란 돌길을 발끝으로 사뿐사뿐 걸어 화사하게 꽃을 피운 한 복숭아나무 곁으로 다가가, 가지고 나왔던 철제 가위로 가지를 치기 시작했다. 그녀의 분홍색 공단 외투와 바지는 담홍색 복숭아 꽃잎과 같은 빛깔이었다. 연분홍빛과 부드러운 푸른빛 위로 귀와 이마가 보이도록 길게 뒤로 땋아 내린 검은 머리칼에 커다랗고 짙은 두 눈, 그리고 상아색 피부는 그녀의 얼굴을 마치 조각을 해놓은 듯 선명하게 도드라져 보이게 했다. 그녀는 날씬했고, 아담했으며, 둥근 얼굴은 차분한 느낌을 자아냈다. 두 눈은 생기로 가득했는데, 검은 눈동자는 유별나게 컸고 흰자위는 무척이나 맑았다. 입술은 불그스름하니 자그마하고 도톰했다. 머리 위로는 손재주를 타고난 그녀의 쭉 뻗은 두 손이 보였고, 아래로 흘러내린 분홍색 소매가 둥그스름한 예쁜 팔을 드러내 보이고 있었다.

그녀가 가지 치는 일에 열중하고 있을 무렵, 누군가 그녀의 이름을 불렀다.

"피오니!"

고개를 돌리자 저만치서 정원을 가로질러 다가오고 있는 데이빗의 모습이 보였다. 순간적으로 어젯밤 그녀를 스쳐갔던 모든 마음의 상처가 깨끗이 사라지는 게 느껴졌다. 그녀보다 그를 더 잘 아는 사람이 누가 또 있을까? 그는 거의 성인처럼 키가 컸지만, 그 부쩍 커버린 키 뒤에 감춰진 아이의 모습을 피오니는 볼 수 있었다. 그의 큰 키는 그가 외국인이라는 걸 증명하고 있었다. 커다란 검은 눈, 곱슬한 검은 머리, 그리고 중국인처럼 갈색이 돌진 않지만 짙은 빛깔의 피부색 역시 그를 이국적으로 보이게 하는 데 일조를 했다. 오늘 아침 그는 짙은 청색의 얇은 중국 가운을 입었고 허리엔 흰색 실크 띠를 두르고 있었다. 피오니는 마치 자신의 남자인 양 그를 바라보았다. 데이빗은 근사하게 생긴 입술을 삐쭉 내밀었다. 피오니가 데이빗과 처음 만났던 바로 그때의 그 모습처럼.

"부르는데 왜 대답을 안 하는 거야?" 그가 다그치며 물었다.

피오니는 손가락을 자신의 입술에 갖다대며 속삭이듯 말했다. "어머, 날 따라서 정원에 들어오지 않기로 약속했잖아요!" 그러곤 덧붙였다. "젊은 주인님."

그러자 그가 낮은 음성으로 강하게 힐문했다. "지금까지 나를 한 번도 주인님이라고 부른 적이 없었잖아? 어째서 호칭이 바뀐 거지?"

피오니는 복숭아꽃을 바쁘게 매만지며 말했다. "어제 주인마님께서 그러셨어요. 이제부턴 젊은 주인님이라고 불러야 한다고요. 말도 높이고." 더듬거리며 수줍어하는 목소리였지만 기다랗게 곧은 속눈썹 아래로 반짝이는 검은 두 눈엔 장난기가 어려 있었다. "우린 이제 성인이라고 젊은 주인님 어머니께서 말씀 하셨답니다."

어제 아침 에즈라 부인이 연회를 준비하던 와중에 불같이 성질이 돋아 갑작스레 피오니를 꾸짖은 건 사실이었다.

"데이빗이 앉을 자리는 어디죠?" 피오니는 아주 자연스레 물었었다.

"너, 뭐라고 했니? 데이빗이라니?" 에즈라 부인의 목소리가 높아졌다.

"네?"

갑작스런 에즈라 부인의 반응에 당황한 피오니에게 에즈라 부인은 나무라듯 말했다. "감히 내 아들의 이름을 부르다니!" 에즈라 부인이 기가 막힌 듯 피오니를 쳐다보았다.

"하지만, 마님, 전 늘 그렇게 불러왔는데요?" 피오니는 갑작스런 에즈라 부인의 반응이 낯설기만 했다.

"이제부턴 그러지 말거라." 에즈라 부인이 냉정하게 말을 이었다.

"너희가 더 이상 아이들이 아니란 걸 알아야지. 너부터 그걸 알았어야 하는 거야." 그렇게 일갈하고 잠시 말을 멈추었던 부인이 다시금 입을 열었다. "말이 나온 김에 몇 마디 더 하자. 앞으로 넌 더 이상 데이빗의 방에 가서는 안돼. 그 아이가 방에 있을 경우엔 말이다. 물론 데이빗이 너의 방에 가서도 안 되겠지. 내 말 알아듣겠니?"

"네, 마님." 피오니가 눈물을 감추려고 몸을 돌리자, 에즈라 부인의 마음이 조금 누그러졌다.

"널 나무라는 게 아니란다, 애야. 그저 이제 성인이 되었기에 하는 얘기지." 그녀가 말했다. "하지만 이거 하나만은 꼭 명심하거라. 어떤 일이 벌어지든 책임은 늘 여자에게 있는 법이란다."

"예, 마님." 피오니가 눈물을 삼키며 다시 한 번 대답했다.

어제 있었던 일을 떠올리며 피오니의 커다란 눈에는 다시금 눈물이 고이는 듯 했다.

"우리 어머니가 어떤 분인지 잘 알면서." 피오니의 눈물을 미처 보지 못한 데이빗이 투덜거리듯 말했다.

피오니는 애써 눈물을 감추며 데이빗을 세심한 눈길로 바라보았다. "옷을 그렇게 여민 걸 보시면 어머님께서 제게 또 꾸중을 하실 거예요. 바로 어제 말씀하셨어요. 주인님을 단정하게 보살펴 드리는 게 하녀의 의무라구요."

피오니는 그렇게 말하며 복숭아꽃과 가위를 조심스레 바닥에 내려놓고, 그에게 다가갔다. 데이빗은 젊은 남자 특유의 싱그럽고, 육감적이며 다소 짓궂은 웃음을 터뜨리더니, 피오니가 솜씨 좋게 옷을 매만져주는 동안 그녀의 곁에 가만히 서있었다. 데이빗은 워낙 키가 커서 저택 방향에선 피오니의 모습을 볼 수 없을 정도였지만, 그럼에도 데이빗은 고개를 재빨리 돌려 뒤를 슬쩍 바라보았다.

"넌 누구의 하녀지?" 그가 힘주어 물었다.

피오니가 긴 속눈썹을 들어 올리며 대답했다. "젊은 주인님의 것이지요." 그러더니 입술을 씰룩거리며 말했다. "그렇다고 제가 그렇게 값어치가 있다는 얘기는 아니에요! 제가 얼마에 팔려와 젊은 주인님의 하녀가 됐는지 아시잖아요? 백 달러에 옷 한 벌, 그게 전부였죠."

"그건 네가 그저 깡마른 여덟 살짜리 꼬마였을 때 얘기지." 그가 놀려대며 말했다. "이젠 값어치가 있지. 자, 어디 좀 보자. 열일곱 살에, 예쁘고, 꽤 불순종적이긴 하지만…… 아주 귀엽고 사랑스러운 소녀이긴 하지. 옛날보다 열배는 더 값어치가 있을 것 같은데?"

"가만히 좀 계세요." 그녀가 명령조로 말했다. "단추가 거의 떨어지려고 해요. 절 따라오세요, 꿰매드릴 테니."

"네 방으로?"

그녀가 고개를 가로저었다. "그건 이제 안 된다고 마님께서 말씀하셨다니까요."

"그럼 내 방으로 와." 그가 힘주어 말했다.

피오니는 머뭇거리며 고개를 저었다. 그때 미닫이문이 열리는 소리가 들려왔다. 순간적으로 데이빗은 커다란 바위 뒤 꾸불꾸불한 오솔길로 급히 몸을 숨겼고, 피오니는 허리를 굽혀 복숭아꽃들과 가지 치는 도구들을 주섬주섬 챙겼다.

소리를 낸 주인공은 문지방을 청소하고 있던 왕 마였다.

"난 봤지." 그녀가 피오니에게 말했다.

"뭘요?" 피오니가 무슨 소릴 하는지 모르겠다는 듯이 뻔뻔스레 대답했다. 그리고는 몸을 돌려 왕 마를 지나쳐 어젯밤 연회장으로 사용된 어둑한 넓은 방으로 들어섰다. 왕 마는 그런 피오니의 뒷모습을 흥미롭다는 듯 지켜보았다.

피오니는 따가운 왕 마의 시선을 등 뒤에 가득 느끼며 연회장 안으로 들어섰다. 방에 들어서서는 벽 옆의 탁자 위에 산사나무 꽃이 꽂혀있는 두 개의 파란색 꽃병에 방금 전 꺾은 복숭아꽃을 꽂아 넣기 시작했다. 피오니는 꽃을 보기 좋게 꽂아놓은 후 방안을 휘 둘러보았다.

오늘 아침, 그저 얼핏 보면, 이 넓은 방은 평범한 여느 중국 가정의 거실처럼 보였다. 어젯밤 축하연을 치를 때 쓰였던 둥근 식탁은 벌써 다른 곳으로 옮겨졌고, 이전의 중국식 전통 가구들이 다시 제자리를 찾은 상태였다. 기다란 탁자가 정원쪽으로 난 커다란 문을 마주하고 벽에 기대듯이 놓여있었고, 건너편엔 똑같이 어두운 빛깔의 매끈하고 육중한 나무로 만들어진 정사각형 탁자가 자리 잡고 있었다. 사각 탁자 양옆으로는 같은 나무로 만든 커다란 팔걸이의자가 놓여있었고, 작은 탁자와 거기에 딸린 의자가 방 군데군데에 배치되어 있었다. 출입구는 붉은색 공단 커튼이 쳐져 있었고, 정원 쪽으로 난 진주색 미닫이 격자창 외에 다른 창문은 없었다. 그 격자창을 통해 매끄러운 잿빛타일 위로 태양빛이 스며들어 하얗게 회반죽을 바른 벽과 들보가 쳐진 높은 천장까지 무지개 빛깔을 연하게 뿌리며 내려앉았다. 들보는 오래 전에 진한 붉은색으로 니스 칠이 되어있었는데, 흐르는 세월과 함께 빛깔이 점점 더 짙어져갔다.

제대로 살펴보면 방은 전적으로 중국식이라 할 순 없었다. 기다란 벽면 탁자 위로는 거대한 공단 벽걸이 융단이 경건한 분위기 속에 걸려있었고, 파란색 바탕의 공단에는 히브리어 문자가 금색실로 수놓아져 있었다. 벽걸이 융단 아래로는 일곱 가지가 달린 황동 촛대 두 개가 놓여있었고, 방 한쪽 구석에는 고대 유대인들의 기도 궤Prayer Ark가 자리하고 있었다.

피오니는 뒤로 물러서서 꽃꽂이가 잘 되었는지 살펴보았다. 그녀는 워낙 재주가 좋아 마치 한 폭의 그림처럼 사랑스런 구도로 꽃을 배열하곤 했다. 피오니는 고개를 살짝 한 쪽으로 기울이며 미소를 지었다. 작고 아름다운 얼굴 위로 즐거움이 묻어나왔다.

"복숭아꽃이 피면 정말 봄이 온 거죠." 그녀가 왕 마에게 중얼거리듯 말했다. "우리의 봄 축제가 저들의 그 구슬픈 잔치 뒤에 이어진다는 건 하늘의 은총이에요!"

피오니는 어깨를 한 차례 으쓱하며 작은 두 손을 들어 흔들었고, 이어 그 커다란 팔걸이의자 가장자리에 걸터앉았다. "왕 마 아줌마, 이 집에 오래 사셨으니 하나 여쭤볼게요. 왜 저 사람들은 슬퍼하는 걸 그렇게 좋아하죠?"

"난 그저 이 집에 30년밖에 살지 않아서 잘 몰라. 내가 아는 건 주인마님이 오셔서 네가 마님 의자에 앉아 있는 걸 보시기라도 하면 넌 아마 크게 후회하게 될 거라는 사실이야. 어쩜 그렇게 무례한 거니! 난 그런 의자들엔 한 번도 앉아볼 생각조차 한 적이 없는데." 왕 마가 눈살을 찌푸리며 꾸짖었다.

"너무 뻣뻣하게 그러지 마세요." 피오니는 부드럽게 말한 뒤, 의자에서 일어나 사각 탁자 위 한가운데에 놓인 붉은 옻칠이 된 간식 상자 뚜껑을 열었다. 안에는 작은 참깨 과자가 가득 들어있었다. 피오니는 하나를 집어 들어 먹기 시작했다.

"나라면 그 과자에도 손을 대지 않을 거야." 왕 마가 말했다.

피오니는 계속해서 과자를 먹었다.

"과자에서 돼지기름 냄새가 나는 것 같아." 왕 마가 코를 킁킁거리며 말했다. 그리고는 하나를 집어 들어 냄새를 맡았다. "돼지기름이 분명해! 내가 그랬지. 과자는 꼭 불교도들이 운영하는 제과점에서 사야한다고!"

"저도 왕 씨 아저씨한테 그렇게 얘기 했어요." 피오니가 대답했다. "이건 아저씨가 산 거지 제가 산 게 아니에요."

"너!" 왕 마가 소리쳤다. "그걸 내 남편에게 시켰다고?"

피오니는 아무 말 없이 미소만 지어보였다. 그녀는 간식상자 곁에 있던 차 바구니를 열어 단지를 만져보았다. 따뜻했다. 피오니는 벼 모양이 그려진 사발에 차를 따라 조금 마신 뒤 두 손으로 사발을 쥐고 온기를 느꼈다.

"난 그 사발로 뭘 마셔본 적도 없지." 왕 마가 말했다. 그리고 과자를 조금 베어 물었다. "맞아, 확실히 돼지기름이야." 왕 마는 침울하게 중얼거리며 계속 과자를 먹었다.

"왜 유대인들은 돼지기름을 좋아하지 않을까요?" 피오니가 의아하다는 듯이 물었다. "저 역시 지금까지 그들의 온갖 미신들을 접하면서 살아왔는데, 아직도 그걸 제대로 이해하지 못한다는 게 참 희한해요."

"종교 때문이지." 왕 마가 대답했다. 그러면서 또 다른 과자에 손을 뻗었다. "사람들은 종교에 빠지면 요상한 행동들을 하지. 내 숙모 중에 한 명은 약혼자가 죽자 절로 들어가 승려가 되서는 고기도 먹지 않고, 머리도 박박 밀었지. 그리고 이불도 깔지 않은 채 대나무 침대 위에서 잠을 자는데 아침에 일어나면 그렇게 기분이 좋을 수 없다는 거야. 어째서 그럴까? 누가 알겠냐만, 아무튼 숙모는 그렇게 하면서 행복감을 느낀 거겠지."

"꼭 그런 건 아닌 것 같아요. 유대종교에 푹 빠지신 우리 안주인께선 비교적 사리 분별이 밝으신 편이잖아요." 피오니는 이렇게 말하면서 왕 마를 위해 차를 따라주었지만, 왕 마는 고개를 저었다. 피오니는 두 손으로 사발을 들어 권했다. "드세요, 우리 착한 아주머니. 지금까지 그렇게 고생을 해오셨으니 충분히 드실 자격이 있으세요. 게다가 아무도 알지 못할 텐데요, 뭐."

"네가 누구한테 무슨 말을 할지 어떻게 알아?" 왕 마가 냉정하게 말했다.

"전 제가 알고 있는 것들을 모두 입 밖으로 꺼내놓는 그런 사람이 아니에요." 피오니가 차분하게 말했다.

왕 마가 사발을 내려놓으며 물었다. "뭘 알고 있는데?"

"지금 입 밖으로 꺼내 놓기를 바라시는 거예요?" 피오니가 웃으며 말했다.

"나도 뭔가를 알고 있긴 하지." 왕 마가 맞받아 쏘아 붙였다.

"뭘요?" 피오니가 물었다. 왕 마가 무엇을 말하려는 건지 피오니가 전혀 모르고 있다는 게 그녀의 목소리와 크게 뜬 검은 두 눈에 확연히 드러났다.

"너와 너의 젊은 주인님." 왕 마가 말했다.

"나와 나의 젊은 주인님이요? 왕 아줌마와 예전의 연로하신 주인님과의 관계처럼 우리를 생각하지 마세요." 피오니가 맞받아쳤다.

피오니를 물끄러미 바라보던 왕 마의 목이 이내 분노로 붉게 물들었다. "감히 그런 말을!" 왕 마가 소리쳤다.

피오니가 예쁜 어깨를 들썩이며 깜찍하게 대꾸했다. "이 얘기를 시작한 건 제가 아니에요."

왕 마가 입을 삐쭉이고 눈을 내리깔며 중얼거렸다. "망할 것!"

피오니는 왕 마의 소매에 손을 올렸다. "이 집에서 우리 두 사람이 친구처럼 지내지 않으면 누가 우리와 친구가 되어주겠어요?" 잠시 숨을 고른 뒤 그녀가 말을 이었다. "그래요, 전 그저 하녀일 뿐이에요. 그 이상 그 이하도 아니에요. 그를 돌봐주는 게, 그와 같이 놀아주는 게 제 의무였죠. 그의 마음이 편치 않을 땐 노래를 불러주고, 잠 못 이룰 땐 책을 읽어주고, 배고파하면 먹을 것을 가져다주면서요. 완전히 노예처럼 헌신하는 거였죠. 그런데 어제……." 그녀는 다시금 어깨를 들썩였다.

왕 마가 다가섰다. "너 앞으로 일이 어떻게 될지 알고는 있는 거니?"

피오니는 고개를 저었다. 그러더니 슬픈 표정을 지어보이며 입을 열었다. "그래요, 거짓말 안 할래요. 물론 알아요. 하지만 젊은 주인님은 리아와 결코 행복하지 않을 거예요."

"그래도 리아와 결혼을 해야만 해. 그의 아버지가 동족의 여자와 결혼을 한 것처럼 말이야." 왕 마가 주장했다. "이 약혼은 두 사람이 요람에 있을 때 이미 정해진 거야. 난 분명히 기억하고 있어. 네가 태어나기도 전의 일이란다."

피오니가 부드럽게 말했다. "그걸 내가 모를까봐서요? 리아가 제게 얘기해줬어요. 어린 시절 셋이 함께 놀고 있을 때 리아 아가씨가 그랬죠, '난 이담에 커서 데이빗하고 결혼을 할 거래.' 그러면 데이빗은 '리아, 그 얘긴 그만 둬.'라고 말했어요."

"리아는 이제 열여덟이고, 데이빗은 열아홉이지." 왕 마가 한숨을 내쉬며 말했다. "이제 때가……."

"쉿!" 피오니가 속삭였다. 두 사람은 귀를 쫑긋 세웠다. 정연하고 절도 있는 발소리가 서서히 그녀들 쪽으로 다가왔다. 두 사람은 재빨리 몸을 움직여 찻주전자를 제자리에, 간식 상자 뚜껑도 닫고, 과자 부스러기를 치운 후 찻잔을 닦아냈다. 어느새 왕 마는 짧은 빗자루로 마루를 쓸고 있었고, 피오니는 가슴에서 공단 수건을 꺼내 탁자와 의자의 먼지를 털어냈다.

이윽고 에즈라 부인이 여러 개의 반지를 낀 짙은 빛깔의 억센 손마디로 동쪽 문의 붉은색 공단 커튼을 밀어젖히며 모습을 드러냈다. 오늘 아침 그녀는 기이하게 짝을 맞춘 옷차림을 하고 있었다. 중국식 은회색 실크 치마와 허리 아래까지 내려오는 웃옷에 줄무늬가 있는 호박단 재질의 머리 장식을 하고 있었다. 젊은 하녀 피오니와 나이 든 하녀 왕 마가 몸을 일으켜 인사를 건넸다.

"주인마님." 두 사람이 조심스럽게 말했다. 혹시나 잔치가 끝난 후 보이곤 하는 그 특유의 성질이 돋아나지나 않을까 걱정스러워서였다.

"이것들 봐." 에즈라 부인이 단호한 음성으로 입을 열었다. "일을 좀 서두르게나. 데이빗 아버지가 곧 오실 테니까."

그녀는 기다란 은회색 스커트를 휘날리며 천천히 마루를 가로질러 사각 탁자 옆에 놓여있는 의자로 다가간 후 정원을 바라보며 앉았다. "벌써 와 있어야 할 양반인데." 그녀가 말을 이었다. "하긴 뭐 언제 제때에 온 적이 있나."

왕 마가 잔에 차를 따라 두 손으로 에즈라 부인에게 올리며 말했다. "우리 주인님은 아침시간에 느긋하게 찻집에서 머무시는 걸 좋아하시죠." 오랫동안 함께 생활하며 가족의 시중을 들어온 나이 든 하인답게 그녀의 목소리엔 여유가 묻어났고, 어느 정도 격의 없는 태도를 보이기까지 했다. "게다가 요즘은 대상들이 언제 도착하나 매일같이 노심초사하시거든요."

"그놈의 대상들!" 에즈라 부인이 목소리를 높였다. "뭐든 다 그 대상들을 핑계로 삼지."

"우리들도 모두 그들이 오기를 기다린답니다, 마님." 왕 마가 웃음을 머금으며 말했다. "또 다른 설날이나 다름없죠. 진귀하고 흥미로운 외국산 물건들을 구경할 수 있는 기회니까요."

그녀가 말하는 대상들이란 에즈라가 신임하는 협력자 카오 리엔의 지휘 아래 매해 해외에 파견하는 상인들을 지칭했다. 바닷길을 통해 아프리카나 유럽으로부터 돌아오는 게 북쪽으로 도는 육상 항로보다 빠르긴 했지만, 낙타를 이용해 지상으로 물품을 운반하는 게 비용이 훨씬 적게 들었고, 무엇보다 정확했다. 카오 리엔이 앞서 보낸 편지에서 올해 대상들이 늦게 도착하는 데는 몇 가지 이유가 있다고 밝혔었는데, 도착해서 그 이유를 설명하겠노라고 했다. 그렇게 일정이 늦어진 관계로 카오 리엔은 타향에서 겨울을 보내야만 했다. 해가 바뀌면서 날이 점차 길어지기 시작했고, 그는 다시금 고국을 향해 길을 재촉했지만 에즈라는 근 한 달 동안 그로부터 아무런 연락도 받지 못했다. 에즈라는 이 상황을 카오 리엔이 거의 도착할 때가 되었다는 신호로 받아들였다. 이번 건은 에즈라가 이 일을 시작한 이래 가장 긴 대상들의 행렬이었고, 가장 풍족하게 물건들을 가져오는 경우에 해당했다. 이 물건들을 가장 좋은 조건에 판매하는 건 그의 일생일대의 과업이라고 볼 수 있었다. 그래서 그는 쿵 첸이라는 한 중국 상인과 오랫동안 협상을 벌여왔는데, 그의 상점들은 중국 전역의 대도시들에 포진해 있었고, 이제 수도인 북경에서, 높으신 마님들을 대상으로 새로운 상점을 열 계획을 갖고 있었다. 쿵 첸은 에즈라에게 있어서 아주 훌륭한 판매 루트인 셈이었다.

에즈라 부인은 왕 마의 말을 귀담아 듣지 않았다. 그녀는 머리를 치켜들고는 세심하게 코를 킁킁거렸다. "무슨 냄새가…… 그래. 확실히 무슨 냄새가 나." 그녀가 확신에 찬 얼굴로 왕 마를 돌아봤다. "왕 마! 간식 상자를 열어 보게!"

왕 마는 에즈라 부인에게 간식 상자를 열어 보이는 대신 상자를 통째로 피오니에게 건네줬고, 피오니는 앞으로 걸어 나와 상자를 받아들었다.

"주인마님." 왕 마가 단호하게 말했다. "그렇지 않아도 지금 막 피오니에게 이 과자들에 문제가 있다는 얘기를 하고 있었어요. 저희가 맛을 보았거든요."

"돼지기름! 그래. 바로 돼지기름 냄새야." 에즈라 부인이 언성을 높였다.

"제 바깥양반의 잘못이죠." 왕 마가 눈치를 보며 말했다. "길 하나만 건너가면 불교도 가게가 있는데 어찌나 게으른지! 하지만 하자 투성이인 그 양반하고 짝을 맺어준 건 바로 마님이시죠. 제가 그 긴 세월 동안 참아낸 걸 생각하면…… 마님은 아마 상상도 못하실 거예요."

"아무리 그래도 그런 과자를 사다가 간식 상자에 담다니… 쯧쯧." 에즈라 부인이 왕 씨 노인을 책망하며 혀를 끌끌 찼다. "내가도록 하거라."

피오니는 상자를 집어 들고는 소리 없이 문가로 몸을 움직였다. 거의 눈치 채지 못할 정도로 조용하고 우아한 몸짓이었다. 그리고 짧게 미소를 지어보이고는 그들의 시야에서 사라졌다. 홀을 빠져나와 넓은 복도에 들어선 그녀는 잠시 후 커튼 뒤에 숨어있던 왕 씨 노인을 발견할 수 있었다. 아담한 체구에 회색빛 머리칼을 한 왕 씨 노인은 벽에 딱 달라붙어 서 있었다. 그는 조용히 하라는 듯 입술에 손가락을 갖다 대며 그녀를 따라 복도를 걸어 내려가 서재로 들어갔다. 그곳에서 피오니는 과자 상자를 그에게 건넸다.

"다 들으신 거예요?" 그녀가 물었다.

그가 과자 상자를 받아들며 고개를 끄덕였다. "주인님이 곧 오실 거란 말씀을 드리려 막 들어가려는데, 마님이 날 꾸짖는 소리가 들리더라고. 그래서 안 들어가고 기다렸지."

"아저씨 때문에 저하고 아주머니가 곤경에 처한 건 아시죠?" 피오니가 부드럽게 말했다. 하지만 눈을 살짝 부릅떴고 미소 띤 입술을 파르르 떨었다.

그는 머리를 좌우로 흔들며 장난스럽게 대답했다. "어쨌든 사람들은 온갖 종류의 과자를 먹는다구. 그런데 하늘에서 누가 뭘 먹었는지, 그리고 그 과자에 돼지기름이 들었는지 그런 걸 신경이나 쓰겠어?" 그러면서 그는 먹어 보라는 듯 피오니에게 상자를 내밀었고, 피오니는 공단 재질의 소매를 걷어 올리며 과자 하나를 살포시 집어 들었다.

"아저씨도 하나 드세요." 피오니가 명령조로 말했다. "아저씨도 그 수많은 사람들 가운데 한 분이니까요."

두 사람은 동지애를 느끼며 나름대로 엄숙하게 과자를 먹었다. 피오니는 다 먹은 뒤 소매 안에서 실크 수건을 꺼내 손을 닦으며 말했다. "어찌 됐건 우리 중국 사람은 돼지기름으로 만든 과자를 먹어도 죄를 짓는 게 아니죠. 왜 이 이국 사람들은 그 맛좋은 돼지고기와 기름을 거부하는 걸까요?"

"낸들 알겠니?" 왕 씨 노인이 대답했다. "신을 믿는다는 건 늘 혼란을 불러일으키는 법이지."

그때 문이 열렸고, 두 사람은 고개를 돌렸다.

"주인님!" 왕 씨 노인이 깜짝 놀라 큰소리로 말했다.

피오니는 우아하게 몸을 굽혔고, 이어 에즈라가 안으로 들어왔다. 그는 중년의 나이였음에도 오늘 아침 무척 근사해보였다. 피오니는 미소를 띄었고 그것은 그녀가 그 이유를 알고 있다는 것을 의미했다. 매 축제일이 다가올 때마다 그는 성미가 급해지고, 우울한 기분에 휩싸였으며, 반쯤 골이 난 채로 에즈라 부인이 요구하는 모든 의식들을 치러냈다. 하지만 이제 그 축하연은 끝났고, 그는 다시금 쾌활한 기분으로 자신의 유망한 사업에 열정을 쏟을 수 있었기 때문이었다.

"아, 피오니." 에즈라가 턱수염을 쓰다듬으며 기분 좋은 목소리로 그녀를 불렀다. "오늘 아주 예뻐 보이는구나, 얘야. 아침에 싱싱한 복숭아 꽃을 좀 따왔느냐?"

"꽃병에 꽂아놓았습니다, 주인님." 피오니가 온순한 목소리로 대답했다. "강제로 피어나게 한 녀석들은 잔치가 끝나자마자 모조리 다 시들어버렸어요."

"내 아들 녀석은 어디 있느냐?" 에즈라가 물었다.

"전 아직 못 뵈었습니다, 주인님." 피오니가 대답했다.

"아들 녀석을 보거든 이 근처에 오지 못하게 하거라." 에즈라는 그렇게 말한 뒤, 앞으로 치를 어떤 중대한 일을 준비하는 모양새로 실크 허리띠를 단단히 동여매고, 머리에 쓴 터번을 고쳐 썼다. "데이빗이 우리가 하는 얘기를 엿듣지 않도록 말이다." 그가 피오니에게 낮은 음성으로 말했다. "집사람이 아들 혼사에 내 동의를 얻어내려 하거든. 데이빗은 결혼을 원치 않는데 말이지. 그렇지 않니?"

"전 모르겠어요, 주인님." 피오니가 희미하게 말했다.

"허, 그렇지. 네가 알 리가 없지. 근데, 그 애가 어제 리아를 얼마 만에 만난 게냐?"

피오니가 시선을 위로 올리며 말했다. "얼마만이라뇨? 예배당에 가실 때면 늘 만나시는데요."

"둘이 따로 만나서 이야기를 하지 않더냐?"

"열여섯 살이 되신 이후론 그러지 않으십니다."

"그게……."

"2년 됐습니다, 주인님." 피오니가 재빨리 대답했다.

"녀석이 가끔 리아 얘기도 하고 그러느냐?"

"제겐 하지 않으십니다, 주인님."

"편지 왕래도 없고?"

"예, 없습니다, 주인님."

에즈라의 시선이 왕 씨 노인이 들고 있는 과자 상자로 향했다. 왕 씨 노인은 그들의 곁에 서서 두 사람이 나누는 이야기를 듣고 있었다.

"그게 뭔가? 과자 상자인가?"

피오니가 설명에 나섰다. "왕 씨 아저씨가 밖으로 내가려던 중이었어요. 과자에 돼지기름이 들어있어서요."

"유감스런 일이로구나." 에즈라가 속을 알 수 없는 모호한 표정으로 말했다. "돼지기름이라 그랬지? 물론 난 정통파가 아니니까, 어험." 그러더니 재빨리 과자를 하나 집어 입에 넣었다. "유감스럽게도 맛은 무척 좋구나! 그래도 이 집엔 어울리지 않지."

이내 에즈라는 바삐 몸을 움직였고, 피오니와 왕 씨 노인은 서로를 바라보며 웃음을 터뜨렸다. 그리고 왕 씨 노인은 부엌 쪽으로, 피오니는 큰 방을 향해 각각 걸음을 옮겼다. 그녀는 에즈라의 뒤를 따랐고, 아무도 눈치 채지 못할 정도로 조용히 방 안으로 들어섰다.

"계속 기다리고 있었어요, 여보." 에즈라 부인이 조금 성마른 듯한 목소리로 말했다.

"나도 당신을 기다렸다오." 에즈라가 차분하게 대답했다.

그는 부인 맞은편에 있는 커다란 의자에 가서 앉은 뒤 왕 마가 가져다 준 차를 한 모금 마셨다. 그리고 왕 마에게 파이프 담배에 불을 붙이게 했다. 그녀는 물부리에서 갈색 종이 마개를 떼어낸 뒤, 담배를 파이프에 채우고, 연기와 함께 불꽃을 일으켰다. 물 담배는 잠시 뒤 나누게 될 아내와의 대화에 아주 유용하게 쓸 수 있는 도구였다. 물 담배를 피우기 위해선 파이프의 대통에 담배를 계속 채워 넣고, 불을 붙인 뒤 두세 번 바람을 불어 넣어야 하고, 재도 불어내야 했다. 그리고 새 담배를 피울 때마다 이 동작을 계속 반복해야 했다. 하던 말을 멈추고, 했던 말을 되풀이하기도 하면서, 대답을 미룰 수 있는 넉넉한 구실을 제공해주기에 적합한 것이 바로 이 물담배였다.

"아침과 점심식사 시간 사이에 여기에 와 있을 거라고 했잖아요. 난 한 번 말을 꺼내면 지킨다구요." 에즈라 부인이 나무라듯 말했다. "잔치 다음날이라고 해서 달라지진 않아요."

"암, 알고말고." 에즈라가 차분하게 대답했다.

황갈색 피부에 검은 턱수염을 기른 비대한 체구의 그는 넓은 중국식 의자를 가득 채운 채 앉아있었다. 오늘 아침은 발치까지 내려오는 중국식 가운 차림이었다. 원형 문양의 자수가 수놓아진 짙은 포도주색 공단 가운 위로는 소매 없는 검은색 벨벳 재킷을 걸치고 있었다. 머리 위엔 선명한 빛깔의 실크 터번이 똬리를 틀고 있었고, 커다란 금 귀걸이를 한 오른쪽 귀 위쪽으로 장식이 달린 터번 끝부분이 내려와 있었다. 왼쪽 귀엔 귀걸이를 하지 않은 모습이었다. 발에도 아무런 장신구를 착용하지 않은 채 금이 박혀있는 가죽 샌들만을 신고 있었다. 손과 발은 둘 다 큼지막했는데, 그의 육중한 체형 그리고 널따란 얼굴과 조화를 이루었다. 몸집이 그러하다보니 느릿느릿 움직이긴 했지만, 활기가 없어 보이거나 하진 않았고, 오히려 꽤나 고집이 있어 보이는 편이었다.

에즈라 부인이 조바심어린 눈초리로 남편을 바라보았다. 두 사람은 잘 어울리는 한 쌍이었고, 부인 자신도 그걸 알고 있었다. 그녀는 남편을 진심으로 사랑했다. 하지만 남편만큼 그녀의 화를 제대로 돋우는 사람도 없었다.

"데이빗을 만나봤어요?" 부인이 다그치듯 물었다.

"오늘 아침엔 통 안 보이더구먼. 사실 오늘은 일어나자마자 찻집으로 가서 계속 거기에 있다 왔지. 쿵 첸을 만나기로 약속이 되어 있었거든."

그는 커다랗고 부드러운 갈색 손으로 입을 가리며 기침을 했다. "쿵 첸은 아주 머리가 비상한 상인이야!" 그가 감탄을 하며 말했다. "그와 나는 동지라 할 수 있지. 우린 서로를 존중해. 서로의 장점을 살려 협력을 하지. 이제 일이 거의 막바지 단계야. 모든 것에 다 합의를 봤지. 나오미, 이번 계약 건을 성사시키면 말이야, 그러니까 대상들이 오고 난 뒤 계약을 마무리하면, 상아, 자기磁器류, 공작, 서양 장신구, 그리고 악기 같은 모든 외국 상품들을 쿵의 상점에서 팔게 될 거야. 그 친구 가게들에다가 내 물건들을 쫙 까는 거라고."

주인 부부가 얘기를 나누는 동안, 두 하녀 왕 마와 피오니는 늘 자신들이 자리하는 곳에 조용히 서있었다. 왕 마는 에즈라 부인의 뒤편에, 피오니는 에즈라의 뒤편에. 그들은 마치 방 안의 여느 가구들과 다를 바 없는 존재처럼 여겨졌고, 두 하녀는 늘 그래왔듯이 그걸 당연시하며 받아들였다. 에즈라가 탁자 위로 몸을 움직이며 말했다. "나오미, 당신한테 제안할 게 한 가지 있어. 차분하게 잘 들어보라고."

"뭔데요?" 에즈라 부인이 살짝 보채는 목소리로 말했다.

"쿵 첸에게 열여섯 살 난 딸이 하나 있지. 아주 예쁘장하게 생긴."

"당신이 그걸 어떻게 알아요?" 에즈라 부인이 다그치며 물었다.

"어, 그게 어쩌다 그 아일 보게 됐어. 쿵이 얼마 전에 날 자기 집으로 초대를 했었거든. 아주 드문 일이지. 우린 계약 건에 대해 긴밀하게 논의를 해야 했거든. 아무튼 그때 거실에서 그 딸아이를 봤지. 물론 바로 자리를 뜨긴 했지만 쿵이 얘길 해줬지. 자기 딸이라고 말이야."

에즈라 부인은 차분한 모습을 힘겹게 유지하고 있었다. 입을 앙다물고 남편을 사납게 쏘아보던 부인이 입을 열었다. "당신…… 설마, 지금 내 며느리로 중국 여자를 들이라는 말씀을 하시려는 건 아니겠죠?"

에즈라는 어깨를 으쓱하며 커다란 두 손을 쫙 펴 손바닥을 위로 향하게 했다.

"당신도 그렇게 되면 얻는 게 많다는 걸 잘 알잖아? 나는 외국 상품들을 들여오는 수입업자고, 그는 열 개도 넘는 대도시에 상점을 가지고 있는 상인이라고. 어차피 우린 여기 중국 땅에서 살아가고 있고 말이야. 그렇게만 된다면 누이 좋고 매부 좋은 일이 될 텐데, 설마 그걸 모르는 건 아니겠지?"

"참나. 내가 아는 건 지금 당신이 아주 터무니없는 얘기를 하고 있다는 것뿐이에요."

"뭐야?" 에즈라가 덥수룩한 눈썹을 치켜 올렸다.

"데이빗이 리아와 결혼을 해야 한다는 건 당신도 잘 알잖아요!" 에즈라 부인이 당장 눈물을 쏟기라도 할 듯 격앙된 목소리로 말했다.

"나오미." 에즈라가 타이르듯 운을 뗐다. "그러기엔 세월이 너무나 많이 흘러버렸어. 지금에 와서 여전히 그 주장을 고집할 순 없는 일이라구!"

"난 고집할 거예요!" 에즈라 부인이 응수했다. "오랜 세월이 지났기 때문에 더욱 더요!"

노기띤 아내를 달래듯, 에즈라가 부드럽게 설득조로 말했다. "하지만 그건 어리석은 약속일뿐이야, 나오미. 그저 감상적인 여인네 둘이 아이들 요람 앞에서 한 감상적인 약속일뿐이라고!"

"신성한 약속이에요." 에즈라 부인이 힘주어 말했다. "우리 민족의 순수한 혈통을 위해 여호와 앞에서 한 약속이라고요!"

"하지만 나오미……."

"난 물러서지 않을 거예요!"

"그 순수한 혈통을 말하기에는 이미 좀 늦은 것 아닌가? 바로 내 어머니가 중국분이시니 말이야." 에즈라가 말했다.

"내게 당신 어머니 얘긴 하지 말아요!" 에즈라 부인이 크게 소리를 쳤다.

이 말을 들은 에즈라는 순간 완전히 자제력을 잃고는 얼굴이 진홍색으로 변해 그 자리에서 벌떡 일어섰다. 하지만 왕 마의 동작이 그보다 더 빨랐다. 그녀는 에즈라의 앞으로 다가가서 그의 팔을 붙잡고 의자 쪽으로 밀었다.

"주인님, 주인님." 왕 마가 그의 분노를 가라앉히려는 듯 간곡하게 말했다.

그는 가까스로 분을 참고 다시 의자에 앉았다. 왕 마는 차를 따라 두 손으로 그에게 잔을 건넨 뒤 에즈라 부인 쪽을 흘끔 쳐다보았다. 에즈라는 왕 마의 마음을 읽은 듯, 잔을 받아들어 불쑥 아내 앞에 내려놓았다.

"차 한 잔 들어, 나오미." 에즈라가 짧게 말했다.

이제 왕 마는 새로운 잔에 차를 따라 에즈라에게 가져다주었다. 피오니는 자신의 넓은 소매에서 실크 부채를 꺼내 에즈라를 향해 부드럽게 부채질을 했다. 한숨을 내쉬며 의자에 앉아 심기를 가다듬던 에즈라는 터번을 들어 올리고 실크 손수건으로 얼굴과 머리를 닦은 후, 다시금 터번을 썼다.

"아무래도 데이빗을 불러 오는 게 좋겠어." 마침내 그가 제안을 했다.

"당신이 내 말에 동의를 하기 전에 그 애를 불러올 필요는 없어요." 에즈라 부인이 퉁명스럽게 말했다.

"아니, 우리가 의견을 모으는데 데이빗이 도움을 줄지도 모르지." 에즈라가 대꾸했다.

"데이빗한테 그 중국여자 아이 얘긴 하진 않도록 해요." 에즈라 부인이 말했다.

"안 해, 안 해. 그건 내 약속하리다! 아무튼 누구와 하던 그 애가 결혼에 대해서 어떻게 생각하는지 한번 알아보도록 합시다. 대충 한 번……."

"대충이라니요?" 에즈라 부인이 말을 받았다. "결혼은 무엇보다도 중요한 일이에요. 대충 할 게 아니라구요."

에즈라가 두 손으로 무릎을 치며 큰소리로 말했다. "피오니! 가서 내 아들 녀석을 데려오너라!"

"예, 주인님." 피오니가 나지막하게 대답했다. 그리고는 소리 없이, 우아하게 방을 빠져나갔다. 왕 마는 다시금 찻잔에 차를 따랐다.

에즈라 부인이 말을 이었다. "난 데이빗이 이 일을 스스로 결정하게 놓아두진 않을 거예요."

"그렇다고 그 애가 싫어하는 여자한테 장가를 가게 하진 않을 거 아니오?" 에즈라가 보다 온화하게 말했다.

"누가 리아를 싫어할 수 있겠어요?" 에즈라 부인이 말을 받았다. "아름다운 외모에 심성까지 고운 애를."

"그건 맞는 말이지." 에즈라가 동의했다.

"그 애가 없었다면 우리 랍비 노인네가 뭘 할 수 있었겠어요……." 에즈라 부인이 덧붙였다.

"그 훌륭한 아들 녀석은 또 어떻고." 에즈라가 빈정대며 대꾸했다.

"애런은 아직 어린애에요, 여보!"

"리아보다 한 살밖에 어리지 않다구."

"리아가 훨씬 더 나이가 든 것 같죠."

"그렇지." 에즈라가 무심코 말을 받았다. 그리고 이어 침묵에 잠겼다.

사실 그는 아내에게 거짓말을 했다. 쿵의 어여쁜 딸을 본 건 자신이 아니라 바로 데이빗이었다. 하지만 자신이 의도적으로 그를 쿵의 집에 보냈다는 사실을 솔직하게 말할 수는 없었다. 그는 쿵의 집안 여인네들이 깨끗하게 옷을 갈아입고 안마당을 거닐며 담소도 나누고 산책도 하는 바로 그 시간에 꼭 맞춰 서신을 챙겨 데이빗을 쿵 첸에게 보냈었다. 데이빗이 돌아왔을 때 그가 짓궂게 물었다. "왜 그렇게 눈이 반짝이는 게냐, 내 아들? 뭘 봤기에 그러느냐?"

데이빗은 젊은 청년답게 얼굴을 붉히며 머리를 가로 저었다. "여기 답신을 가져왔습니다, 아버지." 그는 짧게 대답을 한 뒤 쿵 첸의 편지를 탁자 위에 내려놓았다.

에즈라는 두 눈을 감고, 의자에 등을 기대고 앉아 양손의 엄지손가락을 번갈아가며 천천히 돌리기 시작했다. 베일처럼 가려진 눈꺼풀 뒤로 그는 바쁘게 머리를 굴리며 감정의 실들을 하나하나 정리해나갔다. 생각들이 복잡하게 얽혀있긴 했지만 혼란스럽지는 않았다. 그의 피 속에는 두 개의 원기 왕성한 혈통이 흐르고 있었다. 절반은 거의 순수혈통에 가까웠지만, 나머지 절반은 아니었다. 그의 아버지는 두 번째 아내로 아름답고 건강한 젊은 중국 여자를 들였고, 그는 그녀의 아들이었다. 겉으로 보기에 그의 어머니는 아버지 집안의 모든 풍습이나 규범들을 받아들이는 것처럼 보였다. 하지만 그녀의 아들, 에즈라만은 어머니가 마음속으로는 자신의 원래 모습을 그대로 간직하고 있다는 걸 알고 있었다. 어머니는 자신의 방 안에서만은 함께 살고 있는 그 외국인들을 남몰래 비웃었던 것이다. 부유한 남자의 아내로서 맘껏 즐기며, 나이에 비해 지나치게 비대해질 정도로 먹어대는 바람에 예쁘장한 얼굴이 장밋빛 살집 속에 파묻히긴 했지만, 그녀는 자신만의 생활방식을 하나도 포기하지 않았고, 오히려 남편에게 영향을 미치기까지 했다. 에즈라의 아버지 이스라엘 벤 아브라함 노인은 세월이 흐를수록 집안 행사로서 세심하게 치러왔던 축제일들을 서서히 등한시하기 시작했고, 타협과 절충을 하는 게 어느덧 습관이 되어버렸다. 하지만 에즈라가 열다섯 살 되던 해 중국 아내가 세상을 떠나자, 깊은 회한과 더불어 연민의 감정에 휩싸인 채 아들을 그 중국 도시 내 자그마한 유대인 거주지역 지도자의 딸인 나오미와 약혼을 시켰다.

당시 빈둥거리며 시간을 보내던 낭만파 소년 에즈라는 아버지의 말에 순순히 따랐다. 곱상한 외모의 나오미에게는 차분하면서도 건강한 젊음에서 뿜어 나오는 묘한 매력이 존재했다. 결혼을 하고 난 뒤, 그는 그의 중국 어머니에게서 배운 타협과 절충의 습관을 활용하기 시작했다. 그건 아주 실용적인 무기였다. 하지만, 나오미는 너무도 강한 여자였다. 지금 그의 머리가 바쁘게 움직이는 것도 나오미와 어떻게 타협을 할 것인가를 고민하고 있었기 때문이다.

에즈라 부인이 갑자기 입을 열었다. "에즈라, 눈을 떠요. 바보 같이 그러지 말고요."

"그러도록 하지." 그는 그렇게 대답하며 눈을 떴다.

"그렇다고 누가 그렇게 크게 뜨래요, 바보같이!" 에즈라 부인이 조바심을 내며 말했다.

그는 눈을 내리깔고 입을 씰룩이며 슬그머니 미소를 지었다. 부인이 자신에게 날카로운 시선을 던지자, 그는 마치 유리 공을 받기라도 한 듯 다시 그녀에게 그것을 되던졌다. 부인은 고개를 돌렸.

"데이빗은 왜 이렇게 늦는 거지?" 부인이 재촉하듯 말했다.

"어디 밖에라도 나가 계신가 봐요, 마님." 왕 마가 서둘러 대답했다. 집안 하인들은 모두 힘을 모아 젊은 주인을 방어해 주곤 했는데, 왕 마 역시 예외는 아니었다.

에즈라 부인이 뭐라 대꾸를 할 새도 없이 곧바로 발소리가 들려왔다.

앞서 걸어오던 피오니가 섬세한 손으로 진홍색 공단 커튼을 옆으로 젖혔다. 그러자, 데이빗이 이내 모습을 드러냈다. 큰 키에 가무잡잡한 피부의 그는 황급히 눈을 돌려 부모를 찾았다. 두 사람은 이미 그를 바라보고 있었다.

"저를 찾으셨다고요, 아버지…… 어머니……."

"가까이 와 앉거라, 내 아들." 에즈라가 상냥하게 말했다.

"어디에 있었던 거니?" 그의 어머니가 에즈라와 거의 동시에 말했다.

그는 양친에게 아무런 대답도 하지 않은 채 아버지 곁에 앉았고, 피오니는 차를 따라 그의 옆에 놓인 탁자 위에 조용히 잔을 올려놓았다. 그리고는 늘 그러하듯 에즈라의 뒤편으로 갔고 소매에서 다시 부채를 꺼내 펼친 뒤 천천히 부채질을 했다. 그녀의 두 눈은 내려앉은 눈꺼풀 뒤로 반쯤 감춰져있었다. 데이빗은 무슨 일인지 궁금한 표정으로 피오니를 잠시 바라보다 시선을 거둬들였다. 그녀의 부드러운 진주색 표면 아래로 무슨 생각들이 흐르는지 알아채기란 거의 불가능했다.

"데이빗, 이제 때가 된 것 같구나……." 에즈라 부인이 운을 뗐다.

젊은 아들은 의자에서 몸을 빙글 돌려 앉으며 다그쳐 물었다. "때라니요?"

"너도 알고 있잖니?" 에즈라 부인이 다정한 태도를 취하며 간청하는 목소리로 말했다. 이 애지중지하는 외아들이 얼마나 쉽게 냉담해지는지 그녀는 잘 알고 있었기 때문이다.

"무슨 말씀을 하시는 건지 전 잘 모르겠는데요, 어머니." 그가 냉담하게 대꾸했다.

에즈라 부인이 다시금 간곡한 목소리로 말했다. "리아 말이다……. 벌써 그 애가 열여덟 살이 되었구나. 너도 이제 다 컸고. 난 그 애 엄마와 약속을 했지."

"약속을 하신 건 어머니예요. 저와는 아무 상관이 없어요." 그가 무뚝뚝하게 말했다.

"하지만 너도 알고 있었잖니……." 에즈라 부인이 설명을 하기 시작했다.

"전 몰라요." 그가 말을 가로막았다. "게다가 전 리아를 사랑하지 않아요."

"어떻게 그럴 수가 있어!" 에즈라 부인이 소리쳤다. "어젯밤 만해도 그렇게 다정히 대해주더니."

"오늘 아침에 생각해보니 리아의 코가 너무 긴 것 같아요." 데이빗이 퉁명스럽게 말했다.

에즈라 부인이 어이없다는 듯이 두 손을 펼치고는 주변 사람들의 얼굴을 휙 둘러보았다. "리아는 착한 아이야. 예쁘기도 하고. 게다가 신앙심도 깊지. 나를 이어서 장차 우리 집의 등불이 될 아이라구."

"그래도 코가 너무 긴 건 사실이에요" 데이빗이 고집을 부렸다.

그는 어머니에게 반항을 하는 게 습관처럼 되어버렸기에 이젠 이렇게 터무니없는 주장까지 하고 있었다. 데이빗은 리아의 코가 반듯하다는 걸 잘 알고 있었고, 어머니가 잠자코 계셨다면 리아의 아름다움에 대해 반론을 제기하지 않았을 것이다. 하지만 그러기엔 그는 아직 어렸고, 어떻게든 조금 더 자유를 누리고 싶어 했다. 고집스러운 표정으로 어머니를 뚫어지게 쳐다보던 그가 갑자기 웃음을 터뜨렸다.

"절 너무 어린 나이에 장가보내려 하지 마세요, 어머니." 그가 유쾌하게 목소리를 높였다.

에즈라가 크게 웃음을 터뜨렸다. 이런 부자의 모습을 보면서 피오니는 최대한 자제하며 살짝 미소를 지었다. 왕 마의 표정엔 변화가 없었다. 에즈라 부인은 이 자리에 있는 누구도 자기편이 아니라는 걸 감지했다. 그녀는 입술을 깨물고, 한 차례 한숨을 내쉰 뒤 아들에 대한 자신의 애정을 모두 한데 불러 모았다. 다시 아들에게로 시선을 돌렸을 때 그녀의 커다랗고 짙은 두 눈은 촉촉이 젖어 있었고, 입술은 파르르 떨리기까지 했다.

"내 아들, 데이빗." 그녀는 최대한 그윽하고도 부드러운 목소리로 설득을 시작했다. "이 엄마의 마음을 아프게 하지 말아라. 아니, 잠깐! 네게 이 엄마를 생각해달라고 부탁하고 싶진 않다. 대신 우리 민족을 생각하거라! 너와 리아, 그리고 네 자식들이 함께 우리 유대 왕국의 피를 이어가야 한다는 사실만 기억하도록 해. 이 이교도의 땅에서 말이야! 리아는 너무도 착한 아이란다, 데이빗. 늘 너와 가정을 사랑하는 좋은 아내가 될 거야. 아이들에게 하나님에 대해 잘 가르치기도 할 테고! 때가 돼서 우리가 우리의 조국, 그 약속된 땅으로 돌아가게 되면……."

이때 데이빗이 끼어들었다. "하지만 전 여기를 떠나고 싶지 않아요. 여긴 제가 태어난 곳이에요, 어머니. 바로 이 집에서 태어났죠. 여기가 제 고향이라구요."

에즈라 부인은 설득하려는 생각을 거둬들였다. 그녀의 얼굴 위로 노여움이 적나라하게 드러났다. "고향이라니? 감히 엄마 앞에서 어떻게 그런 말을 할 수 있어?" 분노에 찬 그녀가 소리쳤다. "우리의 고향은 바로 우리 조국이야. 약속된 땅, 그곳이 우리의 고향이라구. 하나님께서는 우리의 목숨이 다하기 전에 우리의 땅으로 돌아갈 기회를 주실 거야. 너와 나 그리고 네 아버지, 우리 집 전체가 다 갈 거야!"

에즈라가 입을 가린 채 기침을 했다. "난 이곳에서의 사업을 포기할 수 없소, 나오미."

"당장 내일 떠난다는 얘기가 아니에요!" 에즈라 부인이 목소리를 높였다. "하나님이 허락하시는 시간, 선지자들이 우리를 이끄는 그 때에 간다는 얘기라구요!"

"제가 한 말씀 드릴게요, 어머니!" 데이빗이 갑자기 입을 열었다. "드릴 말씀이 있어요." 그는 중대발표를 하려는 듯 자리에서 몸을 일으켰다. 모두들 그들 앞에 서 있는 훤칠하고 잘 생긴 데이빗을 바라보았다.

"어머니, 전 리아와 결혼하지 않을 거예요. 다른 사람을 사랑하고 있거든요."

에즈라 부인의 입이 쩍 벌어졌다. 에즈라는 말없이 찻잔을 집어 들었다. 피오니는 얼어붙은 듯 데이빗을 주시했다. 그녀의 손에 있던 실크 부채는 움직임이 없었다. 왕 마 역시 깜짝 놀라 데이빗에게 시선을 고정시켰다.

"도대체 그게 누구냐?" 에즈라 부인이 다그쳐 물었다.

데이빗이 뺨을 붉히며 어머니를 바라보았다. "쿵의 집에서 누군가를 봤어요."

"언제?" 에즈라 부인이 열을 올리며 다그쳤다. 다시금 원기가 돌아온 듯했다.

"이틀 전에요." 데이빗이 간단명료하게 대답했다.

에즈라 부인이 남편을 향해 시선을 돌렸다. 그녀의 검은 두 눈이 분노로 이글이글 타올랐다. "쿵의 집에 간 건 당신이라고 했잖아요?"

에즈라가 난감한 듯 쩔쩔매며 입을 열었다. "여보, 당신이 우리를 그렇게 거짓말을 하게 만든 거라고." 구슬프게 변명을 하던 에즈라는 계속하라는 듯 아들을 향해 무거운 눈꺼풀을 들어올렸다. "말을 꺼냈으니 마무리를 하거라! 예쁜 처녀를 보았고...... 그 애랑 얘기라도 나눠 본거냐?"

"천만에요." 데이빗이 목청을 높였다. "그 처녀는...... 그 처녀는 무슨 말인가를 했어요...... 대충 '오, 오?' 뭐 그러다가 방을 냉큼 빠져나갔죠. 마치 꼭......"

"꼭 새끼 사슴처럼?" 에즈라가 담담하게 말을 받았다.

데이빗은 놀란 표정을 지어보였다. "아버지가 그걸 어떻게 아세요? 아버지도 그 처녀를 보셨어요?"

"아니." 에즈라가 대답했다. "그 애를 보진 못했지. '새끼 사슴'이야 뭐 흔한 표현이니까."

"이게 대체 무슨 말도 안되는 얘기에요!" 에즈라 부인이 큰 목소리로 끼어들었다. "에즈라, 기가 막혀서 난 말이 다 안 나와요!"

에즈라가 갑자기 몸을 일으켰다. "미안해, 여보. 난 이만 가봐야 해. 쿵 첸이 기다리고 있거든. 그 사람은 누굴 계속 기다려줄 사람이 아니라서 말이야."

"앉아요. 두 사람 다." 에즈라 부인이 거만하게 말했다. "더 이상 이런 말 같지도 않은 얘긴 듣고 싶지 않아요!" 에즈라 부인은 단호한 눈빛으로 아들에게 통보했다. "데이빗, 넌 8월 10일에 약혼을 하게 될 거다. 그 날은 바로 리아의 어머니와 내가 약속을 했던 기념일이지."

모자는 팽팽한 시선으로 서로를 바라보고 있었다. 잠시 뒤 데이빗이 시선을 내렸다. "전 하지 않을 거예요. 그런 일은 결코 없을 겁니다." 그가 중얼거렸다. "난 그 전에 죽어버릴 거니까요." 그러더니 뒤돌아 그대로 방을 나가버렸다.

"따라가 보거라, 피오니." 에즈라가 명령했다.

피오니에겐 명령이 필요치 않았다. 그녀는 이미 문가쪽으로 절반쯤 발걸음을 옮기고 있었고, 이내 공단 커튼 뒤로 모습을 감추었다.

이제까지 그녀는 데이빗이 하는 말에 언제나 귀를 기울여 왔었다. 그리고 그에 대해선 속속들이 잘 알고 있음을 믿어 의심치 않았다. 데이빗이 이 사실을 자신에게 감추어왔다는 것은 어젯밤 리아 때문에 마음 아파했던 것보다 훨씬 더 큰 충격을 주었다. 피오니는 복도를 달려 안뜰로 향한 기다란 베란다로 나섰다. 도대체 데이빗은 어디로 간 걸까? 그녀는 잠시 멈춰서서 눈을 감은 채 입술에 손가락을 대고 곰곰이 생각에 잠겼다. 데이빗은 벗어나고 싶어 했다. 그렇다면 바깥 거리 말고 그가 갈 만한 곳은 없을 것이다. 생각이 이에 미치자, 피오니는 몸을 돌려 대문 쪽을 향해 빠르고 날렵하게 달려갔다.

커다란 방 안에 집안의 두 주인이 침묵에 휩싸인 채 앉아있었다. 왕 마는 남모르게 한숨을 쉬며 다시금 찻잔에 차를 가득 채웠다. 에즈라의 표정은 무거웠고, 에즈라 부인은 손수건을 눈가로 가져갔다. 잠시 뒤 에즈라가 입을 열었다. 무척 부드러운 목소리였다. "나오미, 우린 이 외동아들 녀석을 가지려고 참 오랫동안 기다렸었지."

다정스런 남편의 위로에도 그녀의 눈물은 멈출 줄을 몰랐다. "이렇게 우리 민족에게 쓸모가 없는 아들이었다면 오히려 낳지 않는 게 나을 뻔 했어요." 그녀가 냉정하게 말했다.

에즈라는 한숨과 함께 몸을 일으켰고, 자리를 뜰 채비를 했다. 하지만 아내를 두고 쉽사리 떠날 수가 없었다. 오랜 세월을 같이 하면서 그는 아내를 누구보다 잘 알고 있었다. 그녀는 더할 나위 없이 강직하고 엄한 유대인 아내이자 어머니였다. "아! 나오미." 그가 애처롭게 말했다. "여자들이 우리 남자들을 그저 있는 그대로 이해해주면 참 좋을 텐데 말이야!"

그녀는 대답하지 않았다. 남편에게서 시선을 거둬들이고 다시 손수건을 눈가로 가져갔다. 그는 왕 마에게 몸짓을 하며 "잘 돌봐드리게."라고 당부한 뒤 자리를 떴다.

그가 떠나고 나자 에즈라 부인은 주위에 아무도 없는 양 크게 소리 내어 울기 시작했다. 물론 새삼스런 일은 아니었다. 왕 마가 그녀의 곁으로 가 부인의 손을 쥐고는 부드럽게 쓰다듬으며, 손가락과 팔목을 마사지해주었고, 단단한 살들을 가볍게 주물러 주었다. 한쪽 손에 이어 다른 쪽 손도 마사지를 받고나자 부인의 기분이 한결 나아졌다. 이어 왕 마는 안주인의 양쪽 관자놀이를 반복해서 눌렀다. 에즈라 부인은 진정이 되는 듯 의자에 몸을 기울인 채 눈을 감았다. 충분히 위안이 되는 듯 했다.

하지만 손가락 아래로 왕 마는 부인의 머릿속이 여전히 바쁘게 움직이는 것을 느낄 수 있었다. "아, 마님," 그녀가 중얼거렸다. "그 남자들 그냥 자기들 멋대로 하게 내버려두세요! 우리 여자들하고 뭔 상관이 있어요? 우린 그저 잘 자고, 잘 먹으면서 우리 여자들의 삶을 즐기면 되는 거죠. 그게 최고 아니겠어요?"

하지만 이건 실언이었고, 순간적으로 왕 마는 후회를 했다. 에즈라 부인은 타는 듯한 검은 두 눈을 용수철처럼 번쩍하고 떴다. 그리곤 상체를 일으켜 왕 마를 향했다. "당신네 중국인들이란!" 그녀가 지독한 경멸을 담아 말했다. "당신네 중국인들!" 그렇게 중얼거리며 부인은 몸을 일으켜 왕 마의 손을 옆으로 밀어낸 후 부리나케 방을 빠져나갔다.

그대로 선 채 안주인을 바라보던 왕 마는 찻주전자에 손을 갖다 댔다. 여전히 따뜻했다. 그녀는 에즈라가 마시던 찻잔에 차를 가득 따라 부었다. 그리고 두 손으로 잔을 들고 높다란 문지방으로 가 앉았다. 따뜻한 햇볕을 쬐며 그곳에서 그녀는 한동안 머물면서 천천히 차를 마셨고, 생각에 잠긴 표정으로 양지바른 안마당을 지그시 바라보았다.

2

피오니는 데이빗과 얼굴을 마주 한 채 서 있었다.

"나한테 그렇게 감쪽같이 숨기다니요!" 그녀가 살짝 노여움을 담아 말했다. 그의 발걸음은 물론 그녀보다 빨랐지만, 피오니는 꾀를 부려 그보다 먼저 대문가에 닿을 수 있었다. 그의 뒤를 따르던 중 그가 고개를 돌려 뒤따라오는 피오니를 바라보자, 피오니는 곧바로 그를 따라잡는 걸 포기한 것처럼 이 거대한 저택의 틈새 길로 슬쩍 몸을 감췄다. 이어 데이빗은 다시 뒤를 돌아보았고, 피오니가 보이지 않자 의기양양한 미소를 지으며 걸음을 늦추었던 것이다. 하지만 피오니는 어느새 데이빗 앞에 모습을 드러냈고, 그는 깜박 속았다는 걸 깨달았다. 피오니는 당당히 버티고 서서 그를 붙잡기 위해 손을 뻗었다. 데이빗은 피오니 바로 앞에 멈춰 서서는 팔짱을 끼고 그녀의 책망어린 두 눈을 고스란히 받아냈다.

"난 너한테 속박되어 있지 않아!" 데이빗이 당당히 선언했다.

피오니의 자그마하고 사랑스러운 얼굴이 가늘게 떨리면서 붉어졌고, 마치 힘이 가해진 꽃처럼 그의 강한 시선 앞에서 힘없이 시들어 내렸다.

"그래요." 그녀가 작은 목소리로 말했다. "속박되어 있는 건 바로 저죠, 젊은 주인님에게요. 맞는 말씀이세요. 제게 아무런 말도 하실 필요가 없으세요."

데이빗은 곧바로 그렇게 말한 것을 후회했다. "아니, 피오니. 이제부터 얘기해줄게. 다만 강요받아서 하는 건 원치 않는다는 얘기야."

"제 잘못이에요." 그녀가 말했다. "다시는 안 그럴게요. 아셨죠? 주인님은 자유예요!"

피오니는 두 손을 뒤로 돌려 깍지를 끼었다. 데이빗이 손을 뻗었지만 그녀는 슬쩍 몸을 피해 옆으로 움직였고, 곧 뒤로 돌아서서는 달아나기 시작했다. 이제 입장이 바뀌어 피오니가 도망을 쳤고, 데이빗이 그 뒤를 따랐다. 그녀는 뛰는 걸 무척이나 좋아했다. 외국인의 집에 하녀로 들어온 건 행운이었다. 만일 중국인 집에 팔려갔다면 분명 발을 꽁꽁 묶어놓아 작게 만들었을 테니 말이다. 그렇게 해야 어여쁘게 자라난 그녀를 그 집 아들이 반해 후처로 삼으려 할 경우, 집안에 누가 되지 않는 것이었다. 그녀는 뒤에서 데이빗이 쫓아오는 소리에 웃음을 터뜨리며 달렸다. 데이빗 역시 웃고 있었다. 둘은 자신들의 비밀스런 유년시절을 상기하며 웃음소리를 죽였다. 늘 그렇듯 데이빗은 피오니를 잡았고, 그녀 역시 그렇게 되리라는 걸 알고 있었다. 피오니는 데이빗을 밀쳐내며 **빠져나오려** 몸을 비틀었다. 거의 빠져나왔지만 데이빗이 그녀를 놓아주지 않았다. 데이빗의 팔 힘은 강했다. 이윽고 피오니의 민감한 귀에 다른 사람의 발소리와 음성들이 들려왔고, 누군가 자신들을 보고 있을지도 모른다는 느낌이 들어 피오니는 필사적으로 몸을 **빼내려** 했다.

"젊은 주인님!" 그녀가 큰소리로 말했다. "이러다 누가 보기라도 하면……."

피오니의 말뜻을 알아차린 데이빗이 이내 팔에서 힘을 **뺐지만**, 이미 늦은 뒤였다. 에즈라 부인이 그들을 본 것이다.

"피오니!" 그녀가 날카롭게 외쳤다. "너 또 네 본분을 잊었구나!"

"아니에요, 마님. 저기…… 아드님이 우물에 몸을 던지지 못하게 하려고 붙들고 있었던 거예요." 피오니가 더듬거리며 말했다.

"허튼 소리!" 에즈라 부인이 쏘아 붙였다. 하지만 부인은 동요하기 시작했다. 저 애가 거짓말을 하는 걸까? 아니면 정말 데이빗의 자살을 막으려고 붙잡고 있었던 걸까?

데이빗이 웃음을 터뜨렸다. "거짓말이에요, 어머니." 아들이 원기왕성하게 말했다. "그냥 놀이를 하고 있었던 것뿐이에요."

에즈라 부인은 심기가 편치 않았다. "이제 피오니하고 노는 건 그만둬야 할 때다." 그녀가 차갑게 말했다. 지금만큼은 아들의 멋진 모습이 그리 대견스럽지 않았다. 남몰래 흐뭇해하던 아들의 혈색 좋은 얼굴과 준수한 외모가 이젠 도리어 부인에게 위험스럽게 느껴졌다. 그리고 피오니 역시 위험스러울 정도로 점점 더 어여뻐졌다.

"어서 준비를 하도록 해." 부인이 피오니에게 짧게 말했다. "곧 목사님 댁에 갈 테니 동행할 채비를 하거라. 그리고 데이빗, 넌 방으로 가서 책을 읽도록 하고."

그렇게 말한 뒤 부인은 단호한 걸음걸이로 오던 길을 걸어 자신의 거처로 향했다. 데이빗은 얼굴을 찌푸리며 어깨를 으쓱였고, 피오니는 눈썹을 치켜 올리며 대답을 한 뒤 한숨을 내쉬었다. 그리고 잠시 동안 에즈라 부인의 뒷모습을 바라보고는 작은 얼굴에 더없이 달콤한 표정을 지으며 망설이는 동작으로 꽃처럼 가벼운 자신의 작은 손을 데이빗의 팔 위에 올려놓았다.

"그 여자에 대해서 전부 다 얘기해줄 거예요?"

데이빗이 시원스럽게 미소를 지어주자, 피오니 역시 보드라운 미소로 답을 했다. 그녀가 그를 바라볼 때면 늘 지어주던 바로 그 미소였다.

"전부 다." 데이빗이 약속했다.

두 사람은 헤어졌고, 피오니는 에즈라 부인을 수행할 준비를 하기 위해 자신의 방으로 향했다. 그녀의 방은 전용 안뜰을 가진 작은 방이었는데, 왕 마의 안뜰로 연결되어 있었다. 또한 왕 마의 방은 어둑하고 이끼가 낀 통로를 통해 에즈라 부인의 여러 방들과 연결되어 있었다.

피오니가 사는 이 방은 거의 백 년 전 에즈라의 증조부가 은밀히 사랑하던, 외부로는 거의 알려지지 않았던 내연의 처가 거처로 삼던 곳이었다. 왕 마 역시 에즈라의 아버지의 배려로 왕 씨 노인과 결혼을 하기 전까지 그 방에서 살았었다. 이후 그 방의 주인이 피오니로 바뀌기 전까지 그 방은 쭉 비어 있었다. 피오니가 홀로 지내기엔 그녀가 너무 어렸기 때문이었다. 그녀가 열다섯이 되는 해 마침내 그 방은 피오니의 차지가 되었다. 방은 아담하고 깔끔했다. 벽에는 석회가 발라져 있었고, 바닥에 깔린 잿빛 타일은 은빛이 돌 정도로 반들반들 닦여 있었다. 피오니는 침대의 양쪽 벽 위에 한 쌍의 그림을 걸어두었다. 한쪽엔 봄과 여름 꽃들, 맞은편엔 화사한 가을 단풍과 눈이 내려앉은 겨울 소나무 그림이었다. 피오니는 이 그림들을 직접 그렸다. 그녀는 데이빗이 그의 개인 교사로부터 수업을 받을 때 교실에 동석을 하곤 했었다. 피오니의 임무는 두 사람에게 따뜻한 차를 가져다주고, 붓을 깨끗하게 유지하고, 먹을 가는 것이었다. 그곳에서 피오니는 어깨 너머로 읽고 쓰는 법을 배웠다. 그녀는 영특했고, 워낙 타고난 재능을 지니고 있던 터라 데이빗 못지않게 시를 지을 수 있게 되었다. 네 장의 그림엔 그녀가 직접 지은 시들이 빛을 발하고 있었다.

봄꽃이 그려진 종이 위엔 다음과 같은 시구가 적혀 있었다.

여러 나무들 위로 복숭아꽃이 활짝 피었네.
서리가 자신들의 목숨을 앗아가리라는 걸 모르는 채.

여름 그림인 미모사 가지 위엔 이런 시구를 써놓았다.

뜨거운 태양이 타오르고, 하늘을 가로지르며 천둥이 진동하네.
그러나 매미들은 아랑곳하지 않고 끊임없이 노래를 부르네.

진홍빛 단풍나무 아래에는 이렇게 적어놓았다.

붉은 이파리들이 내려앉고, 안뜰은 조용하기 이를 데 없어라.
나는 낙엽을 밟고, 그들은 내 발 아래에서 죽어가네.

눈 덮인 소나무 아래로도 두 줄의 시가 더 있었다.

눈은 산 자와 죽은 자를 모두 덮는다.
푸르른 소나무, 시들어 사라진 꽃들까지.

그녀는 이 네 편의 시를 자주 낭송하곤 했다. 그러면서 어떻게 더 매끄러운 시구로 만들 수 있을까를 생각해 보곤 했다. 과연 더 아름다운 시구를 만들어 낼 수 있을지는 알지 못했지만.

그러나 바로 지금 그 시들은 그녀의 마음 깊숙한 곳까지 파고들었고, 그녀를 울고 싶게 만들었다.

피오니는 울고 싶은 마음을 털어내기 위해 애써 바삐 몸을 움직여 바지와 평범한 짙은 색 외투를 입었고, 머리에서 복숭아꽃을 떼어낸 뒤 금팔찌도 풀었다. 그리고는 화장품 용기에 달린 작은 거울을 들여다보며 쌀로 만든 분을 얼굴에 조금 발랐고, 붉은색 크림을 입술에 살짝 칠했다. 그녀는 모든 하녀들이 그러하듯 늘 길게 땋은 머리를 하고 있었는데, 그건 이들이 그 집안의 딸이 아니라는 걸 알리는 표식이었다. 하지만 집에서는 땋은 머리를 비비 꼬아 매듭을 만들어 귀 뒤쪽으로 넘기곤 했다. 이제 피오니는 매듭을 풀어 머리를 아래로 내렸고, 눈썹 위로 검은 머리칼이 내려오도록 단정하게 머리를 빗었다.

준비가 끝나자 피오니는 부리나케 통로를 달려 에즈라 부인의 안마당에 도착했다. 왕 마가 에즈라 부인의 옷차림을 마지막으로 점검하고 있었다. 에즈라 부인은 자신이 입고 있는 색감이 풍부하고 개성 넘치는 옷을 유대인 특유의 의복이라고 여겼다. 그녀는 그 의복의 소매와 목 부근에 있는 문양과 치마의 주름, 단추 장식이 중국에서 대대로 살아온 자신의 할머니들로부터 전해 내려온 것이라는 사실을 알지 못했다.

피오니는 문가에 멈춰 서서 조그맣게 기침을 했고, 미소를 지어보였다. 에즈라 부인은 돌아보지 않았다. 대개 그녀는 말하길 좋아했고, 시중을 드는 하녀들에게 친절했지만, 지난 며칠 동안은 유월절 준비로 분주하기도 했고, 조상들에 대한 신앙심이 다시금 일신된 상태였기 때문에 피오니와 데이빗이 가깝게 지내는 모습을 영 내키지 않아 했다. 물론 그 소녀를 외로운 꼬마 아들의 시중을 들 하인으로서 뿐만 아니라 말벗으로서 데려온 것 또한 사실이었지만, 세월이 너무도 빨리 지나가버린 게 문제였다. 부인은 좀 더 일찍 주의를 주지 못한 자신을 책망하고 있었다. 아들은 남자로, 피오니는 여자로, 두 사람은 어느새 훌쩍 성장해 있었다. 부인은 요사이 피오니에게 마땅찮은 감정을 품게 되었고, 그래서 조금은 쌀쌀맞게 대하곤 했다. 그리고 마땅히 피오니가 본능적으로 그 변화를 감지했어야 옳았다고 여겼던 것이다.

이 모든 것들을 피오니는 완벽하게 이해하고 있었다. 그녀는 에즈라 부인이 입을 열기 전까지 조용히 참을성 있게 기다리며 서 있었다. 왕 마가 손에 쥐고 있던 금 머리핀을 떨어뜨리자, 피오니가 고양이처럼 유연한 동작으로 재빨리 다가가서 핀을 집어 들었고, 직접 에즈라 부인의 머리에 꽂아주었다. 그러다 거울 속에 비친 안주인의 눈과 마주치자 피오니는 입가에 미소를 머금었다. 에즈라 부인은 거울 속에 비친 자그마한 하녀의 눈을 엄하게 노려보았지만, 얼마 못가서 자신도 미소를 지어 보일 수밖에 없었다.

"말썽꾸러기 같으니." 부인이 말했다. "난 너한테 무척 화가 나 있어."

"예. 그런데 왜죠, 마님?" 피오니가 애처롭게 말했다. 하지만 곧 솔직하게 태도를 바꿨다. "아뇨, 말씀하지 마세요. 알고 있어요! 하지만 마님이 잘못 알고 계시는 거예요. 저는 이 집에서의 제 위치를 잘 알고 있어요. 전 그저 마님을 모시고 싶을 뿐이에요. 뭐든 분부만 내리시면 저는 따를 거예요. 이 집 아니면 제가 갈 곳이 어디 있겠어요? 그러니, 제가 어떻게 마님의 말씀을 따르지 않을 수 있겠어요?"

아름답고 연약한 피오니가 너무나 애원조로, 너무나 복종적으로 말을 하자, 에즈라 부인은 노기를 누그러뜨리지 않을 수 없었다. 피오니가 전적으로 그녀에게 순종적이라는 건 틀림없는 사실이었다. 비록 겉으로 보이는 그 부드러움과 상냥함 아래로 뭔가 굳건하고 빈틈없는 면이 도사리고 있다는 걸 부인은 잘 알고 있었지만, 피오니가 자신이 누리고 있는 안락함을 스스로 망가뜨리지는 않으리라 판단했다. 데이빗과 자신 사이에 어린 시절의 돈독한 유대관계가 실재한다손 치더라도 만일 그것이 그 외의 모든 것을 앗아갈 수도 있는 것이라면 영리한 피오니로서는 거기에 매달리지 않을 것이라고 부인은 확신했다. 그리고 만일 데이빗과 피오니 사이에 젊은 청년과 하녀 사이 이상의 무언가가 분명하게 눈에 띄면 어느 농부를 한 명 골라 피오니를 시집보낼 심산이었다.

마치 부인이 이런 생각을 말로 옮기기라도 한 것처럼, 피오니는 에즈라 부인의 머릿속 생각을 훤히 꿰뚫고 있었다. 이러한 재주는 바로 그녀의 오랜 습관에서 비롯된 것이었는데, 다소곳하게 자세를 취하고, 자신의 마음을 비운 채 조용히 주인의 분부를 기다리다 보면 자그마한 생쥐처럼 다른 사람의 머릿속으로 살금살금 기어들어갈 수 있는 능력이 절로 생기는 것이었다.

농부에게 시집을 가는 건 하녀들의 일반적인 운명이었다. 피오니는 살아가면서 이 집이 중국인의 집이었다면 품었을 법도 한 희망을 애써 접을 수밖에 없었다. 유대인들은 첩을 취하지 않는다고 에즈라 부인이 종종 말해주었기 때문이다. 적어도 제대로 된 유대인은 그렇게 하지 않는다고 했다. 그들의 유일신이신 여호와가 금지했다는 것이다. 그녀에겐 야속한 신이 아닐 수 없었다.

에즈라 부인이 아무 대답이 없자, 피오니는 재빨리 뒤로 물러서서 대문으로 향하는 안주인의 뒤를 다소곳이 따랐다. 잠시 후 그녀는 자신의 소박한 가마에 올라탄 채 공단 커튼이 쳐진 에즈라 부인의 가마를 뒤따라 거리를 지나가고 있었다. 그녀는 앞 커튼에 난 조그만 틈으로 거리를 내다볼 수 있었다. 거리의 모습은 여느 때와 다름이 없었다. 그녀가 늘 보아오던 거리, 그녀가 태어나기 수백 년 전부터 있어온 거리였다. 비록 널따란 거리였지만, 제 아무리 넓다 해도 늘 사람들로 가득했다. 양편에 들어선 낮은 벽돌 건물들은 언제나 사람들로 북적였다. 그 건물들엔 여러 종류의 물건들을 파는 가게들이 줄지어 늘어서 있었고, 그 상점들 뒤편으론 아버지와 어머니와 자녀들이 살아가는 가정집들이 있었다. 단란한 가정이든 아니든 안전 하나만큼은 보장받을 수 있었다.

거리는 그늘이 져있었고, 서늘했다. 주인들은 다들 가게 입구마다 대나무 틀에 갈대 잎을 엮어 만든 거적들을 쭉 펴놓았다. 물지게꾼들은 두레박에 물을 담고 가다 흘리기 일쑤였고, 물에 젖은 자갈길은 찬 기운을 솔솔 뿜어댔다. 아이들은 행인들 사이사이를 누비며 사방을 헤집고 다녔다. 주부들은 신선한 야채를 파는 가판에서 행상들과 흥정을 벌였고, 커다란 통에 담겨있는 살아있는 생선을 들어 올려 보기도 했으며, 남자들은 찻집으로 향하거나 생업을 위해 바삐 몸을 움직였다. 거리는 일상을 살아가는 사람들로 가득했다. 평범하지만 건강한 삶의 모습이었다. 하지만 그녀는 거기에 끼지 못했다. 피오니는 슬픈 심정으로 그렇게 활기 넘치는 거리를 바라보았다.

눈에 익숙한 거리 풍경을 바라보면서 피오니는 여러 생각들을 하고 있었다. 그녀에게도 역시 그동안의 시간은 너무도 빨리 지나갔다. 무척 즐겁고 만족스런 시간들이었다. 그녀는 여자가 된다는 것과 그런 변화를 겪어야 한다는 것이 두렵기만 했다. 지금까지는 자신이 거의 이 집의 딸처럼 살아왔다고 생각했었지만, 지난 며칠 동안, 아니, 매년 그 낯선 이국의 축제를 겪을 때면 꼭 그렇지만도 않다는 생각이 들었다. 그녀는 자신을 사들인 이 집에서 어쩔 수 없는 이방인일 수밖에 없다는 사실을 깨달았다. 아무리 기억을 더듬어보려 애를 써도 생모의 얼굴이나 아버지의 목소리 같은 건 떠오르지 않았다. 버려진 아이이거나 혹은 미아일 수도 있었고, 아니면 어렸을 때 한 번 더 어딘가로 팔렸던 건지도 몰랐다.

"저를 누가 팔았었나요, 마님?" 일전에 그녀는 에즈라 부인에게 이렇게 물은 일이 있었다.

"아이들을 다루는 어느 업자가." 에즈라 부인이 대답했다.

"저 같은 아이들이 많이 있었나요?" 그녀가 다시 물었다.

"여자아이는 스무 명이 있었고, 사내아이는 둘이 있었지." 왕 마가 대신 설명을 해주었다.

"그런데 왜 젊은 주인님을 위해서 사내아이를 고르지 않으셨어요?"

"바깥양반이 여자 아이를 원하셨지. 아마도 네 커다란 눈에 반해 널 선택했던 것 같아. 넌 정말이지 삐쩍 말랐었단다. 집에 와서는 모두가 깜짝 놀랄 정도로 밥을 먹어댔었지."

가마를 탄 채 사람들로 붐비는 거리를 남자의 어깨 높이로 지나가던 피오니는 자신의 운명에 대해 곰곰이 생각해보았다. 에즈라의 집 밖으로 나서면 그녀는 아무도 아는 사람이 없었다. 친구 한 명 없었다. 거리의 이 행인들처럼 모두가 그녀에겐 낯선 사람들이었다. 어디에서 그녀가 친구나 가족을 찾을 수 있겠는가? 때문에 그녀는 자신이 있는 곳에 머물러야만 했고, 자신이 유일하게 알고 있는 이 에즈라 집안에 매달려야만 했다.

'내겐 아무도 없어.' 그녀는 구슬픈 심정으로 그렇게 생각했다.

하지만 잠시 뒤 피오니는 그 사실을 부정했다. 그녀에겐 비밀스럽고, 확고부동한 사실이 하나 있었기 때문이다. 그녀는 자신에게 거짓말을 하고 있었던 것이었다. 그녀가 이 에즈라의 집을 떠나고 싶어 하지 않는 건 바로 데이빗의 곁을 떠날 엄두가 나지 않기 때문이었다.

"데이빗." 그녀는 마음속으로 그를 불러보았다. 비록 이젠 '젊은 주인님'이라 부르도록 스스로를 훈련시키고 있지만, 늘 불러오던 그 이름이 친숙할 수밖에 없었다.

'나는 그를 사랑해.' 그녀는 생각했다. '어떤 고난이 내게 주어진다 해도 난 그를 떠나지 않을 거야.' 그녀는 그렇게 자기 자신에게 다짐했다. 분명한 사실을 확인하고 나자, 평화로운 감정이 그녀를 부드럽게 감쌌다. 이제 그녀는 자신이 무엇을 원하는지 확실히 알았다. 문제는 그걸 어떻게 소유하고, 또 유지하는가 하는 거였다.

랍비의 집은 '제거된 힘줄'이라는 거리의 유대 교회 근처에 자리하고 있었다. 이 요상한 거리의 이름은 오래 전에 붙여졌는데, 유대 종교 의식 중에서 그들이 고기를 먹기 전에 힘줄들을 제거한 연유에서 비롯했다. 중국인들은 이 교회를 '이방신의 신전'이라고 부르는 반면, 유대인들은 그저 '신의 신전'이라 불렀다. 예전만 해도 길을 지나던 사람들은 안에서 새어나오던 흐느끼는 소리에 영문을 몰라 의아해하곤 했다. 하지만 세월이 흐르면서 흐느끼는 소리는 거의 사라졌고, 이제 교회당에서 흘러나오는 소리라곤 일주일에 한 번씩 들을 수 있는 길고 느린 구슬픈 신도들의 찬송가뿐이었다. 하지만 시간이 감에 따라 그 찬송가 소리조차 점점 작아졌고, 이제 그 닫혀있는 육중한 문 사이로 흘러나오는 소리를 듣기 위해선 교회 앞에 멈춰 서서 귀를 기울여야만 했다. 교회당 건물은 조금씩 허물어져가고 있었다. 여름마다 찾아오는 태풍이 건물의 처마와 돌림띠를 파손시켰고, 사람들은 그렇게 돌이 떨어져나가도 보수를 하지 않았다.

교회당 가까이에 있는 랍비의 집도 허물어져가기는 마찬가지였다. 안마당 바닥에 깔린 포석 사이로는 이끼가 자라나고 있었다. 에즈라 부인과 피오니는 대문 밖에 가마를 세워두고 안마당으로 들어섰다. 에즈라 부인의 행차를 알리기 위해 먼저 도착해 있었던 왕 씨 노인의 응접실 문가에서 두 사람을 맞았다.

"목사님께선 아직 주무시고 계십니다, 마님." 그가 설명을 했다. "따님이 혼자 부엌에 계셨는데, 머리를 빗고 옷을 갈아입고 오겠다며 서둘러 나갔습죠. 편하게 앉아계시라는 전언과 함께 아버지를 모시고 곧 돌아오겠다고 했습니다."

에즈라 부인은 머리를 숙인 채 썩어들어가는 문지방을 넘어 응접실로 들어섰다. 그저 평범한 가구들이 놓인 작은 방에 불과했지만 응접실이라 불렸다. 낡았지만, 방은 청결했고 향기가 넘쳐 흘렀다. 리아가 탁자 위의 갈색 단지 안에 향기 좋은 하얀 백합을 꽂아두었기 때문이었.

랍비의 집에서는 차를 내오지 않았다. 그건 중국식이었기 때문이다. 에즈라 부인은 자리에 앉아 피오니를 바라보며 의자를 가리켰다.

"앉거라." 그녀가 말했다. "우리끼리 있을 땐 서 있지 않아도 된다. 그리고 왕 씨는 이제 돌아가서 일을 보도록 해요."

왕 씨 노인은 꾸벅 절을 하고 자리를 떴다. 에즈라 부인은 조용한 작은 방에서 랍비가 오기를 기다렸다. 그녀가 아무 말도 하지 않았기 때문에 피오니 역시 잠자코 있었다. 이 젊은 처녀는 나무 의자에 우아한 자세로 허리를 꼿꼿이 편 채 앉아 있었고, 두 손을 모아 가지런히 무릎 위에 올려놓았다. 그녀는 시중을 들며 다소곳하게 앉아있는 법을 완벽하게 알고 있었다. 그녀의 표정은 밝고 순종적이었으며, 몸가짐에선 초조함이나 다급한 모습을 전혀 찾아볼 수 없었다. 몇 분 뒤 바닥을 질질 끄는 발소리가 들려오자, 피오니는 몸을 일으켜 에즈라 부인이 앉아있는 의자 뒤쪽으로 가 자리를 잡았다.

문가의 빛바랜 린넨 커튼을 젖히고 리아가 아버지인 랍비 노인을 부축한 채 응접실로 들어섰다. 그는 오른손은 기다란 지팡이에 의지하고, 왼쪽 팔은 리아의 어깨에 의지한 채 걸어 들어왔다. 랍비는 젊은 시절, 또래에 비해 키가 큰 편이었다. 비록 나이가 들어 허리가 굽긴 했지만 여전히 작은 키가 아니었다. 그는 오늘 아침 늘 하던 대로 유대인 고유의 의복을 입고 있었다. 여기저기 헝겊을 대고 기운 흔적은 보였지만 옷은 청결했다. 그의 기다란 턱수염은 눈처럼 희었고, 그의 피부 역시 주름이 좀 있긴 했지만 깨끗하고 건강해 보였다.

"어서 오세요." 랍비가 에즈라 부인을 반기며 말했다.

"제가 주무시는 걸 방해한 것 같네요, 목사님."

그녀는 자리에서 일어나 앞으로 걸어 나가 노인을 맞이했다. 랍비는 부인의 손을 부드럽고 신속하게 잡은 후, 머리로 손을 가져가 신의 가호를 빌었다. 이어 리아가 에즈라 부인이 앉았던 의자 맞은편에 놓인 의자 쪽으로 랍비를 이끌었다.

"앉으세요, 아주머니." 리아가 그렇게 말했고, 에즈라 부인이 자리에 가 앉자, 높다란 의자 하나를 자신의 아버지 곁으로 가져갔다. 그러고는 어색한 표정으로 피오니를 바라보았다. "피오니도 앉지 그러니?" 그녀가 말했다.

피오니가 상냥하게 머리를 숙였다. "고맙습니다만, 전 마님 시중 들 준비를 하고 있어야 해서요." 그녀가 부드럽게 대답했다.

리아도 자리에 앉았다. 지금 이보다 더 극명하게 피오니의 어린 시절과 현재의 차이를 드러내주는 모습도 없었다. 리아와 피오니는 어린 시절 데이빗과 함께 어울려 소꿉장난을 하곤 했었다. 그러나 이제 한 사람은 하녀의 신분이고, 다른 한 사람은 한 집의 젊은 안주인이었다.

"실은 훨씬 일찍 일어났어야 했지요." 랍비가 나이에 비해 놀라울 정도로 정정한 목소리로 말했다. "사실인즉슨, 유월절 축제가 제 안에 있던 슬픈 기억들을 불러일으켰고, 그래서 비통한 마음에 잠을 이룰 수가 없었답니다. 이 가엾은 두 눈이……." 그가 눈두덩을 더듬으며 말했다. "앞은 보지 못한다 해도, 눈물은 여전히 흘릴 줄 알지요."

에즈라 부인이 한숨을 내쉬었다. "낯선 땅에 있는 우리들은 누구나 다 눈물을 흘리고 있답니다."

"전 점점 늙어갑니다." 랍비가 말을 이었다. "그런데 저를 대신하기에는 제 아들 녀석이 아직 너무 어리지요. 얘야, 애런은 어디 있느냐?"

"아침 일찍 나가서 아직 안 돌아왔습니다, 아버님." 리아가 말했다.

"어디 간다고 얘기하지 않았느냐?" 랍비가 물었다.

"안 했어요."

"네가 물어보았어야지." 랍비가 힘주어 말했다.

"제게 말해주려 하지 않았어요." 리아가 부드럽게 대답했다.

빈약하고 시들어가는 노인과 대조를 이루는 듯 리아의 아름다움은 놀라울 정도로 빛을 발했다. 깨끗한 봄 햇살이 타일 마루에 정사각형의 광선을 뿌렸고, 그 빛은 리아의 아름다움을 선명하게 드러내주었다. 날씬하면서도 풍만한 체형의 그녀는 야무진 외모에 건강해 보이는 혈색을 지니고 있어 성숙한 여인의 모습을 느끼게 해주었지만, 간간히 드러나는 수줍어하는 태도는 거의 아이의 모습처럼 느껴졌다. 오늘 아침 그녀는 도톰한 입술을 붉게 칠했고, 두 눈은 그 모양새나 짙은 갈색의 빛깔이 거의 완벽에 가까울 만치 아름다웠다. 눈썹은 짙었고, 긴 속눈썹은 살짝 구부러져 있었다. 굽실굽실한 풍성한 머리는 목덜미 부근에서 가느다란 붉은 공단 천으로 묶어 얼굴 뒤로 넘긴 단정한 모습이었다. 그녀는 결이 거친 하얀 린넨 소재의 단순한 드레스를 입고 있었다. 옷은 발꿈치까지 내려왔고, 머리에 한 것과 같은 붉은 공단 띠를 잘록한 허리에 둘러맸다. 소매는 짧았고 그 아래로 가늘고 긴 크림색 팔이 매끈하게 드러났다.

피오니는 곧게 뻗은 속눈썹 아래로 감탄을 하며 이 미인을 바라보았다. 그러면서 머릿속으로 이 아름다운 외국 처녀와 관련된 질문을 스스로에게 던지며 답을 해보았다. 리아가 데이빗의 아내 자격으로 에즈라의 집에 들어온다면, 그녀는 그 거대한 저택이 그동안 어떻게 꾸려져 왔는지 영리하게 다 파악할 수 있을까? 그녀는 그릇된 것들에 저항하고 금지하면서 데이빗을 다시금 자기네 민족의 오래된 꿈과 염원 속으로 이끌게 될까?

"애런이 어디에 가는지 말도 하지 않고 나다니게 해서는 안돼요, 목사님." 에즈라 부인이 당부했다.

"아직 어려서 그렇습니다." 랍비가 한숨을 내쉬며 말했다.

"자신의 본분을 잊을 정도로 어리진 않죠." 에즈라 부인이 단호하게 말했다. "애런은 아버님의 뒤를 이을 유일한 아이입니다. 그는 동포들에 대한 자신의 본분을 잊어서는 안 돼요. 애런이 역할을 못 해내면, 때가 이르렀을 때 우리를 고향으로 이끌어줄 사람이 없게 돼요."

"오, 그 일이 제 살아 생전에 이루어져야 하는데 말입니다!" 랍비 노인이 한탄하듯 말했다.

"예, 그렇죠. 하지만 행여 그렇게 되지 못한다 해도 우린 늘 준비를 하고 있어야 해요." 에즈라 부인이 성심을 다해 말했다. "예배당을 어서 수리해야 해요. 그리고 우리 동포들이 아직까지 잃지 않은 채 간직하고 있는 것들을 되살려야 해요. 아시다시피, 어른들은 우리의 선조에 대해 점차 잊어가고 있고, 아이들은 전혀 알지 못하죠. 애런에게 교회 수리 비용을 모금하는 책무를 맡기도록 하세요. 좋은 생각인 것 같아요. 제가 개시로 은 오백 개를 기부하도록 할게요."

"아, 모든 사람들의 생각이 부인과 같다면 얼마나 좋겠습니까." 랍비 노인이 말했다. "아무튼 참 좋은 생각인 것 같은데, 네 생각은 어떠니? 애런에겐 뭔가 바쁘게 할 일이 생겨서 좋을 것 같고 말이다."

"예, 아버지." 리아가 어색하게 대답했다. 그리곤 다리 근처에 내리쬐는 봄 햇살을 내려다보았다.

참으로 낯선 이 외국인들. 피오니는 생경한 느낌으로 그들을 바라보았다. 경건한 노인, 아름다운 처녀, 그리고 에즈라 부인 역시 단정한 외모에 정숙함까지 지니고 있었는데, 이들 모두 내부에 활활 타오르는 뭔가를 지니고 있었다. 그들은 왜 말을 할 때 두 눈에선 빛이 나고, 얼굴은 뭔가에 골몰한 표정이 되며, 목소리는 진중해지는 걸까? 어떤 영적 기운이 그들로부터 스며 나와 그들을 신비로운 일체감 속에 감싸 안으며 피오니를 밀어내는 것만 같았다. 알 수 없는 소외감에 아래를 바라보던 피오니의 시선은 무릎 위로 느슨하게 깍지 낀 리아의 두 손으로 옮겨갔다. 그녀의 손은 손가락 끝이 뭉툭한 게 꼭 사내아이의 손 같았다. 억세 보이고 거칠었다. 한편 피오니는 에즈라 부인이 앉아있는 의자 등받이에 올려놓은 자신의 작은 손을 내려다보았다. 보드랍고, 자그마하고, 폭이 좁은 손에 손가락은 소녀답게 끝이 뾰족했다. 리아의 손은 에즈라 부인의 손과 모양새가 닮았다. 단지 다른 점이라면 부인의 손은 일로 인해 거칠어지지 않았다는 것이었다. 부인의 손은 부드러웠고, 통통했으며, 양손의 집게손가락과 엄지손가락에 반지를 끼고 있었다. 반면 리아는 맨손이었다.

"참! 오늘은 예배당에 대해 말씀을 드리러 찾아뵌 게 아니에요." 에즈라 부인이 말했다.

랍비가 자신의 은빛이 감도는 머리를 기울였다. 머리에 꼭 맞는 작고 검은 모자를 쓰고 있었지만, 그 가장자리로 구부러진 머리칼이 삐져나와 있었다.

"그럼 무슨 일로?" 그가 예를 갖춰 조심스레 물었다.

"리아가 있는 자리에서 이야기를 해도 좋을는지 모르겠네요." 에즈라 부인이 리아를 다정하게 바라보며 말했다.

리아가 몸을 일으켰다. "전 이만 물러갈게요."

"아니다." 에즈라 부인이 리아를 만류하며 말했다. "네가 자리를 피할 필요가 어디 있겠니? 넌 어린아이도 아니고, 또 우린 중국인도 아니잖니. 네 결혼 얘기를 네 앞에서 하는 게 문제될 건 없을 것 같구나."

리아가 주저하며 다시 의자에 앉았다. 피오니가 그녀를 곁눈질로 슬쩍 바라보았다. '결혼'이라는 말에 리아의 곧게 뻗은 목과 어깨가 온통 진한 붉은색으로 물들기 시작했고, 이어 두 뺨과 머리끝까지 번져갔다. 그 모습을 보는 피오니 역시 얼굴 쪽으로 피가 몰리는 게 느껴졌고, 심장이 힘차게 두근거리기 시작했다. 그들은 물론 그녀 앞에서 이야기를 할 것이다. 일개 하녀의 감정 따위를 그 누가 대수롭게 생각하랴? 빈틈없는 에즈라 부인으로서는 피오니가 데이빗의 결혼 얘기를 듣는 게 오히려 낫다는 생각을 하고 있을지도 몰랐다. 피오니는 머리를 숙이고 에즈라 부인의 의자 등판에 두 손을 가지런히 접어 올린 채, 마치 작은 대리석 상처럼 서있었다.

"바로 결혼 얘기예요." 에즈라 부인이 운을 뗐다. "이제 우리 아이들 얘기를 할 때가 됐어요, 목사님." 제 아들도 더 이상 어린아이가 아니랍니다."

"리아는 아직 열여덟입니다." 랍비가 망설이며 말했다. "게다가, 이 아이 없이 제가 무슨 일을 할 수 있겠습니까?"

"열여덟이면 이제 여자가 되었다는 의미지요." 에즈라 부인이 반박했다. "그리고 언제까지나 리아를 곁에 두실 수만은 없으세요. 리아 자리를 대신할 성실한 유대인 여자를 한 명 구해드릴 수 있을 거예요. 그건 제가 알아보도록 할게요. 사실 한 사람이 있긴 해요. 레이첼이라고 엘리 씨의 딸이죠."

"그 여인의 엄마는 중국인이죠." 랍비가 못미덥다는 투로 말했다.

"그저 피가 섞여 있을 뿐이에요." 에즈라 부인이 단호하게 말했다. "요사이에는 순수한 혈통의 유대인 하인을 찾기가 어려워요. 저 같은 경우는 중국인만 쓰죠. 피가 섞이지 않은 게 더 나을 수도 있거든요. 물론 리아를 대신할 사람으로는 종교의식에 대해 잘 알고, 목사님을 보필할 수 있는 여자여야 하겠죠. 레이첼은 충분히 잘 해낼 수 있을 거예요. 남편은 이미 세상을 떠났죠."

"중국인이었죠." 랍비가 푸념하듯 말했다.

"요즘은 유대인 처녀 총각끼리 혼사를 맺게 하는 것만도 힘든 일이에요. 그래서 제가 이렇게 나서는 거예요. 리아, 네가 날 좀 도와주렴!"

"제가 어떻게 도와드리면 될까요?" 리아가 걱정스런 눈빛을 지으며 에즈라 부인을 바라보았다.

"우리 집으로 와주렴." 에즈라 부인이 말했다. "네 나이면, 이제 성인의 문턱에 들어서는 나이이니 자연스럽고 합당한 일이란다. 우리 집으로 와서 네 엄마와 친구였던 나와 함께 지내주렴. 네 엄마와 난 거의 자매처럼 지냈었지. 네가 우리 집으로 와주기를 난 오래전부터 바라고 있었단다."

그때 문가에서 인기척이 들려오자 대화가 잠시 중단됐다. 부리나케 안으로 들어서던 애런이 동작을 멈추고는 예상치 못한 손님들의 모습에 당황하는 기색을 보이더니, 이내 멋쩍은 웃음을 지어보였다.

"애런!" 리아가 근심어린 음성으로 속삭였다.

"아들아!" 랍비가 목소리를 높였다. "마침 잘 왔구나! 너와 함께 얘기를 할 수 있게 돼서 참 다행이구나. 애런, 자 이리 내 옆으로 와 앉으렴."

랍비는 그렇게 말하고 의자를 더듬었지만, 애런은 꿈쩍도 하지 않았다. 그저 터번을 벗어 뜨겁게 달아오르는 이마를 닦고 있을 뿐이었다. 그러자 리아가 자리에서 일어나 의자를 랍비 곁으로 가져갔고, 동생에게 손짓을 했다. 애런은 마지못해 자리에 앉으며 가쁜 숨을 골랐다.

"왜 그렇게 뛰어온 게냐?" 랍비가 다정하게 물었다.

"그냥 그러고 싶었어요." 애런이 퉁명스럽게 대답했다. 그는 조금은 창백한 얼굴빛의 청년이었고, 작고 검은 두 눈은 가느다란 매부리코 사이에 바짝 붙어 있었다. 터번 아래로는 구부러진 검은 머리칼이 단정치 못하게 흐트러져 내려와 있었다.

에즈라 부인이 경멸스런 눈초리로 애런을 바라보았다. "넌 랍비의 아들처럼 보이지 않는구나." 위엄 있는 목소리였다. "랍비의 아들이 그렇게 아무렇게나 하고 다니면 되겠니?"

애런은 대답을 하지 않았다. 대신 적개심이 담긴 심술 난 표정으로 사납게 부인을 쏘아보았다.

"애런!" 리아가 힐난하듯 또다시 작은 소리로 말했다.

"조용히 해!" 애런이 누이에게 사납게 속삭였다.

"얘야, 손님들에게 인사를 드려야지?" 랍비가 말했다.

"하던 얘기를 계속 하도록 하죠." 에즈라 부인은 애런의 인사 따윈 관심조차 없다는 듯이 서둘러 말했다.

"예, 예." 랍비가 조용히 대답했다. "애런, 에즈라 부인께서 네 누이를 집으로 데려가 한동안 함께 지내겠다고 하시는구나."

"그럼 우린 누가 돌봐주고요?" 애런이 무례하게 이의를 제기했다.

"레이첼이 올 거다." 에즈라 부인이 대답했다.

"내가 가도 괜찮겠니, 애런?" 리아가 조금은 머뭇거리며 물었다.

"내가 안 괜찮을 게 뭐 있어?" 그가 퉁명스럽게 말했다. 방 안을 이리 저리 두리번거리던 그의 눈길이 조용히 자리를 지키고 있던 피오니에게로 옮겨가 계속 머물렀다. 애런의 조악하고도 탐욕스러운 눈길을 감지한 피오니는 눈을 들지 않고 아래쪽으로 시선을 향했다.

이 모습은 이내 에즈라 부인에게 포착되었고 그녀의 심기를 건드렸다. 부인은 벌떡 몸을 일으켜 두 사람 사이를 가로막으며 섰다. "그럼 그렇게 하는 걸로 하죠, 목사님. 리아는 내일 오는 걸로 하고요. 제가 가마를 보내도록 할게요. 아침 일찍 레이첼이 올 거예요. 그리고 리아는 레이첼에게 모든 걸 제대로 가르쳐주도록 하거라. 돌아오는 날은 미리 정해두지 말고. 좀 오랫동안 우리 집에서 지내게 될지도 모르니까."

에즈라 부인이 자신이 일어섬과 동시에 몸을 일으킨 리아를 자애로운 표정으로 바라보며 미소를 지어주었다. 그리고는 랍비에게 머리를 숙여 작별 인사를 올리고, 애런에게는 눈길조차 주지 않은 채 방을 나섰다. 랍비 역시 자리에서 일어났고, 애런의 팔에 의지해 에즈라 부인을 대문 앞까지 배웅했다.

리아는 랍비의 곁에서 함께 걸었고, 피오니는 가마를 준비시키기 위해 앞장서서 걸음을 옮겼다.

그렇게 일을 마무리 짓고 에즈라 부인은 집으로 돌아왔다. 생각으로 가득한 부인의 마음이 그리 편치 않다는 것을 피오니는 감지할 수 있었다. 자신의 방에 들어선 부인은 한참 동안 침묵을 지키다가 동편 안마당에 있는 작은 방을 리아가 거처로 쓸 수 있도록 준비하라고 지시를 내렸다. 피오니는 선 채로 부인의 지시사항을 숙지했고, 바로 일에 착수하기 위해 몸을 움직이고 있는데 안마당 출입문 쪽에서 부인의 목소리가 들려왔다.

"젊은 처녀들끼리는 뭔가 통하는 구석이 있겠지." 에즈라 부인이 피오니에게 말했다. "네가 알아서 그 방 두 칸을 리아가 좋아하게끔 꾸며 보거라. 그림도 걸고, 꽃병에 꽃도 꽂고, 향수도 뿌려두고 말이야. 리아가 가장 좋아할 만한 걸로 잘 생각해서."

"하지만 마님, 젊은 외국 처녀가 무엇을 가장 좋아하는지 제가 어떻게 알 수 있겠어요?" 피오니가 물었다. 에즈라 부인은 그녀를 뚫어지게 바라보았고, 피오니는 천진난만한 눈을 커다랗게 뜨고 부인을 마주보았다.

"궁리를 해봐." 에즈라 부인이 냉담하게 말하자, 피오니는 의기소침해져서 그 천진난만한 시선을 이내 거두었다.

안마당 출입문 바깥쪽의 이끼가 잔뜩 끼어있는 통로 위에서 피오니는 일 분 정도 아무 말 없이 가만히 서있었다. 그리고는 뭔가 작심을 한 듯 몸을 움직였다. 자신의 방으로 건너가 재빠른 동작으로 외출복을 벗은 뒤 복숭아빛 분홍색의 부드러운 실크 웃옷과 바지로 갈아입었다. 이어 향이 나는 물에 손과 얼굴을 씻고, 머리를 다시금 땋아 한쪽 귀 뒤로 넘겼으며, 보석으로 장식된 핀으로 곱게 쪽을 지었다. 머리를 넘기지 않은 다른 쪽 귀에는 기다란 진주 귀걸이를 했다. 두 뺨과 입술은 주홍빛이 돌게 화장을 했고, 얼굴에는 고운 쌀가루를 가볍게 발랐다. 준비를 다 마친 뒤 그녀는 이 오래된 저택의 비밀스런 통로로 들어섰다. 그 좁은 길은 에즈라의 처소 가까이에 자리한 데이빗의 방 안뜰로 구불구불 이어져 있었다.

이 저택은 수백 년 전 어느 명망 있고 부유한 중국 가문에서 지은 집이었는데, 수 세대에 걸쳐 내려오면서 그곳에 사는 사람들의 필요에 따라 여러 안뜰과 통로들이 만들어졌다. 그 가운데 많은 곳들이 폐쇄돼 사용하지 않은 채 방치되어 있었지만, 피오니의 모험심과 데이빗의 호기심이 결합되어 대부분 찾아낼 수 있었고, 유년 시절을 거쳐 오면서 두 사람에게는 친숙한 장소들로 자리매김하게 되었다. 이 거대한 저택의 표면 아래로는 이러한 비밀스런 삶이 비밀스런 방식으로 존재하고 있었던 것이다.

이 집은 피오니의 세계였다. 자신이 속한 이 유대인 가족과 함께 살아가는 공간이었다. 하지만 그럼에도 불구하고 이 집에서 피오니는 자주 외로움을 느끼곤 했다. 사람들의 발길이 닿지 않아 잡초가 무성한 뜰에서 피오니는 홀로 몽상을 하며 명상에 잠긴 채 시간을 보내곤 했다. 하지만 요사이 그녀는 자신이 결코 혼자가 아니었다는 것을 깨달을 수 있었다. 그녀에겐 늘 데이빗이 있었던 것이다. 바로 눈앞에 있든 없든 그는 그녀의 몽상 속에, 그녀의 명상 속에 늘 있어왔던 것이다. 그러나 이렇게 비밀을 간직하며 살아가던 피오니에겐 커다란 두려움이 하나 있었다. 언젠가 때가 되면 그에게 아내가 생기리라는 사실이었다. 하지만 피오니는 이 아내가 두 사람을 갈라놓을 수는 없을 거라고 믿었다. 가족 내 다른 구성원들에게 거의 눈에 띄지 않은 채 긴밀한 관계를 유지할 수 있으리라 여겼다. 하지만 만일 리아가 집으로 들어오면 그걸 과연 눈감아 줄까? 그 젊은 외국 처녀의 눈을 과연 벗어날 수 있을까? 그녀는 데이빗의 몸과 마음, 그리고 영혼까지, 모든 것을 요구하지 않을까? 그녀는 데이빗을 자신이 원하는 모습으로 빚어갈 것이고, 그들의 유일신을 섬기는 법을 가르칠 것이며, 그렇게 함으로써 그는 다른 것들을 담아 둘 공간을 남겨두지 않은 채 오직 리아에게만 마음을 주게 될지도 몰랐다. 이제 피오니는 진정으로 리아가 두려워졌다. 그녀가 보기에 리아는 남자를 완전히 소유하고, 또 유지할 수 있을 만한 충분한 힘을 지니고 있었기 때문이다. 피오니의 눈에 눈물이 차올랐다. 그녀는 곧바로 데이빗에게 가서 다시금 그의 마음을 사로잡고, 그와의 모든 관계를 다시금 정리할 필요가 있었다. 걷잡을 수 없는 두려움에 그녀는 에즈라 부인의 분부를 거역하면서까지 서재를 향해 소리를 죽여 달려갔다. 이 시간이면 데이빗은 서재에서 책을 읽고 있을 터였다.

데이빗은 책들을 옆으로 밀어둔 채 책상에 앉아있었다. 피오니가 문간에 서 있는 동안에도 그는 낙타털로 만든 붓을 입술 쪽에 갖다 댄 자세로 종이 위를 주시하고 있었다. 그는 피오니가 온 것을 눈치 채지 못했고, 피오니는 미소 띤 장밋빛 얼굴로 그가 고개를 들기만을 기다렸다. 그가 아무런 반응도 보이지 않자, 피오니가 부드럽게 웃어 보였다. 데이빗이 꿈을 꾸는 듯한 눈빛으로 고개를 들었다. 이어 피오니가 그에게 다가가 소매에서 새하얀 실크 손수건을 꺼내 몸을 숙여 잉크가 묻어 있는 데이빗의 입술을 닦아주었다.

"이 입술 좀 봐!" 그녀가 중얼거렸다. "이것 좀 봐요! 잉크가 묻었잖아요."

그러면서 피오니는 손수건에 묻은 얼룩을 보여주었지만, 그는 그런 건 개의치 않는다는 듯 여전히 꿈을 꾸는 듯한 표정을 하고 있었다. "백합꽃(lily)에 맞는 운(韻)을 얘기해봐." 그가 명령조로 말했다.

"멍청해(silly)." 그녀가 장난스레 대답했다.

"네가 멍청해!" 그가 응수했다. 그러면서도 붓을 종이에 가져갔다.

"뭘 쓰고 있는데요?" 그녀가 물었다.

"시." 그가 대답했다.

피오니가 종이를 낚아채자 데이빗이 다시 낚아챘고, 결국 종이는 두 조각으로 찢겨졌다. "이게 뭐야!" 그가 크게 화를 내며 소리를 높였다. "다섯 번이나 새로 쓴 거란 말이야!"

"숙제예요?" 피오니가 물었다. 그리고는 두 동강난 종이 위에 쓰인 시를 높고 달콤한 목소리로 읽기 시작했다.

난 나도 모르게 정원에 들어섰다네.
꽃향기로 가득한 공간,
하지만 모든 꽃들은 백합 앞에서
고개를 숙이고……"

"왜 백합이죠?" 피오니가 호기심에 눈을 빛내며 물었다. "그 처녀는 사슴 같다고 하지 않았나요? 한 처녀가 동시에 사슴과 백합처럼 보일 순 없죠."

"사실 딱히 백합과 닮은 건 아니야. 그 여자는 무척이나 작았거든. 솔직히 난초라고 쓰고 싶었지. 작고 금빛이 나는. 하지만 난초와 운을 맞출 수 있는 단어가 전혀 없더라고."

피오니가 손에 들고 있던 종이를 구겼다. "백합이든 난초든 사슴이든. 그녀에게 시를 보내는 건 이제 아무 소용이 없게 됐어요." 그녀가 선언하듯 말했다.

"고얀 녀석!" 데이빗이 소리를 치며 그녀의 손을 쥐고는 구겨진 종이 뭉치를 빼낸 뒤 반듯하게 펼쳤다. 그리고는 피오니가 한 얘기를 상기하며 다그쳐 물었다. "도대체 그게 무슨 소리야?"

피오니는 심호흡을 한 후, 단호하게 말했다. "리아 아가씨가 오신대요."

"여기로?"

피오니는 그의 눈에 두려움이 서리는 것을 보곤 내심 흐뭇해하며 고개를 끄덕였다. "내일 올 거예요. 리아 아가씨는 정말 미인이죠. 요즘들어 더욱 더 예뻐지셨어요. 그 시를 버리지 않는 게 좋겠어요. 리아 아가씨라면 백합이 어울리니까요."

"왜 오는 거지?" 그가 아랫입술을 깨물며 물었다.

"아시잖아요, 젊은 주인님과 결혼하러 오시는 거겠죠!"

"놀리지 마." 그가 명령조로 말했다. "얘길 해봐. 어머니께서 리아한테 그렇게 말씀 하셨어?"

피오니가 고개를 끄덕였다. "전 주인마님과 함께 목사님 댁을 방문했고, 그곳에서 나누신 대화를 한 마디도 빼놓지 않고 다 들었어요. 예배당을 개축하신다고 했어요. 그리고 리아 아가씨가 이리로 와서 살기로

했고요."

"어머니가 아무리 그렇게 생각하신다 해도⋯⋯." 데이빗이 운을 뗐다.

"아, 마님은 원하는 대로 밀어붙이는 분이세요." 피오니가 데이빗의 말을 막으며 자신 있게 말했다. "마님은 젊은 주인님보다 훨씬 더 강한 분이세요. 젊은 주인님이 리아 아가씨와 반드시 결혼하게끔 만드실 거라고요!"

"그럴 순 없어⋯⋯ 난 안 해⋯⋯ 아버지가 날 도와주실 거야."

"아버님은 어머님만큼 강하지 못하세요."

"우린 힘을 합칠 거라고!"

"아, 하지만 상대 역시 혼자가 아니에요." 피오니가 의기양양하게 말했다. "리아 아가씨와 주인마님은 젊은 주인님과 아버님보다 훨씬 더 강하세요."

피오니는 묘하게도 그에게 상처를 주고 싶은 마음이었다. 힘이 부치게 만들어 데이빗이 자신에게 도움을 청해오도록 만들고 싶었다. 그리고 그렇게 부탁을 해오면 그를 도와주려 했다. 그녀는 데이빗의 눈을 바라보았다. 불안한 눈빛이었다.

"피오니, 네가 나를 도와줘야해!" 그가 속삭였다.

"리아 아가씨만큼 예쁜 여자가 어디 있다고." 피오니가 어깃장을 놓으며 말했다.

"피오니," 그가 애원하듯 말했다. "난 다른 사람을 사랑하고 있어. 너도 알잖아!"

"알죠. 쿵 첸의 딸. 그 처녀의 이름은 뭐죠?"

"몰라." 그가 힘없이 말했다.

"난 알아요." 피오니가 말했다.

이제 피오니는 데이빗을 자신의 수중에 넣을 수 있었다. 그가 피오니의 손목을 움켜쥐며 다그쳐 물었다. "이름이 뭔데?"

"난초라고 부르려 한 걸 보면 거의 맞춘 거예요." 그녀가 차분하게 말했다. "쿠에이란이라고 해요."

"고귀한 난초란 뜻이군." 그가 감탄하듯 말했다. "내 직관이 맞았어!"

"원한다면 제가 그 시를 가져다 줄 수도 있어요. 마무리하시는 대로요." 피오니가 다정하게 말했다.

데이빗은 책상의 서랍을 열고 새 종이를 한 장 꺼냈다.

"자, 빨리 마지막 줄을 쓸 수 있게 도와줘." 그가 명령조로 말했다.

"꽃은 피하도록 하세요." 피오니가 제안했다. "너무 진부하니까."

"꽃은 피하고." 데이빗이 의욕적으로 말했다. "그럼 대신 그 처녀가 좋아할만한 게 뭐가 있을까?"

"저라면, 내가 사랑하는 사람을 어떤 향기 같은 걸로 표현하겠어요. 밤공기에 실려 오는 향기라든지. 아님 아침 이슬은 어떨까?"

"아침 이슬." 그가 결정을 내렸다.

데이빗이 종이를 똑바로 놓고 붓을 손에 쥐었다. 피오니가 손바닥을 그의 뺨에 갖다 댔다.

"쓰고 있는 동안, 전 주인마님께서 분부하신 일을 하도록 할게요."

그의 귀엔 피오니의 말이 들어오지 않았다. 심지어 그는 그녀가 방을 빠져나가는 것조차 몰랐다. 문가에서 피오니는 데이빗을 돌아보았다. 그가 몰두해 있는 모습을 보자 피오니의 붉은 입술은 점차 견고해졌고, 두 눈은 마치 검은 보석처럼 번득였다. 그녀는 이제 리아의 방을 준비하기 위해 서재를 나섰다.

피오니는 아담한 체구의 손아래 하녀 두 명을 불러 방 청소를 시켰다. 말끔하게 청소하도록 엄하게 지시를 내린 결과, 결국 침대 밑 구석구석까지 깨끗해졌고, 실크로 된 침대 커튼에 묻어있던 먼지도 제거할 수 있었다. 이어 침대 위에는 부드러운 이불을 깔았으며, 문양이 새겨져 있는 검은색 나무 탁자 위의 먼지도 털어냈다. 일이 모두 끝나자 피오니는 지친 하녀들을 물러가게 한 뒤 의자에 앉아 리아에 대해 생각하기 시작했다.

피오니는 이렇게 깨끗이 텅 비어있는 상태로 놓아두고 방을 나서고만 싶었다. 왜 내 손으로 뭔가를 더 채워 넣어야 하지? 그녀는 한숨을 내쉬었다. 하지만 마음씨 고운 리아를 비난하기엔 자신의 마음이 충분히 독하지 않다는 걸 스스로 알고 있었다. 그녀는 내키지는 않았지만 몸을 일으켜 다른 방들을 옮겨 다니며 꽃이 수북이 꽂혀있는 두 개의 꽃병과 칠기 상자, 하늘을 나는 새들 아래로 시구가 적혀있는 그림 두 점, 그리고 발을 올려놓는 금색 대나무 의자와 화사한 그림이 그려져 있는 그릇 등 이런저런 보기 좋은 물건들을 리아의 방으로 가져다가 잘 배치해 놓았다.

일을 다 마친 피오니는 방 안을 둘러보았고, 임무를 완수했다는 뿌듯함을 느끼며 문을 닫았다. 방을 나선 뒤 그녀는 안뜰에 잠시 멈춰선 채 생각에 잠겼다. 지금쯤이면 데이빗은 시를 마무리했으리라…… 의심의 여지가 없었다. 그녀는 발소리를 내지 않고 여러 안뜰을 지나 데이빗의 교실로 쓰이는 서재로 가 안을 들여다보았다. 하지만 그의 모습은 보이지 않았다.

"데이빗?" 부드럽게 불러보았지만 아무 대답이 없었다. 피오니는 까치발을 하고 책상 쪽으로 다가갔다. 종이 위에는 그저 한 줄의 시구가 적혀있었다.

연꽃 봉우리 안에서 숨죽여 기다리고 있는 아침 이슬 방울.

거기까지 쓰고 데이빗은 붓을 내려놓은 것이다. 피오니는 붓 끝에 손을 대보았다. 낙타털은 이미 말라있었다! 그는 어디로 간 걸까? 도대체 어디에 가 있는 걸까?

피오니는 책이 가득한 아무도 없는 서재를 휘 둘러보았다. 그리고 자신의 민감하기 이를 데 없는 모든 감각들을 동원해 상황을 더듬어보려 했다. 데이빗은 뭔가에 당황하고 혼란스러워 한 거였다. 무엇 때문이었을까? 그녀는 밖으로 뛰어나가 그가 어디에 있는지 찾고 싶었다. 하지만 지금까지의 삶은 그녀에게 참아내는 법을 가르쳐 왔다. 그녀는 마음을 다스리며 차분하게 서있었다. 그리고는 붓을 집어 들어 놋쇠 뚜껑을 끼운 뒤 상자 안에 넣어 두었다. 잉크 상자도 뚜껑을 덮었고, 잉크를 개는 판도 제자리에 놓아두었다. 정리를 마친 피오니는 잠시 멈칫하더니 이내 미완성 시가 쓰인 종이를 들어 올려 깔끔하게 접은 뒤 가슴께에 집어넣었다. 그리고 자신의 방으로 돌아와 마음을 다스리려는 듯 시간이 날 때마다 하곤 하던 자수를 놓는 일을 했다. 그렇게 오후 내내 피오니는 자수에 몰두했다. 아무도 그녀를 찾아오지 않았다. 그녀가 배가 고픈지, 혹은 목이 마른지 아무도 관심을 가져주지 않았다.

3

 에즈라 부인이 떠나고 난 후, 랍비와 그의 자식들은 꽃 한 송이 피어 있지 않은 자그마한 안마당에서 서 있었다. 리아가 애원하는 듯한 표정으로 아버지를 바라보았다. 하지만 안타깝게도 장님인 그는 딸의 모습을 볼 수 없었다. 리아가 동생에게 고개를 돌렸다.

 "애런," 그녀가 떨리는 목소리로 말했다.

 하지만 애런은 발치에 있는 깨진 포석을 바라볼 뿐이다. "정말 운이 좋아!" 그가 중얼거렸다. "여기를 뜰 수 있으니 말이야!"

 랍비는 귀 기울여 두 사람의 대화를 듣고 있었지만, 한 마디도 놓치지 않고 듣기에는 귀가 그리 밝지 못했다. "지금 뭐라고 했느냐, 아들?" 그가 조바심을 내며 물었다.

 "리아 누나를 보고 싶어 할 거라고 말했어요." 애런이 목소리를 높이며 얼버무렸다.

 "아, 그러게 말이다. 리아 없이 우리가 어떻게 살아갈지." 랍비가 한숨을 쉬며 중얼거렸다. 그는 안마당을 내리쬐고 있는 태양을 향해 고개를 들었다. "우린 그저 신의 뜻에 따라야 하겠지." 그러면서 랍비는 리아에게 더듬거리며 손을 뻗었고, 리아는 두 손으로 아버지의 손을 맞잡았다.

"왕비였던 에스더마저도 동포들에게 봉사를 하기 위해 출가를 하셨지 않느냐. 내 딸인 너도 에즈라 집안으로 가야만 하느니라."

"에스더가 이교도들의 지역으로 가긴 했지만 그곳은 사실 우리 민족의 땅이었죠." 리아가 말했다.

"나는 예배당에서 가까운 이곳에서만 성스러운 땅의 기운을 느낄 수 있지." 랍비가 말했다. 그는 한숨을 내쉬며 태양을 향해 얼굴을 들었다. "오, 앞을 볼 수만 있었어도!" 그가 목소리를 높였다.

"부디 아버님과 함께 있게 해주세요!" 리아는 그렇게 애원하며 아버지의 팔을 가져다 자신의 어깨에 올려놓았다.

"아니, 아니." 랍비가 지체하지 않고 말했다. "난 아무 것도 불평할 게 없단다. 하나님께서 우리를 이끄시니 말이다. 그분께서는 에즈라의 집에서 무언가 뜻을 이루려 하시는 게 분명하단다. 그 도구로 내 딸인 너를 택한 것이고. 자, 나를 내 방으로 데려다 주렴. 그분의 뜻을 헤아릴 수 있을 때까지 기도를 해야겠다."

랍비는 리아와 함께 움직이며 천천히 걸음을 옮겼다. 친숙한 흙바닥을 밟으며 방향을 이끈 건 리아가 아니라 랍비였다. 그녀는 아버지의 어깨에 머리를 기대고 있었다. 뒤에서 두 사람을 바라보고 있던 애런이 대문 쪽으로 달려갔다. 높이 솟은 문턱을 느낀 랍비는 발을 들어올렸다.

"얘들아." 그가 운을 뗐다. 리아가 뒤를 돌아보았지만 동생의 모습은 이미 보이지 않았다.

"애런은 여기 없어요." 그녀가 부드럽게 말했다.

대개 그녀는 애런이 없다는 얘길 하지 않곤 했다. 나이든 아버지에게 아직 애런이 어리다는 걸 설득시키며 두 사람 사이의 평화를 조율해오던 그녀였다. 하지만 이젠 진실을 말할 필요가 있었다.

"없다고?" 노인이 소리를 높였다. "조금 아까까지도 있지 않았느냐."

"그래서 제가 아버님 곁을 떠나면 안 된다는 거예요." 리아가 간곡히 말했다. "제가 여기 없으면 애런은 늘 밖에 나가 살다시피 할 테고, 아버님은 시중드는 여자와 둘만 남게 되실 거라고요."

"여호와 앞에서 녀석과 담판을 지어야겠구나." 이렇게 말하는 랍비의 얼굴엔 비통함마저 감돌았다.

"아버지, 제가 곁에 있게 해주세요. 아버지와 애런을 제가 돌봐 드릴 수 있도록요." 리아가 간청했다.

하지만 랍비는 손을 내저었다. 마루 한가운데 서 있던 그는 지팡이로 발치의 돌들을 두드렸다. "네게 진실을 숨겨온 게 바로 이 아비로구나, 애야." 그가 통곡을 하며 말했다. "나약한 인간인지라 진실을 숨겨올 수밖에 없었던 아비를 부디 용서하렴. 애야. 난 내 아들의 실체를 알고 있다. 그렇기 때문에 더더욱 넌 가야만 해. 걱정 말고 떠나거라. 난 내 임무를 수행할 테니."

"아버지, 애런은 아직 어려요. 뭘 어쩌시려고요?"

"녀석을 파문할 수도 있지. 이삭이 에서를 파문했듯이!" 랍비가 예사롭지 않은 기운을 드러내며 말했다. "주님의 집에서 영원히 쫓아낼 수도 있다!"

리아가 아버지의 어깨를 두 손으로 감쌌다. "아, 이런 상황에서 제가 어떻게 갈 수 있겠어요?" 그녀가 한탄스럽게 말했다.

랍비는 애써 감정을 추슬렀다. 잠시 주저하던 그는 자세를 틀어 의자를 더듬고는 몸을 앞혔다. 그는 떨고 있었고, 창백한 이마 위로는 작은 땀방울이 맺혀 있었다. "자, 이제 내 말을 잘 듣거라. 지금은 네 아비로서 이야기하는 게 아니다. 교회의 랍비로서 네게 명령을 내리는 거다!"

리아는 양 주먹을 꼭 쥔 채 붉은 입술을 깨물며 주저하는 모습으로 서있었다. 크게 뜬 두 눈은 불타오르는 듯했지만, 그녀는 아무 말도 하지 않았다. 잠시 침묵이 흐른 뒤 랍비가 의자에서 몸을 일으켜 지팡이에 의지한 채 이 세상의 것 같지 않은 낮은 음성으로 말을 하기 시작했다.

"주님께서 그의 종 리아에게 말씀하신다. 떠나거라. 그리고 네가 누구인지 꼭 명심하거라. 나를 위해 에즈라 집안을 교화하거라! 그들이 나의 자식들임을 깨닫게 하거라. 그들은, 내가 나의 신하 모세의 손을 빌어, 이집트로부터 탈출시켜 약속의 땅으로 이끈 그 민족의 자손들이다. 그런데 그곳에서 내 백성들은 또 죄를 지었다. 이교도의 여자를 취하고, 그릇된 신들을 섬겼다. 그래서 난 그들이 회개할 때까지 다시 그들을 내쫓았다. 하지만 난 그들을 잊지 않고 있다. 그들은 다시 내게 돌아올 것이다. 난 그들을 구원해 다시금 그들의 땅으로 돌아가게 할 것이다. 그러한 과업을 이루기 위해선 아직까지 나를 잊지 않은 자들의 손이 필요하다."

랍비는 은혜가 충만한 표정으로 말을 마쳤다. 그는 두 팔을 쫙 펼쳤고, 그 사이 지팡이가 바닥으로 굴러 떨어졌다. 고개를 들고 이야기를 듣던 리아는 랍비가 말을 그치자 머리를 숙였다.

"말씀을 따르겠습니다." 그녀가 속삭였다. "최선을 다하겠습니다, 아버님."

랍비가 비틀거렸다. 모든 힘이 빠져나간 랍비는 간신히 의자를 찾아 몸을 앉혔다. "주님의 뜻은 이루어질 게다." 그가 엄숙하게 말했다. "물러가서 떠날 채비를 하도록 하거라."

그녀는 아무 말도 하지 않고 자리를 떴다. 그리고는 하루 내내 침묵 속에서 바삐 몸을 움직였다. 예배당 옆에 있던 이 작은 집은 그녀의 손길 아래서 언제나 깔끔하고 청결하게 유지되었다. 리아는 다시금 청소를 한 뒤, 세 사람이 먹을 점심 식사 준비를 했다. 하지만 애런은 집으로 돌아오지 않았고, 그녀는 그늘진 곳에 그의 몫의 음식을 남겨두었다. 식탁에 앉은 랍비와 리아는 거의 한 마디의 대화도 없이 식사를 했다.

아들이 자리에 없다는 얘기를 들은 랍비가 한숨을 내쉬었다. 랍비는 리아에게 애런이 돌아오는 대로 자신에게 보내라고 일러두었다. 그는 식사를 마친 뒤 눈을 붙였다. 아버지가 잠든 사이, 리아는 작은 가죽 재질의 여행용 가방에 옷가지들을 넣었다. 이어 목욕을 했고, 머리를 감았다. 그리고 얼마 지나지 않아 누군가 문을 두드리는 소리가 들려왔다. 아버지의 시중을 들어줄 레이첼이었다. 옆에는 그녀의 짐이 담긴 나무 상자를 든 남자 한 명이 서있었다.

"에즈라 부인이 보내서 왔어요." 그녀가 짧게 말했다.

"기다리고 있었어요." 그녀는 레이첼을 자신의 방으로 안내했다. "이 방에서 지내시게 될 거예요." 리아가 말을 이었다. "아버님 방에서 그리 멀지 않죠. 식사는 하셨어요?"

"네." 레이첼이 말했다. "제가 저녁상을 차리기 이전에 아가씨한테서 필요한 이야기를 전부 듣기 위해서 이렇게 일찍 찾아온 거예요. 에즈라 부인께서 말씀하시길 내일 아침 날이 밝으면 바로 떠나실 거라 아가씨께서 오늘 밤 일찍 잠자리에 들 거라고 하셨거든요. 오늘 밤 마지막으로 아가씨 침대에서 주무세요. 전 부엌에서 자면 되니까요."

이 강인하고, 튼실한 검은 피부의 여인은 무척이나 사람을 편안하게 해주는 구석이 있었다. 리아는 그녀와 함께 침대에 걸터앉아 최대한 많은 이야기를 해주었다. 아버지가 어떤 음식을 잡수시고, 어떤 음식을 가리시는지, 세면용으로 얼마나 자주 뜨거운 물을 가져다 드려야 하는지, 아버님의 머리와 수염을 어떻게 관리해드려야 하는지, 그리고 책상 위의 물건들을 다른 사람이 손대는 걸 아버지가 얼마나 싫어하시는 지에 대해서도 이야기해 주었다. 그리고 나서 예배당을 청소하는 방법도 일러주었다. 서판과 궤의 먼지를 터는 법과 벨벳 커튼 청소법도 가르쳐 주었는데, 이 커튼은 오래된 것이라 특별히 신경 써서 부드럽게 다뤄야 한다는 당부도 잊지 않았다. 그리고 리아는 마지막으로 애런에 대해 일러주었다.

"그 아인 착실한 아이가 아니에요." 리아가 구슬프게 말했다. "미리 말해두는 게 좋을 거라고 생각했어요. 아무 것도 기대하지 마세요."

"나한테 맡겨둬요!" 레이첼이 단호하게 말했다.

"그래요, 애런에겐 나보다 레이첼이 더 나을 수 있어요." 리아가 쓸쓸하게 대답했다.

"그렇죠, 내가 나이도 더 많고." 그녀는 통통한 두 손을 무릎 위에 올린 채 몸을 앞으로 기울이며 말했다. "참 딱하기도 하지. 도살장으로 끌려가는 양과 다를 바가 없어보이네요." 레이첼은 안타깝다는 듯이 고개를 저었다.

리아는 무슨 말인지 이해를 하지 못한 채 그녀를 지그시 바라보았다. "괜한 걱정 마세요. 그래도 나름대로 유쾌한 가정이에요." 리아가 변명하듯 말했다. "우린 그 집에 자주 놀러갔었죠. 데이빗하고 제가 꼬마였을 때요." 리아는 살짝 얼굴을 붉히며 웃음을 지어보였다. "아버님과 에즈라 부인이 함께 입을 모아 제게 분부를 내리시니 저야 어쩔 도리가 없는 걸요."

"에즈라 부인은 남자를 대신해서 말씀하시고, 아버님은 신을 대신해서 말씀하시죠." 레이첼이 유머러스하게 얘기했다. 하지만 곧이어 다시금 심각한 표정이 되었다. "하지만 사랑하지 않는 사람과는 절대 결혼하지 말아요." 레이첼이 당부했다. "에즈라 댁 같이 후처를 허락하지 않는 집에선 사랑이 없으면 견뎌내기가 쉽지 않으니까요. 중국인들의 집이라면 경우가 다르겠지만요. 사실 중국인들의 집에선 결혼이란 게 그다지 짐이 되지 않죠. 만일 남편이 마음에 들지 않으면, 집안 내에서의 자신의 지위를 잃는 일 없이, 남편에게 첩을 하나 얻어주면 그만이니까요. 그렇지만 그 집은 다르잖아요. 그런 집에서 죽도록 싫은 남자의 아내가 되는 것만큼 넌더리나는 일도 없죠!"

"그 누가 데이빗을 싫어할 수 있겠어요?" 리아가 얼굴을 다시금 살짝 붉히며 부드럽게 말했다.

레이첼이 리아를 바라보며 미소를 지었다. "그건 그렇죠." 레이첼이 리아의 표정을 살피며 말했다. "난 가서 저녁거리가 뭐가 있는지 한번 봐야겠네요."

아버지의 처소 가까이에 있는 정방형의 자그마한 방에서 마지막 밤을 보내던 리아는 잠을 이루지 못했다. 안마당 맞은편에는 애런의 방이 있었다. 그는 저녁 식사 자리에도 모습을 보이지 않았다. 격자무늬 창 너머로 촛불이 희미하게 비치는 걸 본 건 자정이 넘어서였다. 자신의 침대에 둘러쳐진 하얀 커튼 위로 빛이 전해지자, 리아는 몸을 일으켜 창밖을 내다보았다. 방 안에서 이리저리 움직이는 동생의 그림자가 눈에 들어왔다. 보통 때 같았으면 리아는 동생에게 가서 배가 고프지는 않은지, 지금까지 어디에 있다 왔는지 등을 물었으리라. 하지만 오늘 밤 그녀는 이미 그와 떨어져 있는 그런 기분이 들었다. 이 집에서의 그녀의 삶은 이미 끝이 나있었고, 내일이면 또 다른 삶이 시작되는 것이었다. 그녀는 다시 침대로 돌아가 조용히 누운 뒤, 두 손을 머리 뒤로 해서 깍지를 낀 채 생각에 잠겼다.

그녀는 한동안 아버지가 해주었던 얘기를 곰곰이 생각해보았다. 자신이 신의 도구가 되었다고 말씀하셨지만, 좀처럼 와 닿지가 않았다. 아무리 자신이 그게 사실이기를 원한다 해도 실감이 나지 않았다. 그녀는 어머니가 돌아가신 이후로 너무도 분주하게 집안일을 돌봐야 했기 때문에 토라*를 읽을 시간이 거의 없었다. 어머니는 그녀가 어릴 적에 세상을 떠났다. 너무 어릴 적 일이라 리아는 어머니의 얼굴을 한번 떠올

---

* Torah : 모세 5경

려보려 하면 여간 애를 써야 하는 게 아니었다. 그럴 때면 저 어둑한 기억의 커튼 위로 창백하고 가냘픈 얼굴, 크고 검은 두 눈, 그리고 작고도 슬픈 입 매무새가 그려지는 것이었다. 어머니에 대한 모든 것이 그처럼 아스라하지만, 그녀가 한 가지 또렷하게 기억하는 건 어머니가 이 세상에 계셨던 마지막 밤 그녀를 불러 앉혀놓고 하신 말씀이었다.

"네 아버지를 잘 보살펴 드리렴. 그리고 애런도."

"예, 어머니." 리아가 흐느끼며 대답했다.

"오, 우리 아가." 어머니가 갑작스레 숨을 헐떡였다. "네 자신도 생각해야 해. 누구도 대신해주지 않으니까."

그게 어머니의 마지막 말씀이었다. 리아는 그때나 지금이나 그 말의 의미를 이해할 수 없었다. 자기 자신을 생각하면서 어떻게 남을 돌봐줄 수 있을까? 그녀는 한숨을 내쉬며 결코 이해할 수 없는 그 질문을 털어냈다. 그리곤 대신 데이빗을 떠올리기 시작했다.

그녀는 최대한 아득히 멀리 있는 기억을 더듬어 보았다. 그 당시 아마도 한 달에 한 번씩 왕 마가 자신을 데리러 왔고, 에즈라 댁으로 가서는 에즈라 부인이 주는 달콤한 간식을 먹으며 안마당에서 데이빗과 뛰어놀곤 했다. 데이빗은 언제나 근사한 옷차림에, 무척이나 쾌활하고 사랑스러운 말쑥한 소년이었다. 그녀의 기억 속의 데이빗은 늘 웃음을 잃지 않았고, 그래서 그가 있는 것만으로도 그 주변의 공기가 밝아질 정도였다. 그녀 자신의 집은 늘 우울한 기운이 감돌았다. 아버지는 성서와 기도에만 몰두했고, 병약한데다 늘 불평만 해대던 애런은 누이에게 의지를 하면서도 동시에 못되게 굴었다. 무엇보다 리아의 집은 가난했다. 늘 가난했다. 그래서 리아는 수선을 하고, 수리를 하고, 뭐든 아껴야 했고, 최대한 열심히 요리법과 청소하는 법을 배워야 했다. 어릴 때는 집안일을 도와주는 아주머니가 있었지만, 리아가 열두 살도 채 되기 전에 그녀는 집을 떠났다. 그 때 이후로 리아는 혼자서 집안을 꾸려왔다. 늙은 중국 노인이 한 명 집에 있긴 했지만, 그는 시장에 나가 물건들을 사오거나, 뒷마당에 채소밭을 일구는가 하면 쓰레기를 내다버리거나 하는 게 전부였다. 그는 반쯤 귀머거리였고, 거의 침묵 속에서 살아갔다.

그랬기 때문에 에즈라의 집은 어린 시절 유일하게 즐거웠던 장소로 리아의 기억 속에서 남아있었다. 그러한 리아에게 다시 그곳으로 돌아간다는 건 여간 기쁜 일이 아닐 수 없었다. 더구나 아버지가 그걸 원하시고, 신의 뜻이라고까지 말씀하시니 말이다. 하지만 에즈라 댁으로 간 뒤에도 자주 집을 찾아오겠노라고 그녀는 생각했다. 그리고 자신의 집을 이전보다 더욱 좋게 만들리라 다짐했다. 그리고 또 정말 데이빗과 결혼을 하게 된다면…….

이 부분에서 리아는 부끄러워 얼굴이 절로 붉어졌다. 만일 그렇게 된다면? 그와 같은 천국이 자신에게 허락된다면, 그녀는 하나님께 온 마음을 바쳐 감사드리며, 후회함이 없도록 혼신을 다해 하나님께 보답할 작정이었다. 그녀는 데이빗의 마음을 움직여 예배당을 다시 짓고, 아버지의 꿈을 실현시켜드릴 것이다. 제각기 흩어져 있는 동포들을 다시금 새 예배당에 불러들이고, 데이빗이 그들의 지도자가 되도록 하는 한편 애런은 보살핌을 받아 어쩌면 자신이 걱정했던 것보다 훨씬 더 낫게 성장할 지도 모른다. 모든 일, 모든 이들이 다 잘 되리라…… 그녀는 그렇게 되기를 간절히 소망했다.

그런데 그녀의 기억 가장자리 부근에 젊은 중국 여자의 그림자가 하나 눈에 띄었다. 그녀는 데이빗 곁에서 함께 놀던 작은 소녀였다. 커다란 아몬드 모양의 눈과 작고 붉은 입술을 지닌 예쁜 아이였다. 이 아이는 자라나면서 점차 아름다운 처녀로 변해갔다. 미모는 갈수록 더해졌다. 그녀는 데이빗과 리아의 시중을 들며 차와 케이크를 내오기도 했고, 늘 곁에 머물렀다. 피오니…… 피오니! 하지만 피오니는 그저 하녀일 뿐이야. 리아는 대수롭지 않게 생각하려 애썼다.

새벽녘이 되어서야 리아는 접은 두 손 위에 뺨을 대고 웅크린 채 잠이 들었다. 소리 없이 방 안으로 들어온 레이첼은 곤히 잠든 리아를 차마 깨울 수가 없었다. 어진 심성의 이 여인은 부엌으로 가 목탄 화로에 불을 지폈고, 아침밥을 지었다. 그리고 계란 세 개를 깨뜨려 공기에 담았다.

그녀는 문가에서 사람들의 발걸음 소리가 들려오기 전까지 리아를 깨우지 않았다. 대문을 열자 그곳엔 왕 마가 서있었고, 그 뒤론 비어있는 가마를 들고 있는 일꾼들의 모습이 보였다.

"어서 오세요, 형님." 레이첼이 말했다. "아직 아무도 일어나지 않았다우."

왕 마가 마치 안주인 같은 모습을 한 채 집안으로 들어섰다. 그녀는 진한 청색 외투에 손으로 짠 실크 바지를 입고 있었고, 귀에는 금 귀걸이를, 양 손의 가운데 손가락에는 금반지를 끼고 있었다. 기름을 바른 검은 머리는 뒤로 빗어 넘겨 목 부근에서 둥글게 매듭을 지었고, 촘촘한 검은색 실크 망사로 묶어두었다. 잔털을 뽑아낸 눈썹 위로는 검은 칠을 했고, 두 뺨은 깨끗이 닦느라 너무 세게 문질러 아직까지도 상당히 불그스름했다.

"아직도 안 일어났다구?" 그녀가 소리를 높였다. 그녀는 레이첼과 잘 아는 사이였다. 어느 집에서 시중을 들든 믿음직스런 두 사람은 늘 신뢰를 받았다. 두 사람은 누구보다도 에즈라 부인의 말에 복종했다. 레이첼은 그녀의 남편이 몸이 아프거나 일이 없을 때 에즈라 부인이 틈틈이 돈을 쥐어주었기 때문에, 그리고 왕 마는 에즈라 부인이 에즈라 집안을 좌지우지하는 장본인이라는 사실을 알기 때문에 그녀의 말을 잘 따랐던 것이다.

"랍비께서는 연로하시고," 레이첼이 말했다. "애런은 자정이 넘어서야 집에 들어왔죠. 그리고 리아, 그 불쌍한 아가씨는······."

왕 마의 검은 눈썹이 치켜 올라갔다. "리아가 왜 불쌍해? 우리 집으로 오게 됐으니 운이 좋은 거지."

"그럼요, 물론이죠. 들어오셔서 차나 한 잔 하세요, 형님. 제가 아가씨를 깨우도록 할게요." 레이첼이 부드럽게 말했다.

"내가 깨우지." 왕 마가 단호하게 말했다. "자네는 랍비와 그의 아드님 시중을 들게. 서둘러야 해. 오늘 대상들이 올지도 모르거든. 이리로 오는 도중에 만난 문지기가 그러더군. 새벽 두 시에 심부름꾼이 와서, 대상들이 삼종三鐘 마을에 닿았다는 소식을 전해왔다고 말일세. 하지만 리아 아가씨한테는 아무 얘기도 하지 말게. 안주인께선 아가씨 마음이 흐트러지는 걸 원치 않으시니까."

"정말 대상들이 오긴 오는 건가요?" 레이첼이 목소리를 높였다. "형님은 참 운도 좋으세요. 그 집에 사시니 말이우!"

"그렇다고 볼 수 있겠지. 자, 어서 우리의 임무를 수행하도록 하세!" 왕 마가 어깨를 으쓱이며 말했다. 레이첼은 고개를 끄덕인 뒤 왕 마를 리아의 방으로 안내했다.

리아가 눈을 뜨자마자 처음 보게 된 건 왕 마의 당당한 분홍빛 얼굴이었다. 꿈까지 꾸었던 리아는 반쯤 멍한 상태에서 더듬거렸.

"왜…… 여기에, 전 아직 집에 있는데……."

"일어나요, 아가씨." 왕 마가 기운차게 재촉했다. "아가씨를 모시러 왔어요."

리아는 몸을 일으키고 앉아 자신의 긴 머리를 빗어 내렸다. "아……." 그녀가 부끄러워하며 말했다. "하필 오늘 같은 날 늦잠을 자다니!"

"괜찮아요." 왕 마가 말했다. "대충 걸치고 함께 가요. 안주인님께서 아가씨께 주려고 새 옷들을 준비해두었답니다. 아무 것도 가져갈 필요가 없어요."

"아, 하지만 제 짐을 상자에 다 담아두었어요. 준비가 다 돼있어요!" 리아가 목소리를 높였다.

그렇게 말하며 리아는 침대에서 재빨리 내려왔다. 그리고는 부끄러운 표정으로 왕 마를 바라보았다. 그녀는 이전까지 다른 사람 앞에서 옷을 벗어본 일이 없었다. 하지만 왕 마가 보기엔 전혀 부끄러워 할 일이 아니었다.

"어서요, 어서. 바보처럼 굴지 말아요, 아가씨! 에즈라 집에서 머물기로 한 이상 제가 아가씨를 씻겨드리고 보살펴드리게 될 거라구요. 최소한 피오니가 제대로 배우기 전까지는요. 그리고 이 나이 먹은 여자 앞에서 부끄러울 게 뭐가 있어요?"

결국 리아는 왕 마로부터 돌아선 채 옷을 벗은 뒤 몸을 씻었고, 왕 마는 옆에서 끊임없이 서두를 것을 재촉했다.

"너무 꼼꼼하게 씻을 필요 없어요." 왕 마가 리아를 몰아쳤다. "집에 가면 아가씨를 다시 씻겨드리고, 새 옷을 입기 전에 향수도 뿌려드릴 테니까요."

이어 레이첼이 쌀로 만든 따뜻한 수프를 가져왔고, 잠시 후 리아는 모든 준비를 끝냈다. 하지만 작별 인사가 남아있었다. 그건 누구도 도와줄 수 있는 일이 아니었다. 그녀는 까치발로 애런의 방으로 갔다. 그는 여전히 잠들어 있었다. 리아는 선 채로 동생을 내려다보았다. 눈물이 고이기 시작했다. 무력한 모습으로 잠들어 있는, 깡마른 체구에 핏기 없고 못난 동생의 얼굴을 대하자 마음이 저려왔다. 과연 누가 나와 같이 내 동생을 사랑해 줄 수 있을까? 그에겐 사랑받을 만한 구석이 전혀 없었다. 나약하고 도움이 필요한 사람을 보면 그 사람이 누구든지 간에 늘 넘쳐나곤 하는 리아의 애정과 호의가 마음속에서 다시금 솟구쳐 올랐다. 그녀는 몸을 굽혀 동생의 뺨에 입을 맞추었다. 그의 숨결은 악취를 풍겼고, 머리에선 씻지 않은 냄새가 났다.

"오, 애런," 그녀가 작은 소리로 말했다. "내가 널 위해서 뭘 해줄 수 있겠니?"

그가 작은 눈을 서서히 뜨더니 누이를 알아보고는 입을 내밀며 투덜거렸다. "깨우지 마."

"나 지금 떠나." 그녀가 나지막이 말했다.

절반 정도 알아들은 애런이 누운 채로 그녀를 멍하니 바라보았다.

"아버지를 잘 모셔, 애런." 그녀가 사정하듯 말했다. "착실하게 지내고. 알았지?"

"아주 가는 건 아니잖아?" 그가 퉁명스럽게 말했다.

"가능하면 며칠에 한 번씩은 들리도록 할게." 리아가 약속했다. "레이첼이 와 있어."

"그래, 알았어. 알았으니까 그만해." 애런은 귀찮다는 듯이 내뱉곤 이내 몸을 돌려 다시 침대 속으로 파고들었다.

리아는 조용히 문을 닫고 동생의 방을 빠져나온 뒤 아버지의 방으로 향했다. 랍비는 이미 일어나 옷을 갈아입은 뒤 기도를 하고 있었다.

"아버님." 그녀가 말을 건네자, 랍비가 고개를 돌렸다. "에즈라 댁에서 저를 데리러 왔어요."

"이렇게 일찍? 그래. 그렇담 가야지, 애야. 준비는 다 되었느냐?"

리아가 아버지에게 다가가자 랍비가 그녀의 머리와 얼굴과 어깨, 머리칼, 그리고 옷을 더듬었다. 그는 섬세한 손가락으로 그녀의 차림새를 파악할 수 있었다. "그래, 준비가 다 되었구나. 밥은 먹었느냐?"

"예, 아버지. 레이첼이 식사 준비를 마치고 아버님이 나오시길 기다리고 있어요."

리아가 잠시 머뭇거리다 랍비의 가슴에 머리를 파묻었다. "오, 아버지!" 눈물 섞인 목소리로 그녀가 아버지를 불렀다.

랍비가 리아의 머리를 쓰다듬어 주었다. "그리 멀리 가는 게 아니니 너무 상심 말아라. 매일같이 찾아올 수도 있고 말이다. 그리고 네가 그 집에 감으로써 우리 모두가 얼마나 더 나아질는지를 생각하려무나."

랍비는 그렇게 딸을 다독였고, 리아는 고개를 들어 눈물을 털어낸 뒤 아버지에게 미소를 지어보였다.

"대문까지 나오지 마세요, 아버지. 여기서 인사드릴게요. 레이첼이 와서 아버님 시중을 들어드릴 거예요."

그렇게 말하고 리아는 아버지 곁을 떠났다. 그녀는 뒤돌아보지 않았다. 그리고는 레이첼과 마지막 대화를 나눈 뒤 대문을 나섰다. 가마의 커튼이 내려졌을 때 리아는 자신이 아주 먼 곳으로 여행을 떠나는 듯한 느낌을 받았다. 아마도 다시는 돌아오지 못할 여행을.

피오니는 마당에 나와 리아가 오기를 기다리고 있었다. 에즈라 부인이 왕 마를 통해 피오니에게 그렇게 하도록 지시를 내렸기 때문이다.

"제가 이제 그 외국 처녀의 하녀가 되는 건가요?" 이른 아침 그 분부가 내려졌을 때 피오니는 그렇게 물었다. 그녀는 크게 눈을 뜨고 왕 마를 바라보고 있었다.

왕 마가 가까이 다가와 피오니의 뺨을 엄지와 집게손가락으로 가볍게 꼬집었다. 날카로운 손톱자국이 살짝 남아있었다.

"네 머릿속에 조금이라도 현명한 구석이 있다면, 네가 어떤 일을 할지, 어떤 일을 하지 않을지 물어볼 필요는 없는 거야." 왕 마가 충고했다. "만일 전에 내가 그런 질문들을 했었다면, 아마 난 지금쯤 이 집에 남아있지 못했을 게다. 복종을 해, 복종. 그러면서 네가 하고 싶은 걸 하라구. 이 두 가지는 함께 가는 거야. 현명하게 굴면 가능한 일이지. 자 이제 서둘러! 대상들이 가까이 왔단 말이야. 주인님께선 동이 트기도 전에 마중을 나가셨지."

"대상이 온다고요?" 피오니가 소리를 높였다.

"그래, 그래." 왕 마가 바쁘게 몸을 움직이며 말했다. "하지만 리아 아가씨가 알아선 안 돼. 마님의 분부시다."

왕 마가 왔다가는 사이 머리를 매만지고 있던 피오니는 길게 머리를 땋는 일을 끝마쳤다. 대상이 온다는 소식에 그녀는 잠시 마음이 들뜨기도 했지만 순간적으로 그 사실을 잊어버렸다. 왕 마가 뭐라 그랬더라? "복종을 해, 복종. 그러면서 네가 하고 싶은 걸 하라고. 이 두 가지는 함께 가는 거야. 현명하게 굴면 가능한 일이지." 모순된 말이면서도 많은 의미를 담고 있었다! 피오니는 곰곰이 그 의미에 대해 생각해보았다. 왕 마의 말이 마치 귀금속처럼 그녀 영혼의 깊은 바다 속으로 가라앉기 시작했다. 그녀는 불현듯 스스로에게 미소를 지었고, 그러자 양쪽 뺨 위로 두 개의 보조개가 피어올랐다.

땋은 머리를 한쪽 귀 너머로 넘겨 감아 돌리는 대신, 피오니는 등 뒤로 그냥 내려가게 놓아두었다. 그리고 목 부근의 머리에 묶여 있던 빨간색 끈 틈 사이로 정원에서 딴 하얀색 치자나무 꽃 한 송이를 밀어 넣었다. 정원엔 오래된 관목들이 자라고 있었다. 매해 이맘때면 매일 아침 많은 꽃을 만나볼 수 있었다. 옅은 파랑색 실크 바지와 외투를 골라 입고 리아를 기다리고 있던 피오니는 우아하면서도 정숙해 보였다.

가마의 커튼이 올려졌을 때 리아가 맨 처음 대한 얼굴은 바로 피오니였다. 사실 커튼을 올린 것도 다름 아닌 피오니였다. 그녀는 리아의 눈을 바라보며 미소를 머금었다.

"어서 오세요, 아가씨." 피오니가 말했다. "내려오시겠어요?" 그러면서 피오니는 리아가 기댈 수 있게 팔을 뻗어주었지만, 리아는 피오니에게 의지하지 않고 혼자 힘으로 가마에서 내렸다. 리아는 피오니보다 머리 하나만큼 더 키가 컸다. 비록 피오니의 미소에 답을 하긴 했지만 입은 꼭 다문 채였다.

"식사는 하셨어요, 아가씨?" 피오니가 조금 물러선 채 그녀의 뒤를 따르며 물었다.

"먹었어," 리아가 솔직하게 말했다. "그런데 다시 배가 고프네."

"오늘 날씨가 아주 좋죠? 방까지 모셔다 드리고 나서 바로 요기하실 걸 좀 가져다 드릴게요. 어제 제가 방을 곧바로 쓰실 수 있게 준비를 해 놓았어요. 싱싱한 치자나무 꽃도 좀 갖다놓도록 할게요. 너무 일찍 꺾으면 가장자리가 금방 누렇게 변해서요."

그렇게 두 젊은 처녀는 자신들 사이에 새로운 관계가 형성되었다는 걸 확실히 느끼며 함께 걸어갔다. 그 사이 왕 마는 리아가 도착했다는 사실을 알리러 에즈라 부인을 찾아갔기 때문에 피오니는 혼자 리아를 방으로 안내해야 했다.

"이 안마당 전체를 내가 혼자 쓰는 거니?" 피오니가 걸음을 멈추자 리아가 놀라며 물었다. 방들은 그녀가 이제껏 지내온 어떤 방보다도 아름다웠다. 어린 아이였을 때 이 방에서 데이빗의 할머니가 해질 무렵 촛불을 켜던 모습이 기억에 생생했다.

"방은 그저 두 칸뿐이에요." 피오니가 말했다. "한쪽은 침실이고요, 다른 쪽은 혼자 계실 때 지내시는 방이에요."

그녀는 리아를 방으로 안내했고, 한 사내가 리아의 짐 상자를 들고 뒤를 따랐다. 그가 떠나고 나자, 피오니는 에즈라 부인이 젊은 시절 만들었던 옷들을 리아에게 보여주었다. 그건 유대인 고유의 의복들이었다. 진홍색 천에 금빛, 파란색 천에 은빛, 그리고 노란색 천에 에머랄드 초록빛으로 가장자리를 장식한 옷들이 길게 드리워진 채 걸려있었다.

"아가씨는 오늘 진홍색 옷을 입으실 거예요. 하지만 우선 식사를 하시고 그 다음에 목욕을 하고 나서 몸에 향을 뿌릴 거예요. 그리고 귀와 가슴에 보석 장신구를 착용하실 거고요. 마님께서 말씀하시길, 방 안에 혼자 계시지 말고 안뜰 여기저기를 다니며 가족들도 만나고 집 전체를 즐겁게 살펴보시라고 했어요."

"친절하기도 하셔라! 하지만 하루 만에 그렇게 자유롭게 행동할 수 있을지 모르겠네." 그녀가 피오니에게 말했다.

"왜 못해요?" 피오니가 조금은 무심하게 대답했다. "이 집에 있는 누구도 아가씨에게 반감을 갖고 있지 않아요." 그렇게 말하며 그녀는 화장대 위에 놓여있는 옻칠한 붉은 상자를 열어보였다. 보석에 금은으로 치장한 장신구들이 수북이 쌓여 있었다. 화장대 옆에 앉아있던 리아가 고개를 들자 피오니가 미소 띤 비밀스런 눈빛으로 자신을 바라보고 있었다.

"결혼을 하시게 되는 거죠?" 피오니가 가볍고 분명한 목소리로 물었다. "제 생각에는 마님께서 아가씨를 우리 젊은 주인님과 맺어주시려고 마음을 정하신 것 같아요."

리아의 얼굴이 가볍게 떨렸다. "결혼이란 건 누가 그렇게 정해서 되는 게 아니야." 그녀가 지체 없이 대답했다.

"아니면요?" 피오니가 강한 어조로 물었다. "모든 결혼이 다 그렇게 정해서 되는 것 아닌가요?"

"우리 민족은 그렇지 않아." 리아가 자부심을 갖고 말했다.

리아는 고개를 돌리고는 이 예쁘장한 중국 소녀는 그저 하녀일 뿐이라는 사실을 다시 한 번 상기했다. 자신의 결혼 같은 신성한 문제에 대해 피오니와 대화를 나눈다는 것은 아무래도 적절치 않았다. 사실 결혼이란 건 혼자 머릿속에 떠올리기에도 너무 신성한 것이었다. 그건 마치 신의 의지만큼이나 멀리 그리고 높이 있는 것이었다. "괜찮다면 이제 뭘 좀 먹고 싶은데." 리아가 냉정하고도 단호한 목소리로 말했다. "그러고 나서 내가 혼자 옷을 입도록 할게. 늘 그래왔으니까. 왕 마 아주머니께 말씀을 전해줘. 도와주시지 않아도 된다고. 너도 마찬가지고."

리아의 말을 듣고 있던 피오니는 리아가 하고자 하는 얘기를 완벽하게 이해했다. 그녀는 머리를 숙이며 미소를 지었다. "예, 잘 알았어요, 아가씨." 그녀는 달콤하고 고분고분한 목소리로 그렇게 대답한 뒤 몸을 돌려 방을 빠져나왔다.

잠시 뒤 하녀 한 명이 음식을 가져왔고, 리아는 혼자 식사를 했다. 다시 하녀가 들어와 빈 그릇을 가져가고 난 뒤, 리아는 혼자서 머리를 빗고, 다시 세수를 했으며 진홍색 의복을 입었다. 하지만 향수를 뿌리지는 않았고, 어떤 장신구도 착용하지 않았다. 이제 모든 준비를 마친 리아는 옆방으로 건너가 조용히 앉아 기다렸다.

자신의 방으로 돌아온 피오니는 몇 분간 흐느끼며 울었다. 리아가 너무나 아름다웠기 때문이다. 그녀는 화장대 위에 있는 거울에 자기 모습을 비추어 보았다. 자신의 매력들은 그저 평범하고 소소하게만 느껴졌다. 자신은 그저 새처럼 가볍기만 한 자그마한 존재에 불과했다. 비록 둥그스름한 귀여운 얼굴이었지만, 전체적으로 전혀 힘이 느껴지지 않았다. 리아가 공주라면 그녀는 그저 어린아이에 불과했다. 그럼에도 불구하고 그녀는 리아를 미워할 수 없었다. 이 유대인 처녀에게는 무언가 고상하고 선량한 기품이 넘쳐흘렀다. 그리고 피오니는 자신이 고상하지도 그리 선량하지도 않다는 걸 잘 알고 있었다. 자잘한 속임수나 책략을 쓰지 않으면 살아남기 힘든 상황에서, 설령 그렇게 되고 싶다 해도 어떻게 마냥 선해질 수 있단 말인가?

'내겐 아무 것도 없어. 내 자신 말고는 아무도 없어······.' 자그마한 중국 소녀는 구슬픈 심정으로 그렇게 생각했다.

그녀는 거울을 닫은 뒤, 머리를 숙이고 눈물이 마를 때까지 더욱 서럽게 울었다. 그러고 나자 머리가 다시금 맑아지는 기분이었다. 눈물로 머릿속이 깨끗이 씻긴 것 같았다. 이어 피오니는 생각을 정리하기 시작했다.

넌 이 집에서 절대 그의 아내가 될 수 없어. 피오니는 주문을 걸 듯 스스로에게 말했다. 꿈을 꾸고 상상을 하면서 더 이상 네 자신을 아프게 하지 마. 넌 내연의 처조차 될 수가 없어. 그들의 신이 그걸 금지하고 있으니까. 하지만 데이빗에 대해선 누구도 너만큼 잘 알지 못하지. 그리고 너는 그의 소유물이야. 그걸 데이빗이 절대 잊지 않게끔 해야 해. 그의 위안이 되어주고, 그가 은밀히 필요로 하는 사람이 되고, 그가 울적할 때 웃음을 찾아줄 수 있는 사람이 되어야 해.

그녀는 이 소리 없는 말들에 귀를 기울였고, 이내 고개를 들고는 미소를 지었다. 그리고 거울을 다시 펼치고 머리를 돌돌 감아 한쪽 귀 뒤로 넘기고는 자신의 얼굴과 눈을 꼼꼼히 들여다보았다. 한동안 자신의 얼굴을 면밀히 살펴보던 그녀는 몸을 일으켜 옅은 파란색 옷을 벗고는, 따뜻한 복숭아 빛깔의 분홍 옷으로 갈아입고, 머리에는 싱싱한 치자나무 꽃을 꽂았다. 그리고 리아에게 가져다 주기 위해 마당으로 나가 치자나무 꽃을 몇 송이 더 꺾었다.

진홍색 의복을 차려입은 리아 앞에 선 피오니는 그녀의 광채에 낙담하지 않기 위해 온 힘을 다 동원해야 했다. 리아의 옷은 더할 나위 없이 잘 어울렸고, 날씬하고 둥근 허리 위로 금색 허리띠가 매어 있었다.

"너무 아름다워요, 아가씨." 꽃을 건네면서 피오니가 미소 띤 얼굴로 말했다. "아가씨를 위해 제가 따왔어요. 저는 이제 마님께 가서 아가씨께서 준비가 다 됐다고 말씀드리도록 할게요."

피오니는 마치 자신이 리아를 위해 하는 일들이 그저 즐겁기만 한 일인 양, 자그마한 발을 바삐 움직이며 에즈라 부인에게 달려갔고, 문 앞에서 눈물을 꾹 참으며 작게 기침 소리를 냈다.

"들어 오너라." 에즈라 부인의 목소리가 들렸다.

아침 식사를 끝낸 에즈라 부인은 이제 하인들이 다들 맡은 바 임무를 제대로 수행했는지 확인하기 위해 집안, 특히 부엌을 돌아볼 채비를 하고 있었다. 다음날이 안식일이었기 때문에 모든 일들을 말끔히 끝내 놓아야만 했다.

오늘 아침 왕 마는 대상들이 해가 지기 전에 도착할지도 모른다는 소식을 전하기 위해 그녀를 깨웠었다.

"하필 안식일 전날에 오다니!" 에즈라 부인이 탄식했다. 그리곤 잠시 뒤 덧붙였다. "리아에겐 말하지 말게나. 내가 하는 얘기가 귀에 제대로 안 들어갈지도 모르니까."

"예, 마님." 왕 마가 조용히 대답했다.

이제 에즈라 부인은 대상들이 온다는 소식에 들뜬 하인들이 안식일 준비를 철저히 잘 했는지를 시찰하기 위해 막 나설 태세였다. 그때 피오니가 눈물을 삼키고 표정을 평소처럼 만들고는 문을 열었다. 에즈라 부인이 다시 자리에 앉으며 서둘러 말했다. "그래, 어서 들어오너라."

피오니는 에즈라 부인의 전용 거실로 들어섰다. 이 방은 집안의 여느 방들과 달랐다. 벽에는 공단으로 글씨가 새겨진 기다란 장식품들이 걸려있었다. 가구들 역시 외국산이었는데, 다들 꽤 무게가 나갔고, 양각이 되어 있었으며, 의자들엔 푹신한 방석이 깔려있었다. 중국 여인네들이 마음의 안정을 얻고 생각을 정리하기 위해 필요로 하는 빈 공간들을 이 방에선 찾아볼 수 없었다. 에즈라 부인은 많은 물품들 속에 둘러싸여 있을 때 만족을 얻었다. 피오니는 속으론 무척이나 이 방을 싫어했지만, 이곳에도 나름대로의 매력이 있다는 걸 인정할 수밖에 없었다. 만일 방이 작기라도 했으면 정말 끔찍했을 게 분명했다. 하지만 방은 무척 넓었다. 그건 에즈라 부인이 결혼을 하고 처음 이 집에 들어와서 두 개의 칸막이를 떼어내고 나머지 방 세 칸도 모두 뚫어 하나의 기다란 방으로 만들었기 때문이다.

"마님, 리아 아가씨가 준비를 끝마치셨습니다." 피오니가 보고했다.

"데이빗은 어디 있느냐?" 에즈라 부인이 물었다.

"마지막으로 침실에 가봤을 땐 아직 주무시고 계셨어요."

사실 피오니는 지난밤 데이빗에게 가보지 않았다. 그건 그녀의 과실이었다. 저녁 무렵 그에게 차를 가져다주고 잠자리를 챙겨주는 건 매일같이 하는 일이었기 때문이다. 그렇게 하지 않은 건 에즈라 부인의 새로운 분부가 있어서이기도 했지만, 그녀 나름대로 데이빗을 시험해보기 위해서였다. 그런데, 아뿔사! 그는 피오니를 부르지 않았다. 그녀는 잠자리에 들어 조금 눈물을 흘렸다. 아침이 되자 그녀는 자신을 꾸짖었다. 그리고 이른 시간에 차를 가지고 그의 처소를 찾았다. 만일 그가 깨어있다면 어젠 어디에 가있었는지, 그리고 왜 시를 마저 쓰지 않았는지를 물어보고자 했다. 하지만 데이빗은 잠들어있었고, 침대 커튼을 열어젖혀도 잠에서 깨어나지 않았다. 그는 오른팔을 머리 위로 올린 자세로 깊이 잠들어 있었다. 피오니는 더없이 애틋한 표정으로 데이빗을 오랫동안 지그시 바라보았다. 그리고 다시 그의 방을 나섰었다.

"왕 마한테 데이빗을 깨우라고 이르거라." 에즈라 부인이 다시 분부를 내렸다. "그리고 주인어른께선 어디에 계시느냐?"

"전 뵙지 못했습니다, 마님." 피오니가 대답했다. "하지만 왕 마 아주머니 말로는 오늘 대상들이 올 걸로 기대하시고 아침 일찍 성문으로 나가셨다고 합니다."

"대상들이 하필 오늘 올 게 뭐람!" 에즈라 부인이 목소리를 높였다. "데이빗 녀석도 다른 건 머릿속에 들어오지도 않을 테고 말이야."

피오니는 에즈라 부인의 비위를 맞춰주기 위해 슬픈 표정을 지어보였다. "왕 마 아주머니한테 대상들이 오기 전에 젊은 주인님을 마님께 모셔오라고 이를까요?" 피오니가 물었다.

"그렇게 하거라." 에즈라 부인이 말했다. "부엌에 가보는 건 잠시 미뤄야겠다. 그동안 넌 리아를 불러 오너라."

부인은 상감象嵌세공이 되어있는 상자를 열어 자수를 꺼내들었다. 방을 빠져나온 피오니는 문 밖에서 왕 마를 만났고, 마치 에즈라 부인이 그렇게 지시를 내리기라도 한 양, 다음과 같이 말했다. "리아 아가씨를 마님께 데리고 오시라네요. 저는 젊은 주인님을 깨우러 가야 해요. 서두르세요, 아줌마!"

피오니는 있는 힘껏 달려갔다. 하지만 그녀는 데이빗의 방으로 간 게 아니었다. 이 시간엔 아무도 없는 그의 서재로 갔고, 책상에 앉아 서둘러 붓을 집어 들었다. 그리고 뚜껑을 연 뒤 먹을 조금 갈았다. 그녀는 가슴께에 그 미완성 시를 계속 품고 다녔었다. 이제 그걸 끄집어냈다. 양미간을 모으며 바쁘게 시상을 떠올리던 피오니는 종이의 나머지 빈 공간에 빠르게 세 줄의 시를 추가해 써내려갔다.

"부디 용서해줘요, 데이빗." 그녀는 조그맣게 혼잣말을 하며 붓과 먹을 제자리에 놓았고, 자신의 방으로 다시 돌아왔다. 그리곤 책상의 비밀 서랍을 열어 돈이 들어있는 지갑을 꺼내들었다. 집을 방문한 손님들이 선물로 주거나, 칭찬받을 일을 했을 때 에즈라가 때때로 건네주었던 돈이었다. 시가 적힌 종이와 함께 지갑을 가슴께에 집어넣은 피오니는 좁은 오솔길을 따라 저택의 뒤편 깊숙이 위치해 있는 '평온한 탈출의 문'으로 향했다. 모든 거대한 저택들에 있기 마련인 그 작은 비밀문은 민중들의 분노가 한계에 이르러 부자들의 집을 앞문을 통해 습격했을 때, 가족들의 탈출구로 쓰기 위해 만들어 둔 것이었다.

문을 통과한 피오니는 큰 거리로 나서지 않고 좁은 골목길로만 몸을 낮춘 채 바삐 움직였고, 잠시 후 조금 전과 비슷한 또 다른 작은 문 앞에 도착했다. 이 문을 들어서면 바로 쿵의 저택이었다. 피오니는 문을 두드렸다. 정원사가 빗장을 열자, 그녀가 말했다. "전해드릴 서신을 가지고 왔습니다."

정원사는 고개를 끄덕이더니 흙이 묻은 손가락을 들어 등 뒤를 가리켰고, 피오니는 종종걸음으로 안으로 달려 들어갔다.

쿵의 집은 여유롭고 느긋한 곳이었다. 아무도 정오가 되기 전에 잠자리에서 일어나지 않았다. 추 마란 이름을 가진 유모만이 하품을 연신 해대고, 은 머리핀으로 머리를 긁적이면서 방 안을 어슬렁거리고 있었다. 바로 그때 피오니가 방문을 조금 열었다.

"아, 안녕하세요, 아줌마!" 피오니가 속삭였다.

추 마가 문을 활짝 열었다. "네가 여기 웬일이냐?" 그녀가 의아하다는 듯이 말했다.

"좀 급한 일이 있어서요." 피오니가 대답했다. "제가 집을 빠져나온 건 젊은 주인님밖에 모르세요. 쿠에일란 아가씨께 이걸 전해드리라고 하셨어요. 그리고 답을 받아올 수 있으면 그렇게 하라고 하셨고요."

피오니에게 이 집이 전혀 낯설지 않았던 건 일전에 에즈라가 그녀를 통해 몇몇 귀한 물건들을 쿵 첸에게 보낸 일이 있기 때문이었다. 그때 피오니는 쿵 집안의 최고 연장자 하인인 추 마를 만났었다. 그리고 정월 즈음해서 추 마가 새해 인사를 전하러 에즈라의 집에 들렀고, 이에 피오니가 답례를 하기 위해 쿵의 집을 찾아간 일도 있었다. 이렇게 두 집안은 가장들이 동업을 하는 관계로 서로 간의 왕래가 틈틈이 있어왔다. 다행히 두 주인들은 그다지 격식을 차리지 않는 편이었고, 이 점이 둘의 관계를 더욱 가깝게 했다. 비록 에즈라 부인은 이 집의 누구와도 친분이 없었지만, 에즈라와 쿵 첸은 사업적으로 상당히 유대가 돈독했다.

"뭐라고 써있는데?" 추 마가 종이를 바라보며 물었다.

어수선한 방 안에 선 채로 피오니는 자신이 쓴 짧은 시를 소리를 내어 읽었다. "아침 해가 뜰 무렵의 이슬." 추 마가 한숨을 내쉬며 피오니의 시구를 따라 발음했다. "어머나. 아주 예쁜 시로구나!"

그녀는 뚱뚱한 거구의 여인네였다. 젊고 날씬했던 시절, 이 집 셋째 딸이 태어났을 때 유모로 들어왔고, 그 이후로 하녀이자, 집안 관리인으로서 이제껏 살아왔다. 그녀는 넉넉하고 여린 마음씨를 지니고 있어 쉽게 웃고, 쉽게 눈물을 흘렸다. 그녀의 일생은 자신이 돌보았던 그 어여쁜 아이에 속박되어 있었다.

"아가씨께 이 아름다운 시를 전해주도록 하마." 그녀가 말했다. "너희 젊은 주인님은 너무도 인물이 빼어나셔서, 이러면 안 되는 걸 알면서도 어쩔 수가 없겠구나. 나도 그분을 직접 뵈었지. 우리 아가씨가 나한테 달려와 얘기를 해줘서 나도 문가로 뛰어가 내 눈으로 본 거란다. 외국인이라 아쉽긴 하지만, 외국인도 우리랑 다를 바 없는 사람이고, 그분은 또 너무도 잘 생기셨지. 난 아가씨한테 그분을 왕자님이라고 했단다. 어찌나 튼튼해 보이고, 어찌나 매끈하시던지! 비록 외국인이긴 해도 아가씨가 조르면 중국 사람처럼 지낼 수도 있지 않을까? 넌 어떻게 생각해? 너의 젊은 주인님께서 아가씨를 많이 사랑하시는 것 같니?"

피오니가 고개를 끄덕였다. "젊은 주인님께서 이것도 전해드리라고 했어요." 그러면서 그녀는 주머니에서 돈지갑을 꺼내 추 마에게 건넸다.

"오, 세상에." 추 마가 지갑을 손으로 밀어내는 시늉을 하며 항변했다. "난 이런 걸 원하지 않아. 이걸 받으면 내 꼴이 추해진다구. 난 그저, 내가 이러는 건 그저⋯⋯." 하지만 피오니가 지갑을 손에 쥐어주자 그녀는 못이기는 척 하며 받았고, 활기차게 옷을 입기 시작했다. "내가 직접 아가씨한테 전해주고 반응이 어떤지 살펴보도록 할게. 다시 한 번 들리도록 해." 그녀가 피오니에게 다정하게 말했다.

피오니는 갔던 길을 다시 되돌아와 곧바로 데이빗의 방으로 향했다. 그는 차양이 드리워진 침대 위에서 여전히 곤하게 잠들어 있었다. 그의 한쪽 뺨에 천천히 손을 갖다 댄 피오니는 이어서 양손바닥으로 데이빗의 두 뺨을 어루만지며 부드럽게 잠을 깨웠다. 그녀가 갑작스레 잠을 깨우지 않으려 이토록 조심하는 데에는 특별한 이유가 있었다. 그건 사람이 잠이 들면 영혼이 바깥으로 빠져나와 땅 위를 이리저리 돌아다니는데, 육체가 너무 급작스럽게 잠에서 깨면 영혼이 혼란을 느껴 다시 집으로 돌아가는 길을 제대로 찾지 못한다고 믿기 때문이었다.

"일어나세요, 젊은 주인님, 일어나요." 피오니가 마치 노래를 부르듯 중얼거리자, 데이빗이 서서히 눈을 떴다. 이어 몸을 일으키고는 강인한 팔뚝을 쭉 뻗었고, 크게 하품을 했다. 피오니는 선 채로 조용히 미소를 머금었고, 그의 눈 속으로 다시금 그의 영혼이 빛을 내며 들어서는 걸 지켜보았다.

데이빗은 여전히 두 눈 속에 꿈을 담은 채로 그녀를 지그시 바라보았다. 피오니는 그게 어떤 꿈이었을지 몹시 궁금했지만 감히 물어보려 하지는 않았다.

"어서요, 주인님," 그녀가 부드럽게 말했다. "어머님께서 부르세요."

"뭣 땜에?" 그가 물었다. 그는 막 침대에서 내려오려 몸을 움직였고, 피오니는 몸을 굽혀 실크 슬리퍼를 양쪽 발에 한 짝씩 신겨주었다. 그는 피오니가 자신을 이름 대신 '젊은 주인님'이라고 부르는 걸 눈치채지 못하는 것 같았다. 그리고 그녀가 자신의 침실을 찾아오면 안 된다는 것도 잊고 있는 듯했다.

"리아 아가씨가 이미 와 계세요." 피오니가 다른 설명 없이 간단하게 말했다.

그가 높다란 침대 위에서 펄쩍 뛰어내리며 소리를 질렀다. "안 돼!"

"제가 말씀드렸었잖아요." 그녀가 대꾸했다. 그리고는 방의 저편으로 가 섬세하게 양각이 되어있는 구리 물주전자에 담긴 물을 커다란 구리 세숫대야에 부었다. 이어 수건과 함께 향기 나는 외국산 비누도 챙겨왔다.

"아무리 그래도 난 어머니 말씀을 따르지 않을 거야!" 그가 소리를 높였다.

피오니는 자신의 예쁜 두 손을 아담한 골반 위에 올려놓고 곰곰이 생각을 했다. 그리곤 스스로 만들어낸 유혹을 이겨내지 못하고 마침내 부드럽게 입을 열었다. "어머님 말씀을 듣지 않겠다고 마냥 우기실 수만은 없어요. 그 대신 이렇게 말씀드리는 게 어떨까 싶어요. 아버님께서 대상들을 함께 기다리자고 하셨기 때문에 서둘러 나가봐야 했다구요.

집엔 가급적 빨리 돌아오겠다고 말씀하신 걸로 하고요."

"대상들이 온다고!" 들뜬 목소리로 그가 물었다. "피오니, 그게 사실이야? 아버지께서 정말 그렇게 말씀 하셨어?"

"문지기가 왕 마 아주머니께 그러셨대요. 주인님께서 자정이 넘어 부름을 받으셨다고요." 피오니가 대답했다. "자, 이제 옷을 입기 전에 씻도록 하세요. 아침 식사를 이리로 보내드릴게요. 그리고 저는 주인마님께 가서 말씀을 전해드리도록 할게요."

그녀는 차분하게 머리를 숙여 인사를 한 뒤 다시 에즈라 부인의 처소를 찾았다.

"어쩌죠, 마님. 저희가 한발 늦었네요." 피오니가 안타깝다는 듯이 말했다. "왕 마 아주머니께서 젊은 주인님의 방에 가보았을 땐 이미 처소를 비우셨다고 하네요. 제가 사람을 보내 찻집도 찾아보았지만 거기에도 안 계셨죠. 성문 감시인의 말로는 한 시간 전쯤 나가셨대요. 대상들을 만나러 삼종 마을로 간다고 하셨다네요."

"참 성가시구나. 하필 안식일 바로 전날 올 게 뭐람!" 에즈라 부인이 탄식했다. "리아는?"

"아가씨는 이쪽으로 오고 계세요." 피오니가 명료하게 대답했다. 그리곤 잠시 뒤 덧붙였다. "제게 달리 내리실 분부가 있으신가요?"

"아니. 가서 네 일을 보도록 해라. 난 리아를 기다릴 테니."

"내일 안식일을 대비해서 응접실에 신선한 꽃들을 꽂아두도록 하겠습니다." 피오니가 작고 예쁜 목소리로 말했다. "그리고 대문을 계속 살펴보다가 젊은 주인님이 들어오시면 바로 마님의 분부를 전하도록 하겠습니다."

그렇게 말하고 피오니는 물러갔다. 안마당에 깔린 포석 위로 공단 신발을 신은 피오니의 발이 빠르게 움직였지만 아무 소리도 들리지 않았다.

왕 마가 리아를 데리러 갔을 때 그녀는 홀로 아침식사를 하고 있었다.

"서두를 것 없어요." 문가에 있는 걸상에 앉으며 왕 마가 친절하게 그녀를 안심시켰다.

리아는 수저를 내려놓으며 놀란 표정을 지어보였다. "절 오라 하시나요?" 그녀가 물었다.

"우선 식사부터 하도록 하세요." 왕 마가 평온하게 말했다. "그러고 나서 저하고 같이 우리 안주인님을 찾아뵙도록 하죠. 자, 어서 드세요."

리아는 다시 수저를 들었지만 이전처럼 맘 편하게 식사를 할 수는 없었다.

왕 마는 식사를 하는 리아를 세심하게 관찰하고 있었다. 비록 리아의 이국적인 코 모양, 여자치곤 큰 체형, 게다가 삐쩍마른 데다가 키만 껑충한 게 영 마음에 들진 않았지만, 이러한 결점들이 있음에도 불구하고 리아는 너무나 아름다웠다.

"아가씨를 뵈니까 우리 안주인님이 새색시로 이 집에 처음 왔을 때가 떠오르네요." 왕 마가 아스라한 눈빛으로 말했다.

왕 마는 그 날을 생생히 기억하고 있었다. 그녀는 에즈라 부인이 오기 전날 밤, 이제 다시는 자신이 젊은 주인님 시중을 들지 못할 거란 생각에 눈물을 흘렸었다. 에즈라도 젊은 시절엔, 비록 지금의 아들만큼은 아니었지만 혼혈 특유의 매력을 지닌 미남이었다. 당시 젊은 중국 처녀였던 왕 마는 그래도 이 새신부가 당시의 신랑보다 머리 반쯤 정도 키가 더 크다는 사실을 위안으로 삼았다. 그는 결코 그런 거구의 여자를 사랑하지 않으리라 왕 마는 남몰래 안도했었다. 결국 문지기였던 왕 씨 노인과 결혼을 해 그 집에 계속 머무르고자 했던 것도 바로 그 머리 반쯤 더 큰 에즈라 부인의 키에 대한 안도감 때문이라 할 수 있었다. 하지만 에즈라 부인은 당시 고작 열일곱의 나이였음에도 젊은 에즈라가 밤에 자신의 처소로 들어오는지, 안마당들을 돌며 빈둥거리진 않는지 세심히 챙겼다. 그녀가 마흔이 될 때까지, 그리고 에즈라와 자신의 아들인 데이빗이 열두 살이 될 때까지 그녀는 남편이 자신만의 안뜰을 소유하는 걸 허락하지 않았다. 그 무렵 이미 왕 마는 뚱뚱해져 있었고, 누구도 그녀를 그저 하녀 이상으로 여기지 않았다. 그녀와 왕 씨 노인은 슬하에 네 명의 자녀를 두었는데, 왕 마는 아이들이 일을 할 수 있는 나이가 되면 곧바로 마을로 내보냈다. 하지만 자신은 계속 에즈라 집에 머물렀다. 오래전에 왕 마는 에즈라 부인이 이 집의 안주인이라는 사실을 확실히 인정했다. 에즈라 부인 역시 왕 마가 그렇게 생각한다는 걸 알고 있었다. 그 기나긴 비밀스런 투쟁 기간 도중 두 사람은 단 한 차례도 그 일을 입에 담지 않았다. 이제 투쟁은 끝났고, 결과는 에즈라 부인의 승리였다.

리아를 보고 있는 동안 왕 마는 자신도 모르는 새 그렇게 옛날 생각을 하게 된 것이었다. "하지만 아가씨가 당시 안주인님보다 훨씬 더 고우세요." 왕 마가 생각에 잠긴 채 말했다. "입술도 더 부드럽고, 머리 결도 더 매끄러워 보이고요."

"아, 내 머리!" 리아가 구슬프게 말했다. 그녀는 붉은 공단 끈으로 머리를 동여 맨 채였다. "전 정말이지 머리를 제대로 단단하게 묶질 못해요."

왕 마가 그녀를 바라보았다. "머리띠는 금색이 좋겠어요. 그 옷에 꼭 어울리는 금색 머리띠가 있죠." 그녀는 에즈라 부인이 방에 갖다 두라 일렀던 상자 안을 뒤적거렸고, 이내 짙은 금빛 머리띠를 찾아냈다.

"식사를 다 마치고 나서······." 왕 마가 운을 뗐다.

"더 이상은 못 먹겠어요." 리아가 지체하지 않고 말했다.

"그럼 제가 머리를 묶어드릴게요." 왕 마가 말했다.

그녀는 솜씨 좋게 리아의 머리를 금색 띠로 반듯하게 묶어주었다.

"이 옷하고 아주 잘 어울리는 장신구들이 있어요."

그녀는 그렇게 말을 덧붙인 뒤 보석 상자를 열어 금 목걸이와 금 귀걸이를 꺼냈다.

리아는 왕 마에게 몸을 맡겼다.

"자 이제 나와 같이 안주인님께 가도록 해요." 왕 마가 말했다. 그리고는 리아의 손을 잡았는데, 그녀의 억센 손아귀에 짐짓 놀라지 않을 수 없었다. 왕 마는 자신도 모르게 리아의 손을 들어 올려 바라보았다. "이런…… 이건 남자의 손이네요!" 그녀가 소리를 높였다.

"일을 해야만 했거든요." 리아가 부끄러워하며 말했다.

왕 마가 쥐고 있던 리아의 손을 뒤집어 보았다. "손바닥은 부드럽네요. 손가락도 말랑말랑하고, 피부도 아직은 괜찮아요. 내가 밤마다 오일 마사지를 해줄게요. 몇 주만 지나면 아주 예쁜 손이 될 거예요." 왕 마가 자신있다는 표정으로 말했다.

이제 왕 마는 리아를 이끌고 에즈라 부인에게로 갔다.

"어서 오거라, 내 딸." 방 안에 앉아 자수를 놓고 있던 부인이 리아를 맞이하며 말했다. "이리 와 내 옆에 앉으렴."

리아가 에즈라 부인의 곁으로 다가가 앉자 에즈라 부인이 예리한 눈으로 그녀를 바라보았다. "아주 예쁘구나."

"왕 마 아주머니가 꾸며주셨어요." 리아가 말했다. "옷은 제가 입었지만, 이것들은……." 그러면서 리아는 어색하다는 듯이 몸에 착용하고 있던 금 장신구들에 손을 댔다.

"너무 밋밋해 보여서 좀 해드렸어요." 왕 마가 말했다. "워낙 체격이 있으셔서 금 장신구를 많이 할 수 있겠어요."

"데이빗보다는 작은데 뭘." 에즈라 부인이 재빨리 말했다.

"데이빗은 키가 정말 크죠." 리아가 수줍게 말했다.

"그 애도 곧 와서 널 반겨 줄게다." 부인은 다시 자수를 집어 들었고, 왕 마는 다른 방으로 물러갔다.

에즈라 부인 옆에서 그저 아무 일도 하지 않고 가만히 앉아 있자니 리아는 평소와는 다르게 거북한 기분이 들었다. 그녀는 자기 어머니의 이 옛 친구를 무척 좋아했고, 여러모로 다른 누구보다도 그녀를 가깝게 여겼었다. 그녀는 에즈라 부인이 자신을 딸로 삼고 싶어 한다는 걸 알고 있었다. 하지만 에즈라 부인이 자신에게서 무엇을 기대하는지는 아직까지 알지 못했다. 그저 기다리는 수밖에 없었다.

마치 리아의 이런 생각들을 눈치채기라도 한 듯, 에즈라 부인이 고개를 들었다. 방 안은 무척 조용했다. 옆방에서는 왕 마가 이리저리 움직이며 일을 보고 있는지, 가끔씩 아주 약한 인기척만이 들려왔고, 그 외에 이 대궐 같은 집에선 아무런 소리도 새어나오지 않았다.

"네가 왜 여기로 온 건지 그 이유는 알고 있겠지?" 에즈라 부인이 물었다.

"정확히는 몰라요, 아주머니." 리아가 대답했다.

"네 요람 앞에서 네 엄마랑 내가 했던 약속은 너도 들어서 알고 있을 테지. 네 엄마가 돌아가시기 전에 한 약속 말이다."

리아는 대답을 하지 않은 채 시선을 아래로 향했다. 그리곤 긴장된다는 듯이 무릎 위로 자신의 젊고 강인한 두 손을 단단히 맞잡았다.

"난 너와 데이빗이 결혼을 하길 바란단다." 이렇게 말한 에즈라 부인의 두 눈에 눈물이 가득 고였다. 부인은 널따란 소매를 들어 올려 비단 안감으로 눈물을 훔치며 천천히 붉게 물드는 리아의 얼굴을 바라보았다. 리아는 진솔하면서도 애처로운 눈빛으로 부인을 마주 대했다.

"내가 원하는 건 바로 그거야. 네가 데이빗과 결혼하는 거." 에즈라 부인이 열정적으로 말했다. "하지만 나 혼자서는 이룰 수 없지." 부인은 의자를 리아 곁으로 끌고 가 앉았다. "얘야, 너도 잘 알고 있겠지. 하긴 너보다 누가 더 잘 알 수 있겠니. 이 낯선 중국 땅에서 우리 민족에게 어떤 일이 일어나고 있는지 말이다. 이젠 제대로 신앙을 가진 사람이 거의 남아 있지 않게 되었어! 리아야, 우린 길을 잃고 있어!"

"하지만 중국 사람들은 우리에게 친절해요." 리아가 말했다.

에즈라 부인이 리아의 의견을 부정하듯 오른손을 들어 올려 손사래를 치며 소리를 높였다. "바깥양반도 늘 그렇게 얘길 하지! 그 친절함. 하지만 이젠 지긋지긋해! 중국인들이 우릴 해치지 않았다고 해서 그들이 우릴 정신적으로 파괴하고 있다는 것까지 부인할 순 없는 거야. 너 아니? 내가 네 나이였을 때 예배당은 일요일마다 사람들로 가득했단다. 요즈음은 얼마나 신도 수가 적은지 너도 잘 알겠지."

"그렇다 해도, 그건 중국인들의 잘못이 아니죠." 리아가 조심스레 말했다.

"아니, 그렇지 않아." 에즈라 부인이 고집했다. "그네들은 그저 우리를 좋아하는 척 할 뿐이야. 그들은 늘 웃고, 우리를 자신들의 축제일에 초대하고, 우리와 사업을 함께 하지. 그리고 늘 이렇게 말하지. 우리 민족과 자기들 사이엔 차이가 없다고. 하지만 리아야, 그들과 우리 사이엔 변하지 않는 차이가 있어. 우리는 진정한 신의 자식들이고, 그들은 이교도라는 거야. 그들은 진흙으로 만든 상(像)들을 받들어 모시지. 너 중국 신전 안을 들여다 본 적 있니?"

"네," 리아가 머뭇거리며 말했다. "어렸을 때 애런하고 구경삼아 가 본 적이 있어요."

"그럼 너도 잘 알겠구나." 에즈라 부인이 말을 받았다.

"하지만 중국인들이 친절하다는 이유로 우리가 그들을 비난할 수 있는 건가요?" 리아의 말투는 부드러웠지만 고집을 굽히지 않았다.

"그건 마음에서 우러나온 친절함이 아니야." 에즈라 부인이 대꾸했다. "아니지 아니고말고. 내 얘길 잘 들으렴. 중국인들이 그렇게 친절하게 구는 건 그들의 계략이야. 간교한 꾀를 써서 우리를 자기네 편이 되게 하려는 거라고. 그들은 여자들을 동원해 우리 남자들을 유혹하지.

그리고 짐짓 관대한 척하지. 심지어는 자신들의 신상뿐만 아니라 우리의 여호와에게까지 경배할 수 있다고 말하지 않니?" 젊은 처녀에게 진지하게 이야기를 하고 있는 에즈라 부인의 얼굴은 붉게 달아올랐지만, 아주 당당해 보였다.

리아는 여전히 무릎 위에 손을 모은 채 그녀의 이야기에 귀를 기울였다. "제가 어떻게 하길 바라세요, 아주머니?" 리아가 마침내 물었다.

"난 네가…… 데이빗을 설득해주길 바란다." 에즈라 부인이 말했다. "데이빗의 마음을 어떻게 움직일 수 있을지 생각해 보려무나!"

"하지만 데이빗은 저를 잘 알아요." 리아가 단도직입적으로 말했다. "제가 다르게 행동을 하면 이상하게 생각할 거예요. 우린 어렸을 때부터 늘 보아왔으니까요."

"넌 이제 어른이 됐어. 물론 데이빗도 마찬가지고." 에즈라 부인이 재촉했다.

"저희는 줄곧 남매지간처럼 지내왔어요."

에즈라 부인이 자수를 밀어놓고 몸을 일으켰다. 그리곤 방 안을 이리저리 걸어 다녔다. "내가 너희 두 사람이 잊어줬으면 하고 바라는 게 바로 그거야." 부인이 목소리를 높였다. "그건 너희들이 어렸을 때만으로 충분해. 리아야?"

부인이 말을 멈추자, 리아가 몸을 일으켰다.

"예, 아주머니?"

"내 말이 무슨 뜻인지 알겠지?" 에즈라 부인이 엄하게 말했다.

"알아요. 하지만 제가 어떻게 하면 좋을지는 잘 모르겠어요." 그녀의 커다랗고 아름다운 두 눈에 눈물이 고여 들었다. "아주머니께서는 제가…… 제가……."

"데이빗을 유혹해 보렴." 에즈라 부인이 여전히 엄한 음성으로 말했다.

"할…… 할 수 없어요." 리아가 뜻을 굽히지 않고 말했다. "데이빗은 저를 비웃을 거예요. 그리고 저도 제 자신을 비웃을 테고요. 그건……
제가 아니니까요."

리아는 두 손으로 에즈라 부인의 손을 꼭 쥐었다. "전 있는 그대로의 제 모습을 보여야 해요. 그렇지 않나요, 아주머니? 저 역시 데이빗을 잘 알고 있고요." 리아는 데이빗 생각을 하자 마음이 따뜻해지는 걸 느꼈고, 자신이 사랑하고 동시에 두려워하는 이 여인 앞에서 차츰 용감해져 갔다. "어쩌면 전 아주머니보다 데이빗을 더 잘 알지도 몰라요. 용서하세요, 아주머니! 아시다시피 우린 같은 나이예요. 저는 데이빗 안에서 꿈틀거리는 무언가를 느낄 수 있어요. 뭔가 근사하고 훌륭한 기운……
제가 만일 데이빗과 진정으로 마음을 나눌 수 있다면……."

두 사람은 서로의 눈을 응시하고 있었다. 리아가 그렇게 말하는 동안 에즈라 부인은 조용히 그녀의 말에 귀를 기울였다. 부인의 심장이 쿵쿵거리며 뛰고 있었다. '그래, 리아야, 넌 할 수 있어!'

에즈라 부인이 리아의 용기를 북돋워주려던 그 순간 바깥에서 요란한 소음이 들려왔다. 귀청이 터질 듯한 징소리가 들려왔고, 뒤이어 시끌시끌한 사람들의 목소리가 그들 곁으로 바짝 다가왔다.

왕 마가 침실에서 부리나케 달려나왔다. "마님, 대상들이 도착한 게 틀림없어요!" 그녀는 그렇게 소리를 치며 확인을 하러 밖으로 뛰어나갔다. 안마당 문가에서 그녀는 남편인 왕 씨 노인을 만났다.

"대상…… 대상!" 그가 소리쳤다. "마님, 대상들이 왔구먼요!"

에즈라 부인이 리아의 손에 잡혀있던 자신의 손을 아쉬운 듯 빼냈다.
"우리도 이제 나가봐야겠다. 그래도 안식일인 내일이 아니라 오늘 도착하는 게 조금은 나은 것 같구나."

하지만 리아는 그대로 앉아있었다. "아주머니, 전 여기서 기다릴게요. 제게 말씀하신 게 과연 저의 의무인지에 대해 조금 더 생각을 해보고 싶어요."

"그렇게 하거라." 에즈라 부인이 말했다. "생각을 해보렴. 하지만 오고 싶을 땐 언제든 와도 좋아."

"네." 리아가 거의 한숨을 내쉬듯 대답했다. 이제 방 안에 혼자 남은 리아는 옆에 놓인 탁자 위에 팔을 접어 올렸고, 그 위에 머리를 기댔다. 그러고는 잠시 후 몸을 일으켜 방의 구석으로 가서 벽을 보고 조용히 흐느끼며 기도를 하기 시작했다.

매년 맞이하는 대상의 행렬은 도시 전체의 큰 행사였다. 길게 줄을 지어 마을에 도착한 낙타들이 먼지를 일으키며 거리에 모습을 드러내면 모든 집들과 상점들은 문을 열었고, 거리는 사람들로 가득 들어찼다. 대상 행렬의 맨 앞에는 에즈라 가문이 신임하는 사업 파트너, 카오 리엔이 당당한 모습으로 하얀 낙타 위에 올라탄 채 행렬을 이끌고 있었다. 그의 뒤로는 칼과 머스켓 총으로 무장한 호위병들이, 그 뒤로는 등에 짐을 실은 낙타들이 터벅터벅 발걸음을 옮기고 있었다. 투르케스탄 지방을 지나고 여러 산악 지형을 거치는 기나긴 여행에 모두들 지쳐 있었지만, 마지막 귀향 시점이 되자 사내들은 최고로 근사하게 차려입었고, 낙타들까지도 길쭉한 머리들을 높이 치켜든 채 위엄 있게 움직였다.

행렬의 맨 마지막에는 노새가 이끄는 이륜 경마차를 탄 에즈라의 모습이 보였다. 그는 지난 며칠간 대상들이 오는 길목 길목에 사람들을 급파해 시시각각으로 대상들의 이동 상황을 점검했다. 오늘 이른 새벽, 그는 숨을 헐떡이며 달려온 사자使者로부터 대상들이 이동에 속도를 내고 있어 빠르면 몇 시간 내에 도착할 것이라는 소식을 전해 들었다. 사자는 미리 문지기에게 얘기해 경마차를 대령케 했고, 에즈라는 주막에 음식을 준비시킨 뒤 부랴부랴 경마차에 올랐다. 그는 도시에서 십 마일쯤 떨어진 한 마을에서 마침내 대상들의 행렬과 만날 수 있었고, 카오 리엔과 반갑게 포옹을 하며 재회의 기쁨을 나눴다. 그리고 함께 서둘러 아침식사를 한 뒤 다시 그들의 도시를 향해 길을 나섰다. 에즈라는 경마차의 파란색 공단 커튼을 걷어 올리라고 지시를 내린 후, 미소 띤 얼굴로 거리를 내다보며 반기는 시민들을 향해 여유있게 손을 흔들어보였다.

그렇게 거리를 지나던 도중, 길가에 있는 한 찻집의 금박을 입힌 문 앞에 그의 사업 동반자인 쿵 첸이 황동으로 마무리된 기다란 대나무 파이프 담배를 입에 물고 서있는 모습이 보였다. 이에 에즈라는 노새 몰이꾼을 멈춰 경마차를 세우고는 마차에서 내려 그의 앞을 걸어서 지나감으로써 정중히 예를 갖추었다. 그는 쿵 첸에게 머리 숙여 인사를 했고, 덕담을 주고받았다. 그 사이 대상 행렬은 잠시 이동을 멈추었다.

"대상 행렬이 무사히 돌아온 것을 축하드립니다." 쿵 첸이 말했다.

"최고의 물건들이 낙타들 등에 가득 실려 있습니다." 에즈라가 신이 나서 대답했다. "시간이 나시면 한번 왕래하셔서 살펴보도록 하세요. 상점들에 가져다 놓고 싶은 물건들이 있으면 말씀하시고요. 선생님께 우선권을 드리도록 하겠습니다. 고르시고 남은 물건들은 다른 상인들에게 넘기도록 하죠."

"고맙습니다." 도시풍의 이 중국 남자가 대답했다. 그는 커다란 체구의 뚱뚱한 사내였다. 문직으로 짠 공단 소재의 긴 옷은 툭 튀어나온 배 때문에 길이가 좀 짧아 보였다. 그런가 하면 소매 없는 검은색 벨벳 외투는 몸의 둥그스름한 곡선을 살짝 가려주는 역할을 하고 있었다.

에즈라는 쿵 첸을 더할 나위 없이 친절하게 대했다. "내일 한번 들리도록 하세요." 그가 힘주어 말했다. "저와 함께 간단하게 식사를 하신 뒤 물건들을 둘러보도록 하시지요. 아, 아니군요!" 그가 불쑥 말을 멈췄다. "제가 무슨 말을 하고 있는 거죠? 내일은 안식일인데 말입니다. 다른 날로 해야겠군요."

"좋습니다, 좋습니다." 쿵 첸이 부드러운 음성으로 말했다. 그러곤 목례를 한 뒤 에즈라를 정중하게 마차 쪽으로 이끌었고, 에즈라가 마차에 오르자 다시금 대상 행렬이 움직이기 시작했다.

대상의 행렬이 에즈라의 집 대문 앞에 도착하기 직전, 에즈라는 그의 아들 데이빗의 모습을 볼 수 있었다. 그는 살짝 땀에 밴 채 저택의 벽돌 담을 끼고 맨 앞의 낙타 옆에서 달리며 카오 리엔에게 오른손을 흔들어 인사를 하고 있었다. 그러더니 쏜살같이 앞으로 달려가 대문을 가로질러 저택 안으로 들어갔다.

가마꾼들이 웃으면서 말했다. "젊은 주인님께서 온 집안을 들썩이게 만드시겠는데요."

에즈라가 흡족한 미소로 답을 했다. 행렬이 대문 앞에 다다르자, 그는 이미 노새몰이꾼들에게 품삯을 지불한 뒤였지만, 웃돈을 좀 더 주기 위해 돈지갑이 있는 넓은 허리띠 쪽으로 손을 뻗었다.

"술이나 한 잔씩들 하게나." 그가 기분 좋게 큰 소리로 말했다.

햇빛에 번들거리는 갈색 얼굴을 한 몰이꾼들이 웃어보였다. "고맙습니다." 그러고는 빈 수레를 끌고 돌아갈 채비를 했다.

낙타들은 차례차례 대문 앞 땅바닥에 주저앉았고, 늘어진 입술 사이로 거친 숨을 내쉬었다. 그 사이 신속하게 짐들이 내려졌고, 집 안으로 옮겨졌다. 이어 낙타 관리인들은 낙타들을 우리로 몰고 갔고, 대문은 다시금 굳게 닫혔다. 거리에 나와 있던 사람들의 호기심은 하늘을 찌를 듯해서 많은 구경꾼들이 외국산 물건들을 보기 위해 안뜰로 들어가려 몸을 밀쳐보기도 했지만 문지기가 가로막아 서서 이들의 진입을 막았다. "물러서요!" 그가 목청을 높였다. "강도나 도둑도 아니면서 왜들 이래요?"

한편 집 안에선 에즈라가 카오 리엔을 응접실로 안내했고, 데이빗은 바로 옆에서 카오 리엔의 팔을 다정하게 붙잡고 함께 걸었다.

"그동안 있었던 일들을 다 얘기해 주세요. 하나도 빠짐없이 다요, 삼촌." 그가 두 눈을 빛내며 카오 리엔을 졸랐다. 에즈라와 카오 리엔 집안에는 전혀 혈연관계가 없었지만, 두 사람은 어린 시절 함께 어울려 자랐었다. 카오 리엔의 할아버지가 유대인이었기 때문이다. 비록 그의 아버지는 중국여자를 아내로 삼았지만, 중국인들을 상대로 사업을 하는 에즈라에게 카오 리엔은 꽤 쓸모가 있는 존재였다. 카오 리엔은 유대인과 있으면 유대인이 되었고, 중국인과 있으면 중국인이 되었다.

햇살이 내리쬐는 안마당 돌길 위를 카오 리엔과 데이빗은 함께 걸었다. 카오 리엔의 길고 갸름한 얼굴에서 피곤함이 묻어났다. 입가엔 상냥한 미소를 머금고 있었지만, 듬성듬성 난 턱수염에 가려 그 미소는 반쯤 감춰져 있었다. 짙은 두 눈은 부드러웠고, 낮은 목소리로 천천히 내뱉는 그의 말엔 우아함 마저 깃들어 있었다.

"해줄 얘기가 많단다." 그가 말했다.

응접실 문가에 에즈라 부인이 나와 있었다. 부인을 발견한 키오 리엔이 머리를 숙여 인사를 했다.

"어서 오세요." 에즈라 부인이 먼저 인사를 건넸다.

"안녕하셨어요?" 카오 리엔이 대답했다.

부인이 뒤로 물러서자, 그가 응접실 안으로 들어서며 안주인에게 정중하게 절을 했다. 이에 에즈라 부인은 고개를 살짝 숙이며 응대를 했는데, 이는 그가 부인보다 한 단계 아래라는 것을 의미했다. 유쾌한 기분이 카오 리엔의 눈가를 살짝 스치고 지나갔다. 그는 부인의 방식에 익숙해 있었고, 기꺼이 부인의 자긍심을 살려주곤 했다.

"어디에 물건들을 풀어놓을까요, 사모님?" 그가 물었다. 부인이 곁에 있으면 그는 늘 부인의 의견을 묻곤 했다. 하지만 그는 이 집의 진짜 주인은 에즈라라는 것을 잘 알고 있었고, 에즈라 또한 그가 그것을 알고 있다는 사실을 인지하고 있었다.

"내 앞에서 하나하나 풀어보도록 하세요." 하곤 자리를 의자 쪽으로 옮기며, "난 여기 내 의자에 앉을게요."라고 대답했다.

부인이 의자에 앉았고, 에즈라도 맞은편에 자리를 잡았다. 왕 마가 앞으로 나와 차를 따랐고, 남자 하인 한 명이 달콤한 간식을 여러 칸에 나눠 담은 자기 그릇을 가지고 나왔다. 이제 모든 하인들이 조용조용 방 안으로 모여들어 벽을 따라 길게 줄지어서 상황을 지켜보았다. 마음이 급한 데이빗이 맨 앞에 있는 짐의 밧줄을 잡아당겼다.

"부드럽게." 카오 리엔이 말했다. "그 안엔 아주 귀한 물건이 들어 있거든."

그는 짐 쪽으로 다가가서 데이빗이 풀고 있던 매듭을 풀기 시작했다. 긴 손가락으로 능숙하고 민첩하게 짐을 푼 카오 리엔이 감싸고 있던 거친 천을 펼치자 철제 상자 하나가 모습을 드러냈다. 그는 뚜껑을 연 뒤 안에서 금으로 된 커다란 물체를 들어올렸다.

"시계다!" 데이빗이 소리쳤다. "하지만 시계 같은 걸 누가 쳐다보기나 하나요?"

"이건 평범한 시계가 아니야." 카오 리엔이 자랑스레 말했다.

에즈라는 시계를 들고 있는 벌거벗은 어린이들의 금빛 형상을 의심스런 눈초리로 바라보았다. "아주 멋지구나." 그가 말했다. "아이들도 통통한 것이 아주 잘 만들었어. 하지만 이걸 사고 싶어 하는 사람이 있을까?"

카오 리엔이 득의양양한 미소를 입가에 머금었다. "쿵 첸이 궁궐에 선물로 가져갈 만한 걸 구해달라고 부탁했던 거 기억하시죠? 그는 수도 북경에 새로운 상점들을 열 때 궁궐에 기념으로 선물을 하고 싶어 하죠. 그 선물용으로 산 겁니다."

에즈라가 감탄스런 표정을 지었다. "그렇구나!" 그가 목소리를 높였다. "보통 사람들한테는 어울리지 않는 물건이지만, 황제가 사는 궁궐이라면…… 그렇지, 아주 적격이야!" 그는 턱수염을 쓰다듬으며 흡족해했다. "이 시계는 내가 쿵 첸과 맺게 될 계약을 수월하게 해줄 게 분명해, 그렇지?"

"전 시계의 뒤쪽을 열어보고 싶어요." 데이빗이 말했다. "어떻게 작동하는지 궁금해요."

"안 돼, 안 돼." 에즈라가 서둘러 말했다. "그랬다간 다시 짜 맞추지 못하게 될 거야. 카오 리엔, 어서 치워 두게. 분명 값진 물건일 테니 말이야. 돈을 얼마나 치렀는지는 얘기하지 말고!"

에즈라의 이 말에 주위에서 간간히 웃음이 터져 나왔다. 한편 하인들은 그 금박을 입힌 어린아이들이 들고 있는 시계를 경탄스런 눈으로 응시하고 있었다. 시계는 조심스레 다시 상자에 담겨 한켠으로 치워졌다. 하인들은 다시 그 상자가 열릴 때는 바로 황제의 눈앞에서 일 거라는 생각을 했다. 오직 데이빗만이 다시 상자에 담는 걸 달가워하지 않는 눈치였다.

"다음번엔 카오 리엔 삼촌하고 같이 가고 싶어요, 아버지." 데이빗이 말했다. "다른 나라에는 여기선 볼 수 없는 놀라운 것들이 많을 거 아니예요?"

"젊은 주인님, 우리를 떠나지 마세요." 왕 마가 큰소리로 말했다. "외아드님이시니까 부모님께서 손자를 보시기 전까지는 집을 떠나선 안 되세요."

왕 마가 불쑥 던진 이 말을 들은 에즈라 부인의 표정이 자못 위엄 있게 변했다. "언젠가 우리 모두 함께 떠날 거다." 그녀가 말했다. "이곳은 우리나라가 아니야. 조국은 따로 있지."

이 말에 에즈라의 심기가 불편해졌다. 그는 카오 리엔을 향해 손짓을 하며 말했다. "자, 자, 다른 것도 뭐가 있는지 좀 보여주게나."

카오 리엔은 서둘러 그의 말을 따랐다. 조상들의 약속된 땅에 대해서는 에즈라와 그의 아내의 의견이 서로 엇갈린다는 것을 익히 잘 알고 있었기 때문이다. 그는 지시를 내려 짐들을 하나하나 풀도록 했다. 이내 응접실 바닥 가득 장남감과 오르골* 용수철이 달린 모형, 인형, 그리고 온갖 종류의 진기한 물건들이 모습을 드러냈다. 그 외에 공단, 벨벳 등 값진 천들과 양탄자, 쿠션, 심지어 북쪽 지방에서 생산된 모피까지 있었다. 자리에 모인 모든 사람들이 그것들을 바라보며 다들 얼이 빠져있는 사이, 에즈라는 남몰래 머릿속으로 이윤을 계산하고 있었다. 모든 짐들이 다 공개되고 난 뒤, 그는 하인들과 집안 식구 한 사람 한 사람에게 선물을 골라 주었다. 피오니를 위해선 금으로 된 작은 빗을 선물했다. 왕 마에겐 질 좋은 아마포를 한 필 주었고, 아내인 에즈라 부인을 위해선 아름다운 진홍색 명주 벨벳을 택했다.

그 사이 데이빗은 눈앞에 펼쳐진 진귀한 물건들에 도취되어 말을 잃은 채 꿈속을 헤매고 있었다. 갖가지 물건들을 보면 볼수록 그 놀라운 것들이 만들어진 나라들에 대해 더욱 더 알고 싶어졌고, 그러한 것들을 만들 정도로 영리한 그 나라 사람들을 만나보고 싶어졌다. 그에겐 이러한 진귀한 물건을 만들어내는 사람들이 의심할 여지 없이 세계에서 가장 우수한 민족인 것처럼 여겨졌다. 이토록 아름다운 색깔과 모양을 생각해내고, 그 아름다움을 고형의 물체로, 반짝거리고 호화로운 물질로, 기계로, 그리고 에너지로 옮길 수 있다는 건 그들이 위대한 국가와 발달된 문명 속에서 살고 있는 진취적이고 고귀한 사람들이라는 걸 확실히 증명하는 것이었다. 그는 그 어느 때보다도 서쪽으로의 여행을 갈망했다. 그렇게 원대한 꿈을 좇고 그것을 실현해내는 사람들을 자신의 눈으로 직접 보고 싶었다. 어쩌면 자신은 여기보다 그곳 사람들과 더 잘 어울릴는지도 몰랐다. 그러고 보면 그의 선조들 역시 인도 너머 서쪽 지역 출신이 아니던가?

아들을 바라보는 에즈라의 안색이 편치 않아 보였다. 데이빗은 청년

---

* 상자의 뚜껑을 열면 멜로디가 흘러나오는 물건

특유의 다듬어지지 않은 호기심이 막 태동할 시기의 연령대였다. 그의 마음은 언제나 충족되지 않은 욕망들로 조바심을 내고 있었다. 게다가 그의 엄마이자, 자신의 아내가 아들에게 끊임없이 늘 망명지라 부르는 이 나라를 떠나자고 종용한다면, 그로서도 이 두 사람의 틈바구니에서 어찌 해볼 도리가 없는 것이었다. 데이빗은 즐겁게 노는 것을 좋아했기 때문에, 에즈라는 근처에 사는 또래 젊은 친구들과 어울리는 걸 장려했었다. 하지만 그 즐거움이 점차 밋밋해지고 시들해지면 어쩔 것인가? 아들을 지켜보던 에즈라는 오늘 데이빗의 모습이 이전 몇 년 간의 모습과는 사뭇 다르다는 느낌을 받았다. 그는 장난감이나 진귀한 물건들을 앞에 두고도 그리 흥분하는 모습을 보이지 않았다. 깊이 있는 지각이 그의 두 눈에 서려있었고, 얼굴 표정과 태도에서도 그것은 확연히 드러났다. 데이빗은 곰곰이 생각에 잠겨 있었다.

"얘야!" 에즈라가 목소리를 높였다.

"예?" 데이빗이 여전히 마음을 다른 곳에 둔 채 대답했다.

"네가 원하는 걸 고르거라!" 에즈라가 데이빗의 정신을 번쩍 들게 할 요량으로 일부러 큰 목소리로 말했다.

"어떻게 고를 수 있겠어요?" 데이빗이 중얼거렸다. "전부 다 갖고 싶은 걸요."

에즈라가 화통하게 웃었다. "자, 자." 그가 여전히 큰 목소리로 말을 이었다. "그러다간 아버지 사업이 파산해 버린단다!"

모두들 데이빗이 무엇을 택할는지 주시했지만, 그는 서두르지 않았다.

"거기 있는 파란색 옷감을 택하거라." 에즈라 부인이 권했다. "아주 멋진 외투를 만들어 줄 테니."

"싫어요." 데이빗은 그렇게 말하고, 방 안을 이리저리 옮겨 다니며 각양각색의 물건들을 둘러보고 만져 보았다.

"그 조그만 황금 램프를 고르세요." 왕 마가 제안했다. "제가 기름을 넣어서 탁자 위에 놓아드릴게요."

"내겐 이미 램프가 있어요." 데이빗은 그렇게 답을 한 뒤, 자신이 진정으로 원하는 것을 계속해서 찾아 나섰다.

"자, 어서!" 에즈라가 소리를 높였다.

"천천히 고르게 시간을 좀 주도록 하죠." 카오 리엔이 청했다.

그렇게 다들 차분하게 기다렸다. 하인들은 집안에서 가장 애지중지하는 이 청년이 과연 무엇을 고를지 흥미로운 얼굴로 지켜보았다.

불현듯 데이빗의 눈에 이제껏 전혀 볼 수 없었던 물건이 포착되었다. 은으로 된 칼집에 들어있는 기다랗고 폭이 좁은 대검이었다. 데이빗은 비단 옷감 아래 놓여있는 그 칼을 빼내들었다. "이걸······." 그가 칼을 바라보며 운을 뗐다.

"그건 여호와께서 허락하지 않으신다!" 카오 리엔이 소리쳤다.

"이걸 고르면 잘못인가요?" 데이빗이 놀라며 물었다.

"아니, 잘못을 저지른 건 바로 나다." 카오 리엔이 단언했다. 그리고는 앞으로 걸어 나가 데이빗의 손에서 칼을 빼내려 했다. 하지만 젊은 청년은 내주려 하지 않았다. 하지만 카오 리엔은 결국 칼을 손에 거머쥐었다. "이걸 집 안으로 갖고 들어오는 게 아니었는데." 그가 말했다. 그리고는 에즈라에게 몸을 돌렸다. 제 판에는 하나의 징표로써 가지고 온 것입니다. 제 생각엔 이 검을 보시면 형님께서 믿게 되실 거라······."

그때 데이빗이 다시 손을 뻗었고, 카오 리엔은 검이 자신의 손에서 빠져나가는 걸 느꼈다. 데이빗이 두 손으로 검을 잡아들었다. 검을 바라보는 그의 표정은 흡족해 보였다. 그는 이전까지 이토록 강하고, 섬세하고, 완벽한 무기를 결코 본 일이 없었다.

"정말 아름다워요." 그가 중얼거렸다.

"내려 놓거라." 갑자기 그의 어머니가 말했다.

하지만 데이빗은 그녀의 말을 듣지 않았다.

이 모습을 지켜보던 카오 리엔의 예민하고 섬세한 얼굴 위로 두려움이 자라나기 시작했다. "데이빗." 그가 나지막이 데이빗을 불렀다. 그의 목소리는 워낙 낮았지만, 이번엔 무척이나 심각하게 들렸기 때문에 방 안의 모든 사람들이 그를 향해 시선을 돌렸다.

"대체 무슨 일인가?" 에즈라가 물었다. 그 역시 데이빗이 고른 물건에 놀라는 눈치였다. 아들에게 무엇 때문에 무기가 필요하단 말인가.

"데이빗, 그 칼은 말이다." 카오 리엔이 말했다. "네가 고를 수 있는 물건이 아니란다. 그건 내 눈으로 본 것들에 대한 징표로서 가져온 거란다. 내 앞에서 자행된 그 악에 대해 모두 이야기를 하고 난 다음, 난 그 칼을 없애 버릴 생각이다."

"악이라고요?" 데이빗이 여전히 칼에 눈길을 둔 채 말을 받았다. 그의 부모는 아무 말이 없었다. 만일 데이빗이 부모의 얼굴을 보았다면, 뭔가를 알아차리고 공포에 질려하는 그들의 모습을 발견했으리라. 하지만 그는 다만 그 아름다운 자태의 대검에만 눈길을 주고 있을 뿐이었다.

그들을 바라본 카오 리엔은 두 사람이 무슨 생각을 하고 있는지 어려움 없이 읽어낼 수 있었다. "서부 국경을 넘어가기 전, 흉흉한 소문을 접하게 되었지요." 그가 비장한 표정으로 말을 시작했다. "그들이 우리 민족을 다시금…… 죽이고 있다는 거였어요."

에즈라 부인이 크게 비명을 지르며 두 손으로 얼굴을 가렸다. 에즈라는 아무 말이 없었다. 어머니의 비명 소리에 데이빗이 고개를 들어보였다.

"죽인다고요?" 그가 이해할 수 없는 표정으로 말했다.

카오 리엔이 엄숙하게 고개를 끄덕였다. "넌 그게 무슨 뜻인지 결코 알 수 없을 게다. 난 계속해서 앞으로 나아갔지. 서방인들이 나를 중국인이라 여길 거라 생각하면서 말이지. 하지만 내가 무엇을 보게 될지 미리 알았더라면, 난 아마도 수백 마일이나 멀리 도망을 쳤을 거야!"

그가 말을 멈췄다. 그가 무엇을 보았는지 묻는 사람은 아무도 없었다. 에즈라의 얼굴은 그의 짙은 턱수염과 대조를 이루며 새하얗게 질렸고, 고개를 숙이며 두 손으로 눈을 가렸다. 에즈라 부인은 얼굴을 감싼 손을 내리지 않았다. 카오 리엔을 바라보던 데이빗은 미지의 공포감에 등골이 오싹해지는 기분을 느꼈다. 하인들도 입을 벌린 채 놀란 표정을 짓고 있었다.

"그래도 내가 본 것에 대해 네가 알고 있는 게 좋을 거다." 카오 리엔이 데이빗을 바라보며 말했다. "넌 서방 지역에서 우리 민족이 자신들이 원하는 곳에서 살 수 있는 자유가 없다는 걸 모를 거야. 그들은 단지 허락받은 곳에서만 살아가야 하지. 그리고 그 허락받은 땅마저도 도시 내의 가난한 지역들이 대부분이란다. 하지만 우리 민족은 그곳에서마저 쫓겨나곤 하지. 폐허와 다를 바 없는 집, 간신히 매달려있는 대문, 깨진 유리창, 도둑들이 끊이질 않는 가게 등을 내 눈으로 직접 봤단다. 그게 다가 아니야. 남자, 여자, 아이들 할 것 없이 열을 지어 피난을 떠나는 많은 사람들도 목격했지. 그리고…… 또 있단다." 카오 리엔은 잠시 말을 멈춘 뒤 다시 말을 이었다. "난 수많은 사람들의 시체도 보았단다. 나이든 남자, 여자, 아이들, 젊은 청년들의 시체까지…… 그들은 도망을 치는 대신 그들과 맞서 싸운 거지. 우리 동포들이 말이다! 그들은 총과 칼에, 독극물에, 그리고 화염 속에서 목숨을 잃었지. 그 길가 한구석에서 이 검을 주운 거란다. 그때, 이 검은…… 피로 뒤덮여 있었단다."

놀란 데이빗이 검을 떨어뜨리자 바닥에 부딪히며 철컹하는 소리를 냈다. 그 검을 내려다보고 있자니 머리가 멍하면서 숨이 막혀왔다. 자신이 꿈꿔온 아름다움으로 가득한 — 그래서 이 칼마저 아름답다고 생각한 — 그 나라들에서 카오 리엔은 그와 같은 엄청난 장면들을 목격한 것이다!

"이유가 뭐죠?" 데이빗이 물었다.

"누가 알겠니?" 카오 리엔이 한숨을 내쉬며 대답했다. 지금까지 내내 안전하고 평화롭기만 한 환경 속에서 자라온 이 어린 데이빗에게 그 복잡한 사연을 어떻게 설명해준단 말인가? 이곳 동쪽 하늘 아래 이외의 지역에 사는 동포들에게는 고대의 저주가 내려져 있는 게 분명하다는 사실을 어떻게 설명할 수 있단 말인가?

"도대체 우리 선조가 무슨 일을 저질렀길래 그러는 거죠?" 데이빗의 목소리가 넓은 응접실 안에 울려 퍼졌다. 그는 아버지와 어머니를 차례로 쳐다보았고, 다시 카오 리엔에게 시선을 돌렸다.

"아무 것도!" 에즈라 부인이 소리치며, 두 손에 파묻었던 얼굴을 들어 올렸다.

"비록 우리가 죄를 졌다 해도……." 카오 리엔이 목소리를 높였다. "이 모든 인류로부터 결코 용서를 받을 수는 없는 건가요?"

에즈라는 여전히 침묵을 지켰다.

카오 리엔의 말을 듣고 비통한 분위기를 감지한 하인들은 유대인들에 대해 연민의 정을 느끼면서 앞으로 나아가 차를 따랐고, 물건들을 정리하기 시작했다. 그제서야 에즈라는 몸을 추슬렀다. 그는 얼굴에서 손을 내리더니 차를 한 모금 들이켰다. 그리고 왕 마가 다시 찻잔을 채우자 마치 몸을 따뜻하게 덥히기라도 하려는 듯 두 손으로 잔을 꼭 감싸쥐었다.

"이곳에서 살아가는 한 우린 안전하지." 그가 마침내 말했다. "카오 리엔, 그 칼을 가져다가 녹이게나. 우리의 기억에서 지워버릴 수 있도록."

지시에 따르기 위해 카오 리엔이 몸을 움직이려 하자, 데이빗이 상체를 숙여 다시 칼자루를 움켜쥐었다. "난 그래도 이 칼을 택하겠어요!" 그가 일갈했다.

에즈라는 못마땅한 표정이었지만, 에즈라 부인은 호응을 했다. "허락해주세요." 그녀가 에즈라에게 간청했다. "우리 동포가 비참하게 죽어가고 있다는 사실을 저 검을 보면서 기억하게끔 말이에요."

에즈라는 잔을 내려놓고 손으로 머리를 쓰다듬으며 다시 한 번 한숨을 내쉬었다. "나오미, 그건 우리가 기억할 필요가 없는 일이야!" 그가 목소리를 높였다. "주위에 아무도 우리를 해치려는 자가 없는 상황에서 데이빗이 두려움에 떨 필요는 없잖아?"

"아버지, 전 기억할 거예요. 영원히!" 데이빗이 크게 외쳤다. 그리고는 열정적인 눈빛으로 칼을 머리 위로 높이 들고 몸을 일으켰다.

바로 이때 문가에서 발소리가 들려왔고 리아가 모습을 드러냈다. 데이빗은 진홍색과 금색이 어우러진 의복 차림의 그녀를 바라보았다. 짙은 머리칼을 등 뒤로 넘긴 리아의 커다란 검은 두 눈은 불타올랐고, 붉은 입술은 살짝 벌어져 있었다.

"리아!" 데이빗이 소리치며 그녀를 불렀다.

"저도 카오 리엔이 한 얘기를 들었어요." 그녀의 목소리는 분명하고 부드러웠다. "우리 동포들 얘기를 전부 다 들었어요. 커튼 뒤에 있었거든요."

"어서 오너라." 에즈라 부인이 말했다. "널 데려오라고 막 사람을 보낼 참이었단다."

"와야 한다고 생각했어요." 그녀가 여전히 부드러운 목소리로 말했다. "그래야만 할 것 같았어요."

그녀는 가슴께에 두 손을 모아 맞잡은 채 데이빗을 바라보았다. 데이빗 역시 조금 놀란 눈빛으로 마치 리아를 난생 처음 바라보는 것처럼 그녀를 마주 대했다. 이 순간 리아는 그에게 있어 여자로 느껴졌다.

에즈라 부인은 의자에 앉은 채 몸을 앞으로 기울이며 두 사람을 바라보았고, 다른 사람들도 모두 리아를 주시했다. 부인은 애정 어린 눈빛으로 두 사람을 바라보며 미소를 지었다. 에즈라는 입을 굳게 다문 채 조용히 그들을 바라보았고, 카오 리엔은 조금은 슬픔이 어린 미소를 지은 채 두 젊은이를 주시했으며, 왕 마는 입가에 씁쓸한 표정을 담은 채 두 사람을 바라보았다.

하지만 리아는 오직 데이빗만을 주시했다. 장신의 데이빗은 오른손에 은으로 만든 검을 쥐고 있었다. 리아의 눈에 그는 샛별보다도 아름다워 보였고, 그를 가질 수만 있다면 목숨을 내줘도 아깝지 않을 것 같았다. 데이빗과 리아는 남자 대 여자로서 마주하고 있었고, 두 사람은 한 핏줄이었다. 리아는 데이빗이 자신 앞에 서 있다는 것 외에는 모든 걸 잊었다. 오직 그의 부드러운 얼굴, 자신을 향한 따뜻한 눈빛만을 생각했다. 리아는 마치 태양을 대하는 듯 경외심을 갖고 데이빗에게 다가섰다. 이런 마음가짐이 그녀를 조금은 주저하게 만들었지만, 그럼에도 거역할 수는 없었다.

에즈라 부인이 중국 하인들에게 시선을 돌렸다. "자, 다들 물러가거라." 그녀가 낮은 음성으로 분부를 내렸다.

하인들이 하나 둘 응접실을 빠져나갔다. 왕 마도 옆문을 통해 서둘러 자리를 떴다. 현관 문가에서 잠들어 있던 자그마한 개 한 마리조차 눈을 뜨고는 낑낑거리며 머리를 들더니 몸을 일으켜 밖으로 나섰다.

리아가 데이빗에게 미소를 지어보였다. "골리앗의 칼을 손에 든 또 다른 데이빗*의 모습이야." 그녀가 말했다. 갑자기 그녀의 눈에 눈물이 고였다. 리아는 앞으로 걸음을 옮겨 몸을 굽히고는 그가 들고 있는 검의 손잡이에 입을 맞추었다. 그리곤 그에게 목례를 했다. 크림색 목덜미 위로 부드럽고 짙은 리아의 머리칼이 물결치고 있었다. 주위에 있던 데이빗의 아버지와 어머니, 그리고 카오 리엔은 일어선 채 두 사람을 지켜보았다.

---

* 다윗을 말함.

피오니 역시 몰래 숨어 이 광경을 지켜보았다. 조금 전 응접실을 빠져나온 왕 마가 부리나케 그녀의 방으로 갔다. 하지만 문이 잠겨 있자, 문을 두드리며 소리쳤다. "피오니, 이 어리석은 꼬맹아! 어서 문을 열어! 자고 있는 거야?"

왕 마의 호들갑스러운 목소리에 놀란 피오니는 문을 열었다. "어서 서둘러!" 왕 마가 목소리를 죽여 말했다. "냉큼 응접실로 가. 아무 것도 모르는 양 들어가서 깔깔 웃어대며 분위기를 바꿔보란 말이야."

피오니는 왕 마의 재촉에 아무런 대꾸도 하지 않고 조용히 응접실로 향했다. 그리고 그녀는 커튼을 옆으로 젖히고 여전히 조용히 안을 들여다보고 있었다. 데이빗은 칼을 든 채로 서있었고, 에즈라 부인과 카오리엔은 그를 바라보고 있었으며, 리아는 그 칼에 입을 맞추고 있었다. 이건 무슨 의식일까? 약혼을 선언하는 유대식 풍습이기라도 한 걸까? 그렇다면 불쑥 들어가 말을 꺼내서는 안 되고, 웃는 건 더더욱 안 되겠지! 그녀는 감히 안으로 들어설 수가 없었다. 이게 과연 무얼 의미하는 걸까? 그녀는 커튼을 내리고 겁에 질린 눈으로 다시금 자신의 방으로 걸음을 재촉했다.

4

 방 안에 혼자 있던 피오니는 울지 않았다. 하지만 습관적으로 하얀 비단으로 된 안소매를 눈가에 갖다 댔다. 그녀는 자신을 따돌리는 비밀스럽고 낯설기 그지없는 집안에서 살고 있다는 느낌을 받았다. 피오니가 한숨을 내쉬며 조용히 한탄을 하고 있는 사이 왕 마가 방 안으로 들어왔다.

 이 두 사람의 관계는 복잡했다. 이들은 중국인이었기 때문에 중국인 아닌 사람들 사이에선 함께 뭉치곤 했다. 그리고 그들은 여자였기 때문에 남자들 무리 속에선 서로 결속을 했다. 하지만 한 사람은 늙고 더 이상 아름답지 않은 반면, 다른 한 사람은 젊고 무척 예뻤다. 서로 상대방이 지내온 삶에 대해 알긴 했지만, 그것에 대해 이야기를 나눌 필요성은 못 느꼈다. 때문에 피오니는 왕 마가 젊은 시절, 자신의 지금 모습처럼 이 집안의 하녀였다는 건 알고 있었지만, 그저 전적으로 하녀일 뿐이었는지, 아니면 그 이상의 존재였는지는 정확히 알지 못했다. 신중한 왕 마 역시 그것에 대해 결코 말을 꺼낸 적이 없었고, 앞으로도 얘기를 꺼낼 가능성은 없어 보였다. 더욱이, 피오니는 자신과 왕 마가 비슷한 부류라고 생각하지 않았다. 왕 마는 글을 읽지도 쓰지도 못했다. 비록 영리하고 상냥하긴 했지만 그저 평범한 아낙일 뿐이었다. 하지만 피오니는 그렇지 않았다. 그녀는 많은 책을 읽었고, 때때로 에즈라와도 대화를 나누었으며, 나이든 중국 유교 학자들이 데이빗을 가르칠 때면 곁에서 긴 시간 동안 그 수업을 함께 듣곤 했다. 무엇보다도 그녀는 데이빗이 그의 마음과 정신을 온전히 나눌 수 있는 상대였다. 그것은 왕 마와 데이빗의 아버지 사이에선 결코 있을 수 없던 일이었다. 피오니는 데이빗으로 하여금 음악과 시 쓰기를 좋아하게끔 만든 장본인이었다. 그리고 두 사람은 〈홍루몽〉 같은 책들을 남몰래 함께 읽기도 했다. 피오니가 가련한 젊은 여주인공을 생각하며 울기라도 하면, 데이빗은 피오니의 어깨에 팔을 둘러주었고 그녀는 그의 어깨에 기대어 눈물을 흘리곤 했다.

지금까지 그는 피오니에게 모든 걸 털어놓았고, 그녀는 열의를 가지고 섬세하게 그의 온갖 기분을 맞춰 주었다. 다만 한 가지 그녀가 모르는 것이 있었다. 피오니는 왜 그가 쿵첸의 딸에게 쓰던 사랑의 시를 마무리하지 않았는지 묻지 않았다. 그녀가 그 쓰다만 시를 가져간 후 데이빗은 그걸 찾기라도 했을까? 그리고 피오니는 데이빗이 자신에게 왜 그걸 훔쳐갔는지, 왜 스스로 시를 마무리했는지, 그리고 왜 그걸 쿵 첸 집안의 셋째 딸에게 전해줬는지를 추궁하지나 않을까 두려웠다. 피오니는 데이빗이 벌컥 화를 내며 "왜 그런 짓을 한 거야?"라고 물어 올까봐 몹시도 겁이 났다.

정말 그렇게 한 이유…… 그건 결코 그에게 말할 수 없었다. 영리한 피오니는 자신의 생각이나 느낌을 모두 데이빗에게 털어놓거나 하지는 않았다. 그녀는 무릇 남자들이란 여자의 모든 것을 속속들이 알고 싶어 하지 않는다는 것을 여자의 직관으로 감지하고 있었다. 데이빗은 늘 자신을 중심에 두었기 때문에 피오니 역시 거기에 맞춰 그를 자신의 중심에 둬야 했다. 그랬기 때문에 그녀는 스스로에게 늘 물어보는 질문, 하지만 결코 스스로에게 대답을 해줄 수는 없는 질문을 직접적으로 그에게 던질 수가 없었다. 그 질문은 바로 이거였다. '삶이란 불행한 걸까, 행복한 걸까?' 그건 자신의 삶이나 다른 누군가의 삶을 구체적으로 지칭하는 게 아니었다. 그저 삶 자체를 두고 묻는 것이었다. 이에 대한 대답을 얻을 수만 있다면 그녀는 자신이 삶에 어떤 지침을 갖게 되리라 생각했다. 만일 삶이 행복할 수 있고, 행복해야만 한다면, 그리고 살아있다는 것 자체가 선이라면 자신이 원하는 모든 걸 다 시도해보지 않을 이유가 없었기 때문이었다. 하지만, 삶이란 게 원래 불행한 것이라면, 그모든 걸 얻는다 해도 아무 소용없을 테니 그저 현재 가진 것에 만족하는 것이 타당했다. 이제 다시금 이 오랜 의문이 고개를 들었지만, 피오니는 스스로에게 답을 해줄 수 없었다.

"네가 침통해할 거라는 걸 알고 있었지." 왕 마가 차분하게 말했다. 그리고는 자리에 앉아 통통한 두 손을 무릎 위에 올려놓고 피오니를 물끄러미 바라보았다. "너와 난……" 그녀가 말을 이었다. "서로 도와야만 해."

피오니가 슬픈 눈빛으로 왕 마의 어질고 둥그스름한 얼굴을 바라보았다. "아줌마." 그녀가 구슬픈 목소리로 왕 마를 불렀다.

"마음속에 감추어 둔 걸 얘기해 보렴." 왕 마가 대답했다.

"한 가지 질문에 해답만 찾을 수 있다면 제 삶을 가지런히 정리할 수 있을 것 같아요." 피오니가 말했다.

"내게 물어보렴."

이건 피오니에게 쉬운 일이 아니었다. 그동안 왕 마와 나눈 이야기라곤 음식이나 차를 준비하는 일, 방들을 깨끗이 청소했는지의 여부, 또는 집 안이나 안마당을 제대로 관리하는 일들 같은 게 전부였기 때문이다. 그녀는 왕 마가 자신의 질문을 듣고 비웃지나 않을까 걱정을 했다.

하지만 이제 그녀는 마음을 열고 속 시원히 털어놓기로 작정했다. 만일 데이빗이 리아와 결혼을 하면 자신에게 어떤 일이 벌어질지 도저히 감이 오지 않았기 때문이다.

"왕 마, 제발 절 비웃지 말아 주세요." 피오니가 작은 목소리로 말했다.

"그래, 비웃지 않을게." 왕 마가 대답했다.

피오니가 무릎 위에 있던 작은 두 손을 꼭 맞잡았다. "삶이란 게……." 그녀가 또렷하게 말했다. "삶이란 게 행복한 건가요, 불행한 건가요?"

"근본적으로?" 왕 마가 물었다. 그녀의 얼굴은 전적으로 심각해져 있었고, 피오니가 무엇을 묻는 건지 제대로 파악을 하고 있는 듯했다.

"예, 근본적으로요." 피오니가 대답했다.

왕 마의 표정은 무거웠다. 하지만 놀라거나 당황한 모습은 아니었다. "삶이란 불행한 거란다." 그녀가 분명하게 말했다.

"행복을 기대할 순 없는 건가요?" 피오니가 무언가 다른 대답을 바라는 듯이 갈구하는 목소리로 물었다.

"당연히 없지." 왕 마가 단호하게 말했다.

"어쩜 그렇게 단정적으로 말씀하실 수 있으세요?" 피오니가 한탄을 하며 조용히 울기 시작했다.

"삶이 불행하다는 걸 이해하기 전에는 행복해질 수 없는 법이거든." 왕 마가 힘주어 말했다. "날 보렴! 삶이 불행한 거라는 걸 알기 이전에 내가 어떤 꿈을 꾸었고, 얼마나 많은 것들을 바랐는지 아니? 하지만 진실을 알고 난 다음부터는 난 더 이상 꿈을 꾸지 않는단다. 바라는 것도 없고. 물론 종종 난 행복하기도 하지. 이따금씩 좋은 일들이 내게 일어나거든. 아무 것도 기대를 하지 않으면 사소한 것들에도 기쁨을 느낄 수 있는 법이지." 그녀는 솜씨 좋게 문밖으로 침을 뱉어냈다. 그리고 이내 평온하게 말했다. "삶이란 불행한 거야. 앞으론 그렇게 생각하며 살거라."

"고마워요." 피오니가 어둡지만 상냥한 목소리로 말했다. 그리고 이내 눈물을 닦아냈다.

두 사람은 그렇게 마주 앉아 아무 말 없이 생각에 잠긴 채 한동안 시간을 보냈다. 이윽고 왕 마가 다정하게 입을 열었다. "피오니, 넌 네 자신에 대해 심사숙고해야만 해. 이 집에서 앞으로도 오랜 세월 더 살아갈 생각이라면 말이다. 젊은 주인님의 아내로 누가 들어오게 될지에 대해서도 생각을 해봐야 해. 남자의 아내란 그의 통치자란다. 남편이 아내를 좋아하든, 좋아하지 않든 그건 상관이 없어. 남편을 좌우지하는 건 바로 아내란다. 고로 그의 아내를 잘 골라야 하는 법이지."

"제가요?" 피오니가 물었다.

왕 마가 고개를 끄덕였다.

"형님께서도 주인마님을 고르신 건가요?" 피오니가 물었다.

왕 마가 자신의 짧은 목 위로 머리를 빙글빙글 돌렸다. "내가 고를 수 있었던 건 떠나느냐, 남느냐는 거였지." 그녀가 잠시 후 입을 열었.

"결국 남으셨죠." 피오니가 부드럽게 말했다.

왕 마가 몸을 일으켰다. "안주인님께 오전 간식을 갖다 드려야 할 시간이구나." 그녀가 불쑥 말을 던졌다.

그렇게 왕 마는 방을 빠져나갔고, 피오니는 다시금 긴 생각에 빠져들었다. 그녀에겐 해야 할 일들이 기다리고 있었다. 바로 그때 열어 놓은 문틈을 통해 작은 개 한 마리가 방 안으로 들어왔다. 낯선 이를 보았을 경우를 제외하고는 늘 조용한 작은 개가 소리 없이 몸을 움직여 피오니에게 다가왔고, 그리곤 뭔가를 원하는 표정으로 조용히 피오니를 올려다보았다.

"널 깜빡했구나, 작은 개야." 피오니가 중얼거렸다. 그녀는 몸을 일으켜 대나무 솔을 가져와서는 무릎을 꿇고 작은 개의 금빛 도는 긴 털을 부드럽게 빗겨주었다. 뻣뻣한 대나무의 촉감을 좋아하는 작은 개는 둥근 눈을 반쯤 감은 채 가만히 서있었고, 그 사이 피오니는 양쪽 귀를 하나씩 들어 올리며 끝이 위로 향한 검은 코 쪽을 향해 조심스레 털을 빗어 내렸다. 만일 고양이였다면 작은 개는 아마도 가르릉거렸을 것이다. 하지만 녀석은 개인지라 그저 털이 수북한 꼬리를 앞뒤로 흔들 따름이었다.

그러나 아무리 귀여워도 피오니에게 작은 개는 그저 자그마한 한 마리 개일 뿐이었다. 솔질을 마치자 피오니는 무릎을 펴고 일어나 손을 씻었고, 다시 자리에 앉아 하던 생각을 다시 이어갔다. 작은 개는 돌로 된 문지방 위에 몸을 누이고 앉아 몇 차례 동그란 눈을 굴리며 파리를 잡아 채는 시늉을 하더니, 이내 잠 속으로 빠져들었다.

피오니는 작은 개를 물끄러미 바라보았다. 이 집에서 작은 개는 행복했고, 모든 사람들이 녀석의 존재를 인정해주었다. 비록 한 마리의 개에 불과했지만 녀석은 집안의 일부가 될 수 있었다. 피오니는 곰곰이 생각해보았다. 그러나 아무도 자신을 찾으러 오는 사람이 없었다. 다른 날, 다른 때 같았으면 벌써 여러 번 호출을 받았을 터였다. 이러한 잠잠함은 그녀에겐 뭔가 새로운, 그리고 뭔가 낯선 일이 이 집에서 벌어지고 있다는 추가적인 경고로 받아들여졌다. 그건 그녀가 함께 나눌 수 없는 일이 벌어지고 있다는 것이었다. 그게 무엇이든 그녀는 그런 식으로 함께 살아가야 했다. 그 안에서, 그것에 복종하고, 받아들이고, 그것의 일부가 되면서 살아가야 했다. 데이빗이 어떤 모습이 되든, 그가 어디에 있든, 그녀는 그의 곁에 있을 것이기 때문이다. 비록 그가 이따금씩 그녀에게 말을 건네게 되고, 그저 그의 자잘한 시중을 들고, 그저 그의 옷가지를 챙기는 일 정도밖에 하게 되지 못한다 해도 피오니는 그걸 달갑게 받아들이면서 자신의 삶을 꾸려나가야 할 것이다.

그렇게 가만히 앉아 한참을 보내던 중, 커튼과 문 뒤에 숨어있던 작은 생물체들이 마침내 기지개를 켜기 시작했다. 귀뚜라미 한 마리가 지붕 깊숙한 곳에서 길고 가느다란 음을 내며 노래를 불렀고, 타일 마루 위로 내리쬐는 햇살 속으로는 캥거루 쥐 한 마리가 나타나 뒷다리로 서서는 홀로 간단한 춤동작을 선보였다. 그 모습을 지켜보던 피오니가 갑자기 웃음을 터뜨렸다. 그 작은 생명체는 다시 제 자리로 돌아가 몸을 감췄다. 피오니는 이제 무거운 표정을 벗어던진 채 온화한 미소를 머금고 자리에 앉아 있었다. 이렇게 그녀에겐 자그마한 즐거움들이 있었던 것이다! 이 집 안에선 이렇게 큰 삶에 가려져 있는 작은 삶들이 나름대로 유쾌하게 생활을 이어가고 있었다. 그녀의 삶도 그것들 가운데 하나가 되게 할 필요가 있었다. 그녀 안으로 원기가 스며들긴 했지만 이렇다 할 힘이 되기엔 너무 잔잔했고, 에너지가 되기엔 너무 고요했다.

그럼에도 불구하고 피오니는 기운을 차릴 수 있었다. 그녀는 자리에서 일어나 머리를 곱게 빗은 후, 거울을 바라보았다. 너무 창백해 보여 입술을 붉은색으로 칠했다. 그리고 잠시 숙고의 순간을 거친 뒤, 머리를 다시 땋아 귀 뒤쪽으로 넘기고는 비취 머리핀을 꽂았다. 그녀에겐 해야 할 일이 있었다. 오늘은 안식일 전날이었기에 특별히 신경을 써서 저녁 식사를 준비해야만 했다. 은촛대와 포도주 용기를 윤이 나게 닦아야 하고, 비비 꼰 모양의 빵을 식탁 위에 내어놓아야 했다. 피오니는 다시 자리에 앉았다. 해야 할 일이 있음을 잘 알고 있었지만, 즉시 몸을 움직이진 않았다. 잠시 더 시간이 흐른 뒤, 그녀는 탁자 서랍에서 붓과 먹, 하얀 종이를 꺼내 빠르게 네 줄의 시를 써내려갔다. 자신과는 전혀 상관이 없는 시였다. 그건 바로 쿵의 집에 가져갔던 그 시에 대한 화답이었다. 시의 내용은 동틀 무렵 꽃잎 위에 맺혀있는 이슬을 남김없이 마셔버린 따스하기 이를 데 없는 태양빛에 관한 것이어야만 했다.

시를 다 쓰고 난 뒤 피오니는 종이를 접어 가슴께에 밀어 넣었다. 그리고 난 뒤에야 그녀는 안식일을 맞이해 자신에게 주어진 일을 수행하려고 몸을 움직였다.

거실에서 피오니는 아무에게도 눈에 띄지 않았다. 에즈라 부인, 에즈라, 그리고 카오 리엔 세 사람은 서로 다른 감정으로 데이빗과 그 옆에서 머리를 숙인 채 윤기 나는 칼자루에 입을 맞추고 있는 아름다운 소녀 리아를 바라보았다. 에즈라 부인에게 있어 이 행동은 리아가 자신에게 주어진 과업에 헌신하기로 마음을 먹었다는 걸 의미했다.

카오 리엔은 에즈라 부인의 얼굴에서 기쁨과 강한 애착의 감정이 묻어나는 걸 보고 뭔가 그녀만의 비밀스런 바람이 충족되고 있다는 느낌을 받았다. 그는 어렵지 않게 그 바람의 정체를 추측할 수 있었고, 데이빗을 측은하게 여겼다. 리아는 남자들에게서 볼 수 있는 것과 같은 시원시원한 이목구비를 지니고 있었다. 카오 리엔은 리아로부터 유대인 여성들에게서 종종 찾아볼 수 있는 기백을 감지할 수 있었는데, 그 기백은 그가 두려워하고 개탄해 마지않는 분리주의로 남편들을 이끌고 강요하는 그러한 종류의 것이었다. 그는 여자가 신을 지나치게 사랑하는 것은 바람직하지 못하다고 생각하는 사람이었다. 여자는 남자보다 신을 더 사랑해서는 안된다. 그렇게 되면 여자는 자신을 양심의 기준으로 삼고, 남자로 하여금 그것을 따르게끔 만든다.

에즈라는 카오 리엔보다도 더욱 심기가 불편해졌다. 그는 그 어느 때보다도 어디론가 몸을 숨기고 싶은 생각이 간절했다. 선조들이 이주해 온 이 풍요롭고 관대한 땅에서 자신이 누리고 있는 지위로부터 벗어나고 싶은 생각마저 들었다. 그는 리아와 그녀의 아름다움이 두려웠고, 리아의 그 기백에 데이빗이 굴복하지나 않을까 걱정스러웠다. 그는 데이빗이 아버지보다는 어머니의 아들이라는 것을 잘 알고 있었다. 그에게는 발그레한 혈색의 아담하고 정겨운 중국 어머니가 있었다. 그녀는 유대인의 신이나 남자들에게 크게 부담을 느끼지 않았으며, 평생 자신만의 미적 감각을 기준으로 모든 것을 판단했다. 하지만 자신의 아들 데이빗에겐 그렇게 위안이 되어줄만한 어머니가 없었다. 그의 핏속에도 희미하게 그 흔적이 남아있긴 하지만 큰 줄기는 역시 아내였고, 아내는 애정이 담뿍 담긴 엄격한 눈빛으로 늘 아들을 주시했다.

에즈라는 의자에서 몸을 뒤척이며 헛기침을 하고, 또 턱수염을 잡아당기기도 하면서 특유의 불쾌한 심정을 드러냈다. "자, 자." 그가 큰소리로 말했다. "리아야, 그건 낡고 더러운 칼일 뿐이다! 어느 쓰레기만도 못한 군인 놈이 쥐고 있던 칼일 수도 있지 않느냐?"

그의 무정하고 딱딱한 음성에 리아가 당황스러워했다. 그녀는 수줍게 뒤로 물러서 뺨에 두 손을 갖다 댔다. "아, 생각을 못했어요." 그녀가 더듬거리며 말했다.

"리아가 검에 입을 맞춘 건 자신의 의지가 아니에요." 에즈라 부인이 당당히 말했다. "주님께서 리아를 움직이신 거죠."

이제 데이빗이 늘 그렇듯 어머니에 반발해 입을 열었다. 어머니에 대한 본능적인 동정심은 자신의 반항심 뒤편으로 숨긴 채. "이 칼을 제 책상 뒤쪽 벽에 걸겠어요." 그가 반쯤 태평한 투로 말했다. "괜찮은 장식이 될 거예요."

"좋은 생각이다." 카오 리엔이 말했다. "다시는 인간을 향해 쓰이지 않길!"

에즈라가 몸을 일으켰다. "자, 이제 정리를 하도록 하지." 그가 카오 리엔에게 지시를 했다. 그리고는 피오니에게 주기 위해 챙겨두었던 빗을 집어 들었다. 그는 의도적으로 리아를 무시한 뒤 에즈라 부인에게 고개를 돌렸다. "여보, 시장하오. 저녁 식사를 서두르도록 합시다." 에즈라는 그렇게 말하고 불쑥 방을 빠져나갔다.

리아가 엉거주춤한 자세로 수줍게 몸을 일으켰다. 데이빗 역시 그녀를 잊고 있었던 듯 싶었다. 그는 검의 날이 얼마나 날카로운지 시험해보기 위해 짐을 쌌던 거친 포장지에 칼날을 갖다 댔다. 칼날은 너무도 예리해 천 속으로 마치 녹아내리듯 파고들었다.

"이것 좀 보세요, 카오 리엔!" 그가 흥에 겨워하며 소리를 질렀다.

아랫사람들에게 지시를 내리려던 카오 리엔이 동작을 멈추고 고개를 돌렸다.

"절대 네 손에다 대고 시험을 해선 안 된다." 그가 조용히 말했다. "힘을 조금만 줘도 사람 몸을 뚫고 들어가니까. 내가 직접 목격했단다."

카오 리엔은 이 말을 남기고 방을 빠져나갔고, 리아는 어정쩡한 자세로 선 채 에즈라 부인과 데이빗을 바라보았다. 하지만 에즈라 부인은 그저 말없이 그녀의 아들만을 주시했고, 데이빗은 어머니의 진중한 눈빛을 의식하며 계속 천을 베는 데 열중했다.

"리아야." 에즈라 부인이 마침내 입을 열었다. 시선은 여전히 데이빗을 향해 있었다. "이제 그만 네 방으로 건너가거라."

리아가 방을 나서기 전, 데이빗이 고개를 들었다. "저도 가서 칼을 벽에 걸어두도록 할게요." 그리고는 가장 가까이에 있는 문을 통해 방을 빠져나갔다.

"정말 물러가도 되는 건가요, 아주머니?" 리아가 머뭇거리며 물었다. 그녀는 자신이 무슨 잘못을 저질렀는지 속 시원히 큰 소리로 묻고 싶었지만 감히 그럴 용기가 나질 않았다. 그저 고개를 숙인 채 에즈라 부인의 분부를 기다릴 뿐이었다.

"그래, 가거라!" 에즈라 부인이 말했다. 무정한 말투는 아니었지만 혼자 있고 싶어 하는 눈치였다.

리아로서는 시키는 대로 할 수밖에 없었다.

안식일 날 아침, 데이빗은 자신의 방에 홀로 앉아 있었다. 그는 어제 이후로 왠지 모를 피로감을 느껴 간만에 늦잠을 잤다.

데이빗은 평생 처음으로 어머니를 이해할 수 있을 것만 같았다. 또한 어머니가 자신에게 가르치려 했던 모든 것들, 어머니를 지금의 어머니

이게 만든 그 모든 것들을 이해할 수 있을 것 같았다. 그는 실크 커튼이 드리워진 어둑한 침대 위에 우두커니 앉아 있었다. 그렇게 혼자 있자니 문득 그는 자신이 마땅히 지녀야 할 모습을 지니지 못하고 있다는 사실을 깨달았다. 그는 그저 자유롭기 이를 데 없는 청년이었고, 살고 싶은 대로 살고, 삶을 즐기기만 하는…… 그저 아버지의 아들일 뿐이었다. 하지만, 그는 온 세계에 흩어져 있지만, 영원히 하나이며 분리할 수 없는 전체 유대 민족의 일부였던 것이다. 어디에 살든, 얼마나 안전하게 살든 또는 얼마나 고립되어 살든 유대인은 언제나 유대 민족에 속해있는 것이었다.

그가 태어난 이래로 어머니가 줄곧 가르쳐온 사실이었다. 그러나 지금까지는 빗물이 바위에 스며들지 않듯 전혀 먹혀들지 않았던 이 사실을 그는 이제야 이해할 수 있게 되었다. 머리가 아니라 피를 통해 깨달을 수 있었다. 왜 그의 민족은 죽임을 당해야만 하는 걸까? 성난 분노가 가슴 속에서 솟구쳐 올랐다. 만일 바깥세상이 자신의 민족을 파멸시키려 애를 쓰고 있다면 이곳, 자신이 태어난 안전한 이 나라 내에서 데이빗은 그들의 생명을 보존하기 위해 할 수 있는 모든 일을 해야만 하리라. 그는 자기 민족에 대한 공부를 진지하게 시작할 수도 있을 것이다.

그는 지난 이년동안 랍비로부터 유대 종교 수업을 받으라는 어머니의 요청을 애써 물리쳐 왔었다. 그는 어머니에게 시간이 없다고 핑계를 댔다. 여전히 읽고 싶은 책이 산더미 같이 쌓여있었고, 그의 아버지는 아들에게 사업 쪽에 더 많은 시간을 할애하도록 압력을 넣었다. 그리고 데이빗은 여행을 하고 싶어 했다. 하지만 결혼을 하고 아들을 낳기 전까지 어머니가 여행을 허락하지 않으리라는 걸 데이빗은 잘 알고 있었다. 아들이라! 방금 전까지만 해도 자식이란 어머니에 의해 강요된 신화적 존재와 같은 것이라 생각했었다. 하지만 이제 그는 아들을 가져야겠단 생각을 심각하게 고려하게 되었다. 그건 복잡하게 생각해서 내린 결론

이 아니었다. 그저 그의 민족이 계속 죽임을 당하고 있다면 더욱 많은 생명이 태어나야 한다는 생각에서 비롯된 것이었다. 탄생은 죽음에 대한 그들의 앙갚음이었다.

데이빗은 오직 즐거움만 쫓던 지금까지의 삶 속에서 난생 처음 자기 자신 이외의 것들을 생각해보기 시작했다. 그는 자신의 어머니와 아버지로부터 전해진 숨겨진 뿌리를 느낄 수 있었는데, 무엇보다도 어머니로부터 강렬하게 전해졌다. 그동안은 어머니가 자신을 통제하려하고 자신의 독립성을 부정하려 한다고 느껴온 그였지만, 이젠 그것이 어머니가 자신을 안전하게 지켜주려 노력했던 것이라는 사실을 뒤늦게 깨달을 수 있었다.

이제 그의 생각은 어머니로부터 리아에게로 옮겨갔다. 어젯밤 그녀는 얼마나 아름다웠던가! 둘만의 시간을 가질 기회는 없었지만, 두 사람은 친밀한 느낌을 공유할 수 있었다. 같은 피와 마음과 정신이 두 사람의 유대를 긴밀하게 해주었던 것이다. 그 유대감은 뿔뿔이 흩어진 민족, 유일신인 여호와에 의해 선택받은 민족이 공유하는 바로 그것이었다. 그는 진심으로 죄의식을 느꼈다. 이 이교도의 나라에서 그저 아무 생각 없이 쾌락만 쫓으며 신을 부인하는 삶을 살아왔던 자기 자신이 부끄럽게 느껴졌다. 그의 민족이 고통 받고 죽어가는 동안 그는 웃고 즐기며 인생을 허비하고 있었던 것이다.

그는 자신이 가장 좋아했던 것들을 떠올려 보았다. 중국 찻집에서의 도박, 한가로운 여름 오후의 호숫가에서 젊은 중국 친구들과 어울려 배를 타는 일, 연꽃의 은은한 향기, 달빛이 쏟아지는 안마당에서 울려 퍼지는 바이올린과 플룻 소리. 이어서 그는 아버지 친구인 쿵 첸을 떠올렸다. 곧이어 순진무구한 꽃봉오리를 연상시키는 쿠에일란의 모습도 떠올랐다. 그는 마치 수백 번이나 만나본 것처럼 그녀의 작은 얼굴을 마음속에 자세히 그릴 수 있었다. 섬세하게 곡선을 그리는 눈썹, 동그랗고 검은 눈, 작고 도톰한 빨간 입술, 희고 고운 피부, 그리고 버드나무 가지처럼 아담하고 날씬한 체형……. 하지만 데이빗이 그녀를 잘 기억하고 있었던 이유는 피오니 역시 아담한 체격에 도톰하고 붉은 입술, 그리고 밝은 웃음을 머금은 눈을 지니고 있었기 때문이다. 두 사람은 얼마나 자주 함께 웃음을 터뜨렸던가! 그는 자신도 모르는 사이 머금은 미소를 이내 거두었다. 이렇게 그가 삶을 즐기고 있는 동안 자신의 동포들은 그들의 터전에서 쫓겨났던 것이다. 그리고 다른 도시에서, 다른 나라 사람들 속에서 그들은 거리에 쓰러진 채 죽어갔던 것이다. 죄책감에 못 이겨 데이빗은 몸을 일으켰고, 어머니를 찾아 나섰다. 오늘 함께 예배당에 가자고 말씀을 드릴 생각이었다. 어제의 일을 겪은 어머니에게 위안이 되어줄 거라 생각했다.

세수를 하고 옷을 입은 뒤 밖으로 나선 데이빗은 복숭아 정원을 지나 원형 문을 통과할 무렵, 잔잔한 타원형의 연못에 비친 만개한 나무 그림자들을 바라보았다. 아침 햇살은 밝았고, 날씨는 포근했다. 내심 차분히 가라앉은 기분을 유지하고 싶었지만, 유쾌한 기운이 그의 온몸을 타고 흘렀다.

"피오니!" 그가 부드럽게 불러보았다.

대답이 없었다. 때때로 피오니는 정원에 있으면서도 일부러 대답을 하지 않곤 했다. 그녀는 짓궂은 장난꾸러기 소녀였다. 데이빗은 미소를 지으며 원형 문안으로 발을 들여놓았다. 예배당에 가기엔 아직 너무 이른 시간이었기에 어머니에게 가는 걸 조금 미룰 생각이었다.

에즈라 부인은 기쁨에 겨워 거의 잠을 이룰 수 없었다. 종종 집안에서 홀로 고립되곤 했던 그녀는 오늘에야 드디어 위안을 얻게 되었다. 리아가 데이빗의 잠든 기백을 흔들어 깨운 것이다. 비록 그 효과가 얼마나 오래갈는지는 모르지만, 이러한 일은 앞으로 또 일어날 것이고, 대상이 에즈라가 될 수도 있었다. 아니, 이건 리아를 뛰어넘어 여호와의 비밀스런 역사하심이었다. 누가 그 특정한 시간에 그 모든 것들을 한데 그러모을 수 있었겠는가? 대상들은 리아가 집으로 온 바로 그날 도착했다. 그렇게 일이 겹치는 것에 대해 믿음이 부족한 자신은 안목 없이 그저 불평만 해댔으니! 그건 바로 신의 섭리였다. 때맞춰 카오 리엔은 최근 일어났던 종교적 박해에 관한 소식을 가져왔고, 리아는 데이빗의 마음이 슬픔에 잠겨 요동칠 때 마침 집에 들어와서는 그녀의 믿음과 지혜를 통해 데이빗의 슬픔을 그의 양심을 찌르는 무기로 바꾸어놓았던 것이다. 신이 아니고서 그 누가 이 모든 일들을 이룰 수 있었겠는가?

어젯밤 방으로 들어온 에즈라는 곧바로 부인 옆에 눕지 않았다. 그 대신 침대 곁에 앉아 그녀의 손을 잡고선 유대인 부부로서 깊이 있고 양식 있는 대화를 나눴다.

"나오미, 이제 데이빗으로 하여금 고대 율법과 선지자들에 대한 수업을 받게끔 할 생각이오." 에즈라가 말했다.

남편의 말을 들은 에즈라 부인은 신께 감사를 드렸다. 오래 전 랍비가 데이빗을 가르쳤을 때 소년 데이빗은 반발을 했고, 에즈라는 아이의 반발을 잠재우려 했던 부인의 편에 서지 않았었다. 그 대신 에즈라는 아이에게 모든 걸 다 가르칠 수는 없는 노릇이라고 말하며, 데이빗이 이제 자신의 사업을 도울 나이가 되었다고 말한 바 있었다. 이에 의기양양해진 소년은 아버지와 함께 다니며, 그 중국 상인의 아들들과 친구 사이가 되었고, 급기야 쿵의 집에까지 가서 그의 딸을 보게 된 것이다.

"고마워요, 에즈라." 부인은 그렇게 대답하고 기쁜 마음을 가라앉혔다.

"하지만 외국에서 우리 동포들에게 일어나는 일은 우리도 어쩔 수가 없는 노릇이오." 에즈라가 말을 이었다. "우린 그저 최소한 안전을 지킬 수 있는 이곳에 머무는 게 현명해."

"그래요, 어느 날 선지자가 나타나 우리를 고향으로 이끌기 전까지는요." 에즈라 부인이 부드럽게 대답했다.

에즈라가 헛기침을 한 차례 한 뒤, 부인의 손을 쓰다듬으며 운을 뗐다. "여보, 난 때때로 우리가 왜 중국을 떠나야만 하는지 모르겠소. 네 세대에 걸쳐 우리는 이곳에서 살아왔어. 데이빗이 자식들을 낳으면 다섯 번째 세대가 되는 거지. 중국 사람들도 우리에게 친절하고 말이오."

"저는 그 친절함이 두려워요." 부인이 그렇게 대답하며 손을 빼냈다. 하지만 이내 남편이 방금 자신이 한 얘기를 후회하지나 않을까 하는 걱정이 들어 다시금 원래대로 손을 갖다 두었다. 두 사람은 이후 아무 말도 하지 않았고, 잠시 뒤 에즈라는 자신의 거처로 돌아갔다.

이제 안식일이 밝았다. 새로운 안식일, 모두 함께 예배당으로 가는 이 날이 부인에겐 무척 기쁜 날이었다. 집안은 조용했고, 아무도 일을 하지 않았다. 그저 담장 너머로 거리의 소음과 함께 이교도 시민들의 목소리만 들려올 따름이었다. 하지만 이곳, 그녀의 집에 신이 다시금 찾아 오셨다. 물론 슬픔과 함께였지만 다시 찾아오신 건 확실했다. 슬픔의 시기에는 늘 그의 백성 곁에 가까이 자리하시는 하나님이었다.

"우리를 죽음으로부터 구해주소서, 여호와여!" 에즈라가 떠난 뒤 그녀가 작게 중얼거렸다. 부인은 안식일을 맞아 가장 근사한 옷을 꺼내 입었다. 짙은 자줏빛의 두껍게 짠 비단 의복이었는데, 치마와 소매 끝은 금장식으로 마무리되어 있었다.

그리고 부인은 기특한 리아를 떠올렸다! 신의 의지에 더할 나위 없이 충실히 따른 리아였다. 주님의 인도 하에 행한 어제의 행동은 조금도 헛되이 다뤄져서는 안 되는 것이었다. 에즈라 부인은 자신의 옷을 챙겨주기 위해 와 있던 왕 마쪽으로 고개를 돌렸다. "가서 우리 리아를 데려오게." 그녀가 말했다. "어서 그 아이에게 신의 축복을 빌어줘야겠어. 더 이상은 못 기다리겠어."

상황을 재빨리 파악한 왕 마가 부인의 얼굴을 잠시 바라보고는 아무 말 없이 지시에 따라 몸을 움직였다. 그때 에즈라 부인이 그녀를 불러 세웠다. "아니." 그녀가 말했다. "내가 직접 가도록 하지."

왕 마는 자신의 탄탄한 어깨를 으쓱하고는 안주인이 지나가도록 옆으로 물러섰다.

안식일 아침, 리아는 저만치서 다가오는 에즈라 부인의 모습을 볼 수 있었다. 이 젊은 처녀는 지난 밤 숙면을 취한지라 마음이 편안한 상태였다. 그녀는 신의 뜻을 충실히 수행했었다. 어제 에즈라 부인의 방 안에 홀로 남게 되었을 때, 리아는 밖으로 나가 집안사람들을 만나야 한다는 충동을 강하게 느꼈었다. 그때, 무언가가 리아의 발걸음을 이끌었고, 그녀는 통행로와 안마당을 가로질렀다. 그녀가 응접실에 도착한 바로 그 순간, 데이빗은 심적 혼란을 겪고 있었다. 그의 영혼이 신의 분노에 눈을 뜨는 순간이었다. 문가에서 커튼을 젖히자, 데이빗이 제단 앞에서 무릎을 꿇고 있는 모습이 보였다. 그의 무릎 위로는 은으로 만들어진 대검이 가로놓여 있었다. 그는 고개를 들어 그녀를 바라보았고, 신은 그녀의 입을 통해 말씀을 전하셨다. 한밤중 잠에서 깨어난 리아는 자신을 바라보던 데이빗의 얼굴을 떠올렸다. 그의 두 눈이 자신의 두 눈을 주시하고 있었다. 그녀는 미소를 머금고 다시 잠이 들었다.

오늘 아침 리아는 토라의 몇몇 구절을 낭독했고, 아버지가 잘 계신지, 애런이 말썽을 안 부리는지, 그리고 레이첼이 동생을 잘 다루고 있는지 궁금해 했다. 그리고 나서 데이빗이 자신을 직접 데리러 올지, 아니면 누군가를 보낼지, 그것도 아니면 에즈라 부인이 두 사람을 함께 오라고 할지도 역시 궁금해 했다. 어젯밤 저녁 식탁에서 데이빗은 무척 조용했지만 그건 자연스러운 것이었다. 그녀 역시 침묵을 지켰다. 상황이 어찌되든 그녀는 더 이상 두렵지 않았다. 신이 자신과 함께 하기 때문이었다.

오늘 아침 이렇게 꿈을 꾸듯 온갖 생각들로 가득했던 리아는 이리저리 걸음을 옮겼고, 미소를 지으며 우두커니 서있는가 하면 허공을 가만히 응시하기도 했다. 그녀는 자신의 거처에 딸린 소담스런 정원으로 들어가 벤치에 앉았다. 꽤나 즐겁고 희망이 넘치는 기분이었다. 그때 에즈라 부인이 그녀를 찾아왔다.

"아, 아주머니." 리아가 작은 목소리로 말했다.

"그래." 리아의 따뜻한 응대에 에즈라 부인이 감흥을 느꼈다. "오늘따라 표정이 무척 밝아 보이는구나."

리아가 고개를 들며 말했다. "지금껏 살아오면서 오늘처럼 행복한 적은 없었던 것 같아요." 두 사람은 손을 맞잡고 집 안으로 들어섰다. 에즈라 부인이 자리에 앉자, 리아는 의자를 하나 끌어당겨 그녀의 곁에 앉았다. 그리고 다시 서로의 손을 잡았다. 리아가 신뢰의 눈빛을 담아 부인을 바라보았다. 리아의 표정을 본 에즈라 부인은 너무도 감동을 받아 눈물과 함께 목이 멜 정도였다. 그녀는 심장으로부터 환희가 차오르며 원기가 솟아나는 게 느껴졌다.

"고개를 숙이거라, 애야." 부인이 작게 말했다. "하나님께 감사를 드리자꾸나."

에즈라 부인이 자신도 머리를 숙이고 시편의 구절들을 암송하기 시작하자, 리아도 가세를 했다. 낭송이 끝나고 에즈라 부인은 잠시 침묵을 지킨 뒤 천천히 고개를 들었고, 눈을 뜬 뒤 리아를 지그시 바라보았다.

"여호와께서 우리에게 은총을 내리셨단다." 그녀가 부드럽게 말했다. "난 느낄 수 있단다, 애야. 이제 우린 주님께서 이끄시는 대로 그저 한발 한발 따라가야만 한단다. 참! 놀라운 일이 있어. 데이빗의 아버지께서 말이다, 데이빗에게 토라를 가르쳐 주십사하고 다시 목사님께 부탁을 드리시겠다는구나! 간절히 바라던 일이 이제 이루어진 거란다. 앞으론 목사님께서도 우리 집으로 오셔서 함께 지내야 할 거야. 다 함께 지내는 거지."

"아, 하지만 애런은요?" 리아가 조바심을 내며 물었다.

"애런도 같이 와야지." 에즈라 부인이 단호하게 말했다. "목사님과 애런은 서쪽 별채에서 지내시면 될 게다."

"저도 거기서 함께 지내면 안 되나요?" 리아가 물었다.

"아니, 넌 여기서 살아야 해." 에즈라 부인이 대답했다. 사실 그녀는 이 모든 계획을 그저 몇 분 전에 생각해냈었다. 하지만 너무도 명확하게 다가왔고, 너무도 군더더기가 없었기 때문에 그녀는 하나님이 자신의 마음을 이끄셨다고 확신했다.

"오늘 예배를 드리기 전에 네 아버지께 말씀을 드리도록 하마." 부인이 말을 이었다. "하지만 넌 지금 데이빗에게 가서 이 얘길 전하거라. 아니 내가 직접 해야겠다. 나랑 함께 가자꾸나. 그리고 이후에 너희 둘이서 이야기를 나누도록 해라. 어쨌든 어제는 어제고, 오늘은 오늘인 거지. 하루하루를 분리해서 대처해야만 우리의 목표에 이를 수 있는 거야."

에즈라 부인이 리아의 손을 한 차례 꼭 쥐었다 놓은 후 몸을 일으켰다. "목표가 뭐죠, 아주머니?" 리아가 조금은 머뭇거리며 물었다.

"데이빗과 너의 결혼이지." 에즈라 부인이 침착하게 대답했다. "지금이 바로 적기란다. 어제처럼 그 아이가 혼란스러워 하는 걸 본 일이 없지."

"지금이라고요, 아주머니?" 리아가 놀라며 물었다.

"그래." 에즈라 부인이 대답했다.

그렇게 말하며 부인은 문가로 다가갔다. 그녀는 리아가 할 일, 또는 해야만 할 일에 대해 더 깊이 대화를 나누고 싶지 않았다. 그저 젊은 두 친구를 함께 있게 해준 뒤 신의 뜻에 맡기기로 했다.

부인은 문지방에 잠시 멈춰 서서 리아를 돌아보았다. 리아는 꼼짝 않고 있었다. 그녀는 기다란 두 손을 맞잡은 채 무릎 사이에 올려놓고 앉아있었다. 얼굴은 두려움으로 가득했다. "데이빗에게 하나님에 대한 얘기를 하려무나." 에즈라 부인은 불쑥 그렇게 말하고는 자리를 떴다.

잠시 뒤, 리아가 부인이 던진 말을 채 곱씹어 보기도 전에 왕 마가 문가에 모습을 드러냈다.

"안주인님께서 복숭아 정원으로 오시랍니다." 그렇게 말한 뒤 왕 마는 리아가 몸을 일으키는 동안 무표정하게 서 있다가 서쪽에 있는 정원 쪽으로 그녀를 안내했다.

에즈라 부인은 데이빗이 가장 좋아하는 장소가 복숭아 정원이라는 걸 알았기 때문에 리아와 헤어진 뒤 바로 그곳으로 향했다. 예상대로 데이빗이 혼란스런 표정으로 만개한 복숭아나무 아래 홀로 앉아 있는 걸 볼 수 있었다.

"데이빗, 내 아들." 그녀가 부드럽게 아들을 불렀다.

"네, 어머니." 그는 기다렸다는 듯이 대답을 했지만, 마음은 이미 먼 곳에 가있었다.

죽음이란 이곳 정원과는 전혀 어울리지 않아 보였다. 안식일의 공기는 고요했다. 대저택의 높다란 담장은 밖에서 들려오는 소음마저 거의 차단하고 있었다. 평상시 데이빗은 침묵을 싫어했다. 다른 날 같았으면 이곳에서 피오니를 만나지 못할 경우, 서둘러 문을 빠져나가 친구들을 찾던가, 거리를 거닐며 밤사이 시내에 뭔 새로운 변화가 있지는 않았나 둘러보곤 했었다. 이들이 살고 있는 도시는 남쪽과 북쪽의 중간 지역에 위치해 있었기 때문에 많은 여행자들이 이 도시의 잘 갖춰진 숙박시설에 여장을 풀고 휴식을 취하며 원기를 회복했다. 인도의 곡예나 묘기에 정통한 마술사들, 북경에서 온 유랑극단 배우들이 매일같이 사원의 앞마당에서 공연을 벌이거나 찻집으로 들어가 손님들의 눈길을 끌었다.

하지만 오늘 아침 데이빗은 그들을 보고 싶은 마음이 없었다. 그는 높은 담장으로 둘러쳐진, 밤이면 거대한 철제 대문이 굳게 잠기는 이 집에서 머물기를 원했다. 더 이상 안전한 곳은 없었다. 죽은 자들의 얼굴이 마치 물에 빠진 자들이 수면 위로 떠오르듯 그의 마음속 표면 위로 떠올랐다.

"네 아버지와 난 네게 토라 공부를 시키기로 결정했단다." 에즈라 부인이 말했다.

부인은 이 이야기를 이전에도 여러 번 했지만, 그 때마다 데이빗은 늘 시간이 없다는 핑계를 대며 저항하곤 했었다. 하지만 이번엔 이의를 제기하지 않았다.

"알겠어요, 어머니." 그가 순순히 대답했다. 데이빗은 스스로 부모의 뜻과 일치하는 것에 놀라워하며, 심지어 경외감까지 들었지만 그것을 어머니에게 말하진 않았다.

"오늘 예배를 보고 나면 목사님께 이리로 오셔서 한동안 우리와 함께 지내 주십사 청을 드릴 생각이란다." 에즈라 부인이 말을 이었다. "그게 너한테도 좋을 거야. 목사님도 목회 일을 보시는데 아무 무리가 없으실 테고." 부인이 고개를 들어 꽃이 활짝 핀 나무를 올려다보았다. "참 사랑스럽구나!" 그녀가 감탄하며 말했다. "리아도 이 나무를 무척 좋아하지. 그 아이를 오라고 해야겠어." 부인은 데이빗에게 여기서 리아를 기다리라고 얘기를 하려 했지만, 그러지 않았다. 하나님께서 이 두 사람을 함께 하도록 하시리라! 그녀는 마음속으로 다음과 같이 기도했다. '제 아들이 여기서 리아를 기다리게 해주세요, 하나님!'

데이빗은 그 기도문을 직접 들을 수는 없었지만, 어머니의 마음속 움직임은 느낄 수 있었다. 촉수를 민감하게 유지하고 있던 데이빗은 자신이 서있던 장밋빛 복숭아나무 아래에서 그대로 머물러 있고 싶은 충동을 강하게 느꼈다. 에즈라 부인은 아들을 미소 띤 얼굴로 바라본 뒤 정원을 벗어나 왕 마을 찾았고, 리아를 복숭아 정원으로 보내라고 지시를 내렸다. 그 사이 데이빗은 마치 발에서 땅속으로 뿌리를 내리기라도 한 양 미동도 하지 않은 채 그대로 서있었다. 그때 리아가 특유의 부지런한 걸음으로 정원 출입문을 지나고 있었다.

"리아!" 데이빗이 그녀에게 천천히 다가갔다. 아침이 어제의 마법을 다시금 새롭게 했다. 햇살이 리아에게 내려앉으며 그녀의 흠잡을 데 없는 맑고 흰 피부와 검은 두 눈을 살포시 드러냈다. 리아는 오늘 아침 흰색 옷을 입고 있었다. 아마포로 만든 발끝까지 내려오는 중국식 의복이었고, 금빛 허리띠와 더불어 머리에도 금빛 띠를 둘렀다. 그녀는 아름다웠다. 어떤 종류의 백합보다도 고왔다. 백합이란 말에 그는 그 단어 때문에 마무리를 못했던 미완성 시를 떠올렸다.

리아가 그에게 다가가 손을 내밀자, 데이빗이 그녀의 손을 꼭 쥐었다. "얼굴에서 아침의 느낌이 묻어나는 것 같아." 그가 말했다.

리아는 고개를 들어 데이빗을 바라보았다. 그녀의 마음이 새처럼 날아올라 그의 품속에 내려앉았다. 그 순간 그에 대한 사랑이 한껏 피어올랐다.

'하나님, 그의 마음을 제게 가져다 주세요.' 리아가 기도했다. 그 기도는 너무도 강하고 진솔했기에 그녀의 온몸을 관통했고, 그녀의 몸은 머리에서 발끝까지 이에 반응했다.

데이빗은 리아의 눈에서 사랑을 보았다. 여전히 민감한 촉수를 유지하고 있던 그는 리아의 마음이 자신에게 온 것을 느낄 수 있었다. 그건 감당하기에 벅찬 선물이었다. 만일 그녀가 이방인이었다 하더라도 그는 감동을 받았을 터였다. 그런데 그녀는 이방인이기는커녕 같은 핏줄, 같은 동포였으니 그 감동이 더욱 크지 않을 수 없었다. 정원에는 두 사람 뿐이었다. 머리 위로는 부드러운 봄날의 아침하늘이 펼쳐졌고, 하늘을 배경으로 화사한 복숭아꽃들과 새로 피어난 작은 초록 이파리가 아름다운 자태를 뽐냈다. 카오 리엔이 어제 두 사람의 머릿속에 심어준 죽음의 공포와 잔혹한 박해의 기억이 머리 한켠에 남아 있긴 했지만, 두 사람은 이곳 정원에서 안전함을 만끽했다.

데이빗은 자신이 알지 못하는 먼 과거의 사실과 자신이 경험한 즐거운 유년 시절 사이에서 동요했다. 하지만 그는 더 이상 어린아이가 아니었다. 그는 그 먼 과거를 리아와 공유했다. 두 사람은 유대 민족의 결속 안에서 하나였다. 그는 리아의 손을 놓은 뒤 피가 끓는 걸 느끼며 그녀를 품에 안았다.

리아는 데이빗의 가슴에 머리를 기대며 눈을 감았다. 신은 그렇게 응답해주셨고, 그녀는 감사했다.

데이빗은 리아의 짙고 긴 눈썹을 내려다보며 자신이 이 안식일 아침에 무슨 짓을 하고 있는 것인지 의아해 했다. 과연 내가 리아를 선택했단 말인가? 뭔가를 하긴 했는데, 그게 무엇을 의미하는지는 알지 못했다.

그때 갑자기 어머니의 목소리가 들려왔다. "얘들아!"

부인이 모습을 보이자 두 사람은 순간적으로 서로에게서 떨어졌다. "어서들 오너라. 예배당에 가기 전에 식사를 하자꾸나. 데이빗, 네가 입고 갈 옷은 침대 위에 꺼내놓았다."

두 사람은 조용히 부인을 따라갔다. 데이빗은 어머니가 찾아온 걸 기뻐했다. 리아를 품에 안고 있던 그 순간이 깨어진 것을 기뻐했다. 그는 자신이 그렇게 생각한다는 것에 스스로도 어리둥절했다. 그는 어머니의 호기심어린 표정에 미소로 화답했지만, 자신이 거짓말쟁이라는 기분이 드는 걸 부인할 수는 없었다.

안식일 전날 밤의 저녁 식사 분위기는 여느 때와 달랐다. 침묵이 이어졌고, 피오니는 공유할 수 없는 그들만의 감정과 느낌이 식탁 위로 흘러 다니는 걸 느낄 수 있었다. 에즈라마저 조용했다. 그는 마치 자신이 무엇을 먹고 있는지 아무런 관심도 없다는 표정으로 식사를 했다. 데이빗과 리아는 조금만 먹었고, 오직 에즈라 부인만이 식욕이 있어 보였다. 하지만, 부인 역시 거의 입을 열지 않았고, 그저 데이빗과 리아의 얼굴을 자주 바라볼 뿐이었다.

외톨이가 된 느낌을 받은 피오니는 일찍 식당을 빠져나왔다. 그리고 쿵 첸의 집으로 가지고 갈 새로운 시를 다시 쓰고 다듬으면서 시간을 보냈다.

다음 날, 데이빗이 예배당에 가있는 동안 피오니는 쿵의 집 하인들의 안마당에서 추 마와 진지하게 대화를 나누고 있었다. 피오니는 교묘히 추 마의 질투심과 노여움을 조종하며 이 나이 지긋한 유모의 자존심을 자극했다.

"저를 용서해주세요." 피오니가 예를 갖춰 말했다. 그리고는 섬세한 손으로 자신의 머리칼을 부드럽게 매만졌다. 하지만 바람 한줄기가 불어와 그녀의 머리칼을 다시 헝클어놓았다.

작은 공단 신발에 자수를 놓고 있던 추 마가 고개를 들었다. "무슨 잘못을 했는데?" 그녀가 그렇게 물으며 미소를 지어 보였다.

"어제 찾아뵙고 싶었지만 그럴 수 없었어요. 하지만 제 변명을 들어주세요, 아줌마. 그리고 절 용서해주세요."

그렇게 운을 뗀 뒤 피오니는 대상들이 돌아온 일, 그리고 카오 리엔이 다른 나라에서 유대인 동포들이 죽임을 당한 끔찍한 소식을 전한 일, 그래서 집안이 애도의 분위기에 휩싸였던 일, 그러한 가운데 자신이 쿵의 집을 찾아오면 혹시 액운을 끼치지나 않을까 하는 염려에서 올 수 없었다는 얘기를 해주었다.

추 마의 날카로운 눈길이 자신을 향하고 있다는 걸 알고 있던 피오니는 슬픈 표정으로 시선을 떨군 채 말을 이었다.

"어제 찾아와서 이야기를 드리는 건 너무 성급한 게 아닌가 생각하기도 했어요." 피오니가 무척 부드럽게 말했다. "젊은 주인님의 마음을 제대로 읽어내지 못할까봐 두려웠거든요."

피오니가 한숨을 내쉬자 추 마가 딱딱하게 말했다. "이보게, 난 자네가 나한테 무슨 말을 했는지 기억이 나질 않는다네."

자신이 한 말을 정확히 기억하고 있는 피오니가 다시 말을 이었다. "저희 젊은 주인님께서 오직 이 집의 셋째 따님만을 생각하고 계신다고 말씀 드렸었죠. 주인님의 짧은 시도 전해드렸고요. 기억 안 나세요? 하지만 이제 랍비의 따님이 집으로 들어오셨죠. 저는 그 유대인 신의 마법으로 인해 젊은 주인님이 자신의 사랑의 감정마저 잊어버리지나 않을까 두려워요."

추 마가 콧방귀를 끼고는 자리에서 일어섰다. 그녀는 무척 뚱뚱했다. 어렵사리 몸을 일으키자 가위와 골무, 그리고 비단 천이 바닥으로 굴러 떨어졌다. 이를 본 피오니가 서둘러 주워들었다.

"그냥 내버려두게." 추 마가 앵돌아진 목소리로 말했다. "그리고 자넨 나하고 같이 가서 자네가 끼친 피해를 원상태로 되돌려 놓도록 하게나."

그녀는 앞장을 섰고, 턱을 움직여 피오니에게 따라오라는 시늉을 했다. 피오니는 종착지를 알 수 없는 미로에 들어서는 기분으로 그녀의 뒤를 따랐다.

쿵의 집은 대저택이었다. 에즈라의 집보다도 컸다. 집안은 수 세대에 걸친 연령대의 남자, 여자, 그리고 아이들로 가득했다. 여인네들이 피오니를 유심히 살펴보았고, 아이들도 물끄러미 바라보았지만 피오니는 얌전하게 고개를 숙인 채 그들을 지나쳤다. 그렇게 해서 결국 쿵 첸의 딸들이 사는 건물의 안마당에 도착했다.

이 집의 가장인 쿵 첸에겐 네 명의 딸이 있었는데, 그 중 둘은 이미 결혼을 해 집을 떠난 상태였고 쿠에일란은 셋째였다. 쿠에일란 뒤로 또 다른 딸이 태어났지만, 그녀는 쿵 첸이 취한 젊은 첩의 자식이었다. 그런데 그 첩이 집안의 수석 하인과 사랑에 빠지면서 쿵 첸의 마음을 심란하게 만들었고, 결국 그는 두 사람 모두를 집 밖으로 내보냈다. 하지만 그의 딸은 계속 집에 머물도록 했다.

추 마가 피오니를 대동하고 왔을 때 쿠에일란은 그 어린 여동생과 실뜨기 놀이를 하고 있었다. 피오니로선 이 셋째 딸을 실제로 보는 게 이번이 처음이었다. 그저 데이빗의 얘기를 통해 그녀가 어떠하다는 걸 알고 있었을 뿐이었다. 그녀는 쿠에일란을 바라보았다. 데이빗이 그녀의 모습에 대해 자신에게 들려주었던 이야기는 극히 미미한 것에 불과했다. 이보다 더 아름다운 여자의 모습을 상상하는 건 거의 불가능한 일이었다. 앳되어 보이는 외모의 쿠에일란은 여동생보다 그저 조금 더 키가 클 뿐이었다. 추 마는 이 여동생을 서둘러 다른 방으로 보냈다.

"유모, 왜 릴리를 보내는 거예요?" 쿠에일란이 물었다. 피오니는 쿠에일란의 달콤하기 그지없는 목소리를 들을 수 있었다. 다른 모든 것들에 더해 목소리마저 아름다웠던 것이다.

추 마는 이 자그마한 꼬마 안주인 앞에서 두려울 것도 없었고, 경외심 같은 것도 없었다. 그녀는 대답 대신 커다란 목소리로 질문을 던졌다. "내가 어제 준 편지 어떻게 했어요, 아가씨?"

"여기 있어요." 쿠에일란은 그렇게 대답하며 데이빗의 시를 넓은 비단 소매에서 꺼냈다.

추 마가 책망하는 눈빛으로 피오니를 바라보았다. "자네가 얼마나 상처를 준 건지 알겠지!" 그녀가 언성을 높였다. "아가씬 계속 편지를 저렇게 몸에 지니고 있단 말일세." 추 마가 다시금 자신의 어린 안주인을 향했다. "이리 내요." 추 마가 명령하듯 말했다. "아무 소용없는 편지예요. 내가 갖다 버릴게요."

이때 피오니의 기지가 발동하기 시작했다. 그녀가 보기에 이 예쁜 소녀에게는 데이빗의 마음을 얻는 데 도움을 줄 동지가 필요했다. 그녀에게서는 강인함이라곤 찾아보기 힘들었다. 쿠에일란은 그저 새끼고양이와 다를 바 없었다. 그녀의 작은 얼굴 또한 새끼고양이의 그것이었다. 커다란 두 눈은 호기심과 장난기로 가득했고, 입은 언제라도 웃을 준비가 되어 있는 모양새였다. 그러나 지금의 쿠에일란은 조금은 두려운 표정으로 추 마를 바라보고 있었다. 그녀는 종이를 움켜쥐고는 고개를 가로 저었다.

"내가 갖고 있을 거야." 그녀가 완강하게 말했다. "갖다 버리게 하지 않을 거야. 그렇게 안 해!"

추 마가 하늘을 향해 고개를 들었다. 곧 크게 성을 낼 태세였다.

피오니가 바로 입을 열었다. "아씨, 그렇게 속상해 하실 필요 없으세요. 전 그저 아가씨의 답신을 받아가기 위해 왔을 뿐이에요." 그리고는 추 마에게 낮은 목소리로 말했다. "상황을 파악했어요. 그러니까, 화내지 마세요, 아줌마. 제가 저지른 실수를 만회할 수 있을 것 같아요."

이에 추 마는 그저 뾰로통한 채 침묵을 지켰고, 피오니는 쿠에일란에게 좀 더 다가가 다정하게 말을 건넸다. "답신은 쓰셨어요, 아가씨?"

쿠에일란은 난감하다는 듯이 고개를 저었다.

"제가 도와드릴까요?" 피오니가 물었다.

쿠에일란은 놀라는 눈치였다. "글을 쓸 수 있어?" 그녀가 물었다.

"네." 피오니가 미소를 지으며 말했다. "하시고 싶은 말을 불러주시면 제가 받아 적어 드릴게요."

"나도 쓸 수는 있어. 무슨 말을 해야 좋을지는 모르겠지만." 쿠에일란이 더듬거리며 말했다.

"우리 아가씨께서는 한 번도 남자에게 편지를 써 본 적이 없다네." 추 마가 당당하게 말했다.

피오니가 무척 상냥하게 말을 이었다. "우리 젊은 주인님을 조금도 두려워하실 필요 없으세요. 그분은 누구보다도 상냥하고 더할 나위 없이 근사한 청년이세요. 결코 다른 사람에게 피해를 주는 일이 없죠. 전 평생 그분을 모셔왔는데, 한 번도 제게 매를 드신 일이 없었어요. 다른 사람을 시켜서 저를 때리신 적도 없고요."

쿠에일란이 놀란 표정을 지어보였다. "화가 날 때조차도?"

"그분은 화를 내지 않으세요." 피오니가 미소를 지으며 말했다.

"오!" 쿠에일란이 감탄 섞인 한숨을 내쉬었다.

그때 피오니가 가슴께에서 자신이 쓴 시를 꺼내 부드럽고 달콤한 목소리로 읽어 내려갔다.

이슬방울이 연꽃 봉우리 안에서 기다렸다네.
동틀녘, 태양은 아래를 내려다보곤 그녀를 발견했다네.
이제 그녀를 끌어올려 구름 위에 앉혔고
그와 함께 하늘을 다스리는 왕비로 삼았다네.

"이리 줘 봐." 쿠에일란이 흥분을 감추지 않은 채 목소리를 높였다. 그녀의 작은 얼굴이 기쁨으로 밝게 빛났다. 그녀는 조그만 집게손가락 끝으로 네 줄의 시를 더듬어 내려갔다. "내가 쓴 시라면 좋으련만." 그녀가 동경어린 목소리로 말했다.

"아가씨께 드릴게요." 피오니가 말했다. "아가씨가 쓴 걸로 하세요."

"내가 쓰지 않았다는 걸 그분한테 정말 말하지 않을 거야?" 응석받이 소녀가 물었다.

"절대." 피오니가 약속했다. "하지만 아가씨께서 직접 옮겨 적으세요."

"추 마, 붓하고 먹하고 실크 종이를 가져다 줘." 쿠에일란이 명령조로 말했다. 그녀는 마치 군림하는 여왕처럼 옆에 피오니를 세워둔 채 그렇게 잠시 입을 다물고 앉아 있었다.

추 마가 붓을 가져오자 어린 숙녀는 요란스레 형식을 차려 글을 쓸 준비를 했고, 분홍색 혀를 입술 밖으로 내밀고는 실크 종이 위에 시를 베끼기 시작했다. 그리곤 종이를 복잡하게 접은 뒤 피오니에게 건네주었다.

"그분에게 갖다 드려." 쿠에일란은 그렇게 말하고 손짓으로 물러가란 표시를 했다.

그녀에게 공손히 목례를 한 피오니는 추 마에게 눈인사를 한 뒤 방을 빠져나왔다.

자신이 왔던 길로 곧바로 다시 돌아갔다면 아마도 피오니는 쿠에일란과 추 마 외에는 아무에게도 들키지 않고 이 집을 빠져나갔으리라. 하지만 피오니에겐 지혜뿐만 아니라 호기심도 있었다. 그래서 그녀는 자신이 온 길로 곧장 돌아가지 않고 이왕 발을 들여놓은 김에 이름 높은 이 집을 한번 둘러보리라 마음먹었다. 특히 중앙 정원에 있다는 커다란 연못이 꼭 한번 보고 싶어졌다. 피오니는 발걸음을 옮겼고, 때때로 하인들이 그녀를 불러 세워 무엇 때문에 왔는지를 묻곤 했다. 그럴 때마다 피오니는 침착하게 젊은 안주인님께 서신을 전하러 왔다고 말하고, 이제 돌아가기 위해 정문을 찾고 있다고 덧붙였다. "집이 워낙 넓어서 길을 잃었답니다." 그렇게 웃으며 변명했다.

이윽고 한 원형 문 앞에 다다른 피오니는 그 너머가 중앙 정원일 거라 추측했다. 그녀는 살금살금 발끝으로 다가가 안을 들여다보았다. 바로 그 순간, 아름답기 이를 데 없는 정원이 눈앞에 펼쳐졌다. 바닥엔 초록색 타일이 깔려 있었고, 그 중앙에는 기다란 못이 자리하고 있었으며, 연꽃 이파리들이 뾰족한 봉우리들을 물 위로 내밀고 있었다. 주위를 둘러싼 담장 앞으로는 복숭아나무와 서양자두나무가 심어져 있었고, 석류나무의 진홍빛 꽃들이 만개해 있었다. 그 사이사이 대나무 이

파리도 모습을 보였고, 작은 새들이 이리저리 날아다녔다. 고개를 들자 저만치 높다란 담장 너머로 섬세한 그물이 쳐져 있는 게 보였다. 그것은 새들이 밖으로 나가는 것을 막는 역할을 했다.

피오니는 모든 걸 잊고 문 안으로 들어섰다. 가만히 연못으로 다가가 안을 응시했다. 맑은 물속엔 연꽃이 피어있었고, 그 사이를 금색, 은색 물고기들이 유유히 헤엄을 치고 있었다. 그렇게 아름다운 정원 모습에 취해있는 사이, 한 남자의 목소리가 들려왔다.

"처녀는 어디서 왔는가?"

피오니는 깜짝 놀라며 고개를 들었다. 눈앞엔 이 집의 주인인 쿵 첸이 서있었다. 이제 피오니는 자신이 왜 여기에 와있는지 설명을 해야만 했다. 그녀는 양 볼에 보조개가 깊게 패일 정도로 얼굴 하나 가득 미소를 지으며 말했다. "저는 에즈라 댁에서 보낸 하인입니다. 자수 문양 심부름을 하러 왔습니다. 그런데 아름답다고 소문난 이곳 정원을 구경하고 싶은 마음이 하도 간절해서 이겨내지를 못했습니다. 장안에서 너무도 유명한 정원이니까요. 제발 용서해주세요, 주인어른."

쿵 첸은 턱을 쓰다듬으며 미소를 지어보였다. 그의 둥근 얼굴은 상냥해 보였고 작은 두 눈은 마음씨 좋은 인상을 풍겼다. 입술은 두툼하고 차분한 모양새였고, 코는 넓고 평평했다. 화창한 봄날가운데 하루인 오늘, 그는 문직으로 짠 잿빛 실크 가운을 입고 있었다. 저택 안을 느긋하게 거닐고 있었기 때문에 외투나 모자는 걸치지 않은 채였다. 가운 아래로는 흰 실크 양말에 검은색 벨벳 신발을 신고 있었다. 그리고 양 엄지손가락엔 커다란 옥 반지를 끼고 있었으며, 은 재질의 물 담배를 왼손에 들고 있었다. 그의 눈썹은 듬성듬성 숱이 적었는데, 말끔히 면도를 해서인지 얼굴이 무척 온화하고 솔직해 보이는 인상이었다.

"용서할 일이 뭐 있겠느냐." 그가 상냥하게 말했다. "정원이나 연못을 돌면서 마음껏 즐기거라. 난 식사를 하고 나서 이맘때면 매일 이곳을 찾는단다. 물고기를 보러 오는 거지."

그가 담뱃대 머리로 연못 쪽을 가리키며 말했다. 피오니는 물고기들이 평온하고 즐겁게 헤엄치고 있는 맑은 물속을 바라보았다.

"참 행복해 보여요!" 피오니가 말했다. "주인어른 댁에서는 물고기들조차도 안전하고 편안하게 잘 지내는군요."

"너희 주인님 댁에는 물고기가 없느냐?" 그가 물었다.

쿵 첸의 질문은 그저 가벼운 물음처럼 들렸지만, 피오니는 결코 그렇지만은 않다는 사실을 깨달았다. 그건 또 다른 질문들의 시작이었다.

"아, 있습니다." 피오니가 곧바로 대답했다. "저희도 연못에 물고기들이 있어요. 그리고 작은 개도 있답니다."

쿵 첸은 파이프에 담배를 채워 넣고 두 차례 연기를 들이켰다. "새들이 최고지." 그가 중얼거렸다. "보기에도 아름답고, 듣기 좋게 노래도 부르고…… 녀석들을 이끌고 대나무 숲으로 들어가면 온갖 새들이 몰려온단다. 매일 밤 해질 무렵에 난 노래를 부르는 개똥지빠귀를 대나무 숲으로 데려가서 먹이로 신선한 고기를 주지. 그러고 나면 녀석은 노래를 부르기 시작하고 다른 새들이 그물 위로 모여든단다. 난 아주 조용히 앉아있어서 녀석들은 날 돌처럼 생각하지."

"너무 근사해요!" 피오니가 감탄을 표했다.

"내 삶에서 최고의 순간들이란다." 그가 간결하게 말했다.

그녀는 잠시 아무 말 없이 서있었다. 두 사람 사이에는 성, 나이, 지위에 걸쳐 커다란 차이가 있었지만 조금도 어색함이 없었다. 그에게서 나이를 잊은 단순함과 성숙하고 견고한 지혜를 느낄 수 있었던 피오니는 그를 신뢰하게 되었다. 그녀는 여전히 연못을 바라보며 말을 꺼냈다. "실은 주인어른께 사실대로 말씀드리지 않은 게 있습니다."

그의 작은 눈에 살짝 웃음기가 번져갔지만, 소리 내어 웃진 않았다. "알고 있었다." 그가 대답했다.

그녀는 슬쩍 그를 바라보았고, 두 사람은 함께 웃었다.

"이제 얘기해보거라." 그가 말했다. "어쨌든 우린 같은 중국인이 아니냐?"

피오니는 곧바로 진실에 다가갈 수는 없었다. "주인어른께선 혹시 외국인들을 싫어하시는지요?"

그가 눈을 크게 떴다. "내가 무엇 때문에 싫어하겠느냐?" 그가 깜짝 놀라며 되물었다. 그러곤 잠시 멈추었다가 다시 상냥하게 말을 이었다. "누군가 다른 인간을 증오한다는 건 자신의 몸속 중요기관에 기생충을 끌어들이는 것과 같지. 삶을 소모하는 일이란다."

"한 가지만 더 여쭤보겠습니다." 피오니가 신중하게 말했다.

"그러려무나." 쿵 첸이 여전히 무척 상냥하게 대답했다.

"어르신의 따님을 외국인의 집으로 시집보내실 수 있으신가요?" 그녀가 물었다.

"하!" 이 말을 들은 쿵 첸은 잠시 생각에 잠긴 듯 파이프 담배를 두 모금 빨아들였다. "그러지 못할 이유가 어디 있겠느냐?" 그가 파이프에서 재를 털어내며 말을 이었다. "자, 이제 내가 자네 대신 얘기를 이어가도록 하지." 쿵 첸이 다시 말을 시작했다. "네 주인님 집에는 젊은 아들이 있고, 내겐 딸이 여럿 있지. 아마도 셋째 딸이 그 집 아들과 나이 때가 가장 비슷할 게야. 난 자네가 모시는 주인님과 동업을 아주 잘 해나가고 있지. 그분께선 외국에서 물건을 들여와 내게 독점적으로 제공을 해주시고, 사람들은 우리 가게에서만 그 물건들을 접할 수 있지. 곧 독점 계약을 하게 될 테고, 난 아주 많은 돈을 지불할 게다. 내 딸을 통해서 사업 외적으로 연결이 되어도 나쁠 건 없지. 하지만…… 난 사업을 위해 딸을 희생시키는 사람은 아니란다. 자, 이제 우리가 지녀야 할 철학과 원칙에 대해 한번 얘기해보자꾸나. 외국인이 자국의 나라로 들어왔을 때 가장 바람직한 방법은 그를 더 이상 외국인이 아니게끔 만드는 거란다. 다시 말해서 우리 젊은이들과 그들을 결혼시켜 자식을 갖게 하는 거지. 전쟁은 비용이 많이 들지만 사랑은 아주 저렴하거든."

이제 피오니는 더 이상 수줍어하지 않았다. 그는 쿵 첸에게 크게 감탄했고, 자신이 그와 같은 동포라는 사실이 자랑스러웠다. 그의 말은 지혜로웠고 전적으로 옳은 것이었다. 피오니가 입을 열었다. "며칠 전 저의 젊은 주인님께서 나리의 셋째 따님을 보았습니다. 그 뒤로 주인님께선 식사도 못하고 잠도 못 이루십니다."

"그래?" 쿵 첸이 간단히 대꾸했다.

"아가씨께 시도 써 보내셨습니다." 피오니가 말을 이었다.

"자연스러운 일이지."

"아가씨께서도 주인님께 답시를 쓰셨고요."

이 말을 듣자 쿵 첸이 놀라는 표정을 지었다. "우리 꼬맹이 셋째 딸은 시를 못 쓰는데." 그가 단언했다. "내가 선생보고 딸아이에게 시 쓰는 법을 가르치라고 하니까, 선생은 딸아이의 마음이 아직 천방지축 어린아이 같다며 내게 하소연을 한 적이 있거든."

피오니가 얼굴을 붉혔다. "제가 도와드렸어요." 그녀가 고백했다.

쿵 첸이 웃음을 터뜨리며 소리쳤다. "아하! 지금 그 시를 가지고 있느냐?"

이에 피오니가 시를 꺼내 건네자, 그는 부드럽고 통통한 손바닥 위에 종이를 펼쳐놓고 반쯤 흥얼거리는 목소리로 크게 소리 내어 읽었다. "아주 좋구나. 목적 수행을 위한 시로써 말이다." 그가 말했다. "하지만 '다스리는'이란 단어의 부수가 적합하지 않구나." 그가 담뱃대 자루로 단어를 가리키며 말했다.

"용서하세요." 피오니가 부드럽게 말했다.

"그대로 두거라." 쿵 첸이 명령조로 말했다. "너무 완벽하면 데이빗이 의심을 할 게야. 자, 어서 전해주거라. 사랑은 물이 차올랐을 때 일이

처리되어야 하는 법이란다. 물이 빠지기 전에 말이지."

이에 피오니는 시를 받아들고 가볍게 목례를 한 뒤 물러갔다.

그녀는 아까 쿵 첸의 집을 찾았을 때보다 훨씬 더 기분이 좋아져 있었다. 그녀는 그 이유가 무엇인지 곰곰이 헤아려 보았다. 그것은 바로 쿵 첸이 자신으로 하여금 그와 일체감을, 그리고 모든 중국인들과의 일체감을 느끼게 해주었기 때문이었다. 그녀는 고독하지 않았다. 혼자가 아니었다. 그녀의 동포들로 이루어진 광대한 바다에서 그녀는 그저 한 개인이 불과했지만, 그녀는 바다에 속해 있었고, 그녀의 삶은 자신을 둘러싼 다른 모든 사람들의 삶과 분리되어 있는 게 아니었다.

오, 데이빗이 만일 우리 쪽으로 합류한다면! 그녀는 간절히 바랬다. 그리고 그녀의 생각은 차츰 명확해졌다. 그녀는 데이빗의 핏줄인 어둡고 수심에 찬 그 유대인들로부터 자신의 동포들이 향유하고 있는 그 유쾌한 햇살 속으로 그를 데려오고 싶었다. 그러면 그는 죽음 따위는 잊어버리고 삶을 사랑하는 법을 배우게 되리라.

그렇게 가벼워진 마음으로 피오니는 다시 집으로 돌아왔다. 에즈라와 데이빗이 예배당에서 돌아와 있었다. 얼마 안 있어 에즈라 부인과 리아도 돌아왔고, 안식일 의식이 시작되었다. 피오니에겐 이제 너무도 익숙한 일이었지만, 여전히 공감을 하지는 못했다. 그녀의 임무는 안식일을 준비하는 것이었다. 그녀는 이미 전날 밤 커다란 촛대를 마련해 두었다. 그러면 에즈라 부인이 불을 밝히며 신성한 날이 왔음을 선포한다. 안식일 식사를 위해 온 가족이 모였을 때 피오니는 에즈라에게 포도주를 가져갔고, 그가 포도주에 축복을 내린 후 안식일 기도를 하는 동안 가만히 그의 곁에 서있었다. 그녀의 지휘 아래 하인들은 가족들이 손을 씻을 수 있도록 물과 수건을 가져왔고, 이어 음식을 내오기 시작했다. 새로 고용된 하인 한 명이 에즈라에게 파이프를 가져가려 했을 때, 피오니는 고개를 저으며 얼굴을 찌푸렸다. 안식일엔 절대 불을 피워선 안 되었다. 자신의 방에서 홀로 담배를 태울 수는 있었지만, 여기에서는 적절하지 않았다.

그렇게 안식일은 지나갔다. 데이빗과 리아는 자주 대화를 나누었고, 서로 말을 하지 않을 때에도 데이빗은 리아를 생각에 잠긴 표정으로 오랫동안 바라보곤 했다. 하지만 피오니는 두 사람에게 의식적으로 눈길을 주지 않으려 했다. 밤이 다가오자, 데이빗은 리아를 안마당으로 데리고 나가 밤하늘에 떠오른 처음 세 개의 별을 찾도록 했고, 리아로 하여금 안식일이 끝났음을 선포하게 했다.

피오니는 부지런히 달려가 초와 초롱에 불을 붙였다. 또 다른 날이 시작되었음을 알리는 그들의 목소리를 들었을 때 피오니는 무척이나 기뻤다. 이방인의 신에게가 아니라 보통 사람들에게 유쾌하고 평범한 날이 찾아왔다고 그녀는 생각했다. 안식일 내내 피오니는 데이빗과 한마디도 이야기를 나누지 않았다. 하지만 그녀는 기분이 가라앉거나 하지 않았다. 그 정도쯤이야 얼마든지 기다릴 수 있었다.

5

 피오니가 떠난 뒤 쿵 첸은 홀로 정원에 남아 있었다. 그는 보통 아침 일찍 출근하고 저녁 늦게 귀가했다. 본점에 있는 자신의 널찍한 사무실에서 오랫동안 끊임없이 일에 열중했다. 그의 지휘 아래서 자산은 계속 불어갔고, 그는 부자가 되었다. 그는 자신의 부유함을 누렸지만 타락하지는 않았다. 그는 자신이 너무 돈만 쫓는다는 느낌이 들면 거기서 멈추었고, 하루 종일 자신의 상점들 근처에도 가지 않았다. 그 대신 이렇게 개인 정원에 여유롭게 앉아 마음 가는대로 느긋하게 시간을 보냈다.
 정원에서 피오니를 만난 건 그러한 날들 가운데 하루였다. 그리고 그녀가 떠난 뒤 그는 자기로 만든 초록색 의자에 앉아 물고기들을 바라보았다. 그렇게 쿵 첸이 정원에 앉아 있을 때면 누구도 그를 방해하지 않았다. 이따금씩 누군가 문가에서 안을 들여다보고 주저하곤 했지만 그냥 발길을 돌렸다. 여러 인원이 거주하는 저택 내에서 쿵 첸의 삶은 많은 걱정과 책임으로 가득했지만, 이곳에서만큼은 평화를 만끽할 수 있었다. 그는 그 모든 것들에 만족해했고, 자신을 스스로 행복한 사내라고 여겼다. 실제로 그는 행복한 사내였다. 그에게 행복이란 실질적이며 손에 쥘 수 있는 것이었다. 지상에서 그는 부와 주변의 존경과 만족스러운 여자관계를 원했고, 한두 명이 죽기라도 하면 어쩌나 전전긍긍하지 않아도 될 만큼 충분한 수의 아들을 원했다.

하늘에 대해서는 아무 것도 바라지 않았다. 어떤 신도 믿지 않는 것에 흡족해하던 그는 설령 죽은 뒤에 신의 존재를 확인하게 되더라도 그리 놀라지 않을 것 같았다. 그렇듯 그는 불멸의 삶 따위를 필요로 하지 않았고, 만일 사후에 그 수많은 영혼들이 모두 살아있는 모습을 보게 된다 하더라도 그저 지금 현재를 대하듯 미래를 맞이하면 된다는 생각이었다. 그는 미소를 지으며 이렇게 확신했다. 자신은 선한 삶을 살아왔기 때문에 신이나 악마가 존재하든 안 하든 조금도 두려워 할 필요가 없다고. 일전에 한번 에즈라가 그에게 신의 존재를 믿는지 물은 일이 있었다. 그때 쿵 첸은 이렇게 차분히 대답했다. "만일 신이 존재하고, 그분이 당신이 말하는 바로 그분이라면, 그 절대자는 워낙 지고한 양식을 갖춘 분이기에 내가 보지 않은 것을 믿으라고 강요하지는 않으실 겁니다."

선을 행하고 정의를 사랑하며 모든 인간이 쾌적한 삶을 누릴 동등한 권리가 있음을 인정하는 것. 쿵 첸은 삶에 대해 이러한 신념을 지니고 있었고, 이러한 믿음을 행동으로 옮기기 위해 전력을 다했다.

쿵 첸은 아무도 없는 정원에서 아침 시간의 호젓함과 깨끗한 연못, 그리고 물고기들의 화려한 빛깔을 즐기며 마음을 비웠고, 편안하게 휴식을 취했다. 하지만 오늘은 셋째 딸의 거취 문제가 마음을 깨끗이 비우는 걸 허락하지 않았다. 만일 그 아이가 에즈라 가문의 외아들을 마음에 두고 있는 게 사실이라면 길게 끌 일이 아니었다. 우선 무엇보다 자신 스스로 그 집안과의 결합을 원하는지 마음을 결정해야 했다. 자신의 동족이 아닌 집안에 딸을 내준다는 건 사사로운 결정 사항이 아니었다. 하지만 쿵 첸은 자신 이전에 이미 다른 이들이 그러한 일을 해왔다는 사실을 잘 알고 있었다. 그들은 그렇게 해야만 모든 피가 하나로 합쳐질 수 있다는 신념을 지니고 있었고, 쿵 첸 역시 이런 행동이 옳다는 걸 알았다. 그럼에도 불구하고 그는 아들뿐 아니라 딸들 역시 몹시 아끼는 자상한 아버지였고, 셋째 딸의 어깨에 지나치게 무거운 짐을 지우는 걸 원치 않았다.

그렇게 깊이 생각에 잠겨있는 사이 눈앞 연못에서 꽤나 사랑스런 일이 펼쳐졌다. 그는 하루 이틀 전쯤 알을 많이 품은 샴 계통의 암컷 물고기 한 마리를 유심히 지켜본 일이 있었다. 그래서 그는 시내 수족관에서 수컷 물고기를 한 마리 사오라고 지시했고, 바로 어제 그 분부가 행해졌다. 새로 온 수컷 물고기가 당당하게 연못 속에서 헤엄치는 모습이 보였다. 멋지게 생긴 녀석이었다. 헤엄을 칠 때마다 주위로 무지갯빛 지느러미들이 살랑거렸다. 녀석은 수면 가까이에서 움직였고, 햇살이 지느러미에 반사되곤 했다. 그 순간 작은 암컷 물고기가 녀석을 보았고, 기쁨에 겨워 쏜살같이 그에게 다가왔다.

이제 쿵 첸은 무슨 일이 벌어질지 알고 있었다. 그는 눈앞에서 벌어지는 작은 러브신을 살짝 미소를 머금은 채 지켜보았다. 암컷을 본 수컷 물고기는 보금자리가 될 공기방울들을 뿜어댔고, 그 방울들은 연못의 수면 위로 떠올랐다. 암컷이 그의 곁으로 다가오자, 그는 그녀를 맞이했고 이내 자신의 몸으로 그녀를 감쌌다. 그리고는 그녀를 부드럽게 돌린 뒤 자신의 금빛 지느러미로 다시 그녀를 감쌌다. 환희의 순간이 한차례 지나가고, 둘은 떨어졌다. 그리고 작은 암컷 물고기는 알을 흩뿌렸다. 가라앉는 알들을 수컷은 일일이 입으로 받아 수면을 향해 솟구쳐 올려 알 하나하나를 공기방울 보금자리 속으로 밀어 넣었다. 그 이후로도 계속 반복해서 두 물고기는 만나고, 짝을 짓고, 떨어졌다. 결국 자그마한 암컷의 기력이 소진되면서 이 반복된 행위는 멈춰졌다. 하지만 수컷은 암컷이 자신을 피하자 점점 성을 냈고, 그녀를 계속 쫓아다니며 괴롭혔다. 암컷이 피로해하는 모습을 본 쿵 첸은 소리 없이 웃으며 자신의 부드러운 손을 물속으로 집어넣어 손바닥 위로 암컷을 올려놓은 뒤 들어올렸다. 그러고는 가까이에 있던 자기로 만들어진 단지 속에 넣어두었다. 그 단지는 물고기들이 다투기 시작할 때 한 녀석을 격리시키는 곳이었다. 수컷 물고기가 이리저리 돌아다니다 결국 암컷을 찾지 못하자 쿵 첸은 다시 미소를 지어보였다. "화내지 말게, 친구. 그 정도면 충분하다네!"

그가 다시 자리에 앉았다. 헤어진 연인은 이제 서로 각자의 길을 갔다. 하지만 이 작은 단막극이 그의 생각을 가다듬어 주었다. 그는 피오니의 예쁜 얼굴을 떠올렸고, 그의 외국인 친구 에즈라의 집에서 살아가는 그녀를 생각해보았다. 그토록 젊고 아름다운 소녀에게 그와 같은 환경은 낯설고 이질적일 게 분명했다. 그리고 에즈라의 아들을 떠올리곤 미소를 머금었다. 그는 이번엔 자신의 셋째 딸을 떠올렸고, 이내 다시 표정이 심각해졌다. 만일 그녀가 외동딸이었다면 그는 이 결혼을 고려조차 하지 않았을 것이다. 아니 만일 당사자가 릴리였더라도 내키지 않았을 것이다. 릴리는 그가 가장 아끼는 딸이었다. 자신이 사랑했던 여자와의 사이에서 태어난 딸이었기 때문에 가장 애지중지했다. 그 여자가 남긴 상처는 어느 정도 시간이 지난 뒤 치유되었지만, 그 흉터는 늘 남아있었다. 쿵 첸은 욕정이 넘치는 남자가 아니었다. 그는 여러 여자들을 취하지 않았다. 그저 젊었을 때 부모가 점지해준 아내를 받아들였고, 그럭저럭 그녀와 살아왔다. 물론 커다란 행복을 느끼진 못했지만, 그녀가 낳아준 네 명의 아들과 세 딸은 큰 위안이 되었다. 그러다 몇 년 전 그는 극장에서 우연히 보게 된 한 젊은 여자와 사랑에 빠졌고, 아내의 동의 아래 집으로 들였다. 그 후, 그의 사적인 삶은 더할 나위 없이 만족스러웠다.

하지만 일 년 전 그는 그 여자가 자신의 수석 하인과 눈이 맞은 사실을 알게 되었다. 분노의 감정이 잦아든 후 그는 비탄에 빠져들었고, 이 비탄의 감정 역시 사랑의 일부라는 사실을 깨달았다. 처음엔 자신을 배신한 이 두 사람을 처벌할 생각을 했었다. 하지만 처벌을 한다고 해서 여자의 사랑을 다시 돌아오게 하거나 남자의 충성을 되돌릴 수 있는 게 아니라는 것을 그는 슬프게 자각했다. 그러한 행동은 그저 자기만족에 불과할 뿐이었다. 그래서 그는 두 사람을 부른 뒤 웃는 얼굴과 상냥한 말씨로 이 집을 나가 다른 곳에서 가정을 꾸리라고 말했다. 그는 현금도 손에 쥐어주며 두 사람을 내보냈고, 딸은 계속 자신의 집에서 키우기로 했다. 주인 대신 하인을 택한 그 미인이 아쉬운 눈빛으로 뒤를 돌아보았을 때 쿵 첸은 무정한 표정을 지어보였고, 그녀는 이제 주인님의 마음이 완전히 떠났음을 깨달았다. 떠날 도리밖에 없었다.

그렇게 사랑의 감정을 잊고 지내던 쿵 첸이었는데, 물고기들의 자그마한 로맨스가 다시금 망각된 꿈을 불러내왔고, 그는 한숨을 내쉬었다. 사랑은 재빨리 지나가버렸다. 어떤 남자도 그 자취를 말끔히 떨쳐버릴 수는 없을 것이다. 결혼은 사랑과는 아무 상관이 없는 것이었다. 만일 셋째 딸이 그 젊은 외국 청년을 흠모하고, 그의 딸이라면 쌍수를 들고 환영할 장안의 수많은 집안들처럼 그 청년의 집안이 그녀를 반겨 맞이한다 하더라도 그에게는 사업상의 문제가 남아 있었다. 만일 그가 에즈라의 아들에게 딸을 내주길 거절한다면, 이후로 에즈라와 사업을 함께 하는 게 순탄치만은 않을 것이었다. 두 사람 사이에 임박한 계약 건도 합의에 이르지 못할 게 분명했다. 에즈라는 아마도 다른 상인을 찾을 것이다. 괜찮은 상인은 시내에 넘쳐났다. 물론 쿵 첸과 같은 부자는 드물었지만 말이다. 에즈라의 외국 물건을 인수해 덕을 보는 다른 상인의 모습을 보는 건 무척이나 맘이 편치 않은 일이 될 터였다. 확실히 결혼은 에즈라 가문과 연결되는 좋은 기회였다. 두 사람의 협력 관계는 사업 그 이상이 될 것이다. 모든 사업은 인간관계가 중요한 것이다. 상호 관계가 인간적일수록 사업은 보다 건강하고, 보다 오래 지속된다. 그는 에즈라가 정직한 인간이라고 전적으로 신뢰하지는 않았다. 큰돈이 오가는 비즈니스의 경우 누구도 다른 누구를 사심 없이 신뢰할 수는 없는 법이다. 하지만 만일 에즈라와 자신이 피를 합쳐 하나로 만든다면 그들은 하나가 될 터이고, 부정직함은 서로에게 어색한 것이 되리라.

"그저 이 주인님이 세상 물정에 밝은 거라고 생각하거라." 그가 물고기들에게 중얼거렸다.

게다가 같은 젊은 중국 처녀인 피오니가 셋째 딸의 벗이 되어준다면, 그 외국인의 집에서 보다 즐겁게 보낼 수 있을 것이다. 약혼을 성사시키기 전에 그는 셋째와 이야기를 나누어야만 한다. 아니 그녀의 어머니가 먼저였다.

쿵 첸은 마지못해 몸을 일으키곤 천천히 아내의 안마당으로 향했고, 방문 앞에서 손뼉을 쳤다. 그러자 하녀가 달려와 그를 안으로 안내했다.

"아이들 어머니는 한가하시냐?" 그가 물었다.

"예, 주인마님께선 양지바른 곳에 앉아 그저 볕을 쬐고 계십니다."

이에 쿵 첸은 안으로 들어섰고, 고리버들 의자에 앉아있는 중년의 뚱뚱한 체형의 아내를 볼 수 있었다. 그녀 앞에선 삼색얼룩고양이가 자신이 잡은 쥐를 이리저리 굴리며 놀고 있었다. 그가 들어서자 부인은 고개를 들어 올려다보았다. 미소로 가득한 얼굴이었다.

"이 영리한 고양이 좀 보세요!" 그녀가 목소리를 높였다. "오늘만 쥐를 벌써 두 마리나 잡았어요."

"난 당신이 불교신자인줄 알았는데." 그가 짓궂게 말했다.

"내가 쥐를 죽이지는 않아요." 아내가 대꾸했다.

"당신은 고양이가 아니니까." 그가 놀리듯이 말했다.

"물론 아니죠." 그녀가 동의했다.

"고양이는 불교신자가 아니고." 그가 말을 이었다.

그녀는 남편의 농담에 아무 반응을 보이지 않은 채 그저 고양이만 바라볼 뿐이었다. 하지만 쿵 첸은 개의치 않았다. 이미 오래 전 그는 아내의 지력이 그저 컵 정도의 깊이라는 걸 깨달았다. 너무 넘치게 가득 따라서는 곤란했다. 그는 아내의 사유의 깊이를 정확히 측정했기 때문에 둘 사이엔 전혀 말다툼 같은 게 벌어지지 않았다. 이제 그는 자리에 앉았고, 더 이상 고양이가 눈에 들어오지 않았다. 고양이는 이제 쥐의 뼈를 솜씨 좋게 으깨고 있었다.

"우리 셋째에 대한 당신의 조언을 들으러 왔소." 그가 운을 뗐다.

그의 아내는 냉큼 금반지를 낀 통통한 두 손을 들어 올리며 손사래를 쳤다. "그 말썽꾸러기 녀석!" 부인이 큰소리로 말했다. "그 아이는 자수법을 영영 못 배울 거예요. 분명히 추 마가 대신해서 다 해줄 거라고요."

"셋째는 나를 닮아서 그렇지. 나 역시 자수를 단 한 번도 좋아한 적이 없거든." 쿵 첸이 말했다. 그의 얼굴은 진중했지만, 눈빛은 경쾌하게 반짝였다.

그의 아내가 놀란 얼굴로 그를 올려다보며 목청을 높였다. "당신은 자수를 배워본 적도 없잖아요!"

"아니, 아니." 그가 말했다. "만일 배웠더라도 분명 싫어했을 거란 얘기야. 그 아인 영락없는 내 딸이지. 나를 용서해주오!"

그가 다시 농담을 던졌다는 사실을 간파한 쿵 부인은 미소를 지어보인 뒤 말없이 고양이에게 다시 시선을 돌렸다. 진주색 공단 가운을 입고 있던 그녀는 통통한 두 손을 마치 반쯤 열린 노란색 연꽃처럼 무릎 위에 올려놓고 있었다. 그녀는 젊은 시절 너무도 예뻤기 때문에 그녀의 미모에 취했던 쿵 첸은 몇 년이 지난 후에야 그녀가 멍청하다는 사실을 깨달을 수 있었다.

"그런데 무슨 일이죠?" 부인이 오랜 침묵을 깨고 물었다.

"얼마 안 있어 우리 셋째한테 또 다른 청혼이 들어올 것 같소." 쿵 첸이 말했다.

"이번엔 누구죠?" 쿵 부인이 물었다. 그들 부부의 딸들에게는 각각 많은 청혼들이 쇄도했다. 혼인 적령기의 아들을 가진 부잣집들은 우선 쿵의 딸들부터 떠올렸던 것이다.

"외국인인 에즈라가 그의 아들 데이빗의 배필로 우리 셋째를 고려하고 있다는군." 쿵 첸이 말했다.

쿵 부인의 표정이 밝지 않았다. "그럼 우리도 그 집 아들을 고려해야 하는 건가요?" 그녀가 물었다.

쿵 첸이 부드러운 목소리로 대답했다. "난 그렇게 생각하오. 에즈라 댁은 무척 부유한 집안이고, 난 그와 새로운 계약을 체결하려 하고 있거든. 게다가 외아들이어서 셋째가 그 집안의 다른 며느리들과 옥신각신할 일도 없지."

"하지만 외국인이잖아요!" 부인이 이의를 제기했다.

"그들을 본 적이 있소?" 쿵 첸이 물었다.

쿵 부인은 고개를 저었다. "그래도 그들에 대해 전해들은 건 있죠." 그녀가 말했다. "코가 높고 눈이 크다고 하죠. 난 큰 코에 큰 눈을 가진 손자를 원치 않아요."

"셋째 아이의 코는 사실 너무 작지." 쿵 첸이 관대하게 말했다. "우리 중국인의 피가 극단적인 것들을 제거한다는 건 당신도 잘 알잖소. 다음 세대쯤 되면 아이들은 중국인처럼 보일 게요."

"그리고 외국인들은 무척 사납다고 들었어요." 쿵 부인이 또다시 이의를 제기했다.

"사납다고?" 쿵 첸이 말을 받았다.

"종교에 지나치게 열광한대요." 쿵 부인이 말했다. "음식도 가리는 게 많고, 매일매일 기도를 한다죠. 그들은 눈에도 보이지 않는 신을 믿고, 그 신을 무척이나 두려워한답니다. 그리고 우리의 신들은 거짓이라고 말하고요. 이 모든 게 거북스러워요. 우리 셋째도 그 요상한 신을 경배해야만 할 거라구요."

"셋째는 자신이 원치 않는 일은 단 한 번도 한 적이 없지." 쿵 첸이 미소를 지어보이며 말했다.

"그 아이를 원하는 남자가 줄을 서 있는데, 외국인 남편을 택할 이유가 어디 있어요?" 쿵 부인이 물었다.

이제 고양이는 쥐의 머리만 남긴 채 다 먹어치웠고, 이에 부인은 그 남은 부분을 들어다 문밖으로 깔끔하게 치워두었다. 고양이에게 다시 정신을 빼앗긴 부인은 소리 내어 웃었고, 남편과 하던 얘기를 잊어버렸다.

"사업 문제 말고도." 쿵 첸이 인내심을 갖고 말했다. "난 인간을 여러 종류로 구분하는 데 동의하지 않소. 모든 인간에겐 코와 눈과 팔과 다리와 심장이 있고, 내가 아는 한 모든 인류는 같은 방식으로 번식하오."

쿵 부인은 그가 번식에 대해 언급하자 관심을 보였다.

"제가 듣기론 외국인들은 배를 갈라서 아이를 꺼낸다던데……." 그녀가 걱정스럽다는 듯이 말했다.

"그건 사실이 아니오." 쿵 첸이 대답했다.

"당신이 그걸 어떻게 아세요?" 그녀가 물었다.

"내 친구 에즈라와 난 같은 목욕탕에 다니거든. 그와 나는 다른 게 하나도 없소. 단지 그의 몸에 털이 더 많다는 것만 빼고는 말이오."

쿵 부인이 보다 더 큰 관심을 보였다. "그들이 그렇게 털이 많은 건 그네들이 우리 쪽보다는 원숭이에 더 가깝기 때문이래요." 부인은 그러면서 걱정스런 표정을 지어보였다. "우리 셋째가 털이 많은 남자를 좋아하지 않으면 어떡하죠?"

"셋째는 자기 남편 외에는 다른 남자를 만나는 일이 없을 게야." 쿵 첸이 대답했다. "그러니 털이 많아서 좋은지 싫은지 자신도 모를 거라고."

 두 사람은 이제 대화의 요점에 다가섰고, 쿵 첸이 아내에게 질문을 던졌다. "만일 청혼이 들어온다면 어떻게 할까?"

 "만일이요?" 쿵 부인이 말했다.

 "청혼을 해오면." 그가 정정했다. "받아들여야 할까?"

 그의 물음은 어느 정도는 확인에 가까운 것이었고, 부인은 무관심하게 고개를 끄덕였다. 그저 그대로 받아들이는 게 그녀에게 수월한 것이었다.

 "우리한텐 딸이 많으니까." 부인은 그렇게 중얼거린 뒤 하품을 했다. 부인이 곧 다른 생각들로 머리를 채우리라는 걸 알아차린 쿵 첸은 이내 자리를 떴다. 안마당 출입문 부근에서 그는 뒤를 돌아다보았다. 부인은 잠을 청할 자세를 취한 채였고, 눈은 감겨 있었다.

 쿵 첸은 조금 화가 치밀었다. 곧이어, 저렇게 딸에게 관심이 없는 어머니를 대신해 자신이 셋째에게 가서 얘기를 나눠야겠다고 생각했다. 하지만 잠시 뒤 그는 마음을 바꾸었다. 너무 이른 감이 있었다. 청혼을 받기 전까진 기다리는 게 좋을 듯했다. 그리고 좀 더 생각을 해볼 필요도 있었다. 셋째는 아직 너무 어렸다. 그는 문득 자신의 휴식 시간이 어느새 다 지나가버렸다는 사실에 무척이나 심기가 불편해졌다. 그는 특유의 느릿느릿한 발걸음으로 거리쪽의 대문을 향해 발걸음을 옮겼다. 그 앞에는 공단 커튼이 내려져있는 그의 노새 마차가 늘 대기 중이었다. 문지기가 소리를 치자, 노새몰이꾼들이 재빨리 몸을 움직였다. 이어 쿵 첸이 마차에 올랐다.

 "회계 사무소로 가지." 그가 분부를 내렸다. 몰이꾼이 채찍을 휘둘렀고, 쿵 첸은 그렇게 일터로 향했다.

 에즈라 부인은 안식일을 맞아 교회당에서 예배를 보면서 계획을 세였다. 이런저런 구상으로 부인의 머릿속은 분주했다. 그녀는 랍비를 잠시 집으로 모시려는 계획을 에즈라에게는 일부러 얘기하지 않았었다. 그런데 얼마나 오랫동안 랍비가 집에서 머물게 될까? 그걸 누가 알겠는가? 아마도 일주일, 어쩌면 한 달쯤? 최소한 데이빗이 스스로 리아를 아내로 맞이하겠다는 말을 할 때까지는 집에서 함께 살 수밖에 없다. 만일 에즈라에게 이야기를 했더라면 아마도 그는 데이빗에게 결혼을 강요해선 안 된다며 언성을 높였을 것이다. 하지만 그건 그녀가 생각해 낸 강요가 아니었다. 그건 바로 신의 의지였다.

신의 의지 — 이 구절이 전해주는 달콤한 평화로움이 부인의 마음을 하나 가득 채웠다. 하지만 예배당 역시 평화로운 장소였다. 허물어져가는 모습이 그리 확연히 드러날 정도는 아니었다. 아직까지는. 커튼은 낡은 상태였지만, 정성껏 수선을 해준 아녀자들 덕분에 아직까지는 온전한 모습을 유지했다. 대부분의 유대인들은 가난했고, 그들의 집은 예배당 주변에 모여 있었다. 때로 에즈라 부인은 자신이 이 작은 공동체가 공유하고 있는 그 가난을 함께 나누지 않는 것에 대해 죄책감을 느끼곤 했다. 한때는 꽤 큰 지역 사회였지만 이젠 많이 축소되어 있었다.

그럼 그 많던 유대인들은 대체 어디로 간 걸까? 이 점은 그들 모두가 의아해하는 문제였다. 중국인들이 종교적으로 박해를 한 것도 아니고, 고약하게 대한 것도 아니었는데, 그들은 점차 사라져갔다. 세대가 바뀔 때마다 그 수는 줄어만 갔다. 이런 생각을 하자, 에즈라 부인의 심기가 불편해졌다. 물론 중국인화 되거나 신을 저버리고 그저 태평하게 사는 게 유대인으로 남는 것보다 쉬운 건 사실이었다. 자신의 부유함에도 불구하고, 어쩌면 그 부유함 때문에 그녀는 더욱 더 엄격한 삶을 추구했다. 가난한 유대인들은 신과 돈 사이에서 한쪽을 택하느라 거북살스러울지도 모른다. 하지만 그녀에겐 그러한 부담이 없었다. 이러한 생각들을 하며 그녀는 각오를 새롭게 했다. 예배가 끝나자마자 그녀는 뒤에 남아 랍비를 찾아갈 계획이었다. 랍비를 모시는 문제를 확실히 해결하고 난 뒤 에즈라에게도 얘기할 생각이었다. 예배가 끝나고 뒤에 남는 건 어려운 일이 아니었다. 예배당에선 남자와 여자가 높다란 나무 칸막이를 사이에 두고 예배를 보았고, 그녀는 에즈라와 따로 떨어져 예배를 보곤 했다. 리아는 그녀 곁에, 데이빗은 아버지 곁에 있었다. 부인은 리아를 왕 마와 함께 집으로 보내고 자신 혼자 랍비에게 가기로 결심했다.

계획을 명확히 하고 나자, 평화가 찾아들었고, 부인은 고개를 들어 신성한 토라가 놓여있는 '모세의 의자' 곁에 서 있는 랍비를 바라보았다. 그는 기다란 검은색 가운을 입고 있었고, 챙 없는 검은 모자를 쓴 머리에 두른 흰 천이 등 뒤로 길게 드리워져 있었다. 그는 소리 내어 큰소리로 경전을 읽었고, 비슷한 복장에 파란색 모자를 쓴 애런이 페이지를 넘겼다. 랍비는 경전을 읽는 것처럼 보였지만, 사실은 한 페이지, 한 페이지 기억을 더듬으며 암송을 하는 것이었다. 드문 일이었지만 그가 더듬거릴 때면 애런이 큰 소리로 구절을 읽어주었다.

예배가 끝난 뒤 랍비를 만난 에즈라 부인은 그를 집으로 모시는 게 쉬운 일이 아니라는 사실을 깨달았다. 그녀가 사정 설명을 하며 곧바로 집으로 거처를 옮겨줄 것을 간청했지만, 랍비는 길게 수염을 기른 얼굴을 가로 저었다. "아드님을 제게 보내서 토라를 배우게 하십시오." 그가 단호하게 말했다.

이 말을 들은 에즈라 부인이 크게 소리를 내며 애원을 했다. "목사님, 제가 목사님께 숨길 게 뭐가 있겠습니까? 다 말씀 드리겠습니다. 만일 데이빗이 목사님께 찾아가지 않으면 어쩌나요? 그 애가 지금 당장은 상당히 의욕적이지요. 카오 리엔으로부터 우리 동포가 살해당했다는 이야기들을 듣고 마음이 움직였어요. 하지만 그 애가 오고 싶어 하지 않는 날들이 분명 있을 거예요. 이런저런 핑계들을 대겠죠. 친구들을 만난다거나, 잠을 잔다거나, 새나 강아지랑 놀아준다거나, 시를 쓴다거나 하면서요. 어떤 핑계든 갖다 붙일 거예요! 하지만 목사님께서 저희 집에 와 계시면 그렇게 달아날 수가 없지요."

에즈라 부인의 말을 들은 랍비가 잠시 생각에 잠겼다. "저는 주님의 종입니다." 그가 마침내 입을 열었다. "그것이 최선인지 주님께 여쭤보아야만 합니다."

충동적인 성격의 소유자인 에즈라 부인은 뭔가 더 설득을 시도해야 할 필요성을 느꼈다. 신의 의지가 명확하게 느껴진 만큼 이 선하지만 완고한 노인에게도 신의 뜻을 명확히 전달해주어야만 했다.

"아시겠지만, 제가 이렇게 말씀 드리는 건 저희 집이 명망 있는 유대인 가문인 것과는 하등 관계가 없습니다." 부인이 이렇게 얘기했다. 그녀는 랍비의 입가에 희미하게 미소가 스치고 지나가는 것을 눈치 챘고, 서둘러 말을 이었다. "예, 저도 우리 바깥양반의 마음이 둘로 갈라져 있다는 걸 알고 있어요. 그리고 솔직히 말씀 드리자면, 저 역시 데이빗 아버지의 그 쾌락을 쫓는 습성 때문에 여러 날 밤 눈물을 흘려왔답니다. 하지만 전 우리 두 사람에게 주어진 의무 이상으로 열심히 노력하고 있습니다. 그게 사실이라는 건 목사님께서도 잘 아실 거예요."

"알고 있습니다." 랍비가 부드럽게 말했다.

"하지만 제가 영원히 살 수는 없죠." 에즈라 부인이 말을 이었다. "그래서 외아들인 데이빗이 제대로 된 가정을 꾸리는 모습을 어서 보고 싶어요. 만일 그 애가 리아와 결혼을 하게 된다면……."

랍비가 놀란 표정을 지었다. "리아와 결혼을 하지 않을 수도 있습니까?" 그가 물었다.

"물론 하죠." 에즈라 부인이 조금은 조바심을 내며 말했다. "하지만 식을 올리기 전까진 확실하게 말씀을 드릴 수가 없어요. 목사님께서는 요즘 젊은 아이들을 이해하시지 못할 거예요. 물론 데이빗만 놓고 보면 전혀 나무랄 데 없는 아이죠. 하지만 중국 여자애들이 늘 데이빗에게 눈길을 준답니다. 그래서 식을 올리기 전까지는 확신을……."

"데이빗도 그 여자들한테 눈길을 주나요?" 랍비가 끼어들었다.

에즈라 부인은 직접적인 대답을 피하며 말했다. "리아와 결혼을 하고 나면 어느 누구에게도 눈길을 주지 않을 거예요."

"그럼 왜 당장 리아와 결혼을 하지 않는 건가요?" 랍비가 사심 없이 물었다.

에즈라 부인이 한숨을 내쉬었다. "목사님, 솔직하게 말씀드리면, 우선 데이빗이 리아와 결혼을 하고 싶어 해야 한답니다."

이 말을 들은 랍비의 안색이 무척 어두워졌다. "데이빗이 리아와 결혼하기를 원하지 않습니까?" 그가 물었다.

"때때로 젊은 청년들은 자신이 뭘 원하는지 스스로 깨닫지 못하기도 하죠. 누군가 일깨워주기 전까지는요." 에즈라 부인이 응수했다.

랍비는 머리를 숙이고, 두 손으로 지팡이를 감싸 쥔 자세로 자리에 앉아 한동안 곰곰이 생각에 잠겼다. 그리고는 마치 앞을 보게 되기라도 한 양 머리를 번쩍 들었다. "그 점에 대해서 제가 뭘 어떻게 해야 좋겠습니까?"

"아무 것도 없어요." 에즈라 부인이 곧바로 대답했다. "그건 전적으로 제가 할 일이죠. 리아가 저를 도울 거고요. 목사님께서 해주실 일은 데이빗을 여호와의 길로 이끌어주시는 거예요. 부디 데이빗을 지도해주세요. 토라를 가르쳐주시고, 그 아이의 마음이 주님께 다가가게 해주세요. 그럼 나머지는 저희가 알아서 하겠습니다."

랍비가 다시금 생각에 잠겼다. 그리곤 입을 열었다. "역시 여호와 앞에서 여쭤보아야 하겠습니다. 그만 가보도록 하십시오, 자매님."

에즈라 부인이 기운차게 의자에서 몸을 일으켰다. "말씀대로 따르겠습니다, 목사님." 그녀의 그윽한 목소리에는 노여움마저 담겨 있었다. "부디 빠른 시일 내에 저희 집으로 와주시길 바랍니다!"

부인은 집으로 돌아갔고, 랍비는 포장된 길을 따라 교회로 다시 돌아갔다. 그는 돌아가는 길목을 정확히 인지하고 있었다. 그의 발이 닿는 돌바닥은 닳고 닳아서 살짝 파여 있었다. 눈으로 직접 예배당을 볼 수 있었던 그 시절 이후로 많은 세월이 흘렀지만, 그에겐 여전히 다른 감각들이 존재했다. 벽지에선 흰곰팡이 냄새를 맡을 수 있었고, 문과 탁자, 제단 등을 만지면 지나치리만치 섬세한 손끝에서 마치 모래처럼 먼지가 느껴졌다. 안식일임에도 불구하고 청소가 제대로 되지 않은 상태라는 걸 알 수 있었다. 그런데 문득 예배당 안에 누군가가 있는 듯한 느낌이 들었고, 랍비는 귀를 기울였다. 역시나 천천히 내쉬는 묵직한 숨소리가 안쪽에서 들려왔다.

"주님의 집에서 누가 잠을 자고 있는가?" 그가 큰소리로 물었다.

콧김을 내뿜으며 숨소리가 멎었다. 잠에서 막 깨어난 반쯤 잠긴 목소리가 대답을 해왔다. "아, 접니다, 목사님. 엘리예요! 깜박 잠이 들었네요. 예배는 끝났나요?"

그는 레이첼의 남편이었다. 예배당을 깨끗하게 관리하는 게 그의 임무였다.

"여기서 잠을 자선 안 되네." 랍비가 말했다. "예배는 오래 전에 끝났다네."

"너무 조용해서 저도 모르게 그만." 엘리가 송구스러워 하며 말했다. "축일 말고는 목사님 외에 이곳을 찾는 사람이 없어서 말이죠. 그리고 지금은 목사님께서 오실 시간도 아니어서 잠시······."

"이리로 오게." 랍비가 갑자기 그에게 분부를 내렸다. 사내의 느릿느릿한 발걸음이 가까이 다가올 때까지 랍비는 기다렸다. 그러고 나서 천천히 입을 열었다. "은 접시들이 무슨 재질로 만들어진 건지 말해 보게."

엘리가 나이 든 사람 특유의 기침 소리를 조그맣게 냈다. "그 접시들은……." 그가 중얼거렸다. "그러니까, 그게……."

"어서 말하게!" 랍비가 날카롭게 말했다.

"지금은 백랍 재질입니다." 엘리가 대답했다.

"그 차이를 느낄 수 있었지." 랍비가 중얼거렸다. "오늘 아침에 그릇을 집어 들었을 때 은 접시가 아니란 걸 알았다네." 그는 고개를 들어 엘리의 얼굴을 대했다. 말로 표현할 수 없는 고통이 서린 표정이었다.

"너무 마음 쓰지 마세요, 목사님." 엘리가 동정어린 목소리로 덧붙였다. "젊은 목회자들은 늘……." 그는 채 말을 잇지 못했다.

랍비가 몸을 떨기 시작했다. "내 아들이 무슨 짓을 했는지 말하게나." 그가 명령했다.

엘리 노인은 기침을 해대며 시간을 끌었고, 소매를 들어 머리와 얼굴을 훔쳤지만 랍비의 명령을 따르지 않을 순 없었다. 그는 대수롭지 않은 일인 양 애써 웃음을 터뜨리며 랍비에게 위로 삼아 설명을 했다. "그 백랍 그릇들은 은도금을 했기 때문에 이전의 옛 그릇들과 똑같아 보입니다. 아시다시피 중국 백랍 기술자들은 솜씨가 좋거든요. 게다가 아드님께서 기술자들에게 잘 만들라고……."

"내 아들이 예배당에서 은 접시를 훔쳤구먼!" 랍비가 절망 섞인 목소리로 탄식했다.

"하지만 제가 말씀드렸다는 건 비밀로 해주세요." 엘리 노인이 작은 목소리로 말했다.

"그 차이는 나밖에 모르지." 랍비가 중얼거렸다.

"예배를 드리러 오는 사람들이…… 요새는 많지 않습니다, 목사님." 엘리 노인이 랍비를 위로하며 말했다.

랍비가 비틀거리자 엘리가 앞으로 걸어가 랍비를 부축했다. "제가 모시겠습니다, 목사님." 그가 말했다. "휴식을 좀 취하도록 하세요. 목사님께서는 이제 너무 연로하셔서 슬퍼하시는 것도 버거운 일입니다. 나이를 잡수신 분들은 늘 기쁜 마음으로 사셔야 해요. 어린아이들처럼 말이죠. 이제 목사님은 잘 주무시고, 양지바른 곳에 앉아 느긋하게 시간을 보내시면서 좋은 음식을 드셔야 해요. 시중을 받으시기만 하면 되죠."

"자네…… 꼭 중국 사람처럼 말을 하는구먼." 랍비가 말했다.

그는 따끔하게 말했지만, 엘리 노인은 웃으며 답을 했다. "예, 그렇죠. 전 거의 중국인이나 다름없거든요. 교회 밖에서는 사람들이 저를 리 노인이라고 부르지요. 저는 그 이름에 대답을 하고요."

그렇게 응수하며 그는 랍비를 모시고 예배당을 빠져나와 집으로 향했다. 실내로 들어선 뒤 엘리는 랍비를 편안하게 자리에 앉히고는 그가 안정을 취할 수 있도록 분주히 움직이며 시중을 들었다. 그리곤 부엌으로 건너가 레이첼에게 묽은 수프를 한 그릇 가져오게 했고, 랍비는 그저 엘리가 하는 대로 놓아두었다. 그는 마치 공중에서 떨어진 돌에 맞은 사람마냥 멍한 상태로 앉아있었다. 단지 수프를 조금씩 떠먹으며 낙담한 목소리로 다음과 같이 말할 뿐이었다. "자넨 내 친아들보다도 더 내게 다정하게 대해주는구먼."

"별말씀을요." 엘리 노인이 말했다. "젊은 목회자들은…… 그 친구들도 많이 힘겨워하죠."

엘리가 자리를 뜬 뒤, 랍비는 그가 한 말을 곰곰이 생각해보았다. "그래." 한참 뒤 그가 중얼거렸다. "내 아들에겐 힘겨운 일이야. 오, 주여! 만일 다른 누군가가 그의 차리를 대신할 수 있다면 당신의 뜻은 이루어질 것입니다. 예, 제가 에즈라의 집으로 가도록 하겠습니다."

그렇게 랍비는 신의 뜻을 깨달았다. 안식일 다음날 랍비는 애런을 대동하고 에즈라의 집으로 향했다. 하지만 레이첼에겐 자신들이 언제 돌아올지 모르니 집에 계속 남아 있으라고 지시했다. 한편 아들 애런에게 랍비는 아무런 말도 하지 않았다. 꾸지람도 하지 않았고, 비통한 심정도 드러내지 않았다.

피오니는 쿠에일란이 데이빗에게 전해주라고 한 시를 삼일 동안 책상 서랍 속에 넣어두었다. 그에게 전달해줄 적당한 때를 기다리던 참이었다. 하지만 그 적당한 시기는 찾아오지 않았다. 안식일 이후로 데이빗은 아버지와 함께 줄곧 회계 사무소에서 시간을 보내며 자중하는 모습을 보였다. 사실 집에 머무는 시간 자체도 적었다. 그는 밤늦게 귀가를 했고, 사람들과 마주치는 걸 피한 채 자신의 방에 홀로 앉아 독서에 열중했다. 이렇게 칩거 생활을 하는 데이빗의 마음을 억지로 움직이려 하는 건 아무 소용없는 일이라는 걸 잘 알고 있는 피오니는 그저 그러한 상태가 지나가기만을 기다렸다. 하지만 적당한 때를 찾기도 전에 랍비가 아들 애런과 함께 집에 들어왔고, 에즈라의 처소 근처에 짐을 풀었다.

이제 데이빗은 사실상 피오니와 분리되어 있었다. 그녀는 늘 하던 대로 그의 시중을 들었지만, 이전보다 훨씬 차분하게 대했고 눈빛은 애수에 젖어 있었다. 그는 피오니를 조금도 생각하지 않는 듯했다. 데이빗은 매일 아침 랍비와 함께 시간을 보냈는데, 목사는 애런도 함께 자리하게끔 했다. 에즈라 부인의 통제 아래에 있는 이 거대한 저택에서 조금은 주눅이 들은 애런은 감히 아버지의 말을 거스를 엄두도 내지 못했다. 피오니는 때로 따뜻한 차를 가지고 그곳으로 가 정황을 살펴보기도 했다. 데이빗은 늘 책상에 붙어 앉아 책에 열중하는 모습이었고, 애런은 안절부절 못하며 늘 밖으로 빠져나갈 궁리만 했다. 애런은 어떤 상황에서든 침묵을 지키는 요령을 터득한 것처럼 보였는데, 앞을 못 보는 아버지가 자신이 아무리 한눈을 팔거나 하품을 해도 눈치를 못 채도록 하기 위함이었다. 그리고 며칠 뒤 리아도 합세해 함께 책을 읽었다. 리아가 합세한 이유는, 애런이 얼마나 골칫거리인지 데이빗이 에즈라 부인에게 얘기해주었기 때문이었다. 애런이 데이빗의 마음을 심란하게 만들지나 않을까 몹시 걱정한 에즈라 부인은 리아에게 동생 옆에 가 있으라고 지시를 했다. 그리고 만일 애런이 말을 제대로 듣지 않으면 몸소 자리를 함께 할 것이라고도 덧붙였다. 에즈라 부인은 애런에게 겁을 줄 심산으로 이 얘기를 애런에게 전하도록 했고, 리아는 말없이 부인의 분부를 따랐다.

매일같이 리아가 데이빗의 곁에 붙어 있는 모습을 본 피오니는 더 이상 적당한 때를 기다리고 있을 수만은 없음을 깨달았다. 어느 날 밤 피오니는 마지막 차를 가지고 데이빗의 방을 찾았다. 이러한 차 시중은 지금과 같은 변화가 오기 전까지 피오니가 늘 하던 일이었다. 그녀는 문밖에서 잠시 멈춰서서 헛기침을 했다. 이전처럼 자유롭게 그의 방을 드나들 수 없는 분위기가 조성되어 있었다.

데이빗이 무슨 일인지 궁금해하며 바로 문을 열고 밖으로 나왔다. 그는 흰 실크 재질의 실내복을 입고 있었다. 맑은 두 눈과 불그스름한 데이빗의 뺨을 대하자, 피오니의 마음이 기다렸다는 듯이 사랑으로 녹아내렸다.

"차를 가져왔습니다." 그녀가 부드럽게 말했다.

"그걸 왜 말로 하는 거야?" 그가 의아한 목소리로 말했다. "하던 대로 방 안으로 가지고 들어오지 않고."

그렇게 안으로 들어선 피오니는 차를 내려놓은 뒤 주머니에 손을 넣어 접힌 종이를 꺼내들었고, 데이빗에게 건넸다. "이걸 드리려고 오랫동안 기다렸어요." 그녀가 말했다. "하지만 젊은 주인님께서 요사이 너무 바쁘셔서 전해드릴 틈이 없었죠."

종이를 받아든 데이빗이 자리에 앉아 시를 읽는 동안 피오니는 그대로 서 있었다. 데이빗이 고개를 들어 그녀가 서 있는 것을 보고는 말했다. "앉지 그래."

이에 피오니는 자리에 앉았고, 데이빗은 시를 다시 한 번 읽어 내려갔다. 그리곤 고개를 들어 피오니의 두 눈을 바라보았다. "아주 예쁜 시로구나." 그가 말했다. "그녀가 직접 쓴 거냐?"

"자신의 붓으로 직접 쓰시는 걸 제가 봤어요." 피오니가 대답했다. 그리고는 그에게 털어놓았다. "젊은 주인님의 그 미완성 시를 제가 아가씨께 갖다 드렸어요."

"그럼 너도 그 아이를 직접 본 게로구나." 그는 피오니가 한 일에는 관심이 없는 것처럼 보였다.

피오니가 고개를 끄덕였다.

데이빗이 책상 위로 상체를 기울였다. "보기에 어떻더냐?" 그가 물었다.

피오니가 머리를 가로 저었다. "아가씨 얘기는 하지 않는 게 좋을 것 같아요."

"왜?" 의아하다는 듯이 그가 물었다. 시가 적힌 종이를 여전히 손에 쥐고 있는 그의 눈빛은 헤아릴 길이 없었다.

피오니가 슬픈 표정을 지으며 입을 열었다. "아가씨는 다정하고, 여리고, 아름다우세요. 그리고 너무도 부드러워서 상처를 받으시면 안 될 것 같은 생각이 들어서요."

데이빗이 살짝 얼굴을 붉히며 말했다. "난 네가 무슨 말을 하는지 모르겠구나."

피오니의 안색은 여전히 무거웠다. "아뇨, 아실 거예요." 그녀가 말을 받았다.

"주인님을 보고나서 아가씨는 사랑에 빠지셨어요. 그리도 작고 고우신 분이 딱하시기도 하시지. 그리고 아가씨께서 그걸 아셨을 때……" 피오니가 말을 멈췄다.

"뭘 알아?" 데이빗이 다그쳐 물었다.

하지만 피오니가 고개를 저으며 아무 말도 하지 않자, 데이빗이 차츰 화를 냈다. 그가 종이를 책상 위에 던져놓곤 캐물었다. "자, 피오니, 어서 무슨 말인지 얘기하도록 해. 내가 가장 싫어하는 것들 가운데 하나가 바로 여자들이 뭔가 말을 꺼내려 하다 변죽만 울리고 입을 다무는 거야."

이 말을 들은 피오니 역시 화가 치밀었다. 그녀는 눈을 크게 뜨고 데이빗을 정면으로 바라보며 열정적으로 말을 하기 시작했다. "주인님께선 아가씨를 만나선 안 돼요. 그게 제가 드리고자 했던 말씀이에요! 아가씨도 주인님을 마음속에 두기 시작하셨어요. 아가씨께서도 그러시면 안 되고요!"

"그건 네가 나설 문제가 아닌 것 같은데." 그가 반박했다. "왜 나를 그녀에게서 떼어놓으려 하는 거지?"

데이빗은 내심 자신의 이중성에 스스로 놀랐다. 리아에게 자신이 그녀를 사랑하고 있다는 걸 내비치지 않았던가! 리아가 자신의 팔에 안겨 있던 복숭아 정원에서의 그 순간이 머릿속에 떠올랐다. 지난 며칠간 자주 떠올리던 기억이었다. 반갑기도 하고 한편으론 그렇지 않기도 한 기억이었다. 때로는 그녀를 떠올릴 때면 피가 더욱 빠르게 흐르는 게 느껴지기도 했다. 그리고 고개를 숙여 토라를 읽거나 또는 고개를 들어 랍비를 바라보는 진지하고 사랑스러운 그녀의 얼굴을 보노라면 마음이 뭉클해지기도 했다. 그럼에도 불구하고, 데이빗은 자신의 결혼이 범상한 것이 아니라는 사실을 깨달을 수 있었다. 리아와의 결혼은 자기 자신뿐만 아니라 그 이상 그 너머의 여파를 갖는 것이었다. 아무리 그가 그저 다른 평범한 남자들처럼 되고 싶다 해도, 결코 그럴 수 없다는 걸 스스로 잘 알고 있었다.

"전 주인님 생각을 해드리는 게 아니에요." 피오니가 말했다. "전 쿠에일란 아가씨를 생각해서 말씀드리는 거예요."

데이빗은 갑자기 피오니가 야속하게 느껴졌다. "넌 늘 내 생각을 먼저 해주었잖아!" 그가 소리쳤다.

"제가 더 이상 왜 그래야 하나요?" 피오니가 물었다.

그녀의 목소리는 데이빗이 이제껏 들어본 적이 없을 정도로 무정했으며 표정은 침착하고 냉정했다. 데이빗은 충격을 받았다. "피오니!" 그가 말했다. "너 무슨 일이라도 있었던 거야?"

"아무 일도 없었어요." 피오니가 대답했다. "달라진 건 주인님이세요."

"아니, 난 그대로야. 이전하고 똑같아." 그가 주장했다.

피오니가 고개를 저었다. "지금은 예전하고 다르세요."

데이빗이 탁자 위로 손을 뻗어 그녀의 손을 잡았다. 피오니는 손을 빼내려 했다.

"놔줘요!" 그녀가 소리쳤다.

"안 돼!" 그가 맞받아 소리쳤다. "그 아이 모습이 어땠는지 얘기해주기 전까진 안 돼!" 그는 자신의 혼란스러움을 덮기 위해 이렇게 말했다.

둘 사이에 길게 침묵이 이어졌다. 그는 깍지를 꼭 낀 채 피오니의 손을 쥐고 있었다. 피오니의 손이 미세하게 떨려왔다. 그녀는 손을 빼고 싶기도 했지만, 한편으론 데이빗이 계속 그렇게 쥐어주길 바랐다. 피오니의 가슴은 쿵쾅거렸고, 곧 울음이라도 터질 것 같았다. 잠시 뒤 피오니는 데이빗의 눈길을 피한 채 작은 목소리로 얘기를 시작했다.

"아가씨…… 아가씨는 푸른색 옷을……."

"얼굴." 그가 힘주어 말했다.

"아가씨가 무척 예쁘다는 건 주인님도 아시잖아요." 피오니가 말했다.

"얼마나 예쁜지 내게 얘길 해줘." 그가 명령조로 말했다.

그러자 피오니가 다시 말을 시작했다. "음…… 그러니까…… 아가씨의 입은 조그맣죠. 아랫입술이 윗입술보다 조금 더 도톰하고 빛깔은 석류처럼 붉죠. 치아도 아주 작고, 혀도 작아요. 시를 쓰실 때 보니까 새끼고양이처럼 혀를 내밀어 입술에 갖다 대셨죠." 그리고 피오니는 말을 멈추었다.

"그 밖에는?" 그가 다그쳐 물었다.

"눈 색깔이 무척 짙어요. 살구 모양이죠. 눈썹은 버드나무 가지 같고요. 그리고 얼굴은 둥글다기보다는 갸름한 편이에요. 귀는 하얗고 조그맣고, 머리에는 장미꽃을 꽂고 계셨죠."

"계속 해." 데이빗이 명령조로 말했다.

"아가씨가 글을 쓰시는 동안 가까이 다가가 있었는데, 숨결이 마치 꽃향기처럼 감미로웠어요. 손도 아주 작았어요. 제 것보다도 작았죠."

데이빗이 피오니의 손을 자신의 손 위에 펼쳐 보았다. "네 손도 이렇게 작은데."

피오니가 그를 바라보며 간청하듯 말했다. "아가씨가 주인님을 사랑하게 만들지 마세요."

이제 데이빗이 그녀의 손을 놓았고, 피오니는 탁자 위에 그대로 두 손을 가만히 놓아두었다. "그 처녀가 내 생각을 하고 있는지 어떻게 알지?" 그가 물었다.

피오니는 이제 두 손을 자신의 넓은 소매 속으로 집어넣었다. "전 알아요." 그녀가 낮은 음성으로 말하며 고개를 숙였다.

"어떻게 아는지 설명해 보라구!"

"말로 설명은 못 해요. 그저 느낄 수 있을 뿐이에요."

이제 두 사람 사이에 다시 침묵이 흘렀고, 잠시 후 데이빗은 몸을 일으켜 자신의 책장 앞으로 가 꽂혀있는 책들을 바라보았다. 그가 책에 대해 생각을 하고 있지 않다는 걸 피오니는 알고 있었다.

"그 처녀를 다시 한 번 만나보고 싶어." 데이빗이 고개를 돌리지 않은 채 말했다.

피오니는 미소 띤 얼굴을 소매 뒤로 감췄다. "안 돼요." 그녀가 말했다.

그가 성큼성큼 다가오더니 손바닥으로 탁자를 내리쳤다. "돼!" 그가 소리쳤다.

"그건 아주 부도덕한 거예요." 피오니가 힘주어 말했다.

"어떻게 하는 게 올바른 처신인지 그녀를 만나서 확인해 보고 싶어." 그가 말했다.

그의 말을 들은 피오니가 곰곰이 생각에 잠긴 채 말했다. "제가 만남을 주선해드리면 약속해주실 수 있으세요? 다시는 편지를 보내지 않고, 만나게 해달라고도 하지 않고, 더 이상 아가씨의 마음을 아프게 하지 않으시겠다고요."

데이빗은 잠시 주저하더니 이내 미소를 지어보였다. "다른 건 몰라도 이거 하난 약속할게. 그녀를 만나보고 나서 확실하게 마음을 정하겠다는 거. 편지를 더 보낼지, 계속해서 그녀를 만날지를 말이야."

두 사람은 오랫동안 서로의 눈을 바라보았다. 이제 피오니가 다소곳하게 몸을 일으켰다.

"약속 꼭 지키셔야 해요." 그녀가 단호하게 말했다. 이어서 손을 찻주전자에 갖다 대 여전히 따뜻한지를 확인했다. 그리고는 데이빗에게 잠자리에 들라고 말한 뒤 만족스런 기분으로 방을 빠져나왔다.

집안 분위기가 그렇게 달라진 상황 속에서 에즈라는 보통 때와 달리 줄곧 과묵한 모습을 유지했다. 카오 리엔이 들려준 이야기에 너무 크게 충격을 받았기 때문에 아무리 부산스럽고 활기찬 나날들이 그 기억의 언저리를 무디게 만든다 할지라도 도저히 그것을 외면할 수는 없었다. 묘하게도 그의 아내는 그의 양심이었다. 아무리 아내에게 반발을 해도 그는 늘 아내가 옳은 게 아닐까 하는, 자신이 그걸 미처 깨닫지 못하고 있는 게 아닐까 하는 두려움을 품고 있었다. 사업 쪽으로만 본다면 그에겐 모든 게 명확했다. 반면 신의 영역 내에선 그는 물속 깊숙이 가라앉아 있는 상황이었다. 그의 아내 나오미는 늘 그에게 유대인 아버지를 상기시켰다. 그가 사랑하고 또 두려워하기도 했던 그의 아버지는 참으로 상냥한 분이었지만 거의 병적이다 싶을 정도로 늘 우울해 했는데, 에즈라로선 그 이유를 알 수가 없었다. 에즈라는 어린 아이였을 때 아버지의 우울함 때문에 스스로 자책감을 느끼곤 했는데, 그 죄책감은 그의 것만은 아니었다. 그는 죄책감이 들 때마다 그의 중국인 어머니와 함께 그 감정을 나눌 수 있었다. 그 때마다 어머니는 아버지를 비난하거나 하진 않았으며, 죄의식을 갖거나 그로 인해 우울해 하지도 않았다. 에즈라 역시 어머니와 있을 때는 그런 감정을 품지 않았다.

하지만 어머니가 돌아가신 이후 그 해묵은 자책감을 그 혼자 짊어지게 되었고, 아버지의 뜻에 따라 젊은 나오미와 결혼을 하게 된 것도 부분적으로는 그러한 이유 때문이었다. 결혼 이후 그는 매력적인 신부를 기쁘게 해줘야 한다는 생각에 한동안 무척이나 근심에 쌓여 지냈다. 하지만 그가 무얼 하든 신부가 충분히 만족스러워 하지 않는다는 사실을 깨닫게 된 후부터는 다시 이전의 삶으로 돌아갔고, 특유의 쾌활함을 되찾았다. 그의 마음속 깊숙이 자리한 그 설명할 수 없는 해묵은 자책감이 자극을 받지 않는 한 그 쾌활함은 유지가 되었다. 그런데 카오 리엔이 학살당한 유대인 얘기를 꺼냄으로써 에즈라는 다시 그 어둠의 심연 속으로 들어가게 된 것이다.

현재 집안에서 벌어지고 있는 일들의 일부는 에즈라 자신의 눈으로 직접 보았지만, 나머지는 중국인 하인들로부터 전해 듣고 있었다. 모든 걸 꿰뚫어보고 있던 에즈라였지만 그는 침묵을 지켰다. 자신의 내부가 반반으로 나뉘어져 있다는 걸 스스로 알고 있었기 때문이다. 왕 마의 예리한 눈매를 통해 알게 된 것도 있었는데, 그건 만일 애런이 유대인의 지도자 자격을 갖추지 못할 경우 데이빗으로 하여금 대신 그 자리를 맡게끔 하겠다는 랍비의 원대한 꿈이었다. 이건 틀림없는 사실이었다. 랍비 노인은 비록 데이빗을 직접 볼 수는 없었지만, 며칠 간 그를 가르치고 난 어느 날 이렇게 말을 건넸다. "이리 오거라. 네 얼굴이 어떻게 생겼는지 한번 보자꾸나."

그러자 데이빗이 랍비의 곁으로 다가갔다.

"주님 앞에서처럼 무릎을 꿇어 보거라." 랍비가 명했다.

데이빗은 순순히 무릎을 꿇었고, 랍비는 자신의 열 손가락 끝으로 그의 젊은 얼굴을 더듬었다. 그의 손가락 하나하나는 너무도 섬세하고 깊이가 있어서 데이빗은 마치 한줄기 빛이 그의 얼굴 위를 어른거리는 느낌을 받을 정도였다. 이어 랍비는 그의 강인한 어깨와 널따란 가슴, 그리고 날렵한 허리와 좁은 허벅지의 윤곽을 그렸고, 데이빗에게 일어서라고 말했다. 그리고는 계속해서 그의 곧은 무릎과 단단한 발목, 그리고 강건한 발을 만졌다. 이어 그의 양손을 차례로 잡고는 모양을 더듬은 뒤 꼭 쥐어본 후, 일어서서 데이빗의 머리끝을 만져보았다.

"넌 나보다 키가 크구나." 랍비가 말했다.

그 사이 애런은 옆에 앉아 샐쭉한 표정으로 두 사람을 바라보고 있었다.

"아, 데이빗, 너는 조금도 나무랄 데가 없구나!" 랍비가 데이빗에게 작은 소리로 말했다. "주님의 은총에 감사할 따름이다."

이에 데이빗은 옆에서 찌푸린 얼굴로 두 사람을 바라보고 있는 창백하고 못난 소년이 측은하게 느껴져 이렇게 말했다. "저는 아직 충분히 성장하지 못했습니다. 저도 그렇게 생각하고, 제 유교 선생님께서도 그렇게 말씀하셨죠."

"아직도 그 자가 네 선생 노릇을 하느냐?" 랍비가 시샘이 담긴 음성으로 말했다.

데이빗이 잠시 주저하다가 대답을 했다. "목사님이 오시고 난 후 어머니께서 내보내셨어요."

에즈라 부인은 누구의 조언도 구하지 않고 그렇게 일을 처리했다. 하지만 랍비의 물음에 데이빗이 주저했던 건 자신이 여전히 그 선생을 만나고 있기 때문이었다. 에즈라는 왕 마을 통해서 그 사실을 알았다. 어느 날 밤 왕 마는 킬킬 웃으며 그에게 이야기를 전해줬다.

"아드님께서 늦은 오후 시간이 되면 '정숙한 미망인' 거리에 있는 그 노인 선생의 집을 찾는답니다." 그녀가 에즈라에게 말했다. 매일 밤 그가 잠자리에 들기 전 왕 마는 습관적으로 그에게 묽은 쌀죽을 가져다주었다. 그러면 에즈라는 천천히 그 묽은 죽을 마시며 그녀로부터 이런저런 소문을 전해 듣고 많은 정보들을 접할 수 있었다. 왕 마의 얘기를 듣고 에즈라의 표정이 조금 심각해지자, 그녀가 서둘러 말을 이었다. "도련님이 더 이상 우리 선생들로부터 배워선 안 되는 건가요?"

두 손으로 사발을 들고 향이 좋은 따뜻한 쌀죽을 마시며 에즈라는 곰곰 생각에 잠겼다. "확실히 결정을 내릴 수가 없구먼." 그가 마침내 입을 열었다. "그 아이 어머니를 생각해서라도 그래선 안 되겠지. 그 유교 선생이 랍비가 가르친 모든 것들을 원래대로 돌려놓으면 안 될 테니 말일세."

"그건 너무 가혹한 거 아니에요?" 왕 마가 뿌루퉁하게 말했다. 오래 전 쌓은 두 사람 사이의 친밀한 관계로 인해 단둘이 있을 때 왕 마는 에즈라를 편하게 대하곤 했다.

"우리의 신은 질투의 신이지." 에즈라가 대답했다.

"신들이란 사람들이 만드는 거죠." 왕 마가 응수했다. "유대인들 역시 자신들만의 신을 만들어 냈고요."

"난 동참하지 않았지." 에즈라가 갑자기 웃음을 머금으며 말했다.

그의 웃음은 검은 턱수염 위로 너무도 신선하고 솔직해 보여서 왕 마 역시 과거 젊은 시절의 그를 상기하며 미소로 답을 했다. 그리고는 그에게 몸을 기울이며 자그마한 목소리로 말을 하기 시작했다.

"그 착실한 아드님을 불행하게 만들지 마세요." 그녀가 당부했다. "그래요, 주인님은 유대인이죠. 알고 있어요. 그래야만 하는 부분이 있죠. 하지만 이걸 한번 생각해 보세요. 아니, 그러실 필요도 없죠. 제가 알고 있으니까요. 아버님께서 유대인이었다는 걸 떠올리면 주인님은 기분이 가라앉고, 우울해지죠. 하지만 중국인 어머니를 떠올리면 기분이 유쾌해지고, 삶도 근사해지죠."

에즈라는 이 모든 말들을 단번에 모두 받아들일 수 없었다. "내가 착실한 유대인이 아니라는 걸 스스로 알기 때문에 아마도 내가 때때로 우울해하는 걸지도 모르네." 그가 말했다.

왕 마가 이 말에 웃음을 터뜨렸다. "자신이 선한 사람이고, 부유한 사람이고, 영리한 사람이라는 걸 떠올리면 즐거워지잖아요." 그녀가 힘주어 말했다. "그 외에 문제될 게 뭐가 있어요?" 그녀가 좀 더 가까이 다가왔다. "이 도시 안에서는 모든 이들이 주인님의 지금 모습에 존경의 시선을 보내고 있어요. 주인님의 아버지가 어떠했는지는 아무도 관심을 갖지 않는다구요."

이처럼, 그녀로부터 애정이 듬뿍 담긴, 원기를 불러일으키는 칭찬을 들을 때면 그는 늘 감동을 받곤 했다. 이러한 칭찬은 그의 아내로부터는 단 한 번도 들어본 적이 없었다. 오직 이 인정 많은 중국 여인네만이 함께 지내던 젊은 시절 무렵부터 줄곧 온 마음을 담아 해주었다. 그는 행복해지기를 원했고, 그녀는 그에게 용기를 심어주며 그를 행복하게 해주었다.

"자, 이제……." 왕 마가 문제를 제기했다. "슬슬 쿵 첸씨와 다시 사업을 시작해야 하는 것 아닌가요? 대상들이 도착한 이래로 주인님은 늘 수심에 잠겨 있었어요. 너무 집 안에만 틀어 박혀 계신다구요. 남자가 너무 집안일에 신경을 써선 안 되죠. 그건 그저 여자들하고 목사님께 맡겨 두세요. 쿵 첸 선생이 주인님의 근황을 궁금해하실 거예요. 그 새로운 물건들을 하루빨리 가게에 들여놓고 싶을 테니까요."

"자네 말이 맞네." 에즈라가 힘주어 말했다. "아침 일찍 회계 사무소에 가봐야겠어."

이제 그는 몸을 일으켜 잠옷으로 갈아입었고, 왕 마는 그릇을 내가려 했다. 문가를 나서는데 그가 왕 마를 불러 세웠다.

"네?" 그녀가 물었다.

"데이빗이 옛 선생을 계속 찾아뵐 수 있도록 해주게나."

"아무렴요." 왕 마가 붙임성 있게 대답을 한 뒤 방을 빠져나갔다.

그렇게 데이빗은 아버지의 묵인 하에 비밀스럽게 유교 선생의 댁을 계속 찾았다. 처음 선생의 댁을 찾았던 그날 랍비는 그에게 이교도들에 맞서는 예언자들의 입에 여호와가 심어준 저주의 구절을 외우도록 지시했다. 그 내용은 다음과 같다. "너는 그를 죽일 것이다. 네 손은 그를 죽음으로 이끄는 첫 번째 손이 될 것이고, 그 후로 모든 백성들의 손이 뒤따를 것이다. 또한 너는 돌을 던져 그를 죽게 할 것이다. 왜냐하면 그는 너를 너의 주님으로부터 떨어뜨리려 온갖 방법을 강구할 것이기 때문이다."

이러한 내용을 접한 데이빗은 그것이 비록 여호와의 말씀이라는 것을 알았음에도 무척이나 거부감을 느꼈다. 물론 감히 싫은 내색을 보일 수 없었기에 데이빗은 선생의 조용한 작은 집을 찾아가 나이 든 스승 곁에 함께 자리하는 것으로 위안을 삼았다. 그곳에서 그는 온순한 중국 선생이 하루 종일 읽어주는 다음과 같은 또 다른 말씀들을 들었다.

"악을 선으로 갚아주는 것이야말로 선한 인간의 증표이다. 뛰어난 인간은 자신을 탓하고, 범상한 인간은 남을 탓한다."

"우리는 인간조차 제대로 섬길 줄을 모른다. 그런 우리가 어떻게 제대로 신을 섬기는 법을 알 수 있겠는가?"

"우리의 삶을 이끌어 줄 수 있는 지침이 하나 있다. 그것은 호혜주의다. 남이 네게 하면 좋아하지 않을 일은 너 역시 남에게 하지 말지니라."

랍비가 데이빗의 영혼을 날카롭게 만들었던 반면, 이러한 말씀들이 그의 마음을 보듬어주었기에 데이빗은 그날 밤 편히 잠을 이룰 수 있었다.

왕 마와 대화를 나눈 다음 날 아침, 에즈라는 새로운 원기와 삶에 대한 열정으로 가득한 채 잠에서 깨어났다. 근사한 식사와 더불어 정감 있고 활기차게 이야기를 나누며 흥정하는 걸 좋아했던 에즈라는 쿵 첸을 석교石橋거리에 있는 찻집으로 초대해 저녁 식사를 함께 하기로 마음을 먹었다. 그곳은 장안에서 첫손가락에 꼽히는 음식점이었다. 카오 리엔도 참석을 해야 했다. 세 사람이 함께 모여 새로 시작하는 사업에 대해 이야기를 나눌 계획이었기 때문이다. 시기는 아주 좋았다. 거의 십년 가까이 기근이 없었고, 지도자도 훌륭해 세금 부담이 덜했기 때문에 사람들의 구매력이 나쁘지 않았다. 장사를 할 적기였다.

에즈라는 그날 아침 가족들 중 누구와도 마주치지 않은 채 집을 빠져나갔다. 왕 마와 왕 씨 노인이 함께 그의 시중을 들었다. 굳이 입을 열 필요가 없었다. 전날 밤 자신이 한 행동에 흡족해하던 왕 마는 시종 얼굴에 미소를 띤 채 차분한 모습이었고, 왕 씨 노인은 늘 그렇듯 주인을 즐겁게 해드리기 위해 열성적이었다. 문지기는 이미 잠에서 깨어나 청결한 모습으로 자기 자리를 지키고 있었고, 에즈라의 전용 노새 마차도 대문 밖에서 대기 중이었다. 활기 넘치는 여름 아침이었다.

거리의 사람들은 밝고, 혈색들이 좋았으며 의욕으로 넘쳐났다. 그들 사이를 지나치며 에즈라는 조상들의 그 좁다란 불모의 땅을 꿈꾸며 매달리는 것은 정말이지 바보 같은 일이라고 생각했다. 더 이상 관심을 두지 않는 게 현명한 일이라고 에즈라는 스스로에게 말했다. 팔레스타인 지역이 그저 좁고 메마른 곳이며, 지난 수백 년간 유목민과 이교도들이 점유해왔다는 걸 익히 알고 있었다. 그는 생각했다. 우리가 꼭 돌아가야만 하는 걸까? 그들이 우리가 땅을 차지하도록 순순히 허락해줄까? 이렇게 환영을 받는 곳에서 살지 않고 그리로 가려 한다는 건 미친 짓이었다!

 그는 자신에게 물었다. 이곳에서 과연 자신을 향한 사람들의 증오 같은 게 일어날 수 있을까 하고. 도저히 상상을 할 수 없었다. 지금껏 중국 땅에선 단 한 사람도 인종이 다르다는 이유로 죽임을 당한 적이 없었다. 물론 이 중국인들 역시 증오하는 사람에 대해선 무척이나 잔혹해지곤 했다. 하지만 그건 그가 저지른 행동 때문이지 인종의 차이 때문이 아니었다.

 에즈라가 어렸을 때, 포르투갈에서 온 한 사내가 거리의 성난 군중들에 의해 사지가 찢겨졌던 일이 있었고 그는 그 광경을 목격한 바 있었다. 그 사내가 한 어린 소녀의 몸에 손을 댔기 때문이었다. 그 소녀는 아버지와 함께 양배추를 팔기 위해 시골에서 막 올라온 참이었다. 에즈라는 그 광경을 보기 위해 밖으로 달려 나갔지만, 그가 볼 수 있었던 건 그저 몸뚱어리에서 떨어져 나온 그의 머리뿐이었다. 나머지 시신은 형체를 알아 볼 수 없을 정도였다. 커다란 머리엔 구불구불한 검은 머리칼이 헝클어져 있었고, 큼지막한 짙은 두 눈은 여전히 뜬 상태였으며, 한때는 붉었을 거친 입술은 덥수룩한 검은 턱수염 위로 새하얗게 변해 있었다. 하지만 사내의 죽음은 전적으로 그 자신의 탓이었으며, 그를 단죄함으로써 정의가 행해졌다는 데에 모든 이가 동의했다. 만일 그가 도시의 이방인으로서 예의바르게 행동했더라면, 모든 이들이 그를 환영했을 것이다. 물론 호기심에 그저 그를 빤히 쳐다보거나, 아마도 예사롭지 않은 털북숭이 모습에 살짝 웃음을 터뜨렸을 수도 있었겠지만 그 외에는 아무런 해도 입히지 않았을 것이다.

 에즈라는 이미 쿵 첸에게 그의 방문을 일러두었던지라, 그 중국 상인은 이미 에즈라를 맞이할 준비를 하고 있었다. 그는 자신이 업무를 보는 회계 사무소의 커다란 집무실에 앉아 있었다. 방은 최고가의 집기들로 꾸며져 있었고, 바닥에는 윤기 나는 도기 타일이 깔려 있었다. 책상과 탁자, 의자들은 품질 좋은 흑색 나무 재질이었는데, 정교하게 조각된 문양 속에는 윈난성에서 가져온 대리석이 지나치게 화려하지 않을 정도로 섬세히 박혀 있었다. 의자의 방석은 편안한 붉은 색 공단 쿠션이었고, 유리창에는 진홍색 명주실로 짠 대나무 발이 쳐져 있었다. 물론 이 모든 것들은 안락함을 위해 마련된 것이지만, 과거의 경험으로 미루어 볼 때 이 물품들은 편안함의 목적 외에도 사업상의 칼날을 감추기 위한 도구라는 것을 에즈라는 잘 알고 있었다.

에즈라가 들어서자, 쿵 첸은 자리에서 일어나 더할 나위 없이 다정하게 목례를 했다. "이게 얼마만입니까?" 그가 상냥하게 말했다. "일전에 제가 하인 한 명을 보내 선생님 댁 문지기에게 물어보라고 했었지요. 혹시 어디 편찮으신 데가 있지 않나 해서 말이죠. 하지만 폐를 끼치고 싶진 않아 그냥 돌아오라고 했습니다."

"그러셨습니까? 이거…… 제 불찰입니다. 너그러이 이해해 주십시오." 에즈라가 대답했다.

두 사람이 자리에 앉자, 하인 한 명이 문을 열고 들어와 차와 함께 최상품의 다과가 담긴 쟁반을 탁자 위에 내려놓고는 방을 빠져나갔다. 두 사람이 케익과 함께 차를 조금 마시고 난 무렵 쿵 첸이 운을 뗐다. "댁에 별고가 없으셨기를 바랄 뿐입니다."

"별고는요……." 에즈라는 그렇게 말하고는 잠시 머뭇거렸다. 이 도회적이고 훌륭한 성품을 지닌 사내에게 자신의 집에서 벌어졌던 그 일을 어떻게 설명해야 좋단 말인가? 하지만 그는 돌연 이 사내에게 자초지종을 설명해준 뒤, 그의 반응을 살펴보기로 마음먹었다. 혹시 유대인들은 자신들을 제외한 다른 모든 사람들의 눈에 문제가 있는 걸로 보이는 게 아닐까? 아마도 이 훌륭한 사내가 왜 유대인들이 그 여러 지역에서 증오의 대상이 되고 있는지, 그리고 유대인들에게 문제가 있다면 왜 여기서는 미움을 받지 않는지에 대해 설명을 해줄 수도 있지 않을까 생각했다.

에즈라가 단도직입적으로 이야기를 꺼냈다. 그것은 그가 알고 있는 유일한 화법이었다. "저기 말입니다." 그가 말했다. "한 가지 여쭤보고 싶은 게 있습니다. 하지만 제가 여쭤보려는 걸 제대로 말씀드릴 수 있을지는 잘 모르겠습니다."

"한번 말씀해보시지요." 쿵 첸이 말했다.

짙은 청색의 멋진 공단 가운 차림을 한 쿵 첸은 무척 현명하고 이해심 깊어 보이는 표정으로 앉아 있었다. 그의 미소 띤 부드러운 얼굴과 만족스런 눈빛을 대하자, 에즈라는 그에게 형제애마저 느꼈다.

"제 아버지는 이곳에 낯선 이방인으로서 이주해왔습니다." 그가 얘기를 시작했다. "저는 그 세대를 완전히 이해하지는 못하지만, 제 몸속 한 부분은 그들을 이해하죠. 아마도 우리 유대 민족의 역사에 대해 조금은 아시겠죠?"

"말씀해주시죠." 쿵 첸이 상냥하게 말했다.

"여러 민족들 가운데 우린 한 작은 민족이었습니다." 에즈라가 말했다. "우린 이집트에서 노예 생활을 했습니다."

"어떻게 노예가 된 거죠?" 쿵 첸이 물었다.

"그걸 제가 어떻게 알겠습니까?" 에즈라가 대답했다. "구전에 의하면 우리가 어찌어찌해서 여호와를 노하시게 만들었다고 하죠."

"여호와요?"

"유대인들의 신이죠."

부드러운 미소가 쿵 첸의 얼굴 위로 살짝 흐르고 지나갔지만, 그는 예를 갖춰 말했다. "유대민족의 부족신을 말씀하시는 건가요?"

에즈라가 머뭇거렸다. "제 아버지는 온 우주의 신이라고 여기셨죠. 진정한 유일신."

"우린 이곳에서 여호와라는 신을 단 한 번도 들어본 일이 없습니다."

쿵 첸이 말했다. "아무튼 계속 말씀 하시지요."

"유대 민족은 우리의 지도자들 가운데 한 사람의 통솔 아래 노예 생활에서 해방되었습니다. 그는 약속했습니다. 다시 말해, 하나님께서 약속을 하신 거죠. 만일 우리가 신에게 완벽하게 복종을 하면 우리 조상들의 땅으로 돌아가게 해주겠다고요."

"그래서 아버님께서 그곳으로 돌아가셨나요?" 쿵 첸이 관심을 기울이며 물었다.

"아뇨, 하지만 일부의 사람들은 갔습니다." 에즈라가 더듬더듬 말했다.

"그러다 어찌해서 다시 뿔뿔이 흩어지게 된 건가요?"

"우리 동포들이 신에게 복종하지 않았지요. 다른 이교도들과 섞이고 말았습니다." 에즈라는 명석하고 관대한 이 중국인에게 그 모든 것들을 이해시키는 것이 힘에 부친다는 사실을 깨달았다. 그는 갑작스레 이야기를 중단했다. 조리 있게 설명을 한다는 건 불가능한 일이었다. 이야기가 이치에 닿지 않았다.

"하지만 그 모든 것들이 선생님과 지금 무슨 관계가 있습니까?" 에즈라가 침묵하자 쿵 첸이 물었다.

"저와는 아무 관련이 없는 일이라고 말할 수도 있죠." 에즈라가 대답했다. "그런데 우리 동포들이 죽임을 당하고 있다는 충격적인 소식을 갖고 카오 리엔이 돌아왔습니다. 산악지역에서 수많은 생명이 숨을 거두었답니다."

"그곳에서 무슨 잘못을 저질렀길래 그런 건가요?"

"전혀요." 에즈라가 힘을 실어 말했다. 이 부분만큼은 확신에 차있었다.

"그럼 왜 그런 고통을 겪는 겁니까?"

"그게 바로 제가 묻고 싶은 겁니다." 에즈라가 대답했다. "이곳에 사는 우리들의 모습을 보고 판단을 내려 보십시오."

쿵 첸이 고개를 저었다. "드릴 대답이 없습니다." 그가 답했다. "그와 같은 일은 한 번도 들어본 일이 없습니다. 제가 직접 카오 리엔에게 자초지종을 물어봐야 할 것 같습니다."

에즈라가 용건을 꺼낼 좋은 기회가 찾아왔다. "마침 제가 오늘 저녁 선생님을 저녁식사에 모시려던 참이었습니다. 원하신다면 카오 리엔도 데려가겠습니다."

"호의를 베풀어 주셔서 감사합니다." 쿵 첸이 답했다.

"석교 거리에 있는 식당이 어떻겠습니까?"

"최고의 식당이죠."

"달이 떠오를 때쯤이 어떻겠습니까?" 에즈라가 다시 한 번 제안했다.

"최적의 시간이죠." 쿵 첸이 대답했다. "하지만 좀 더 호의를 베푸셔서 제가 저녁을 접대할 수 있도록 해주시기 바랍니다."

잠시 예를 갖춘 실랑이를 벌인 뒤 에즈라는 쿵 첸의 제안에 동의했다. 만찬 자리 이전에 사업 얘기를 꺼내는 것은 도리가 아닌지라 그는 조금 더 대화를 나눈 뒤 몸을 일으켰고, 인사를 한 뒤 저녁 때 다시 만날 것을 약속하며 헤어졌다.

이후 두 사람은 서로 각자의 일을 보았는데, 쿵 첸은 그가 신임하는 사무실 직원 몇 명을 불러 먼 옛날부터 시내에 거주해온 그 자그마한 유대인 집단에 대해 이런저런 질문들을 던졌다. 그들 가운데 두 사람은 자신보다 나이가 많았는데, 그 중 한 사람은 그의 아버지 때부터 일하던 사람이었다. 그는 일흔 살이 한참 넘은 나이였지만, 회사를 떠나는 걸 지독히도 싫어했기 때문에 여전히 자리를 지키고 있었다. 일에 대한 그의 사랑은 자식들 입장에선 남들 보기에 부끄러운 일이었지만, 어찌 해볼 도리가 없었다. 그래서 매일 오후 장남이 못마땅한 표정으로 침묵 속에 아버지를 회사까지 모셔왔고, 해가 지기 전에 다시 모시러 오곤 했다. 이 노인이 고집이 세긴 하였지만 자식들은 도리를 다하고 있다는 걸 보이기 위한 행동이었다.

그 노인은 성이 양씨였고 이름은 안웨이였다. 쿵 첸은 그와 대화를 나누며 유대인에 대한 정보를 얻었다.

양 안웨이는 다음과 같이 말했다. "이땅의 유대인들은 피난처 삼아 우리나라를 찾아왔다네. 특히 우리 도시는 강에서 가깝기 때문에 이주해오는 유대인의 수가 비교적 많았지. 난 아직도 우리 증조부께서 하신 말씀을 기억하네. 아주 가끔씩 한 번에 수백 명에 달하는 유대인들이 우리 도시를 찾았다는군. 그래서 도시의 원로들이 유교 사원에 모여 그렇게 많은 수의 이방인들을 받아들일지에 대해 의논을 했다지. 원로들은 이방인들의 숫자가 그렇게 많으면 이곳 현지인들까지 물들여 놓을 수 있다고 염려를 했던 게지. 하지만 그들 가운데 일부는 우리말을 구사했다고 하네. 그 이전에 무역상의 신분으로 우리나라를 다녀갔던 게지. 그들이 이렇게 얘길 했다는군. 자기네들은 다른 건 아무 것도 바라는 게 없다고. 그저 자신들의 율법과 전통을 따르며 조용히 살게만 해달라고. 자신들만의 신을 갖고 있었지만, 다른 이들에게까지 신앙을 요구하지는 않겠다고 했다지."

"그들은 왜 자신들의 조국을 떠난 건가요?" 쿵 첸이 크게 관심을 표명하며 물었다.

이에 양 안웨이가 대답했다. "그간 오랫동안 그러한 것들에 대해 생각해 본 적이 없어서 자세히는 모르지만, 내가 기억하기론 호전적이고 야만적인 나라들이 그들을 침략했기 때문이라고 알고 있네. 그들 가운데 일부는 저항을 했고, 일부는 타협을 했다고 들었네." 노인은 이 대목에서 잠시 말을 멈췄고, 고개를 저었다. "더 이상은 기억을 못하겠구먼." 그가 말했다.

"한 가지만 더 여쭙겠습니다." 쿵 첸이 고삐를 늦추지 않았다. "우리 도시로 온 사람들은 타협한 사람들입니까, 저항한 사람들입니까?"

하지만 양 안웨이는 대답을 하지 못했다. 잠시 뒤 그는 주름진 미소를 지으며 입을 열었다. "내 감히 말하자면 그들은 타협한 사람들이라네. 그들이 우리 땅에 정착한 모습을 보게나. 그리고 그들의 쓰러져가는 예배당을 보게. 신성한 날 예배를 드리러 가는 유대인은 그저 극소수에 불과하지."

"저 산맥 너머 서쪽 나라들에선 지금도 유대인들이 다시금 죽임을 당하고 있다고 합니다."

양 안웨이의 입이 벌어졌다. "왜 아직까지?" 그가 물었다.

"제가 궁금해 하는 게 바로 그 부분인데, 아무도 대답을 해주지 못하는군요." 쿵 첸이 대답했다. 그는 목소리를 가다듬고 다시금 말을 이었다. "사실 이 문제는 저와는 아무런 관련이 없습니다. 단지 셋째 딸을 에즈라 집에 시집을 보낼까 고려 중이기 때문이지요. 만일 유대인의 핏속에 뭔가 별스러운 게 흐르고 있다면 결정을 내리기 전에 더 많은 고민을 해야 하겠죠."

양 안웨이 노인이 그의 말을 주의 깊게 듣고는 단호하게 말했다. "별스러운 게 분명 있지. 물론 모든 이들이 다 그런 건 아니지만, 일부는 확실히 그렇다네. 허나 에즈라 같은 사람은 우리들과 다를 바 없지. 사실상 그는 우리 피를 가지고 있기도 하고 말이야. 하지만 나머지 사람들은 다르지."

"무엇이 다르다는 겁니까?" 쿵 첸이 물었다.

노인은 잠시 머뭇거리다가 입을 열었다. "신을 경배하는 자들은 별스러운 구석이 있고, 신을 경배하지 않는 자들은 평범하지. 이 도시에서 오래 살다보니 그걸 깨닫게 되었다네. 특별한 신을 섬기면 특별한 사람으로 변한다는 걸 말일세."

쿵 첸은 아무 말 없이 존경의 마음을 담아 노인의 말을 경청했다. 이 노인에겐 통찰력이 있었다. 주름지고, 건조 과일처럼 육신은 메말라 있었지만, 마음만은 명료했다.

"그렇다면 우리가 해야 할 일은." 쿵 첸이 이제 단호하게 운을 뗐다. "그 신으로부터 그들을 빼내오는 거로군요. 그러면 그들도 우리처럼 될 테니까요."

양 안웨이가 미소를 지으며 말을 받았다. "아니면 그들의 신을 무너뜨리든가 말일세."

"그걸 어떻게 할 수 있을까요?" 쿵 첸이 물었다. "그들의 신은 눈에 보이지 않죠. 우리 중국인들의 신들처럼 돌이나 진흙으로 되어 있지 않습니다. 그저 그들의 마음속에서 살고 있는 미묘한 신이 아닙니까?"

"그럼 그들 마음속에 있는 신을 무너뜨리면 되지." 양 안웨이가 말했다.

두 중국인이 서로를 바라보았다.

"그 신을 무너뜨리는 건 어려운 일이 아닐세." 양 안웨이가 말을 이었다. "이 에즈라란 친구에게 친절하게 대해주는 걸세. 그의 바람을 들어주고, 호의를 베풀어주고, 부유하게 되도록 도와주고, 그의 모든 두려움을 제거해주고, 우리 도시에서 누릴 수 있는 모든 즐거움을 만끽할 수 있도록 가르쳐주면서, 아무리 다른 곳에서 유대인들이 홀대를 받는다 해도 이곳에서만큼은 그와 그의 민족에게 절대 그런 일이 일어나지 않을 것이며, 중국인들로부터 우호적인 대접을 받으리라는 걸 확실히 깨닫게 해주는 거지."

"아주 지혜로운 말씀이세요!" 쿵 첸이 감탄을 하며 목소리를 높였다. "제발 우리 회사에 계속 남아주십시오."

"고맙네." 양 안웨이가 겸손하게 말했다. 그리곤 자리에서 일어나 작은 격자무늬 창 바로 곁에 놓인 자신의 책상으로 돌아갔다. 그는 그곳에서 물품 목록을 회계 장부에 옮겨 적으며 하루를 보내곤 했다. 그에겐 여러 특성들이 있었는데, 하나하나 천천히 다듬어 온 그 특성들은 더할 나위 없이 근사했다. 회사 일은 그의 특성 가운데 십분의 일 정도만 요구할 뿐이었다. 나머지 십분의 구를 가지고 그는 자신이 살아온 긴 세월 동안 겪어온 모든 것들에 대해 깊이 생각을 하곤 했다.

홀로 남은 쿵 첸은 마치 돌사자 상처럼 꿈쩍도 않고 앉아 한참동안 노인이 해준 얘기를 곰곰이 되짚어보았다. 그는 여전히 왜 유대인들이 죽임을 당했는지 알고 싶어 했다. 셋째 딸을 졸지에 과부로 만들 수도 있는 그런 집안으론 시집을 보내고 싶지 않았기 때문이다. 하지만 그것보다도 그가 더욱 궁금했던 건 과연 그 유대인들에게 증오를 받을만한 무언가가 있는가 하는 점이었다. 무언가 그가 미처 보지 못한 부분이 있는 건지 알고 싶어 했다. 그는 에즈라를 떠올려 보았지만, 그 넉넉하고, 마음씨 좋고, 영리한 상인에게서 싫어할만한 부분은 발견할 수 없었다. 굳이 꼽자면 그리 박식하지 않고 웃음소리가 지나치게 크고 거칠기는 했지만, 그것만 빼면 에즈라는 여느 중국인과 다를 바 없는 무난한 인물이었다.

하지만 에즈라가 전형적인 유대인일까? 그의 아내나 아들은 어떨까? 그 기이한 랍비는 또 어떨까? 소문에 의하면 그 늙고 눈먼 목사는 마음속에 있는 유령의 눈을 통해 바깥세상을 내다본다는 데, 그 노인과 그의 불량한 아들이 에즈라의 집에 들어와 살고 있다고 했다. 이들이 에즈라의 아들에게 어떤 영향을 미치는 것은 아닐까? 양 안웨이도 일부 유대인들은 별스럽다고 말한 바 있지 않은가?

이제 쿵 첸은 특유의 깊은 사색에 빠져들기 시작했다. 사람이 별스럽다는 것은 무슨 뜻일까? 별스러운 동물은 다른 동물들 사이에서 그 별스러움을 이유로 두려움의 대상이 되고, 미움을 받는다. 그 녀석은 따로 떨어져 나가고, 다른 다수와 분리되어 낙인이 찍히고 만다. 유대인들도 이와 같은 경우일까?

그는 딸을 에즈라의 아들과 결혼시키기 이전에 유대인 특유의 별스러움이 과연 무엇이지 먼저 알아내기로 마음을 먹었다. 그리고 데이빗과도 직접 이야기를 나눠볼 생각이었다. 그때까지는 셋째 딸을 자신의 집에 안전하게 데리고 있을 것이다. 그저 사업을 좀 더 번창하게 할 목적으로 딸을 결혼시키고 싶진 않았다.

그날 저녁 쿵 첸, 에즈라, 그리고 카오 리엔은 석교 찻집에서 만남을 가졌다. 달은 운하 위로 떠올라 있었다. 비록 물은 깨끗하지 않았지만, 고색창연한 달빛이 육중한 흰색 대리석 다리 아래로 흐르고 있는 강물을 맑고 아름답게 만들고 있었다. 찻집은 손님들로 가득 들어차서 도저히 대화를 나눌 수 있는 상황이 아니었다. 이에 쿵 첸은 가게 주인을 불러 운하가 내려다보이는 별실을 요구했다. 그러자 주인은 비어있는 별실이 없다고 말했는데, 쿵 첸이 그의 손에 돈을 좀 쥐어주자, 그는 가장 좋은 방으로 가 손님들에게 미리 예약을 해놓으신 손님들이 사정이 생겨 좀 늦게 도착했다고 핑계를 대며 그들을 바깥의 홀로 내보냈다.

그렇게 세 사람은 운하 바로 옆에 위치한 시원하고 쾌적한 소담스런 별실에 자리를 잡고 앉았다. 식탁은 창문이 활짝 열려있는 창 바로 앞에 놓여 있었고, 의자에 앉으면 가옥들 사이사이로 구불구불 이어지는 운하의 모습을 바라볼 수 있었다.

"노래하는 아가씨들을 불러드릴까요?" 가게 주인이 물어왔다. 뚱뚱한 체구의 그 주인은 땀을 뻘뻘 흘리고 숨을 헐떡이면서 여기저기를 분주하게 오갔다.

"아니오. 우린 사업상 중요한 이야기를 나눠야 해서요." 쿵 첸이 말했다. 그러나 주인의 풀죽은 모습을 보자, 그는 이 작은 별실들이 그러한 아가씨들을 부르는데 사용되는 방이라는 사실을 떠올렸고 곧이어 이렇게 말했다. "그 대신 목소리 좋은 세 명의 아가씨를 골라 창밖에서 조그만 배를 타고 노래를 하게 하세요. 그럼 이 방 안에서 접대를 받는 것과 같은 금액을 지불하도록 하겠소."

가게 주인은 쿵 첸에게 감사의 말을 전한 뒤 방을 빠져나갔다. 그리고 곧바로 웨이터가 쿵 첸이 낮에 미리 주문해놓은 요리들을 내오기 시작했다. 우선 차가운 전채 요리, 그 다음에 따뜻한 전채 요리, 그리고 중간에 달달한 쌀 요리를 내온 뒤, 이어서 고기와 야채, 그리고 마지막으로 따뜻한 밥을 내왔다.

에즈라는 음식을 무척 마음에 들어 했다. 그는 집에서는 아내의 시선 하에 음식을 세심하게 가려 먹었지만, 혼자 먹을 때는 원하는 대로 자유롭게 맘껏 배를 채웠다. 오늘 밤 그의 식욕은 최고조에 이르렀다.

신중하고 사려 깊은 쿵 첸은 식사를 시작하자마자 심각한 얘기를 바로 꺼내진 않았다. 그는 각각의 요리를 칭찬하기도 하고, 평가를 내리기도 했으며, 술에 대해 에즈라와 이야기를 나누기도 했다. 그리고 창 아래쪽으로부터 무척 감미롭고 맑은 여자들의 목소리가 들려오자, 미소 띤 얼굴로 손을 들어보였고, 세 남자는 그녀들의 노래를 감상했다.

쿵 첸은 슬쩍 슬쩍 표시 안 나게 두 사람의 표정을 살펴보았다. 에즈라의 통통하고 둥근 얼굴은 부드럽게 녹아내리는 듯했고, 두 눈은 즐거움으로 가득했으며 입가에 미소를 짓고 있었다. 하지만 카오 리엔의 기다랗고 좁은 얼굴엔 변화가 없었다. 큰 키에 마른 체구의 그는 등을 곧게 편 채 앉아있었고, 쿵 첸이 그의 접시에 담아 준 음식을 조금씩 천천히 먹었다. 그는 대화에 동참하지 않았으며, 자신이 나머지 두 사람과 동등한 위치가 아니라는 사실을 기꺼이 인정하며 가장 하석이라 할 수 있는 창의 맞은 편 자리를 차지하고 앉았다. 하지만 달빛은 그의 얼굴에 가장 명확하게 빛을 뿌리고 있었다. 쿵 첸은 웨이터에게 양초들을 별실 구석에 갖다놓으라고 지시를 내린 바 있었다. 달빛을 손상시키지 않기 위함이었다.

그렇게 코스 요리를 즐기며 쿵 첸은 솜씨 좋게 대화를 이끌어 나갔다. 운하로부터 노래 소리가 들려올 때면 조용히 음악에 귀를 기울였는데, 노래가 끝날 때마다 에즈라는 보다 더 마음을 열었고, 보다 친근함을 드러냈다. 하지만 카오 리엔은 시종 같은 모습을 유지했다.

마침내 만찬이 거의 끝나고 웨이터가 자그마한 세 개의 백랍 잔에 새로운 술을 담아 내왔을 때, 쿵 첸은 그에게 이제 노래는 그만 됐다고 말하며, 자정쯤 해서 방으로 찾아와 마지막 노래를 부르게 하라고 일렀다. 그리고 가수들에게 전해주라며 웨이터에게 추가로 돈을 쥐어주었다. 곧이어 문이 닫히자, 방 안은 조용해졌다.

쿵 첸이 곧바로 카오 리엔쪽으로 고개를 돌렸다. "여행 중에 서쪽 지방에서 전쟁을 겪으셨다고 들었습니다."

카오 리엔이 부드럽고 침착한 목소리로 지체 없이 대답했다. "전쟁은 아니고, 그저 우리 민족이 박해를 받는 걸 목격했습니다."

"왜 그런 일이 일어났는지 제게 말씀해 주실 수 있으신가요?" 쿵 첸이 물었다.

카오 리엔이 에즈라를 바라보자, 훌륭한 음식과 맛좋은 술에 마음이 훈훈해지고 고운 노래 소리에 녹아내린 그가 목소리를 높였다. "뭐든 말씀 드리게! 이 훌륭하신 중국 형제께서는 우리의 진정한 친구라네."

그러자 카오 리엔이 입을 열었다. "왜 수 백년에 걸쳐 계속해서 우리 유대 민족이 그렇게 죽임을 당하는지 저도 그 이유를 말씀드릴 수가 없습니다. 우리에겐 뭔가 별난 구석이 있는 것 같습니다."

별난 구석! 이건 바로 양 안웨이가 했던 말이었다.

"그 별난 점에 대해 설명해줄 수 있소?" 쿵 첸이 물었다.

카오 리엔이 고개를 저었다. "전 그저 일개 상인일뿐입니다. 학자가 아니죠. 제가 보기엔 우리 민족은 신을 섬기는 데 넋이 나가 있어요."

"그 신에 대해 설명을 해줄 수 있습니까?" 쿵 첸이 다시 물었다.

"전 때로 긴가민가합니다." 에즈라가 기어들었다. "우리의 신은 볼 수도 없고, 들을 수도 없고……."

"그럼 선생님은 왜 신이 존재한다고 믿으십니까?" 쿵 첸이 물었다.

"랍비가 그렇게 말하니까요." 에즈라가 맹렬하게 말했다.

"형님." 카오 리엔이 자제를 요청하며 낮은 음성으로 말했다.

이제 에즈라는 조금 취해 있었다. "여보게, 내 입을 막지 말게!" 그가 목소리를 높였다. "이분은 내 가장 친한 벗일세. 비록 중국분이긴 하지만…… 아니 중국분이기 때문에 이렇게 좋은 친구가 된 거지! 난 이 분과 있으면 기분이 좋아지고 두려움이 사라진다네." 술기운이 머리끝까지 차올랐다. "그거 아십니까? 안사람은 저를 늘 죄책감에 휩싸이게 만든답니다. 죄… 죄… 대체 이 죄란 게 뭐란 말입니까?" 에즈라가 이글이글 타오르는 눈빛으로 쿵 첸을 바라보며 물었다.

이 중국인은 부드럽게 웃으며 말했다. "우리말엔 그런 단어가 없습니다." 그가 대답했다.

카오 리엔이 말했다. "우리에게 죄를 짓는다는 건 우리의 신과 율법을 잊는 걸 뜻합니다."

"난 다른 사람들처럼 되고 싶어요!" 에즈라가 목청을 높였다. 그는 이제 울먹이기 시작했다. "난 늘 다른 사람들처럼 되고 싶었습니다. 어렸을 때 다른 녀석들이 나를 놀려댔지요. 내가 별스럽다고 말입니다. 하지만 난 별스러운 사람이 아니에요."

"저도 물론 그렇게 생각합니다." 쿵 첸이 에즈라를 다독이며 말했다. 지금 상황에서 사업 얘기를 하는 건 불가능하다는 걸 깨달은 그는 카오 리엔에게 고개를 돌렸다. "우리 에즈라씨를 위로해드리도록 하죠. 술이 한 잔 들어가면 마음속의 고민을 털어놓게 되는 법이죠. 가수들을 부르는 게 어떻겠습니까?"

"굳이 그러시지 않아도 될 듯 싶습니다." 카오 리엔이 말했다. 두 사람은 에즈라를 바라보았다. 늘 변화무쌍한 모습을 보이던 그는 이제 고개를 꾸벅이며 졸기 시작했다. 방 안에는 소파가 하나 있었기 때문에 쿵 첸과 카오 리엔은 힘을 합쳐 에즈라를 소파 위에 눕혔고, 그는 눕자마자 곧바로 잠 속으로 빠져들었다.

"자, 이제." 쿵 첸이 말했다. "우리 둘이서 얘기를 좀 나눠보도록 합시다."

"제가 말씀 드리는 게 모두 정확한 건 아닙니다." 카오 리엔이 조금은 불안해하며 말했다.

"알겠습니다." 쿵 첸이 대답했다.

조금씩 조금씩 그는 솜씨 좋게 카오 리엔과의 대화를 이끌어 나갔다. 자정이 될 무렵, 그는 카오 리엔이 목격했던 것, 그리고 유대인들이 처해있는 곤경에 대해 자세히 알 수 있었으며, 또한 에즈라 집안의 분열에 대해서도 전해 들었다. 랍비와 리아와 에즈라 부인이 한편에, 에즈라는 다른 한편에, 그리고 그 두 진영 사이에 데이빗이 결정을 내리지 못한 채 서 있었고, 그의 그림자 속에는 나약하고 쓸모없는 애런이 자리하고 있었다.

"이렇게 두 진영으로 나뉘는 건 우린 민족에겐 그리 특별한 일이 아닙니다." 카오 리엔이 생각에 잠긴 표정으로 말했다. "어디서든 그들을 만나볼 수 있죠. 서약을 한 유대인과 그저 다른 평범한 사람들처럼 살기를 원하는 유대인, 이렇게 말입니다."

"그 서약이란 건 무엇인가요?" 쿵 첸이 물었다.

"애초에 우리가 신에게 했던 서약이죠." 카오 리엔이 조금은 구슬프게 말했다. "즉 우리는 그의 백성이 되고, 그는 우리의 신이 된다는 서약입니다."

"당신은 그런 미신을 정말 믿는 거요?"

카오 리엔이 멋쩍어 하는 표정을 지어보였다. "믿기도 하고 믿지 않기도 합니다." 그가 속내를 털어놓았다. "전 율법과 예언서에 대해 교육을 받았죠. 그걸 머릿속에서 떨쳐내기란 무척 힘이 듭니다. 종종 그걸 배척하고 몇 년간 잊고 지내기도 하죠. 하지만 어느새 다시 상기하게 되죠. 유대인으로 살다가 유대인으로 죽을 수밖에 없는 운명이죠." 그가 한숨을 내쉬었다. "이제 가수들을 부르는 게 좋을 것 같습니다." 그가 불쑥 말했다. "거의 자정이 다 되었네요."

그렇게 해서 세 명의 여자 가수들이 방으로 들어왔다. 모두들 아름다운 외모에 상냥함을 겸비했고, 고객을 흥겹게 접대하는 훈련이 잘 되어 있었다. 노래가 시작되자 에즈라가 잠에서 깨어났다. 그는 팔베개를 한 자세로 가수들을 바라보며 귀를 기울였다. 한 곡을 부르고 난 뒤 여자들은 손님들이 좀 더 노래를 원하는지 궁금해하며 주춤거렸다. 이에 쿵 첸이 고개를 저었다.

"한 곡이면 됐네." 그가 웃으며 말했다. "우린 착실한 노인네들이지. 마누라가 기다리고 있는 집으로 어서 돌아가야 하거든."

그는 여자들의 작은 손바닥 위에 각각 돈을 쥐어 주었고, 그들은 미소 띤 얼굴로 방을 빠져나갔다. 에즈라도 한숨을 내쉬며 자리에서 몸을 일으켰고, 모두들 각자 집으로 향했다.

쿵 첸은 그날 밤, 그리고 몇 날 밤을 제대로 잠을 이루지 못했다. 결국 셋째 딸을 에즈라의 집으로 시집을 보내지 않기로 결심을 한 뒤, 날이 밝으면 딸의 반응을 알아보기 위해 그녀를 호출하기로 마음을 먹고 나서야 편히 잠을 이룰 수 있었다.

다음 날 아침, 식사를 마친 후 그는 하인 한 명을 보내 셋째 딸을 불렀다. 잠시 뒤 그 여자 하인은 돌아와 아가씨가 머리 손질을 끝내는 대로 찾아뵙겠다는 말을 전했다.

그리고 한두 시간 후 정오가 가까워 올 즈음에야 그녀가 추 마를 대동하고 모습을 드러냈다. 그는 이 자그마한 딸이 예쁘장하다는 사실을 알고 있었지만, 한동안 만나지 못하거나 하면 딸아이가 얼마나 미인인가 하는 것을 종종 잊곤 했다. 이제 그가 만족스러운 눈빛으로 딸을 지그시 바라보자 셋째는 비록 아버지이긴 했지만, 모든 남자들에게서 볼 수 있는 바로 그 감탄의 눈빛이었기에 부끄러운 듯 얼굴을 붉혔다.

"아버님!" 문가에 들어서며 그녀가 반갑게 소리를 높였다.

"어서 오너라, 우리 셋째 딸." 그가 말했다. 그녀는 아버지 곁에 놓인 의자에 앉았고, 추 마가 그 뒤로 가서 섰다.

그는 아버지로서 딸에게 물어볼 만한 이런저런 질문들을 던졌다. 무얼 하면서 어떻게 시간을 보냈는지, 요사이 어떤 책을 읽었는지, 자신이 마련해준 애완용 새는 잘 자라고 있는지와 같은 소소한 것들을 물었고, 입고 있는 비단옷이 아주 곱다며 칭찬을 해주기도 했다. 그녀는 미소 띤 얼굴로 때론 수줍어하며 종달새 같은 목소리로 대답을 했다. 그녀는 아이와 여인의 모습을 동시에 지니고 있었다. 딸을 바라보며 쿵 첸은 이 사랑스런 아이는 반드시 어느 곳보다도 안전하고 따뜻한 집안으로 시집을 가야만 한다고 생각했다.

그는 곧바로 본론으로 들어갔다. "애야." 그가 운을 뗐다. "이제 네 혼사 얘기를 꺼낼 때가 된 것 같구나. 네 동생 릴리도 있고 하니, 우선 너부터 약혼을 해야 하겠지. 제대로 된 아비라면 벌써 성사를 시켰어야 옳지만, 난 약혼을 미리부터 해두는 걸 싫어해서 말이다. 어린 소년이 나중에 커서 어떻게 될지 누가 알겠느냐 말이다. 그래서 소년이 아닌 남자로서의 사위를 보기 위해 네 언니들을 모두 늦게 약혼시킨 거란다. 자 이제 드디어 네 차례가 왔구나."

이 말을 듣자 쿠에일란은 얼굴을 짙게 붉히며 소매에서 손수건을 꺼내 얼굴을 가린 뒤 유모 쪽으로 머리를 기울여 아비가 못 보도록 했다. 수줍은 소녀로서는 충분히 할만한 행동이었다.

"아가씨가 부끄러워하시잖아요!" 추 마가 목소리를 높였다. "젊은 숙녀 앞에서 그런 말씀은 하시는 게 아니지요, 주인님."

"내가 좀 직선적이지." 쿵 첸이 미소 지으며 말했다. "하지만 난 내 딸들이 어떻게 느끼는지 직접 들어보고 싶다네."

그가 계속 말을 이었다. "애야, 이 아비에게 말해보렴. 어떤 남편을 찾아줬으면 좋겠는지 말이다. 웨이 집안에 근사한 청년이 하나 있다던데, 너보다 딱 한 살 많지. 괜찮은 친구라더구나."

"싫어요." 쿠에일란이 들릴 듯 말 듯하게 말했다.

"싫다고?" 쿵 첸이 짐짓 놀라는 척하며 말했다. "흠, 그럼 후 집안의 막내는 어떠냐? 미남이라고 하던데."

"아뇨, 싫어요!" 그녀가 보다 강하게 목소리를 냈다.

"이 어린 숙녀께서 아주 까다로우시구먼!" 쿵 첸이 추 마를 바라보며 탄성을 질렀다. 그리고는 조금은 무겁게 말을 이었다. "자네가 주어진 의무를 제대로 이행했기를 바라네. 셋째가 다른 청년을 만나도록 놓아두거나 한 건 아니겠지?"

그러자 쿠에일란이 갑자기 흐느끼기 시작했고, 추 마는 겁을 집어먹었다.

"허, 이게 무슨 일인가?" 쿵 첸이 짐짓 화가 난 척하며 다그쳐 물었다.

추 마가 무릎을 꿇고 머리를 바닥에 갖다 댄 뒤 허둥지둥 자초지종을 설명했다. "저도 어쩔 도리가 없었어요. 그 젊은이가 여기서 아가씨를 보았죠. 아가씨는 주인마님과 사원에 가시려던 참이었어요. 저는 아가씨가 손수건을 가져다 달라고 하셔서 잠시 자리를 비웠죠."

"바보! 손수건이 아니라 부채였어!" 쿠에일란이 흐느끼며 말했다.

"맞아요, 부채였네요." 당황한 추 마가 얼버무렸다. "그렇게 제가 없는 사이 그 에즈라 댁의 아들이 거실로 들어온 거예요."

"난 거실에 있지 않았어!" 쿠에일란이 소리쳤다.

"그럼요, 조상님들께 맹세컨대, 아가씨는 계시지 않으셨어요." 추 마가 말했다.

"일어나게." 쿵 첸이 무척 근엄하게 추 마에게 말했다. 그녀는 일어서며 눈가를 훔쳐냈다.

"어느 정도까지 일이 진척된 겐가?" 그가 재촉하듯 물었다.

"아무 일도 없었어요." 추 마가 말했다. 곧이어 쿵 첸의 매서운 눈빛이 추 마에게서 사실을 끄집어내었다. "그저 시 한두 편을 보내왔을 뿐입죠, 주인님."

그가 셋째 딸에게 시선을 돌렸다. "어떻게 네 멋대로 젊은 남자를 마음에 둘 수 있는 게냐?" 그가 다그치듯 말했다.

쿠에일란은 나름대로의 활달한 기질을 지니고 있었다. 일단은 실컷 울고 나서 성을 내는 게 그녀의 방식이었다. 이제 발을 구르며 입을 열었다. "전 뭐든 할 수 있어요!"

"너를 외국인에게 시집보낼 생각은 없다." 쿵 첸이 말했다.

"난 그 사람과 결혼할 거예요." 쿠에일란이 소리쳤다.

"오, 조용, 조용. 제발 조용히 좀 하세요, 아가씨!" 추 마가 우는 소리로 말했다. 쿵 첸이 파이프에 불을 붙였다. "넌 지금 흥분을 해서 그렇게 말을 하는 게다." 그가 딸에게 말했다. "하지만 상황을 제대로 파악하면 넌 그 집으로 시집가는 걸 원치 않을 거야. 그들은 별난 사람들이야. 우리와는 달라. 슬픔에 젖은 사람들이지. 그리고 무자비한 신을 숭배하고 말이다."

쿠에일란이 입을 내밀며 단호하게 말했다. "난 두렵지 않아요."

쿵 첸은 이 고집스런 딸에게 대꾸를 하지 않았다. 그는 자신이 알고자 했던 바를 이미 명확히 알아냈기 때문이다.

"이번 일은 이 아비 말을 따르도록 하거라." 그가 오랜 침묵 뒤에 입을 열었다. 그 사이 쿠에일란의 노여움은 두려움으로 인해 진정되었고, 추 마는 하얗게 질려 있었다.

"내가 그 젊은이를 직접 만나보기 전까지 넌 잠자코 기다리도록 해라." 그가 딸에게 말했다. "준비가 되는 대로 이 아비의 뜻을 얘기해주마." 그리곤 추 마에게 시선을 돌렸다. "그리고 자네! 만일 셋째가 내말을 거역하도록 그냥 놓아둔다면, 자네를 집에서 내쫓고 살아생전 다시는 집 안에 들여놓지 않을 것이네."

추 마가 두려움에 몸을 떨었다. "낮이고 밤이고 늘 아가씨 곁에 붙어 있겠습니다." 그녀가 약속했다. 그리고는 쿠에일란의 손을 잡고 물러갔다.

6

 에즈라의 집에서 랍비는 거의 황홀경에 가까운 기쁨을 맛보고 있었다. 결코 겉으로 표현은 하지 않았지만, 조용하고 안락한 집, 넉넉한 음식, 넓고 고요한 안마당 등이 그에게 편안하고 쾌적한 환경을 제공해준 것은 사실이었다.

 랍비가 곁에 있었기 때문에 에즈라 부인은 안식일과 축제일의 의식을 매번 꼼꼼하고 주의 깊게 챙겼다. 또한 그녀는 데이빗이 랍비의 곁에 있을 때에 맞춰 랍비를 찾아가 각각의 의식이 토라에 의거해 제대로 치러졌는지 자문을 구하곤 했다. 그녀는 여러 세대에 걸쳐 오랜 세월 이교도의 땅에서 살다보니 점차 그 종교 의식들에 무지해져 간다고 고백했다. 말하자면, 유월절과 부림제*가 중국의 봄맞이 축제와 섞이고, '첫 번째 열매' 축제일이 '여름 달' 축제일과 섞이며, 10일 간의 성스러운 속죄일이 설날 연휴와 겹쳐 성스러운 의식을 제대로 치러내지 못함에

---

* 하만의 유대인 학살 계획이 무산된 날을 기념하는 유대인의 축제일로, 이날은 모세 5경에 등장하는 종교적인 절기와는 달리 취하도록 포도주를 마시고 가면 무도회와 시가 행진 등을 즐긴다.

안타까움을 표했다. 그러니 데이빗이 그리 어렵지 않게 속죄 대신 세속적 즐거움의 세계로 탈출할 수 있는 건 당연지사였다.

랍비는 부인의 질문에 꼼꼼하고 열성적으로 대답을 해주었다. 인간의 모습을 볼 수 없는 그였기에 랍비는 그저 자신의 느낌과 열망만을 가지고 안개 속을 더듬듯 상대방을 감지했다. 하루하루가 지날수록, 그는 데이빗이 자신의 그 황홀경 속에서 함께 살아가고 있다는 느낌을 받았고, 그와 함께 신에게 보다 더 가까이 다가서고 있음을 깨달을 수 있었다. 랍비는 데이빗에게 토라의 의미를 상세히 설명해주었다. 그때마다 진실로 그는 자신의 곁에서 뭔가 강력한 것이 불타오르는 느낌을 받았고, 거의 인지할 수 없는 어떤 성스러운 존재를 느꼈다. 이것이야말로 근엄한 신의 영혼이 아니고 무엇이겠는가? 그는 데이빗에게 토라를 가르칠 때 그의 주위에 감돌던 무언가 껄끄러운 마찰의 정체를 이해하지 못했다. 알고 보니 리아와 애런이 바로 그 껄끄러움의 대상이었다. 앞을 못 보는 랍비는 다른 방식의 감지 능력을 지니고 있었다. 그들 셋이 자신 곁에 있지 않을 때면 그가 앉아 있는 방 안은 평화로웠다. 하지만 그들이 들어오면, 조용하든 소란스럽든, 평화로움은 사라졌다.

그는 자신이 여호와와 그의 말씀에서 평화로움을 기대한 일이 없음을 상기했다. "우리의 신, 여호와 앞에서 꾸벅꾸벅 졸거나 나태한 모습을 보여서는 안 되느니라." 그가 데이빗에게 말했다. "우리는 쉬지 않는 민족이다. 오, 나의 아들아! 세상 모든 사람들이 진정한 유일신 여호와를 알기 전까지 세상을 쉬지 않게끔 만드는 것이 우리의 운명이다. 우리는 하늘로 가기 전에 지상에서 잠시 머무는 체류자일 뿐이다." 그는 말을 멈추고 고개를 든 뒤 주먹 쥔 두 손을 머리 위로 들어올렸다. "들어라. 오, 이스라엘이여! 우리의 신이신 주님은 유일한 분이다!"

장님 노인의 입에서 흘러나오는 낭랑하고 친숙한 기도문이 데이빗의 영혼을 뒤흔들었다. 그는 종종 하늘과 지상 사이에서 갈등을 했고, 그의 영혼은 둘로 갈라지곤 했다. 랍비에게 대답을 하는 건 불가능했다. 그는 그저 경청할 뿐이었고, 그렇게 주의 깊게 귀를 기울임으로써 유대 민족이 품고 있는 신앙의 의미를 전달받을 수 있었다. 그는 이제 서서히 이해하기 시작했다. 그의 어머니가 축제일이나 제식일의 의식과 제식들을 꼼꼼히 챙기고, 주변의 거의 모든 유대인들이 중국 이름을 가지고 있는 상황에서도 '차오'라는 중국 이름을 받아들이길 거부하는 이유를. 이 모든 것들은 랍비의 타오르는 영혼의 외부적 발현이었다. 이 두 사람은 그들의 민족이 여호와의 선택을 받은 특별한 민족이며 이 세상에서 하늘의 뜻을 이룰 목적으로 신의 뜻에 의해 따로 구분되었다고 믿었다. 그의 어머니와 랍비는 신이 유대 민족에게 어떤 임무를 부여했음을 확신하고 있었는데, 그 임무란 모든 인간들이 유일신 여호와를 섬기는 그날까지 끊임없이 그들을 집요하게 설득하라는 성스러운 임무였다.

이제 데이빗, 리아, 그리고 애런, 이 세 사람 사이의 마찰이 문제가 되었다. 데이빗이 점차 깨달음을 얻어가면서 랍비는 부지불식간에 자신이 친아들인 애런을 소외시키고 밀쳐두었다는 사실을 깨달았다. 처음엔 아침마다 늘 애런이 방 안에 함께 있는지를 물었지만, 이젠 더 이상 묻지 않았다. 데이빗이 안으로 들어서면 그는 오직 그에게만 신경을 집중했고, 불안하게 떨리는 두 손을 뻗어 데이빗의 주먹 쥔 두 손과 그의 머리와 뺨, 그리고 이마를 더듬었다. 또한 손을 뻗으면 만질 수 있도록 데이빗을 늘 자신 곁에 앉혔다. 애런은 자신이 소외되고 있다는 걸 느끼며 점차 부루퉁해졌지만, 아버지께 감히 불평을 할 수 없던 처지였기에 그 쌓여가는 불만을 리아에게 대신 분출했다.

"누나는 나를 몰아내려고 음모를 꾸미고 있어." 두 사람만 있는 자리에서 애런이 리아를 비난했다. "아버지가 돌아가시면 랍비 자리에 나 대신 데이빗을 올려놓고 우리 유대인들의 수장으로 만들려는 게 누나의 계획이지? 하지만 결국 진짜 수장은 누나가 되겠지. 아마도 누나가 데이빗을 쥐

락펴락할 테니까 말이야. 에즈라 부인이 자기 남편한테 그러는 것처럼."

　너무도 마음씨가 곱고, 착하디착한 리아는 동생의 이 사악한 생각에 아무런 대답도 할 수 없었다. 심지어 아버지가 토라를 가르치는 동안에도 애런은 소리는 내지 않았지만 누이를 바라보며 불만을 노골적으로 드러냈다. 그럴 때마다 리아의 눈에는 눈물이 가득 고였지만, 여전히 대꾸는 하지 않았다. 애런은 나름대로 남몰래 누이를 책망한다고 했지만 데이빗의 날카로운 눈매를 벗어날 순 없었다. 데이빗은 지독히도 싫은 애런에게 더 이상 아무 관심도 갖지 않았다. 하물며 길가의 잡종견에게 쏟는 관심만큼도 보이지 않았다. 데이빗이 자신의 친구들과 어울려 즐거운 시간을 보내려 할 때, 애런이 다가와 아첨을 떨며 함께 놀아주기를 원하는 경우에도 데이빗은 그의 말을 못 들은 척, 또는 무슨 말을 하는지 이해하지 못하는 척했다. 그렇게 데이빗으로부터 퇴짜를 맞은 애런은 자부심 넘치며 자유분방한 데이빗을 철천지원수로 여기게 되었다.

　한편, 애런이 그의 누이를 남몰래 압박하는 걸 알게 된 데이빗은 어느 날 아침 리아와 마주쳤을 때 이렇게 물었다. "왜 애런이 그렇게 인상을 쓸 때 넌 울기만 하는 거야?"

　"동생이 무슨 생각을 하는지 알고 있기 때문에." 리아가 간결하게 대답했다.

　두 사람은 햇살이 내리쬐는 양지바른 곳에 서있었다. 부드러운 그녀의 피부와 반짝이는 짙은 머리칼이 데이빗의 눈에 들어왔다. 그는 복숭아 정원에서의 만남 이후로 단 한 번도 리아와의 사랑을 발전시키려 한 적이 없었다. 그날 이후 그의 마음이 날이 갈수록 혼란스러워졌기 때문이다. 오랜만에 리아와 단둘이 마주하게 된 데이빗은 그녀의 따뜻하고 정다운 눈빛에 다시금 혼란을 느끼게 되었다. 그는 애써 이러한 마음을 감추느라 더듬거리며 말을 건넸다. "도대체 애런이 무슨 생각을 하고 있는 건데?"

"부끄러워서 말 못하겠어." 리아가 솔직하게 말했다.

그렇게 마음이 혼란스러운 상황만 아니었다면 데이빗은 리아에게 자초지종을 캐물었을 것이다. 하지만 그는 애런이 리아와 자신과의 사랑에 대해 왈가왈부한 게 아닌가 걱정이 돼 더 이상 캐묻지 못했다.

"애런은 멍청이야." 그가 불쑥 말했다.

이때 애런이 대문 쪽으로 어슬렁거리며 걸어 들어왔다. 이를 본 데이빗은 안으로 향했고, 리아는 조용히 그의 뒤를 따랐다.

요즈음의 랍비는 리아마저 잊고 있었다. 매일 아침 그녀는 조용히 아버지의 거처를 찾았고, 아버지가 자신이 온 것을 모르시지나 않을까 하는 마음에 정성스런 문안인사를 올리곤 했다. 그러면 랍비는 딸의 목소리를 듣고 간신히 대답을 하는 게 고작이었다. 그의 머릿속에는 오로지 데이빗밖에 없었다. 그는 깊은 밤에도 연신 기도를 했고, 잠시 잠이 들었다가도 열병을 앓는 듯 흥분하며 깨어나곤 했다. 그는 데이빗이 스스로 신 앞에 나서기 전까지 편안히 잠을 이룰 수 없을 거라는 사실을 익히 알고 있었다. 그는 데이빗이 스스로 신 앞에 나서기를 그리도 갈망했지만, 데이빗에게 단도직입적으로 물음을 던지진 못했다. 하지만 데이빗에게 토라를 두세 시간가량 상세히 설명을 하고 나면 그 물음이 입가에 간들간들 걸리곤 했다. '데이빗, 나를 이어 랍비가 되어주겠니? 주님의 목소리를 들어보아라, 오, 나의 아들 데이빗!' 그는 데이빗에게 그 말을 하기 위해 리아와 애런을 밖으로 내보내려 한 적이 한두 번이 아니었지만, 그때마다 그는 신의 명령을 자신의 두 귀로 직접 듣기 전까지 말을 꺼내지 않기로 마음먹었다.

어느 늦여름, 신의 그 명령이 하달되기만을 기다리고 있던 어느 날, 랍비는 더 이상은 스스로를 지탱할 수 없는 단계에 이르렀음을 깨달았다. 폭풍우가 심심찮게 찾아오던 8월 어느 아침, 조용하고 후덥지근한 날이었다. 축축하고 무거운 여름 공기가 눈먼 노인의 어깨를 내리눌렀다. 그는 지나칠 정도로 불안정한 상태였다. 온몸을 떨고 있었고, 피가 너무나 빠른 속도로 혈관을 타고 흘러 현기증이 느껴질 정도였다.

데이빗은 그날 아침 일찍 혼자서 랍비의 방을 찾아왔다. 리아는 몸이 아프다는 전갈을 미리 보내왔고, 애런은 아무런 얘기도 없이 모습을 보이지 않았다. 데이빗과 단둘이 있게 되자, 랍비의 심장이 빠른 속도로 두근거렸다. 오늘이 바로 그날일까?

그는 데이빗에게 바싹 다가앉아 다정하고 주의 깊게 성서를 설명해주기 시작했다. 데이빗 역시 더운 여름 날씨를 못견뎌했다. 또한 곁에 바싹 다가와 앉아 있는 노인의 퀴퀴한 냄새를 참아내는 것도 보통 일이 아니었다. 수업이 진행됨에 따라 데이빗이 조금씩 자신으로부터 떨어져 앉으며 한숨을 내쉬는 걸 알아차린 랍비는 점차 두려움에 휩싸여갔다. 왜 주님께서 말씀을 하지 않으시는 걸까? 그는 고개를 들어 귀를 기울였지만, 대기는 침묵을 지킬 뿐이었다. 두려움에 휩싸인 랍비는 평정심을 유지하기 위해 무던히도 애를 썼다.

"내 아들아." 데이빗이 자신의 가르침에 집중을 하고 있지 않다는 사실을 감지한 랍비가 운을 뗐다. "우리 주님의 집으로 가자꾸나. 오늘은 유난히 덥구나. 예배당의 그늘진 곳이라면 여기보단 시원할 게다."

"예, 알겠습니다." 데이빗이 대답했다.

"네 팔을 잡게 해다오." 랍비가 말했다. "걸어서 가도록 하자."

예배당은 그리 멀지 않은 곳에 있었다. 유대인들의 집은 예배당 주위에 무리 지어 모여 있었기 때문에 그저 집을 나서서 거리 몇 개만 지나면 중국인들이 '제거된 힘줄'이라 하는 폭이 좁은 거리에 닿을 수 있었다. 그 길은 데이빗에겐 아주 익숙한 길이었지만, 왠지 오늘은 마치 처음 가는 길인 것처럼 낯선 기분이 들었다. 지금까지는 어머니의 명령에 따라 신나게 노는 걸 멈추고 마지못해 가는 경우가 대부분이었다. 하지만 지금은 자신의 의지에 따라 들어서고 있었던 것이다. 그랬다. 이제

신과 일대일로 만날 준비가 되었던 것이다. 그는 줄곧 결정을 미루어왔지만, 더 이상 늦출 수만은 없었다. 그는 랍비의 느린 걸음과 보조를 맞추기 위해 걷는 속도를 늦추었다. 만일 오늘 여호와의 부름이 느껴진다면, 다시 말해 주님이 자신을 택하셔서 흩어진 이 땅의 유대 민족을 결집시키라는 명령을 내리신다면, 명확하게 가부를 표명하리라 생각했다. 신의 목소리가 정말로 들린다면…… 그는 마음에서 우러나오는 대로 대답할 결심을 했다.

"모자를 썼느냐?" 랍비가 조그맣게 말했다.

"예." 데이빗이 대답했다. "매일 아침 목사님께 오기 전에 모자를 씁니다."

"알고 있다." 랍비가 말했다. "내가 왜 물었는지 모르겠구나. 신의 말씀에 충실한 너한테 말이다."

그럼에도 랍비는 손을 뻗어 데이빗의 머리 위에 있는 파란색 모자를 만져보았다.

"저를 못 믿으시는군요." 데이빗이 웃으며 말했다.

"아니다, 아니야." 랍비가 재빨리 이를 부정했다.

두 사람은 이제 예배당 앞마당으로 이어지는 대문을 통과했다. 일행이 없을 때면 랍비는 자신의 집이 있는 건물 뒤쪽 안마당으로 곧장 향하곤 했지만, 오늘은 널따란 정문으로 데이빗을 이끌었다. 그 문은 '아이'라는 유대인 성씨를 지닌 한 노인이 열어주었다. 동쪽으로 향한 문이 열리면, 바로 크고 아름다운 아치 길이 보였다. 그 너머로는 또 다른 문이 있었고, 그 뒤로는 또 다른 아치 길이 있었다. 양편으론 연꽃이 양각되어 있는 돌 받침대 위에 두 개의 석판이 놓여 있었는데, 그 석판에는 유대인들의 역사와 더불어 그들이 어떻게 자신들의 땅에서 쫓겨났는지에 대해 고대 문자로 기술되어 있었다. 그 석판 너머로는 거대한 연단이 보였고, 그 위로는 초막절*을 대비해 커다란 텐트가 쳐져 있었다. 또한 그 너머 예배당의 가장 성스럽고 깊숙한 곳에는 벧엘의 궤가 모셔져 있었다.

이 모든 것들을 데이빗은 익히 알고 있었지만, 오늘은 이 장소의 진정한 의미를 처음으로 되새기며 주위를 둘러보았다. 복잡한 이교도의 도시, 다른 신들을 섬기는 많은 신전들 사이에서 유대인 자신들의 유일신을 모시는 성스러운 예배당의 모습이었다. 예배당 안은 다른 곳에 비해 시원했다. 데이빗 역시 그 서늘한 기운을 피부로 느낄 수 있었다. 올리브 나무들이 안마당에 가지런히 심겨져 있었고, 조용한 주변 환경이 아늑한 분위기를 자아냈다. 정원엔 사람의 모습은 눈에 띄지 않았지만, 하늘나라의 고양된 기운으로 가득했다. 가장 큰 홍예문 위의 현판에는 다음과 같은 글귀가 새겨져 있었다.

'순결과 평화의 신전' 아주 적절한 문구였다.

그렇게 두 사람은 천천히 걸음을 옮겼다. 성서 구절을 중얼거리며 걷고 있던 랍비 곁을 말없이 따르던 데이빗이 거대한 석판 앞에서 멈춰 섰다.

"석판에 새겨진 글자들이 왜 히브리어가 아니라 중국 문자인가요?" 데이빗이 갑자기 물었다.

랍비가 한숨을 내쉬었다. "슬프게도 동포들이 우리 조상들의 언어를 잊어가고 있단다. 내가 죽을 때쯤 되면 주님의 말씀을 읽을 수 있는 사람이 한 명도 남아있지 않게 될지도 몰라."

그는 말을 마치고 데이빗이 뭔가 제안을 해주길 기다리고 있었다. 랍비는 데이빗이 히브리어를 가르쳐 달라고 청해오기를 매일같이 기다렸지만, 데이빗은 그러지 않았고, 지금도 마찬가지였다.

"하지만 이 석판들에 새겨진 우리 동포들의 이야기는 무척 단순하네요." 데이빗은 랍비가 바라마지 않던 대답 대신 그렇게 말했다. 그리고는 소리를 내어 그곳에 쓰여진 중국 문자를 읽었다.

---

* 이집트를 탈출한 이스라엘 사람들이 40년 동안 광야에서 장막생활을 한 것을 기념하는 유대인의 절기

"이스라엘의 종교를 새운 창시자 아브라함은 판쿠 아담의 19대손이었다."

"그것 보거라." 랍비가 말을 가로막으며 끼어들었다. "판쿠는 중국 최초의 인간이란다. 이 현판을 새긴 사람조차 그의 이름을 아담과 함께 적어 넣은 게지."

데이빗이 미소를 지으며 계속 읽어나갔다.

"하늘과 땅이 만들어진 이래, 족장들은 그들이 전해 받은 전통을 고수했다.
그들은 성상을 만들지 않았고, 신령이나 유령도 만들지 않았으며,
어떠한 미신도 믿지 않았다.
그 대신 그들은 신령이나 유령이 인간을 돕지 못함을,
그 우상들이 인간을 보호하지 못함을, 그리고 미신의 무용함을 믿었다.
그리하여 아브라함은 오직 하늘에 대해서만 묵상했다."

데이빗의 젊고 강한 목소리가 침묵 속으로 가라앉았다. 하지만 하늘에 대해 묵상하는 것은 중국 가정교사 역시 그에게 가르쳐 준 내용이 아니던가! 지난 몇 주 동안 데이빗은 그의 유교 스승을 찾지 않았는데, 마지막으로 갔을 때는 여름이 한창일 무렵의 어느 축제날 밤이었다. 하늘은 별들로 가득했다. 노인은 고개를 들어 그 별들을 바라보았다.

"우린 하늘에 대해 명상을 할 수는 있지." 선생이 조그맣게 말했다. "하지만 그것을 제대로 알 수는 없느니라."

"황하가 범람해서 예배당이 두 차례나 물에 잠겼었단다." 랍비 노인은 데이빗이 무슨 생각을 하는지 전혀 알지 못한 채 그렇게 말을 이어나갔다. "그럼에도 불구하고 이 거대한 석판들은 보존되어왔지. 우리의

주님께서 당신의 백성들의 이름이 소멸되도록 내버려두지는 않으시는 게다."

두 사람은 천천히 걸어 나갔다. 하늘이 점점 어두워졌다. 고개를 들자, 담장 위로 은색 테두리를 두른 먹구름이 데이빗의 눈에 들어왔다.

"비가 올 것 같습니다. 그러면 한결 더 쌀쌀해지겠어요." 데이빗이 말했다.

랍비는 그의 말에 관심을 두지 않았다. "나와 함께 지성소*로 가자꾸나." 랍비가 엄숙하면서도 흥분된 목소리로 말했다. "토라를 네 손에 쥐어주고 싶구나."

두 사람은 높다란 문지방을 넘어 예배당의 가장 깊숙한 곳으로 발걸음을 옮겼다. 그리고 부드러운 타일 바닥을 가로질러 궤가 놓여있는 곳으로 향했다. 그 곳엔 탁자가 하나 자리하고 있었는데, 아치 아래 놓여있던 그 탁자에는 다음의 글귀가 적혀 있었다.

하나님께 축복을.
신 중의 신, 하나님 중의 하나님.
위대하고, 강력하며, 혹독한 우리의 주님.

랍비가 이 글귀를 커다란 목소리로 소리 내어 말하자, 갑자기 마치 하늘로부터 반향이 전해지 듯 천둥이 예배당을 뒤흔들었다. 랍비가 하늘을 향해 얼굴을 치켜든 채 꼼짝 않고 서있었다. 그렇게 천둥이 치고 한참이 지난 뒤 랍비는 커튼을 젖혔고, 데이빗은 토라가 보관되어 있는 상자들을 살펴보았다. 상자들은 금박 옻칠이 되어 있었고 경첩 역시 금도금이 되어 있었는데, 각 뚜껑마다 불꽃 모양의 손잡이가 달려있었다.

---

* 신의 계약의 궤가 놓여있는 유대 신전의 가장 신성한 장소

"자, 이것이 모세의 성스러운 책들이란다." 랍비가 근엄한 목소리로 말했다. "처음 열두 권의 책은 우리 유대 민족의 각 부족들을 위한 것이고, 열세 번째 책은 모세를 위한 것이다."

그렇게 말하며 그는 열세 번째 상자를 열었다. 그리고 다른 것들과 마찬가지로 기다란 원기둥 모양의 상자를 모세의 의자라 부르는 높다란 의자에 올려놓았다. 그런 다음 원기둥을 열고 조심스레 책을 꺼냈다.

"손을 내밀거라." 랍비가 데이빗에게 말했다.

데이빗이 손을 내밀자, 랍비가 두꺼운 종이 두루마리 형태의 오래된 고서를 그 위에 올려놓았다.

"펼쳐 보거라." 랍비가 명령하자 데이빗이 책을 펼쳤다.

"읽을 수 있겠느냐?" 랍비가 물었다.

"아뇨." 데이빗이 말했다. "히브리어로 쓰여 있다는 걸 아시지 않습니까?"

"네게 히브리어를 가르쳐주마." 랍비가 공언했다. "나의 진정한 아들인 네게 우리 모국어의 신비를 가르쳐주마. 그 언어를 통해 주님께서 모세에게 율법을 전수하셨고, 우리의 조상인 모세는 산에서 그 하나님의 말씀을 가지고 내려와 계곡에서 기다리고 있던 우리 동포들에게 전해 주었단다."

다시금 천둥이 예배당을 감싸며 울려 퍼졌고, 랍비는 머리를 숙였다. 잠시 후 주위가 조용해지자 그가 입을 열었다. "우리 동포들에게 그 율법의 언어로 말을 전할 사람이 바로 너다. 제2의 모세, 오 나의 아들."

이어 랍비는 머리를 들고 손을 머리 위로 뻗치고는, 교회에서 유대인들이 예배를 볼 때 사용하는 경구를 크게 소리 내어 외쳤다.

"들어라, 오 이스라엘이여! 주님은 우리의 신, 주님은 오직 한 분!"

랍비는 우렁찬 목소리로 '한 분'이란 말을 길게 이었고, 다시금 천둥이 으르렁거렸다.

랍비의 목소리에 메아리치듯 울리는 이 천둥소리가 에즈라의 아들인 데이빗의 영혼을 확실히 봉인하는 듯했다. 그의 영혼은 전율했고, 데이빗은 그 폭풍 속에서 하느님의 잔잔한 음성이 새어나오길 기다렸다. 하지만 그런 와중에서도 그의 두 눈은 한 작은 현판에 새겨진 비문에 머물렀다. 현판들에는 그러한 비문들이 수없이 많았다. 유대인들은 예배당 내에 자신들의 흔적이 수백 년간 남아있기를 바라며 이 현판들을 기증한 것이다. 데이빗의 시선이 닿은 이 현판은 다른 것들과 비교해 크기도 작았고, 별다른 장식이 없는 그저 먼지 낀 대리석 조각에 불과했다. 하지만 이제는 잊혀진, 이 세상 사람이 아닌 어느 유대인이 자신의 분신 같은 글귀를 그 위에 새겨놓았고, 데이빗은 그 문구를 바라보았다.

예배는 하늘에 영광을 돌리는 것이며, 정의는 조상들의 본을 따르는 것이다.
그러나 인간의 정신은 늘 예배나 정의에 앞서 존재해왔다.

이 짓궂은 마지막 글귀가 데이빗의 영혼을 흔들어놓았다. 마치 이 신성한 곳에서 웃음소리를 듣기라도 한 듯한 느낌이었다. 불경한 중국인의 피가 심하게 섞인 어느 유대계 노인이 그 글귀를 쓴 뒤 석판 위에 새기도록 하고, 예배당 안에 모셔두었으리라!

데이빗이 크게 소리 내어 웃었다. 도저히 참을 수가 없었다.

데이빗의 웃음소리를 들은 랍비가 크게 충격을 받았다. "왜 웃느냐?" 그가 다그쳐 물었다. 무척 날카로운 목소리였다.

"예, 목사님." 데이빗이 솔직하게 대답했다. "뭔가를 보았는데, 웃음을 참을 수가 없었습니다."

"토라를 이리 다시 주거라!" 랍비가 성을 내며 말했다.

"용서해주세요." 데이빗이 말했다.

"주님께서 널 용서해주실 게다!" 랍비가 쏘아 붙였다. 그는 데이빗의 손에서 토라를 받아들어 상자 안에 넣고는 궤 속의 원래 자리로 다시 모셔 두었다. 랍비는 혼란스러웠고, 상처를 받았다. 무아경은 완전히 사라지고, 대신 현기증이 그를 사로잡았다. 그가 의자에 의지하며 몸을 지탱했다.

"그만 가보거라." 랍비가 데이빗에게 짧게 말했다. "난 잠시 기도를 좀 해야겠다."

"곁에서 기다릴까요?" 데이빗이 부끄럽기는 했지만, 여전히 미소 띤 얼굴로 물었다.

"아니다. 나 혼자서도 괜찮다." 랍비가 무척 엄한 음성과 표정으로 말하자, 데이빗은 곧 물러났다.

맑고 시원한 바람 한줄기가 예배당 안으로 불어 들어왔고, 밖으로 나서던 데이빗은 크게 숨을 들이마셨다. 그는 갑작스런 대기의 변화와 더불어 자신 내부의 변화에 어리벙벙해져 무슨 일이 있었는지 제대로 알아차리지 못할 정도였다.

'인간의 정신은 늘 예배나 정의에 앞서 존재해왔다.'

인간의 정신, 그건 바로 자신의 마음이었다! 그는 예배당 정문의 계단 꼭대기에 서있었다. 지난 며칠 동안 팽팽히 긴장되고 고양되었던 영혼이 갑자기 투석기에서 발사된 돌처럼 자유로워졌다. 폭풍이 도시를 훑고 지나가자 대기는 시원하고 밝아졌으며, 젖은 지붕들과 거리의 돌길 위로 햇살이 내려앉았다. 사람들은 밝고, 쾌활하고, 분주해 보였다.

그렇게 폭풍이 지나간 뒤 태양이 거리로 쏟아지고 있을 무렵, 데이빗은 우연히 쿵 첸과 마주쳤다. 그는 늘 그렇듯 오전 시간의 차를 즐기기 위해 찻집에 들렀다가, 비가 오는 바람에 그곳에 좀 더 머물렀던 것이다. 그는 젖은 자갈길을 걸어 자신의 회계 사무실로 향하고 있던 중이었다.

그는 예의 차분한 모습이었고, 만족스런 표정이었다. 맑게 갠 대기

속에서 그의 크림색 실크 여름 가운은 밝게 빛이 났고, 검은색 실크 신발은 티 하나 없이 깨끗했다. 가운의 깃에 검은색 부채를 접어 가지고 다니던 그는 머리 앞부분은 박박 밀었고, 그 뒤로 검은 머리칼을 단정하게 빗어 내려 땋았으며, 그 끝엔 장식 술이 달린 검은색 실크 끈을 달았다. 같은 연배에 그만큼 잘생기고 근사한 외모를 지닌 남자를 장안에서 찾아보기란 쉽지 않았다. 데이빗을 발견한 그가 걸음을 멈추고 말을 건넸다.

"아버지께선 지금 어디 계신가?" 쿵 첸이 물었다.

"오늘 오전 중엔 아버님을 뵙지 못했습니다." 데이빗이 대답했다. 그리고는 계단을 달려 내려가, 마치 어린아이가 웃음기 있는 쾌활한 성인에게 끌리는 것처럼, 자신도 모르는 사이 쿵 첸 곁으로 다가갔다. 실제로 이 당당하면서도 상냥한 사내 앞에서 젊은이답게, 더 나아가 어린아이처럼 행동을 하는 것은 자못 위안이 되는 일이었다. 요사이 랍비와 무척 가까이 지내온 터라 데이빗은 자신이 감당해낼 수 있는 한계 이상으로 몸과 마음이 긴장된 상태였다.

"예배를 드리고 나오는 길인가?" 쿵 첸이 마치 극장에 갔다 오는 길인가 하고 묻는 것과 별반 차이 없는 음색으로 물었다.

"목사님께 가르침을 받았습니다." 데이빗이 대답했다.

쿵 첸이 잠시 머뭇거렸다. 그리고는 호기심 어린 목소리로 말했다. "난 자네 유대민족의 신전에 늘 한번 들어가 보고 싶었다네. 아마도 외부인을 들여보내지는 않겠지."

"못 들어갈 이유가 어디 있겠습니까?" 데이빗이 대답했다. "원하신다면 지금 한번 들어가 보시죠."

데이빗은 다시 예배당으로 돌아가고 싶은 마음은 없었지만, 쿵 첸과 더 함께 있을 수 있는 구실이 생겨 기쁜 마음이었다. 이제 조금은 자랑스러운 기분으로 쿵 첸을 이끌고 다시금 계단을 올랐고, 나이든 문지기가 의심스런 표정으로 커다란 출입문을 연 뒤 두 사람을 들여보냈다.

예배당은 이제 확연히 다른 모습이었다! 눈부신 하늘에서 햇살이 쏟아져 내리고 있었고, 쿵 첸은 두려움이나 경외감 같은 건 느끼지 않은 채 그저 예의만 갖출 따름이었다. 그는 생기 넘치는 눈빛으로 사방을 둘러보았고, 크고 흥겨운 목소리로 비문들을 읽어 내렸다. 모두 공감이 가는 글귀들이었다.

그 가운데 세로로 세워진 석판의 문구는 다음과 같았다. 쿵 첸이 소리 내어 읽었다.

> 하늘과 땅, 임금, 부모, 그리고 스승에게 경의를 표하는 자는
> 이성과 미덕의 정도正道에서 크게 벗어나지 않은 사람이다.
>
> 고개를 들고 하늘이 창조한 모든 것들을 묵상하노라면,
> 나는 외경심을 느끼지 않을 수 없다.
>
> 고개를 숙이고 우리의 영원하신 주님을 경배하노라면,
> 내 마음과 몸은 순수해지지 않을 수 없다.

이 경구들은 예배당 전면 대大현관 중앙문 기둥들에 걸려있었고, 쿵 첸은 이 문구들을 아주 높이 평가했다. 그는 데이빗을 바라보며 놀라움과 즐거움이 담긴 목소리로 말했다. "자네 민족과 우리 민족이 동일한 교리를 신봉하는 것 같군! 우리 사이에 과연 무슨 차이가 있겠는가?"

데이빗이 채 대답을 하기도 전에 쿵 첸이 또 다른 문구를 소리 내어 읽었다.

> 우리의 신앙이 확립된 그 아브라함의 시대로부터,

우리 중국 유대인들은 우리 여호와를 널리 알려왔다.
그리고 그에 대한 응답으로
우리는 유교와 부처와 타오에 대해 알게 되었다.

쿵 첸은 동의의 뜻으로 자신의 매끄러운 커다란 머리를 흔들었다. 그리고는 현판 앞을 하나하나 옮겨 다니며 새로운 글귀들에 더욱 더 공감을 표했다. 하지만 무엇보다 그가 가장 마음에 들어 한 것은 다음의 글귀였다.

거대한 공허감 앞에서, 우리는 향을 피운다.
이름과 형태를 완전히 망각한 채.

예배당 안을 나란히 함께 걷던 데이빗과 쿵 첸은 각자의 생각에 흠뻑 빠져있었다. 쿵 첸은 현인들의 그것과 거의 비슷한 교리를 가진 종교를 믿는 집안에 자신의 딸을 주는 것을 조금도 두려워 할 필요가 없다고 스스로에게 타일렀다. 한편, 데이빗은 카오 리엔이 서방에서 돌아온 이래 자신을 내리눌렀던 그 중압감이 그럭저럭 사라졌음을 느꼈다. 쿵 첸의 존재가 데이빗의 기운을 북돋워주었고, 정신을 맑게 만들어주었으며, 영혼을 옥죄던 끈들은 느슨하게 해주었다. 이 훌륭한 사내가 전적으로 틀렸다고 할 수만은 없고, 랍비 역시 전적으로 옳다고만 장담할 수는 없는 것이었다. 그렇게 희망과 위안의 작은 섬광들이 데이빗에게 살금살금 스며들자, 지난 얼마간 즐거움을 멀리한 채 지내온 데이빗은 다시금 그것을 갈구하기 시작했다. 그는 문득 비가 내려 말끔해진 햇살 밝은 거리로 나가 이전처럼 느긋하게 이리저리 발걸음을 옮기고 싶은 강한 충동에 사로잡혔다. 데이빗은 자신이 마치 한동안 어둠의 땅으로 여행을 하다가, 이제 다시 고향으로 돌아온 듯한 느낌이 들었다. 그리고 자신 곁에 있는 이 넉넉하고, 상냥하고, 여유롭게 몸을 움직이는 쿵 첸이 그러한 기분을 되찾을 수 있게 만든 장본인이라는 사실을 깨달았다.

그렇게 계속 걸음을 옮기면서 쿵 첸은 눈에 보이는 모든 것들을 감탄 어린 시선으로 대했다. 석조 기념비, 기념 아치길, 앞마당에 놓인 거대한 연꽃 모양의 돌로 만든 사발, 목욕탕, 도살장 등을 둘러보았다. 이 가운데 쿵 첸은 마지막 두 장소에 대해 데이빗에게 질문을 던졌는데, 왜 성전 안에 이러한 시설들이 있어야 하는지 궁금해했다. 데이빗이 유대인들은 의식을 치르기 전에 몸을 깨끗이 해야 한다고 믿기 때문이라고 설명하자, 쿵 첸은 머리를 끄덕이며 동감을 했지만, 데이빗이 희생양을 바칠 때 동물의 힘줄을 뽑는 것이 제식의 일부라고 얘기해주었을 때는 쉽사리 수긍을 하지 못하며 그 이유를 물었다. 결국 데이빗이 천사와 씨름을 한 야곱의 이야기를 들려주자, 그는 믿을 수 없다는 표정으로 미소를 지어보이며 이렇게 말했다. "예배를 위해서 생명을 취한다는 건 난 개인적으론 반대일세." 그리고 나서 크게 웃음을 터뜨렸다. "지금은 비록 이렇게 말을 하지만, 나 역시 눈앞에 맛 좋은 돼지고기 요리가 놓여 있다면 누구보다 정신없이 먹어대겠지! 우린 그저 인간일 뿐이니 말일세."

순간, 데이빗은 혹시 랍비가 아직까지 예배당 안쪽에 머물고 있지나 않나 걱정이 되었다. 만일 그가 아직 남아 있다면, 그래서 자신이 낯선 중국인과 함께 신전에 돌아온 것을 보고 노여워하지나 않을까 염려가 되었다. 데이빗은 천천히 걸음을 옮겼고, 기회가 있을 때마다 시간을 끌었다. 하지만 결국 지성소 문 앞에 도착했고, 그곳엔 아니나 다를까 랍비가 여전히 궤 앞에서 기도를 드리고 있었다. 바로 이 순간 데이빗은 부끄럽게도 랍비가 장님이라는 사실이 다행스럽게 여겨졌다. 고개를 든다 해도 아무 것도 못 볼 테니 말이다. 쿵 첸은 문지방에서 발걸음을 멈추고 데이빗을 바라보았다.

"자네 스승님이시로군!" 그가 속삭였다.

"예, 기도를 하고 계시네요." 데이빗이 역시 작은 목소리로 대답했다.

두 사람이 발길을 돌리려 하는 순간 랍비가 고개를 들었다. 청각이 예민했던 그가 발소리와 함께 나지막이 속삭이는 목소리를 들었던 것이다.

"데이빗, 내 아들." 랍비가 큰 목소리로 말했다. "돌아왔구나!"

데이빗이 떠난 뒤 성을 냈던 걸 후회했던 랍비는 여호와 앞에 서서 데이빗이 돌아오게끔 해달라며 기도를 하던 차였고, 이제 그 기도가 응답을 받았다고 생각을 한 것이었다. 그는 문가로 가 손을 내밀었다. 데이빗은 뒤로 물러서려 했지만, 정이 넘치는 쿵 첸이 가만있질 못하고 앞으로 나섰다.

"조심하십시오. 선생님." 쿵 첸이 염려가 되는 듯 말했다.

랍비는 걸음을 멈추었고, 두 손을 내렸다. "여기 데이빗 말고 또 누가 있는 거지?" 그가 다그쳐 물었다.

전혀 거리낌이 없었던 쿵 첸이 곧바로 대답했다. "전 쿵 첸이라고 합니다. 상인이죠. 예배당 문 앞에서 제 친구인 에즈라의 아들을 만났습니다. 그리고 호기심에 이 친구한테 신전 안으로 데려가 달라고 부탁을 했죠."

이 말을 들은 랍비가 갑자기 분노에 휩싸였다. 곧 데이빗에게 크게 성을 내며 소리쳤다. "어떻게 이방인을 이리로 데려올 수 있느냐?"

쿵 첸으로선 그저 나이든 목사의 맹목적 편견이려니 여기며 넘길 수도 있었지만, 데이빗을 변호해줘야겠다는 생각에 붙임성 있는 음성으로 다음과 같이 설명했다. "진정하세요. 스승님. 이 친구가 저를 이곳으로 데려온 게 아닙니다. 탓하시려거든 저를 탓하십시오."

"당신은 아담의 자손이지만," 랍비가 근엄하게 말했다. "이 아이는 신의 아들이오. 그래서 이 아이를 탓하는 것이오."

쿵 첸은 몹시 놀라는 표정이었다. "저는 아담의 자손이 아닙니다." 그가 단호하게 말했다. "저희 조상 중에는 그런 이름을 가진 분이 안 계

225

십니다."

"이교도 인들은 모두 아담의 자손들이외다." 랍비 노인이 공언했다.

이제 쿵 첸 역시 마음 깊은 곳에서 노여움이 일어났다. "저는 제가 알지도 못하는 사람의 자식이란 소리를 듣고 싶지는 않습니다." 그가 단언했다. 그의 목소리는 의외로 부드러웠는데, 훌륭한 인간이라면 화를 밖으로 직접적으로 드러내는 건 적절치 않다고 판단했기 때문이다. 더구나 상대가 노인이라면 더욱 그러했다. 하지만 그 역시 분노를 잠재우기 힘들었고, 말을 이어가면서 그 분노를 감쪽같이 숨기기란 여의치 않았다. "더욱이 저는 자기 자신, 그리고 자신의 민족만이 신의 자식들이라고 주장하는 것 또한 듣고 싶지 않습니다. 정 원하신다면, 목사님의 민족이 섬기는 신의 자식들이라고 하십시오. 세상엔 다른 여러 신들이 많이 있습니다."

"세상에는 오직 하나의 진정한 신이 있고, 그의 이름은 여호와라고 하오." 랍비가 몸을 부르르 떨며 공언했다.

"이 도시에 사는 마호메트의 추종자들 또한 그렇게 말을 하지요." 쿵 첸이 진중하게 말했다. "하지만 그들 신의 이름은 알라입니다. 목사님의 여호와와 같은 신입니까?"

"우리의 신 이외에 다른 신은 없소." 랍비가 날카로운 목소리로 쿵 첸의 말을 부정했다. "여호와만이 진정한 유일신이오!"

쿵 첸은 잠시 랍비를 지그시 바라보더니 이어 데이빗 쪽으로 고개를 돌렸다. "자네 스승님께선 제정신이 아닌 것 같군." 그가 넌지시 말했다. "참 딱한 일일세. 사람이 너무 지나치게 신이나 신령, 유령 같은 상상 속의 존재들에 집착하면 이런 일이 일어나곤 하지. 우리가 살고 있는 이 땅 너머의 일조차 우리가 알 수 없는데 말이야."

하지만 랍비는 쿵 첸의 동정을 받아들이지 않았다. "이 땅 너머의 일을 우리는 알 수 있소!" 그가 크고 근엄한 목소리로 말했다. "그런 이유로 신께서 우리 민족을 선택하셨고, 그래서 우리는 끊임없이 모든 인간들에게 그분의 존재를 일깨워야 하는 것이오."

모든 노여움이 사그러든 쿵 첸이 더할 나위 없이 상냥한 목소리로 얘기했다. "신은 ― 만일 신이란 게 존재한다면 말입니다. ― 그 분은 어떤 특정한 사람, 특정한 민족을 선택하지는 않을 것입니다. 하늘 아래 우린 모두 한 가족이니까요."

이 말을 들은 랍비는 도저히 감내해낼 수가 없었다. 그는 머리를 들고 자신의 신에게 기도를 올렸다. "오, 신이시여, 이 이교도인의 신성모독을 들어보소서!"

두 연장자가 논쟁을 벌이는 동안 데이빗은 아무 말 없이 두 손을 모은 채 머리를 숙이고 서있었다. 그의 영혼은 이 두 남자의 사이에 걸려있었다.

쿵 첸이 데이빗을 바라보았다. "자네 스승님이 기도를 하실 수 있도록 자리를 비켜드리겠네. 그렇게 해서 마음의 안정을 찾으실 수 있다면 말일세. 하지만, 난 어떠한 신도 믿지 않네. 그러기에 어떠한 신도 내게 해를 입힐 수 없지…… 자, 이제 나는 그만 가보겠네."

쿵 첸은 위엄 있는 모습으로 문가로 움직였고, 정문이 있는 동쪽으로 향했다. 데이빗은 연민과 수치심 사이에서 갈등을 하다가 이내 쿵 첸에게 달려가 문 앞에서 그와 대면했다.

"죄송합니다. 부디 용서하세요." 그가 말했다.

쿵 첸이 온화한 얼굴로 데이빗을 바라보았다. 더 이상 노여움의 흔적을 찾아볼 수 없었다. 그가 무척 진지하게 다음과 같이 말했다. "전혀 유감스럽게 생각하지 않으니 내게 용서를 구할 일은 없네. 다만 자네를 위해서 한 가지 일러두지. 자신들만이 신의 자손이라고 선언하는 자들을 좋아하는 사람은 세상에 아무도 없다네."

이렇게 말한 뒤 쿵 첸은 제 갈 길을 갔다. 데이빗은 문지방에서 망설였다. 쿵 첸의 말이 머릿속에 아로새겨졌다. 그는 랍비에게 돌아가고 싶지는 않았지만, 찰나적 쾌락에 대한 욕구 역시 말끔히 사라지고 없었다. 오랜 세월을 거치며 축적된 유대민족의 무게감이 그의 어깨를 다시 내리눌렀다.

목이 메어오는 게 느껴진 데이빗은 예배당 안으로 발걸음을 옮겼고, 아치길에 몸을 숨긴 뒤 목 놓아 울었다.

그 후덥지근한 여름날 아침, 랍비와 함께 외출을 하는 데이빗을 본 피오니는 창가로 달려가 리아도 동행하는지를 살펴보았다. 하지만 리아는 자신의 처소에 앉아 자수를 놓고 있었고, 피오니는 예의 그렇듯 아무에게도 눈에 띄지 않은 채 제자리로 돌아왔다. 오후가 되어 데이빗이 귀가했을 때 피오니는 그를 찾아가 뭐 필요한 게 없는지 물었고, 데이빗은 그저 혼자 있고 싶은 마음에 아무런 분부도 내리지 않고 피오니를 돌려보냈다.

이 집안의 모든 사람들이 혼자 있고 싶어 한다는 생각에 피오니는 살짝 노여움을 품었다. 문득 조바심이 느껴지기도 했다. 데이빗에게 시를 건네준 이후로 아무런 답변도 듣지 못했기 때문이다. 피오니가 알고 있는 건 쿠에이란이 쓴 것으로 되어있는 시가 데이빗의 책상 서랍 안에 있다는 사실 뿐이었다. 데이빗이 자리를 비울 때면 그녀는 매일 같이 서랍을 열어보고, 비취로 만든 문진 아래 그것이 놓여있음을 확인했다. 그녀는 그저 하루하루 기다릴 뿐이었다.

피오니에겐 특별한 손재주가 있었다. 그녀의 부드러운 손길이 닿으면 몸, 또는 마음의 고통이 가라앉았다. 왕 마가 이 기술을 가르쳐 주었는데, 그녀는 피오니에게 몸이 고통을 느끼는 지점들, 그리고 신경과 혈관들이 지나는 길들을 가르쳤다. 때때로 피오니는 에즈라 부인이나 데이빗이 통증을 느낄 때 안마를 해주곤 했다. 그러던 어느 무더운 날, 의외로 에즈라가 피오니를 부르더니 관자놀이 부근을 지압해주고, 발마사지를 해줄 것을 부탁했다. 이 풍채 좋고 원기왕성한 집주인이 어디가 아프다고 말한 적은 이제까지 단 한 차례도 없었다. 그러나 오늘 밤 그녀는 그의 방으로 가 에즈라의 뒤로 가서 마사지를 하기 시작했고, 그의 관자놀이에 피가 뭉쳐 있으며, 두개골 근처에 고통을 유발하는 단단한 결절이 있음을 손끝으로 느낄 수 있었다.

"걱정거리가 있으신 거 같아요." 피오니가 작은 목소리로 말했다. 그녀는 몸의 고통뿐만 아니라 마음의 통증 또한 감지할 수 있었다.

"그래, 근심거리가 있단다." 에즈라가 대답했다. 그는 머리를 뒤로 젖히고 눈을 감은 뒤 피오니에게 몸을 맡겼다.

두 사람은 한동안 말이 없었다. 피오니는 머리의 신경들을 어루만지고, 혈관들을 지압하며 뭉쳐있던 피가 풀어지게끔 했다.

에즈라가 갑자기 입을 열었다. "네 손에는 부드러우면서도 강한 힘이 있구나! 그러한 재주를 누가 가르쳐 준 게냐?"

"왕 마 아주머니한테 배우기도 했고, 저 스스로 터득하기도 했습니다." 피오니가 대답했다.

"혼자서 어떻게 깨우쳤느냐?" 에즈라가 물었다. 그는 여전히 눈을 감고 있었지만, 입가엔 살짝 미소가 감돌았다.

"저도 가끔씩 우울해질 때가 있거든요." 그녀가 작지만 쾌활한 목소리로 말했다.

"뭐라구?" 에즈라가 가볍게 말을 받았다. "모두들 네게 다정하게 대해주는 이 집에서 우울해진단 말이냐?"

"물론 모두들 다정하게 대해주시죠." 그녀가 동의했다. "하지만 전 제가 이 집에 속해있지 않다는 사실을 누구보다 잘 알고 있어요. 전 여기서 태어나지도 않았고, 혈통도 다르잖아요."

"하지만 난 너를 사오지 않았니?" 에즈라가 부드럽게 말했다. "예, 돈을 치르고 저를 데려오셨죠." 그녀가 대답했다. "하지만 그렇다고 제가 주인님의 것이라고 할 수는 없어요. 돈을 아무리 치러도 사람 전체를 송두리째 살 수는 없죠."

피오니가 그의 목 부근의 억센 근육들을 어루만지고 있는 사이, 에즈라는 그녀가 한 말에 대해 곰곰이 생각하는 것처럼 보였다. 잠시 뒤 피오니는 허리를 굽히고 그의 신발을 벗긴 뒤 발을 마사지하기 시작했다. 피오니가 손을 놀리고 있는 동안 에즈라는 사뭇 가뿐해진 기분으로 상체를 일으키고는 말을 건넸다. "넌 내 친딸이나 다름없단다. 보거라, 만일 그렇지 않다면 내가 너한테 발마사지를 해달라고 할 수 있겠느냐? 물론 너희 나라 사람들은 이상하게 여길지도 모르겠다. 하지만 우리나라에선 딸에게 이런 것들을 시키곤 한단다. 인도에서도 마찬가지지. 대상과 함께 인도를 지날 때 발마사지 하는 걸 본 적이 있거든."

"발은 몸의 짐을 지고, 마음은 영혼의 짐을 지죠." 피오니가 상냥하게 말했다. "사람들이 어떻게 말하건 상관없어요. 그저 외국의 풍습일 뿐인데요. 아시잖아요, 우리나라 사람들이 친절하다는 거요. 중국인들은 모든 걸 받아들이죠."

"알고 있다." 에즈라가 말했다. "세상에서 가장 다정한 사람들이지. 우리 민족에겐 최고로 잘해주고 말이야."

그렇게 말하고 에즈라는 깊게 한숨을 쉬었다. 피오니는 그가 무슨 생각을 하고 있는지 알았지만, 짐짓 모른 체하며 그에게 물었다. "왜 한숨을 쉬세요, 주인님?"

"무엇이 옳은 건지 몰라서 그런단다." 에즈라가 대답했다.

피오니가 살짝 웃으며 말했다. "주인님은 늘 옳고 그름에 대해 말씀하시네요."

에즈라의 발바닥은 딱딱하고 큼지막했지만 그런대로 유연한 편이었다. 피오니는 발바닥을 지압하는 손길을 늦추지 않은 상태로 특유의 쾌활함을 담아 말을 이었다. "기쁨을 주는 게 옳은 것이고, 괴로움을 주는 게 그릇된 것 아닐까요?"

"넌 하늘과 땅 사이에서 갈등을 겪지 않기에 그런 말을 할 수 있는 거란다." 그가 말했다.

"예, 저는 땅에 속해있죠." 그녀가 간단하게 대답했다.

"아, 하지만 우리는 하늘에 속해있지." 그가 말을 받았다.

마사지를 모두 마친 피오니가 에즈라의 발에 다시 신발을 신겨주며 자신의 생각을 내비쳤다. "주인님과 저는 지금 하늘과 땅에 대한 이야기를 나누고 있지만, 머릿속에선 다른 생각을 하고 있는 것 같아요."

"그게 뭐지?" 에즈라가 알면서도 그렇게 물었다.

피오니가 에즈라를 올려다보며 부드럽게 대답했다. "아드님 생각이죠."

"너도 데이빗 생각을 했구나." 에즈라가 말했다.

"전 늘 아드님 생각을 해요." 무릎을 꿇은 자세로 그를 바라보고 있던 피오니는 모든 걸 이야기해야겠다고 마음을 먹었다. "조금 뚱딴지처럼 들리실 수도 있지만, 주인님, 전 아드님을 사랑해요." 피오니가 군더더기 없이 말했다.

"물론 데이빗을 사랑하겠지." 에즈라가 특유의 푸근한 음성으로 대답했다. "너희 둘은 친남매처럼 자랐으니까."

"예, 하지만 아드님과 저는 남매가 아니죠. 저는 아드님을 남매로서 사랑하는 게 아니에요."

피오니의 용기있는 고백에 에즈라의 표정이 불편해졌다. 하지만 생각을 조금만 해본다면 이 젊고, 상냥하고, 어여쁜 처녀가 사랑을 느끼지 않은 채 데이빗의 시중을 든다는 게 결코 쉬운 일은 아니었을 것이다.

에즈라는 자신이 왕 마에게 연정을 품었던 아스라한 젊은 시절을 떠올렸다. 왕 마는 이미 오랫동안 그저 시중드는 아낙, 그 이상도 그 이하도 아니었기 때문에 옛날 기억을 떠올리자 그의 얼굴이 붉어졌다. 에즈라는 두 사람 다 열여섯 살이던 그 무렵을 생생히 기억할 수 있었다. 당시 그는 아버지에게 다른 여자는 전혀 눈에 들어오지 않는다고 말했을 정도로 왕 마는 아름다웠다. 비취 꽃이 그녀의 이름이었다. 비취 꽃! 이 이름을 떠올리자 이미 오래 전에 자취를 감췄던 무언가가 가슴 깊은 곳에서 다시금 되살아나기 시작했다. 젊은 시절의 왕 마는 피오니보다 더 예뻤고, 피부도 더욱 보드라웠으며, 체형도 더 컸고, 코는 오똑했으며, 입술 역시 더 고왔다.

에즈라의 아버지가 웃음을 터뜨리며 큰소리로 말했다. "하지만 그 애는 하녀일 뿐이야!" 이어 그의 아버지가 고함을 내질렀다. "내 아들을 하녀한테 장가보낼 순 없다!"

"저와 결혼을 하면 더 이상 하녀가 아니지 않습니까?" 젊은 에즈라가 흥분해서 반문했다.

그의 아버지가 갑자기 웃음을 멈추었다. "바보처럼 굴지 말거라." 그가 아들에게 명령했다. "네가 하녀와 뭘 어찌 하건, 내 귀에 들려오지만 않는다면 상관 않겠다. 하지만 네 아내는 유다 벤 이삭의 딸, 나오미가 될 게다."

그는 깜짝 놀랐다. 나오미는 장안의 유대계 처녀들 가운데 가장 미인으로 또래 청년들 사이에 소문이 나있었기 때문이었다. 변덕이 심하고, 허영심이 상당했던 그는 그 이야기를 듣고 부러움의 시선을 보낼 친구들의 모습을 상상했다. 또한 유다 벤 이삭은 무척 부유한 가문이었다. 지난 세기, 홍수가 도시를 휩쓸고 지나갔을 당시 예배당을 새로 다시 지어줄 정도의 부를 지니고 있었다. 사실, 그들은 중국 성씨인 '시이'를 취하긴 했지만, 그건 오직 사업을 위한 것이었다.

에즈라는 여전히 무릎을 꿇은 채 그를 올려다보고 있는 피오니에게 말했다. "사랑은 네 안에서만 머물게 하거라, 아가야. 집안에 혼란을 일으키진 않도록 하는 게 좋겠구나."

그렇게 에즈라는 자신의 아버지가 그에게 했던 이야기를 나름의 방식으로 피오니에게 반복했다. 피오니 입장에선 '후처' 라는 단어를 언급하는 건 바보짓으로 여겨졌다. 에즈라 부인이 결코 아들에게 후처를 취하는 걸 허락하지 않을 것이 그 이유였다. 에즈라가 하는 말들을 완벽히 이해한 피오니는 평소의 쾌활함을 잊어버린 슬픔에 젖은 눈빛으로 에즈라를 그저 잠자코 바라볼 뿐이었다.

"만일 리아 아가씨와 결혼을 한다면 아드님은 무척 불행해지실 거예요." 피오니가 조그만 목소리로 덧붙였다.

에즈라가 어깨를 으쓱하더니, "네가 다시 내 두통을 불러오는구나." 그가 불평어린 목소리로 말했다. "이제 그만 건너가 보거라, 애야. 혼자 있고 싶구나."

피오니는 에즈라가 더 이상 이 얘기를 계속하고 싶어 하지 않는다는 걸 알 수 있었다. 에즈라는 집안의 주인어른으로서 늘 관대한 모습을 보였지만, 피오니를 그저 일개 하녀이자 집안 분위기를 돋구어주는 예쁘장한 소녀, 그리고, 그들에게 위안이 되어주는 존재 이상으로는 생각하고 싶지 않아 했다. 맘이 편치 않은 피오니가 이제 일어서서 인사를 올린 뒤 막 자리를 뜨려 할 무렵, 에즈라가 나름 양심의 가책을 느꼈다. 그가 손을 들어올렸다. "잠깐 기다려라, 애야. 대상이 가져온 것 중에 네게 줄 작은 선물이 있단다. 그동안 집안이 하도 어수선해서 네게 전해주는 걸 깜빡했구나. 상자 안에 뭐가 있는지 한번 열어보렴."

에즈라가 탁자 위에 놓여있는 옻칠을 한 상자 쪽으로 고개 짓을 하자, 피오니가 다가가 상자의 뚜껑을 열어보았다. 안에는 금으로 된 빗이 들어있었다.

"제게 주시는 거예요?" 피오니가 어여쁘게 눈을 크게 뜨며 물었다.
"그렇단다." 에즈라가 미소를 지으며 대답했다. "머리를 빗어보렴."
"거울도 없는데요?" 피오니가 짐짓 당황스러운 표정을 지어보였다.

에즈라가 웃으며 말했다. "그래, 그래. 그냥 가져다가 기쁜 마음으로 쓰거라."

"고맙습니다, 주인어른." 피오니가 정중하게 감사를 표했다. "정말 감사드려요."

"나한테 고마워할 것 없다." 에즈라는 그렇게 말했지만, 그녀는 에즈라가 흡족해하는 걸 눈치 챌 수 있었다. 그는 선물을 주는 걸 즐겨했고, 모든 사람들이 기뻐하기를 바랐다. 피오니의 미소가 그를 즐겁게 했고, 피오니 역시 기뻐하는 모습을 사려 깊게 밖으로 드러냈다. 실제로도 정말 예쁜 빗이었고, 피오니 역시 예쁜 물건들을 무척 좋아하는 편이었다. 하지만 피오니는 더 이상 어린아이가 아니었고, 장신구는 더 이상 그녀를 만족시키지 못했다. 그녀는 여전히 편치 않은 마음으로 자리를 떴다.

피오니가 떠나간 뒤 에즈라는 고민에 휩싸였다. 무겁게 그리고 초조하게 연거푸 한숨을 내쉬었다. 어리석게도 그는, 이미 쿵 첸과 함께 그의 셋째 딸과 데이빗에 관한 의미 있는 농담을 한두 차례 주고받은 뒤였다. 딸의 이름을 직접적으로 입에 담는 무례는 범치 않은 채 에즈라가 말했었다. "선생의 집과 저의 집의 만남, 어떻게 생각하십니까? 자식들과 손자들이 함께 어울려 자라나는 걸 그 어떤 사업 계약과 비교할 수 있겠습니까?"

쿵 첸은 아무 말 없이 미소를 지으며 고개를 끄덕였다.

이제 모든 게 혼란스러워졌음을 에즈라는 스스로 깨달을 수 있었다. 그는 종종 이런 생각을 하곤 했다. 자신이 오직 바라는 건 자기 자신을 포함해 모든 사람들이 행복한 것인데, 어째서 이토록 자주, 다른 사람들은 고사하고 자기 자신조차 행복을 맛볼 수 없는 상황에 처하는지 의문이 들기도 했다. 그는 한 집에서 랍비와 함께 생활하는 걸 꽤나 불편하게 여겼다. 비록 선한 인간이긴 했지만, 랍비 노인의 머릿속엔 토라 밖에 없었고, 그것도 케케묵은 방식으로 토라를 받아들였다. 토라를 어떻게 하건 그건 랍비의 문제였지만, 문제는 집안에 혼란을 불러일으킨다는 점이었다. 끊임없이 과거를 떠올리게 되는 상황에서 편안함을 느끼는 사람은 아무도 없을 것이었다. 그래서 에즈라는 자신의 집에서 앞을 못 보는 그 노인과 마주치는 걸 불편해했고, 되도록 피하고 싶어 했다. 혹여 복도 같은데서 홀로 랍비와 마주치기라도 하면 그는 아무 말 없이 조용히 서 있곤 했다. 노인이 앞을 못 본다는 것을 이용한 셈이었다.

이제 에즈라는 리아에 대해 잠시 생각을 해보았다. 그녀는 나오미의 젊은 시절보다 훨씬 더 아름다웠고, 보다 정숙했다. 그는 리아와 거의 이야기를 나눠본 적이 없었지만, 때때로 저녁 시간에 복숭아나무 정원에 나와 있는 리아를 보곤 했다. 리아는 나무들 아래를 거닐었고, 이따금씩 손을 뻗어 과일을 따곤 했다. 올해 복숭아는 물이 좋았다. 그녀는 나오미가 젊었을 때와 비교해 훨씬 조신한 편이었다. 데이빗은 아마도 리아와 행복한 삶을 꾸려갈 수 있으리라. 데이빗은 젊은 시절의 자신보다 강인했고, 고집 센 여자들을 다루는 능력도 더 뛰어났다.

불현듯, 에즈라는 요사이 데이빗을 통 볼 수 없었다는 사실을 깨달았다. 랍비가 아들을 가르치면서부터 그는 그저 식사 시간에 인사를 받는 정도 외에는 아들과 접촉이 없었다. 에즈라는 부리나케 몸을 일으켰다. 늦은 시간이기는 했지만 아들의 방으로 찾아갈 생각이었다.

데이빗의 방으로 가려는 순간, 그의 머릿속에서 피오니가 떠올랐다. 데이빗은 혹시 피오니의 마음을 알고 있을까? 자신의 젊은 시절과는 상황이 달랐다. 당시엔 자신이 아버지에게 왕 마에 대한 사랑을 밝혔었다. 그러나 지금은 여자아이인 피오니가 먼저 얘기를 꺼낸 것이었다. 대수로울 건 없었다. 그는 시원하게 달빛이 비추는 복도를 따라 맨발로 데이빗의 방으로 향했다.

피오니는 곧장 복숭아 정원으로 향했다. 에즈라가 해준 이야기를 듣고 그대로 잠을 이루기란 불가능했다. 데이빗과 리아의 결혼은 이미 결정이 된 걸까? 그래서 데이빗의 표정이 슬퍼보였던 걸까? 만일 그의 아버지가 받아들였다면 더 이상 설득할 대상은 없는 것이었다. 에즈라 부인이 이긴 것이다.

피오니는 갑작스레 두려움을 느꼈다. 젊은 안주인이 된 후에도 리아가 자신을 계속 이 집에 머물게 할까? 에즈라 부인이 평생 집안을 지배하는 것처럼 보일 테지만 실상 진정한 왕비의 자리는 리아가 차지할 것이다. 그녀는 데이빗에게 자신의 뜻을 전할 것이고, 그러면 데이빗이 어머니를 움직일 것이다. 그렇다. 에즈라 부인은 만일 아들이 자신이 요구하는 가장 중요한 한 가지, 그러니까 부인이 택한 여자와 결혼을 하는 것을 데이빗이 받아들인다면 그녀는 아들에게 모든 걸 허락할 것이었다.

"오." 피오니가 부드럽게 한탄했다. "오, 어머니, 저를 좀 위로해주세요."

그렇게 그녀는 기억도 나지 않는 어머니를 향해 애원을 했다. 그리고는 이내 그녀가 바로 자신을 내다 판 그 어머니임을 깨달았다. 과연 내 목소리를 들을 수나 있을까? 아직 살아있기나 할까?

내겐 나 자신밖에 없어……. 라고 피오니는 생각했다. 내 자신한테 하소연을 할 수밖에. 그렇게 반쯤은 웃으면서, 반쯤은 비통한 마음으로 스스로에게 부드럽게 애원했다. 나를 좀 도와줘, 피오니. 딱한 네 자신을 좀 도와주렴! 나를 불쌍히 여겨줘. 나를 위해 해줄 수 있는 모든 걸 해주렴.

잠시 후 그녀는 복숭아나무 정원으로 갔고, 그곳에서 나무 밑 벤치에 앉아있는 리아를 보았다. 기다랗고 하얀 가운에 금빛 허리띠를 두른 리아는 짙은 머리칼을 뒤로 넘겨 금빛 띠로 동여맨 모습이었다. 고고한 달빛을 받으며 앉아있는 리아를 바라보던 피오니는 자신의 아름다움이 리아의 그것에 전혀 미치지 못한다는 것을 깨달았다.

"여기 계셨어요?" 피오니가 아주 앳된 목소리로 말을 건넸다.

"잠이 안 와서." 리아가 대답했다.

"저도 달빛 때문에 잠을 깼어요." 피오니가 말했다. 그리고는 리아 곁으로 다가와 나무들 사이로 비치는 보름달을 바라보았다. 이어 자그마한 집게손가락으로 달을 가리키며 말했다. "달 속에 창씨 노인이 보이세요?"

"창씨 노인?" 리아가 달을 올려다보며 말했다.

"예, 달에 살면서 사람들한테 달콤한 꿈을 선물해주시는 노인이에요." 피오니가 쾌활한 목소리로 설명했다. "아가씨는 어떤 꿈을 부탁하시겠어요?"

리아는 피오니보다 키가 컸다. 피오니는 리아의 깨끗하고 아름다운 얼굴을 유쾌하면서도 한편으론 착잡한 심정으로 올려다보았다. 피오니는 리아의 아름다움을 시기하기에는 너무도 관대한 마음을 지닌 소녀였다. 그 때문에 그녀는 다시금 울고 싶어졌다.

"오직 신만이 나의 꿈을 허락해주신단다." 리아가 말했다. 깊고도 부드러운 목소리였다.

피오니가 웃었다. "그럼 창씨 노인과 아씨의 신 중에 누구 힘이 더 센지 한번 보자구요!"

그리고는 장난삼아 무릎을 꿇고 머리를 땅에 조아린 뒤, 이내 다시 고개를 들고 달을 향해 외쳤다. "제 꿈을 이루어주세요, 창씨 할아버지!"

피오니가 몸을 일으키자 리아가 진지하게 그녀를 바라보았다.

"우리 서로에게 각자의 꿈을 말해볼까요?" 피오니가 쾌활하게 물었다.

리아가 고개를 가로 저었다. "아니. 난 내 꿈을 말할 수 없어. 그 누구한테도. 하지만 이루어진다면 그게 뭐였는지 나중에 얘기해줄게."

두 사람은 서로를 가만히 바라보았다. 피오니는 이렇게 소리쳐 말하

고 싶었다. '말씀하시지 않아도 난 아씨의 꿈을 알아요. 그건 바로 데이빗의 아내가 되는 거죠!'

이와 더불어 자신도 역시 데이빗을 사랑한다고 덧붙이고, 노력을 해서 데이빗의 마음을 차지할 거라고 말한다면, 그리고 그건 바로 데이빗 자신을 위한 일이기도 하다고 말한다면 피오니의 마음이 얼마나 편안해질까! 하지만 그녀는 잠자코 있었다. 무언가를 알고도 말을 하지 않는 것은 무기를 하나 손에 쥐는 거와 같았다.

"안녕히 주무세요, 아씨." 잠시 뒤 피오니가 인사를 건넸다.

"그래, 너도." 리아가 대답했다.

두 사람은 헤어졌고 문가를 나서던 피오니는 뒤를 돌아보았다. 리아가 복숭아나무 아래에서 이리저리 움직이는 모습이 보였다.

그날 오전 랍비를 남겨두고 예배당을 나왔을 때 데이빗은 한동안 눈물을 흘렸다. 그러고 나서 그는 주위를 둘러보았다. 가까이엔 아무도 없었고, 자신이 우는 걸 본 사람 역시 아무도 없었다. 그렇게 잠시 울고 나니 기분이 한결 나아졌다. 울적한 마음은 여전했지만, 고통이 조금은 덜어진 느낌이었다. 새로운 책무가 주어진 건 아니었다. 신이 그에게 분부를 내리지도 않았다. 데이빗은 예전의 그와 다를 바 없었다. 그는 변한 게 없었고, 스스로 그것에 흡족해했다. 그는 랍비도, 중국 친구들도 만나고 싶지 않았다. 그저 혼자 있고 싶었다. 그는 옷깃을 열고 모자를 벗어 가슴께에 밀어 넣었다. 그리곤 거리로 나가 이리저리 걸어 다녔다. 아무 생각 없이 느긋하게 거리를 거닐다 보니 천천히 원기가 회복되는 게 느껴졌다.

그는 유교사원의 앞마당으로 발걸음을 옮겼다. 그 곳에 가면 색다르고 진귀한 광경들을 늘 만날 수 있었다. 마술사, 곡예사, 춤추는 곰, 말하는 검은 새 등등. 그러나 평소엔 그에게 즐거움을 가져다주었던 이런 모습들이 지금은 아무런 감흥을 불러일으키지 못했다. 눈길은 주었지만 웃거나 하지는 않았다. 그는 노점상들의 가판대에서 먹음직스러워 보이는 음식들을 발견하고는 몇 가지를 사서 맛을 보았다. 하지만 그리 시장기가 느껴지지 않아, 주변에 있는 걸인들에게 남은 음식들을 나눠주었다. 그는 친구들을 만날 생각이 없었고, 그러다보니 외로움이 느껴졌다. 이렇게 조용히 슬픔과 고독 속에 빠져있다 보니 한편으로는 마음이 안정되어가는 기분이 들었다.

자신이 알고 있는 모든 사람들을 떠올려보았지만, 만나고 싶은 사람은 없었다. 그렇게 거리 이곳저곳을 헤매 다니던 데이빗은 오후 무렵, 갑자기 카오 리엔을 만나서 이야기를 나누고 싶어졌다. 카오 리엔은 아버지의 상점에 있을 터였고, 지금 시간이면 아버지는 그곳에 안 계실 가능성이 높았다. 에즈라는 아침 일찍 가게로 나가서 일찌감치 퇴근을 하기 때문이었다. 반면 카오 리엔은 정오가 다 되어 잠자리에서 일어났고, 늦게까지 가게에 머물곤 했다. 데이빗은 그를 만나러 가게로 향했다.

아버지의 가게는 무척 컸다. 거리 한쪽에 널찍이 자리하고 있었고, 출입문 위쪽으론 실크로 만든 깃발이 바람에 흔들렸다. 그 깃발에는 모든 종류의 수입품을 도·소매로 판매한다는 글귀가 중국 글자로 적혀 있었다. 에즈라가 바라는 대로 쿵 첸과의 계약이 성사된다면 이 깃발에는 두 사람의 이름이 올라갈 것이다. 하지만 지금은 그저 '에즈라와 아들' 이라고만 적혀있었다.

데이빗이 상점 안으로 들어서자, 모든 점원들이 그를 알아보고 인사를 했다. 그가 카오 리엔을 찾자, 점원 하나가 곧바로 데이빗을 가게 안쪽으로 안내했다. 카오 리엔은 자신의 널찍하고 시원한 사무실의 높다란 책상 앞에 앉아 일에 열중해 있었다. 그는 데이빗을 보자 자리에서 일어났다. 한 번도 홀로 찾아온 적이 없던 데이빗이었기에 그는 놀라움과 더불어 약간의 두려움을 감출 수 없었다.

"아버지가 편찮으신가?" 그가 물었다. "한 시간 전까지도 여기 계셨었는데."

"전 오늘 아버님을 뵙지 못했어요. 저기…… 괜찮으시다면 아저씨와 이야기를 좀 나누고 싶어요."

데이빗의 표정을 주의깊게 살피던 카오 리엔이 고개를 끄덕였다. "앉거라." 그가 무겁게 말했다. 그렇게 두 사람은 자리에 앉았고, 카오 리엔은 한동안 아무 말 없이 데이빗을 바라보며 그의 마음을 편안하게 해주었다. 이내 데이빗은 그에게 모든 걸 털어놓았다.

"아저씨한테 우리 동포들이 죽임을 당하고 있다는 그 이야기를 듣고 난 이후로 한시도 마음이 편한 날이 없었어요." 데이빗이 말했다. "뭔가를 해야만 한다는 기분이 들어요. 뭐랄까, 지금까지와는 다른 사람이 되어야 한다는 그런 마음가짐이에요. 이곳에서 그저 희희낙락하며, 삶을 즐기면서 살아갈 권리 따윈 제게 없는 것 같은 기분이에요."

"불행해져야만 한다고 느끼는 거냐?" 카오 리엔이 쓴웃음을 지으며 물었다.

"괜한 생각이라는 거 알아요." 데이빗이 솔직하게 말했다. "하지만 우리 동포들이 죽어가고 있는 사실을 모른 척하고 살아가는 건 옳지 않은 것 같아서요. 아저씨가 전해주신 말씀을 외면할 수가 없어요."

"그 이전에도 목사님으로부터 교육을 받지 않았니." 카오 리엔이 조용히 대답했다. "그리고 네 어머니께선 네가 리아와 결혼을 해야 한다고 말씀하셨고."

"그 때, 아저씨께서 그 끔찍한 소식을 전해주셨죠." 데이빗이 몸서리를 쳤다. "그 이야기를 듣고 나니까 목사님과 어머니의 말씀에 복종해야만 할 것 같은 기분이 들어요."

"그렇게 복종하는 걸로 우리 동포들의 죽음에 속죄할 수 있을 것 같니?" 카오 리엔이 물었다.

"아뇨, 아뇨." 데이빗이 고개를 저었다. 그리고는 주먹으로 자신의 가슴을 두드렸다. "하지만 그렇게 하면 여기가 좀 편해질 것 같아요!"

"아," 카오 리엔이 운을 뗐다. "그렇다면 목사님의 말씀을 따르고, 리아와 결혼을 하는 게 네 자신을 위하는 일이겠구나. 그럼 그렇게 하면 되잖니?"

"하지만 문제는 제가 그걸 딱히 원하지 않는다는 거예요!" 데이빗이 목소리를 높였다. "저는 이전의 제 모습으로 돌아가고 싶어요. 우리 동포들의 사정에 대해 모르던 그 때로요."

데이빗은 푹신한 낮은 의자에 앉아 있었고, 카오 리엔은 그보다 조금 높은 의자에 앉아 있었다. 데이빗의 앳된 얼굴을 바라보고 있자니 그의 마음이 착잡해졌다. "하지만 너도 알다시피……." 그가 말했다. "아니 꼭 알아야만 하지. 우리들 가운데 누가 그 진실로부터 달아날 수 있겠니?"

"무엇이 진실이죠?" 데이빗이 물었다.

카오 리엔은 이 젊은이가 자란 집안 환경에 대해 잘 알고 있었다. 그는 따뜻하고 인정 많으며, 삶을 즐기는 그의 아버지, 자기 자신과 마찬가지로 중국인의 피가 섞인 에즈라를 잘 알았다. 또한 순수한 혈통을 자랑스러워하는 그의 어머니, 에즈라 부인에 대해서도 잘 알았다. 그녀는 한때는 부강하고 자유로웠던, 또 국가를 갖고 있었던 유대 민족의 모든 전통을 준수했다. 하지만 이제 그녀의 유대 민족은 더 이상 자유롭지 않았으며, 고향과 나라를 잃은 채 이리저리 흩어져 여러 나라에서 피지배자 신분으로 살아가고 있는 것이었다. 조국의 현실을 가슴 아파하는 강인한 에즈라 부인에게 있어서 아들 데이빗은 에즈라 부인의 자부심 그 자체였고, 선망의 대상이기도 했다.

"진실은 이렇다." 카오 리엔이 말했다. "우선 네 자신이 누구인가를 이해해야만 하고, 네가 어떤 사람이 되고자 하는지 스스로 결정해야 한단다. 네 어머니는 자기를 중심에 두고 모든 세상을 바라보거든."

"하지만 어머니께서 제게 바라시는 건 그저 목사님으로부터 토라를 배우는 것뿐이에요." 데이빗이 끼어들었다.

카오 리엔이 말을 이었다. "그렇게 되면 너 역시 작은 창을 통해 모든 세상과 모든 인류를 바라보게 되는 게다."

데이빗이 조바심을 내며 말했다. "아저씨 역시 유대인이잖아요!"

"난 섞여있지." 카오 리엔이 냉담하게 말했다. 그의 기다란 얼굴 위로 장난기가 살짝 스쳐 지나갔다. 그리고 이내 다시금 심각해졌다. "그 서구 도시들의 거리에서 죽은 유대 민족의 시신들을 봤을 때 뼛속 깊은 곳까지 얼어붙는 듯한 느낌이 들었어. 하지만 그건 사람들이 죽어있기 때문이었지, 딱히 그들이 유대인이었기 때문은 아니었다. 난 이렇게 생각했지. 왜 인간이 이런 식으로 죽어가야 하나? 왜 그들은 그토록 미움을 받는 것일까? 라고."

"도대체 그 이유가 뭐죠?" 데이빗이 간절한 표정으로 물었다. "그건 제가 늘 묻는 질문이에요. 그걸 안다면 전 모든 걸 아는 듯한 기분이 들 거예요."

카오 리엔의 작은 두 눈이 점차 날카로워졌다. "다른 사람한테는 감히 꺼내지 못할 얘길 네게 들려주마. 넌 젊고 그것을 알 권리가 있지." 그가 입을 열었다. "유대인들이 미움을 받는 이유는 자신들을 다른 나머지 인류로부터 스스로 분리시키기 때문이다. 그들은 자신들이 신의 선택을 받은 민족이라고 말하지. 내 얘길 들어보렴. 난 대가족 출신이란다. 그 가운데 셋째 형님이 계셨는데, 그 형은 늘 자신이 부모님의 총애를 받고 있다고 자랑을 하고 다녔지. '나는 선택받은 아들이다.' 이렇게 늘 떠벌렸어. 우린 그 형을 싫어했단다." 카오 리엔의 얇은 입술이 점점 더 얇아졌다. "오늘날까지도 난 그 형을 미워한단다. 더 이상 살아있지 않기를 바랄 정도지. 물론 내가 죽이고 싶다거나 하는 건 아니야.

난 문명인이니까. 난 누구도 죽이지 않아. 하지만 만일 그 형이 죽었다 해도 애도하진 않을 거야."

넓고, 조용하고 그늘진 방안에서 데이빗은 두려움으로 가득한 표정이 되어 카오 리엔을 바라보았다. "그럼 우린 신의 선택을 받은 민족이 아닌가요?" 데이빗이 더듬거리며 물었다.

"우리 말고 다른 누가 그렇게 얘기하더냐?" 카오 리엔이 응수했다.

"하지만 토라를 보면……." 데이빗이 말을 채 잇지 못했다.

"그건 패배의 쓴맛을 본 유대인들이 쓴 책이지." 카오 리엔이 말했다. 그리고 계속 말을 이었다. "진실은 이렇단다. 우리는 자긍심이 강한 민족이었다. 그런데 조국을 잃어버리고 말았지. 우리의 고향땅으로 돌아갈 수 있는 유일한 희망은 우리 민족의 민족성을 유지하는 것뿐이었단다. 그리고 민족성을 유지할 수 있는 유일한 희망은 유일신, 우리 유대민족의 신에 대한 믿음을 유지하는 거였다. 그 신이야말로 우리의 조국이었고, 우리의 국가였지. 슬픔과 흐느낌과 괴로움 속에서 우리는 잃어버린 모든 걸 다시 되찾으려는 마음으로 하나가 되었단다. 그리고 우리의 랍비들은 세대를 이어가며 그것을 우리에게 가르쳐 온 거고."

"그게 전부인가요?" 데이빗이 물었다. 평소와는 조금은 다른 가라앉은 목소리였다.

"그리고 그것을 위해 많은 사람들이 목숨을 기꺼이 바치지." 카오 리엔이 단호하게 말했다.

'아저씨도 그러세요?" 데이빗이 힘주어 물었다.

"아니." 카오 리엔이 대답했다.

데이빗은 아무 말도 하지 않았다. 그의 유년시절이 마치 폐허처럼 무너져 내렸다. 그리고 지난날 성스러운 기억의 조각들이 주마등처럼 스쳐지나갔다. 안식일 전날 밤 촛불에 불을 밝히시던 어머니, 빛의 축제라 할 수 있는 하누카*(신전 정화제祭), 때에는 창가에 여덟 개의 머노라 촛대가 불을 밝혀 시리아 정복자들 치하에서 유대인들이 자신들의 종교를 지키기 위해 싸워 이긴 날을 기념하는 등. 그리고 고대의 폭군인 하만에 맞서 싸운 날을 기리는 퓨림제. 무엇보다도 데이빗이 기억하는 특별한 날은 그가 '계율의 아들'이 되던 바로 그날이었다.

"그럼 우린 지금까지 쌓아온 우리의 모습을 모두 잊어야 하는 건가요?" 마침내 그가 카오 리엔에게 가장 묻고 싶었던 질문을 쏟아놓았다.

"아니." 카오 리엔이 단호하게 대답했다. "모든 것을 잊어서는 안 되겠지. 하지만 우린 과거를 잊어야만 하고, 우리 자신을 나머지 인류로부터 분리하는 행동을 그만두어야 해. 우린 어디에 살고 있든 지금 현재속에서 살아야 하고, 세상 사람들과 마음을 열고 소통해야 한단다."

그는 마치 기도를 드리듯 길고 좁고 가는 손으로 두 눈을 가렸다. 그렇게 두 사람은 잠시 아무 말 없이 앉아 있었고, 잠시 후 그는 데이빗에게 그만 가보라는 손짓을 했다. 이에 데이빗은 몸을 일으켜 출입문으로 향했다. 그때 카오 리엔이 그를 불러 세웠다. "내가 괜한 얘기를 한 게 아닌지 모르겠다." 그가 말했다. "허나 내가 진실하다고 생각하는 것을 있는 그대로 네게 말해주고 싶었다. 네가 원한다면 내가 오늘 한 얘기를 네 부모에게 해도 좋다. 비밀로 하라고 부탁하진 않겠다."

"진실을 여쭤본 건 바로 저예요." 데이빗이 대답했다. "말씀해주셔서 고마워요."

카오 리엔에게 진심으로 감사의 뜻을 전한 데이빗은 곧장 집으로 향했다.

피오니는 리아를 정원에 남겨두고 방으로 향하다가 데이빗이 첫 번

---

* 성전 헌당 기념일

째 안뜰로 들어서는 걸 보았고, 곧장 그의 뒤를 따라가 저녁은 먹었는지, 다른 필요한 게 없는지를 물었다. 이건 그녀의 의무였고, 그 이상은 넘지 않았다.

"먹었어." 데이빗이 피오니에게 말했다. 그러곤 가슴께에서 모자를 꺼냈다. "이걸 제자리에 갖다놔 줘." 그가 지시했다.

피오니는 그의 지시를 이행한 후 다시 그의 방으로 돌아왔다. 데이빗은 팔짱을 낀 채 탁자 옆에 앉아 멍하니 앉아 있었다.

"더 필요하신 건 없어요?" 피오니가 다정하게 물었다.

"없어. 그만 가봐. 필요한 게 있으면 부를게." 그가 건조한 목소리로 대답했다.

그의 표정이 워낙 엄하고, 무거웠기 때문에 피오니는 더 이상 말을 건넬 수가 없었다. 그가 앉아있는 주변으론 책들이 가득했다. 탁자 위에는 책이 펼쳐져 있었고, 바닥에도 여러 권이 뒹굴고 있었다. 피오니가 허리를 굽혀 책들을 집으려 하자 데이빗이 날카롭게 말했다. "그냥 둬. 내가 일부러 내던진 거야."

방을 나서려던 피오니는 크게 낙담하지 않을 수 없었다. 이제껏 데이빗은 단 한 번도 피오니에게 자신의 고민을 감춘 적이 없었다. 그럼에도 불구하고, 피오니로선 그를 계속 사랑하는 것 외에 할 수 있는 일이 없었다. 그녀는 가야 할지 그냥 있어야 할지 망설이며 잠시 멈춰 서 있었다. 하지만 이내 데이빗을 감싸고도는 차가운 공기를 예민하게 간파했다. 그가 뭔가 고민에 휩싸여 악전고투하고 있는 게 느껴졌다. 그 고민의 실체를 피오니는 아직 파악하지 못한 상황이었다.

그걸 알아내야만 해, 라고 피오니는 생각했다. 그럼에도 당장 뭔가를 강요할 수는 없었다. 머리를 써야만 했다.

"그럼 내일 뵐게요." 그녀가 부드럽게 말했다. 데이빗이 아무 대답도 하지 않자 피오니는 자신의 방으로 돌아와 잠을 잘 채비를 했다.

적어도 그와 한 지붕 아래에 있다고 피오니는 자신의 작은 침대에 누워 위안을 삼았다. '창씨 할아버지, 제 꿈을 이루게 해주세요!' 피오니가 달에게 빌었다. 그녀는 눈을 감았고 이내 잠 속으로 빠져들었다.

아들의 방으로 다가서던 에즈라는 실내에 촛불 하나가 밝혀져 있는 걸 보았다. 그는 인기척을 내지 않고 격자창을 통해 방 안을 들여다보았다. 그러고는 이내 눈앞에 보인 데이빗의 모습에 질겁했다. 생각에 잠긴 채 앉아있는 아들의 얼굴은 너무도 창백하고, 너무도 슬퍼보여서 아비로서 놀라지 않을 수 없었다. 이것이 바로 데이빗을 랍비와 아내에게 맡겨둔 결과였다! 만일 소중하기 그지없는 이 외아들을 잃기라도 하면 어찌할 것인가? 데이빗은 그의 삶의 희망이자, 사업을 이어받을 장본인이었다.

그는 마치 성난 곰처럼 데이빗의 방으로 들어섰다. 피오니는 에즈라의 머리를 마사지한 뒤 머리카락을 단정히 매만져주지 않았고, 에즈라 역시 모자 쓰는 것을 깜박 잊었었다. 그의 고수머리는 둥글게 솟아 있었고, 깊이 생각에 잠길 때면 턱수염을 잡아당기는 버릇이 있던 지라 수염은 마치 빗자루 같은 모양을 하고 있었다. 게다가 그는 맨발 차림이었고, 옷은 구겨져 있었는데, 곰곰이 생각에 잠길 때면 몸 여기저기를 긁는 습관이 있었기 때문이다. 그런 아버지의 흐트러진 모습을 데이빗은 놀란 표정으로 바라보았다.

하지만 에즈라는 이미 무엇을 할지 마음을 정해놓은 뒤였다. "이렇게 달이 휘영청 밝은 날엔 쉽게 잠을 이룰 수가 없는 법이지." 그가 말을 이었다. "왕 씨 노인을 쿵 첸에게 보내 그 친구도 잠을 못 이루고 있는지 알아보도록 하마. 쿵 첸과 그의 아들들을 초대해 호숫가에서 만나도록 하자꾸나. 일전에 저녁 식사 대접을 거하게 받았으니, 오늘밤 빚진 걸 갚아야겠다. 왕 씨 노인을 시켜서 배도 빌리고, 술과 음식도 준비 시키고, 악사들도 부르고 말이다. 자, 우리 부자끼리 한번 뭉쳐보자고."

그러면서 그는 휘날리는 머리와 턱수염, 그리고 두꺼운 눈썹 사이로 밝게 미소를 지어보이며 데이빗의 손을 잡아당겼다. 데이빗이 주저하자, 에즈라가 아들의 팔에 자신의 팔을 감았다. "넌 젊어, 이제 막 한창때라고. 비통해하는 건 늙어서 해도 충분하단다."

아버지의 따뜻한 입김, 애정이 담긴 그윽한 음성, 강하고 뜨거운 포옹이 데이빗의 마음을 움직였다. 그는 아버지의 품에 안겨 울음을 터뜨렸다. 조금도 부끄럽지 않았다. 이 자상한 아버지는 아들의 심정을 헤아린 것이다. 에즈라가 그의 아들을 품에 꼭 껴안았다. 그의 눈에서도 눈물이 흘러내렸지만, 그건 분노의 눈물이었다. 그는 이를 악물고 이렇게 말했다.

"이건 고문이다. 그들은 자기 자신들을, 그리고 다른 모든 사람들을 고문하지. 그리고 이제 아이들까지 고문 하다니…… 난 네가 고문당하게 놓아두지 않겠다. 대체 뭘 위해서 그래야 하냔 말이다. 젊은 건 죄가 아니다. 게다가 우리가 신의 뜻을 무슨 수로 알겠느냐? 랍비 노인네들이란……."

아버지의 성난 포효를 듣던 데이빗이 흐느끼던 와중에 갑자기 웃음을 터뜨렸다. 에즈라가 아들의 얼굴을 바라보았다. "바로 그거야, 이제 웃는구나! 암 그래야 하고말고. 누가 알겠니? 하나님도 웃음을 좋아하실지 말이다. 안 그러냐? 자, 어서 제일 근사한 옷으로 갈아입고 가자꾸나. 아무도 잠에서 깨지 않게 조용히 말이야! 난 가서 왕 씨 노인만 깨우겠다. 대문 앞에서 만나자꾸나." 그는 안도의 한숨을 내쉬며 방을 나섰다.

데이빗은 자신의 침실로 건너갔다. 그는 마음이 편안해진 것에 스스로도 놀라는 눈치였다. 낮 동안의 침울했던 기분이 갑자기 가뿐하고 유쾌해졌다. 죄책감과 슬픔은 사라졌고, 아버지의 위로를 통해 얻은 안도감만이 마음속에 가득 자리 잡았다. 그는 세수를 한 뒤 머리를 뒤로 빗어 넘겼고, 모자는 쓰지 않았다. 실크 재질의 밝은 청색 중국식 가운을 입고, 널따란 붉은 색 실크 천으로 허리를 동여매고는 흰 양말에 검은색 벨벳 중국 신발을 신었다. 그리고 곧바로 에즈라가 기다리고 있을 대문 앞으로 향했다.

에즈라는 넘치는 사랑의 눈빛으로 아들을 바라보았다. 아들을 보호하기 위해서라면 누구에게도 맞설 수 있을 것 같은 기분이었다. 그랬다. 그게 여호와 하나님이라 할지라도. 그의 아들은 그의 것이었고, 결코 양보하고 싶지 않았다.

"나는 아브라함이 아니다." 그가 불현듯 말했다. "난 너를 희생시키지 않을 테다. 오, 내 아들!"

그러면서 에즈라는 데이빗의 어깨에 팔을 둘렀고, 함께 안뜰을 지나 거리로 나섰다. 두 사람은 호수까지 걸어서 갔다. 비교적 늦은 시간이었지만, 술잔치를 벌이기에 그리 늦은 시간은 아니었다. 모든 평범한 영혼들은 잠자리에 누워 잠이 들어 있겠지만, 삶을 즐기는 이 젊은이와 노인은 최대한 달빛이 주는 위락을 만끽했다. 여름은 거의 지나갔고, 가을이 가까이 와 있었다. 물 위에 떠있는 연꽃들은 곧 시들어 봉우리가 갈라지면서 씨를 뿌릴 터였다. 지금이야말로 계절을 맘껏 즐길 적기였다.

그렇게 에즈라는 데이빗과 거리를 걸어 호숫가로 향했다. 전체적으론 조용했지만, 몇몇 여인네들이 여전히 문가에 나와 앉아 집 안에 들어가는 걸 미루고 있었다. 그들은 아기에게 젖을 먹이며 달빛을 즐겼다. 에즈라와 데이빗이 호수에 도착하자, 그곳엔 쿵 첸이 장남과 그 아래아들을 데리고 나와 기다리고 있었다. 두 형제는 놀이를 즐기는 쾌활한 청년들이었다. 장남은 그의 아버지를 닮았다. 넓은 얼굴에 상냥한 눈, 부드러운 입술이 아버지와 비슷했다. 그 동생은 호리호리하고 곱상했는데, 그를 보자 데이빗은 그의 누이인 쿠에일란이 떠올랐다. 아, 그 아담한 처녀! 그녀의 얼굴이 기억 속에 떠오르자, 그의 맥박이 빨라졌다. 두 형제는 데이빗과 활기차게 인사를 나누고 악수를 한 뒤, 뱃사공과 흥정을 했다. 그 사이 두 부친은 제방에 서서 기다렸다.

"우리는 마음이 서로 통하는 것 같습니다." 쿵 첸이 에즈라에게 말했다. "저도 하인을 보내 달빛을 쬐러 갈 의향이 있으신지 여쭤보게 할 생각이었습니다. 제 하인이 문지방을 넘어가다 선생의 하인과 만났죠."

"제 아들이 요사이 너무 과하게 공부를 해서 말이죠." 에즈라가 차분하게 덧붙였다. "책들을 좀 잊을 필요가 있죠."

쿵 첸은 에즈라의 말뜻을 모두 이해했지만, 좀 더 자세한 얘기는 나중에 술을 한잔씩 해서 조금 거나해졌을 때 하기로 마음을 먹었다. 그는 데이빗에게도 그날 오후에 만났던 기색을 내비치지 않았다. 그건 그때였고 지금은 지금이었다.

이제 젊은이들은 만족스런 가격에 배를 빌렸고, 뱃사공이 갈고리가 달린 장대로 배를 제방에 묶어두는 사이, 모두들 넓은 갑판에 올라 자리를 잡고 앉았다. 에즈라와 쿵 첸은 비단 차양 아래 자리를 잡았고, 젊은이들은 갑판 위에 팔다리를 쭉 펴고 앉았다. 배의 뒤쪽에선 뱃사공의 나이든 아내가 차를 끓이기 위해 흙으로 만든 작은 화로에 부채질을 하며 물을 데우고 있었다.

"요리집은 어디로 모실까요?" 뱃사공이 물었다.

"요리를 배 위로 가져오면 어떻겠나?" 쿵 첸이 제안했다. 결국 그렇게 하기로 결정을 했고, 뱃사공은 '황금새의 집'이란 이름의 식당을 향해 노를 저었다.

데이빗에겐 그 어느 때보다도 달콤한 밤이었다. 처음엔 그저 갑판 위에 드러누워 맑고 선명한 하늘을 바라볼 뿐이었다. 아래에선 커다란 연꽃 이파리들이 배 양편을 스치면서 만들어내는 부드러운 소리가 들려왔다. 그는 몸을 돌려 배 아래로 팔을 뻗어서는 꽃봉오리 하나를 집어 올렸고, 꽃잎을 뜯어 열었다. 안쪽의 고갱이는 희고 건조했으며, 씨들이 줄을 지어 깊숙이 박혀 있었다. 데이빗은 그 씨들을 하나하나 꺼내 초록색 껍질을 벗긴 뒤 입속에 집어넣었다. 크림색의 낟알은 달달했다.

뱃사공은 몸을 굽혀 빈 꼬투리를 집어 올리더니 조심스럽게 연꽃 이파리 아래로 밀어 넣었다. "리우 노인의 아들이 올해는 연꽃을 모두 미리 사버렸죠." 그가 설명했다. "그리고는 호수 감시대한테 꽃봉오리를 누가 슬쩍하지나 않는지 감시하도록 지시했어요. 그래도 뭐 맘껏 드세요, 젊은 주인님. 더 많이 드실수록 리우 노인네한테는 돌아가는 게 적을 테니까요! 그저 감시대 손에 쥐어줄 은화 한 냥만 제게 주시면 됩니다."

모두들 웃었고, 아무도 그를 꾸짖지 않았다. 데이빗은 다시 갑판에 등을 대고 드러누워 달을 응시했다. 그는 더 이상 아무 생각도 하고 싶지 않았고, 머리를 짜내고, 의심하고, 고심하고 싶지 않았다. 그저 하루하루를 순리대로 살아가며 삶을 즐기고 싶었다.

이제 배는 식당이 자리하고 있는 야트막한 제방에 다가서고 있었다. 한편, 쿵 첸의 두 형제는 어떤 음식을 주문할지를 두고 논쟁 중이었다.

"당연히 게 요리지." 장남이 말했다.

"기름에 튀긴 걸로. 찐 것 말고." 차남이 덧붙였다.

"게 요리를 시키실 때 반주 삼으실 술은 아주 진한 걸로 주문하세요." 뱃사공이 조언했다. "여기 게들은 아주 튼실하고 기름지거든요. 녀석들은 요리사들이 내버리는 폐 음식물들을 먹고 자라죠. 잘 먹고 크는 놈들이라 육질이 아주 좋답니다."

"게는 찜으로 주문을 하자꾸나." 차양 아래에서 쿵 첸이 말했다. "그래야 게살 맛이 더 좋을 게다."

그렇게 좀 더 상의를 한 뒤 게 요리와 함께 구운 오리와 야채, 그리고 후식으로 대추 야자 열매와 붉은 설탕을 곁들인 따뜻한 기장을 주문했다. 이 주문은 장남이 식당 주인에게 직접 했는데, 그 주인은 뱃사공이 소리를 지르자 계단을 부리나케 달려 내려왔다. 달빛을 받아 반짝이는 토실토실한 얼굴을 한 그는 연신 방긋거리며 요리를 하나하나 주문할 때마다 큰 소리로 기분 좋게 "예, 예." 하고 대답을 했다. 그러고 나서 그가 물었다. "저, 음악도 준비해 드릴까요? 이 달빛 아래 술 한잔 걸치시면서 게 요리를 즐기시는데, 음악이 없다면 그건 지참금 없는 신부와 결혼하는 거나 마찬가지죠."

모두들 웃음을 터뜨렸고, 둘째가 나서서 다음과 같이 말했다. "요리와 함께 가수 세 사람도 함께 보내주세요." 그리고는 고개를 돌려 아버지를 힐끗 바라보았다. "세 명이면 충분하겠죠, 아버지?"

"충분하고말고." 쿵 첸이 천천히 미소를 지어보이며 말했다. "우린 그저 너희 가수들이 부르는 노래를 듣기만 하면 된다. 우리 늙은이들이야 그거면 충분하지 않겠습니까?"

"충분하죠." 에즈라가 동의했다. 그는 의자에 등을 기대며 유쾌한 한숨을 내쉬었다. "살아있어서 좋군요. 살아있다는 건 참 좋은 거로군요. 삶이란 좋은 겁니다. 인생은 즐거운 겁니다." 그가 불현듯 말했다.

"우리 같은 사람들이," 에즈라가 다시금 말을 이었다. "우리처럼 부자에, 가진 게 많은 사람들이 불행하게 살아야 할 이유가 없지 않습니까? 고통을 겪어야 할 이유가 없지요."

널따란 갑판 위에선 젊은 친구들이 뱃사공이 깔아준 비단 쿠션 위에 몸을 의지한 채 편안하게 자리를 잡고 있었다. 달빛에 흠뻑 젖은 그들의 모습은 마치 편안히 쉬고 있는 신들의 모습과 흡사했다. 호숫가에 있는 음식점은 제등으로 밝게 빛났고, 각 창마다 부드러운 빛이 새어나왔다. 손님들의 목소리와 노랫소리, 그리고 피리와 북소리가 뒤섞여 흘러나왔다.

에즈라는 이러한 광경을 지금껏 수도 없이 보아왔지만, 오늘 밤은 그 의미가 남달랐다. 행복은 선택되기를 바라며 기다리고 있었다. 이 도시에는 그러한 행복이 넘쳐났지만, 그와 동시에 사람들에게 비통과 고뇌를 상기시키며 끊임없이 슬픔에 잠겨있는 랍비 또한 함께 있었다. 행복을 선택하고 고뇌를 거부할 힘을 인간은 가지고 있다. 사실이었다. 그 힘을 랍비가 가지고 있는 건 아니었다.

랍비는 슬픔을, 신에게 사로잡힌 인간의 끝없는 슬픔을 선택한 것이다. 그는 그러한 슬픔을 기묘하게 어두운 기쁨으로 변형시키기까지 했다. 그는 가장 심하게 고통을 겪을 때 가장 기뻐했다. 그건 마치 양초의 불꽃 가까이를 날아다니는 불나방과 같은 것이다. 정말 그랬다. 인간은 신의 황홀경에 취해 자신의 영혼을 그을린다. 하지만 모든 인간이 그와 같은 방식으로 행복을 찾아야 하는 걸까? 랍비는 자신이 원하는 곳에서 즐거움을 찾게끔 내버려 두자. 하지만 그가 젊은이들에게까지 그렇게 하라고 강요할 권리는 없다. 자기 자신의 아들이라면 몰라도.

"뭔가 깊이 생각을 하고 계시는군요." 쿵 첸이 에즈라의 표정을 주의 깊게 살폈다. "선생으로부터 뭔가 열기가 느껴집니다."

"행복에 대해서 생각을 하고 있었습니다." 에즈라가 솔직히 말했다. "이 세상 모든 사람들이 다 행복해질 수 있는 걸까요?"

쿵 첸이 가볍지 않은 표정으로 입을 열었다. "가난한 사람들이 행복해지기란 어려운 일이죠." 그가 대답했다. "다른 존재에 자신의 행복을 의존하고 있는 자도 마찬가지이고요. 가난이 외부의 장애물이라면 사랑은 내부의 장애물입니다. 하지만 가난을 극복하고 사랑을 절제할 수 있다면 누구나 행복을 얻는 게 가능해지지요."

"다른 존재라고 말씀하셨는데, 그건 사람을 의미합니까, 아니면 신을 의미합니까?" 에즈라가 이렇게 묻자, 쿵 첸이 선뜻 대답했다.

"어떤 존재이든 마찬가지이지요. 어떤 이는 사람을 지나치게 사랑해서 그 사랑의 노예가 됩니다. 그런가 하면 어떤 이는 신을 너무 사랑해 역시 그 사랑의 노예가 됩니다. 인간은 누구의 노예가 되어서도 안 됩니다. 그래야만 자유로울 수 있지요."

두 사람의 대화는 식당 출입문 쪽에서 왁자지껄하는 소리가 들려오면서 중단되었다. 세 명의 어여쁜 여인네들이 류트와 심벌즈, 그리고 손으로 연주하는 작은 북을 들고 돌계단을 걸어 내려왔다. 그들은 바람에 흔들리는 꽃들과 같았다. 분홍색, 파랑색, 초록색 드레스는 바람에 일렁였고, 다들 조그마한 머리를 높이 치켜든 모습이었다. 그들 뒤로는 음식 바구니를 손에 든 종업원들의 모습이 보였다. 뱃사공의 아내가 식탁을 차렸다. 잠시 부산한 움직임이 있었지만 이내 모든 준비가 끝났고, 뱃사공은 다시금 호수 한가운데로 배를 몰았다. 밝게 빛나는 호숫가가 점차 멀어지면서 사람들의 목소리도 차츰 잦아들었다.

쿵 첸이 모두에게 음식을 들 것을 권했고, 종업원과 요리사는 맡은 바 직무를 수행했다. 세 명의 여성은 달을 뒤로 하고 주연이 베풀어지는 쪽을 바라보며 뱃머리에 앉아있었다. 이제 그들은 악기를 연주했고, 이어 노래를 부르기 시작했다. 화음을 맞춰 부르는 세 사람의 노랫소리는 너무도 매혹적이어서 젊은 친구들은 연신 달뜬 표정으로 그들을 바라보았다. 아름답기 그지없는 여자 가수들은 밤의 일부이자 하늘에 떠있는 달의 일부처럼 느껴졌다. 그들의 높은 목소리는 멜로디 안팎을 들락날락했지만 늘 화음을 유지했고, 젊은 친구들은 그들로부터 눈과 귀를 떼지 않았다. 그들은 셋 다 똑같이 예쁘고 하얀 얼굴을 지니고 있었으며, 커다란 짙은 눈은 침착하고 고요했다. 지나치리만치 아름다운 밤, 가수들의 우아한 음악, 딱 알맞은 양념에 기름이나 설탕이 지나치지 않게 들어간 훌륭한 음식, 이 모든 것들이 제공하는 즐거움이 데이빗의 마음을 훔쳐갔다. 랍비와 오랜 시간을 보내고 난 뒤라 이 모든 게 천하고 불쾌하게 느껴질 수도 있었다. 그의 영혼이 그동안 너무 높은 곳에 맞추어져 있었기 때문에 갑자기 하늘에서 지상으로 이동을 하기가 쉽지 않을 수도 있었다. 하지만 오늘 밤 지상은 마법을 걸어왔고, 하늘은 침묵만을 지켰다.

7

 랍비는 에즈라의 집으로 돌아가지 않았다. 데이빗이 떠나고 자신만이 예배당에 혼자 남아있다는 걸 안 후, 그는 자신의 집으로 향했다. 그의 발소리를 듣고 레이첼이 몹시 놀란 표정으로 부엌에서 나왔다.
 "어머나, 목사님!" 그녀가 소리를 높였다.
 "난 혼자 있고 싶네." 그가 레이첼에게 당부했다. "에즈라 부인에게 가서 내가 돌아가지 않을 거라고 말씀드리게. 그리고 애런에게도 집으로 돌아오라고 전하고."
 "리아는요?" 레이첼이 물었다.
 랍비가 잠시 생각에 잠겼다. "리아는 그냥 있게 놓아두게."
 레이첼이 노인을 지그시 바라보았다. 무척 지쳐보였다. 얼굴엔 핏기가 없었고, 수염은 헝클어져 있었다. 지팡이를 쥔 손은 부들부들 떨렸고, 머리 쪽에선 살짝 경련마저 일어났다. 이전에는 볼 수 없었던 경련이었다. 이에 크게 놀란 레이첼이 랍비의 소매를 부여잡았다. "에즈라 댁에 다녀오기 전에 기장 수프를 끓여드릴 테니, 그걸 드시고 푹 쉬도록 하세요."

그렇게 말하고 그녀는 랍비를 그의 방으로 안내했다. 레이첼은 랍비가 떠난 뒤에도 그의 거처를 늘 같은 상태로 유지해왔다. 그녀의 말을 순순히 따른 노인은 지팡이를 바닥에 내려놓은 후 옷소매로 두 눈을 훔쳤다. "아, 집에 오니 좋구먼." 그가 한숨을 내쉬며 말했다. "부잣집에 있다 보니 마음이 편치 않았지."

"목사님은 고생스러워야 행복을 느끼시니까요." 레이첼이 쾌활하게 말했다. "누워서 좀 쉬도록 하세요."

분노의 감정이 그의 얼굴을 다시금 굳어지게 만들었다. 랍비가 갑자기 본연의 모습으로 돌아왔다. "내 잠자리에 뭘 해놓은 게지?" 그가 소리치며 물었다. 좁다란 대나무 침상에 몸을 뉘였던 랍비가 어느새 다시 상체를 일으키고 앉아 있었다.

레이첼이 양 손바닥을 허리에 대고 선 채로 단호하게 말했다. "담요 아래에 이불을 하나 더 넣었어요. 그렇게 나이를 잡수셨으면 몸을 좀 챙기셔야죠!"

하지만 랍비는 몸을 일으킨 뒤 레이첼 쪽으로 고개를 돌렸다. "어서 치우게!" 그가 명령했다.

레이첼은 어깨를 으쓱하고는 머리를 가로저었고, 여러 가지 거부의 몸짓들을 보였다. 물론 랍비가 그것들을 볼 수는 없었다. 하지만 랍비의 목소리가 너무도 크고 단호했기 때문에 레이첼은 감히 항변할 엄두를 내지 못했고, 그저 그의 말을 따라야 했다. 결국 이불을 걷어낸 뒤 딱딱한 대나무 위에 담요만을 깔았다. 이어서 랍비가 다시 몸을 뉘였고, 한숨을 한 차례 내쉰 뒤 두 손을 가슴께에 접어 올렸다. "그만 물러가게." 그가 예의 단호한 낮은 음성으로 그렇게 지시했다. "주님과 함께 해야 하니 이제 그만 나가 보게나."

레이첼은 크게 못마땅해 하며 방을 나섰다. 그리고는 옹고집 성직자 노인네에 대해 불평을 늘어놓으며 이불을 상자 속에 넣었다. 하지만 몹

255

시도 화가 났던 레이첼은 곧바로 에즈라 부인에게로 가지 않았다. 그 대신 다음 날까지 아무에게도 그 얘기를 꺼내지 않았다. 랍비가 애런이 돌아왔는지 물었을 때 그녀는 리아가 하루 이틀 더 동생과 있게 해달라고 간청을 했노라며 선의의 거짓말을 했다. 그녀의 말을 듣고 랍비는 한숨을 내쉬었지만 아무 말도 하지 않았다. 다음 날 아침 일찍 잠에서 깬 그는 기장을 넣은 오트밀 죽을 먹은 다음, 자리를 잡고 앉아 토라를 암송했다.

정오가 가까워지자 레이첼은 에즈라 부인 집에 갈 채비를 했다. 그녀의 집에 도착하자, 에즈라 부인은 하인들이 물고기가 있는 연못을 청소하는 걸 감독하고 있었다. 두 사내가 진흙 바닥을 갈퀴질하고 있는 사이 성난 물고기들이 여러 두레박 속으로 모여들었다. 에즈라 부인은 물고기와 사내들 모두를 꾸짖었다. 가뜩이나 좋은 기분이 아닌 상황에서 그녀는 레이첼의 전갈을 전해 들었다.

"대체 무슨 일이지?" 부인이 소리를 높이자 레이첼이 움찔했다. "어제까지도 아무 문제가 없었는데, 왜 집을 떠나신 거야?"

"저는 목사님께서 어제 홀로 예배당에서 돌아오신 것 외에는 아는 게 전혀 없습니다." 레이첼이 대답했다.

이어 에즈라 부인이 왕 마와 피오니를 불렀다. 왕 마는 아는 바가 전혀 없었고, 피오니는 데이빗이 지난 밤 아버지와 함께 밤 늦게 집에 돌아온 사실만 알고 있었다.

"나한테 와서 얘기를 해줬어야지." 에즈라 부인이 피오니를 나무랐다.

"저는 마님께서 다 알고 계신 줄 알았어요." 피오니가 변명 아닌 변명을 했다.

에즈라 부인은 하는 수 없이 두 사람을 그냥 돌려보내는 수밖에 없었다. 하지만 피오니에겐 심부름을 하나 시켰다.

"가서 리아를 데려 오너라. 그동안 난 방에 가서 씻고 있을 테니."

피오니는 곧바로 리아를 부르러 갔고, 에즈라 부인은 연못을 청소하던 두 사내에게 마지막 지시를 내린 후 자신의 안뜰로 향했다.

피오니는 리아의 방문 앞에서 헛기침을 했다. 이어 리아가 부드러운 목소리로 들어오라고 하자, 피오니는 안으로 들어가 목례를 한 뒤 에즈라 부인의 전갈을 전했다. "마님께서 잠깐 들리시랍니다." 그런 다음 피오니는 다시 목례를 한 뒤 방을 빠져나왔고, 자신의 방으로 가서는 한동안 생각에 잠겨들었다. 목사님과 데이빗 사이에 도대체 무슨 일이 있었던 걸까? 리아도 관련이 있는 걸까?

마냥 기다리고만 있기에는 조바심이 나서 견딜 수 없었던 피오니는 어떤 방법을 동원해서든 직접 최대한의 정보를 알아내기로 마음먹었다. 그녀는 방을 나서서 살금살금 되도록 빠른 걸음으로 걸어 에즈라 부인 안뜰에 있는 커다란 계수나무 뒤에 몸을 숨겼다. 나무는 창문 쪽으로 기울어 있었는데, 무덥고 바람이 없는 아침나절이라 창문은 열려 있었다. 그곳에 숨어 피오니는 에즈라 부인이 리아에게 단호하고 명료하게 건네는 말을 엿들을 수 있었다. 내용은 이랬다.

"어떻게 데이빗과 너 사이에 아무 일도 없었다고 말할 수 있지? 일전에 내 눈으로 직접 너희 둘이 복숭아 정원에 있는 걸 보았었다구. 확실히 너희 두 사람은 아주 가까이 있었지."

리아가 동요된 목소리를 애써 가라앉히며 부드럽게 말했다. "그 외엔 아무 일도 일어나지 않은 상황에서 제가 뭘 어떻게 할 수 있겠어요, 아주머니. 예, 그때 딱 한 번 뿐이었어요. 우린 아주 가까이 있었죠."

"지난 며칠 동안도 너희는 함께 앉아 토라를 읽었잖니?" 에즈라 부인이 목소리를 높였다.

"데이빗은 제게 거의 말을 건네지 않았어요." 이 고백을 하면서 리아의 목소리는 차츰 잦아들었다.

에즈라 부인이 갑자기 성을 냈다. "그건 네 잘못이다, 리아! 넌 전혀 노력을 안 했어. 그저 기다리기만 했지."

"기다리는 것 외에 제가 뭘 할 수 있겠어요?" 리아가 물었다.

피오니는 짙은 두 눈을 반짝이고 붉은 입술을 오므리며 두 사람의 이야기에 귀를 기울였다. 아, 그렇다면 아직 결정이 된 게 아니로구나! 데이빗이 리아를 사랑하는 게 아니었어! 하지만 만일 데이빗이 연정을 품고 있다면? 피오니는 계수나무를 빠져나와 데이빗의 거처로 향했다. 거실엔 아무도 없었다. 그녀는 커튼을 걷고 침실을 들여다보았다. 데이빗은 아직 침대 위에서 잠들어 있었다. 오후 햇살이 방 안으로 쏟아져 들어왔다. 피오니는 어젯밤 잠자리를 준비하면서 침대 커튼을 쳐두었는데, 데이빗이 다시금 육중한 은 갈고리들 뒤로 커튼을 젖혀 놓은 모양이었다. 그는 흰색 비단 잠옷을 입은 채 잠들어 있었는데, 두 팔은 활짝 벌리고, 베게 위의 머리는 피오니를 바라보는 자세였다.

피오니는 기쁨에 겨워했다. 아직 너무 늦은 게 아니었다. 랍비는 떠났고, 약혼은 이루어지지 않았다. 기쁨이 혈관을 타고 흐르며 입술에 곡선을 그렸고, 눈빛에 광택을 더했으며, 온몸을 타고 흐르며 춤을 추었다. 행복감을 맛보기엔 결코 늦지 않은 상황이었다.

그녀는 조심조심 방을 가로질러 그의 침대 옆에 무릎을 꿇고 앉았다. "데이빗!" 그녀가 속삭였다. "데이빗!"

데이빗이 잠에서 깨어나 미소를 지으며 두 팔을 뻗어 피오니의 어깨를 쥐었다. "왜 잘 자고 있는 사람을 깨우는 거야?" 아직 반쯤 잠이 든 상태에서 그가 나른하게 투덜거렸다.

"벌써 정오예요." 그녀가 속삭였다. "해줄 얘기가 있어서 왔어요. 근사한 소식이에요!"

"뭔데?" 데이빗이 다그쳐 물었다.

하지만 피오니는 내심 즐기며 얘기해주는 걸 미뤘다. "햇살이 젊은 주인님 눈 속에서 반짝거려요." 그녀가 말했다. "어째서 눈이 검은색이 아닌 거죠? 아래쪽은 금빛이에요!"

"근사하지 않니?" 그렇게 말하고는 그가 싱그럽게 웃으며 자리에서 몸을 일으켰다.

"햇살이 입도 비추고 있어요." 피오니가 말을 이었다. "마치 석류처럼 달콤해 보여요."

"그 애길 해주려고 날 깨운 거야?" 그는 이제 완전히 잠에서 깨어 있었다.

"아뇨." 피오니가 뜸을 들이며 말을 꺼냈다. "주인님, 내 말을 잘 들으세요!"

그녀는 데이빗의 손을 쥐고는 자신의 가슴께로 가져가 꼭 쥐었다. "정오에 그 아가씨가 절에 가서 불공을 드릴 거예요. 그동안 몸이 아팠기 때문에 낫게 해준 걸 감사드리러 말이죠."

데이빗의 손이 긴장하는 게 느껴졌다. "아프다는 애길 나한테 왜 하지 않았지?"

"하고 싶지 않았어요." 그녀가 말했다. "하지만 이제 다 나으셨어요. 가서 그녀를 만나보실 수 있어요."

그의 두 눈은 피오니에게 고정되어 있었다. 피오니가 재빨리 말을 이었다. "먹을 걸 갖다 드릴 테니 어서 일어나세요. 그리고 절의 옆문으로 들어가 남쪽 사원에 있는 '은 관인'으로 가보세요. 그럼 그곳에 그녀가 있을 거예요."

"하지만 그러면 그 처녀가 내가 자기를 만나러 왔다는 걸 알게 될 텐데." 데이빗이 수줍어 하며 말했다.

"그럼 얼마나 기뻐하겠어요!" 피오니가 웃으면서 장난스럽게 대꾸했다. 그녀는 데이빗의 손을 내려놓은 뒤 일어서서 입술 위에 손가락을 갖다 댔다. "따뜻한 음식을 가지고 올게요."

피오니는 빠른 걸음으로 밖으로 나섰다. 그리 오래 걸리지 않을 거야! 피오니는 지갑만 챙긴 채, 곧바로 '평화로운 탈출의 문'을 통해 오솔길을 따라 쿵 첸의 집에 닿았다. 그리곤 추 마가 어디 있는지를 물었고 결국 점심 식사를 하고 있는 그녀를 발견했다. 뚱뚱한 체구의 아낙인 추 마는 커다란 밥공기를 입에 대고 쌀과 고기를 연신 입에 밀어 넣으면서 피오니의 말을 들었다.

"꼭 아가씨를 그리로 보내세요. 명심하세요. 은 관인 안뜰이에요. 저희 젊은 주인님도 한 시간 안에 그리로 가실 거예요." 피오니가 단숨에 이 말들을 쏟아냈다.

"하지만 마님이 못 가게 하면 어쩌지?" 추 마가 걱정스레 물었다.

"아가씨더러 울고, 소리 지르고, 못 가게 하면 무슨 일을 저지를지 모른다고 엄포를 놓으라고 하세요. 그리고 가슴에 통증이 있어서 절에 가서 기도를 하고 싶다고 말하게 하시고요. 데이빗이 그렇게 전하라고 했어요."

피오니가 지갑을 열어 추 마의 손에 톡톡 털어놓았다. 그리고는 자신의 귀에서 비취 귀걸이를 빼냈다. "이것도 드릴게요."

추 마는 밥공기를 식탁 위에 내려놓은 후 고개를 끄덕였고, 피오니는 다시 집으로 향했다. 잠시 뒤 피오니는 따뜻한 쌀죽이 담긴 자기 그릇을 들고 부엌에서 나왔다. 남자하인 한 명이 데이빗의 아침식사에 곁들일 소금 간을 한 간단한 고기 요리 접시들을 들고 그녀의 뒤를 따랐다. 피오니는 데이빗이 평소보다 옷 입는데 오래 시간을 끌 거라 생각했고, 그건 사실이었다. 그녀가 거실에 들어섰을 때 그는 아직 모습을 보이지 않고 있었다.

"젊은 주인님!" 피오니가 소리를 높였다.

"붉은 색을 입을까, 파랑색을 입을까?" 데이빗의 목소리였다.

"적포도주색이요!" 그녀가 대답했다. 파랑색은 그가 예배당에서 입던 옷 색깔이었다. 무엇이든 그쪽을 떠올리게 하는 건 금물이었다. 피오니는 색깔의 미묘한 영향력을 잘 알고 있었다. 회색빛이 얼마나 사람의 마음을 가라앉히는지, 파랑색이 얼마나 그것을 들어 올려 하늘로 향하게 하는지, 그리고 붉은색, 적포도주색이 어떻게 그것을 지상에 잡아두는지.

얼마 지나지 않아 데이빗이 모습을 보였을 때, 어찌나 멋지던지 피오니는 거의 울음을 터뜨릴 뻔했다. 머리엔 아무 것도 쓰지 않았고, 가운의 하얀 안감 위로 보이는 그의 얼굴은 건강미가 흘러넘쳤다.

피오니는 탄식에 가까운 찬사를 애써 자제하며 데이빗을 재촉했다. "자, 어서요. 시간이 많지 않아요." 그렇게 말하며 그녀는 사발의 뚜껑을 열었고, 데이빗은 자리에 앉았다. 그는 아무 말없이 밥을 먹으며 생각에 잠겼다. 만일 어젯밤 아무 일도 없었다면 아마도 자신이 이렇게 피오니의 말을 따르지는 않았으리라. 쿠에이란을 보고 싶은 욕구가 다시금 크게 일어나거나 한 건 아니었기 때문이다. 물론 그 예쁜 중국 처녀를 유쾌하게 떠올리긴 했지만, 정신을 못 차릴 정도로 그리운 건 아니었다. 아니, 적어도 어머니에 맞서 당당히 자기 자신을 지키기 위해서라도 오늘 그녀를 만나야 했다. 그는 리아가 여기에 있다는 걸 알고 있었고, 랍비도 아직 머물고 있다고 생각했으며 그의 어머니는 여느 때와 다름없이 강인하다는 걸 알고 있었다. 그들에 맞서기 위해서는 시간, 자신의 마음을 확고히 할 시간, 다른 무엇보다도 본연의 자기 모습을 찾을 시간이 필요했다. 호숫가에서의 어젯밤은 그를 차분하게 만들어주었고, 그의 영혼에서 쓰라림을 제거해주었다. 오늘 아침 그는 안정감과 함께 힘을 되찾은 듯했고, 다시 혼자가 된 느낌을 받았다.

식사를 마친 다음 그는 다시금 원기를 회복하고, 향이 도는 물에 손을 씻은 후 머리를 빗었는데, 그 동작이 너무도 느긋해 곁에 있던 피오니가 한마디 하지 않을 수 없었다. "그렇게 늑장을 부리시다간 아씨가 그냥 가시겠어요. 그러다 못 만나요!" 피오니가 우는 소리로 말했다. "이보다 더 좋은 기회가 또 언제 오겠어요!"

그는 일부러 더 천천히 몸을 움직이며 그녀를 골려주었고, 짐짓 아직도 배가 고픈 척 하자 결국 피오니는 그릇들을 움켜쥐며 더 못 먹게 막았다. 이에 데이빗은 유쾌하게 웃으며 피오니가 접시들을 치우도록 놓아두었다.

레이첼은 에즈라 부인과 이야기를 나눈 뒤 하인들에게 길을 물어 랍비가 쓰던 방으로 가보았다. 그곳에서 여전히 반쯤 잠들어 있는 애런을 발견했다. 그리고 그에게 아버지가 곧바로 집으로 돌아오라고 말씀하셨다는 이야기를 전했다. 그러면서 그녀는 길고 좁은 머리에, 마르고 구부러진 얼굴, 그리고 누런빛의 비열한 눈을 가진 이 삐쩍 마른 안짱다리의 아이가 랍비의 유일한 아들이라는 사실을 안타깝게 여겼다.

아버지의 분부를 전해들은 애런은 감히 가지 않겠노라고 말할 자신이 없었다. 대신 그는 이렇게 물었다. "리아도 함께 집으로 돌아가는 거야?"

"리아는 오늘 가지 않을 거야." 레이첼이 대답했다.

이 말을 듣고 화가 치솟은 애런은 아버지는 늘 리아를 특별히 대해주신다며 투덜거렸고, 레이첼에게 소리를 질러댔다. "어서 꺼져, 이 늙은 여편네야. 왜 거기 서서 날 그렇게 뚫어져라 쳐다보고 있는 거야?"

애런의 말에 화가 나기 시작했지만 그녀는 분을 가라앉히며 담담히 말했다. "나 역시 네가 안 돌아왔으면 좋겠어. 네 녀석 먹여 살리는 일은 아주 고역이거든."

이렇게 말하고 레이첼은 자리를 떴고, 혼자 남은 애런은 자신을 불쌍히 여기며 조금 눈물을 흘렸다. 그는 아버지 덕분에 훌륭한 음식을 먹을 수 있었던 이 집을 떠나는 게 너무도 싫었다. 더욱이 모든 하인들이 그의 말에 고분고분했었다. 그런데 다시금 좁고 삭막한 이전의 집에 돌아가야만 한다니…… 그는 화가 치밀어 견딜 수가 없었다. 애런은 아버지나 리아를 사랑하지는 않았지만, 두 사람을 두려워했다. 그들은 선한 반면 자신은 그렇지 않았기 때문이었다.

그렇게 스스로를 동정하며 성을 내던 애런은 몸을 일으켜 퉁퉁 부은 얼굴로 옷을 입었고, 밖으로 나와 아침을 먹기 위해 이 집의 남자들이 식사를 하는 식당으로 향했다. 그리로 가는 도중 물고기가 노니는 연못가를 지나다 그는 우연히 피오니를 보게 되었다. 아침 햇살을 받고 있는 피오니의 모습은 너무도 아름다웠다. 찰랑거리는 검은 머리에 두 뺨엔 홍조를 띤 그녀는 맑은 노란색 비단 바지와 코트를 입고 있었고, 머리에는 흰색 치자나무 꽃을 한 송이 꽂고 있었다.

애런은 주위를 둘러보았다. 아무도 보이지 않았다. 애런의 존재를 느끼지 못했던 피오니는 머리를 숙인 채 미소 띤 얼굴로 걷고 있었다. 그러다 마치 가까이에 뱀이 있는 걸 감지하듯 애런의 존재를 느꼈다. 피오니는 깜짝 놀라며 고개를 들었고, 바로 그때 애런이 피오니 쪽으로 달려들더니 그녀를 껴안고는 강제로 입을 맞추었다.

이제껏 누구와도 입을 맞춰본 적이 없던 피오니였다. 기분 나쁘게 떨리는 애런의 뜨거운 입술의 감촉에 피오니는 정신이 혼미해지면서 메스꺼움을 느꼈다. 그리고는 머리를 휘저으며 비명을 질렀다. 하지만 욕지기가 너무 심했기 때문에 다른 사람들에게 들릴 정도로 큰 소리가 나오지 않았다. 이어 애런의 손이 그녀의 가슴에 와 닿는 게 느껴졌다. 이제 메스꺼움은 사라지고 분노와 함께 다시금 원기를 되찾은 피오니는 온 힘을 다해 애런에 맞섰다. 그의 얼굴을 할퀴고, 머리칼을 쥐어흔들고, 귀를 잡아당기고, 이제 애런이 도망치려하자 걷어차기까지 했다. 피오니는 한 손으로 그의 머리채를 잡은 뒤 주먹 쥔 다른 손으로 얼굴을 밀어냈다. 피오니는 거칠게 숨을 내쉬긴 했지만 한 마디의 말도 내뱉지 않았다. 그의 몸이 자신에게 닿았다는 수치스러운 사실을 남에게 알리고 싶지 않았다.

꽤 시간이 지난 뒤 결국 피오니가 애런에게 호통을 쳤다. "한 번만 더 내 몸에 손을 대면 동물만도 못한 네 녀석의 목을 칼로 쳐 죽일 거야!"

피오니는 대상들이 가져온 물건들 중에서 데이빗이 골라 자신의 방 한쪽 벽에 걸어놓은 그 칼을 두고 한 말이었다. 그 칼은 무척이나 정교하고 날카로운 칼날을 갖고 있었는데, 애런은 순간적으로 피오니가 정말 그렇게 할 수 있을 것 같은 기분이 들어 겁이 덜컥 났다. 피오니로선 자신이 던질 수 있는 최대치의 위협이었다. 본래 겁이 많고 나약한 애런은 벌벌 떨기 시작했다. 그의 아버지는 강한 사람이었고, 여호와가 내리는 우렛소리조차도 침착하게 받아들일 줄 알았지만, 나약하기 이를 데 없던 애런은 여호와를 두려워하고, 미워했다. 또한 랍비의 아들이란 사실을 무엇보다도 싫어했다. 피오니의 호통 소리를 들은 애런은 옷을 추스르더니 슬그머니 사라졌다.

피오니는 오랫동안 경멸의 눈초리로 그를 쏘아보았다. 그리곤 단호하고 신속한 발걸음으로 자신의 방으로 가 머리에서 발끝까지 박박 문지르며 몸을 깨끗이 씻은 뒤 옷을 갈아입고 머리를 빗었다. 그리고 향수를 뿌리고 가장 아끼는 보석을 몸에 걸친 뒤 신선한 꽃을 머리에 꽂았다. 하지만 분노는 여전히 가시지 않았다. 마음 같아선 애런이 지내고 있는 건물을 없애버리고 싶은 심정이었다. 그렇게 몸을 다시금 깨끗이 한 뒤 피오니는 데이빗의 방으로 가 그가 돌아오기를 기다렸다. 그리고 구실 삼아 데이빗의 방을 청소하고, 그가 망가뜨려놓은 백단나무 부채를 수선했다.

한 두 시간쯤 지나 데이빗이 돌아왔을 때에도 피오니의 두 뺨은 노여움이 가라앉지 않아 여전히 홍조를 띠고 있었다. 그녀는 탁자 앞에 앉아 접착제를 바른 깃털을 손에 쥐고서 부채를 꼼꼼히 수선하고 있었다. 데이빗을 보자 그가 방금 전 쿠에일란을 만나고 왔다는 걸 알아차릴 수 있었다. 데이빗은 유쾌하고 만족스런 표정이었다. 피오니는 데이빗을 바라보면서 어쩌면 남자들은 자신이 사랑받고 있다는 사실을 알면 저렇게 자신만만해지는 걸까하는 생각을 했다. 하지만 피오니는 이러한 생각이 자신의 숨겨진 사랑에서 비롯된 씁쓸한 감정임을 알고 있었다. 그녀는 다시금 그 감정을 한쪽으로 밀어둔 뒤 부채를 조심스레 내려놓았고, 조신하게 옷깃을 여미며 몸을 일으켰다. 데이빗이 피오니가 그토록 바라왔던 이전의 쾌활함이 담긴 눈빛으로 그녀를 바라보았다.

"얘기해줘요." 데이빗이 자신에게 모든 걸 다 얘기하고 싶어 한다는 걸 감지한 피오니가 그렇게 졸랐다.

"뭘?" 데이빗이 장난스레 반문했다.

"아씨를 만났어요?"

"그리로 올 거라고 네가 말하지 않았었니?" 그가 대답했다.

"정말 나오셨어요?"

"안 나왔을 것 같아?"

그 순간 피오니는 갑자기 울기 시작했고, 데이빗은 놀라지 않을 수 없었다.

"왜 그래, 무슨 일이야?"

피오니는 머리만 가로저을 뿐 아무 말도 하지 않았다.

데이빗이 가까이 다가섰다. "말해 봐." 그가 재촉했다. "누가 너한테 해라도 입힌 거야?"

피오니가 고개를 끄덕였다. 그리고는 여전히 흐느끼며 소매로 눈가를 훔쳤다.

"어머니가?" 그가 성을 내며 물었다.

"사실은, 사실은…… 내 입으로는 도저히 그의 이름을 말하지 못하겠어요!" 그러면서 피오니는 고개를 가로저었고, 애끓는 작은 목소리로 흐느껴 울었다.

"남자로구나!" 데이빗이 소리쳤다.

피오니가 고개를 끄덕이며 속삭였다. "목사님의 아들이요."

피오니를 잠시 바라보던 데이빗이 불쑥 몸을 일으켜 정원 출입문 쪽으로 성큼성큼 걸어 나갔다. 하지만 피오니가 그를 쫓아 뛰어가며 큰소리로 간청했다. "나만 알고 있는 걸로 해줘요. 그렇지 않으면 내가 너무 수치스러워져요."

"놈이 무슨 짓을 한거야?" 데이빗이 다그쳐 물었다.

"말할 수 없어요." 피오니가 더듬거리며 말했다.

"설마⋯⋯." 데이빗이 말했다. 두 뺨이 붉게 타오르기 시작했다.

"오, 아니에요, 아니에요!" 피오니가 크게 소리쳤다. 그리고는 실제 일어난 일 이상으로 그가 심각하게 받아들이는 걸 막기 위해 눈물 사이로 미소를 지어보였다. "내가 그 녀석을 때려줬어요." 그녀가 털어놓았다. "머리를 손으로 쥐고 다른 손으로 얼굴을 한방 먹였죠."

데이빗이 통쾌하게 웃음을 터뜨렸다. "그 광경을 봤어야 하는데! 녀석 얼굴에 상처를 내줬어? 가서 봐야겠어!"

"잠깐만요." 피오니가 만류했다. "일어난 일을 사실대로 얘기할 테니 제발 가지마세요. 그 자식이... 내 입에 자기 입을⋯⋯."

"망할 놈의 자식!"

피오니가 아름다운 두 눈에 눈물을 글썽이며 자신의 오른손 집게손가락을 들어 그의 입술에 갖다 댔다. "난 더럽혀졌어요." 그녀가 탄식했다.

데이빗으로선 그녀를 위로해주지 않을 도리가 없었다. 그는 두 손을 그녀의 어깨에 올린 뒤 그녀의 부드러운 붉은 입술을 바라보았다. 이제 피오니는 그의 입술에서 손가락을 내리면서 더할 나위 없이 부드러운 목소리로 말했다. "내 입술을 다시 깨끗하게 만들어줘요!"

피오니가 앞으로 조금 다가서자, 데이빗이 머리를 기울였다. 미소를 지으며 조금은 장난스럽게 머리를 좀 더 아래쪽으로 내리자 결국 그의 입술이 피오니의 입술에 가닿았다. 그는 이제껏 단 한 번도 여자와 입을 맞추어본 적이 없었다. 지금 입을 맞추고 있는 상대는 그저 피오니였다. 그가 너무도 잘 알고 있는 바로 그 자그마한 피오니였다. 하지만 불현듯 그녀의 입술이 달콤하게 느껴졌다. 묘한 기분이었다.

피오니는 몸을 뒤로 빼며 빠르고 분명하게 말했다. "고마워요." 그리고 조그맣게 덧붙였다. "이젠 잊을 수 있어요. 자, 이제 얘기해줘요. 정말 그 예쁜 셋째 따님을 만난 거예요?"

피오니의 태도가 너무도 갑작스레 변한 터라 데이빗은 무슨 말을 해야 좋을지 몰랐다. 모든 게 혼란스러웠다. 자신으로 하여금 달콤하고 따뜻한 감정을 불러일으키게 하더니 순식간에 또 다른 모습으로 변해 있는 피오니였다. 하지만 데이빗은 어느 틈에 피오니가 원하는 대로 다시금 쿠에이란을 만났던 그 사원을 머릿속에 떠올리고 있었다.

그는 서쪽 편에 있는 거대한 성주 상 뒤에 숨어 기다란 연두색 비단 치마 차림의 쿠에이란이 걸어 들어오는 걸 지켜보았다. 나이 든 여자 하인이 그녀의 손을 쥐고 있었는데, 땅딸하고 억세 보이는 여인네 옆에서 쿠에이란은 마치 어느 화창한 봄날의 버드나무 같았다. 이제 데이빗의 머릿속에 그녀의 얼굴이 떠올랐다.

"그래." 그가 천천히 말했다. "그녀를 봤어. 그녀가 얼마나 아름다운지 그동안 까맣게 잊고 있었더군."

"체구가 많이 작나요?" 피오니가 물었다.

"자그마하지. 너보다 크지 않아. 난 작은 여자가 좋거든."

"눈은요? 저만큼 큰가요?"

눈은 피오니 얼굴에서 가장 돋보이는 부분이었다. 그녀의 눈은 살구 모양이었고, 속눈썹은 곧고, 부드럽고, 길었으며, 눈동자 색깔은 검은색이라기보다는 따뜻해 보이는 진한 밤색이었다. 피오니의 두 눈을 바라보자 어쩔 수 없이 쿠에일란의 눈이 떠올랐다.

"그 처녀의 눈은 이제껏 내가 본 사람 중에 가장 아름다운 눈이었어."

이 말을 들은 피오니는 보조개를 만들며 손수건을 얼굴로 가져갔다. 점차 커지는 웃음과 함께 눈물 역시 가리기 위해서였다.

"아가씨에게 말을 건네셨어요?"

"그랬지. 사찰 안쪽으로 들어갈 때 그 처녀가 나를 보았거든."

"그래서 뭐라 하셨어요?" 피오니가 넌지시 물었다.

"그녀를 만나러 온 걸 관대히 여겨주길 바란다고 했지."

열띤 모습으로 둘의 만남을 설명하던 데이빗은 탁자 옆에 앉아 장난기를 모두 걷어내고 진중하게 말을 이었다. "너도 알다시피 난 보통 사람들과 같은 결혼을 할 수 없어. 만일 리아 대신 그녀를 신부로 택한다면, 어머니와 목사님, 그리고 아마도 아버지에게까지 심려를 끼쳐드리게 될 거야."

"아버님은 늘 젊은 주인님 편이세요." 피오니가 은근히 데이빗을 부추겼다.

"아, 하지만 우리 민족은 여자가 남자보다 더 힘이 있지." 데이빗이 걱정스레 말했다. "어머니가 어떤 반응을 보이실지 전혀 예측을 할 수 없어."

"리아 아가씨도 쿠에일란 아가씨에 대해 알고 있나요?" 피오니가 물었다.

"아니. 리아는 몰라." 데이빗이 대답했다. 그리고는 이내 가엾은 표정을 지어보이며 고개를 가로 저었다. "게다가 난 리아에게 암시까지······."

계속 곁에 서 있던 피오니가 탁자 건너편으로 가 앉았다.

"리아 아가씨를 사랑한다는 암시를 주셨다는 거예요?" 피오니가 조금은 놀란 목소리로 물었다. 그리고 서둘러 말을 이었다. "어떻게 그럴 수 있었죠? 공부를 하는 동안은 서로 한 마디도 하지 못하잖아요. 두 사람 사이엔 목사님이 앉아 계시고요."

"일전에 복숭아 정원에서······." 데이빗이 얼굴을 붉히며 말했다.

"복숭아 정원이요? 거기서 무슨 일이 있었는데요?"

"대상들이 도착한 바로 다음 날이었어." 데이빗이 주저하며 털어놓았다. "우린 둘 다 조금 들떠 있었지."

"리아 아가씨가 젊은 주인님을 만나러 복숭아 정원에 나오셨다고요?" 피오니가 큰 목소리로 물었다. "리아 아가씨가 본인의 의지에 따라 주인님을 만나러 갈 정도로 대담하다고 생각하세요? 분명히 마님께서 그렇게 하라고 시키셨을 거예요."

그녀를 물끄러미 바라보던 데이빗은 갑자기 피오니의 말이 사실일 거라는 느낌을 받았다. "만일 어머니가······." 그러면서 데이빗은 두 주먹으로 탁자를 내리쳤고, 피오니는 놀라 소리를 지르며 고쳐놓은 부채를 냉큼 집어 들었다.

데이빗이 분노로 가득한 눈빛을 한 채 뒤로 기대앉았다. "내가 어머니한테 가서······."

피오니는 부채 너머로 데이빗을 바라보았다. 그녀는 부채를 얼굴 가까이에 대고 있었는데, 그건 그녀가 백단나무 향을 무척 좋아했기 때문이었다. "아무런 말씀도 하실 필요 없어요." 피오니가 구슬렀다. "제가 주인어른께 가서 젊은 주인님의 심정을 말씀드리도록 할게요. 제가 젊은 주인님의 결혼 중개인이 되겠다는 얘기에요!"

하지만 데이빗이 다시금 고개를 저었다. "아무래도 리아를 계속해서 혼란스러운 상태로 놔두는 건 도리가 아닌 것 같아. 리아에게 어떻게 얘기를 해야 할지 생각을 좀 해봐야겠어."

"아무 말도 하지 마세요." 피오니가 간청했다. "말할 필요가 없는 건 말하지 않는 편이 나아요. 만일 말로 옮기면 모든 면에서 불편해지죠. 아,

게다가 리아 아가씨도 젊은 주인님한테 무척 냉담하게 대하실 거예요."

"리아가 냉담해질 거라고?" 데이빗이 물었다. "아니, 그건 네가 잘못 알고 있는 거야! 리아는 너무도 선한 여자야. 난 정말, 어머니를 위해서가 아니라, 정말 내 모든 걸 바쳐 리아를 사랑할 수 있었으면 좋겠어." 여기서 말을 멈춘 데이빗은 잠시 머뭇거리다가 다시금 말을 이었는데, 반쯤은 혼잣말을 하는 느낌이었다. "만일 리아가 그저 보통의 여자였더라면 아마도 난 그녀를 사랑할 수 있었을 거야. 하지만 리아는 그 이상이야."

그는 피오니가 너무 순진해서 그가 한 말을 이해하지 못할 거라고 여겼지만, 피오니는 그가 한 모든 얘기를 이해했고, 침묵을 지키는 게 적절하다는 걸 알 정도로 명민했다. 리아는 여자 그 이상이었다. 그녀는 유대민족의 전통과 과거 그 자체였고, 그녀와 결혼을 한다는 건 그 모든 것들과 결합한다는 걸 의미했으며, 데이빗은 반드시 그곳으로 돌아가야 했다. 결혼과 동시에 그는 온전히 그 자신이 될 수 없었고, 자유로울 수 없었다. 그리고 그곳으로 돌아간다면 그는 고대로부터 이어진 유대 전통의 일부가 되어 그 오래된 구슬픈 역사를 온몸으로 짊어져야만 했다. 하지만 피오니는 이러한 생각을 데이빗에게 말하지 않았다. 그 대신 그녀는 평소처럼 아이 같은 표정과 몸짓을 보여주었다.

"제가 아버님께 말씀드릴게요." 피오니가 간청했다.

그러자 데이빗은 희미한 고통으로 그늘진 얼굴을 한 채 구슬프게 미소를 지어보였다. "아버지가 무슨 도움을 주실 수 있겠어? 아버지도 내 처지와 다를 바 없었는데 뭐."

"아버님은 젊은 주인님과 경우가 달라요. 아버님은 당시에 자신을 구해줄 사람이 주변에 없었거든요." 피오니가 부드럽게 말했다. "지금쯤 젊은 주인님을 생각하고 있을 그 작은 아가씨를 떠올려보세요. 아가씨가 날마다 주인님 생각을 하고 있다는 거 아세요? 물론 아시겠죠! 그러니까, 제가 아버님께 말씀드리겠다는 거예요!"

그녀의 부드러운 목소리에 귀를 기울이던 데이빗이 결국 고개를 끄덕이자, 피오니는 그가 다시 자신을 불러 세우지나 않을까 하는 두려운 마음에 재빨리 방을 나섰다. 피오니는 곧바로 에즈라의 처소로 향했는데, 에즈라는 갈대 의자에 기대어 앉아 잠이 들어 있었다. 두 다리를 쭉 펴고 부채는 배 위에 올려둔 채였다. 코까지 골며 자고 있는 그를 깨울 수 있는 방법이 뾰족히 생각나지 않았다. 피오니는 헛기침도 해보고, 노래도 불러보고, 너무 급작스럽게 깨어나지 않도록 부드러운 목소리로 주인을 불러보기도 했지만 그는 꿈쩍도 안했다. 마침내 피오니는 돌 위에 앉아있던 귀뚜라미를 발견했고, 그걸 집어다 에즈라의 턱수염 위에 올려놓았다. 이제 그곳에서 어쩔 줄 몰라 하던 귀뚜라미가 구슬프게 울기 시작하자, 에즈라가 잠에서 깨어나 머리를 한두 차례 돌리더니 손가락으로 수염을 쓰다듬었고, 이내 귀뚜라미를 발견하고는 획 던져버렸다.

"장난꾸러기 귀뚜라미가 주인님의 수염 속으로 들어가는 걸 저도 봤어요." 피오니가 상냥하게 말을 건넸다. "하지만 곤히 주무시는 것 같아 어찌할 수가 없었어요."

"이런 일은 난생 처음이구나." 에즈라가 놀라워하며 말했다. 그는 상체를 일으키고 온몸을 쭉 펴더니, 하품을 한 차례 하고 머리를 흔들며 잠을 쫓았다. "무슨 의미가 있는 걸까? 흙점점쟁이한테 물어봐야겠구나."

"좋은 징조예요, 주인님. 귀뚜라미는 안전하고 부유한 집에만 가거든요."

피오니는 탁자 위에 놓여있던 주전자에서 차를 따라 두 손으로 에즈라에게 건넨 뒤, 바닥에 떨어진 부채를 집어 에즈라를 향해 부채질을 하기 시작했다. 그가 어느 정도 정신을 차렸을 무렵, 피오니가 운을 뗐다.

"주인님, 제가 잘못을 한 가지 저질렀어요."

"또?" 그가 물었다. 그는 하품을 하고 정수리 부근을 긁적이며 미소를 지어 보였다.

"젊은 주인님, 그러니까 주인님의 아드님께서……." 피오니가 말을 채 잇지 못했다.

에즈라가 순간 놀라는 눈치였다. 피오니의 표정이 지나치게 밝았기 때문이었다. 데이빗이 어리석게도 그녀의 사랑 고백에 화답이라도 한 것일까? 그렇다면 집안에 한바탕 혼란을 가져올 게 분명했다. 피오니는 그저 일개 하녀가 아닌가! 에즈라 부인은 도대체 어떤 반응을 보일 것인가!

에즈라의 눈에서 두려움을 포착한 피오니가 미소를 지어보려 했다. 그가 무슨 생각을 하고 있는지 눈치채자 그녀의 심장이 떨려왔다. 아무도, 심지어 자신이 아버지처럼 사랑해마지 않는 마음씨 좋은 주인님조차, 그녀를 상냥한 하녀 이상으로 생각하지 않는 것이었다. 그녀는 그저 일 잘하고, 집안 분위기를 유쾌하게 만드는 데 일조를 하면 그만인 그런 존재였다.

"걱정 마세요." 피오니가 부드럽게 말했다. "아드님이 사랑하는 여자는 제가 아니니까요."

피오니는 자신이 맘만 먹으면 데이빗이 자신을 사랑하게끔 만들 수도 있다는 걸 알고 있었다. 그의 마음은 리아를 밀어냈고, 아직 쿠에일란을 받아들이지는 않은 상태였다. 이제 그 빈 공간으로 들어서기만 하면 그의 마음이 피오니를 맞이할 가능성이 높았다. 하지만 피오니는 너무 영리했다. 자신에게 아내의 위치가 주어질 리는 결코 없겠지만, 만일 그렇게 된다 해도 데이빗의 인생은 안락함과는 먼 것이 될 터였다. 그녀는 데이빗을 너무도 사랑하기에 그가 고통을 겪는 것을 지켜볼 수는 없었다. 또한 피오니는 데이빗을 받들고 복종하는 훈련을 받으며 자라왔다. 조화가 무너진 상태에서는 누구도 행복을 맛볼 수 없다. 이 집의 며느리가 되는 건 그녀의 운명이 아니었다. 피오니는 몰래 숨어있다 밖으로 나와 양지바른 곳에서 홀로 춤을 추는 작은 생쥐 같은 존재였다. 고로 그녀는 이 집의 거대한 지붕 아래서 홀로 자신만의 즐거움을 찾아야 했다.

"그럼 내 아들이 도대체 누구를 사랑하는 게냐?" 에즈라가 근엄하게 물었다.

피오니는 고개를 들고 부드러운 눈빛으로 에즈라의 눈을 똑바로 쳐다보았다. 아이의 그것처럼 거짓 없어 보이는 눈빛이었다.

"여전히 쿵 첸의 셋째 딸을 사랑하고 계세요." 그녀가 용기를 내어 말했다.

에즈라는 피오니로부터 고개를 돌렸고, 아무런 대답도 하지 않았다. 그는 턱수염을 잡아당기며 한숨을 내쉬었고, 입술을 만지작거리며 이런저런 생각을 했지만 뾰족한 수가 떠오르지 않았다. 그가 내심 바라는 건 그저 자신의 아들이 원하는 상대와 결혼해 행복해지는 것뿐이었다.

그럼 나오미와 함께 한 나의 삶은 행복하지 않았던 걸까? 그가 스스로에게 물었다.

그는 행복했다. 비록 결혼을 할 당시 나오미를 사랑하지는 않았었지만, 그렇다고 어떤 다른 여자를 열렬하게 사랑하거나 한 것도 아니었다. 그랬다. 그는 비취 꽃을 사랑하지 않았다. 그의 부모의 요구를 외면할 만큼 그녀를 사랑하지는 않았다. 만일 데이빗이 피오니를 사랑한다고 말해온다면 그는 아마 자신의 아버지가 그랬던 것처럼 데이빗을 꾸짖고 결혼을 못하게 하리라. 하지만 훌륭한 중국 집안인 쿵 첸의 딸이라면 경멸할 이유가 없었다. 그녀는 모든 면에서 충분히 데이빗의 배필이 될 자격이 있었다. 단 하나 신앙의 문제가 있긴 했지만, 많은 유대인들이 중국 아내를 맞이했고, 그렇게 한다 해도 유대인으로서의 정체성을 완전히 저버리는 것도 아니었다. 나오미에게도 이렇게 말해줄 수 있다고 그는 생각했다.

에즈라는 생각한 것을 곧바로 실행에 옮기는 사내였다. 그는 어느덧 피오니는 잊어버린 채 충동적으로 몸을 일으켜 아내를 찾아 나섰다. 뒤에 남은 피오니는 자신이 만만치 않은 일을 저질렀구나 하는 느낌을 받았다. 곧 그녀는 조금 거리를 두고 에즈라의 뒤를 따랐고, 그러고는 계수나무 뒤에 몸을 숨겼다. 에즈라는 아내의 거처에서 기분이 몹시 언짢은 상태인 나오미와 대면했다. 그는 부인이 그저 자질구레한 집안일 때문에 기분이 가라앉아 있는 걸로 생각했다. 에즈라 부인은 무척이나 예민한 집안 관리자였기에 달걀을 도둑맞거나 접시가 깨지거나 하는 일로도 상심을 하곤 했었다.

"오늘은 가게에 안 나가셨군요." 에즈라 부인이 남편을 보고 말을 건넸다.

에즈라는 애써 미소를 지으며 안으로 들어와 탁자 너머로 가서는 아내와 마주보고 앉았다. "응, 어젯밤에 많이 늦었거든." 그가 사실대로 말했다. "쿵 첸이 달 놀이를 가자고 초대를 했지. 아들 둘 하고 같이 나왔더구먼. 난 데이빗을 데리고 갔고."

"당신 얼굴 좀 봐요!" 부인이 소리를 높였다. "누렇게 떴어요."

"뜨긴 뭘." 그가 응수했다. "그 정돈 아니야."

"눈은 흐릿하고," 그녀가 가차 없이 말을 이었다. "머리는 완전히 까마귀 집이네요! 데이빗도 술을 많이 마셨나요?"

"오늘 아침엔 데이빗을 못 봤어."

에즈라 부인이 얼굴을 찌푸렸다. "난, 리아와 얘기를 좀 나눴어요."

에즈라가 부드러운 눈빛으로 부인을 바라보았다. "아, 나오미." 그가 한숨을 내쉬며 조심스레 말했다. "그냥 우리 아이를 놓아주는 게 어떨까?"

"놓아주다니요? 도대체 그게 무슨 뜻이죠?" 부인이 성을 내며 반문했다.

"그 애는 리아를 사랑하지 않아." 에즈라가 말을 이었다. "데이빗이 리아와 결혼을 한다면 그건 단지 당신을 기쁘게 해주기 위한 걸 거야. 결국 그렇게 되면 당신이나 데이빗이나 과연 얼마나 행복해질 수 있을까?"

에즈라 부인의 당당한 얼굴이 붉게 물들었다. "데이빗은 여자에 대해 아무 것도 몰라요." 부인이 단언했다. "당신이 나랑 결혼할 때처럼 지금의 데이빗도 어리석기 그지 없다고요."

"내가 훨씬 더 어리석었지." 에즈라가 부드럽게 덧붙였다. "난 당신 손에 놓인 찰흙이었지. 그렇지, 여보?"

부인은 화를 가라앉힐 의향이 없었다. "게다가 리아는 데이빗을 사랑하고 있다구요."

"그렇다면 리아만 딱하게 됐구먼."

"왜죠?" 부인이 재빨리 고개를 돌려 에즈라를 다시 노려보았다. "왜 리아가 딱하다는 거죠?"

"난 최소한 다른 누군가를 사랑하지는 않았으니까."

두 사람의 눈이 마주쳤지만 이내 둘 다 시선을 돌렸다. 아주 오래 전 바로 이 방에서 두 사람은 이렇게 앉아 있던 적이 있었다. 젊고 당당한 젊은 여인, 지나칠 정도로 아름답고, 독실한 신자였던 부인은 에즈라가 몰래 하녀의 방에 들어갔던 것을 두고 질책을 했었다. 두 사람 다 이젠 잊었노라고 할는지도 몰랐지만 여전히 생생한 순간으로 기억되고 있었다.

"당신 말은 데이빗이 피오니를……." 에즈라 부인이 탁한 목소리로 신음하듯 말했다.

에즈라가 고개를 저었다. "아니, 피오니가 아니라 쿵 첸의 셋째 딸을 얘기한 거요."

에즈라 부인은 오래전 그 당시처럼 곧바로 몸을 일으켰고, 에즈라를 내려다보았다. "안 돼요." 그녀가 소리를 높였다. "절대 용납 못해요! 왜 다시 그 애 얘기를 꺼내는 거예요?"

하지만 이제 에즈라는 더 이상 평화를 사랑하던 붙임성 있는 그 옛날의 젊은이가 아니었다. 그는 단호하고 완강한 사내로 변모해 있었고, 그녀와 오랜 세월 함께 지내며 결국 그녀를 사랑하는 법을 터득하면서, 아내에 맞서 자신의 생각을 주장할 수도 있게 되었다.

"아, 나오미." 그가 부드러우면서도 냉정하게 말했다. "삶이 당신의 승인을 기다리지 않는다는 걸 언제나 깨달을 셈이요?"

이 말과 함께 에즈라는 몸을 돌려 방을 나섰다. 계수나무 뒤에 숨어 있던 피오니는 자신이 들은 바를 곰곰이 생각해보았다. 데이빗에게 돌아가 얘기를 해줘야 할까? 하지만 자신이 들은 거라곤 주인 부부의 새로울 것 없는 말다툼뿐이지 않은가! 그렇다면 두 사람 사이의 반목이 해소될 때까지 기다리는 게 좋을 듯 싶었다. 하늘이 화해를 주선하리라.

피오니는 나무 뒤에서 빠져나와 자신의 방으로 향했다.

이제까지 리아를 절망 상태로 몰아넣어온 사람은 다름 아닌 에즈라 부인이었다. 비록 그것을 의도한 건 아니었지만, 부인은 자신 내부의 두려움에 휩싸여 리아를 닦달하고 비난하면서 그녀가 겁에 질려 할 때까지 몰아붙여왔다. 피난처 역할을 약속했던 이 에즈라의 집은 그녀의 소망에도 불구하고 오히려 전혀 안전하지 못했다! 자신의 어머니와 가장 가까웠던 에즈라 부인은 지금 리아에게 몹시 화가 나있었다. 만일 에즈라 부인이 그녀를 내쫓는다면 앞으로 무슨 일이 벌어질까? 리아는 아버지의 작은 집에서 살아갈 자신의 음울한 미래의 모습을 머릿속에 그려볼 수 있었다. 아버지마저 돌아가신다면 자신은 혼자가 되고, 그저 에즈라 부인의 마지못한 냉담한 동정만이 남게 될 뿐이었다. 아니, 혼자가 되는 것보다 더욱 안 좋아질 터였다. 곁에 애런이 남아있을 테니 말이다.

두려움과 절망감에 리아는 자신을 방어해보려 애를 썼지만, 결국 침묵 속에 잠겨 들 수밖에 없었다. 에즈라 부인이 무슨 말을 하건 그녀는 아무 대답도 하지 않았다. 에즈라 부인이 연신 말을 해대도 리아는 그저 머리를 숙인 채 잠자코 서 있을 따름이었다. 앞으로 모아 쥔 두 손은 너무도 차갑게 느껴져 마치 얼어붙은 것처럼 보일 정도였다. 그녀는 온몸이 상처를 입은 듯 느껴졌고, 천근만근 무거웠을 뿐 아니라 정신 조차 마비되어 있었다.

마침내 에즈라 부인이 "그만 가보거라. 그리고 한동안 내 눈에 띄지 않도록 해라!" 라고 큰소리로 호통을 치자, 리아는 어디로 가야 할지 알지 못한 채 몸을 돌려 방을 빠져나갔다.

리아는 에즈라 부인에게 노여움을 품지 않았다. 푸근하고 심성 착한 부인을 그러한 격분으로 이끈, 그 고뇌에 가득 찬 심정을 십분 이해했기 때문이다. 에즈라 부인 역시 절망감에 빠져있었다. 그녀를 그토록 무정하게 만든 건 다름 아닌 그 절망감이었다 — 절망과 사랑. 에즈라 부인은 세상 어느 누구보다도 데이빗을 사랑했다. 사실 여호와에 대한 사랑보다도 더욱 깊었기에 그녀는 아들을 유대 민족의 신앙 속에서 벗어나지 않게끔 노력했던 것이다. 이곳 이교도의 나라에서 어머니의 신앙으로 울타리를 치지 않는다면 데이빗은 그녀의 품에서 떠날 수도 있었다. 그녀의 꿈속에서 데이빗은 장차 동포들을 이끌고 다시 고향땅으로 향하는 지도자의 모습이었다. 리아는 이 모든 것을 알았고, 에즈라 부인의 마음을 명확하게 꿰뚫어 보았다. 이렇게 모든 것을 이해했기에 리아는 에즈라 부인에 대해 어떠한 노여움도 품지 않았던 것이다.

사실 문제가 있었던 건 에즈라 부인이 아니었다. 일을 그르친 건 다름 아닌 바로 리아 자신이었다. 그녀는 데이빗이 자신을 사랑하게끔,

아내로 삼고 싶게끔 만들지 못했다. 그렇다고 데이빗을 탓할 순 없지 않은가? 리아가 겸손하게 자문했다. 그녀는 평생 동안 두 남자를 위해 집안 살림만을 해왔다. 리아는 자신의 두 손을 들어 유심히 들여다보았다. 왕 마가 손에 기름을 묻혀 마사지하는 법을 가르쳐 주었고, 그녀 역시 나름대로 노력을 해보긴 했지만, 과도한 일과 가난은 그녀의 손을 큼지막하게 만들었고, 그걸 바꾸기에는 이미 너무 늦은 뒤였다. 그녀는 토라를 공부하려 애를 쓰는 동안에도, 옆에 앉아 있는 데이빗을 머릿속에 떠올리며 백일몽을 꿀 뿐이었다. 데이빗은 단 한 차례도 그녀에게 눈길을 주지 않았고, 그날을 상기시키는 어떠한 신호도 주지 않았다. 그날이란 리아가 데이빗의 마음을 움직였던, 대상들이 돌아왔던, 그리고 신이 그녀를 도왔던 바로 그날이다. 하지만 그 이후로 리아 역시 아무것도 한 게 없었다. 신의 도움조차 구하지 않았다. 그 대신 리아는 어리석게 그저 믿음만 품은 채 몽상을 했을 뿐이다. 이런 생각에 잠겨 안마당 길을 정처 없이 걸어가던 리아는 주변에 아무도 보이지 않자 어느 정도 목소리를 키워 기도를 하기 시작했다. "오, 우리의 신, 진정한 유일신 여호와여, 제 말을 들어주세요. 저를 도와주세요."

그렇게 정처 없이 걸으며 간곡하게 기도를 올리자, 마치 신의 목소리가 들리는 듯했다. 어서 데이빗을 찾아가 네 마음을 열어 보이라고 이르시는 신의 음성이었다. 고개를 들자 눈물이 두 뺨 위를 타고 흘러내렸다. 만일 신이 다시금 그녀를 도와준다면 모든 게 에즈라 부인이 원했던 바대로 될 수 있을 터였다 — 그래, 리아 역시 그것을 바라고 있었다. 그녀는 데이빗을 사랑했다. 그의 아내가 된다면 얼마나 기쁠까!

리아는 어린 시절 이후로 한 번도 밟아보지 않은 길로 서둘러 발걸음을 옮겼다. 오래전, 데이빗이 일곱 살 무렵이었을 때, 그는 어머니의 곁을 떠나 아버지의 처소 곁으로 방을 옮겼었다. 하루는 꼬마 리아가 데이빗을 따라 그곳엘 갔고, 이를 전해들은 에즈라 부인은 그녀에게 다시는 그리로 가지 못하도록 단단히 주의를 주었다. 하녀들을 제외하곤 여자는 누구도 남자들의 방에 가선 안 되는 것이었다. 이제 리아는 기억에서 잊혀진 옛길을 걷고 있었고, 하인들은 점심식사 준비를 하느라 바빴기 때문에 누구에게도 눈에 띄지 않았다. 그렇게 리아는 예고도 없이 데이빗의 처소에 도착했다.

피오니가 떠난 뒤 데이빗은 탁자 곁에 앉아 있었다. 한 번 몸을 일으켜 책을 가져오긴 했지만, 한 줄도 읽지 않았다. 책 속의 단어들에 정신을 집중할 수가 없었다. 그럼에도 그는 적절한 단어들을 찾아내고 싶은 마음이 굴뚝같았다. 아침에 쿠에일란을 보았을 때 머릿속에서 시구가 뭉게뭉게 피어올랐기 때문이었다. 그것들은 단순한 사랑의 시가 아니었다. 그건 남자가 사랑과 의무 사이에서 반드시 행해야만 하는 선택에 관한 엄격한 문장들이었다.

하지만 책을 펼치기도 전에 데이빗은 이미 깊은 생각에 빠져있었다. 불과 얼마전의 그는 사랑과 의무 사이에서 선택을 하지 않았었다. 그의 선택은 이미 의무 쪽으로 다가가 있었다. 그 때문에, 그 어여쁜 중국 소녀를 한 켠으로 밀어둘 수 있었다. 사랑 쪽으로 결정을 내렸다면 흠뻑 빠져들 수도 있었을 테지만 말이다. 그러나 그건 아니었다. 그가 선택의 기로에 놓인 이 상황은 전체 유대 민족이 처한 상황의 축소판이었다. 자신이 어울려 살아온 사람들로부터 외톨이가 되게 만드는 그 유대 신앙에 헌신하면서 그들로부터 자신을 분리시킬 것인가? 아니면 그를 둘러싼 모든 인류의 풍부한 대양 속으로 자신의 삶을 쏟아 부을 것인가? 감히 그 대양 속으로 몸을 내던질 수 있을까? 그렇게 되면 그는 무엇을 잃게 되는 것일까? 아니, 이제껏 잃은 건 아무 것도 없었다. 그 자신, 그 안에 있는 조상들, 그의 대를 이을 자식들, 그 모두는 대양을 보다 더 풍부하게 만들 뿐, 잃는 것은 아무 것도 없을 것이다.

결정의 순간을 눈앞에 둔 바로 그 순간이었다. 그렇게 깊은 명상에 잠겨 있는 사이 문지방에서 리아의 모습이 보였다. 데이빗은 리아가 자신의 방을 찾았다는 사실에 놀라워하며 몸을 일으켰다.

"나를 만나러 여기까지…… 온 거야?" 데이빗이 더듬으며 말했다. 그의 얼굴을 보는 순간 리아의 정신이 명확해졌다. 두 사람 사이에 더 이상의 혼란이 있어서는 안 되었다. 영혼과 영혼이 직접 만나야만 했다.

"응." 그녀가 대답했다. "어머니께서 아침에 나를 부르셔서는 너와 관련해서 내게 많은 꾸중을 하셨어."

"그건 어머니가 잘못 하시는 거야." 그가 부드럽게 말했다. 하지만 그는 멍한 기분이었다. 지금 이 순간 리아가 찾아왔다는 건 무얼 의미하는 걸까? 신께서 그녀를 보내신 걸까? 리아는 방 안으로 들어와 조금 전까지 피오니가 앉아 있던 자리에 가 앉았다. 데이빗도 자기 자리에 다시 앉았다. 그는 리아의 얼굴을 보고 그녀가 여기에 오기 전 눈물을 흘렸다는 걸 알 수 있었다. 하지만 이젠 전혀 눈물의 흔적을 찾아볼 수 없었다. 그녀의 커다란 두 눈은 맑게 빛이 났고, 두 뺨은 붉게 홍조를 띠었다. 너무도 아름다운 리아의 모습에 데이빗은 어째서 자신이 마음과 영혼을 다해 리아를 사랑하지 않는지 의아했다. 그의 마음은 침묵을 지키고 있을 따름이었다. 영혼이 선택의 결정을 내리기 전까지 데이빗은 그 누구도 사랑할 수 없었다.

바로 그 순간 데이빗은 자신의 머릿속에 각인되어 있던 예배당 현판의 글귀를 떠올렸다.

예배는 하늘에 영광을 돌리는 것이며, 정의는 조상들의 본을 따르는 것이다.
그러나 인간의 정신은 늘 예배나 정의에 앞서 존재해왔다.

어느 고대인의 이 용감하고 완고한 언사가 지금 데이빗의 영혼에 힘을 실어주었고, 신과 인간에 맞서 당당할 수 있게 만들어 주었다.

"어머니가 나무라시는 걸 그냥 참고만 있지는 마." 데이빗이 불쑥 말을 꺼냈다. "어머니는 나 역시 많이 힘들게 하셨어. 어렸을 때 난 아무리 애를 써도 절대 어머니를 기쁘게 해드리지 못할 거라고 생각했어. 결코 어머니의 성에 차지 않았거든." 데이빗이 조금은 슬픈 미소를 지어 보였다. "어머니는 너무도 근사하시지. 열정으로 가득하시고."

"어머님이 옳으신 거야." 리아가 힘주어 말했다. "잘못하고 있는 건 바로 나야. 데이빗, 너도 역시 잘못하고 있고!"

"내가 잘못하고 있다고?" 그는 짐짓 쾌활하게 말하려 했다. 리아가 자유를 택하려는 자신의 결심과는 상반된 생각을 하고 있다는 느낌이 들어 두려웠기 때문이다.

"네 어머님이나 우리 아버지 같은 분들이 안 계셨다면 우리 민족은 이미 오래 전에 사라져버렸을 거야. 진정한 유일신에 대한 것도 모두 잊어버리고 다른 사람들과 똑같이 되어버렸을 거라구. 하지만 다행히도 그렇게 신앙이 돈독한 분들 덕분에 우린 독립된 민족으로 살아갈 수 있는 거야."

리아가 이렇게 힘주어 자신의 의견을 피력하는 동안, 데이빗의 시선이 두 손을 모아 탁자 위에 올려놓은 리아의 젊고 강인한 손으로 옮겨갔다. 그는 한동안 침묵을 지켰다. 그리고는 무척 조용한 음성으로 운을 뗐다. "한편으로 난 이런 생각도 해. 바로 그러한 이들이 다른 사람들로 하여금 우리 민족을 적대시하게 만든 장본인들이 아닐까 하는."

리아의 입술이 파르르 떨렸다. 그는 리아가 자신이 한 말을 이해하지 못했음을 알 수 있었다. "우리가 그들보다 나은 사람들이라는 말을 그들은 믿기 힘들어 해." 데이빗이 말을 이었다. "정말 우리가 그들보다 나은 민족일까? 너도 생각해봐. 우린 아주 솜씨 좋은 상인들이야. 부유하고, 똑똑해. 우린 음악을 만들고, 그림을 그리고, 질 좋은 공단을 엮어내지. 그런데 우린 다른 사람들의 미움을 사고, 그들은 우릴 죽이기까지 해. 왜 그런 걸까? 이건 내가 낮이고 밤이고 늘 나 자신에게 묻는 질문이야. 그런데…… 이제 그 이유를 알아가기 시작했어."

리아는 그의 말을 견뎌내기 힘들었다. "사람들이 우리를 미워하는 건 우리를 시샘하기 때문이야." 그녀가 단언했다. "그들은 신을 알고 싶어 하지 않아. 그들은 악한 사람들이고, 선해지고 싶은 마음도 없어."

데이빗이 고개를 저었다. "그들을 악이라고 하고, 우리를 선이라고 규정하는 건 단지 우리들뿐이야."

리아는 데이빗의 말에 경악을 금치 못했다. "데이빗, 어떻게 토라의 의미를 그렇게 제멋대로 오해할 수 있니?" 그녀가 목소리를 높였다. 그녀의 젊은 에너지 전체가 진지한 음성과 두 눈 속에 스며들었다. "신께서 우리 민족을 선택하셔서, 당신의 뜻을 토라를 통해 널리 알리도록 하신 거야. 우리마저 길을 잃으면 누가 선성善性을 계속 유지하겠어? 이 땅을 악의 손에 넘겨줄 순 없는 거잖아?"

이에 데이빗이 열정적으로 말을 받았다. "내가 아는 한 이 세상에 전적으로 악한 남자, 악한 여자는 없어." 그는 리아의 완고함에 화가 치밀었다. 그리고 불쑥 말을 이었다. "만일, 그래도 사악한 남자의 이름을 한 사람쯤 대라고 한다면 그건 바로 네 동생 애런이라고 말하겠어."

데이빗의 이 말은 리아의 마음에 커다란 상처를 입혔다.

"어떻게 네가 그런 말을 할 수 있니!" 리아가 소리쳤다. "넌 부끄러운 줄 알아야 해, 데이빗!"

"왜, 애런이 네 동생이라서?" 데이빗이 다그쳐 물었다.

"아니 — 그… 그… 그 애는 — 우리들 중 한 사람이기 때문이야!" 리아가 소리쳤다.

데이빗이 거칠게 웃음을 터뜨렸다. "자, 바로 이게 내가 말했던 것의 증거야! 네 안엔 공정함이 없어. 내 어머니가 지닌 것보다 조금도 덜하지 않아. 내가 보기에 인간은 선할 수도 있고 악할 수도 있는 거야. 유대인이건 아니건 그것과는 관계가 없다구."

그녀는 데이빗의 분노에 움찔하며 대꾸했다. "애런이 무슨 짓을 저질렀기에 그러는 거지?"

데이빗이 자리에서 일어나 열려있는 문 쪽으로 향하다 멈춰 섰다. 리아에겐 등을 돌린 채였다. "녀석이 한 짓을 네게 말해줄 수는 없어." 그가 거만하게 말했다. "네 귀에는 적절하지 않거든." 그리곤 대나무 그늘이 드리워진 안마당을 물끄러미 내다보았다.

"동생이 하는 일을 내가 알지 못할 이유는 없어." 리아가 응수했다.

"그럼 말해주지." 데이빗이 결심한 듯 말을 이었다. "어떤 여자한테 아주 상스러운 행동을 했어."

리아가 잠시 침묵을 지켰다. 잠자코 있는 게 현명하다고 판단을 했지만, 데이빗에겐 몹시도 화가 났다. 다시 한 번 즉답을 피하고 돌려 말했기 때문이다.

"그 여자가 누군데?" 리아가 다그쳐 물었다.

"말하지 않겠어." 데이빗이 대답했다. 그는 여전히 리아에게 등을 돌린 채였고, 계속 안마당을 바라보고 있었다. 바로 그때 저만치서 작은 개가 원형문 쪽에서 모습을 보였다. 개는 문턱에 멈춰 서서 붉은 혀를 입 밖으로 내민 채 둥그런 슬픈 눈으로 그를 응시했다. 개는 피오니의 뒤를 따라다니는 습관이 있었는데, 게으르고, 느릿느릿한 탓에 늘 뒤에 쳐지곤 했다. 녀석은 눈이 아니라 코로 피오니의 뒤를 쫓았다.

리아 역시 작은 개가 늘 피오니의 뒤를 따라다닌다는 사실을 알고 있었다. 그 순간 부싯돌에 불이 붙듯 순간적으로 리아는 데이빗이 말하는 여자가 누구인지 알아차렸다. "그 여자가 누군지 알겠어!" 리아가 탄식하듯 말했다. "피오니!"

데이빗은 마음속으로 작은 개를 저주했지만, 뭘 어쩌겠는가! 그는 다시 방 안으로 성큼성큼 돌아와 앉아 탁자 위를 양 손바닥으로 내리쳤다. "그래, 피오니야!" 그가 크게 소리를 질렀다. "손님 신분으로 와서 그 집에 살고 있는 하녀를 건드린 거라고!"

분노에 휩싸인 두 사람의 눈이 마주쳤고, 그 누구도 시선을 거두지 않았다.

"만일 피오니가 아니라 다른 여자였더라면 넌 그렇게 신경을 쓰지 않았을 거야!" 리아가 거칠게 소리를 질렀다. 지금의 그녀에겐 단 한 가지 바람만이 남아있었다. 그건 바로 온 힘을 다해 데이빗에게 상처를 입히는 것이었다. 리아는 이제 그에게 가장 크게 상처를 줄 만한 단어들을 찾는 데 여념이 없었다. "네가 왜 나를 원하지 않는지 알아!" 리아가 소리쳤다. "피오니는 널 타락시켰고, 응석받이로 만들었고, 너를 뼛속까지 나약하게 만들었어. 네 영혼을 훔쳐간 거라고." 그녀는 더 이상 말을 이을 수 없었다. 울지 않으려 안간힘을 썼지만, 결국 크게 울음을 터뜨렸고, 끝내 자제하지 못한 자신을 원망하기까지 했다.

순간, 데이빗의 분노가 사라졌다. 괴로워하는 리아의 아름다운 얼굴을 대하자, 마음이 누그러지면서 동정심이 온몸을 휘감았다. "내가 사랑하는 건 피오니가 아니야." 그가 천천히 말을 이었다. "다른 사람이 있어. 아마도 넌 한 번도 본 적이 없을 거야." 결국 그는 이렇게 마음 쪽을 선택한 것이다. 그 순간, 그의 영혼은 침묵을 지켰다.

리아가 울음을 멈추었다. 그녀는 떨리는 입술과 멍한 눈빛으로 데이빗을 물끄러미 바라보았다. 그가 던진 말들의 의미가 차츰차츰 전해져 왔다. 그의 말은 천둥처럼 그녀의 가슴에 내려앉았고, 독약처럼 그녀의 피를 타고 흘렀다. 그녀의 마음이 점차 어두워져갔다. 그녀는 벌떡 몸을 일으켜 벽에 걸려 있던 검을 오른손에 거머쥐었다. 그리고는 탁자 너머로 칼을 힘껏 휘둘렀다. 순간, 날카롭게 구부러진 칼날이 데이빗의 머리에 가 부딪혔다. 데이빗이 반사적으로 손을 갖다 대자, 피가 솟구치는 게 느껴졌다. 이내 눈빛이 흐릿해지더니 데이빗은 몸을 가누지 못하고 쓰러졌다. 리아는 여전히 칼을 손에 쥔 채 그를 내려다보고 있었다.

그 순간, 이 모든 광경을 지켜보던 작은 개가 후다닥 달려와 주인의 냄새를 맡았다. 개는 혀를 내밀어 데이빗의 피를 맛보았고, 고개를 들더니 세차게 짖어대기 시작했다.

리아는 작은 개의 울부짖는 소리를 듣고 나서야 손에서 검을 내려놓았다. 그제서야 그녀의 이성이 다시 제자리로 물밀듯 돌아왔다. 리아는 무릎을 꿇고 앉아 자신의 소매 자락으로 데이빗의 머리를 감쌌다. "오, 하나님." 그녀가 속삭였다. "제가 정말 이렇게 엄청난 짓을 한 건가요?" 그녀는 온몸이 녹아내리는 듯했다. "오, 어떻게 해야 하나요?" 그녀가 신음하듯 말했다.

그 사이 작은 개는 연신 짖어댔다.

작은 개의 목소리는 피오니에겐 익숙한 것이었다. 소리만 들리고 개가 눈에 띄지 않을 때면 피오니는 늘 작은 개가 어디 있는지 찾아 나서곤 했다. 안마당들을 가로질러 열려진 문들 사이로 작은 개의 높고 날카로운 울음소리가 들려오자, 피오니는 재빨리 몸을 일으켜 소리가 나는 곳으로 향했다. 결국 그녀는 데이빗의 안마당까지 오게 되었다. 그리고, 열려진 문 너머로 리아가 무릎을 꿇은 채 울고 있는 모습이 보였고, 바닥에 놓여 있는 검도 한눈에 들어왔다.

"세상에, 우리 젊은 주인님이…… 어쩌다 이렇게 다치신 거예요?" 피오니가 방으로 뛰어 들어오며 큰소리로 말했다.

리아가 몸을 일으켰다. 모든 피가 그녀의 얼굴로 밀려들었다. "내가 그랬어." 그녀가 잠긴 목소리로 대답했다.

"아가씨가요?" 피오니가 엄한 표정으로 리아를 쏘아보았다. "침대로 옮겨야겠어요. 날 좀 도와줘요! 그리고 나서 직접 마님께 가서 말씀드리도록 하세요!"

피오니는 마치 리아가 하녀이고 자신이 주인인 양 명령을 내렸다. 리아는 몸을 부르르 떨며 피오니의 말을 따랐다. 두 소녀는 함께 힘을 모아 데이빗을 들었고, 다른 방으로 옮겨 침대 위에 눕혔다. 그는 머리를 제대로 가누지 못했고, 이내 베개는 피로 물들었다.

"오, 데이빗이 죽었나봐!" 리아가 날카롭게 소리쳤다.

"아니에요. 죽지 않았어요." 피오니가 딱딱하게 말했다. "데이빗은 제게 맡기고 마님께 어서 말씀 드리세요."

"난 못해. 난 못해." 리아가 울부짖었다.

피오니가 리아 쪽으로 고개를 돌렸다. "그럼 데이빗을 죽게 놔두고 제가 갈까요?" 그녀가 다그치며 물었다.

이 말을 들은 리아가 과연 무슨 대답을 할 수 있었겠는가? 리아는 크게 소리 내어 울며 방을 뛰쳐나갔다. 그리고는 갑자기 발걸음을 멈추더니 멍한 상태에서 여전히 흐느꼈다. 검이 눈에 들어왔다. 바닥에 놓여 있는 칼 옆에는 작은 개가 있었는데, 마치 증인 신분으로 칼을 지키고 있는 것처럼 보였다. 리아는 칼이 놓여있는 곳으로 가서 멈춰 섰다. 잠시 뒤 허리를 숙여 검을 집어 들자, 작은 개가 으르렁거리기 시작했다. 하지만 리아는 작은 개의 반응에 관심을 두지 않았다. 그녀는 천천히 칼을 들어 올려 자신의 목을 그었다. 날카로운 칼날은 제 몫을 충실히 수행했다. 리아는 쓰러졌고, 칼은 타일 바닥에 찰그랑 소리를 내며 떨어졌다. 그리고 작은 개는 사납게 짖어대기 시작했다.

다른 방에 있던 피오니는 리아의 발걸음이 멈춘 걸 들을 수 있었다. 그녀는 손을 데이빗의 심장에 대고 있었다. 심장의 고동 소리를 느끼며 피오니는 리아 쪽으로 귀를 기울였다. 아무 소리도 들리지 않았다. 좀 더 기다려 보았다. 이어 작은 개가 으르렁대는 소리가 들려왔다. 그녀는 한참을 기다렸다. 다음 순간 찰그랑거리는 소리가 들렸다. 그제서야 피오니는 커튼이 쳐져있는 방으로 황급히 달려갔다. 그곳에 리아가 반쯤 목이 베어진 채 쓰러져 있었고, 머리카락은 이미 피에 흥건히 젖어 있었다. 칼은 곁에 놓여 있었고, 작은 개는 연신 짖어댔다.

"조용." 피오니가 말했다. "조용히 해, 작은 개야."

피오니는 서둘러 방을 나섰고, 마치 유령들이 자신을 쫓기라도 하듯 빠른 속도로 내달렸다. 조금 전 자신이 리아를 에즈라 부인에게 가보라고 말했었지만, 피오니 역시 이 무시무시한 상황 속에서 에즈라 부인을 찾을 용기는 좀처럼 나지 않았다. 그녀는 대신 왕 마를 찾았고, 그 사이 누구에게도 입을 열지 않았다. 다른 누가 이 사실을 먼저 알기를 원치 않았기 때문이었다.

피오니는 왕 마를 찾기 전에 왕 씨 노인을 먼저 만났다. 그는 무더운 오후 모두들 낮잠을 자고 있는 사이 북쪽 우물에 넣어둔 수박을 몰래 꺼냈었고, 이제 조용하고 사람 왕래가 적은 부엌 안마당으로 통하는 복도에서 시원한 수박을 맛있게 먹고 있었다. 우연히 이 복도로 들어선 피오니는 왕 씨 노인과 맞닥뜨리게 되었다. 처음에 그는 자신이 수박을 훔친 걸 들키게 될까봐 겁을 잔뜩 집어 먹었다. 하지만 이내 피오니가 그것에 전혀 관심을 보이지 않는다는 사실을 알아차렸다.

"왕 마 아줌마는 어디 있죠?" 그녀가 물었다.

"저기 대나무 숲 근처에 있단다." 그가 턱으로 가리키며 말했다.

피오니는 급히 그리로 향했고, 곧 왕 마가 걸상에 앉아 얼굴을 무릎에 댄 채 곤히 잠들어 있는 걸 발견했다.

"아줌마!" 피오니가 낮고 다급한 목소리로 불렀다.

왕 마가 얕은 잠에서 바로 깨어났다. 그녀는 아직 잠이 덜 깬 표정으로 피오니를 멍하니 바라보았다. 피오니는 왕 마의 어깨를 사정없이 흔들었다.

"아줌마, 사람이 죽었어요! 리아 아가씨와 젊은 주인님께서 말다툼을 벌이셨는데, 아가씨가 주인님의 머리를 향해 칼을 휘둘렀어요."

"오, 세상에." 왕 마가 중얼거렸다. 그리고는 벌떡 일어서며 소리를 높였다. "어디냐?"

"젊은 주인님의 처소예요. 잠깐만요! 리아 아가씨는 자기 자신한테도 칼을 휘둘렀어요."

"둘 다 죽은 거야?" 왕 마가 두려움에 떨며 속삭였다.

"아뇨, 아가씨만요."

"주인님 내외는 알고 계시냐?"

"제가 말씀을 드릴까요? 아니면 아주머니께서 하시겠어요?"

두 사람은 서로를 바라보며 빠르게 머리를 굴려 생각을 가다듬었다.

"주인님 내외가 와서 보시기 전에 정리해 놓을 게 있나 내가 먼저 가서 살펴보도록 하마." 왕 마가 판단을 내렸다. "네가 가서 말씀 드리는 게 좋겠다."

그렇게 두 사람은 헤어졌고, 피오니는 에즈라 부인을 찾았다. 그녀는 부인에게 먼저 말하는 게 더 나을 거라고 생각했지만, 문가로 갔을 때 그곳엔 에즈라도 함께 있었다. 결국 두 사람에게 동시에 알리지 않을 수 없는 상황이었다.

두 사람은 피오니의 얼굴을 보고 깜짝 놀랐다. "무슨 일이 일어난 게냐?" 에즈라 부인이 소리를 높였다.

"가만히 있어봐, 나오미." 에즈라가 아내에게 명령조로 말했다. 에즈라가 일어서자, 피오니는 두 손으로 길을 안내하는 시늉을 했다. 도저히 말로는 할 수가 없었다. 두 사람이 직접 보아야 했다. "어서요, 어서요. 두 분 다 어서요! 오······ 오!"

피오니는 울음을 터뜨리며 사건이 일어난 곳으로 다시 달려가기 시작했고, 에즈라 내외는 서로를 바라본 뒤 아무 말 없이 서둘러 피오니를 따랐다.

피오니의 발걸음이 데이빗의 처소 쪽으로 향하자 두 사람의 마음속에는 두려움이 일었다. 그러나 한 마디도 하지 않은 채 피오니를 쫓아갔고, 에즈라 부인이 에즈라보다 조금 더 앞장서 있었다.

원형문 앞에서 피오니가 멈춰 섰다. "말씀을 드려야겠어요." 그녀가 운을 뗐다.

하지만 에즈라 부인은 그녀를 옆으로 밀쳐내고 계속 발걸음을 옮겼다.

에즈라가 주저하며 입을 열었다. "혹시 데이빗이?" 그가 물었다. 그의 입술은 바싹 말라있었다.

"아뇨." 피오니가 말했다. "아드님이 아니라, 오, 주인님, 너무 놀라지 마세요. 리아 아가씨가 스스로 목숨을 끊으셨어요 — 그 대검으로요!"

에즈라는 탄식을 하며 피오니를 옆으로 밀쳐낸 후 에즈라 부인의 뒤를 쫓았고, 피오니도 이내 두 사람을 따라갔다. 하지만 리아가 쓰러져 있던 방은 텅 비어 있었다. 피오니의 말을 듣고 급히 발걸음을 옮기던 왕 마는 마침 남편이 눈에 띄자 그의 옷깃을 붙들고 함께 현장으로 향했으며, 두 사람은 힘을 모아 리아를 마루에서 들어 올려 이웃해 있는 안마당의 방으로 옮겼던 것이다. 그곳은 랍비가 데이빗에게 토라를 가르치던 장소였다. 두 사람은 그곳에 있던 소파에 리아를 눕혔고, 왕 마는 급히 문가에 쳐놓은 커튼을 뜯어와 리아의 몸을 덮었다. 그 사이 왕 씨 노인은 리아가 쓰러져 있던 현장으로 다시 돌아가 웃옷을 벗어 타일 위의 피를 훔쳤고, 웅덩이에 가서 물을 적셔와 현장을 깨끗하게 정리했다.

그래서 에즈라 부인이 안을 들여다보았을 땐 그저 텅 비어 있을 뿐이었다. 부인은 곧바로 데이빗의 방으로 향했고, 그곳엔 데이빗이 침대에 누워있었다. 피오니는 사고 직후 자신의 흰색 실크 허리띠로 데이빗의 머리를 묶어 지혈을 시켜두었었다. 그는 마치 잠이 든 것처럼 미동도 없이 누워 있었지만 숨소리는 빠르고 거칠었다. 에즈라 부인은 두려움에 휩싸인 채 흥분한 모습이었다. 그녀는 아들의 이름을 큰소리로 불렀고, 반응이 없자 피오니를 나무랐다.

"그만 둬 나오미." 에즈라가 명령조로 말했다. "어서 의사를 불러야 해."

"그런데 넌 왜 나한테 데이빗이 자해했다는 얘기를 하지 않은 게냐?" 에즈라 부인이 피오니에게 호통을 쳤다. 그러면서 부인은 피오니의 어깨를 쥐고 세차게 흔들었고, 에즈라가 이내 두 사람을 떨어뜨려 놓았다. 피오니는 자신의 여주인을 원망하지 않았기 때문에 한 마디도 하지 않았다. 슬픔에 겨운 부인이 자신을 가누지 못하고 있다는 걸 알고 있었고, 그렇게 화를 밖으로 내보내면 마음이 좀 진정될 거라고 생각했다. 그때 왕 씨 노인이 들어왔고, 왕 마도 모습을 드러냈다. 에즈라는 왕 씨 노인에게 곧바로 의사를 데려오라고 지시를 내렸고, 왕 마는 약초를 끓이기 위해 부엌으로 향했다.

이제 피오니만이 홀로 남아 자초지종을 이야기해야 했다. 피오니는 간결하게 정리해서 상황을 설명했다. 에즈라 내외는 두 눈을 크게 뜨고 두근거리는 심장을 달래며 피오니의 말에 귀를 기울였다. 이어 에즈라 부인은 데이빗의 곁에 앉아 아무 말 없이 그의 두 손을 쓰다듬기 시작했다.

"두 사람이 무엇 때문에 다퉜느냐?" 에즈라가 슬픔에 겨운 음성으로 피오니에게 물었다.

"모르겠어요." 피오니가 대답했다. "전 젊은 주인님이 바닥에 쓰러져 계셨을 때 다른 생각을 할 겨를이 없었어요. 그리고 아드님의 머리를 동여매고 있는 사이, 리아 아가씨가……."

에즈라 부인이 갑자기 크게 울음을 터뜨렸다. "오, 그 사악한 계집…… 내가 자기를 그렇게 친딸처럼 대해주었건만! 내 아들을 죽일 뻔했어!"

"리아는 사악한 아이는 아니었어." 에즈라가 구슬프게 말했다. "뭔가 그 애를 미치게 만든 거지. 하지만 우리는 그게 무엇이었는지 결코 알 수 없을 거야."

에즈라 부인이 갑자기 울음을 멈추었다. "난 절대 그 애를 용서하지 않을 거예요." 그녀가 결의에 찬 모습으로 말했다.

"데이빗이 살아난다 해도?" 에즈라가 물었다.

"그 애는 데이빗을 죽이려 했어요."

그때 데이빗이 몸을 뒤척이며 눈을 떴다. 그리곤 한 사람 한 사람을 차례로 바라보았다.

"리아는요?" 그가 힘없이 물었다.

"조용!" 에즈라 부인이 데이빗을 제지했다.

"하지만 리아는 — 그럴 의도가······." 그가 말을 채 잇지 못했다.

"조용!" 에즈라 부인이 엄하게 말했다.

"말을 하지 말거라, 애야." 에즈라 역시 데이빗의 말문을 막았다. 그는 가까이 다가가 아들의 손을 잡았다. 데이빗은 두 눈을 감았고, 더 이상 입을 열지 않았다. 왕 마가 허브 차를 타왔고, 피오니는 찻숟가락으로 천천히 데이빗의 입에 차를 떠 넣어 주었다. 그리고 잠시 뒤 의사가 도착했다. 그는 구부정한 작은 체구에 말수가 적은 남자였는데, 뿔테 안경을 썼고, 생강과 말린 뼛조각 냄새를 풍겼다.

의사가 들어서자 모두들 일어섰고, 그대로 선 채 의사가 상처를 살펴보고 맥을 짚으면서 데이빗의 상태를 파악하는 모습을 주의 깊게 지켜보았다.

"생명에는 지장이 없을까요?" 마침내 에즈라가 말을 꺼냈다.

"예, 그렇습니다. 하지만 이후로도 오랜 시간 동안 조심을 해야 합니다. 상처가 외상만이 아니기 때문이지요. 아드님은 심적으로도 큰 타격을 입으신 것 같습니다."

"우리가 어떻게 하면 좋을까요?" 에즈라 부인이 애절하게 물었다.
"뭐든 그의 뜻대로 하게 해주십시오." 의사가 대답했다.

8

 데이빗이 잠에서 깨어났다. 침대에 누운 채였다. 밤 시간이어서 주위는 어둑했고, 그저 침대 커튼 너머 탁자 위로 밤에 켜두는 작은 콩기름 등불만이 어렴풋이 빛을 내고 있었다. 벌써 밤인가? 태양이 그렇게 밝았었는데!

 "리아." 그가 힘없이 소리를 냈다.

 피오니가 곧바로 그의 목소리를 들었다. 그녀는 딱딱한 걸상에 앉아 있었는데, 졸지 않기 위해 일부러 불편한 자세를 감내한 것이었다. 아주 작은 변화, 심지어 데이빗의 숨소리까지도 듣기 위해서였다. 이제 피오니는 까치발로 침대 쪽으로 다가가 커튼을 젖혔고, 데이빗을 내려다보았다. 잠에서 깨어난 데이빗이 그녀를 올려다보았다.

 "리아는?" 그가 다시금 들릴 듯 말 듯한 목소리로 물었다.

 "아가씨는 주무시고 계세요." 피오니가 대답했다.

 그녀는 자신의 부드러운 실크 손수건을 꺼내 그의 **뺨**과 입술을 닦아 주었다.

 "힘이 하나도 없어." 그가 중얼거렸다.

"뭘 좀 드셔야 해요. 가만히 누워 계세요." 피오니는 탁자 위에 놓여 있는 자그마한 목탄 화로 쪽으로 다가가 뭉근히 끓고 있는 냄비의 뚜껑을 열었다. 그리고는 기다란 손잡이가 달린 국자로 쌀과 붉은 설탕이 들어간 미음을 공기에 담은 후, 최대한 조용히 몸을 움직여 다시 데이빗의 곁으로 돌아갔다.

"제가 먹여 드릴게요." 피오니가 부드럽게 말했다.

그녀는 데이빗이 어떻게 자신이 이렇게 침대에 누워있게 된 건지 묻지나 않을까 걱정을 했다. 하지만 그는 묻지 않았다. 그는 한 입 한 입 천천히 따뜻하고 달콤한 미음을 받아먹었다. 붉은 설탕은 새로운 피를 만들어 줄 터였다. 그는 피를 많이 흘려서 기력이 부족했던 것이다. 데이빗은 심한 두통을 느꼈다. 그는 어쩌다 이렇게 되었는지 분명히 기억할 수 있었다. 리아가 칼로 머리를 내리친 것이었다. 그는 사나우면서도 아름다운 얼굴, 높이 치켜든 검을 본 기억이 났다. 살아 있는 한 결코 잊을 수 없을 것 같았다. 그녀가 어떠한 말을 하든, 어떠한 행동을 하든 잊을 수 없을 것 같았다. 그런 리아가 지금 잠이 들어있다니!

"머리가 아파." 그가 중얼거렸다.

"아편을 조금 드릴게요." 피오니가 그렇게 말하며 탁자로 다시 돌아갔다. 그곳에서 그녀는 아편 파이프를 준비했고, 아편 알약을 부드러워질 때까지 데웠다. 그리고 다시 침대 곁으로 가서 데이빗의 입술에 파이프를 대어 주었다.

"빨아들이세요." 피오니가 말했다.

데이빗은 반복해서 아편을 빨아들였고, 연기는 그의 뇌 속으로 서서히 스며들어갔다. 통증이 가라앉았고, 점차 편안해지는 상태에서 빛에 둘러싸인 피오니의 얼굴을 바라보았다.

"이렇게 따뜻하게 보살펴주고…… 이렇게 따뜻하게……." 그는 입을 열었지만, 말을 계속 이어가지 못했다.

피오니는 손을 그의 입술로 가져가 살짝 올려놓았다. "사랑해요." 그녀가 분명하게 말했다. "난 당신에게 절대 해를 입히지 않을 거예요. 사랑해요. 내 말 들려요?"

피오니의 고백을 들은 데이빗은 유쾌한 나른함 속에서 미소를 지어보였지만 대답을 할 수는 없었다. 그는 벨벳 같은 부드러운 감촉 속으로 빠져들었고, 향내를 맡았으며, 음악 소리를 들었고, 사랑의 감정으로 부드러워진 피오니의 얼굴을 계속해서 보고 또 보았다. 이어 그는 눈을 감았다.

데이빗이 잠이 들었다는 확신이 들었을 때, 피오니는 그의 손목에서 맥박을 쟀다. 이전보다 힘이 있었다. 이제 잠시 떠나 있어도 괜찮을 것 같았다. 에즈라 부인에게 가서 데이빗이 잠에서 깨 미음을 먹었고, 이제 다시 잠이 들었다는 사실을 알릴 필요가 있었다. 그녀는 조용히 옆방으로 건너갔고, 탁자 옆 의자에 앉아 잠들어 있는 왕 씨 노인을 지나쳤다. 그는 팔짱을 낀 채 머리를 숙이고 있었다. 에즈라가 밤새 대기를 하고 있으라고 지시를 내렸기 때문이었다. 피오니가 필요할 때 언제든 부를 수 있도록 하기 위한 에즈라의 배려였다. 피오니는 불편한 모습으로 잠들어 있는 왕 씨 노인의 모습을 딱하게 여기며 조용히 그의 곁을 지나쳤다.

에즈라의 집은 밤이 되면 묘한 기운이 감돌았다. 부드러운 어둠 속에 내려앉은 침묵. 그녀는 연달아 이어지는 안마당을 홀로 가로질렀다. 각각의 대문마다 매달려 있는 종이 등불이 길잡이를 해주었다. 피오니는 희미한 불빛을 따라 발걸음을 옮겼다. 이제 자신의 거처 안마당에 들어서자 작은 개가 그녀의 발소리를 듣고는 코를 킁킁거리고 하품을 해대며 쪼르르 달려왔다. 피오니는 작은 개와 함께 에즈라 부인의 안마당으로 향했다. 불이 밝혀진 침실로 피오니가 들어섰다. 에즈라 부인은 침대 위에서 베개에 상체를 기댄 채 잠들어 있었다. 물론 자려고 의도한 건 아니었다. 하지만 너무도 지쳐 있던 터라 어쩔 도리가 없었다. 부인은 머리를 뒤로 젖히고, 입은 조금 벌린 모습이었으며, 무겁게 숨을 내쉬고 있었다.

젖혀진 커튼 사이에 서 있던 피오니는 부인을 깨우기가 두려웠다. 하지만, 용기를 내어 에즈라 부인을 불렀다. "마님…… 마님." 처음엔 무척 부드럽게 목소리를 냈지만, 조금씩 크게 소리를 높였고, 결국 부인을 서서히 잠에서 깨어나게 하는 데 성공했다.

에즈라 부인이 "어!" 하고 소리를 내며 눈을 떴다. 그리곤 상체를 일으키며 피오니를 바라보았다. 여전히 반쯤밖에 깨지 않은 상태였다. 피오니가 부인의 손을 잡고 가볍게 두드렸다.

"좋은 소식이에요." 피오니가 조그만 목소리로 소식을 전했다. "젊은 주인님이 잠에서 깨어나서 미음을 조금 드셨어요. 지금은 다시 잠이 드셨고요."

에즈라 부인이 완전히 정신을 차렸다. "나를 찾지 않더냐?"

피오니는 아들이 어머니를 찾지 않았다는 말을 하고 싶지 않았다. 그래서 대신 이렇게 대답을 했다. "두통 때문에 아직도 머리가 맑지 않으신 것 같아요. 식사 후에 제가 아편으로 통증을 완화시켜 드렸어요. 그랬더니, 곧바로 다시 잠이 드셨구요."

"별다른 얘기는 없었구?" 에즈라 부인이 피오니의 손에서 자신의 손을 빼내며 재차 물었다.

"리아 아가씨 이름을 불렀어요."

"그래서 뭐라 그랬니?"

"지금 잠들어 계시다고 했어요."

에즈라 부인은 몸을 뒤로 젖히고 한숨을 내쉬었다.

"전 돌아가 보겠습니다." 피오니가 말을 이었다.

"다시 깨어나도 리아가 죽었다는 말은 하지 말거라." 에즈라 부인이 분부를 내렸다.

"예, 알겠습니다." 피오니는 그렇게 말한 뒤 다시 데이빗의 처소로 돌아갔다. 그리고 가는 도중 데이빗이 깨어날 수도 있겠다 싶어 작은 개를 자신의 방에 들어가 있게 했다.

데이빗은 여전히 잠들어 있었다. 피오니 자신도 몹시 피곤함을 느꼈다. 잠에서 깨어나 식사를 했기 때문에 피오니도 더 이상 데이빗이 죽지나 않을까 하는 걱정은 하지 않았다. 그녀는 데이빗의 침대 발치로 올라가 이불 위에서 몸을 조그맣게 구부리고 누워, 적어도 하루 이틀 동안 어떻게 리아의 죽음을 숨길 수 있을까 궁리를 했다. 일어난 일을 사실대로 얘기를 하면 천성이 고운 데이빗은 분명 자신을 탓할 터였다. 하지만 책임을 질 사람은 바로 리아 자신과 신에 이끌린 그녀의 영혼이었다.

"어떻게 하면 데이빗도 이렇게 생각하게 만들 수 있을까?" 피오니가 고민스럽게 중얼거렸다. 스스로 그렇게 믿지 않으면 리아의 영향력이 데이빗을 평생 따라다닐 것이다. 그러면 데이빗은 그의 다른 동포들과 마찬가지로 고통 속에 빠져 지내게 될 것이다.

"데이빗의 주의를 딴 데로 돌리게 만들어야 해." 피오니가 굳게 결심한 듯 자신에게 말했다. "데이빗을 웃게 해야 해. 그리고, 내키지 않아 해도 그를 즐겁게 만들어 줘야 해."

이렇게 다짐하며 피오니는 잠에 빠져 들었다.

하지만 어떻게 리아의 죽음을 데이빗에게 감출 수 있을까? 아침에 잠에서 깼을 때 그는 리아가 어디 있는지 아무에게도 묻지 않았다. 하지만 그의 눈빛은 생각에 잠겨 있었다. 데이빗이 몸을 뒤척이는 걸 감지한 피오니는 일어서서 성심성의껏 그의 시중을 들었다.

해가 뜬 뒤 에즈라는 세수도 미루고, 옷도 제대로 갖춰 입지 않은 채 아들에게 달려왔다. 에즈라 부인은 근사한 누빔 가운을 입고 데이빗을 찾았고, 이어서 왕 마와 왕 씨 노인이 들렀다. 그 외에도 여러 하인들이 젊은 주인님의 차도를 궁금해하며 문가에서 안을 들여다보았는데, 그들은 이내 집밖으로 새로운 소식을 전할 터였다. 여전히 데이빗은 아무 것도 묻지 않았다. 의사 노인이 다시 왕진을 왔다. 그는 데이빗의 상처에 감아두었던 비단 붕대를 풀었고, 상처를 봉합하는 데 사용한 검은 고약을 유심히 살펴보았다. 이어 의사는 상태가 더할 나위 없이 좋다고 말했고, 피로 만든 푸딩을 환자에게 먹이도록 했다.

"돼지의 피가 최고죠." 의사가 자신 있게 말했다.

에즈라가 나오미를 바라보았다. "우리는 돼지를 먹지 않습니다, 선생님." 그가 중국인 의사 노인에게 상냥하게 말했다. "하지만 아들의 목숨을 살리는데 필요하다면……"

"이 친구는 젊고 튼튼합니다." 의사가 대답했다. "아마 닭의 피로도 충분할 겁니다. 만일 나이가 많은 환자라면 피 대신 모유도 괜찮죠."

그렇게 닭의 피를 간과 함께 말랑말랑하게 응고시켜 푸딩을 만들었고, 붉은 쌀에 시금치 뿌리를 넣고 조리한 뒤 생달걀을 넣어 버무렸다. 모든 요리들은 데이빗의 부족한 피를 보충하는데 도움이 되는 음식들이었다. 하루 내내 에즈라 부인은 그의 곁에 머물렀고, 에즈라는 초조한 모습으로 데이빗의 처소를 드나들었다. 데이빗은 여전히 누구에게도 리아에 대해 묻지 않았다. 하루하루가 지날수록 데이빗은 건강해졌고, 집안 곳곳에서 들리는 소리들을 들을 수 있었다.

그러던 어느날이었다. 그날따라, 살금살금 걷는 소리가 여기저기서 들렸고, 랍비의 비명에 가까운 소리도 들려왔다. 저녁 무렵엔 목수의 망치 소리도 들려왔다. 그날 저녁, 그의 아버지와 어머니는 그의 곁에 머물렀고, 피오니는 목탄 화로 위에서 물을 데우고 있었다.

"어머니." 데이빗이 어머니를 불렀다.

에즈라 부인이 앉아있던 의자에서 일어나 침대 쪽으로 향했다. "그래." 그녀의 목소리는 몹시 구슬펐고, 전체적인 분위기가 너무도 가라앉아 있었기 때문에 평소와 달리 무척 낯설게 느껴졌다.

"리아는 어디 있죠?" 데이빗이 분명한 목소리로 물었다. 에즈라 부인이 고개를 돌려 에즈라를 바라보았다. 에즈라는 탁자 옆에 앉아 양손을 천천히 비벼댔다. "이제 얘기해주는 게 좋겠어, 여보." 그가 조그맣게 말했다.

"리아에게 벌을 주셨나요, 어머니?" 데이빗이 목소리를 높였다. "아, 왜 그러셨어요?"

"하나님께서 리아를 벌하셨단다." 에즈라 부인이 대답했다. 그러더니 별안간 흐느끼기 시작했다. 큰 키에 강건하고 원기 왕성한 여인이 고통의 눈물을 쏟아내는 것이었다. 그녀는 더 이상 말을 잇지 못하고 급히 방을 빠져나갔고, 에즈라가 그녀의 뒤를 따랐다. 이제 방에는 피오니만 남게 되었다. 데이빗에게 자초지종을 설명해주지 않을 수 없었다. 그녀는 데이빗에게 다가가 부드럽고, 상냥하고, 신속하게 이야기를 해주었다.

"리아 아가씨는 홀로 옆방으로 건너 가셨고, 전 제 실크 허리띠로 주인님을 지혈시키고 있었어요. 그 사이 아가씨는 칼을 집어 들어 스스로 목을 베었죠."

데이빗은 눈을 감았다. 대상들의 짐을 싸고 있던 거친 천을 한 순간에 녹아내리게 했던 바로 그 칼날이었다! 그는 그 칼날이 리아의 살 속으로 스며드는 걸 상상했다. 갑자기 욕지기가 났고, 피오니가 소리를 지르며 이불을 그의 입가로 가져갔다.

"심지어 죽어서까지 주인님께 해를 끼치는군요." 피오니가 한탄했다.

데이빗이 기진맥진해져서 다시 베개 쪽으로 몸을 눕혔다. "조용!" 그가 가쁜 숨을 몰아쉬며 말했다. "넌 절대 이해하지 못해."

데이빗의 이 말은 피오니의 연약한 마음에 커다란 돌덩이처럼 내려

앉았다. 그녀는 아무 대답도 하지 않았다. 사실상 아무런 말도 할 수 없었다. 그녀는 더러워진 이불을 들고 방을 나섰고, 다시 데이빗에게로 돌아가기 전에 문가 뒤쪽에 멈춰 서서 소매로 눈물을 닦았다. 그리고는 몸을 돌려 목수가 막 작업을 마친 방으로 들어갔다. 육중한 녹나무 관이 만들어져 있었고, 뚜껑이 벽에 기대어져 있었다. 관 속을 보니 하인들이 이미 리아의 시신을 옮겨놓은 후였다. 일은 다 끝마쳐진 상태였다. 피오니는 아무 작업도 하지 않았고, 그건 왕 마도 마찬가지였다. 아래 하인들이 일처리를 모두 도맡아서 했다. 지금은 어린 하녀 한 명만이 남아서 주검의 의복을 정돈하고, 마주 잡은 두 손 사이에 초를 꽂아두는 중이었다. 죽은 소녀의 영혼이 가는 길을 밝혀주기 위함이었다.

"목 부위를 덮어 두었어요." 하녀가 속삭였다. 상처 부위에 실크 천을 얹어두었던 것이다. 피오니는 관으로 다가가 리아를 바라보았다. 피가 모두 빠져나간 리아의 얼굴은 야위었고, 비현실적으로 느껴졌는데, 마치 어떤 맑고 하얀 물질로 만들어 놓은 것만 같았다. 두 눈은 움푹 들어가 있었고, 기다란 검은 속눈썹은 뺨 위로 짙은 그림자를 드리웠다. 섬세한 검은 머리칼은 새하얀 이마 뒤쪽으로 내려가 있었고, 입술은 굳게 다물어져 있었다.

문가에서 누군가의 발부리가 문턱에 걸려 비틀거리는 기척이 들려오자, 피오니가 고개를 들어 올려다보았다. 지팡이에 몸을 의지한 랍비의 모습이 보였다. 그는 익숙하지 않은 길을 더듬기 위해 두 손을 쭉 뻗었다.

"누가 나를 내 아이한테 데려다 주지 않겠소?" 그가 슬픔에 잠긴 낮은 음성으로 부탁했다. 피오니가 다가가 랍비의 손을 잡고 실내로 안내했다. 그리곤 리아의 얼굴을 보는 듯한 모습을 취하고 있는 랍비의 곁에 서있었다.

"내 아이가 보이는군." 마침내 그가 말했다. "리아가 자기 어미와 함께 있어. 어미는 리아를 데리러 지옥에서 왔지. 이제 어미는 리아를 데리고 여호와 앞으로 갈 게야. 그리고 하나님이 귀를 기울여주실 때까지 소리 높여 외칠 게야."

자기 자신에게 중얼거리던 랍비 노인이 계속 말을 이었다. "어미는 눈물을 흘릴 것이다. 가슴을 치며 통곡할 것이고, 여호와는 그녀의 목소리를 들을 것이다. 내 딸 리아야, 주님은 모든 영혼을 찾아내시고, 그들의 모든 생각들을 이해하신다. 열심히 찾으면 꼭 주님을 만나게 될 게다."

랍비 노인이 죽은 딸에게 너무도 열정적으로 혼잣말을 하자, 어린 하녀는 몹시 놀라 자리를 떴고, 그곳엔 이제 피오니만 남게 되었다. 그녀 역시 두렵기는 마찬가지였지만, 랍비가 딱하게 여겨졌다. "좀 쉬도록 하세요, 목사님." 피오니가 상냥하게 말하며 그의 소매를 잡고 살짝 당겼다.

그녀의 목소리가 들리자 랍비가 고개를 돌리며, 앞을 못 보는 눈을 크게 떴다. 기다란 흰 턱수염이 떨리듯 흔들렸다. "처자는 누군가?" 그가 큰 목소리로 물었다.

피오니는 선 채로 꼼짝도 할 수 없었다. 키가 큰 이 노인은 그녀를 굽어보며 피오니를 공포로 몰아갔다.

그의 커다란 목소리가 피오니의 머리 위에서 갑자기 외침으로 변했다. "신께서 이 여인에게 지혜를 허락하지 않으셨도다! 거기에 지력 또한 선사하지 않으셨구나! 처녀는 먹잇감을 찾으며 사방을 둘러보고 있다. 살생이 이루어진 곳에 바로 그녀가 있도다."

랍비는 피오니를 잡으려는 듯 두 팔을 쭉 뻗었다. 피오니는 고우면서도 억세 보이고, 큼지막하면서도 야윈 랍비의 두 손을 보고는 마치 도망치는 입장에 처하기라도 한 것처럼 몸을 돌려 줄행랑을 쳤다.

랍비는 피오니가 부리나케 달려가는 발소리를 들었다. 그의 얼굴 위로 미소가 스치고 지나갔다. "그래 떠나가거라. 모든 사악한 자들아." 그가 중얼거렸다. 고개를 든 그의 얼굴에 승리감이 묻어나는 듯했다. 하지만 이내 한숨을 내쉬더니 어렵사리 방으로 들어섰다. 이리저리 방 안을 돌던 랍비는 자신도 모르는 사이 관 앞으로 다시 다가섰다. 손으로 관을 더듬으며 구조를 파악한 랍비는 손을 뻗어 리아의 발과 무릎, 그리고 차가운 손을 어루만졌다. 두 손 사이에서 초를 발견하자, 그는 냉큼 빼내 바닥으로 던져 버렸다. 그리고는 공포에 질린 떨리는 얼굴로 천천히 그녀의 상처 입은 목과 핏기가 가신 얼굴을 손끝으로 더듬었다. 그는 리아가 자결했다는 걸 이미 전해들은 바 있었다. 에즈라가 이야기를 해주었지만 그는 알아듣지를 못했다. 이제 그는 몸소 사실을 확인했고, 그것은 너무도 큰 충격으로 다가왔다. 그는 돌 마루에 의식을 잃고 쓰러졌다. 그리고 그로부터 몇 시간이 지나 매장을 담당하는 여자들과 목수들이 각각 석회를 관 속에 넣고 뚜껑을 닫기 위해 방으로 왔을 때 그를 발견했다. 그들은 노인을 일으킨 뒤 소파로 옮겼고, 에즈라 내외에게 이 사실을 알렸다.

"애런을 데려오게." 에즈라 부인이 분부를 내렸다.

하지만 누구도 애런을 찾을 수 없었다. 레이첼은 어젯밤 애런이 집에 들어오지 않았다고 말했다. 다시금 랍비를 집으로 들이는 수밖에 없었고, 에즈라 부인의 지시 아래 모든 일이 진행되었다. 하인들은 랍비를 집 안으로 옮겨, 침대에 눕혔다.

집안에 새로운 재앙이 들이닥쳤음을 가장 먼저 깨달은 건 바로 에즈라 부인이었다. 랍비 노인의 정신이 다시 돌아온 것이다. 그는 신음하듯 한숨을 내쉬었고, 마치 눈에 보이지 않는 혼령과 싸우기라도 하는 듯 몸부림쳤다. 랍비를 지켜보던 왕 마가 에즈라 부인에게 달려갔다. 부인이 랍비가 머무는 방으로 들어서자 랍비가 눈을 떴다. 에즈라 부인이 무척 상냥하게 말을 건넸다. "목사님, 제가 왔습니다."

하지만 랍비의 시력 잃은 두 눈은 그저 빤히 그녀를 바라볼 뿐이었다.

왕 마가 두려움에 떨며 소리를 질렀다. "오, 주인마님, 목사님께서 정신을 잃으신 것 같아요!"

그건 맞는 말이었다. 며칠 동안 랍비는 단 한 마디도 하지 않았다. 그는 소파에 기대어 앉아 주는 음식을 받아먹었지만, 시종일관 침묵을 지켰다. 기도를 할 때조차 소리를 내지 않았다. 마침내 어느 날 특별한 이유 없이 그가 입을 열었지만, 그건 아무런 의미도 없는 단어의 나열이었다. 그의 영혼은 완전히 그를 떠나버렸다. 그는 누구도 알아보지 못했고, 아무 것도 기억하지 못했다. 그저 리아가 어렸을 적, 그녀의 어머니가 살아있었을 당시의 나날들만 간신히 떠올릴 수 있을 뿐이었다.

결국 랍비는 죽기도 전에 하늘나라에 먼저 간 꼴이 되었고, 에즈라는 넉넉한 마음 씀씀이로 하인들에게 다음과 같이 지시했다. "목사님께서 지내실 처소를 준비하도록 해라. 살아계시는 동안은 내가 보살펴 드릴 것이다."

순수한 그의 배려심에 에즈라 부인의 마음이 흔들렸다. 하인들이 물러가자 에즈라 부인은 남편을 바라보며 이전까지는 한 번도 보인 적이 없었던 겸손한 자세를 취해보였다.

"당신은 정말 좋은 분이세요." 에즈라 부인은 옆에 있던 에즈라의 손을 잡으며 다른 한 손으론 자신의 두 눈을 가렸다.

"당신한테 좀 더 잘해 드렸어야 했는데."

"무슨 소리, 당신은 나무랄 데 없었소." 그가 유쾌하게 말하며 아내의 손을 쥐었다.

"아니에요, 자주 당신한테 성질을 부렸죠." 그녀가 흐느끼며 말했다.

"내가 당신 성질을 돋구었던 게지."

"앞으론 잘 할게요." 에즈라 부인이 약속했다.

"지나치게 착해지지는 말아주오, 여보." 에즈라가 부인을 위로해주기 위해 농담을 했다. "그럼 내가 당신 상대가 될 수 없잖소? 가끔은 성질도 좀 부려주는 게 난 좋다구."

"당신은 좋은 분이세요. 정말 좋은 분이세요." 부인이 진심으로 남편에게 경의를 표했다. 그녀의 벅찬 심정을 인지한 에즈라는 묵묵히 아내의 말을 들었다. 그는 아내를 이끌고 방을 빠져나가면서 부인에게 쾌활하게 말을 건넸다.

"여보, 우린 우리의 아들이 죽었다 살아났다는 걸 명심해야 해. 우린 그 아이의 삶을 행복하게 만들어줄 의무가 있소. 우린 과거를 잊어야만 해. 그리고 다시금 집안에 아이 울음소리가 들려야 되지 않겠소?"

그는 그렇게 에즈라 부인을 미래로 이끌며 이야기를 했고, 부인은 애써 자신을 억누르며 순종적이 되고자 노력했다.

"그래요, 여보." 부인이 작은 소리로 대답했다. "당신 말씀이 전적으로 옳아요."

에즈라는 부인의 완전한 복종에 흠칫 놀라면서, 혹시 어디 아픈 데가 있지나 않나 걱정을 했다. 하지만 아내의 이러한 모습도 그리 오래 가지 않을 거라 이내 판단했다. 그녀는 원기 왕성한 여인이었고, 시간이 지나면 본래의 기질과 건강이 되돌아 올 터였다. 그러나 에즈라 부인은 슬픔에 잠겨 있었고, 자신의 모든 계획과 희망이 송두리째 날아가 버렸기 때문에 당황스러워 했다. 그녀는 점차 약해져갔다. 적어도 지금은.

에즈라가 아내를 방으로 데려가 의자에 앉혔을 때 그녀가 물었다. "여보. 우리 아들에게 어떻게 해줘야 할까요?"

리아의 시신을 본 이후로 끊임없이 부인의 생각을 지배해왔던 질문이었다.

흐느끼는 아내를 내려다보며 서있던 에즈라는 결혼 이후 처음으로 자신이 이 여인의 지배자임을 느낄 수 있었다. 그간 나름의 방식으로 아내를 사랑해왔던 에즈라는 자신이 진심으로 그녀를 사랑한다는 것도 다시금 깨달았다. 그는 아내의 통통한 손을 잡고 부드럽게 쓰다듬었다.

"그저 그 애의 행복만을 생각합시다." 그가 부드럽게 말했다. "그리고 가능하면 빠른 시일 내에 결혼식을 치르도록 하고."

부인이 눈물에 젖은 겸손한 눈빛으로 남편을 바라보았다. "결혼이라면?" 그녀가 말을 채 잇지 못했다.

그가 고개를 끄덕이며 말했다. "그 애가 사랑하는 쿵 첸의 어여쁜 딸 말이오. 내가 쿵 첸을 찾아가 날을 잡도록 하겠소. 다시금 집에 기쁨이 넘쳐나게 될 게요."

"하지만 아직 리아를……" 에즈라 부인이 운을 뗐다.

에즈라는 마치 모든 걸 이미 결정이라도 한 것처럼 재빨리 말을 이었다. "리아는 내일 매장을 치를 거요. 한 달간 애도 기간을 가질 거고. 그리고 나면 데이빗도 회복이 될 거요."

에즈라 부인은 아무런 대답도 할 수 없었다. 한 달! 그녀는 머리를 숙이며 손을 거둬들였다.

에즈라는 그대로 잠시 더 서있었다. "당신도 같은 생각이지?" 그가 힘 있는 목소리로 물었다.

에즈라 부인이 고개를 끄덕였다. "예, 같은 생각이에요." 그녀의 목소리는 지쳐있었고, 더 이상 반항할 힘도 없었다. 에즈라는 허리를 굽혀 부인의 뺨에 입을 맞춘 뒤 아무 말 없이 방을 빠져나갔다.

리아의 장례식엔 비가 내렸다. 에즈라는 데이빗에게 침대를 떠나지 말라고 분부를 내렸다. 꼭 자신도 참석하리라 다짐했던 데이빗이었기에 아버지의 명령은 그를 침울하게 만들었다. 죽은 리아는 살아있던 리아도 할 수 없었던 정도로 그의 생각을 붙들고 있었다. 그는 자신의 통찰력이 부족했다고 여기며 죄책감을 느꼈다. 만일 그날 자신이 조금만 더 관대했더라면 리아의 목숨을 구할 수도 있었을 거라고 스스로를 탓하기도 했다. 이런 심정이다 보니 리아가 땅에 묻히는 모습을 꼭 지켜봐야 할 것 같은 기분이었다.

하지만 에즈라는 그의 의견을 받아들이지 않았다. 데이빗은 아버지의 얼굴과 목소리에서 느껴지는 힘과 굳은 결심에 크게 놀랐다. 더욱이 그의 어머니는 다른 의견을 전혀 내지 않았다. 데이빗은 구원의 눈길로 어머니를 바라보았지만, 그녀의 말은 그를 더욱 놀라게 만들 뿐이었다.

"얘야, 아버지 말씀에 순종하도록 하거라." 부인은 이렇게 타일렀다.

양부모가 그의 의견에 반해 같은 목소리를 내자 데이빗도 더 이상 어쩔 도리가 없었다. 그저 몸을 일으켜 뚜껑이 닫힌 관이 있는 방에 가 보는 게 그가 할 수 있는 일의 전부였다. 그는 남자하인의 부축을 받으며 서있었고, 옆에선 피오니가 데이빗이 실신이라도 하지 않을까 주의 깊게 지켜보고 있었다. 데이빗은 방에 혼자 남겨질 때까지 계속해서 머물렀다. 운구자들이 육중한 관을 들어 올렸고, 몇몇 애도자들이 그 뒤를 따랐다. 랍비는 어리둥절해하면서도 미소 띤 얼굴로 자리를 했지만 애런의 모습은 보이지 않았다. 오늘까지 애런의 행적을 찾을 수 없자, 에즈라는 그가 도시 밖으로 달아났을 거라고 말했다.

"모든 게 다 정리되면 녀석을 찾아내 다시 데려오리다." 그가 에즈라 부인에게 약속했다. "사실 이제 누가 그 녀석을 보고 싶어 하겠소? 목사님은 모든 기억을 잃으셨고, 리아는 세상을 떠나버렸으니 말이오."

행렬이 안마당을 지나 대문 밖으로 향하는 모습을 데이빗은 슬픈 표정으로 지켜보았고, 혼자 남게 되자 그는 자신의 침실로 돌아왔다. 그는 눈을 감은 채 자리에 누웠고, 피오니는 눈치껏 아무 말도 건네지 않았다. 그녀는 그저 자신이 옆에 있다는 걸 데이빗이 알게끔 하며 조용히 앉아 있을 뿐이었다. 데이빗은 아무 말이 없었고, 피오니 역시 그를 자극하지 않았다. 슬픔의 기간을 반드시 거쳐야만 기쁨을 다시 받아들일 수 있다는 사실을 피오니는 잘 알고 있었다. 또한 그 슬픔이 무리 없이 지나가리라는 것도 잘 알고 있었다.

도시 외곽의 한 언덕 위 널찍한 곳에 유대인들의 묘지가 있었다. 리아는 어머니의 곁에 묻히기로 되어있었다. 랍비는 에즈라 내외 사이에 서있었다. 시원한 가을 햇살 아래서 그는 연한 미소를 짓고 있었다. 하지만 에즈라가 말을 건네자 랍비는 예상 밖으로 그의 말을 따랐다.

"목사님, 기도하세요." 에즈라가 그의 귀에 대고 큰소리로 말했다.

랍비 노인이 하늘을 향해 얼굴을 들어올렸다. "태양이 어찌나 따사로운지." 그가 중얼거렸다. 그리고는 곧바로 기도를 하기 시작했다.

"하늘나라에서 이곳을 내려다보소서. 신성하고 영광스런 주님의 세상에서 아래를 내려다보소서! 비록 아브라함은 우리를 알지 못하고, 이스라엘은 우리를 인정하지 않지만, 당신은 의심의 여지없이 우리의 아버지입니다. 당신의 이름은 영원으로부터 온 것입니다." 이제 랍비는 자신이 예배당에 있는 걸로 착각을 하고 습관대로 양팔을 쭉 뻗고는 소리를 높였다. "우리의 신이신 여호와, 진정한 유일신이여!"

주위를 지나가던 사람들은 호기심에 멈춰 서서 이 모습을 지켜보았고, 중국인 운구자들은 기묘한 분위기의 이 랍비 노인을 의아한 표정으로 바라보았다.

그렇게 엉겁결에 랍비는 죽은 자식의 묘 앞에서 기도를 했다. 에즈라 부인이 흐느끼고 있는 모습을 본 에즈라는 랍비와 부인 사이로 다가가 두 사람을 동시에 부축했다. 관 위로 흙이 덮이고 그 위로 잔디가 입혀지고 난 뒤 에즈라는 두 사람을 이끌고 집으로 돌아왔다.

# *9*

 음력으로 아홉 번째 되는 달, 더위는 물러가고 추위는 아직 오지 않은 시기에 데이빗의 결혼식 날짜가 잡혔다. 리아가 죽은 지 꼭 33일 째 되는 날이었고, 그녀의 무덤 위 잔디 역시 아직 푸르름을 잃지 않은 무렵이었다.
 데이빗이 처음 무덤을 찾았을 때에도 그 푸른 잔디는 여전했다. 그는 결혼식 날짜가 잡혔다는 말을 아버지가 해주었을 때도 그저 묵묵히 따랐고, 예물 교환이 이루어졌다는 얘기를 들었을 때도 아무 말이 없었다.
 "결혼을 하게 돼서 기쁘냐, 내 아들?" 에즈라가 마침내 물었다.
 "예, 아버지. 아버님과 어머님이 기쁘시다면요." 데이빗이 대답했다. 그의 상처는 회복이 되었지만, 이마 한 가운데에 평생 가시지 않을 상처를 안고 살아가게 되었다. 육체적으로는 치유가 되었지만 정신적으론 아직 아니었다. 그는 낮 시간엔 활기 없이 보내는 경우가 많았고, 밤에는 제대로 잠을 이루지 못했으며, 이전의 왕성한 식욕도 아직 돌아오지 않았다. 피오니는 이 모든 걸 알고 있었지만 아무 말도 하지 않았다. 요사이 그녀는 데이빗이 아이였을 때 그랬던 것처럼 그의 시중을 들었고,

에즈라 부인 역시 더 이상 그걸 막지 않았다.

"무엇이 널 기쁘게 하겠느냐? 아비에게 말해보거라." 에즈라가 걱정스럽게 말을 꺼냈다. 그가 자신의 큼지막하고 뜨끈뜨끈한 손으로 데이빗의 가냘픈 손을 잡으려 하자 데이빗이 움찔했다. 그에게 아버지는 지나치게 열성적이고, 과도하게 걱정을 하는 것처럼 느껴졌다. 하지만 그의 기력은 아직 아버지의 애정에 대적할 수준이 아니었다.

"꼭 결혼을 해야 하겠죠. 알고 있어요." 데이빗이 침울하게 말했다.

"반드시 그래야 하는 건 아니다." 에즈라는 애써 담담하게 대답했지만, 표정은 시무룩했다.

"아뇨, 결혼…… 해야죠."

"쿵 첸의 딸아이를 사랑하지 않는다면 하지 않아도 된다."

"사실 아직은 사랑하는 사람이 없어요." 데이빗이 살짝 미소를 지으며 말했다.

에즈라는 극심한 불안감을 느꼈다. 그는 자리에 앉아 두 손을 무릎 위에 올려놓았다. "난 네가 그 처녀에게 시를 쓴 걸로 알고 있는데!" 그가 목소리를 높이며 물었다.

"그랬죠…… 하지만……."

"보내진 않은 거냐? 설마 그 아이 때문에……." 에즈라는 차마 리아의 이름을 입에 담지 못했다.

"리아 말씀이세요?" 데이빗이 대신 마무리를 해주었다. "아뇨…… 아니, 맞아요. 시를 미완성인 채로 서랍 속에 넣어두었어요. 리아를 복숭아 정원에서 만난 이후로 시를 그대로 넣어 두었죠."

"리아가 죽어서 비통한 게냐?" 에즈라가 다그쳐 물었다.

데이빗은 입을 열기 전에 오랫동안 생각에 잠겼다. 두 사람은 에즈라의 방에 앉아있었다. 약혼이 이루어진 사실을 전해주기 위해 에즈라는 데이빗을 자신의 처소로 불렀던 것이다.

"아뇨." 데이빗이 마침내 대답했다. "비통해 하지는 않습니다. 단지 죽지 않았으면 좋았을 걸 하는 생각을 해요. 만일 살아있다면……." 그가 다시 말을 멈췄다.

에즈라는 머리, 팔, 그리고 다리까지 온몸의 털이 곤두서는 느낌이 들었다. "리아와 결혼을 했겠느냐?" 데이빗이 계속 말을 잇지 않자 그가 다그치며 물었다.

데이빗이 천천히 고개를 저었다. 머리를 흔들자 상처 부위에 통증이 느껴졌다. "아뇨." 그리곤 좀 더 활기 있게 다시금 말을 이었다. "아니에요, 아버지. 리아가 죽지 않았더라면 하고 생각하는 건 사실이지만, 리아가 살아있다 하더라도 저는 쿵 첸의 딸과 결혼하기를 더 원했을 거예요. 제 마음 이해하시겠어요?"

에즈라는 입을 벌린 채 아들을 뚫어지게 바라보며 고개를 저었다. 데이빗의 말은 그의 사고 범위를 벗어나 있었다.

"죄송해요, 아버지." 데이빗이 다정하게 말했다. "아버지를 편안하게 해드려도 모자란데 말이에요. 결혼을 하겠어요. 아들도 낳고 딸도 낳고, 알차게 삶을 꾸려 나가겠어요. 결혼식을 하고 나면 다시 가게에도 나갈 거예요. 모든 게 이전처럼 되는 거예요. 아뇨, 더 나아질 거예요. 훨씬 더요."

그는 웃는 얼굴로 일어서서 아버지에게 목례를 한 뒤 방을 빠져나갔다. 그 뒤로도 에즈라는 오랫동안 불안한 표정으로 앉아있었다. 가게에 나간 후로도 그는 하루 종일 입을 삐쭉 내밀고 불편한 심기를 가라앉히지 못했다.

한편, 데이빗 역시 차분해지지 못한 채 피오니에게 짜증을 내곤 했기 때문에 그녀는 데이빗을 즐겁게 해주려던 이런저런 시도를 포기했다. 그저 그의 곁에 조용히 앉아 바느질을 할 뿐이었다. 대개는 자수를 하곤 했지만, 오늘 작업은 비단 옷감에다 하지 않았다. 그녀는 손에 품질 좋은 흰색 아마포 천을 쥐고 발바닥 모양을 만들고 있었다.

데이빗은 피오니가 천을 넘나들며 자그마한 손가락을 움직이고, 앞면 뒷면을 오가며 바느질하는 모습을 지켜보다 마침내 무엇을 하고 있는 건지 피오니에게 물었다.

"침대에 계속 누워계셨기 때문에 발이 많이 연약해지셨어요." 피오니가 차분하게 대답했다. "하녀들이 만들어주는 양말은 거칠어서 불편하실 거예요. 이 양말은 솔기 없이 바느질을 하기 때문에 피부에 전혀 거슬림이 없거든요."

그는 아무 대답도 하지 않았지만 계속 의자에 편안히 앉아 느긋하게 그녀를 바라보았다. "난 이제 결혼해, 피오니." 그가 갑자기 운을 뗐다.

피오니는 고개를 들어 그를 바라보고는 이내 눈꺼풀을 내리며 다시 바느질로 돌아갔다. "알아요." 그녀가 대답했다.

"나랑 이렇게 같이 있는 게 마음에 드니?" 그가 다그치며 물었다.

"제가 마음에 들고 안 들고는 중요하지 않아요." 피오니가 상냥하게 말했다.

"지금까지 그래왔던 것처럼 넌 계속 이 집에서 지내게 될 거야." 그가 말을 이었다.

"고맙습니다." 그녀가 말했다. 그리고 덧붙였다. "젊은 주인님."

그는 그녀의 대답에 주의를 기울이지 않았다. "너도 때가 되면 결혼을 하고 싶어지겠지." 그가 불쑥 말했다.

"그때가 오면 얘기할게요." 그렇게 말하는 동안에도, 그리고 그 이후에도 피오니는 내내 손가락을 빠르게 움직이며 바느질을 멈추지 않았다. 잠시 동안 데이빗은 피오니 생각을 하지 않았고, 피오니도 그것을 알고 있었다. 그는 곰곰이 이런저런 생각을 했다. 그리고 이어 데이빗이 건넨 말은 피오니로선 전혀 예상치 못한 것이었다.

"나 말이야, 리아가 묻힌 곳에 가보고 싶어." 그가 말했다.

피오니는 천을 무릎 위에 올려놓고 애증이 교차하는 눈빛으로 데이빗을 바라보았다. "왜 하필이면 지금 시점에서 가보시려는 거죠?" 그녀가 물었다. "이제 막 새 삶을 시작하는 마당에 죽음을 관련시키는 건 좋지 않아요."

"직접 가서 무덤을 보면 리아가 죽었다는 걸 알 수 있을 것 같아." 그가 묘한 느낌으로 말했다.

피오니가 걱정스런 표정으로 그를 바라보았다. "하지만 리아 아가씨가 죽었다는 걸 이미 알고 계시잖아요." 그녀가 논리적으로 말했다.

"난 계속 리아가 보여."

데이빗의 말을 들은 순간, 피오니는 숨이 턱 막히는 것 같았다.

두 사람은 리아가 목숨을 잃었던 바로 그 방에 앉아있었다. 피오니는 그 사실을 깨달았지만 데이빗에게 일깨워주고 싶지는 않았다. 그녀는 데이빗의 방을 다른 곳으로 옮겨야 한다는 생각을 자주 해왔었다. 하지만, 사고 직후엔 데이빗의 몸이 너무 좋지 않았고, 데이빗의 몸이 회복된 뒤 피오니가 제안을 했을 땐 데이빗이 거절을 했다. 그는 어린 시절부터 사용해온 방들이고 이 집에서 그보다 더 마음에 드는 방은 없다고 잘라 말했다. 그녀는 데이빗이 결혼을 하면 더 넓은 안마당을 가진 다른 방들에서 신혼살림을 차려야 한다고 에즈라 부인에게 얘기할 생각을 몰래 품고 있었다. 그리고 이전의 방들은 폐쇄시키거나 객실로 사용하도록 건의할 계획이었다.

피오니는 바느질 도구들을 보관하는 상아가 박힌 상자 속에 아마포 천을 접어 넣었다. "가서 무덤을 꼭 보고 싶으시다면 제가 함께 가도록 할게요."

"지금?" 그가 물었다.

"예, 지금." 그녀가 대답했다.

온화하고 고요한 가을 오후, 그렇게 두 사람은 길을 나섰다. 데이빗은 자신의 전용 노새 마차를 타고 도시 성벽 외곽에 있는 리아의 묘를 찾았다. 리아의 무덤은 강둑에서 그리 멀지 않은, 예배당으로부터도 많이 떨어지지 않은 조용한 곳에 있었다. 데이빗은 이곳을 잘 알고 있었는데, 그의 조부모와 조상들이 수 세기에 걸쳐 이 근방에서 살다 세상을 떠난 후, 다른 많은 유대인들과 함께 이곳에 묻혀 있었기 때문이었다. 무덤은 중국의 그것과 같이 키가 높았고, 비석은 작았다.

피오니는 리아의 무덤으로 데이빗을 안내했다. 데이빗 곁에 있느라 장례식 때는 오지 않았지만 왕 마로부터 리아의 묘가 강의 동쪽, 그녀 어머니의 묘 곁에 있다는 얘기를 전해들은 바 있었다.

목적지에 도착한 뒤 피오니가 잔디 위에 웃옷을 깔자, 데이빗이 그 위에 앉았다. 주변은 조용했고, 잿빛 하늘아래 대기는 축축하고 서늘했다. 두 사람 주위로 키 큰 무덤들이 즐비했지만, 데이빗은 리아의 묘만을 줄곧 응시했다. 흙은 신선했고, 잔디는 튼튼하게 뿌리를 내렸다. 연자주 빛의 야생과 꽃 몇 송이가 잔디 사이로 피어올라 있었다.

"저 안에 리아가 있다는 게 와 닿지 않아." 데이빗이 오랜 침묵을 깨고 입을 열었다.

"저 안에 있어요." 피오니가 단호하게 말했다.

"넌 영혼의 존재를 믿니?"

"전 영혼에 대해 생각하지 않아요."

데이빗의 곁에 서있던 피오니는 몸을 굽혀 그의 뺨에 자신의 두 손바닥을 갖다 댔다. "추워요?" 그녀가 물었다.

그가 고개를 저었다. "잠깐 나 혼자 있게 해줘." 그가 명령조로 말했다.

"그럴 수 없어요." 피오니가 대답했다. "주인님 곁에 머무는 게 저의 임무예요. 그러다 어디 편찮으신 데라도 생기면 제가 책임을 져야 하거든요."

그렇게 그녀는 데이빗 곁에 서있었다. 작은 체구의 피오니는 허리를 쭉 편 채 서서 무덤 쪽으로 얼굴을 향하고 있었다. 하지만 그녀의 시선은 그 너머를 향했다. 낮은 담장 너머로 들판과 마을이 보였고, 그 너머로는 강의 밝은 표면과 그 위를 항해하는 돛단배가 눈에 들어왔다. 피오니는 데이빗이 무슨 생각을 하고 있는지는 알 수 없었지만, 리아의 영혼에게 데이빗을 내줄 의향은 없었다. 그녀는 영혼의 존재를 확고하게 믿었고, 죽은 자의 혼이 산 자에게 늘 달라붙는다는 걸 알고 있었다. 피오니는 자신의 모든 내적인 힘을 동원해 리아의 영혼에 맞섰다.

'그냥 아가씨의 무덤에 머물러 계세요.'라고 마음속으로 조용히 말하며, 피오니는 자신의 의지로 죽은 리아의 영혼에 맞섰다. '아가씨는 이미 데이빗을 잃었고, 더 이상 그에게 해를 입혀서는 안 돼요.' 그렇게 피오니는 리아에 대한 모든 기억들, 자신에게 리아가 의미했던 바에 대해 매몰찬 자세를 유지했다. 마침내 데이빗이 한숨을 내쉬며 몸을 일으켰다.

"리아는 죽었어." 그가 구슬프게 말했다.

"외투를 입혀드릴게요. 피부가 차가워요." 피오니가 걱정스레 말했다.

그가 몸서리를 쳤다. "추워. 어서 집으로 가자."

"그래요." 피오니는 그렇게 말하며 서둘러 데이빗을 노새 마차로 이끌었고, 거친 자갈길을 따라 집으로 향했다. 대문가에 도착하자 바삐 데이빗을 침실로 안내한 뒤, 곧바로 침대에 오르게 하고 발을 마사지할 따뜻한 돌과 묽은 수프를 가져왔다. 그리고 자신은 데이빗이 잠이 들 때까지 곁에 앉아 있었다. 데이빗이 잠들자, 피오니는 곧바로 에즈라 부인에게 가서 조금 전에 있었던 일을 가감 없이 들려주었다. 에즈라 부인은 짙고 슬픔에 잠긴 두 눈을 피오니의 얼굴에 고정시킨 채 그녀의 말을 귀 기울여 들었다. 피오니는 부인이 발끈 성을 낼 것에 대비를 하고 있었다. 하지만 에즈라 부인은 평정심을 유지했다. 이야기를 다 듣고 한숨을 한 차례 내쉰 부인이 조용히 입을 열었다. "이제 데이빗도 무덤에 가보았으니, 우린 과거를 잊고 미래를 준비하는 일만 남았구나."

에즈라 부인의 입에서 그런 말을 듣는 건 피오니로선 난생 처음 있는 일이었다. 부인에겐 과거야말로 가장 소중한 것이었다. 피오니는 이 나이든 여인에게 연민의 정을 느꼈고, 새롭게 애정을 품게 되었다. "친애하는 주인마님." 그녀가 상냥하게 말했다. "마님께도 행복한 미래가 될 거예요." 에즈라 부인은 고개를 저었고, 두 줄기 눈물이 흘러내렸다. "모든 게 신의 뜻이지." 그녀가 중얼거렸다.

피오니는 목례만 할 뿐 아무 대답도 하지 않았다. 하지만 자신의 방으로 가 침대에 누워서는 사실상 신은 인간의 행복과 큰 관련이 없다고 생각했다.

데이빗의 결혼식 날이 밝았다. 맑고 쌀쌀한 초겨울 날이었다. 앞뒤로 축제일이나 기념일 같은 게 없었다. 이 날은 그저 쿵 첸의 주도 하에 흙점쟁이가 선택한 날이었다. 남녀가 행운성 아래서 만나는 길일이라고 했다.

데이빗은 젊은 나이인데다, 건강과 기력도 완전히 회복됐고, 다시금 새롭게 삶을 시작할 채비를 끝냈기 때문에 조금은 흥분된 기분으로 침대에서 일어났다. 사실 기쁨을 느끼기까지 했다. 그는 그 아리따운 소녀가 이제 자신의 아내가 된다는 사실에 서서히 적응하기 시작했다. 그건 피할 수 없는 일이라고 스스로에게 말했다. 설령 그의 어머니가 리아의 자리에 또 다른 유대인 처녀를 맞이하고 싶어 했다 하더라도 마땅한 대상이 없었다. 같은 동포들의 경우는 부자보다 가난한 사람들이 더 많았고, 에즈라 가문에 필적할만한 집안은 없었다. 그렇다고 그의 어머니가 며느리와 함께 많은 가난하고 탐욕스런 신부의 친척들을 집안으로 끌어들일 만큼 경솔한 사람이 아니란 걸 데이빗은 알고 있었다. 리아가 아닐지언데, 그가 좋아하고 사랑하는 어여쁜 낭자라면 굳이 마다할 이유가 있겠는가? 그렇게 생각하며 데이빗은 자신의 마음을 동여맸던 줄들을 느슨하게 했고, 그의 결혼식 날을 반겨 맞이했다.

피오니는 데이빗이 이렇게 변덕스럽고, 이토록 고집을 부리는 모습을 이제까지 본 일이 없었다. 그는 아침 일찍 일어나 세 차례나 목욕을 했는데, 마지막엔 향수를 뿌린 물을 사용했다. 그리고 곱슬거리는 자신의 머리 모양새를 마음에 들어 하지 않아 피오니가 향내 나는 기름을 묻혀가며 빗질을 해주어야 했다. 데이빗은 입을 옷을 모두 새로 만들기를 원했고, 밝은 노란색 비단으로 새 옷들을 만들어 놓았더니, 이제와서 그는 연한 초록 빛깔을 원했다. 심지어 노란색은 얼굴을 너무 어둡게 만든다며 불평까지 했다.

피오니가 결국 인내심의 한계를 느꼈다. "주인님께서 노란색으로 지으라고 하셨잖아요!" 피오니가 소리를 높였다.

"어울리지 않는다고 조언을 해줬어야지." 데이빗이 크게 못마땅해하며 투덜거렸다.

"이제 그만 하세요." 피오니 역시 짜증이 났다. "새로 옷을 만들 시간이 없다구요."

그렇게 해서 데이빗은 마지못해 노란색 옷을 입었고, 나중에 가서는 결국 흡족해했다. 그의 중국식 가운이 밝은 파랑색이었기 때문에 안쪽으로 노란색이 보이는 것도 나쁘지 않았기 때문이다. 문직으로 짠 파랑색 비단 위로는 검은색 벨벳 외투를 걸쳤고, 비취 단추를 채워 앞부분을 여몄다. 어린 신부를 편안하게 해주기 위해 전체적으로 중국식 의상을 선택한 데이빗은 맨 윗부분에 빨간색 둥근 단추가 박혀 있는 검은 색 둥근 비단 모자를 썼다.

모든 게 완료되자 데이빗은 점검을 받기 위해 피오니 앞에 섰다. 훤칠한 키에 머리를 당당히 들고, 발을 가지런히 모으고, 미소 띤 얼굴로 서 있는 데이빗을 보자 피오니는 눈물이 핑 돌았다.

데이빗이 앞으로 다가가서 피오니를 팔로 감쌌다. "피오니!" 그가 부드럽게 그녀를 불렀다. "왜 우는 거야?"

피오니는 잠시 한쪽 뺨을 데이빗 쪽으로 기울였다. 그리고는 웃으면서 그의 팔에서 빠져나왔다. "너무 멋져보여서요!" 피오니가 탄성을 지르듯 말했다. 이어 바삐 몸을 움직이기 시작했다. "깃을 똑바로 세워 드릴게요. 말씀드린 대로 손바닥에 사향을 바르셨어요? 주인님은 아주 행복해지실 거예요. 난 알 수 있어요. 마음으로 느껴져요!"

"너도 행복한 거니?" 그가 힘주어 물었다.

이내 차분히 가라앉은 피오니는 그의 손을 쥐어 자신의 뺨에 대고는 부드럽게 말했다. "저도 행복해요. 이 집에서 죽을 때까지 평생토록 살아갈 거라는 걸 아니까요."

이렇게 말하며 피오니는 마치 제비처럼 재빨리 몸을 감췄다. 하지만 데이빗은 그녀가 한 말을 곰곰이 되새겨 보았다. 피오니는 그를 정말 사랑하는 걸까? 데이빗은 피오니를 생각하며 한없이 부드러운 마음이 되었다. 피오니는 그에게 아무 것도 바라지 않을 터였다. 그녀는 이곳에서 충분히 행복하게 살아갈 것이다. 자신의 삶에 만족하며 그의 마음을 요구하지도 않을 것이고, 자신의 한도를 넘어서는 어떠한 것도 바라지 않을 것이다. 그는 피오니가 안락하게 살 수 있도록 돌봐줄 것이고, 살아있는 한 늘 자신 곁에 둘 것이다. 그녀는 딱히 여동생 같은 존재라고 말할 수는 없지만 그렇다고 그저 하녀에 불과하다고 할 수도 없었다. 아무튼 그는 피오니에게 늘 다정하게 대해줄 것이었다.

이제 그의 부모가 모습을 보였다. 새로 구입한 결혼 예복을 입은 두 사람이 나란히 안마당의 대문에 들어섰다. 에즈라의 옷은 밤색 비단이었고, 에즈라 부인은 금장식이 된 짙은 포도색 의복을 입고 있었다. 에즈라는 평소에 쓰는 작은 모자를 벗어두었고, 에즈라 부인 역시 머리에 아무 것도 쓰지 않고 있었다. 두 사람은 보조를 맞춰 조용히 걸어왔고, 데이빗은 마중을 나가 목례를 했다. 그는 어머니가 울었다는 걸 알 수 있었다. 눈은 부어올라 있었고, 입술은 여전히 떨리고 있었다. 하지만 아무 말도 없었다. 운을 뗀 건 에즈라였다. 결코 빠트릴 수 없는 말이었다.

"흡족하니, 내 아들?" 에즈라가 물었다.

"예, 아주 흡족합니다." 데이빗이 차분하게 대답했다.

그는 머리를 숙여 인사를 했고, 두 사람도 맞절을 했다. 이어 함께 연회장으로 갔고 사람들이 오기를 기다렸다.

바로 그때 다른 방에서는 왕 마와 피오니가 도착하기를 기다리고 있었다. 집안 구석구석과 유리창가마다 호기심으로 가득 찬 하인들과 아래 하녀들이 수군거리며 몰래 바깥을 엿보았다. 새 신부는 얼마나 예쁠까? 우리들에게 잘 대해줄까? 신부가 시내에서 제일가는 미인이라는 소문이 돌았지만, 이런 소문은 신부의 모습이 베일에 가려 있을 때면 늘 도는 것이었다.

정확히 정오가 되자, 붉은 비단 커튼이 쳐진 신부의 가마가 대문 앞에 도착했고, 추 마가 탄 작은 가마가 그 뒤를 따랐다. 그리고 그 뒤를 이어 신부의 가족과 결혼식 참석자들도 화려하게 꾸민 노새 마차를 타고 속속 모습을 드러냈다. 가마는 안마당으로 향했고, 이어 피오니와 왕 마가 기다리고 있는 장소로 조금 더 들어갔다. 추 마가 먼저 가마에서 내렸다. 하지만 피오니는 추 마에게 자신이 신부를 맞이하게 해달라고 부탁을 한 뒤, 가마의 커튼을 젖혔고 신부에게 팔을 내밀었다.

안마당을 둘러싼 사방에서 탄성 소리가 울려 퍼졌다.

"아, 너무 예쁘다!"

"아, 모든 게 사실이었어!"

"저 큰 눈 좀 봐!"

"발도 너무 작은 게……."

신부에게도 수군거리는 소리가 들렸을 테지만, 쿠에일란은 전혀 내색을 하지 않았다. 그녀는 한 손은 피오니의 팔을, 다른 한 손은 추 마의 팔을 잡고 우아하게 문간으로 내려섰다.

"조심하세요, 주인마님!" 추 마가 커다란 목소리로 쿠에이란을 주인마님이라고 불렀다. 다른 하인들에게 통고 삼아 그렇게 말한 것이었다. 그리고는 앞으로 나아가 신부가 앉을 의자의 쿠션을 반듯하게 손보았고, 충분히 부드러운지 감촉을 느껴보았다. 이어 거만하게 소리를 높였다. "차는 어디 있습니까? 가장 좋은 차를 준비했나요? 우리 안주인님은 비를 맞기 전에 뜯어낸 찻잎으로 우려낸 차만 드신답니다!"

피오니는 모든 걸 다 준비해놓았다. 자그마한 새 신부는 자리에 앉고 나서 시간이 좀 흐르자 차츰 호기심이 자라났고, 주위에 여자들만 보이자 베일을 옆으로 걷었다. 그리고는 커다란 눈으로 집 안을 이러 저리 둘러보았다. "여기가 내 방이 되는 건가요?" 그녀가 특유의 달콤하고 높은 음성으로 물었다.

"조용!" 추 마가 눈살을 찌푸리며 말했다. "신부는 말을 하는 게 아니에요. 그렇게 신신당부를 했는데도!"

"난 말할 거야." 자그마한 신부가 고집스레 말했다. "그리고 방 안에 남자가 있을 때만 그래야 한다고 했잖아!"

그녀의 이 말에 모두들 웃음을 터뜨렸고, 그녀 자신도 웃었다. 이어 그녀는 곁에 서있던 피오니를 보았다. "난 네가 이 집에 있어서 참 기뻐!" 그녀가 큰소리로 말했다. "나보다 나이가 그렇게 많지 않지?"

"올해 열여덟입니다, 아가씨." 피오니가 공손히 대답했다.

"나하고 같구나." 신부는 그렇게 말하며 손바닥을 맞부딪쳤고, 다시 한 번 모두들 웃음을 터뜨렸다. 이어 신부는 피오니 쪽으로 몸을 기울였다. "궁금한 게 있는데, 시어머님 되실 분이 많이 별스러우셔?"

피오니는 고개를 저었고, 손으로 입을 가리며 웃음을 머금었다.

"하지만 시어머님은 외국인이시잖아." 쿠에이란이 덧붙였다.

"그렇죠. 하지만 예전과 많이 달라지셨어요." 피오니가 대답했다.

실제로 에즈라 부인은 많이 달라졌다. 보다 조용해졌고, 자신의 뜻을 앞세우는 일도 많이 줄었다. 리아가 죽었을 때 그녀 안의 무언가도 함께 죽은 것이다. 피오니는 그것이 구체적으로 무엇인지 이해할 수는 없었지만 충분히 감지할 수는 있었다.

그때 안마당에서 발걸음 소리가 들려왔다. 모두들 고개를 들자, 데이빗의 모습이 눈에 들어왔다. 한순간 모두들 혼란스러워했다. 그가 모습을 보일 시점이 아니었기 때문이다.

추 마가 놀라며 소리를 질렀다. "베일을 내려야지요!"

하지만 쿠에일란은 손가락 하나 까딱하지 않았다. 그 대신 그녀는 고개를 들어 데이빗을 바라보았다. 데이빗 역시 그녀를 바라보았다. 방 안에 있던 모든 이들은 그 광경에 놀라워했고, 외국의 풍습이려니 여겼다.

"지금 내 행동이 잘못이라 여겨질 수도 있다는 것 알고 있다오." 데이빗이 쿠에일란에게 무척 상냥하게 말했다. 그는 조금도 부끄럼 없이 그녀의 얼굴을 바라보았다. 사실 더할 나위 없이 즐거운 마음이었다. 그녀는 대답은 하지 않았지만 마치 고개를 숙여야 한다는 걸 잊기라도 한 듯 데이빗의 얼굴을 지그시 바라보았다. 그렇게 두 사람은 한동안 서로를 바라보았고 이어 그녀가 작은 목소리로 입을 열었다. "저는 잘못된 행동이라고 생각하지 않아요!"

"그렇다면 나와 같은 생각이로군." 데이빗은 그렇게 대답하고 한동안 더 그녀를 바라본 뒤 목례를 하고 자리를 떴다. 데이빗이 방을 나선 뒤 쿠에일란은 작은 여신과 같은 모습으로 미소를 머금은 채 앉아 있었다. 추 마의 꾸짖는 소리도, 주위 여인네들의 쏟아지는 웃음소리도 그녀의 귀엔 들리지 않았다. 그녀는 추 마가 베일을 내리도록 놓아두었고, 초롱초롱한 눈망울과 새침한 입모양을 한 채 다소곳이 앉아 있었다.

하지만 추 마의 꾸지람은 그치지 않았다. "남자가 여자를 너무 일찍 보는 건 좋지 않은 거예요. 결혼에 액운을 가져온단 말이에요."

아무도 추 마의 말에 관심을 기울이지 않았다. 피오니가 결혼식 준비를 서둘렀기 때문이다. "제가 아가씨를 연회장으로 모시겠습니다." 그녀가 신부에게 말하자 빳빳한 자수가 놓인 장밋빛 공단 가운을 입은 자그마한 쿠에일란이 몸을 일으켰고, 피오니와 추 마를 양편에 대동한 채 천천히 발걸음을 옮겼다. 그리고 일행들 모두가 그 뒤를 따랐다. 연회장에선 쿵 첸이 아내와 아들들과 함께 신부를 기다리고 있었다. 맞은편에는 에즈라 내외와 카오 리엔이 서있었다. 랍비를 모시는 것에 대한 언급이 있었지만, 그날 아침 에즈라가 랍비가 기거하는 곳으로 가보았을 때 랍비는 너무도 정신이 혼탁한 상태였기 때문에 차마 손님들 앞에 모실 엄두가 나지 않았다. 그래서 랍비의 시중을 들고 있는 엘리 노인에게 잘 돌봐드리라는 당부만 남긴 채 방을 빠져나왔다. 애런의 대해서는 여전히 그 누구도 그의 소식을 전해 듣지 못했다.

쿵 첸의 가족들 가운데 랍비나 그의 아들을 보지 못해 아쉬워하는 사람은 아무도 없었다. 그들은 쿠에일란이 연회장으로 들어서는 모습을 다양한 감정으로 바라보았다. 아들들은 여동생의 결혼을 미덥지 않아 했는데, 차남이 더욱 그러했다. 장남은 아버지와 생각을 같이해 사업상의 이해타산과 민족적 단결이란 부분을 고려했다. 여동생을 통해 에즈라 집안은 보다 더 중국적으로 변할 것이고, 에즈라는 상냥하고 친절한 남자로 알려져 있는데다 대단한 재산가였으니 마다할 이유가 없었다. 한편, 낙천적인 성격에 결코 과하게 걱정을 하거나 마음을 졸이는 일이 없는 쿵 부인은 쿠에일란의 아름다운 모습에 만족해했고, 셋째 딸에게는 충분히 근사한 결혼이라고 생각했다. 사실 마음속으로 쿠에일란의 두 언니가 부유한 중국 집안에 시집을 간 걸 무척 흡족해하고 있었지만 말이다. 부인은 하품이 나오는 걸 참으며 에즈라 부인을 바라보았다. 그리고는 그녀의 지나치게 큰 키와 높은 코를 보며 딱하게 여겼다.

오직 쿵 첸만이 아버지답게 사랑과 걱정, 그리고 따뜻한 감정을 마음속에 품고 있었다. 자그마한 셋째 딸! 아이가 자랄 때 그는 다른 딸들과 비교해 특별히 그녀에게 더 신경을 쓰거나 하진 않았었다. 하지만 이제 느린 걸음으로 천천히 연회장으로 들어서는 셋째 딸을 보고 있자니 과거의 기억들이 새록새록 떠올랐다. 아기였을 때 장밋빛 피부의 쿠에일란은 연신 밝게 웃어댔고, 거의 울지 않는 아이였었다. 걸음마를 막 시작했을 무렵 그녀는 발을 구르고 주먹을 움켜쥐며 발끈 성을 내곤 했는데, 쿵 첸은 그 모습이 너무도 귀여워 웃음을 멈추지 못했고, 쿠에일란은 제풀에 화를 삭히곤 했다. 한번은 그녀가 물고기들이 노니는 연못에 빠진 일이 있었는데, 쿵 첸은 곧바로 셋째 딸을 건져 올렸고, 쿠에일란은 아빠의 어깨에 얼굴을 묻고 마구 울어댔었다. 물이 뚝뚝 떨어지는 딸의 옷 때문에 쿵 첸 역시 흠뻑 젖을 수밖에 없었다. 그는 설탕에 절인 야생 능금을 사주며 딸을 달래주었고, 마른 옷으로 갈아 입혔었다.

"어쩌다 연못에 들어간 게냐?" 그가 웃으며 쿠에일란에게 물었다.

"물고기들이 날 잡아당겼어요." 그녀는 이렇게 대답했고, 쿵 첸은 다시 한 번 큰 웃음을 터뜨렸다. 변덕쟁이에 말괄량이 소녀이긴 했지만, 날씬하고 부드러운 몸매는 아름답기 그지없었다. 그는 그녀의 남편이 될 젊은 친구가 상냥하고 인내심을 갖춘 성품이기를 간절히 바랐다. 그는 데이빗에게 고개를 돌렸다. 데이빗은 이제 신부에게서 눈길을 거둬들인 채 다소곳하게 자세를 갖추고 서 있었다. 쿵 첸이 그의 얼굴을 살펴보았다. 잘생기고, 씩씩하고, 똑똑하고…… 그래, 젊은 친구치곤 꽤나 상냥한 편이지…… 라고 그는 생각했다. 이어 그는 한숨을 내쉬었다. 그저 이 젊은이가 변덕쟁이, 말괄량이 처녀에게 피곤해하지 않기를 바랄 뿐이었다.

이제 그의 기억은 자신의 결혼식 날로 거슬러 올라갔다. 짧았던 즐거움과 기대감에 이어 길고 긴 실망의 나날이 찾아온 결혼 생활이었다. 하지만 아이들을 하나 둘 갖게 되면서 삶이란 게 단순히 사랑 하나만이 아닌 다음 다양한 요소들로 이루어져 있다는 걸 깨닫게 되었다. 남자가 상냥하고, 여자가 예쁘장하다면, 그걸로 충분한 게 아닌가 싶은 생각이 들었다.

이제 카오 리엔이 결혼식을 진행하기 위해 앞으로 나섰다. 젊은 커플은 그의 지시에 따라 양가 집안에 인사를 했고, 벽에 걸려있는 조상 대대로 내려오는 현판을 향해서도 목례를 했다. 그리고 나란히 서서 혼합주를 마신 뒤 케이크를 잘랐다. 예식은 중국식을 기초로 했지만 여러 요소가 혼합되어 있는 어디서도 볼 수 없는 결혼식이 되었다.

예식은 간소했고, 오래지 않아 끝이 났다. 이제 신부는 모든 사람이 볼 수 있고, 한마디씩 평을 할 수 있는 자리로 옮겨 앉았다. 하지만 새 신부는 고개를 들거나, 말을 하거나, 누군가에게 주의를 기울이는 모습을 보여선 안 되었다. 데이빗 역시 예의상 신부에게 지나치게 신경을 써선 안 됐지만, 몰래 신부를 훔쳐보았고, 서서히 피가 끓어오르는 걸 느꼈다. 사실 그녀는 무척이나 아름다웠다. 여러 가닥으로 드리워진 구슬 베일 뒤로 보이는 그녀의 작은 얼굴은 부드럽고 사랑스러웠으며 그녀의 입술은 붉디붉었다. 그는 신부가 금과 은으로 꾸며진 육중한 머리장식을 오랜 시간 동안 쓰고 있어야 하는 걸 안쓰럽게 여겼다. 그는 오늘 밤 신부의 머리에서 그것을 내려주면서 그녀를 위로해주고, 머리가 아프지는 않은지 물어봐 주리라 마음먹었다. 사람들이 데이빗의 표정에서 안달하는 모습을 발견하고는 놀리기 시작하자, 데이빗은 부끄러워하며 더 이상 신부를 바라보지 않았고, 술 마시기 놀이를 하거나, 맛난 음식들을 먹는 사람들 쪽으로 관심을 돌렸다.

저택의 모든 대문들이 열렸고, 원하는 이들은 누구나 안으로 들어와 각 안마당에 차려진 식탁에서 음식을 먹을 수 있었다. 그러자 수많은 사람들이 몰려들어와 감사의 인사를 쏟아내며 게걸스럽게 음식들을 먹어댔다. 이리저리 둘러보던 에즈라는 생선과 소고기, 가금류들 사이로 커다란 그릇에 돼지고기가 담겨있는 것도 보았지만, 아무 말도 하지 않았다. 이슬람교도를 위해 양고기도 준비되어 있었다. 에즈라는 자신의 종교에 따라 음식을 골라 먹으면 그만이라고 생각했다.

그렇게 결혼식 날은 잔치와 음악과 웃음과 함께 지나갔다. 쿵 첸과 에즈라는 연거푸 축배를 들었고, 에즈라 부인은 쿵 부인과 어울렸다. 두 여인은 이번이 처음 만남이었고, 서로를 낯설어 했으며 대화를 나누는 데 어려움을 느꼈지만, 두 사람 다 최선을 다하는 모습이었다. 쿵 부인은 에즈라 부인이 여자로서는 너무 딱딱하다고 느끼면서 그저 겉으로 보기보다 기질이 드세지 않기를 바랄 뿐이었다. 하지만 그녀는 에즈라 부인이 자신에게 친절히 대하기 위해 많은 노력을 기울이고 있다는 걸 인정했다. 이 두 여인에게 하루는 더디게 흘러갔지만 어쨌든 날은 저물었다.

밤이 되어, 젊은 커플이 신혼 방으로 안내되었을 때 사람들은 서로 작별인사를 나누었고, 집 안은 다시금 조용해졌다. 사방이 무척 조용해졌다. 하인들은 피곤에 지치고 배불리 음식을 먹은 뒤라 곧 잠에 빠져들었다. 왕 마는 침대 위에서 한두 차례 신음소리를 냈다. 왕 씨 노인이 부인에게 어디 아픈 데라도 있느냐고 묻자, 왕 마가 대답했다. "배가 불편한 것뿐이에요. 잉어 요리를 너무 많이 먹었거든요. 그것도 세 번이나."

"난 아무리 많이 먹어도 끄떡없지. 내 배는 절대 배부르다고 불평을 하지 않거든." 왕 씨 노인이 말했다.

"오, 아주 대단하시네요." 왕 마가 신랄하게 응수했다. 하지만 왕 씨 노인은 이미 잠이 들어있었다.

피오니의 방은 무척 조용했다. 그녀는 일찌감치 사람들 곁을 떠나 신방으로 갔었다. 그리고는 세밀한 부분까지 손수 완벽하게 손을 보았다. 꽃병들엔 꽃을 꽂아 두었고, 양초를 새로 준비했으며, 은 재질의 수연

통*을 준비하고, 작은 케이크들이 담긴 접시, 따뜻한 차, 그리고 늦가을 복숭아까지 마련해 놓았다. 피오니는 침대 커튼에 사향을 뿌렸고, 높다란 침대 아래 발판엔 벨벳으로 만든 매트도 깔아두었다. 이제 더 이상 해야 할 일이 떠오르지 않자, 피오니는 초에 불을 밝힌 뒤 방 안을 둘러보았다. 그녀는 아무런 불만도 없었다. 그랬다. 그녀는 자신의 숙명과 태생의 한계를 알았고, 그저 이곳에서의 자신의 삶에 감사했다. 비록 시중을 들기 위한 것이긴 했지만 이 방에 매일 올 수 있다는 사실에도 감사했다.

피오니가 떠난 뒤에도 방은 한동안 고요함을 유지했다. 하지만 추 마가 작은 신부를 데리고 방 안으로 들어오면서 그 침묵은 깨졌다. 곧 신랑이 올 것이었기 때문에 추 마는 이내 떠나야만 했다.

"자, 앉아요, 꼬마 신부님." 추 마가 신부에게 칼칼한 목소리로 속삭였다. "신랑이 들어와도 올려다 보면 안돼요. 신랑이 베일을 걷어 올려도 마주봐선 안돼요. 신랑이 올려다보라고 말하거나, 손으로 아씨의 턱을 받쳐 들거나, 선 채로 기다리면 그때 가서야 천천히 고개를 드는 거예요. 내가 가르쳐 준 대로 말이에요. 그리고 속눈썹은 가장 마지막에 올려야 해요. 아주 천천히요. 아, 하늘이 우리 꼬마 아가씨를 도와야 할텐데!"

추 마가 흐느끼기 시작하며 소맷부리로 눈물을 닦았다. 하지만 신부는 꿈쩍도 안했다. 그녀는 발을 구르며 나이 든 유모를 손으로 밀어냈다. "어서 가. 바보같이 울지 말고." 쿠에일란의 매정한 말에 추 마의 눈물이 일순간 마르면서, 안쓰러워하는 심정도 함께 사라졌다.

"요 버릇없는 아가씨 같으니라구!" 추 마가 작은 소리로 으르렁거렸다. "신랑한테 얻어맞아야 정신을 차릴 거야." 그리곤 찌푸린 얼굴로 서

---

* 중국 사람이 쓰는 담뱃대 대통의 하나. 담배 연기가 물을 거쳐 나오도록 되어 있다.

둘러 방을 떠났다.

다시금 조용해진 방 안으로 잠시 후 데이빗이 들어왔다. 데이빗은 사람들의 왁자한 웃음소리가 거의 잦아들 무렵까지 조용히 기다렸다. 이어 신부에게 눈길을 건넸다. 그녀는 커튼이 젖혀진 침대 위에 앉아, 발을 나란히 발판에 올려두고, 두 손은 움켜쥔 채 무릎 위에 놓아두었다. 베일은 여전히 그녀의 얼굴을 가린 채였다. 천천히 그리고 조용히 그는 방을 가로질러 그녀에게 다가가 머리장식을 들어 올린 뒤 탁자 위에 올려놓았다. 그는 머뭇거리며 그녀 곁에 서있었다. 심장이 빠르게 뛰기 시작했다.

"머리가 아픈가요?" 그가 상냥하게 물었다.

그녀는 얼굴을 들지 않았다. "예 — 조금." 그녀의 목소리는 작고 달콤했다.

그는 선 채로 있었고, 그녀는 줄곧 그의 발만 바라보며 기다렸다. 데이빗과 단둘이 남겨지자 그녀는 두려웠고, 결국 추 마의 말을 따랐다. 하지만 그가 손을 얼굴에 대거나, 고개를 들라고 말을 하지 않는다면 과연 나 스스로 고개를 들 용기는 있는 걸까? 만일 용기가 있다면 과연 어느 시점에서 고개를 들어 그를 바라보아야 하는 걸까?

스스로에게 대답을 하기 이전에 데이빗이 몸을 숙여 두 손으로 그녀의 얼굴을 감쌌다.

"오늘 밤은 아무 얘기도 하지 맙시다." 그가 말했다. "내일 얘기할 시간이 많을 거요 — 그 후로도 많은 날들이 있으니까요."

"네." 그녀가 작은 소리로 대답했다. 데이빗은 그녀의 두 뺨이 점차 따뜻해지는 걸 느꼈다.

"우린 행복할 거예요." 그가 속삭였다.

"우린 행복할 거예요." 그녀가 그대로 말을 받았다.

자정이 지날 무렵까지 고요한 밤이었다. 그러던 중 에즈라는 누군가 흐느끼는 소리에 잠에서 깨어났다. 그는 배불리 음식을 먹고, 술도 상당히 마셨기 때문에 침대에 드러눕자마자 깊은 잠 속으로 빠져들었었다. 그는 마치 슬픔과 고통으로 가득한 무언가에 의해 평화로운 상태에서 끌려 나온 듯한 기분이었다. 그는 끙끙대며 잠에서 깨어났지만 잠시 동안은 소리의 정체를 감지할 수 없었다. 하지만 곧 알게 되었다. 나오미가 흐느끼고 있던 거였다! 아내를 위로해주기 위해 에즈라는 그날 밤 그녀 곁에서 잠을 잤던 것이다. 그는 비틀거리며 침대에서 내려와 아내의 침대가 있는 건넛방으로 갔다. 어둠 속에서 아내의 작은 흐느낌이 진동하고 있었다.

"나오미!" 그가 소리를 높이며 침대를 손으로 더듬었다. "대체 무슨 일이야?"

부인은 아무 대답도 하지 않은 채 계속 울기만 했다. 그는 조심조심 탁자로 다가가 양초에 불을 붙였다. 빛이 혼란에 휩싸인 그녀의 얼굴에 내려앉았다. 그는 이 모습이 아들의 결혼식을 나무랄 데 없이 치러낸 그 당당한 여인의 얼굴이라고는 믿기 어려웠다.

"나오미, 어디 아픈 데라도 있는 거야?" 그가 소리를 높였다.

"아뇨." 그녀가 숨을 헐떡이며 말했다. "아뇨, ― 난 생각을 하고 있었어요 ― 그 모든게 끝이 났어요! 오, 난 죽었어야 했어요! 당신도 내가 죽었으면 하고 바라는 걸 알아요! 에즈라, 당신은 모든 걸 잊고 싶어 하니까요."

그는 그녀 옆으로 가 침대에 걸터 앉고는 아내의 손을 쥐고 참을성 있게 쓰다듬기 시작했다. 그는 앞으로도 이러한 밤을 자주 겪게 되리라는 걸 감지할 수 있었다. 그럴 때마다 그는 애정과 인내 속에서 아내 곁에 앉아 그녀의 슬픔이 지나갈 때까지 위로를 해주어야만 했다.

"자, 나오미." 그가 졸린 목소리로 말했다. "우린 이제 아주 행복해질 거라는 걸 당신도 알잖아. 데이빗이 곧 아이들을 가질 거라고 — 집안이 이제 우리 손자들로 가득 찰 거라고 생각해 봐."

부인은 고개를 돌리며 그의 위로를 거부했다. "난 늘 내 자신에게 약속을 했어요 — 내가 죽으면 — 난 우리의 약속의 땅에 묻힐 거라고요."

"정말 그것 때문에 이 시간에 울고 있었단 말이야?" 에즈라가 탄식을 했다. 하지만 다시금 인내심을 발휘했다. "자, 여보, 내가 그럼 약속을 해주리다. 만일 원한다면, 당신이 죽고 난 다음 당신 육신을 약속의 땅으로 데려가 주리다. 무슨 일이 있어도 꼭 그렇게 해주겠소."

부인이 잠시 침묵 속에 내려앉았다. "거기서 나와 함께 머물러 줄 수 있겠어요?" 그녀가 물었다.

에즈라가 한숨을 내쉬었다. "아, 나오미, 당신은 당신의 방식을 원하면서 내게는 내 방식을 허락하지 않으려 하는구려! 아니, 여보. 난 다시 돌아와서 이곳에서 죽고, 이 땅에 묻힐 거요 — 내 조상들이 묻힌 이곳, 내 아이들이 묻힐 이곳에서 말이오."

에즈라 부인이 다시 흐느꼈다. "하지만 에즈라, 당신은 유대인이에요!"

"바로 그 때문이오." 그가 침착하게 말했다. "이곳은 흙마저 우리에게 친절하니까." 그러면서 그는 애정과 인내를 담아 아내의 손을 계속 쓰다듬어 주었다.

어느 곳보다 깊은 침묵이 감돈 곳은 바로 피오니의 방이었다. 그녀는 침대에 누웠을 때 쉽사리 잠을 이루지 못하리라는 것을 느낄 수 있었다. 데이빗의 결혼식이 치러진 날 밤 피오니는 그렇게 잠들지 못한 채 누워 있었고, 그녀의 마음은 신방에 있는 데이빗에게 가 있었다. 사실 그녀는 평상시 잠자리에 들기 전에 행하는 취침 준비를 모두 마친 상태였다. 꼼꼼하게 씻었고, 몸에 향수를 뿌렸으며, 이를 닦고, 머리를 빗었고, 깨끗한 잠옷으로 갈아입었다. 그녀는 입맛이 없어서 하루 종일 아무 것도 먹지 않았다. 주위 사람들에게는 너무 바빠서 먹을 시간이 없다는 핑계를 댔다. 이제 공단 베개에 머리를 누이고 피오니는 모든 세세한 사항들을 상기해보았다. 단 한 가지도 잘못된 부분이 없었다. 이 부분에 대해선 조금도 부끄러운 점이 없었으며, 스스로를 칭찬할 수 있었다. 모든 음식들은 각기 적절하게 따뜻하거나 차가웠고, 술 역시 꼭 알맞은 만큼만 덥혀졌다. 은과 백랍 그릇들은 빛이 났고, 상아는 맑았으며, 나무는 깨끗하게 손질되어 있었다. 심지어 문틈에도 먼지 하나 찾아볼 수 없었다. 어린 신부가 피곤을 느끼는 바로 그 순간 피오니는 그걸 알아차리고 몰래 쌀이 든 따뜻한 수프를 가져다주었고, 아무도 신부를 볼 수 없도록 한 뒤 편안하게 먹게끔 했다. 피오니는 자신의 행복이 데이빗의 아내의 마음을 얻는 데 있다는 걸 알고 있었다. 그녀의 새로운 안주인은 그녀를 사랑해야 했고, 그녀에게 의지해야 했다. 그리고 더 나아가 그녀는 남편과 아내 사이에 자리를 잡고 두 사람을 연결시켜주는 역할도 해야 했다. 동시에 두 사람이 싸울 때에는 각기 감정을 추스르도록 그들을 떼어 놓을 수도 있어야 했다. 그녀 자신의 안전은 두 사람의 행복에 달려 있기 때문이었다. 그들은 피오니를 필요로 해야만 했다.

워낙 사리에 밝은 피오니였기에 미래가 어떻게 전개될지 명확하게 내다볼 수 있었다. 그녀는 신부 내면의 치수가 얼마나 높고, 얼마나 넓고, 얼마나 작은지 정확히 파악할 수 있었고, 데이빗의 내면 역시 자신의 마음을 들여다보듯 잘 알고 있었다. 이 두 사람은 결혼생활 도중 일어나는 문제점들을 해결하기 위해 그녀를 자주 필요로 할 것이었다. 하지만 피오니는 자신이 그걸 인식하고 있다는 사실을 절대 그들이 알게 해서는 안 되었다.

그렇게 피오니는 몇 시간 동안 뜬 눈으로 자리에 누워, 신혼 첫날밤을 치루는 다른 방으로 자신의 마음의 눈이 가지 않도록 스스로를 다잡으며 시간을 보냈다. 오늘 밤은 그녀가 신경 쓸 그런 날이 아니라고 스스로에게 타일렀다. 오늘 밤만이 아니라 앞으로도 많은 밤이 그러할 것이었다. 단지 한두 번, 여러 번이 아니고, 매일 매일이 그런 날이 될지도 몰랐다. 그가 가장 소중하게 생각하는 사람과 관련한 모든 이들의 삶이 자신과도 관련이 있었다.

피오니는 몇 시간 동안 자리에 누워 줄곧 어둠 속을 응시하며 스스로에게 그렇게 말했다. 그러던 중 갑자기 새벽닭의 울음소리가 들려왔다. 밤은 지나갔고, 새벽이 다가오고 있었다. 마음이 가라앉으며 한숨이 새어나왔다. 눈물이 고여 들고 목이 메어왔다. 하지만 피오니는 울음을 터뜨리고 싶지 않았다.

다 끝났어, 라고 그녀는 스스로에게 말했다. 난 이제 잘 수 있어.

10

 에즈라의 집은 새로운 삶을 향해 조용히 깨어났다. 외견상으론 옛날 방식 그대로였다. 에즈라 부인은 비록 지난 밤 흐느끼긴 했지만, 아침이 밝자 본래의 모습을 되찾았다. 다만 이전에 비해 역정을 내는 횟수가 줄었고, 말수도 줄어든 모습이었다. 아들의 아내에게는 꽤 신경을 써서 친절하고 정중하게 대해주었고, 며느리 역시 시어머니에게 아무런 불만 사항이 없었다. 에즈라 부인을 두려워하던 쿠에일란으로선 놀랍기도 하고 기분 좋은 일이었다. 모든 젊은 아내들이 시어머니를 겁내하는 건 당연한 것이었지만, 쿠에일란은 누구보다도 더 그러했다. 그녀는 게으르고, 편안한 걸 좋아하는 꼬마 아가씨였다. 늘 하인들의 시중을 받으며 응석받이가 되어 있었고, 규율이나 의무 같은 것에는 전혀 관심이 없었다. 다행히 에즈라 부인은 그녀에게 아무 것도 요구하지 않았고, 사실상 그녀가 집에 있지 않은 것처럼 행동했다. 두 사람이 마주칠 때면 에즈라 부인은 쿠에일란에게 잘 지내는지, 모든 게 마음에 드는지를 물었고, 그러면 쿠에일란은 미소 짓는 얼굴로 아래를 내려다보며 모든 게 좋다고 대답하곤 했다. 에즈라 부인이 자신을 지휘하려 하지 않는다는 걸 알게 되자, 그녀는 마음의 짐을 내려놓을 수 있었고, 시간이 지남에 따라 점차 결혼 전 자신의 집에서 지냈던 것처럼 당돌하고 무심한 모습을 띠게 되었다.

피오니는 결혼식이 있고 난 후의 집안에 아무런 변화가 없다는 사실이 처음엔 믿기지 않았다. 하지만 하루하루 지날수록 그러한 모습을 그대로 받아들이지 않을 수 없었다. 우선 집안 어른들이 하나도 변하지 않았고, 데이빗 역시 아무런 변화가 없었다. 데이빗은 이전의 자신의 삶을 재개했다. 결혼식 날 밤 미뤄두었던 얘기는 기약 없이 미루어졌다. 이 어여쁜 아내와는 그저 그녀의 일상적인 요구와 바람에 대한 것들 이상의 다른 어떤 대화도 할 수 없었다. 데이빗이 그것을 인지하기까지는 그리 여러 날이 필요치 않았다. 하지만 그녀는 늘 웃을 준비가 되어 있었고, 여러 가지 놀이를 알고 있었다. 두 사람이 가장 행복한 시간은 그녀가 데이빗에게 가르쳐 준 놀이를 함께 하며 보낼 때였다. 놀이에서 이기기라도 하면 쿠에일란은 어린아이처럼 신나하며 동여맨 작은 발로 방 안을 깡충깡충 뛰어다녔다. 그녀의 발을 볼 때마다 데이빗은 안쓰러움을 느꼈다. 그는 이전까지 이렇게 꽁꽁 묶인 여자의 발을 본 적이 없었다. 이곳 유대인 집안에서는 중국인인 피오니의 발조차 자유롭게 풀어두었기 때문이다. 실크 신발을 신은 쿠에일란의 작은 두 발은 데이빗이 그저 한 손바닥으로 잡을 수 있을 정도였다. 어느 날 밤 그는 구슬픈 음성으로 다음과 같이 말했다.

"꼬마 아가씨." 그는 아내를 이렇게 불렀다. "발이 이렇게 불구가 되도록 어떻게 그냥 내버려둘 수 있었지?"

이에 쿠에일란은 울음을 터뜨렸고, 데이빗은 자못 놀랐다. 그녀는 조금은 화도 나고, 그의 동정에 서럽기도 해서 눈물을 흘리며 발을 거둬들여 치마 속으로 감췄다. "내 발이 미운 거죠?" 그녀가 울먹이며 말했다.

"그저 마음이 아플 뿐이야." 그가 부드럽게 대답했다. "얼마나 고통스러웠겠어!"

"지금은 하나도 아프지 않아요." 그녀가 힘주어 말했다.

"왜 그냥 풀어놓지 그래?" 데이빗이 부드럽게 권유했다.

"난 발이 커지는 게 싫어요." 그녀가 앵돌아지며 말했다. "지금까지 고생한 걸 수포로 돌릴 순 없잖아요!"

"어디 한번 봅시다." 데이빗이 그녀의 자존심과 수줍음을 감안해 애원조로 말했다.

"안 돼요, 안 돼!" 쿠에일란이 크게 소리쳤다. 그리곤 다시 흐느끼며 목청을 높여 피오니를 불렀고, 워낙 큰 목소리였기에 피오니가 곧바로 듣고 부리나케 달려왔다.

피오니의 모습을 보자 쿠에일란은 눈물이 흘러내리는 얼굴로 두 손을 앞으로 뻗었다. "내 발을 보여 달라고 하시잖아!" 그렇게 말하며 쿠에일란은 연신 눈물을 흘렸고, 피오니는 그저 그녀 옆의 침대에 걸터앉아 쿠에일란의 손을 어루만져주고, 실크 이불로 발을 가려주는 수밖에 없었다.

"그만 울어요. 발을 억지로 보려고 한 건 아닐 거예요." 피오니가 흐느끼는 소녀를 위로했다.

데이빗은 침대 옆에 선 채 두 사람을 내려다보았다. "난 그저 도움을 주려했을 뿐이라는 걸 설명해줘." 그가 피오니에게 말했다. "그리고 솔직히 발이 불구가 되는 걸 좋아하지 않는 것도 사실이야." 이렇게 말하고 데이빗은 방을 빠져나갔고, 쿠에일란은 피오니에게 안기며 더욱 서럽게 울어댔다. 한참 동안 눈물을 흘리도록 내버려둔 피오니는 쿠에일란의 울음소리가 차츰 잦아들자 부드럽게 그리고 단호하게 다음과 같이 말했다.

"여자의 발을 묶는 우리 중국 풍습에 대해 제가 젊은 주인님께 설명해 드리도록 할게요. 주인님이 그걸 모른다고 해서 탓하시면 안 돼요.

유대인 여자들은 발을 전혀 묶지 않거든요. 맨발로 샌들을 신기까지 한다니까요."

"시골 여자들처럼?" 쿠에일란이 눈물을 흘리며 소리쳤다.

"그래도 금이나 은 같은 보석 장식이 된 샌들도 있어요." 피오니가 말을 이었다. "자, 이제 울음을 그치세요. 일단 상황을 이해하고 나면 괜찮아질 거예요. 주인님은 상냥하고 어지신 분이거든요."

"하지만 내 남편은 이해하지 못하는 게 너무 많아!" 어린 신부가 울면서 불평을 토로했다.

피오니는 무척 참을성 있게 쿠에일란을 대했다. "매번 이해를 못할 때마다 저를 부르세요. 그럼 제가 아가씨의 심정을 주인님께 설명해 드리도록 할게요."

그렇게 다독이고 구슬리며 피오니는 쿠에일란을 위로했다. 어느 정도 평정을 되찾게 되자 피오니가 말했다. "아내는 남편을 즐겁게 해드려야만 해요. 주인님 말고 다른 어떤 남자가 아가씨를 돌봐주겠어요 — 제가 아가씨 발을 관리해 드릴게요. 하루하루 조금씩 붕대를 느슨하게 해드릴게요. 아가씨 자신도 못 느낄 정도로 아주 조금씩요. 그러면 주인님이 아가씨가 자신의 말에 따르는구나 생각하시고 흡족해하실 거예요. 주인님이 흡족해하시면 아가씨도 행복해지실 거구요!"

쿠에일란이 못미더운 표정을 지어보였다. 그녀는 젖은 속눈썹을 치켜 올리며 피오니를 바라보았다. "난 지금도 충분히 행복해." 그녀가 힘주어 말했다.

"남편을 기쁘게 하지 못하면 아내의 행복은 사라지게 되는 법이에요." 피오니가 주장을 굽히지 않았다.

쿠에일란의 기다란 속눈썹이 다시금 내려앉았고, 이어 작은 목소리로 말했다. "나한텐 새 신발이 오십 켤레나 있단 말이야 — 다들 얼마나 예쁜데!"

피오니가 웃음을 터뜨렸다. "아가씨, 그게 걱정이시라면, 가지고 계신 것하고 똑같이 다 새로 만들어 드릴게요. 새로운 발에 꼭 맞게요."

쿠에일란은 한동안 침묵을 지켰고, 피오니는 일어선 채 기다렸다. "주인님한테 말씀드려도 되죠?" 피오니는 웃는 낯으로 마치 아이를 대하듯 말을 건넸다.

한참이 지난 뒤 쿠에일란은 고개를 끄덕였고, 다시금 눈물을 흘렸다. 하지만 피오니가 하녀를 시켜 따뜻한 물이 담긴 대야를 가져오게 한 뒤, 레이스가 달린 작은 신발과 하얀 양말을 벗기고 기다란 붕대를 풀었을 때엔 조금의 불평도 하지 않았다. 피오니조차 그녀의 좁은 발을 손에 쥐자 측은한 마음이 들었다. 얼마나 손상이 있는지 피오니는 양쪽 발을 세심히 살펴보았다. 열성으로 가득한 추 마는 시집을 잘 보내야 한다는 일념으로 소녀의 발을 일찌감치 묶어둔 바 있었다. 뼈는 휘어있었지만 부러진 곳은 없었다. 다시금 온전한 발로 돌아오기는 힘들었지만, 자유롭게 될 수는 있었다. 물론 세심하게 관리를 해줘야 했다. 매일매일 조금씩 풀어주지 않으면 자유의 고통이 묶어두었을 때 못지 않게 있을 터였다.

"추 마가 여기 없어서 너무 좋아." 쿠에일란이 갑자기 말을 꺼냈다. 추 마는 에즈라 저택의 다른 하인들과의 불화가 있을 것을 염려해 쿠에일란과 함께 지내지 않도록 조치가 취해졌다. 쿵 첸은 추 마에게 집으로 돌아와 하나 남은 딸인 릴리를 돌보라고 지시를 내렸었다.

"저도 마찬가지예요." 피오니가 동의했다. "아주머니가 여기 계셨으면 이렇게 아가씨의 발을 푸는 모습을 지켜보기 힘드셨을 테니까요. 만일 아가씨를 뵈러 찾아오기라도 하면 주인님께서 그렇게 분부를 내리셨다고 말씀드리세요."

피오니는 쿠에일란의 발을 물에 담가두었다가 다시금 붕대로 아주 살짝만 느슨하게 해서 묶은 뒤 함께 놀이를 했다. 이어 쿠에일란이 하품을 하자 피오니는 어린 신부를 침대로 데려가 낮잠을 재웠다. 그제서야 피오니는 데이빗을 찾아 나섰다. 한편, 데이빗은 어머니의 분부를 따랐었는데, 그건 바로 피오니가 비밀리에 에즈라 부인에게 건의를 한 내용이었다. 그리하여 결혼식이 있기 전 날 그는 더 넓어진 새로운 곳으로 거처를 옮겼었다. 그는 수심에 잠긴 표정으로 서재에 앉아 있었다. 천정이 높은 서재는 사방의 벽이 책장이었고, 좁다란 책장에는 그의 책들이 빼곡히 꽂혀 있었다. 이곳은 벌써 그가 가장 좋아하는 장소가 되었는데, 쿠에일란은 이곳에 단 한 번도 온 적이 없었다. 그녀가 글을 읽을 수 있다는 건 데이빗도 알고 있지만, 쿠에일란은 독서를 쓸모없는 일이라 생각했다. 놀이를 하고, 잡담을 하고, 작은 개를 골려주고, 금붕어를 구경하고, 크게 법석거리며 자수를 놓는 시늉을 내고, 달콤한 간식을 이것저것 반쯤 깨물어 먹다 내버려 두고 하는 것이 그녀의 일과였다. 이젠 데이빗도 그녀의 이러한 모습을 속속들이 다 알고 있었지만, 뭘 하든 예쁘고 귀여운 신부의 모습에 그저 굴복을 할 수밖에 없었다.

그녀의 마음은 어린애와 같고, 그녀의 영혼은 깊은 잠에 빠져있다는 걸 데이빗 역시 잘 알고 있었지만, 그의 눈이 그의 마음을 먹어 살렸다. 부드럽고 풍만한 그녀의 몸, 보드라운 살결에 덮여있는 자그마한 뼈, 가는 허리와 팔목, 귀여운 목덜미와 가슴, 향기 좋은 살갗과 달콤한 숨결, 우아한 몸동작 — 이 모든 것들이 그에겐 소중하기 이를 데 없었다. 그녀의 두 눈과 웃음, 그리고 유연한 몸 못지않게 작은 손과 많이 상한 두 발 역시 동정심을 유발하며 그의 마음을 사로잡았다. 이것은 사랑이 아니었다 — 사랑이 아니라는 걸 알기까지 오랜 시간이 걸리지도 않았다. 그럼에도 그녀에 대한 감정은 달콤했고, 즐거움으로 가득한 것이었다.

피오니가 찾아왔을 때 그는 그런 생각에 골똘히 잠겨 있었다. 그의 기분 상태를 파악한 피오니는 찻주전자가 비어있는지, 차가 식었는지를 보러 왔다고 둘러댔다. "식었네요. 새로 끓인 차를 갖다 드릴게요." 매일 밤 그에게 말하곤 하던 대로 피오니는 데이빗에게 말했다. 그는 피오니의 말을 거의 듣지 못했고, 아무런 대답도 하지 않았다.

그녀는 데이빗을 바라보며 말을 이었다. "어린 안주인님께서 제게 부탁을 하셨어요. 발이 묶인 것에 대해 설명을 해드리라고."

"중국 풍습이란 것 정도는 나도 알고 있어." 데이빗이 고개를 들지 않은 채 대답했다.

"어리석은 풍습이죠." 피오니가 인정했다. "정확한 유래는 저도 몰라요. 책에서 언젠가 읽은 적이 있는데, 옛날 어느 황제에게 총애하는 여인이 있었대요. 황제는 그 여자의 조그만 발에 매료되었다네요. 그래서 그 이야기를 들은 다른 모든 중국 여자들도 발을 작게 만들기 시작했다는 거죠. 그 얘기 말고도 아주 오래 전 남자들이 자신의 아내들을 집에 묶어두고자 하는 의도에서 비롯되었다는 설도 있어요. 진실을 누가 알겠어요? 하지만 이젠 풍습이 되어버렸죠. 발이 작아야 시집을 잘 간다고들 생각해요. 어른들의 말을 따랐다고 해서 어린 안주인님을 비난할 순 없는 거잖아요."

"쿠에일란을 비난하진 않아." 그가 대답했다.

피오니가 말을 이었다. "눈물을 흘려서 죄송하다고 전해달라고 하셨어요. 그리고 제가 매일 조금씩 발을 풀어드릴 수 있게끔 허락하셨어요."

그제서야 데이빗은 고개를 들어 피오니를 바라보았다. "피오니, 이건 네 뜻일 거야. 쿠에일란의 생각이 아니고. 그렇지?"

"어린 안주인님도 그러길 원하세요."

"아, 피오니!" 묘한 외로움이 느껴진 데이빗이 문득 피오니의 손을 잡았다. 그녀는 잠시 그대로 놓아두었다. 이어 고개를 들자 데이빗이 따뜻한 눈길로 자신을 바라보고 있었다. 그 모습을 보고 피오니는 부드럽게 손을 거둬들였고, 다른 손으로 찻주전자를 들어올렸다.

"따뜻한 차를 가져올게요, 젊은 주인님." 피오니가 다정하면서도 얼마만큼은 냉정한 목소리로 그렇게 말한 뒤 자리를 떴다.

그는 다시 앉아 피오니가 돌아오기를 기다렸고, 왜 원하던 만큼 자신이 행복하지 않은지에 대해 궁금해하고 있었다. 늘 그랬듯 피오니가 도움을 줄 수 있으리라. 그럼에도 그는 피오니에게서 어떤 도움을 원하는지 알지 못했다. 자신이 느끼는 우울함을 어떻게 말로 표현할 것이며, 그럼에도 어린 아내가 자신에게 여전히 보물 같은 존재라는 사실을 어떻게 피오니에게 설명할 것인가? 이런 생각을 곰곰이 하는 사이 왕 씨 노인이 찻주전자를 가지고 들어왔다.

"피오니가 제게 차를 가져다 드리라고 했습니다, 젊은 주인님." 왕 씨 노인이 그렇게 말하며 찻주전자를 탁자 위에 올려놓았다. "따라 드릴까요?" 그가 물었다.

"그냥 두세요. 목이 마를 때 제가 따라 마실게요."

왕 씨 노인은 방을 나섰고, 데이빗은 다시 한동안 생각에 잠겼다. 왜 피오니는 자신이 직접 오지 않은 걸까? 손을 잡았기 때문은 아닐 것이다. 손은 그 이전에도 자주 잡았었기 때문이다. 그는 그렇게 한참동안 앉아있었다. 우울함도 가시지 않았고, 희미한 외로움도 사라지지 않았다. 그는 한숨을 내쉰 뒤 몸을 일으켰고, 그의 자그마한 보물이 있는 침실로 향했다.

에즈라의 집은 새로운 삶에 조금씩 적응해 나아갔다. 집안에 들어온 자그마한 여자 한 명이 수 대에 걸쳐 내려온 규범들을 변화시켰다고 말할 수는 없겠지만, 확실히 몇 가지 변화는 있었다.

에즈라 부인은 아들의 아내에게서 아무런 흠도 발견하지 못했고, 아들에게서도 역시 아무런 흠을 발견하지 못했다. 하지만 데이빗은 어머니가 이전의 옛 방식을 고스란히 유지하고 있다는 걸 알 수 있었다. 축제일이 다가오면 집안은 은근히 과거로 회귀했다. 고대의 예식이 수행되었고, 전통 음식이 준비되었다. 하지만 더 이상 예배당에는 가지 않았다. 랍비 역시 더 이상 모세의 의자 앞에 서서 성스러운 토라를 읽거나 하지 않았다. 의자가 놓인 연단 위를 덮곤 하던 커다란 붉은 공단 우산도 접힌 채로 한쪽에 모셔져 있었다. 서쪽 담장에는 금장으로 십계명이 새겨져 있는 현판이 여전히 걸려있었지만, 아무도 그곳에 가서 십계명을 낭독하는 걸 듣거나 하지 않았다. 예배당의 문은 잠겨 있었고, 누구도 그곳에 가지 않았다. 에즈라 부인은 혼자서 예배당에 갈 엄두를 내지 못했고, 에즈라는 시간을 낼 수가 없었다. 그는 쿵 첸과 계약을 맺었고, 두 사람의 이름이 큼지막하게 새겨진 붉은 비단 깃발이 가게 출입문 밖에 걸렸다.

매년 카오 리엔이 서방쪽으로부터 이끌었던 대상 행렬에 또 다른 대상 일행이 추가되었다. 에즈라는 선박을 통해 인도로부터 면과 상아, 은, 보석 등을 사들여와 남쪽으로부터 육상으로 이동시켰다. 반대로 인도에는 쿵 첸의 가게에서 중국의 명주실을 보냈는데, 현지에서 인도 여자들이 좋아하는 얇은 천으로 다시 직조되었다. 중국 베틀로는 작업을 할 수 없었기 때문이다.

예배당 출입문에는 문지기도 없었다. 원래 문지기였던 엘리는 랍비 노인의 시중을 들었다. 늘 웃는 표정이지만 완전히 미쳐버린 랍비 노인은 오로지 엘리의 말만 들었다. 엘리는 랍비 노인이 저택을 이리저리 배회하면서 하인들을 놀라게 하는 일이 없도록 밤낮 없이 랍비를 지켜보았다.

도시 내에 있는 나머지 유대인들, 이제 이백 명도 채 안 되는 걸로 추산되는 그들은 바쁘게 살아가며 자신들의 정체성을 잊어갔다. 하지만 에즈라 부인은 자신의 집에서만큼은 유대 민족의 종교적 축제일을 꼬박꼬박 지켰다. 부인과 에즈라와 데이빗이 누룩을 넣지 않은 빵을 먹으며 보내는 유월절은 외로운 축제일이 될 수밖에 없었다.

아들의 결혼식 이후 처음 돌아오는 유월절에 에즈라 부인은 며느리의 자리도 마련하라고 지시를 내렸다. 하지만 데이빗이 홀로 모습을 보이자 부인은 이전의 그 불같은 기질을 살짝 드러냈다.

"며늘아기는 안 오는 게냐?" 부인이 다그쳐 물었다.

데이빗이 조용히 자기 자리에 가 앉으며 말했다. "오기가 두렵다고 하네요."

"두려워?" 에즈라 부인이 목소리를 높였다. "그게 대체 무슨 소리야?"

"우리의 성스러운 음식들이 자기 영혼을 홀리지나 않을까 두려운가 봐요." 데이빗이 대답했다. 그리고 이어 서먹하게 덧붙였다. "억지로 데려오지 않았어요, 어머니. 어쩌면 안사람이 잘 생각한 건지도 몰라요."

엄숙하고 고요한 아들의 얼굴에서 전해지는 무언가가 에즈라 부인의 뜨거운 심장을 차갑게 만들었고, 부인은 아무 말도 하지 않았다. 당당하던 그녀는 고개를 숙였고, 눈물을 훔쳐냈지만, 크게 흐느끼거나 하지는 않았다. 어쩌다 유대 민족의 지위가 이렇게까지 내려앉게 되었을까! 부인은 생각했다. 아마도 몇 안 되는 가정만이 개별적으로 여호와를 숭배하고 있으며 몇 년 안 가서는 겉치레로 드리는 예배조차 잊혀지게 될 것이며, 유대 민족의 성스러운 날들은 그저 여느 날과 다름없이 일을 하거나 노닥거리면서 보내게 될 것이라고······.

어머니가 살아 계시는 동안, 데이빗은 자신의 삶에 대한 불만족을 조금도 밖으로 드러내지 않았다. 결혼을 하고 1년이 지날 무렵 첫 아들이 태어났다. 쿠에일란은 출산 전 곧잘 투정부리는 모습을 보였는데, 분만 때에는 울부짖으며 비명을 지르긴 했지만 비교적 순산을 했다. 아들임을 확인한 뒤 그녀는 진정을 했고, 온갖 좋아하는 음식들을 주문했다. 하지만 아이에게 젖을 먹이는 건 원하지 않았기 때문에 하는 수 없이 유모를 구해야만 했다. 이러한 며느리의 모습에 에즈라 부인은 한동안 심기가 편치 않았다.

"우리의 첫 손자에게 중국 젖을 먹여야만 하는 걸까요?" 그녀가 에즈라에게 물었다.

에즈라가 애처롭게 미소를 지으며 말했다. "그 애 엄마의 모유 역시 중국 젖 아니겠소?"

에즈라 부인은 자신의 어리석은 질문에 몸 둘 바를 몰라 하며 침묵을 지켰고, 에즈라는 자신 역시 중국 어머니의 모유를 먹고 자랐다는 사실을 말하고 싶었지만 용기가 나지 않았다. 이후 에즈라는 자신의 아내가 손자를 그리 사랑하지 않는다는 걸 알게 되었다. 이듬 해 쿠에일란이 두 번째 아들을 낳은 후, 왕 마가 출산 소식을 알려왔을 때 부인은 그저 고개만 끄덕일 뿐이었다.

사실상 에즈라 부인에겐 더 이상 삶의 의욕이 없었다. 누구나 그걸 알 수 있었다. 이 강하고 곧은 여인은 이 집의 중심 기둥이었지만, 이제 그 기둥이 무너져 내리고 있었다. 그녀는 입맛을 잃어갔고, 잠을 편히 이루지 못했다. 에즈라와 단둘이 있을 때면 부인은 살아오면서 자신이 무엇을 잘못했는지, 왜 바라던 대로 삶이 마무리되지 않는 건지 궁금해했다.

"당신이 잘못한 건 없소, 여보." 에즈라가 부인에게 말했다. "그저 당신 스스로가 뭔가를 잘못했다고 상상할 뿐이지."

"난 언제나 신의 뜻에 복종해왔어요." 부인이 조금은 고뇌에 찬 표정으로 말했다.

에즈라는 당신의 뜻이 늘 신의 뜻이라고 어떻게 확신할 수 있느냐고 말하고 싶었지만, "아, 신의 뜻이 무엇인지 말할 수 있는 사람이 어디 있겠소?" 하고 말할 따름이었다.

에즈라 부인이 그렇게 기울어가던 어느 날, 갑자기 랍비가 조금은 어이없이 세상을 떠났다. 정신이 쇠퇴해감에 따라 그는 성인에서 아이로 추락을 했고, 아이에서 인간 이하의 단계로까지 내려앉았다. 엘리 노인이 꾸준히 지켜보지 않으면 랍비는 길을 가다 눈에 보이는 건 뭐든 주워먹었다. 그러던 어느 날 랍비는 길 위의 오물을 집어먹게 되었는데, 배가 고파서 그런 건 아니었다. 에즈라의 보호 아래 랍비는 잘 먹었고, 겨울에는 따뜻하게, 여름에는 시원하게 지낼 수 있었기 때문이다. 그저 과거의 허기졌던 기억이 되살아나 그러한 행동을 한 것이었다. 그 오물로 인해 랍비는 콜레라에 걸렸고, 하루 만에 목숨을 잃었다.

에즈라 부인은 애통한 마음으로 랍비를 만나보기를 원했고, 랍비의 곁에서 간호를 하고 싶어 했지만, 전염을 우려한 에즈라가 부인을 랍비 곁에 접근하지 못하도록 했다. 결국 랍비는 오직 엘리만이 지켜보는 가운데 숨을 거두었고, 그의 아내가 잠들어있는 묘지 바로 옆에 묻혔다. 지역 내 유대인들은 모두 랍비의 죽음을 애도했고, 흐느끼고 통곡하며 그의 관을 따랐다. 상복을 입은 그들은 길을 가다 땅 위의 흙을 집어 자신들의 머리에 뿌리기도 했다. 랍비의 죽음으로 인해 자신들에게도 일종의 죽음이 찾아왔다는 걸 모두들 깨달았다. 사람들은 랍비의 젊은 시절, 어질고 강인했던 그 시절을 떠올렸고, 자신들에게 진정한 유일신 여호와를 설파하던 그의 모습을 기억했다. 이제 랍비가 떠나버렸으니 누가 그들에게 여호와를 일깨워줄 것인가? 그의 무덤 앞에서 토라를 읽는 사람조차 찾아볼 수 없었다. 그의 아들 애런은 여전히 행방이 묘연했고, 랍비에겐 그를 애도해주거나, 또는 그의 일을 대신해 줄 일가친척이 한 사람도 없었다. 데이빗은 좀 떨어져 선 채 침묵을 지켰다. 마음은 착잡했지만 눈물을 흘리진 않았다. 그는 허리를 굽혀 흙을 집지도 않았고, 상복을 입지도 않았다.

장례식을 마치고 며칠이 지난 뒤 외롭고 우울한 기분에 휩싸인 에즈라 부인은 문득 홀로 예배당에 가보고 싶다는 생각을 하게 되었다. 엘리가 다시 문지기로 가 있는 예배당으로 부인은 왕 마맘을 대동한 채 가마를 타고 향했다. 예배당 앞에 도착한 에즈라 부인을 본 엘리는 당황한 표정으로 부인이 예배당 안으로 들어가는 것을 한사코 만류했다.

"제가 청소를 할 동안만 기다려주십시오, 마님." 그가 사정을 했다. "모세의 의자에도 먼지가 수북하답니다. 제가 송구스러워서 그대로는 마님께 보여드릴 수가 없습니다."

하지만 에즈라 부인은 그의 말을 듣지 않았다. 여기까지 와서 주춤할 필요가 없었다. 결국 내키진 않았지만 엘리는 자물쇠를 열었다. 하지만 잠시 문을 닫은 채로 부인에게 당부했다.

"절 탓하지는 말아주세요." 그가 애절하게 말했다. "제가 돌아왔을 때부터 이 상태였으니까요."

그는 마지못해하며 문을 열었고, 에즈라 부인이 안뜰로 들어서자 엘리가 뒤따랐다. 처음 부인의 눈엔 바람이 몰고 온 먼지들, 그리고 떨어져 내려 나무 아래에서 썩고 있는 나뭇잎들 외에는 달라진 게 없어 보였다. 하지만 마지막 안마당을 지나 테라스에 오른 뒤 예배당에 들어갔을 때 변화를 한눈에 알아볼 수 있었다. 큰 출입문을 호위하고 있던 두 개의 돌 사자상이 사라졌고, 철제 납골 단지도 사라졌다. 문 위에 쳐져있던 커튼들도 사라졌고, 실내로 들어서자 커다란 탁자 위에 있던 촛대들, 손을 씻는 데 쓰는 놋대야도 사라졌다. 계율이 담긴 열두 개의 두루마리 양피지가 놓여 있던 열두 개의 탁자들도 사라졌고, 모세의 율법이 담긴 두루마리 위로 쳐져 있던 실크 커튼도 누군가 뜯어 가버렸다.

에즈라 부인은 어찌할 바를 몰라 하며 그 모습들을 바라보았다. 아무 말도 할 수 없었다. 그녀는 예배당 한가운데 서서 잘 알려진 물품들을 하나하나 살펴보았다. 그러던 중 그녀의 눈길이 서쪽 벽에 가 닿았다. 거기서 그녀는 가장 비열한 강도짓을 목격했다. 여호와가 모세에게 내린 십계명을 깊이 새겨놓은 문자들에서 누군가 금붙이를 파내간 것이었다. 이를 본 부인이 엘리를 향해 큰소리로 말했다.

"대체 누가 이런 짓을 한 게지?"

엘리가 머리를 조아렸다. "마님, 이게 다가 아닙니다." 그가 중얼거렸다.

"그럼 더 있단 말인가?" 부인이 다그치며 물었다.

엘리가 조용히 출입문을 가리켰다. 다시금 밖으로 나선 부인은 약탈을 당한 곳이 예배당 내부만이 아니라는 걸 알게 되었다. 도둑들은 담장의 벽돌까지 떼어갔다. 이백년 전 홍수가 휩쓸고 지나간 뒤 새로이 제작된 그 벽돌들은 요즘 만들어지는 벽돌들에 비해 견고했는데, 흔히 볼 수 없는 독특한 것이었다. 유대인들은 이집트에서 노예생활을 할 당시부터 우수한 벽돌을 만드는 비법을 알고 있었다.

"얼마 안 있으면 예배당은 껍데기만 남게 될 겁니다." 엘리가 구슬프게 말했다. "남쪽에서 폭풍이라도 불어오면 무너져 내릴 거예요."

에즈라 부인은 오랫동안 아무 말도 할 수 없었다. 그녀는 계속 이리저리 옮겨 다녔고, 바깥에서 기다리고 있던 왕 마는 걱정스런 마음에 안으로 들어가 부인을 찾았다.

"마님, 그만 보세요!" 왕 마가 소리를 높였다. "어느 사원이든지 도둑이 없는 곳은 없어요."

에즈라 부인이 엘리를 바라보며 말했다. "어떻게 예배당이 이 지경이 될 때까지 내게 아무 얘기를 하지 않을 수 있나?"

"마님, 저도 몰랐습니다." 노인이 항변했다. "목사님 곁을 잠시도 떠날 수 없었죠. 그리고 무슨 일이 있었는지 제게 와서 말해주는 사람도 없었습니다."

"누군가 배후에서 조종을 하지 않는 이상 이렇게 여호와의 성전에 들어와 뭔가를 감히 훔칠 생각을 할 수는 없어!" 부인이 목소리를 높였다.

부인은 뭔가 집히는 게 있었지만 아랫사람들 앞에서 차마 입에 담고 싶지는 않았다. "집에 가보겠네." 부인이 엄중히 말했다. "감시 잘 하게. 그리고 중국 치안 판사에게 내 뜻을 전하도록 하게. 도둑들을 붙잡아 곤장을 치고, 대중들이 볼 수 있도록 고문대에 매달고 굶어죽을 때까지 묶어두라고 말일세."

그렇게 말하고 에즈라 부인은 집으로 돌아갔다. 비통에 젖은 부인은 에즈라와 데이빗이 돌아올 때까지 기다리고만 있을 수가 없었다. 그래서 왕 씨 노인을 사무실로 보냈고, 왕 마는 왕 씨 노인에게 안주인님의 안색이 무척 안 좋아 보여 심히 걱정이 되니 어서 귀가해 주십사하는 자신의 의견도 덧붙여 보냈다. 소식을 전해들은 에즈라는 자신의 사무실로 데이빗을 불러 함께 집으로 향했다. 기다리고 있던 에즈라 부인이 두 사람을 보자 곧바로 눈물을 터뜨렸다. 이어 부인은 그렇게 흐느끼며 자초지종을 설명했는데, 만일 부인의 옆에서 따뜻한 찻잔을 들고 시중을 들던 왕 마의 도움이 없었다면 무슨 일이 벌어진 건지 정확히 알아듣지 못 할 뻔했다.

이야기를 다 마치자 에즈라 부인이 갑자기 울음을 그쳤다. 이제 추측을 할 시간이었다. "난 우리 유대 동포들이 감히 여호와의 집에서 무언가를 훔쳐갈 거라곤 상상할 수 없어요. 절대 그럴 리가 없어요." 부인이 단호하게 말했다.

두 남자는 다음에 이어질 말을 기다렸다.

"내 말하는데," 에즈라 부인이 말을 이었다. "이런 일을 저지를 인간은 오직 한 사람뿐이에요. 그건 바로 애런이죠. 반드시 녀석을 찾아내야 해요, 여보. 시내 어딘가에 숨어서 도둑들에게 지시를 내리는 거라구요. 신의 저주를 받아도 시원찮을 몹쓸 녀석!"

"내가 무슨 수로 녀석을 찾겠소?" 에즈라가 말했다.

"중국인들을 동원하면 도둑들을 찾아낼 수 있을 거예요." 에즈라 부인이 고삐를 늦추지 않았다.

"도둑들의 왕초 격인 사람이 있어요." 데이빗이 말했다. "그의 이름은 치안 판사 법원에 가면 바로 알 수 있죠. 매년 거기에 공물을 바치니까요. 그 사람을 통해서라면 애런의 행방을 찾을 수 있을 거예요."

"그 일을 네가 할 수 있겠니?"

데이빗이 고개를 끄덕였다. "언짢은 일이긴 하지만요." 그가 짤막하게 말했다. "충분히 해낼 수 있어요."

데이빗은 곧바로 치안 판사를 찾아가 그 도둑 왕초를 만나게 해주는 대가로 돈을 내놓았다. 그리고 며칠이 지난 어느 날, 도시 외곽에 있는 한 변두리 찻집에서 그 도둑의 왕초를 만났다. 그는 데이빗이 그를 알아볼 수 있게끔 자신의 옷 단춧구멍에 빨간 줄을 꽂아 넣기로 했다. 또한 남들 눈에 잘 띄지 않도록 최대한 가게 안쪽에 가 앉기로 되어 있었다. 데이빗은 혼자 가기로 결정했다. 이 소식을 전해 들은 에즈라 부인은 몹시 걱정이 되어 엘리를 그곳에 보내, 눈에 띄지 않게 문가 근처에 서있도록 했다. 집안에 있는 중국인들 가운데 이 일을 아는 사람은 아무도 없었다. 에즈라로선 부끄러운 일이었기 때문이다. 데이빗이나 그의 어머니에게도 역시 창피한 일이긴 마찬가지였다.

약속한 날, 약속한 장소로 데이빗이 나갔을 때 그 사내는 미리 나와 기다리고 있었다. 검정 비단 가운 차림에 길고 야윈 부드러운 얼굴을 한 남자는 손에 찻잔을 들고 있었다. 데이빗은 자리에 앉자마자 그의 손부터 보았다. 이어 인사가 오고갔다. 그의 손은 꼭 흰족제비 같았다. 좁고 가늘고 길었다. 그 손을 보자 데이빗은 앞에 앉아있는 인간에게 이루 말할 수 없는 혐오감을 느꼈지만, 곧바로 일 얘기에 돌입했다.

"나는 내 아버지를 대신해서 나온 것이오." 데이빗이 말했다. "우리의 예배당에서 벽돌을 떼어내 가고, 성배와 비단 커튼을 포함해 온갖 물품들을 훔쳐간 도둑을 찾고 있소. 이 유실품들을 모두 다 되돌려 놓을 수 있다면 두둑이 값을 치를 것이오. 거기에 우리 유대 민족을 유린한

자가 누군지도 알려준다면 추가로 보상을 할 것이오."

사내가 사악하고 냉혹한 미소를 흘렸다. "그 자는 당신네 사람들 가운데 한 명이오." 그가 말했다.

그제야 데이빗은 자신의 어머니가 옳았다는 것을 알았다. "그의 이름은 애런이겠지."

"그의 이름은 난 모르오." 남자가 대답했다. "우린 그를 '외국인 리씨'라고 부르지."

"하지만 그 친구 혼자 힘으론 무거운 벽돌이나 육중한 꽃병을 들 수는 없소." 데이빗이 목청을 높였다.

"당연하지. 하지만 그 자는 자신을 돕는 이들에게 용기를 팍팍 밀어 넣어주거든." 사내가 코웃음을 치며 대답했다. "그들은 이방의 신이 보복을 하지나 않을까 겁을 잔뜩 집어 먹거든. 하지만 이 친구가 절대 형벌 같은 건 없을 거라고 안심을 시켜주는 거요. 자기가 랍비의 아들이고 온갖 기도를 다 할 줄 안다고 하면서 말이오."

"그 자는 어디 있소?" 데이빗이 물었다.

남자가 간사한 표정을 지어보였다. "내가 그 자를 넘겨주면 내 손에 돈을 얼마나 쥐어줄 텐가? 내 입장에선 손실이거든. 당신도 이해하겠지."

피가 끓어오를 정도로 혐오감을 느낀 데이빗이 그의 간교함에 필적할만한 대응을 생각해냈다. "우린 그의 사악한 얼굴을 보든 말든 상관없소. 그냥 데리고 있고 싶으면 그렇게 하시오. 하지만 지금부터 예배당은 철저히 감시가 될 것이니, 어차피 당신네들은 손실을 입게 될거요." 데이빗이 말했다.

이런 식으로 거래를 한 결과, 데이빗은 배신자를 넘겨받는 대가로 은화 서른 닢을 주기로 약속했다.

"여기서 대문 여섯 개만 지나면 집이 하나 있는데, 출입문 안쪽에 오두막이 하나 있소. 녀석은 거기 있지. 나를 따라오면 가르쳐 주리다. 하지만 우선 은화부터 봐야겠소."

"지금 가져오진 않았소." 데이빗이 말했다. "하지만 당신은 우리 아버지의 집을 알고, 우리가 쿵 첸과 사업 계약을 했다는 걸 알고 있을 테니 믿어도 좋을 거라 생각하오."

난색을 표하던 사내가 결국 동의를 했고, 두 사람은 함께 길을 나섰다. 잠시 뒤 사내가 출입문 하나를 손가락으로 가리켰다. "그 친구는 낮 시간엔 늘 안에 있다오."

"오늘 밤에 은화를 손에 쥐게 될 거요." 데이빗이 장담했다. 그리곤 이내 길을 건너 조금의 두려움도 없이 출입문을 열고 들어섰고, 거침없이 오두막의 문을 열어젖혔다. 그 지저분하고 작은 방안엔 합판으로 만든 침대가 하나 놓여있었고, 그 위에 바로 애런이 웅크린 채 누워있었다.

데이빗은 그에게 다가가 몸을 흔들었고, 눈을 뜨고 데이빗을 바라본 애런은 부루퉁한 표정으로 몸을 뒤척였다. "왜 그러는 건데요?" 그가 물었다.

데이빗이 그를 내려다보았다. 지독한 혐오감이 들었지만 그를 두드려 패지도, 욕설을 퍼붓지도 않았다.

"난 네가 처벌을 받도록 치안 판사에게 곧바로 넘겨야 마땅하다." 데이빗이 힘주어 말했다. "넌 우리 동포 가운데 한 사람이다! 애런, 어떻게 네가 그런 짓을 할 수 있는 거냐?"

"무슨 말을 하는 건지 난 모르겠어요." 녀석이 뻔뻔하게 발뺌을 했다.

"모를 리가 없어." 데이빗이 한숨을 내쉬었다. 그는 걸상에 앉아 두 손으로 머리를 감쌌다. "네 아버지가 이 사실을 영영 모르실 테니 정말 다행이다. 리아도 이 세상 사람이 아닌 게 다행이고."

애런은 머리를 긁적이고 하품을 할 뿐 아무런 대꾸도 하지 않았다.

데이빗이 다시 몸을 일으켰다. "자, 네게 선택의 기회를 주겠다! 이제 우리 가게로 가서 일을 하나 맡아 하는 거야. 사람들의 감시를 받을 수 있는 곳으로 가는 거지. 그걸 택하지 않는다면 난 널 감옥에 집어넣을 수밖에 없어."

결국 몇 분이 지난 뒤 애런은 그와 함께 가는 쪽을 택했다. 모든 게 못마땅했지만, 애런은 그날 이후로 에즈라의 헌옷을 입고 에즈라가 주는 음식을 먹으며, 에즈라와 쿵 첸의 가게들 사이를 오가면서 소식을 전하는 일을 했다. 누구도 물품이나 돈을 그에게 마음 놓고 맡기지 못했고, 그는 에즈라의 집에서 가장 비참한 신세가 되었다.

한편, 에즈라 부인은 실낱같은 희망을 단념할 수밖에 없었다. 예배당을 다시 짓는 게 불가능하다는 걸 알게 되었기 때문이다. 에즈라가 아무리 그녀를 위로해주려 해도 그녀의 기분은 좀처럼 나아지지 않았다.

그는 자주 이런 말을 아내에게 건네곤 했다. "여보. 당신은 여자들이 행복을 느낄 수 있는 모든 조건을 갖췄소. 우리 아들은 장안에서 가장 존경받는 상인 가운데 한 명이오. 며칠 전 쿵 첸이 내게 이렇게 말했다오. '선생 아들이 제가 벌어들이는 일 년 수입의 사분의 일 가량이나 되는 액수를 절약하게 해주었습니다.' '어떻게 그렇게 했죠?'라고 내가 물었지. 그러자 그가 그러더군. '지난 십년간 제 사업체 어딘가 자금이 새는 부분이 있었어요. 저도 노력하고, 아들들도 그걸 알아내기 위해 백방으로 노력했지만 찾아낼 수가 없었죠. 지난해에는 장남을 수도에 파견해 그곳에서 구입하고 판매한 모든 물품들의 목록을 기재한 문서까지 만들게 했었죠. 그렇게 검토를 해보았는데도 손실되는 부분을 발견할 수 없었어요. 하지만 내가 그 문서를 선생 아드님께 보여줬더니—"

에즈라 부인이 약간의 심술을 내며 그의 말을 가로막았다. "그냥 딱 잘라 말을 해봐요. 그 집 아들이 어떻고, 우리 아들이 어떻고 뒤섞지 말고. 데이빗이 뭘 어떻게 했다는 거예요?"

에즈라는 화를 내지 않으려 노력했다. "그래 그럼 요점만 얘기 해주리다. 데이빗은 숫자들만 보고서도 판매업자가 어디서 물품의 가격을 바꿨는지 알아챌 수 있었다는 거요!"

이 말을 들은 에즈라 부인은 그저 씁쓸한 미소를 지을 뿐이었다. 에즈라는 점차 불안해졌다. "여보, 어디가 아프거나 불편하거든 얘길 해요."

부인은 고개를 저었다. 그리고는 슬픔에 젖은 짙은 빛깔의 눈으로 그를 바라보며 두 손을 가슴께에 갖다 댔다. "밤낮으로 여기가 답답해요."

한동안 침묵을 지키며 앉아있던 에즈라가 큰맘 먹고 제안을 했다. "당신을 서쪽으로 데려다줄까 하는데, 어떻소? 당신이 늘 가고 싶어 하던 곳으로 말이오." 그는 차마 '약속의 땅'이라는 말까지 입에 담을 수는 없었다. 자신은 사실 가고 싶은 마음이 없었기 때문이다.

남편의 심정을 잘 알고 있던 부인은 다시금 고개를 저었다. "이제 너무 늦었어요." 그녀가 말했다. 그리고 더 이상은 아무 말도 하지 않았다. 결국 에즈라는 무거운 마음으로 아내 곁을 떠났다.

그날 에즈라는 데이빗을 따로 만나 이렇게 말했다. "네 엄마의 기분을 나아지게 해주려고 노력을 하는데 잘 안되는구나. 이 애비를 좀 도와주지 않겠니?"

데이빗이 보고 있던 회계 장부에서 눈을 떼며 고개를 들었다. "어머니가 다시 예전처럼 돌아가긴 힘드시다는 거 아버지도 잘 아시잖아요." 그리곤 펜을 들고 다시 일을 하기 시작했다. 잠시 뒤 여전히 장부에 시선을 둔 채 천천히 말을 이었다. "원하신다면 제가 어머니를 모시고 팔레스타인으로 가서 그 약속의 땅을 보여드릴 수도 있어요. 그럼 아마도 만족하실 거예요. 그리고 그곳에 남아계시거나, 저와 함께 돌아오시겠죠."

아들의 말을 들은 에즈라의 입이 쩍 벌어졌다. "나만 혼자 여기 남겨두고 —" 그가 소리를 높였다. "원하신다면 아버지도 함께 가세요." 데이빗이 살짝 미소를 지으며 말했다.

"이곳의 사업은 어떡하구?" 에즈라가 탄식하듯 말했다.

데이빗은 어깨만 으쓱할 뿐 아무 말도 하지 않았다. 에즈라는 물끄러미 아들을 바라보았다. 결혼 이후로 부쩍 자라난 모습이었다. 키는 더욱 더 커졌고, 힘도 세졌으며, 어딘지 모르게 더욱 강인해졌다. 곱슬거리는 짧은 턱수염을 한 데이빗은 더 이상 청년이 아니었다. 이미 성숙한 남자가 되어 있었다.

"만일 두 사람 다 안 돌아오면 어떻게 되는 거냐?" 에즈라가 묘한 질문을 했다.

데이빗은 고개를 들지 않았다. 그는 일을 끝냈고, 낙타털로 만든 붓을 닦아낸 뒤 놋쇠 뚜껑을 덮었다. 이제 의자에 등을 기대고 아버지를 정면으로 쳐다보았다. "아버지도 여기 계시고 제 아들들도 있는데 설마 제가 안돌아 오겠어요?" 그가 씩 웃으며 대답했다.

그는 아내를 언급하지는 않았다. 에즈라도 그걸 눈치챘지만 아무 말도 하지 않았다. "남쪽에서는 여전히 전쟁이 진행 중이다." 그가 못마땅한 투로 말했다. "영국인들은 만족을 모르지. 그들은 우리에게 아편을 강요하고 있어. 인도를 통과할 때 문제가 생길 수도 있다는 얘기야."

"우리가 중국인이 아니라고 말하면 별 일 없을 거예요." 데이빗이 대답했다.

"하지만 그들은 네 신분을 물을 게야." 에즈라가 말을 이었다. "네가 유대인이라고 말했을 때 그들이 그걸 반길지 어떻게 장담하겠느냐?"

이에 데이빗은 아무 말도 하지 않았고, 에즈라는 심각한 표정으로 몸을 일으켰다. 그는 처음으로, 아들이 더 이상 어린애가 아니며, 자신 역시 아들이 성장한 만큼 늙어가고 있다는 생각을 했다. "그 문제는 두 사람이 결정하도록 해라. 고집으로 치면 두 사람이 닮은 구석이 있으니까."

데이빗은 어머니에게로 가 말씀을 드렸고, 그 후로 몇 주 동안은 에즈라 부인도 이전의 모습을 되찾는 듯해 보였다. 꼭 가겠다고 말을 하진 않았지만, 마치 갈 것처럼 이런저런 계획을 세웠다. 데이빗 역시 마음의 준비를 하고 있었다. 유독 카오 리엔만이 이 계획에 반대의 입장을 보였다.

"부인께선 절대 여행을 하실 수 없습니다." 그가 에즈라에게 말했다. "어찌 어찌해서 인도를 지나 바다로 나선다 해도, 태풍이 심해 오랫동안 배가 꼼짝도 못합니다. 육지 쪽은 더 심하죠. 이슬람교도들은 늘 경계심을 늦추지 않고 있을 뿐 아니라 몹시 사납기까지 해요. 제 입장에선 안주인님의 목숨을 장담할 수 없습니다."

"그래도 원한다면 가게 해야겠지." 에즈라가 말했다.

"만일 그곳에서 돌아가시면요?" 카오 리엔이 물었다.

"데이빗이 장례를 치러줄 걸세." 이렇게 대답했지만, 그는 무척 비통한 마음이었다.

결국, 여행은 그저 계획으로만 남게 되었다. 어느 날 밤 홀로 침대에 누워있던 에즈라는 부인의 여행 계획을 철회했다. 데이빗이 아내를 데려다 줄 수는 있겠지만, 그는 반드시 돌아와야만 했기 때문이다. 그 점은 부인도 잘 알고 있었다. 바로 그날 피오니는 부인을 찾아와 젊은 안주인님이 세 번째 아기를 임신했다는 소식을 전했다. 거기에 데이빗이 여행길에 올라 오랜 기간 자신을 떠나 있을 거란 사실을 알고는 목 놓아 울었다는 이야기도 덧붙였다.

"어린 안주인님은 너무 짧은 기간 동안에 아이를 여럿 낳으셨어요." 피오니가 에즈라 부인에게 말했다. "이번 출산 이후엔 잠시 쉬실 필요가 있을 것 같아요. 그래서 제가 그렇게 말씀 드렸어요. 젊은 주인님의 여행은 일 년을 넘지 않을 테고, 다시 돌아오실 때쯤 되면 아씨가 힘을 되찾고 몸도 좋아지실 거라고요. 지금은 몸이 안 좋으세요. 신경도 날카로우시고요. 위로를 해드리려 해도 원치 않으시죠. 주인마님의 심기를 불편하게 하고 싶은 마음은 없지만, 손자 손녀 분들을 생각해서 말씀드리는 거예요."

에즈라 부인은 오른손으로 손짓을 해 피오니를 물러가게 했다. 피오니는 아무 말 없이 방을 빠져나갔다. 밤이 깊어가자, 에즈라 부인은 데이빗을 자식들로부터 떨어뜨려 놓아선 안 되겠다는 생각을 했다. 또한 자신 역시 이 집 바깥에서 죽음을 맞이하고 싶지 않았다. 그녀는 자신이 머지않아 세상을 떠나리라는 것을 감지하기 시작했다. 그녀의 오른쪽 가슴 아래에서 단단한 혹 하나가 자라나고 있었다. 녀석은 갈비뼈와 허파, 그리고 어깨 안쪽까지 조여오곤 했다. 부인은 이미 오래 전에 이 혹을 발견한 바 있었다. 이제 녀석은 점차 커지며 그녀의 육체를 소멸시켰고, 부인은 하루가 다르게 야위어갔다. 어둠 속에서 그녀는 한숨을 내쉬며 꿈을 포기했다. 이제 붙잡을 게 무엇이 있을까? 예배당은 사라졌고, 자신은 그저 죽음을 앞두고 집 안을 어슬렁거리는 나이 든 여인네가 되어있을 뿐이었다.

일 년도 지나지 않아 부인은 내부의 적에게 항복을 하고 말았다. 극심한 육체적 고통 속에서 시달리던 그녀는 마침내 침대 위에서 생을 마감했다.

비통한 심정의 에즈라는 전례가 없을 정도로 성대하게 장례식을 치러주었다. 유대 동포들은 상복 차림으로 기나긴 행렬에 동참했고, 쿵첸은 부유한 중국인들을 설득해 하얀 천이 둘러쳐진 노새 마차를 타고 행렬에 가담케 했다. 에즈라는 머리끝부터 발끝까지 흰옷차림을 한 채 걸었고, 그 옆에서 같은 옷을 입은 데이빗이 발걸음을 옮겼다. 그 뒤로는 데이빗의 아내와 아이들이 따랐는데, 갓 태어난 셋째까지 피오니가 안은 채 이 행렬에 동참했다. 또한 그 뒤로는 왕 마의 지휘 아래 집안의 모든 하인들이 뒤따랐다. 시민들은 길가에 빽빽이 서서 행렬을 구경했고 다들 이제껏 자신들이 본 것 가운데 가장 성대한 장례식이라는 데에 동의했다. 단, 종이로 만든 집과 가마와 하인들의 상(像)을 영혼들의 세상을 위해 불로 태우는 의식이 없는 점은 중국인들에겐 낯설었다. 누군가가 이렇게 말했다. "이 사람들은 상을 믿지 않아. 그네들 예배당에조차도 성상이 없으니 말이야."

모든 이들이 그의 말에 동의했다. 남쪽에서 불어온 강풍에 예배당 서쪽 담장이 무너져 내렸을 때 호기심 어린 사람들이 지금까진 접근이 금지되어 있던 이방인들의 예배당 안을 물끄러미 들여다보곤 했었다. 역시나 그곳엔 성상이 단 하나도 없었다.

행렬은 천천히 도시 성문을 통과했고, 이어 유대인들의 묘지에 이르렀다. 행렬이 멈추자 데이빗과 에즈라가 묘 자리 곁에 다가가 섰다. 데이빗 뒤편에는 그의 아내가 있었고, 그 옆엔 피오니가 자리하고 있었다. 피오니는 셋째 아들을 안고 있었는데, 녀석은 장례식이 끝날 때까지 연신 울어댔다.

그렇게 에즈라 부인은 땅속에 묻혔다. 하지만 그녀의 무덤 곁에서 소리 내어 기도를 하는 사람은 아무도 없었다.

11

 피오니는 이제 에즈라 부인 없이 이 집에서 어떻게 살아야 할지 막막한 기분이었다. 장례식에서 돌아온 피오니는 연신 울어대던 아기를 달랜 뒤, 유모에게 넘겨주었다. 그리고 처음 머릿속에 떠오른 게 데이빗과 그의 아버지였다. 쿠에일란은 허기가 진 데다 지쳐있었고, 발이 아프다며 하소연을 했다. 두 꼬마들도 배가 고프다며 울어댔다. 피오니는 아래 하녀들에게 상을 차리게끔 한 뒤 왕 마와 함께 두 남자에게 신경을 돌렸다.

 두 사람 모두 각자의 방으로 간 걸 확인한 피오니는 왕 마에게 손짓으로 에즈라의 방을 가리켰고, 자신은 데이빗의 방으로 향했다. 문가에서 헛기침을 하자, 들어오라고 이르는 데이빗의 목소리가 들렸다. 그녀는 데이빗이 눈물을 보이거나 하면 어쩌나 살짝 고민을 하기도 했는데, 그가 그토록 차분한 모습을 보일 거라곤 미처 짐작하지 못했다. 그는 장례식 때 입었던 상복을 벗고 있었다. 그 안쪽으로 그가 늘 입는 비단 가운이 보였다. 오늘은 날이 날인지라 짙은 청색 비단이었다. 데이빗이 그녀 쪽으로 얼굴을 돌렸을 때 그의 표정이 무겁긴 했지만 울고 있지는 않다는 걸 알 수 있었다.

"들어와, 피오니." 그가 차분하게 말했다. "널 막 부르려던 참이었어."

그는 자리에 앉아 피오니를 더할 나위 없이 다정하게 바라보았다. "내가 앉으라고 말하기 전에 알아서 앉고 그래." 그가 말했다. "이 집에서 네 지위가 얼마나 높아졌는지 너도 잘 알잖아."

그녀는 자리에 앉아 그의 말을 기다렸다.

"만일 너 없이도 제대로 살아갈 수만 있다면, 난 아마도 이렇게 양심의 가책을 받지는 않았을 거야." 그가 말을 이었다. "네 신랑감을 어서 찾아줘야겠어, 피오니. 우린 모두 너한테 너무 이기적이었어. 그중에서도 내가 가장 이기적이었지. 하지만 네가 없다면 우린 그야말로 키 없는 배나 마찬가지야. 그건 사실이야. 이제 어머니도 안 계시니……" 그는 말을 채 잇지 못하고 입술을 앙다물었다.

"전 결혼하고 싶은 마음이 없어요, 젊은 주인님." 피오니가 차분하게 말했다.

"넌 늘 그렇게 말하지. 하지만 그렇다고 해서 내 의무가 면제되진 않아."

피오니가 화제를 돌렸다. "제게 하고 싶었던 말씀이 뭐예요?" 그녀가 물었다.

데이빗이 갑자기 몸을 일으켜 문가로 가서는 바깥을 내다보았다. 겨울은 지나갔고, 이제 봄이 다가오고 있었다. 포근한 오후의 안뜰이 열린 문 밖으로 눈에 들어왔다.

"여행을 떠나고 싶어." 그가 말했다.

"여행이요? 어디로요?"

"너도 알다시피 어머니와 난 우리 선조들의 땅이 있는 서쪽으로 여행을 떠날 계획이었잖아. 이제 나 혼자서 그 여행을 떠나고 싶어." 잠시 말을 멈춘 데이빗이 불쑥 다시 입을 열었다. "내 안에서 뭔가 좀처럼 가라앉지 않는 게 있어."

"뭔가가 좀처럼 가라앉지 않는다구요……?" 피오니가 그의 말을 받았다. 그녀는 데이빗의 예기치 못한 말에 크게 놀라며 당황했지만 최대한 재기를 발휘할 필요가 있다는 걸 이내 깨달았다.

"내 안에 숨어있던 죄책감이 되살아나는 기분이야." 데이빗이 말을 이었다. "리아가 죽은 이후로 늘 죄책감이 내 안에 존재하고 있었지. 이제 어머니도 돌아가셨으니…… 이 여행은 아무래도 리아와 어머니, 그 두 사람을 위한 여행이 될 거야."

"아버님을 내버려두고 가시려고요?" 피오니는 마음이 조여져 왔지만 애써 평정심을 유지하며 물었다.

"아버지에게 내가 꼭 필요하진 않아. 친구들도 계시고, 손자들도 있어. 때로는 나보다 손자들에게 더 가까우신 것 같기도 하거든. 그리고 너도 있고, 왕 마도 있고."

"하지만 자녀분들은 어떡하고요! 아이들 어머니도요!" 피오니가 목소리를 높였다. "저 혼자 어떻게 이 모든 걸 다 책임질 수 있겠어요?"

"넌 늘 잘하고 있어. 내가 있든 없든 말이야."

이제 피오니는 더 이상 두려움을 감출 수 없었다. "혹 여행 중에 돌아가시기라도 하면 어떡해요? 만일, 살해라도 당하면요?" 그녀는 타국에서 그의 동포들을 해치고, 바로 이 집에서도 해를 끼친 그 날카로운 검을 떠올렸다. 하지만 입에 담을 수는 없었다. 왕 씨 노인은 그 검을 가져다 강에 내버렸었다. 칼은 자기 무게에 걸맞는 깊이만큼 누런 물속으로 천천히 가라앉았었다.

"많은 사람들이 죽임을 당했지." 데이빗이 조용히 말했다. "나라고 해서 같은 위험에 맞닥뜨리지 않으란 법은 없어."

이제 무슨 말을 할 수 있을까? 피오니는 그저 자신을 위해서라도 가지 말아달라고 애원하고 싶었다. 그는 자신의 삶 전부였고, 만일 그가 돌아오지 않는다면 자신도 더 이상 살아갈 수 없었기 때문이다. 하지만 피오니는 그에게 매달릴 수 없었다. 지금 이 순간 그의 마음은 너무도 멀리 달아나 있었다. 그녀가 지금 느끼는 질투심은 리아가 죽은 이후로 처음 품는 것이었다. 지난 몇 달간, 아니 몇 년 동안 리아를 잊고 지냈지만, 이제 리아는 그 아름다운 모습 그대로 다시금 돌아왔다. 데이빗도 그녀의 아름다움을 기억할까? 피오니는 리아의 이름을 입에 담을까 싶었지만, 이내 거둬들였다. 설령 그가 리아를 생각하고 있더라도 그녀를 언급하는 건 데이빗과 피오니 단둘이 있는 이 방으로 리아를 불러들이는 것과 마찬가지였다. 리아를 그냥 죽은 채로 놓아두자! 하지만 무덤 너머로 여전히 그를 계속 붙들고 있는 건 무엇일까? 그의 양심을 괴롭히고 있는 것의 정체는 과연 무엇일까? 피오니는 자신의 물음에 대답을 하지 못했다. 그녀는 다소곳하게 몸을 일으켰고, 내적으론 혼란스러웠지만 최대한 차분한 모습을 유지했다. "모든 걸 뜻대로 하도록 하세요, 젊은 주인님." 그녀가 체념하듯 말했다.

그런데 데이빗이 성을 내며 피오니의 말을 받았다. 피오니에겐 의외의 반응이었다. "날 그렇게 부르지 마, 피오니!" 그가 최대한 자제를 하며 말했다. "적어도 우리 둘이 있을 때는 내 이름을 부르고, 말도 편하게 해. 우린 평생 오누이처럼 지내왔잖아?"

이보다 더 피오니의 마음에 상처를 주는 말이 또 있을까? 하지만, 그녀는 아픈 마음을 드러내지 않은 채 부드럽게 대답했다. "노력해볼게요. 꼭 가셔야만 하는 게 아니라면 여행은 떠나지 마세요. 하지만 그래도 정 가셔야겠다면 자리를 비우시는 동안 제 본분을 다하도록 노력할게요."

이렇게 말하고 그녀는 자리를 떴다. 피오니는 그의 이름을 입에 담지 않기 위해 주의를 기울였다. 아마도 어느 날 입에 담을지도 몰랐다. 하지만 그가 리아를 기억하는 동안만큼은 삼가고 싶었다.

피오니는 자기 방으로 돌아와 자리에 앉은 뒤 앞으로 어떻게 처신을 해야 할지에 대해 한동안 곰곰이 생각에 잠겼다. 누군가 자신의 이름을 부르는 소리가 들리자, 피오니는 침실로 들어가 침대 커튼 뒤로 몸을 숨긴 뒤 생각이 분명해질 때까지 웅크린 채 고민을 했다. 쿵 첸을 찾아가면 도움을 받을 수 있을 것 같았다. 그의 입장에선 딸의 남편이 서방의 도시들을 떠돌아다니는 걸 원치 않을 게 분명했다. 일 년 가까이나 되는, 어쩌면 영영 돌아오지도 못할 여행을 반길 리가 없었다. 마음을 정하자 피오니는 단번에 방을 빠져나와 '평화로운 탈출' 출입문으로 향했다. 데이빗이 결혼 한 후 몇 년간 사용할 필요가 없었던 바로 그 문이었다.

긴 장례식에 참석하느라 피로를 느낀 쿵 첸은 집에 있었다. 자신의 방에 앉아 따뜻한 술을 조금씩 마시며 자그마한 석탄 화로를 가만히 바라보고 있었다. 화로는 몸이 아니라 마음을 따뜻하게 하기 위해 가져오도록 한 것이었다. 피오니는 곧바로 그의 처소로 안내되었다. 모두들 피오니가 쿵 첸의 딸을 모신다는 걸 알고 있었기 때문이다.

"안녕하셨어요." 피오니가 작고 달콤한 목소리로 말했다.

쿵 첸이 고개를 들어 잿빛 가운을 입고 있는 날씬한 체형의 피오니를 바라보았다. 바로 얼마 전 우는 아이를 안고 자신의 딸 곁에 서 있던 모습이 떠올랐다. "내 앞에선 그렇게 서있지 않아도 된다." 그가 말했다. "우린 오래 전부터 아는 사이 아니냐? 그날 아침 연못가에서 만났던 걸 기억 못 하느냐?" 그는 이렇게만 말했을 뿐 머릿속에 품고 있던 다른 생각은 입 밖에 내지 않았다. 그건 바로 피오니가 그날 아침 이후로 무척이나 아름다워졌다는 사실이었다. 당시에는 홍조를 띤 소녀였다면, 지금은 우아하고 침착한 여인으로 변모해 있었다. 이전의 발랄한 눈빛은 사라졌지만, 사랑스런 고요함이 그 자리를 대신하고 있었다. 누구도 피오니가 하녀라고는 상상하지 못할 것이었다. 그녀는 자신의 지위 그 이상으로 성장해 있었다.

"할 얘기가 있는 게냐?" 그가 물었다.

피오니는 다소곳하게 앉아 두 손을 얌전히 맞잡았다. 그녀 역시 머릿속에 떠오른 생각을 말하지 않았다. 그것은 그날 아침 이후로 그가 많이 늙었다는 것이었다. 처음 쿵 첸을 만났던 그날 이후로 피오니는 그저 멀리서 그를 보아왔을 뿐이었다. 그는 이전보다 많이 야위어 있었다. 얼굴 살이 전체적으로 늘어졌고, 듬성듬성 난 턱수염이 어느덧 하얗게 변해 있었다. 하지만 훤칠한 키는 여전했고, 떡 벌어진 어깨 역시 이전과 다름없었다. 피오니는 그의 모든 딸들이 결혼을 했다는 걸 알고 있었다. 하지만 첩의 딸인 릴리에겐 그저 철물상의 아들을 신랑으로 맺어줄 수밖에 없었다. 부유한 집안에서는 수석 하인과 도망을 친 첩의 딸에게 아들을 내어주려 하지 않았기 때문이었다. 쿵 첸으로선 비통한 일이 아닐 수 없었다. 그는 어떤 다른 자식보다도 릴리를 사랑했기 때문이다.

"젊은 안주인님 일로 찾아뵈었어요." 피오니가 말했다. "오늘 장례식을 다녀오고 나서 따뜻한 차를 들고 젊은 주인님을 찾아뵈었지요. 제가 늘 하는 일이거든요. 그런데 주인님의 안색이 무척 불안해보여서 제가 그 이유를 물었더니 이런 말씀을 하셨어요. 선조들의 땅으로 홀로 여행을 떠날 생각을 하고 계시다고요. 일전에 돌아가신 어머님과 함께 가기로 계획을 세웠던 그곳으로 말이죠. 전 아무 말도 하지 않았어요. 그 대신 이렇게 안주인님의 아버님을 찾아뵌 거예요. 저, 그 여행은 일 년이나 걸릴 거예요. 그리고 그게 전부가 아니에요. 더 큰 문제는 여행길에 사납기 이를 데 없는 무슬림교도들이 도사리고 있다는 거예요. 카오 리엔이 돌아가신 안주인님께 그런 사실을 말씀드렸었죠. 여행을 가신다면 젊은 주인님께서는 목숨을 내거시는 거나 다를 바 없어요. 그러니 저로선 나리의 따님이자 저의 안주인님, 그리고 자제분들을 먼저 생각하지 않을 수 없었어요."

이 말을 들은 쿵 첸이 크게 놀랐다. "어떻게 아비는 그러지 않는데 아들이 순례의 길을 떠날 수 있는 게냐?" 그가 물었다. "그건 자식으로서 불경스러운 행동이 아니냐? 그의 아버지가 하늘을 우러러 수치심을 느낄 수 있는 일이 아니냔 말이다."

피오니가 용기를 냈다. 그녀는 이제 꽤나 섬세하게 거미집을 짜야했다. "나리, 젊은 주인님은 돌아가신 안주인님의 아드님이십니다. 그리고 이제 연로하신 주인님의 어머님은 중국 분이셨고요. 아들은 어머니의 영혼을 물려받는 법이죠."

쿵 첸이 이해를 하기 시작했다. 그는 천천히 고개를 끄덕이며 턱수염을 쓰다듬었다. "계속 얘기해 보거라." 그가 말했다.

피오니가 겸손하게 머리를 조아렸다. 거미집의 시작은 좋았지만 아직 완성이 되진 않았다. "나리, 이게 전부가 아닙니다. 아마 나리께서도 기억하실 거예요. 우리 젊은 주인님께서 일전에 약혼을 하셨던, 아니 거의 했다시피 한 젊은 아가씨를요."

"혹시 그?" 쿵 첸이 자신의 기다란 집게손가락을 목에 갖다 대었다.

"예, 맞습니다."

"그… 처… 녀를 — 사랑했던가?" 쿵 첸이 물었다. 자신의 딸을 생각하며 조금은 시샘을 하는 듯해 보였지만, 입 밖으로 드러내지는 않았다.

피오니는 그 시샘을 충분히 느낄 수 있었다. "주인님이 리아 아가씨를 사랑했다고 말씀드리지는 않겠어요." 피오니가 주저하며 말했다. "사실 그렇지 않았다고 말씀드릴 수도 있어요. 왜냐하면 바로 그 당시 주인님은 나리의 따님이신 지금의 젊은 안주인님을 사랑하고 계셨거든요. 하지만 좀 묘한 방식으로 두 아가씨들은 주인님의 마음속에서 경쟁을 하셨죠. 그 유대 처녀는 주인님이 나리의 따님에게 온전히 마음을 주는 걸 막았고, 한편으로 따님께서는 주인님이 그 유대 처녀에게 마음을 줄 수 없게끔 만드셨죠. 돌아가신 안주인님께서는 그 유대 처녀를 며느리로 들이길 바라셨지만요."

쿵 첸은 한동안 그녀의 말을 곰곰이 되씹었다. "그 처녀가 내 딸보다 더 아름다웠던가?" 그가 다시 물었다.

피오니가 잠시 생각에 잠겼다. "아뇨." 그녀는 이렇게 말하고 이어 덧붙였다. "하지만 그 아가씨에겐 젊은 주인님을 지배하는 감춰진 힘이 있었어요. 돌아가신 주인마님께서 갖고 계셨던 것과 같은 종류의 힘이죠. 주인님은 그것을 사랑하기도 하고 또 싫어하기도 하셨어요. 어머니가 살아계실 동안 주인님은 그 힘에 반항하며 자기 입장을 지켜나갔죠. 하지만 이제 어머니도 돌아가시고, 다시금 리아 아가씨 생각도 나고 하니, 본인이 뭔가 의무를 이행하지 않고 있다는 기분이 드시는 거죠. 젊은 주인님은 바로 그 점 때문에 불안해하고 계세요."

"그 여행이 두 사람과 무슨 관련이 있지?" 쿵 첸이 물었다.

"두 분 다 이 땅을 떠나 유대 선조들이 살던 땅으로 가고 싶어 하셨거든요."

쿵 첸이 오랫동안 생각에 잠겨들었다. 그는 유대인에 관해 그가 알고 있는 모든 것들을 상기했다. 그리고 오래 전 자신들의 영토였던 그 불모의 땅으로 그들을 끌어당기는 그 흡인력 강한 믿음에 대해 생각해보았다. 분명한 것은 셋째 딸이 고통을 겪어선 안 되며, 절대로 여러 자식들을 거느린 미망인의 신분이 되어서는 안 된다는 것이었다. 그는 아비로서 아직 한창 젊은 나이인 셋째 딸을 보호해야만 했다.

"젊은 남자들이란 원래 그렇게 좀이 쑤시는 법이지." 그가 턱수염을 쓰다듬으며 말했다. "자연스러운 게야. 더욱이 데이빗은 한 번도 여행을 해본 적이 없으니 말이야. 남자들은 결혼을 하고 몇 년이 지나면 대개 안절부절 못하게 되지. 자신이 가진 것에 만족을 못하고 새로운 무언가를 찾는 게야. 좋아, 그럴 때는 여행을 해야 해. 내 딸과 아이들, 그리고 자네까지 모두 함께 가는 거야. 강을 넘을 때쯤 내 노새 마차와 몰이꾼들을 보내주도록 하지. 내 요리사들도 딸려 보내고 말이야. 북쪽의 수도까지 다들 함께 동행하는 거지. 그리고 지방 주지사한테 부탁을 해서 그의 개인 호위병들도 몇 명 보내달라고 하는 게 좋겠어. 그럼 도적들이나 해적들에게도 경고가 될 테니까. 이제 봄이 막 시작될 무렵이니까 아주 쾌적한 여행이 될 게야. 사돈한테는 이번 여행이 우리 사업에도 필요하다는 논리로 설득을 하면 될 거야. 아니 정말 사업에도 도움이 될 거고."

쿵 첸은 자신의 구상에 무척 흡족해했다. 그는 자신의 큼직한 머리를 앞뒤로 끄덕였다. 그의 마음은 이미 자신의 계획을 앞질러 달렸다. "그래, 새로이 즉위한 두 황후들에게 바칠 근사한 선물도 준비를 시켜야겠어. 친구들한테 연락을 해서 내 사위를 위해 잔치도 베풀게끔 하고, '배나무 정원' 극장에도 연락을 해서 여러 연극들을 무대에 올리게 해야겠어. 내 친구들도 함께 공연을 보게 하고, 데이빗도 답례로 잔치를 베풀어야겠지. 수도 여행을 즐거워하지 않을 사람이 세상에 어디 있겠나? 북경은 세상에서 가장 아름다운 도시지." 쿵 첸은 흡족한 기분이었다. 그가 화로 위에 손을 올려 비비며 말했다. "이제 모든 게 정상으로 되었지. 왕궁도 망명지에서 본국으로 돌아왔어. 러허성에서 북경으로 말이야. 이제 수도는 즐거움으로 넘쳐나지. 아편을 둘러싼 인도의 백인들과는 휴전협정이 맺어졌고, 동쪽 지방의 반역 기독교인들은 소탕이 되었고 말이야. 이제 다시 오락과 무역의 시기가 돌아온 게야."

그가 무릎에 두 손을 짚고 활짝 미소를 지어보이자, 피오니의 기분 역시 흐뭇해졌다. 피오니가 밝은 표정으로 몸을 일으켰다. "하늘이 내려준 계획인 것 같아요." 그녀가 힘주어 말했다. "그럼 분부를 내리실 때까지 기다리도록 하겠습니다, 어르신." 그녀는 목례를 한 뒤 다시 집으로 향했다.

뒤에 남은 쿵 첸은 홀로 앉아 턱수염을 쓰다듬으며 찡그린 얼굴로 화로를 응시했다. 자신의 셋째 딸 — 그 아이 과연 행복한 걸까? 그는 매해 딸아이가 아들을 낳는 걸 보고 당연히 그러리라 생각해왔다. 그는 이따금씩 아내에게 어떻게 생각하는지 묻곤 했지만 쿵 부인은 집을 떠나 다른 집안의 가족이 된 딸에 대해 생각조차 해보려 하지 않았다.

그는 피오니에게 고마움을 느꼈다. 그녀가 곁에 있다면 모든 게 잘 될 것 같았다.

그리하여 늦봄 어느 화창한 날 데이빗은 피오니의 설득에 힘입어 북쪽을 향해 여행길에 올랐다. 데이빗 내외와 아이들, 그리고 피오니는 함께 커다란 돛배에 올라 수도인 북경으로 향했다. 일행으로 하녀들과 남자하인들, 그리고 두 명의 요리사가 함께 배에 올랐다. 이들은 모두 북쪽 지역 출신들이었고, 다시금 옛날 고향땅을 보게 해달라고 쿵 첸에게 간청을 했었다. 호위병들은 또 다른 작은 배에 올라 전방에서 데이빗 일행이 탄 배를 이끌었다.

에즈라는 착잡한 심정으로 그들을 떠나보냈다. 그들이 다시 돌아올 때까지 홀로 지내야할 생각에 두려움이 느껴졌다. 그럼에도 불구하고 자신은 사업 때문에 동행을 할 수 없었다. 카오 리엔은 낙타들을 이끌고 다시 서쪽으로 떠날 채비를 하고 있었고, 중국 물품들 중에서 최고의 것들을 가려내는 작업도 해야 했기 때문이다. 더욱이, 인도의 백인들과 평화협정을 맺은 바 있어, 에즈라는 믿을만한 측근 두 사람 정도를 파견해 그곳에서도 중국 물품들을 팔 계획을 하고 있었다. 또한 쿵 첸 역시 에즈라가 어서 이곳 물품들을 출발시키고, 최소한 다음 초겨울까지 서방의 물품들을 가져오지 않으면 자체적으로 큰 손실이 있을 거라며 여행 동참을 만류했다. 그렇게 해서 에즈라는 남아있기로 결정을 했고, 왕 마와 왕 씨 노인도 그와 함께 집에 머물렀다. 카오 리엔은 서방으로 출발을 하기 몇 주 전 에즈라의 집으로 들어와 지냈고, 데이빗은 되도록 빨리 집으로 돌아오겠다고 약속했다. 또한 쿵 첸은 데이빗이 없는 동안, 가급적이면 매일 에즈라와 저녁 식사를 함께 하겠다고 약속했다.

배에 오르고 난 후, 처음엔 모두들 혼란스러워 했다. 아이들은 낯선 환경에 적응을 못한 채 울어댔고, 선원들이 서로 주고받는 고함소리와 욕설에 겁을 잔뜩 집어 먹었다. 선원들은 그렇게 시끌벅적하게 해안가에 있던 거대한 돛배를 강 한 가운데를 향해 몰고 갔고, 기다란 대나무 장대로 밀고 노를 저어, 바람이 돛에 걸릴 때까지 나아갔다. 유모는 각각 자신들의 아이를 맡았고, 아기는 유모의 가슴에 매달렸다. 차츰 평정을 되찾게 되자, 피오니는 젊은 안주인님의 시중을 들었다. 그제서야 쿠에일란은 안락의자에 앉아 차와 달콤한 간식을 먹었고, 피오니는 짐을 열어 쿠션과 부채와 침구 그리고 석탄화로까지, 집에서처럼 안락하게 지내는 데 도움이 되는 물품들을 모두 꺼냈다. 이 일을 마친 뒤 피오니는 요리사들을 찾아가 오늘 상에 오를 음식이 무엇인지 점검했다. 일행은 아침 일찍 배에 올랐기 때문에 세끼를 모두 준비해야만 했다. 준비된 식단에 만족을 하고나서야 피오니는 한숨을 돌릴 수 있었다. 그제서야 그녀는 일행이 앞으로 한동안 살아갈 주변을 둘러볼 여유가 생겼다.

그들이 탄 배는 강 위를 다니는 배치고는 꽤 큰 규모의 범선이었다. 뱃머리와 선미가 높이 솟아 있었는데, 뱃머리에는 두 개의 커다란 눈이 그려져 있었고, 선미에는 물고기의 꼬리가 그려져 있었다. 선원들은 선미에 있는 두 개의 작은 선실에서 아내와 자식들과 함께 생활하고 있었다. 하지만 여러 개의 출입문들이 있어 다른 사람들과 분리된 생활을 했다. 선원의 아이들은 허리에 밧줄을 묶어두었는데, 만일 물에 빠지기라도 하면 어미들이 곧 끌어올릴 수 있게끔 하기 위해서였다. 이를 본 피오니는 자신들의 아이들에게도 해주는 게 좋겠다고 생각했다. 그래서 대마로 만든 부드러운 밧줄 두 개를 얻어다 데이빗의 아들들의 허리에 묶어보려 했지만, 아이들은 고래고래 소리를 지르며 반항을 했다. 결국 피오니는 하녀들에게 넓은 허리띠로 아이들을 감싸 꼭 안고 있고, 잠시도 자유롭게 놓아두지 말라며 단단히 일러두는 수밖에 없었다. 결국 두 하녀는 하루 종일 분주하게 아이들을 돌보았고, 피오니는 막내아이가 아직 걸음마를 떼지 못한 걸 하늘에 감사했다.

주방은 선원들의 선실 옆에 있었고, 요리사들은 그곳에서 기거했다. 주방은 작은 규모였지만, 제대로 된 음식을 만들기에 충분한 시설이 갖추어져 있었기 때문에 요리사들은 바로 식사 준비에 들어갈 수 있었다. 주방 앞쪽으론 가족들을 위한 침실들이 있었고, 낮 시간을 보낼 수 있는 넓은 중앙 홀도 자리하고 있었다. 피오니는 이곳에서 잠을 자야했다. 아이들과 유모들이 침실 하나를 쓰고, 데이빗 내외가 다른 하나를 써야 했기 때문이다. 피오니로선 고역이었지만, 정말 혼자 있고 싶을 때엔 중앙 홀 창문 너머의 갑판에 나가 있으면 된다고 스스로를 위로했다. 사실 그곳은 폭이 무척 좁아서 아이들이 올 수도 없었고, 안주인 역시 물에 빠질 위험이 있기에 찾지 않을 터였다. 그렇게 해서 그곳은 피오니만의 장소가 되었다. 중앙 홀 앞으로는 넓은 갑판이 있었고, 질 좋은 나무 바닥은 햇빛이나 비에도 상하지 않도록 니스 칠을 해놓았다. 이 니스는 닝보라는 지역에서 온 것이었는데, 그 항구 도시는 돛배와 해양 선박으로 이름난 곳이었다.

그렇게 며칠간 이어질 선상 여행이 시작되었다. 피오니 자신도 즐거운 여행을 기대했다. 일행 모두를 돌볼 책무가 있긴 했지만 틈나는 대로 자신만의 공간에 앉아 한가로이 시간을 보내고 싶었다. 그녀만의 공간은 그저 선원들이 뱃머리와 선미를 오가거나, 바람이 멎어 노를 사용해야 할 때에만 이따금씩 방해를 받았다. 한편, 피오니는 데이빗이 슬슬 답답해하지나 않을까 걱정을 했다. 워낙 넓은 공간과 여러 정원에 익숙해 있던 터라 상대적으로 좁은 이 배 안에서 울어대는 아이들과 때때로 짜증을 내곤 하는 아내에게 둘러싸여 잘 견뎌낼 수 있을지 염려가 되었다. 그렇게 처음에는 노심초사하던 피오니였지만, 나중에는 전혀 불안해 할 필요가 없음을 깨달았다.

데이빗은 하루하루 새롭게 스쳐지나가는 주변 풍광에 푹 빠져있었다. 때론 배에서 내려 강가를 걷기도 했고, 보다 깊숙이 들어가 이전엔 한 번도 가보지 않은 지역을 방문하기도 했다. 어디를 가나 데이빗은 정중한 대접을 받았다. 예인을 하는 인부들이 휴식을 취하며 식사와 차를 마시곤 할 때면 데이빗 역시 해안가에서 식사를 했고, 동네사람들은 그가 어느 나라에서 왔는지 정중히 묻곤 했다. 데이빗이 자신이 사는 도시 이름을 말하면 그들은 의아해했다.

"우린 외국인들이 그곳에 사는 줄 몰랐습니다." 그들은 데이빗에게 이렇게 말했다.

"저는 외국인이 아닙니다." 데이빗이 대답했다. "저는 그 도시에서 태어났습니다. 제 아버지도 마찬가지고요."

"그럼 선조들은 어디서 오신 겁니까?" 그들이 다시 물었다.

"여러 산맥을 넘어서 왔지요." 데이빗이 대답했다. 이제 그들의 궁금증은 해소되었다.

데이빗은 피오니와 자주 대화를 나누지 않았다. 그럴 기회도 좀처럼 생기지 않았고, 남편이 하녀와 필요 이상으로 이야기를 나누는 걸 쿠에일란이 보면 그리 좋아하지 않을 것이라는 점에 두 사람은 암묵적으로 동의를 하고 있었기 때문이다. 그럼에도 불구하고, 피오니가 안주인이 잠자리에 든 걸 확인하고 앞쪽 갑판으로 가 데이빗에게 모두들 취침 준비가 끝났음을 알릴 때면 데이빗은 피오니에게 때때로 한두 마디 다른 이야기를 건네기도 했다. 특히 달빛이 좋을 때 그러했다.

그러던 어느 날 밤, 그가 피오니에게 말했다. "아버지께선 늘 내게 말씀하셨어, 너희 중국인들은 우리에게 친절하다고. 하지만 그 친절함의 깊이를 난 이제야 몸소 느낄 수 있게 됐어. 강가 작은 마을 사람들은 내가 누군지도 모르면서 나를 반갑게 맞아주고 안내를 해줘. 그네들의 상냥함은 정말 놀라울 정도야."

"하늘 아래 모든 사람들이 형제 아닌가요?" 피오니가 현자들의 말에서 따와 그렇게 말했다.

데이빗이 고개를 저었다. "그런 좋은 말들은 어디에나 있지. 하지만 누구나 그걸 행동으로 옮기는 건 아냐."

그렇게 말하고 난 후, 그는 안으로 들어가 휴식을 취했고, 피오니는 달빛 아래 홀로 서있었다.

실제로 정말 근사한 고장이었다. 강가의 농지는 새로 자라난 벼들로 푸르렀고, 자그마한 마을들 거의 모두 낮에는 분홍빛, 밤에는 진주색이 도는 복숭아나무 꽃들이 활짝 피어 있었다. 푸른 하늘을 배경으로 멀리 언덕들이 솟아 있었고, 달빛을 받은 강물은 금빛을 띠었다. 좋은 땅에 좋은 사람들이 살고 있었다. 물론 도적들도 있었고, 강에는 해적들도 있었다. 하지만 이들은 상대의 피부색이 어떻든, 모양새가 어떻든 가리지 않았다. 호위병들이 있었기에 일행은 안전했다. 거기에 주지사가 선원들에게 깃발을 건네주었는데, 그건 바로 궁정으로 보내는 선물을 싣고 있다는 걸 공지하는 깃발이었기에 감히 누구도 이들의 배를 강탈할 수 없었다.

사방이 고요해지자 피오니도 텅 빈 중앙 홀로 들어가 낮 동안 소파 아래쪽에 둘둘 말아 감춰두었던 이부자리를 꺼냈다. 신선한 밤바람을 맞으며 피오니는 숙면을 취할 수 있었다.

마을과 마을을 거쳐 가다 결국 강이 대운하와 만나는 항구 가까이에 이르게 되었다. 일행은 바다로 나가기를 원하지 않았고, 작은 운하용 배로 갈아타고 싶은 마음도 없었다. 그래서 한동안 그들의 집이었던 돛배에서 내려, 대기하고 있던 노새 마차를 타고 북쪽으로 향하기로 했다.

때로 피오니는 다시 돛배를 타고 싶다는 생각을 하곤 했다. 하루 종일 울퉁불퉁한 자갈길 위로 여행을 해야 했기 때문이다. 식사를 하기 위해 잠시 여정을 멈추었고, 밤에는 여관에서 잠을 잤다. 그런데 깨끗하고 괜찮은 여관을 찾기란 거의 불가능해서 바로 이 점이 피오니의 애간장을 태웠다. 매일 저녁 일행이 도착하는 곳이면 어디든 여관 주인이 달려 나와 수행원들이 많은 것을 보고는 아첨을 떨어댔고, 종업원들에게 고래고래 소리를 지르며 음식과 차를 준비하도록 했다. 그들은 깨끗한 객실이 준비되어 있으며 모든 것들이 최고라고 떠벌렸다. 하지만 피오니가 방들을 둘러보면 거의가 불결한 상태였다. 혹여 벼룩이나 빈대가 눈에 띄기라도 하면, 물을 팔팔 끓여 침대 합판에 들이붓기 전까지 이부자리를 펴지 않았다. 모든 일이 피오니의 감독 아래 이루어졌다. 안주인은 여전히 철부지였고, 데이빗은 새로운 풍광을 둘러보는 데 여념이 없었기 때문이다. 새로운 마을이나 도시에 도착하면 데이빗은 가족 곁을 떠나 홀로 동네 구경에 나섰다.

어찌됐건 결국 일행은 북경에 도착했다. 아이들은 모두 말문을 잃고 경이로운 눈빛으로 주변의 평원을 둘러싸고 있는 높다란 잿빛의 만리장성을 바라보았다. 모두들 수도가 굉장한 곳이라는 걸 익히 듣긴 했지만, 심지어 데이빗마저도 이토록 광대한 도시일 줄은 미처 예상치 못했다. 일행은 성문을 통과했는데, 담벼락이 워낙 두꺼워 그 사이를 지나는 동안 쨍쨍하던 햇살이 어스름해지기까지 했다. 그들은 무척이나 넓고, 한군데도 빠짐없이 돌로 포장되어 있는 거리를 걸었다. 피오니 조차도 입을 다문 채 그저 놀라워 할 따름이었다.

쿵 첸은 에즈라의 아들 내외와 일행이 묵을 집을 준비해두라고 북경에 있는 상점들에 연락을 해둔 바 있었다. 일행은 이윽고 어느 저택의 문 앞에 도착했고, 안으로 들어서자, 일행을 기다리고 있던 쿵 첸의 직원들로부터 환영을 받았다. 데이빗은 그들과 함께 접대실에 머물렀고,

피오니는 가족들을 이끌고 안뜰로 향했다. 하인들이 부지런히 몸을 움직이자 이내 모든 게 정리되었다.

꼬마 아이들은 새로운 환경에 흥겨워했고, 정원 이곳저곳을 거닐던 쿠에이란은 바위로 된 정원과 분재 자두나무를 보며 감탄을 금치 못했다. 그렇게 휴가는 시작되었다. 하지만 피오니는 무엇보다 데이빗을 주시하는 데 여념이 없었다. 과연 데이빗에게도 확실한 휴가가 될 수 있을까? 손님들을 돌려보내고 가족과 피오니를 찾았을 때 그의 표정은 밝았고, 초롱초롱한 두 눈은 흥분을 감추지 못했다. 그제야 피오니는 마음을 놓을 수 있었다.

"우리 여기서 오랫동안 여유롭고 느긋한 시간을 보내도록 하지. 어때, 아이들 엄마?" 그가 아내에게 이렇게 말하자, 그의 즐거운 표정에 감화된 쿠에이란이 미소로 답을 했다. 데이빗의 태도가 갑자기 나긋나긋해졌다. "당신!" 그가 소리를 높였다. "당신 꼭 내가 처음 봤을 때 바로 그 모습 같아!"

데이빗의 이 말에 피오니는 슬쩍 자리를 피했다. 새로이 시작되는 듯한 두 사람의 사랑에 방해가 되고 싶지 않았기 때문이다. 그녀의 마음속 깊숙한 곳에는 오래된 슬픔이 자리하고 있었고, 그녀 역시 알고 있었지만, 그 속으로 빠져드는 걸 스스로 용납하지 않았다.

그해 봄 북경은 더할 나위 없이 좋은 시절이었다. 전쟁의 공포와 시련에서 벗어난 사람들은 왕정의 수도 복귀에 기쁨을 감추지 못했다. 두 명의 황후, 그러니까 손위 동태후와 손아래 서태후*는 아직 아이에 불

---

* 중국 자금성에는 여인들의 거처가 따로 있었는데, 황제의 부인이나 공주들이 거처하는 곳은 동쪽에 위치하고 후궁들이 거처하고 있는 곳은 서쪽에 위치하고 있었다. 1860년 영국군이 중국을 침략했을 때 함풍제가 죽자, 그의 후궁인 자희황후(서태후)가 낳은 함풍제의 유일한 아들 동치제가 황제가 되면서 서쪽채에 사는 황후를 서태후라 칭하고, 동쪽채에 사는 황후를 동태후라 칭하였다.

과한 어린 황태자를 대신해 나라를 다스렸다. 두 황후 모두 아름다웠지만, 서태후가 보다 활력이 넘쳤고, 권세가 높았다. 누가 보더라도 그녀가 주권을 잡아야 나라가 번영하고, 예술과 상업이 더욱 더 번성할 듯싶었다.

데이빗이 무엇보다 좋아했던 건 도시의 분위기였다. 활력 넘치는 도시의 분위기 덕분에 그의 어깨를 누르고 있던 오래된 슬픔이 떨어져 나갔고, 그의 눈빛이 달라졌다. 그에게 몸에 배인 우울한 느낌도 어느새 사라지고 없었다. 지금까지는 그저 반항심을 발휘할 때만 불이 붙곤 했던 활력이 이젠 그의 하루하루의 에너지가 되어주었다.

"난 이 도시가 좋아." 어느 날 데이빗이 피오니에게 말했다. "사람들을 좀 봐 — 남자들은 키가 크고, 여자들은 당당해. 피오니 넌 이곳에선 꼭 어린 아이 같아."

피오니는 그의 말에 좋아해야 할지 언짢아해야 할지 감이 잡히지 않았다. 대부분의 북경 여자들이 자신보다 큰 건 사실이었다. 광대뼈도 높았고, 체형 자체가 훨씬 컸다. 피오니가 입을 살짝 내밀자 데이빗이 웃음을 터뜨렸다. "자, 우리 다른 얘기를 하자! 넓은 거리들 — 난 이 도시가 널찍널찍한 것도 마음에 들어."

피오니 역시 이 부분에 동의할 수 있었다. 온 사방이 널찍널찍했다. 거리는 무척이나 넓어 훌륭한 상품들로 가득한 양편의 상점들 사이로 짐수레 열 대가 동시에 나란히 지나다닐 수 있을 정도였다. 사람들은 근사한 외모가 전부가 아니었다. 그들은 친절했고, 원기가 넘쳐났다. 어디를 둘러봐도 규모가 작은 게 없었다. 큼직큼직한 북부 지역의 특징이 이 도시에선 특히 더 두드러졌다. 또한 북경 사람들은 식사 때 쌀 대신 밀로 만든 빵을 먹었다.

데이빗은 쿵 첸이 주선해준 현지의 새로운 친구들과 훌륭한 음식점에서 만찬을 함께 하며 즐거운 시간을 보냈다. 하루 저녁은 이슬람교도가 운영하는 식당에서 구운 양고기를 먹고, 또 다른 날은 다른 식당에서 구운 오리를 먹기도 했다. 두 음식 다 가히 최고라고 말하기에 부족함이 없었다. 부드럽고 알맞게 간이 된 양고기는 잘게 찢어 쇠꼬챙이에 꽂아 숯불에 구웠고, 찐빵과 함께 식탁에 올려졌다. 북경 오리 역시 이에 못지 않았다. 매일 밤 데이빗은 느긋하고 유머로 가득한 사내들과 이런저런 식당들을 전전하며 즐거운 시간을 보냈다. 만일 낮 시간에 빈틈없는 상인으로서의 그들의 모습을 보지 못했다면 아마도 데이빗은 그들을 일은 전혀 하지 않고 쾌락에만 몰두하는 한량들 쯤으로 여겼을 것이다. 그들은 커다란 원형 식탁에 둘러앉아 전채 요리부터 먹기 시작했다. 그러면 잠시 후 식당 주인이 요리에 사용될 오리들을 가지고 들어와 그들의 승인을 받았다. 도살을 하고 털을 뽑았지만 아직 굽지는 않은 오리를 손님들에게 직접 보여주는 것이었다. 손님들이 크기와 지방 정도, 그리고 껍질 상태를 평가해 몇 마리를 고르면, 주인은 이 오리들을 쇠꼬챙이에 꽂아 껍질이 노릇노릇 바삭해지고, 지방이 배어나와 윤기가 흐를 때까지 숯불에 굽는 것이었다.

가장 먼저 나오는 요리는 둥글게 말린 검은 빛깔의 기름진 오리 껍질인데, 밀가루 전병, 그리고 산사나무 열매를 재료로 한 달콤하게 만든 붉은 젤리와 함께 내왔다. 손님들은 구운 오리 껍질을 밀전병으로 싸서 젤리를 찍어 먹었다. 따뜻한 빵과 달콤한 젤리의 맛이 고기와 한데 어우러지는 이 요리엔 작은 잔에 담긴 따끈한 술을 곁들였다. 이어 다양한 요리들이 계속해서 나왔다. 구운 오리와 부드러운 양배추를 버무린 요리, 그리고 양배추 대신 버섯, 다음엔 죽순, 그리고 밤을 넣은 요리가 차례로 등장했는데, 각각의 요리는 다들 특색이 있었고, 우열을 가리기 힘들 정도로 맛이 좋았다. 이제 오리 요리의 마지막 진미가 등장할 즈음 손님들은 조금도 남기지 않고 그릇들을 싹 비운 상태였다. 마지막 요리는 섬세한 맛을 느낄 수 있는 오리의 뇌였다. 손님들이 젓가락으로 집어 먹을 수 있게끔 머리를 갈라 열어둔 채로 내왔다.

날마다 이어지는 이러한 음식들을 누가 마다하겠는가? 그런가 하면, 동물들의 영혼을 생각해 고기를 먹지 않는 독실한 불교 신자들이 즐길 수 있는 채식 전용 식당도 있었다. 그러한 식당들에선 야채들의 모양과 맛을 최대한 고기처럼 만들었고, 손님들 역시 거의 고기처럼 느끼며 요리를 먹었다. 독실한 신자들은 눈으로도 만족을 했고, 입으로도 고기에 가까운 맛에 흡족해 했다.

"이곳 사람들은 정말 영리해!" 매일매일 새로운 것들을 발견할 때마다 데이빗은 감탄을 금치 못했다. 실제로 그가 고향에서 젊었을 때 누렸던 즐거움은 북경에서 발견한 다양함과 비교하면 그저 미미해 보일 뿐이었다. 최고의 극장들이 즐비했고, 최고의 마술 쇼, 가장 유명한 가수들, 악사, 학자들 모두가 북경에 모여 있었다.

두 황후와의 알현을 기다리는 동안 데이빗은 느긋하게 도시가 제공하는 모든 즐거움을 누렸다. 그렇다고 데이빗이 제멋대로 행동을 한 건 아니었고, 홀로 움직인 것만도 아니었다. 매일 아침 그는 아버지와 쿵첸을 위해 시내의 모든 부유한 상인들을 찾아다니며 사업을 논의했고, 새로운 계약들을 맺었으며, 유럽과 인도에서 생산되는 근사한 물품들의 주문을 따냈다. 이곳의 상인들은 기계류와 의복, 등불, 그리고 장난감들이 외국에서 만들어진다는 걸 알고 있었기에 수입을 해다가 국내에서 팔기를 원했고, 또 자신들도 이러한 물품들을 사용하기 위해 그것들을 무척이나 손에 넣고 싶어 했다. 무엇보다 그들이 원했던 건 시계였다. 몇 해 전 카오 리엔이 황제에게 선물로 건넨 금박을 입힌 커다란 시계 역시 여러 다른 모양의 시계들과 함께 궁전에 진열되어 있었다. 데이빗이 듣기로는, 어느 방 하나엔 백 가지가 넘는 시계들이 있다고도 했다. 일전에 궁정에 바친 선물이 이젠 일반 시민들도 탐내는 물건이 되어 있었다. 데이빗은 아버지에게 다음과 같이 편지를 썼다.

"여기선 시계가 잘 팔릴 것 같아요. 너무 가격이 높지 않은 시계가 좋을 것 같구요. 그래도 금박이 입혀지거나 장식이 있는 게 좋을 듯해요. 시계뿐만 아니라 외국 물건들은 다 값어치가 있어요. 이곳 사람들이 쓰는 것들은 하나같이 최고예요. 최고급 비단, 공단, 자수품들, 화려한 보석과 가구 그리고 진기한 물건들을 꽤나 좋아해요. 신기해 보이는 외국 물건들을 보면 바로 지갑을 열죠."

사업과 관련된 오전 일과가 끝나면 데이빗은 가족과 함께 오후 시간을 보냈다. 물론 비가 오거나, 비보다 더 반갑지 않은 황사가 멀리 사막으로부터 불어올 때면 그냥 집에 머물렀다. 그는 아들들의 손을 잡고 사원이 있는 숲을 찾기도 하고, 극장엘 가기도 했으며, 장터가 열리거나, 종교 고행자들이 기적을 행하는 구경거리가 있으면 빠짐없이 그곳들을 찾았다. 때론 아내도 동참했는데, 그녀는 낯선 거리에 나서는 걸 수줍어하면서도 호기심에 못 이겨 과감히 따라나서곤 했다. 이따금씩 쿠에일란은 발이 아파 못 걷겠다며 집에 머물기도 했는데, 그녀가 동행하든 안 하든 피오니는 늘 아이들과 함께 했다. 피오니 역시 지금이 이제까지의 자신의 삶 중에서 가장 행복한 시기라는 걸 깨달았다. 데이빗, 그리고 그의 아들들과 함께 피오니는 보고, 웃고, 즐기며, 여러 광경들에 놀라워했다. 그녀는 결코 지치지 않았고, 언제나 밝은 모습이었다. 어느덧 몇 주가 바람처럼 지나가버렸고, 쿠에일란보다 피오니가 데이빗 부자와 동행하는 횟수가 점차 많아졌다.

쿠에일란은 상인들의 아내들과 친분을 나누게 되었고, 그들과 함께 마작을 즐겼다. 부인들은 이 집에서 저 집으로, 하루는 이곳, 하루는 저곳으로 커튼이 쳐진 가마를 타고 옮겨 다녔고, 오후부터 저녁 시간까지 마작을 하며 시간을 보냈다. 부인들이 노름에 이렇게 열성을 보이게 된 데는 시중을 드는 하녀들의 부추김도 컸다. 한 부인이 먼저 자리를 뜨려 할 때면 예의상 사발 속에 은화 한 닢을 던져두고 가야 했는데, 하녀들이 이 돈을 서로 나누어 가졌기 때문이다. 피오니는 그 돈에 손을 대지 않았다. 그러한 돈을 원하는 다른 하녀들과 자신이 같은 부류라고 생각하지 않았기 때문이다. 그러나 다른 하녀들의 맘을 상하게 하지 않기 위해 조심을 하며 이렇게 말하곤 했다. "저는 주인님과 아드님들을 모셔야 하기 때문에 함께 안주인님들의 시중을 들 수가 없으니, 그 돈의 일부를 취할 자격이 없어요."

데이빗 부부 모두 어서 고향으로 돌아가자는 이야기를 하지 않았다. 가장 큰 이유는, 데이빗이 황후들을 알현하고 선물을 전하는 기일이 계속 연기되고 있었기 때문이다. 궁궐의 보수 공사 때문에 일정이 몇 달간 늦춰지고 있었다. 왕실이 망명지에 가 있던 동안 궁궐은 크게 손상을 입었고, 수리를 하지 않을 수 없는 상황이었다. 서태후는 이왕 수리를 하기로 한 이상, 대규모로 궁궐을 개보수하길 원했다. 새로운 궁전을 짓고, 안뜰과 연못과 다리와 정원들을 추가로 만들 계획이었다. 제국의 국고는 백인들과의 전쟁, 그리고 남부 기독교도들의 반란으로 인해 바닥이 난 상태였다. 이 때문에, 서태후는 새로운 세금과 공물을 요구했다. 무엇보다 여름 궁전을 짓고 거기에 딸린 호수를 가꾸는 데에 적지 않은 자금을 필요로 했다. 그녀는 호수 위에 대리석으로 만든 배를 띄우고 싶어 했는데, 최대한 크게 만들어 그 안에서 모든 측근들과 함께 식사도 하고 수백 명의 배우들이 출연하는 연극도 보고 싶어 했다. 대신들은 막대한 비용이 드는 서태후의 계획에 난색을 표명했지만, 이미 장안에는 황후의 야심찬 계획과 굳은 의지에 관한 소문이 나돌고 있었다. 대신들은 황후에게 백인들과의 전쟁에서 패한 이유가 군대의 힘이 약했기 때문이란 점을 기억해 줄 것을 간청했다. 그리고 다른 나라들이 화약으로 무장한 요즘 시대에 더 이상 검만으로는 충분치 않다고 역설했다. 하지만 서태후는 대신들의 간청에 거만하게 대답했다. "왕궁이 영예로우면, 나라도 그 영예를 함께 나누는 법이오." 황후의 이 말 역시 장안에 화제가 되었다.

그럼에도 불구하고, 사람들은 젊은 황후의 자긍심과 활력에 대해 전해 들으면 껄껄 웃어댔고, 좋은 징조로 받아들였다. 사람들이 두려워하는 건 약하고 무기력한 지도자였고, 서태후는 그와는 전혀 관련이 없었다. 동태후와의 불화설까지도 농담거리가 되거나 노래 가사의 재료가 되었고, 그녀의 배짱과 완고함은 북경 사람들의 원기를 돋구어주는 역할을 했다. 젊은 황후였기에 자연스레 용납이 되는 분위기였다.

이른 여름, 마침내 데이빗은 궁정으로 오라는 부름을 받았고, 서둘러 준비를 했다. 알현 시간은 동이 트고 얼마 지나지 않은 무렵으로 잡혔다. 대신들과의 접견을 마친 뒤 황후를 만나 새로운 선물과 세금을 바치는 것이었다.

피오니는 일찌감치 일어나 데이빗이 옷 입는 걸 도와주었고, 아침식사를 포함해 모든 준비가 제대로 되어 가는지 꼼꼼히 챙겼다. 그녀는 대문까지 데이빗을 배웅했고, 피오니 뒤로는 하인들이 줄지어 서있었다. 그들은 자신들의 주인님이 왕궁에 들어간다는 사실에 압도된 듯한 표정이었다. 모두들 데이빗을 우러러 보았다. 청색 비단과 검은색 벨벳으로 지은 새 옷을 입고, 머리엔 술이 달린 모자를, 양쪽 엄지손가락엔 비취반지를 낀 근사한 모습의 데이빗이 커다란 가마 의자 위로 올랐다.

가마가 자취를 감출 때까지 지켜보던 피오니는 침실로 돌아왔다. 하지만 다시 잠을 이룰 수는 없었다. 한두 시간쯤 뒤엔 침대에서 일어나 아이들의 아침식사를 챙겨주고, 불편함이 없도록 여러 가지를 돌봐주어야 하며, 그 이후엔 안주인의 저녁 만찬을 준비해야 했다. 오늘 밤엔 이곳에서 마작을 하기로 되어 있었기 때문이다. 데이빗이 언제 돌아올지 피오니는 알 수 없었지만, 모든 준비를 해놓고 있어야만 했다. 안주인은 자리에서 일어나 옷을 차려입고, 데이빗이 궁궐을 다녀와 해줄 이야기를 경청할 준비를 하고 있어야 했다. 피오니는 아내로서 한 치도 어굿남 없는 모습을 유지하도록 늘 신중하게 안주인을 준비시켰다. 피오니는 쿠에일란이 머리를 빗지 않거나 구겨진 옷차림으로 남편 앞에 나서는 일은 절대 없게끔 했다. 이 때문에, 쿠에일란은 종종 불평을 늘어놓곤 했다. "난 이제 나이 든 유부녀야, 피오니. 좀 맘 편하게 살면 안 되겠니? 처음엔 네가 원하는 대로 묶어두었던 발을 풀었는데, 이젠 내 머리를 가지고 뭐라 그러고, 거기에 눈썹을 뽑고, 손톱을 칠하고, 나를 무슨 소녀처럼 생각하고 향수 물로 씻겨주고 말이야. 언제쯤이면 좀 편안하게 살 수 있는 거니?"

쿠에일란의 투정에 피오니는 그저 미소를 머금으며 이렇게 대답했다. "안주인님이 그렇게 하시면 주인님께서 기뻐하시잖아요. 그렇게 생각 안하세요?"

언젠가 피오니가 이렇게 대답했을 때, 쿠에일란은 야무지게 피오니를 쏘아보며 말했었다. "그저 주인님을 기쁘게 해드리기 위해서? 넌 내 생각은 전혀 안 하는구나."

피오니는 잠시 숨이 턱 막히는 걸 느꼈다. 하지만 이내 상냥하게 대답을 했다. "전 주인님을 기쁘게 해드리는 게 안주인님께도 가장 큰 기쁨이라고 생각해요. 만일 제 생각이 틀렸다면 정정해주세요, 마님."

피오니의 말은 쿠에일란을 곤경에 처하게 했다. 어떻게 남편에게 즐거움을 주는 걸 자신이 원치 않는다고 말할 수 있겠는가? 쿠에일란은 침묵을 지켰고, 그 이후로 피오니는 주의를 기울여 다시는 그녀 앞에서 데이빗의 이름을 입에 담지 않았다. 그녀는 한해 두해 세월을 보내며 보다 현명해졌고, 나날이 생각의 깊이를 더해갔다.

오전 시간의 절반쯤이 지날 무렵, 데이빗이 피곤해 보이지만 고양된 표정으로 귀가했을 때 온 집안은 그를 맞이할 준비를 끝내놓고 있었다. 아내는 옷을 잘 차려입은 예쁜 모습이었고, 아이들도 깨끗이 씻고 아버지를 기다리고 있었으며, 하인들은 주인님에 대한 존경심과 더불어 호기심 가득한 표정으로 데이빗을 맞이했다.

피오니가 문가에서 그를 맞았다. "궁정에서 어떤 일이 있었는지 여쭤보는 건 너무 과한 걸까요? 우린 모두 그것에 대해 알고 싶어 하거든요. 한 번만 말씀해주시면 족할 거예요."

"우선 뭘 좀 먹고 나서. 난 거의 쓰러질 지경이거든." 데이빗이 지친 표정으로 대답했다. "우린 자리에 앉을 수도 없었어. 무릎을 꿇고 인사를 해야 했는데, 무릎이 이만 저만 쑤시는 게 아니야."

그를 따라 방으로 간 피오니는 데이빗이 무거운 모자를 벗고, 두툼하게 자수가 놓아진 외투와 목이 긴 벨벳 장화를 벗어두는 대로 정리를 했다. 그런 다음 실크로 만든 편안한 여름용 외투와 목이 낮은 공단 신발을 대령했고, 이어 상을 들여오게 했다. 데이빗은 식사를 마친 뒤 한 시간 가량 잠을 잤고, 이제 식구들에게 궁정에서의 일을 얘기해줄 준비가 되어 있었다.

집 안의 넓은 홀에 피오니는 모든 식구들을 모이게 했다. 데이빗은 가장 상석에 앉아 그의 가족과 하인들을 둘러보았다. 화창한 날이었고, 안마당을 내리쬐는 여름햇살이 활짝 열린 출입문들을 통해 홀 안으로 스며들었다. 그는 이 정도를 지녔으면 남자로서 충분히 자부심을 가질 만하다고 생각했다. 그의 아내는 탁자 너머로 그와 마주하고 앉았다. 그녀는 옅은 초록색 공단 가운을 입었고, 양쪽 귀와 땋은 머리에는 비취 장신구를, 그리고 양 손과 손목엔 각각 금과 비취 보석의 장신구로 치장을 했다. 그녀는 데이빗이 쿵 첸의 집에서 처음 보았을 당시만큼 아름다웠다. 그녀 곁엔 그의 잘생긴 두 아들이 서있었다. 그들은 어른스럽게 기다란 실크 가운을 입고 있었고, 머리는 땋아 내려 붉은 실크 끈으로 마무리를 했다. 셋째 아들은 이제 막 걸음마를 뗐다. 유모는 넓은 실크 허리띠로 아이를 묶어 두었고, 아이가 비틀거리며 걷는 대로 그 뒤를 따랐다. 피오니는 출입문 가까이에 앉아 있었다. 다소곳하면서도 아름다운 모습이었다. 그리고 하인들도 청결한 모습으로 그의 말을 기다리고 있었다. 데이빗은 찻잔을 들어 한 모금을 마신 뒤 잔을 내려놓았고, 이내 말문을 열었다.

"황후 앞에 선다는 게 간단치 않은 일이라는 걸 모두들 잘 알고 있으리라 생각합니다. 난 알현을 허락받은 다른 사람들과 함께 대기실에서 두 시간이 넘게 기다렸지요. 대기실엔 앉을 의자도 없었고, 차를 대접 받지도 못했어요. 환관 한 명이 우리를 그곳으로 데려가 기다리라고 말했고, 수석 집사가 우리를 한 사람 한 사람 불렀지요. 수석 집사는 알현에 앞서서 잠시 뒤 우리가 처할 상황과 어떤 행동을 취해야 하는지에 대해 세세히 얘기해줬어요. 그가 말하기를, 동태후는 오늘 몸이 좋지 않아 서태후만이 우리를 알현한다고 했죠. 우리는 장막이 쳐져 있는 그 뒤의 황후를 바라보면 안 됐는데 ―"

이때 데이빗의 장남이 소리를 높였다. "아빠, 황후를 못 보셨어요?"

데이빗이 고개를 끄덕였다. "누구도 황후를 볼 수 없단다, 애야. 그녀는 황후이지만, 동시에 여자이고, 아름다운 미망인이거든." 이렇게 아들의 질문에 부드럽게 대답한 데이빗이 이내 말을 이었다. "아무튼 우리는 모두 함께 안으로 들어갔는데, 내겐 세 번째 자리가 주어졌지요."

"왜 세 번째예요, 아빠?" 그의 아들이 다시 물어왔다.

이에 데이빗은 편치 않은 심기를 드러냈고, 피오니는 자리에서 조용히 일어나 아이를 곁으로 데려와 품에 안았다. 데이빗이 말을 이었다. "내게 세 번째 자리가 주어진 건 내겐 공적인 지위가 없었기 때문이에요. 내 앞의 두 사람은 지위를 가지고 있었죠. 지위가 없는 사람 가운데선 내가 첫번째였어요. 그건 장인어른이신 쿵 첸이 우리 지방에서 특별한 위치에 있고, 우리 지방의 원님이 궁정에서 그의 이름을 거명했기 때문이에요."

이어 데이빗은 안으로 들어가 머리를 바닥에 조아렸고, 자신의 이름이 불릴 때까지 그렇게 있어야 했다고 말했다. 결국 자신의 차례가 되었을 때 그는 여전히 머리를 숙인 채 일어섰고, 알현실로 들어올 때 다시 전달받은 선물들을 예를 다해 황후에게 바쳤다. 그는 이 선물들은 유럽에서 온 것들이라고 설명을 드렸고, 왕실이 이미 지니고 있는 것들보다 훌륭한 물건들은 아니지만, 마음에 드셨으면 좋겠다고 황후께 말씀을 올렸다. 그리고 그는 에즈라 가문을 언급했고, 쿵의 집안과의 동업에 관해서도 얘기했으며, 이어 비록 그의 선조들이 외국 땅에서 건너왔음에도 이곳에서 평화롭게 살아갈 수 있도록 은전을 베풀어준 데 대해 감사의 말씀을 올렸다.

이 부분에서 데이빗은 말을 멈추고 조금은 뿌듯한 표정으로 일행들을 바라보았다. "내가 이렇게 말하자, 서태후께서 내게 말씀을 건네셨어요."

"무슨 말씀을요?" 쿠에일란이 물었다.

"황후께서 아내 역시 외국인이냐고 물으셨어요. 그래서 난 아니라고 대답했지요. 그러자 자식들이 있느냐고 물으셔서 그렇다고, 세 아들이 있다고 말했죠. 자 이제 내 말을 잘 들어요 — 그랬더니 황후께서 내 아들들을 한번 데리고 오라고 하셨어요. 한번 보고 싶으시다고. 자신은 한 번도 외국 혈통의 아이들을 본 적이 없다고 하시면서요!"

데이빗의 가족과 일행은 깜짝 놀라며 흥분을 감추지 못했고, 동시에 자부심도 느꼈다.

"날짜도 정해졌나요?" 아내가 흥분된 목소리로 물었다.

"내일 오후 네 시에 우리 모두 함께 가는 거요. 난 대기실에서 기다려야겠지만, 당신과 아이들, 그리고 유모들은 정원으로 가야 하오. 왕실의 여인들이 꽃을 따러 나온다고 하더군. 수석 집사가 일행을 그곳으로 데려다 줄 테고, 그가 있으라고 하는 동안만 있다가 다시 돌아오면 될 거요."

"피오니도 우리랑 함께 가야 해요." 쿠에일란이 지체 없이 말했다.

"아, 아니에요!" 피오니가 놀라며 손을 내저었다.

"물론 가야해." 데이빗이 권위 있게 말했다. "아이들 울음을 멈추게 할 수 있는 건 너 뿐이잖니."

그날 저녁, 쿠에일란은 정신이 딴 데 가있어 마작을 제대로 할 수가 없었다. 그녀를 침실로 모시기 위해 피오니가 찾아왔을 때 쿠에일란은 앵돌아져 있었다. 꽤 많은 돈을 잃었기 때문이었다.

"주인님께선 부자시고, 관대하시잖아요." 피오니가 그녀를 위로했다. "역성을 내시거나 하진 않을 거예요."

하지만 쿠에일란은 화를 풀지 않았고, 피오니가 침실을 떠날 때까지 심술이 나 있었다. 잠시 후 피오니는 안주인님이 잠자리에 들었다는 걸 알리기 위해 데이빗을 찾았다.

데이빗은 정원의 소나무 아래 놓인 대나무 의자에 앉아 깊은 생각에 잠겨 있었다. 그녀의 전언을 전해 듣고 데이빗은 머리를 끄덕이긴 했지만 자리에서 일어서진 않았다. 피오니는 뭔가를 곰곰이 생각하고 있는 그가 아마도 자신에게 말을 건네지나 않을까 여기며 기다렸다. 그래도 데이빗이 아무 말이 없자, 계속 그렇게 서있는 자신을 정당화하기 위해 마침내 입을 열었다.

"서태후의 목소리는 어땠어요?"

"강하고 기운찼지. 하지만 상냥함은 없었어."

이어 그는 마음속에 있는 말을 조심스레 꺼냈다. "피오니, 난 우리 민족에게 이곳 사람들이 보여준 관용을 이번에 궁정에 갔을 때만큼 확실하게 느꼈던 적이 없어. 내가 타국에서 살아가는 이방인이기에, 난 그저 감사의 인사를 했을 뿐인데, 황후께서는 내 아이들을 보고 싶다고 하셨어."

"황후께서도 여자의 호기심을 지니고 계신 거죠." 피오니가 미소를 지으며 말했다.

"하지만 전혀 혐오감을 보이지 않았지!" 데이빗이 목소리를 높였다.

"주인님의 민족이 여기서 전쟁을 일으킨 것도 아니고, 우리의 땅이나 재산을 빼앗아간 것도 아닌데 혐오감을 보일 이유가 어디 있겠어요? 주인님의 민족은 좋은 사람들이었어요. 주인님과 아버님 역시 마찬가지이고요."

데이빗이 서먹한 표정으로 피오니를 바라보았다. "하지만 다른 지역에서는 우리 민족의 선함이 인정을 못 받고 있잖아."

"그 다른 지역 사람들이 비이성적인 거예요." 피오니가 응수했다. "반면, 우리 중국인들은 엄마의 젖을 먹으면서부터 사리분별을 배우거든요."

이렇게 말하고 피오니는 자리를 떴다. 데이빗이 해준 얘기를 곰곰이 따져볼수록 피오니는 점점 더 확신이 서질 않았다. 데이빗이 황후에게 감사하는 마음을 가지게 된 것이나, 황후로 인해 그가 다시금 이곳에서 이방인이라는 사실을 느끼게 된 것이 잘된 일인지 아닌지 확신이 서질 않았던 것이다. 피오니는 한숨을 내쉬면서, 여행 중 처음으로 본가로 돌아갔으면 좋겠다는 생각을 했다.

다음 날은 생각을 할 시간도, 바람을 가져볼 틈도 없었다. 하루 내내 쿠에일란은 목욕을 하고 분을 바르고 이런저런 옷을 입어 보며 시간을 보냈고, 앞머리를 빈틈없이 이마 위로 넘겨야 했기 때문에 제대로 넘어가지 못하는 짧고 가느다란 머리카락은 다 뽑아내야 했다. 이 일을 고통을 주지 않고 해낼 수 있는 사람은 피오니 뿐이었다. 쿠에일란은 오른손 셋째 손가락의 기다란 손톱을 부러뜨려 크게 속상해하며 눈물까지 보였다.

"이걸 어떻게 감추지?" 그녀는 피오니를 다그치며, 자신의 자그마한 손을 들어보였다. 그녀의 손은 여전히 연꽃 봉오리 같았다.

"은으로 만든 덮개를 씌워드릴게요." 피오니가 대답했다. "아무도 알아채지 못할 거예요. 가만히 앉아서 그저 시중을 받기만 하세요. 괜히 다른 손톱까지 부러뜨리지 마시고요."

이제 쿠에일란을 괴롭히는 건 그녀의 발이었다. 신발을 신던 그녀는 몹시 못마땅한 표정이었다. 이전보다 훨씬 더 큰 신발이 필요했다. "이렇게 시골 여자 발처럼 커져서 어떡해. 너무 창피해." 그녀가 피오니를 원망하듯 말했다. "네가 말하는 걸 듣지 말았어야 했는데."

"주인님께서는 아주 흡족해하세요." 피오니는 데이빗을 언급하지 않기로 마음먹은 것을 깜빡했다.

"그저 처음 며칠 뿐이었지." 쿠에일란이 입을 삐쭉 내밀며 말했다. "요즘은 내 발을 쳐다보지도 않으셔. 내가 겪는 고통은 까맣게 잊고 있다고. 하지만 난 내 발을 매일 봐야하고, 아마 황후들 앞에서 망신을 당하게 될 거야. 황후들의 발은 분명 아주 작을 거라고!"

피오니는 순간 과거에 읽었던 책의 내용을 떠올렸다. "아뇨, 그렇지 않아요. 황후는 중국인이 아니라, 만주 분이세요. 그들은 발을 묶지 않기 때문에 아가씨 발보다 훨씬 클 거예요!" 쿠에일란은 피오니의 말을 전적으로 믿진 않았지만 어느 정도 위안을 얻었고, 결국 옷을 곱게 차려입고 아리따운 모습으로 움직임 없이 의자에 앉아있었다. 잘 정돈한 모습을 흐트러뜨리지 않기 위해서였다. 그 사이 피오니는 쿠에일란 앞에서 하녀들이 아이들의 옷을 입히는 걸 감독했다. 이 일도 간단치 만은 않았다. 장남이 입은 옷을 쿠에일란이 마음에 들어 하지 않았기 때문이다. 설상가상으로, 준비를 다 끝냈을 때 셋째 아들이 너무 흥분한 나머지 음식을 옷 위로 쏟아버렸고, 새 옷으로 다시 갈아입혀야만 했다.

"일이 벌써 다 끝나고 침대에 누워 있다면 좋겠어!" 마침내 자리에서 일어난 쿠에일란이 하소연 하듯 말했다. 그리곤 가마가 대기하고 있는 대문가로 향했다.

"마님, 훗날 지금 이 순간을 손자 손녀들에게 얘기해주시게 될 거예요." 피오니가 웃는 얼굴로 쿠에일란을 위로하며 말했다.

그렇게 일행은 길을 나섰다. 데이빗이 앞장을 섰고, 그 뒤로 그의 모든 가족들이 따랐다. 얼마 지나지 않아 거대한 정방형의 궁궐 담장에 다다랐다. 일행은 정문 앞에서 문지기들에게 뇌물을 주느라 잠시 지체를 했고, 이어 가마꾼들이 안으로 들어가는 게 허락되었다. 일행 모두가 들어간 뒤 다시 문이 닫혔고, 가마들이 바닥에 내려지자, 데이빗이 가장 먼저 내려 가족 모두가 가마에서 내리는 걸 지켜보았다. 어여쁜 아내와 건강한 아이들을 바라보며 그는 자긍심을 느꼈다. 그는 피오니에게 걱정스런 목소리로 당부했다.

"아이들 곁에 꼭 붙어있어, 피오니! 이리저리 뛰어다니게 해선 절대 안 돼. 애 엄마가 질문을 받으면 잘 대답할 수 있도록 도와주고."

"걱정 마세요." 피오니가 대답했다. 하지만 그녀 역시 걱정으로 가득했다.

이제 데이빗만 그곳에 남겨둔 채 환관 한 사람이 일행을 안쪽 출입문으로 데려갔고, 수석 집사가 그들을 맞았다. 그는 큰 키에 강인한 사내였는데, 궁궐 안의 황제를 제외한 모든 남자들이 그렇듯 그 역시 환관이었다. 피오니는 그를 보자마자 그의 모습에 거부감을 느꼈다. 준수한 외모의 그는 넉넉하고 부드러운 얼굴에 높고 결이 고운 목소리를 지니고 있었다. 하지만 쌀쌀맞은 편이었다. 그런데 그의 눈빛은 환관의 그것이 아니었다. 그는 즉각적으로 피오니에게 시선을 고정했다. 감탄어린 눈빛이었지만 너무나 무례한 것이어서 피오니는 시선을 피했다. 하지만 이런 의지와는 달리 그녀는 자신의 얼굴이 붉어지는 게 느껴져서 당황스러웠다. 만일 그가 내 얼굴이 붉어진 걸 보고, 내가 자기를 의식한다고 생각하면 어쩌지? 그녀는 아이들 손을 꼭 쥔 채 안주인의 곁에 바짝 붙어 수석 집사의 뒤쪽을 지나 정원으로 향했다. 문가에 멈춰선 그는 여전히 무례한 시선을 피오니에게 던진 채 높고 냉랭한 목소리로 일행에게 분부를 내렸다.

"황후께서는 지금 수련을 살펴보고 계시오." 그가 운을 뗐다. "안으로 들어서면 커다란 소나무 한 그루가 있는데 그 아래에 서 계시오. 황후 일행이 지나가시면 반드시 머리를 숙여야 하오. 황후의 자녀분들 앞에서도 반드시 머리를 조아리고 있어야 하오. 그리고 질문을 받기 전까지는 절대 입을 열지 마시오. 황후 일행께서 아무 말씀 없이 지나가시면 내가 다시 당신들을 데리고 돌아올 것이오. 질문이 던져지면 내가 다시 반복을 할 것이고, 당신들은 내게 대답을 하면 되오. 그러면 내가 황후께 그 대답을 전해드릴 것이오."

이제 그는 일행을 안으로 이끌었고, 피오니 일행은 커다란 소나무 아래에서 함께 기다렸다. 멀리 햇살에 비친 꽃들 사이로 황후의 모습이 어렴풋이 눈에 들어왔다. 그리고 다양한 색상의 아름다운 옷을 입은 여러 명의 여인들이 황후의 뒤를 따랐다. 근사한 광경이었고, 피오니는 마음 편하게 그 광경을 즐기고 싶었다. 하지만 수석 집사 때문에 그럴 수가 없었다. 이제 그는 피오니의 바로 뒤에 자리를 잡고 서있었다. 너무 가까이 다가서 있었기 때문에 그의 뜨거운 숨결이 목덜미 부근에서 느껴졌다. 피오니는 목덜미에 닿는 뜨거운 기운이, 그가 지금 자신의 머리와 목과 어깨를 바라보고 있음을 의미한다는 걸 알았다. 앞으로 걸음을 옮기자, 그도 앞으로 한걸음 나섰다. 갑자기 피오니는 현기증을 느꼈다. 햇살에 반짝이던 눈앞의 광경은 안개에 싸인 것처럼 희미해졌고, 선명하던 빛깔들은 흐릿해졌다. 조금 더 앞으로 나아가면 안주인으로부터 지나치게 벗어나는 꼴이 되었지만, 그녀의 뒤에 서있는 이 사내의 압박을 견뎌내기가 힘들었다. 그렇게 머뭇거리는 사이 그가 좀 더 가까이 밀착해오는 게 느껴졌다. 그러면서 사내는 낮은 목소리로 핑계 삼아 다음과 같이 말했다. "키가 큰 분이 서태후이고, 만일 말씀이 있으시다면 저분께서 할 것이오. 동태후께선 절대 먼저 말씀하시는 법이 없기 때문이오."

그렇게 말하며 그는 피오니의 머리 위로 전방을 주시했고, 피오니는 그의 몸이 자신에게 불쾌하게 와 닿는 걸 느꼈다. 이제 더 이상 참을 수 없는 단계에 이른 피오니가 옆으로 몸을 피했고, 셋째 아들의 유모를 대신 그 자리에 세웠다. 그 사이 피오니는 고개를 들지 않았고, 환관은 피오니를 나무랐다. "제 자리를 지키시오. 황후께서 가까이 오셨소!"

"움직이지 마, 피오니!" 쿠에일란이 목소리를 높이며 속삭였다.

피오니로선 그저 멈춰 설 수밖에 없었다. 다시금 얼굴이 붉어졌고, 모든 즐거움이 날아가 버렸다. 거의 아무 소리도 들리지 않았고, 눈물이 차오르는 걸 막을 수 없었다.

서태후가 발걸음을 멈추자, 동태후도 따라 멈추었고, 이어 모든 여인들이 걸음을 멈췄다.

"이들은 누구인가?" 서태후가 수석 집사에게 말을 걸었다.

그는 황후에게 대답을 했고, 서태후는 피오니 일행을 바라보았다. 피오니는 규정대로 눈을 들지 않았지만, 황후의 두 손까지는 볼 수 있었다. 한 손엔 비취 부채를 들고 있었고, 다른 손은 아무 것도 쥐지 않은 채 아래로 내려뜨린 모습이었다. 여자의 손치고는 강인해 보이는 손이었다. 작지는 않았지만 형태는 아름다웠다. 각각의 손가락에는 보석이 박힌 금으로 만든 손톱 보호대가 끼워져 있었다. 기다란 가운 아래로는 자수가 놓아진 신발이 보였고, 15센티미터 두께나 되는 공단 재질의 두꺼운 신발 밑창이 황후의 위엄을 더해주고 있었다.

동태후는 아무 말이 없었지만, 서태후는 아이들을 한참 동안 지긋이 바라보았다. "아이들 모습이 이국적이야." 황후가 왕실 여인들에게 말했다. "검은 머리칼이지만 직모가 아니야. 눈은 둥글고, 코도 높아. 아이들이 아주 잘생기고 건강해 보여. 우리 아들도 저렇게 건강해보이면 좋을 텐데."

황후는 한숨을 내쉰 뒤, 일행 모두에게 달콤한 간식을 대접하라고 분부를 내렸다. 한편 피오니는 그 사이 아기들이 울지 않은 것에 대해 하늘에 감사했다. 그때 서태후가 또 다른 질문을 던지는 것을 들을 수 있었다. "이 예쁘게 생긴 아이는 누구인가?" 피오니는 그게 자신을 가리킨다는 걸 알았고, 좀 더 아래로 머리를 숙였다.

"저희 집의 하녀입니다." 쿠에이란이 수석 집사에게 말하자 그가 목청껏 말했다. "하녀랍니다, 여왕 폐하!"

"하녀치고는 너무 예쁘게 생겼구나." 서태후가 냉담하게 말했다.

그게 전부였다. 서태후가 다시 걸음을 옮겼고, 그에 따라 동태후와 다른 궁정 여인들도 뒤를 따랐다. 얼마 뒤 수석 집사가 다시금 피오니 일행을 정원 밖으로 데리고 나왔다. 이제 무척이나 상냥해진 수석 집사는 아이들에게 간식을 듬뿍 안겨주었고, 가슴께에 손을 넣어 돈을 꺼냈다.

"자, 자네에게 주는 것이니 받게나." 그가 피오니에게 돈을 건네며 말했다. "황후께서는 다른 여인에게 눈길을 주는 법이 없으시지. 자네에게 말을 걸었다는 건 아주 특별한 일일세. 내가 얘기를 하면 자넨 궁궐에 들어와 살 수도 있네. 평생 아무 걱정 없이 지낼 수 있지."

그렇게 말하면서 그는 커다란 손바닥에 돈을 올려놓고 피오니 쪽으로 내밀었다. 하지만 피오니는 돈을 받지 않았다. 부랴부랴 아이들을 챙기며 머리를 가로저었지만 말은 한 마디도 할 수 없었다. 데이빗을 만나게 되자 그렇게 반가울 수가 없었다. 데이빗은 앞으로 걸어 나와 일행을 맞이했고, 피오니는 분주히 움직이며 그의 질문에 대답을 했다.

"예, 아이들은 말을 잘 들었고, 안주인님은 더할 나위 없이 아름다우셨어요. 황후께서 아이들이 건강해 보인다고 말씀하셨죠."

피오니는 어서 자신의 가마에 올라타 커튼 뒤에 숨을 생각 밖에 없었다. 수석 집사가 계속해서 그녀를 응시하며 서있었기 때문이다. 커튼이 내려지고, 가마가 사내들의 어깨에 들려지자, 피오니는 손수건을 꺼내 서럽게 울어대기 시작했다. 궁궐에 머무는 동안 피오니는 커다란 공포에 떨어야 했고, 이제야 안전해졌다는 느낌이 들었기 때문이다. 그녀는 고향 집으로 돌아가기 전까지 절대 지금 지내고 있는 집밖으로 나가지 않으리라 마음먹었다. 왕궁의 수석 집사 정도 되는 힘을 가진 자라면 거리 어디에서든 피오니를 낚아채는 건 어려운 일이 아닐 터였다. 그녀는 데이빗에게 가급적 빨리 집으로 돌아가자고 설득할 작정이었다. 하지만 데이빗에게 어떻게 얘기를 해야 할까?

집으로 돌아오는 내내 피오니는 울음을 그치지 않았다. 결국 집 앞 골목길에 다다라서야 겨우 눈물이 잦아들었다. 집에 도착해서도 피오니는 다시금 분주히 몸을 움직여야 했고, 최대한 얼굴을 다른 사람들에게 내비치지 않았다. 무엇보다도 걱정했던 데이빗의 눈에 띄지 않아 다행이었다. 쿠에일란이 짜증을 내고, 아이들이 울어대자 데이빗이 자신의 방으로 들어가 버렸던 것이다. 데이빗은 아이들이 말썽을 피우면 늘 그렇게 자리를 피했다. 그렇게 하루가 지났고, 모두들 휴식을 취할 무렵 피오니도 잠자리에 들었다. 데이빗이 자리를 피한 이후로 피오니는 그를 만나보지 못했다. 그녀는 다시 울음을 터뜨렸고, 데이빗에게 얘기를 해야 할지 말아야 할지 스스로에게 물었다. 하지만 두려움과 흥분된 감정에 못 이겨 자신의 질문에 채 대답을 하기도 전에 잠 속으로 빠져들었다.

다음 날 아침 데이빗은 피오니를 만나기도 전에 그녀가 곤경에 처했음을 알 수 있었다. 그는 아침식사를 마치고 시내 남쪽 끝자락에 있는 가게에 나가보려 하던 참이었다. 그곳에서 요사이 융단에 새로운 문양을 직조하고 있다는 얘기를 들었기 때문이었다. 바로 그때 전령 한 사람이 집에 도착했다. 전령은 노란색 옷차림을 하고 있었는데, 그건 그가 궁궐에서 왔다는 걸 의미했다. 그는 무척이나 도도했고, 커다란 목소리와 으스대는 태도로 문지기와 하인들을 놀라게 했다. 그는 편지를 꺼내 들고는 다음과 같이 외쳤다. "현재 후퉁 지역에 살고 있는, 카이펑 시에서 온 차오라는 성씨를 가진 외국인에게 전하라는 편지요."

차오는 에즈라 집안의 중국 성씨였고, 편지는 데이빗에게 보내진 것이었다. 문지기는 편지를 받아들고는, 왕궁의 전령에게 잠시 앉아계시라고 청한 뒤 부리나케 달려가 수석 하인에게 전했다. 한편 데이빗은 자신의 방에서 나오다가 편지를 들고 오는 수석 하인을 만났다.

"주인님! 궁궐에서······." 하인이 숨 가쁘게 말했다.

데이빗이 몹시 궁금해 하며 편지를 열었다. 내용을 읽어나가는 그의 표정이 점차 변해갔다. 처음에는 놀라는 기색이었다가 이윽고 엄한 표정으로 바뀌었다.

"전령이 아직 기다리고 있느냐?" 그가 물었다.

"예, 문 앞에 있습니다." 하인이 대답했다.

"수고비를 후하게 치러주고, 제안을 곰곰이 생각해본 뒤 답장을 보내겠노라고 전하거라."

하인은 데이빗이 시키는 대로 했고, 이어 집안에는 데이빗이 왕궁 내 높은 직위를 제의 받았다는 소문이 삽시간에 퍼져나갔다. 이 소문은 피오니의 귀에까지 이르렀고, 피오니는 곧바로 두려움에 젖어들었다. 만일 데이빗이 정말 왕궁 가까이에서 지내게 된다면 앞으로도 지금처럼 그와 함께 살아갈 수 있는 걸까? 아마도 그 사악한 환관으로부터 결코 안전하지 못할 것이다. 그녀의 삶이 산산조각 나고 있었다. 피오니는 너무 현기증이 심해 백합꽃을 병에 꽂는 일조차 할 수 없을 지경이었다. 이제 그녀는 데이빗을 찾아가 자신에게 일어났던 일을 다 말해야만 했다.

하지만 그에 앞서 데이빗이 먼저 사람을 보내왔다. 그녀를 부르기 위해 누군가를 보내는 건 예사롭지 않은 일이었다. 그녀에게 뭔가 할 얘기가 있으면 데이빗은 집안 이곳저곳을 돌며 피오니를 직접 찾았기 때문이다. 그랬기 때문에 피오니는 데이빗이 뭔가 사적으로 하고 싶은 얘기가 있다는 걸 감지할 수 있었다. 하인이 찾아왔을 때 머리를 갸우뚱했던 피오니는 꽃을 물에 담가두고, 곧바로 데이빗에게 향했다.

그의 거처를 찾았을 때 데이빗은 거실 한가운데에서 선 채로 기다리고 있었다. 손에는 커다란 노란 봉투를 쥐고 있었다. 그는 피오니가 온 것을 보곤 편지를 그녀에게 내밀었다. "이게 뭘 뜻하는 거지?"

피오니는 편지를 받아들어 읽어 내려갔다. 편지엔 궁정 하녀로 피오니를 사고 싶다는 수석 집사의 제안이 담겨있었다. 거만한 말투로 씌어진 편지는 거의 명령에 가까웠다. 피오니는 편지를 접어 봉투에 다시 우겨넣은 뒤 당황스런 표정으로 데이빗을 바라보았다. 눈물이 다시금 두 눈 가득 차올랐다.

데이빗이 자리에 앉았다. "너도 앉아, 피오니."

피오니는 고개를 숙이며 소매 끝으로 눈물을 닦았다.

"이런 편지가 온 이유를 알고 있는 거야?" 그가 상냥하게 물었다.

피오니는 데이빗이 자신이 이 제안의 배경을 알고 있다고 생각하는 것 같아 낙담하지 않을 수 없었다. 그녀는 머리를 저을 뿐 아무 말도 못 하고 흐느낄 뿐이었다.

"자, 피오니." 마침내 데이빗이 성을 내며 말했다. "내 집을 떠나고 싶다면 용기를 내서 말해봐!"

데이빗의 분노는 즉시 피오니의 눈물을 마르게 했다. "제게 그런 용기 따위는 없어요!" 그녀가 응수했다.

"그래, 그래야 너답지. 이제 모든 걸 얘기해봐."

그렇게 해서 피오니는 어제 있었던 일을 얘기할 수 있었다. 데이빗은 이야기를 들을수록 점점 더 성을 냈고, 동요의 빛마저 띠었다.

"참으로 난처한 처지로구나!" 그가 소리를 높였다. "더 이상 이곳에 머물 수가 없겠어. 안 그랬다간 그 수석 집사가 우리의 삶을 망가뜨려 놓을 지도 몰라."

"모든 게 다 저 때문이에요." 피오니가 크게 고통스러워하며 말했다. "절 그냥 손에서 놓으세요."

"궁궐에 널 팔라고?" 데이빗이 소리쳤다. 그의 목소리가 너무도 뜨거웠기에 피오니는 마음을 다잡았다.

"도망을 치겠어요." 피오니가 용기를 내어 말했다.

"도망을 친다고!" 그가 피오니가 한 말을 되풀이했다. "그럼 나는 어떻게 되는 건데? 내가 나를 용서할 수 있을 것 같아?"

"도망을 쳐도, 나중에 다시 주인님께 돌아올 수 있을 거예요." 피오니가 더듬거리며 말했다.

두 사람은 서로를 바라보았다. 그리고 오랫동안 서로를 묘한 분위기로 응시했다. 피오니는 겁에 질린 채 몸을 살짝 떨고 있었고, 데이빗 역시 두려움에 휩싸여 있었는데, 피오니의 얼굴을 보고 영향을 받았기 때문만이 아니라 자신의 마음속에서도 두려움이 솟아났기 때문이다. 피오니를 떠나보낼 수는 없었다. 그는 수석 집사가 피오니를 그토록 주의 깊게 지켜 본 것을 시샘했다. 그리고 자기 자신을 책망했다.

"내가 너를 어떻게 집 밖으로 내보낼 수 있겠니?" 그가 중얼거렸다.

피오니는 고개를 떨군 채 아무 대답도 하지 않았다. 데이빗은 양쪽 뺨 위로 곧게 뻗어 내린 피오니의 긴 속눈썹을 바라보다 불쑥 몸을 일으켰다.

"짐을 다 싸도록 해." 그가 명령을 내렸다. "오늘 밤 집으로 돌아간다."

피오니는 천천히 일어섰고, 눈을 들어 그의 얼굴을 바라보았다.

"데이빗." 그녀가 속삭였다. 주인님의 이름을 불렀다는 걸 의식하지 못한 채. "내 생각 해주지 않으셔도 돼요!"

"네 생각을 해주는 게 아냐." 그가 짧게 말했다. "내 말을 따라, 피오니! 이건 명령이야."

"그래요, 따를게요, 데이빗." 그녀의 목소리는 그녀의 숨소리만큼이나 부드러웠다.

그날 밤 자정을 갓 넘긴 시간, 데이빗과 그의 가족은 노새가 끄는 손수레를 타고 북경을 떠났다. 쿵 첸의 북경 시내 상점들을 총괄 감독하는 친구에겐 이렇게 떠나야만 하는 이유를 사실대로 설명해주었다. "그 여인은 내 아내에겐 자매와 같지. 단순한 하녀가 아니라네. 그래서 그 제안을 도저히 받아들일 수가 없어."

"그 수석 집사란 작자는 아주 악질이지." 그 친구 상인이 동의했다. "북경의 수많은 가족들이 그 자의 손을 거쳐 딸들을 잃고 큰 고통을 겪었지! 잘 떠나는 걸세."

데이빗은 아내에게도 간단하게나마 사실대로 말했다. 쿠에일란은 조금 놀란 기색을 보이긴 했지만 크게 두려워하지는 않았다. "어쩌면 피오니에게는 궁궐에서 지내는 게 좋을지도 몰라요." 그녀가 말했다. "우리한테는 궁궐에 아는 사람이 한 명 있게 되는 거고, 피오니는 무척 영리하잖아요? 누가 알아요, 황후의 시녀가 될지 말이에요!"

데이빗은 이런 아내의 말에 귀를 기울이지 않았다. "피오니는 우리 집에서 늘 지내왔어. 그 애를 노예처럼 다른 곳에 팔 순 없어." 쿠에일란은 의심스런 눈초리로 그를 바라보았지만, 데이빗은 아내의 시선을 외면했다. "자, 어서 서둘러, 여보! 준비가 되든 안 되든 오늘 밤 우린 떠난다구."

일행은 아주 조용하게 짐을 꾸려 길을 나섰다. 도시 성문은 잠겨 있었지만, 데이빗이 뇌물을 후하게 건네자, 이내 거대한 자물쇠가 열렸다. 성문을 통과하고 꾸준히 달린 결과, 동이 틀 무렵 일행은 운하에 닿을 수 있었다.

12

집으로 향하는 도중에 데이빗은 누구와도 거의 대화를 나누지 않았다. 북경으로 올 때에 시골지역을 거치며 누렸던 즐거움을 이제는 거의 느낄 수 없었다. 시골은 더없이 아름다웠고, 나무와 들판은 가장 원숙함을 자랑하는 시점이었기에 어쩌면 그때보다 더욱 아름답다고도 할 수 있었다. 밀은 수확이 이뤄진 뒤였고, 북쪽 지역의 사탕수수는 높게 자라나 있었다. 이즈음은 강도들이 들끓는 시기였는데, 높게 자란 옥수수 밭에 몸을 숨기기가 용이했기 때문이다. 그렇기에 일행이 운하에 도착하기 전까지는 데이빗의 마음이 편치 않았다. 하지만 그들에겐 행운이 따랐다. 노상강도 얘기를 수차례 들은 바 있었지만 일행이 지나는 동안엔 그들의 모습을 찾아볼 수 없었다.

이렇게 된 까닭은, 어느 멍청한 도적들이 지방 군수가 북경으로 여행 중이라는 걸 모른 채 그를 그저 평범한 부자라고만 여기고 강탈을 시도했었기 때문이었다. 군수의 호위병들이 곧바로 도적들에 맞서 나서자, 이들은 잠시 저항을 했지만 결국 혼비백산하며 자신들의 소굴로 퇴각했다. 사실 군수나 고위관료들을 대상으로 한 범죄는 삼가는 게 불문율

이었다. 그래서 산적들의 왕초격인 자가 재빨리 나서 군수에게 공물을 바쳤고, 존엄하신 분께 심려를 끼쳐드린 점에 대해 몸소 사죄를 했다. 그리고 그 일을 저지른 자들의 목을 베 군수가 원하는 날짜에 받을 수 있도록 보내주겠노라고 약속을 했다. 왕초의 사죄를 받아들인 군수는 그 자들을 용서한다고 답신을 보냈다. 그 대신 이에 대한 징계로써 한 달 동안 북경에서 강에 이르는 도로변 어디에서도 절대 도적질을 하지 못 하도록 했다. 데이빗 일행은 운 좋게도 이 시기에 강까지 여행을 한 것이고, 그곳에서 배를 잡아타고 고향집으로 향할 수 있었다. 물론 강에는 해적들이 있었지만, 데이빗은 뱃사공들에게 이전에 썼던 그 깃발을 사용하게 했다. 그 깃발에는 궁정의 이름이 씌어져 있었고, 그 깃발 아래서 데이빗 일행은 안전할 수 있었다.

여행은 천천히 이루어졌다. 한여름이라 바람이 잔잔했고, 강의 조류와 반대 방향으로 운항했기 때문이다. 데이빗은 혼자 생각할 시간을 많이 가질 수 있었다. 그는 갑판에 홀로 앉아 배의 양편으로 천천히 지나가는 시골 풍경을 지그시 바라보며 시간을 보내곤 했다. 태양빛이 뜨거웠기 때문에 뱃사공들은 넓은 차양을 쳐 그늘을 만들어주었고, 데이빗은 그 아래에 쿠션을 깔고 앉았다. 몸은 편안했지만, 마음은 많이 혼란스러웠다. 이러한 마음의 동요는 오히려 데이빗으로 하여금 아이들과 아내에게 보다 더 상냥하게 대하게끔 만들었다. 평소보다 조금 더 주의를 기울이며 아이들의 말에 귀를 기울였고, 쿠에일란의 변덕스런 태도에도 다정하게 대해주었다. 지난 세월 아내와 살면서 데이빗은 그녀의 변덕에 점차 인내심을 잃어갔지만, 지금은 최대한 자제를 하며 그녀가 하는 말이 어리석기 그지없어도 다정하게 받아주었다. 아들들이 던지는 수많은 질문들에는 끝없이 설명을 해주었고, 가끔식은 물에 빠지지 않도록 막내아들의 허리에 직접 띠를 매어주기까지 했다. 이 모든 행동들은 평소 데이빗의 모습이 아니었다.

데이빗을 줄곧 지켜보던 피오니는 그의 이 새로운 다정함이 자신에겐 해당되지 않는다는 사실을 깨닫고 침울해했다. 데이빗은 피오니를 피하고 있었다. 어쩔 수 없이 가까이에서 지낼 수밖에 없는 이 선상 생활을 하면서 피오니는 그 점을 깨달을 수 있었다. 데이빗은 가능하면 피오니와 단둘이 있는 상황을 만들지 않으려 노력했다. 일을 다 마치고 밤시간에 갑판에 나와도 데이빗의 모습은 절대 볼 수가 없었다. 아무리 달빛이 강물 위를 아름답게 수놓는 날이라 해도 마찬가지였다. 하루하루 날이 지나도 데이빗은 절대 피오니를 따로 불러 말을 하는 일이 없었고, 아이들 그리고 아내와 관련한 지시사항이 있을 때 외에는 대화 자체를 거의 하지 않았다. 처음에 피오니는 크게 마음의 상처를 받았지만, 이러한 변화의 이유가 더 머물고 싶은 상황에서 북경을 떠나게 된 것 때문이라는 생각을 하게 되었다. 피오니는 한숨을 내쉬며 이런 점에선 데이빗도 다른 남자들과 다를 바 없다고 생각했다. 자신을 희생하게끔 만든 상대를 달갑게 여기지 않는 것이었다. 그녀는 자기 자신을 위해 데이빗으로 하여금 뭔가를 포기하게 만들었다는 사실을 두고 스스로를 책망하기 시작했다. 그리고 동시에, 절망적인 심정과 함께 자존심도 꿈틀꿈틀 살아났다. 피오니는 만일 이 변화가 계속 지속된다면, 자신은 그저 묵묵히 지낼 것이고, 어쩌면 집을 떠날 수도 있으리라 생각했다. 하지만 어디로 간단 말인가? 그녀는 이 질문에 답을 하지 못했다. 난 그저 쥐나 귀뚜라미처럼 집 안에서 조용히 숨어 지내야 해…… 라고 피오니는 스스로에게 말했다.

데이빗은 피오니의 침묵을, 그리고 그녀가 자존심이 상해 있음을 눈치 챘지만, 조금도 알아챈 기색을 내비치지 않았다. 한여름을 관통하며 하루하루가 지나갔고, 일행은 서서히 집과 가까워졌다. 데이빗은 심부름꾼들을 아버지께 미리 보내 바람이 이대로만 불어준다면 일주일 내에 집에 도착할 수 있을 거라고 전했다. 하지만 바람이 없거나, 여름 폭풍을 만나기라도 한다면 최대한 일주일 정도 더 걸려 도착할 것이라는 얘기도 덧붙였다. 데이빗은 모든 강가 선박들이 피난처를 찾는 늦여름 폭풍우를 만나기 전에 집에 도착하기를 간절히 소망했다.

그 후로 며칠간 바람이 계속해서 불어주었고, 나머지 기간은 예인선에 이끌려 고향집으로 향했다. 열흘 째 되는 날 일행은 평원 너머로 도시 성벽을 볼 수 있었다. 익숙하기 그지없는 강기슭이 눈에 들어오자 모두들 뛸 듯이 기뻐했다. 강둑엔 에즈라가 마중을 나와 있었고, 쿵 첸과 그의 아들들의 모습도 보였다. 그 뒤로는 노새 마차와 가마, 운반 수레들이 줄지어 대기하고 있었다.

"내 아들!" 에즈라가 기쁨에 겨워하며 소리를 높였다. 그리곤 데이빗을 품에 안고 자신의 뺨을 키가 큰 아들의 어깨에 갖다 댔다. "난 네가 반년쯤 뒤에나 돌아올 줄 알았다. 그러니 어찌 반갑지 않겠느냐!"

쿵 첸은 데이빗과 악수를 하며 고개를 끄덕였고, 딸과 손자들을 반겼으며, 피오니에게도 환영의 눈길을 건넸다. 이어 모두들 마차와 가마에 오른 뒤 집으로 향했다. 시에서는 성문과 에즈라 저택의 대문가를 밝힐 수 있도록 폭죽을 준비케 했다. 왕 씨 노인과 왕 마가 여러 개의 폭죽을 손에 쥐고 밤하늘을 환하게 밝혔다. 그렇게 요란스런 폭죽 소리와 함께 가족은 재회의 기쁨을 누렸다.

이 저택 안에서 다시금 안전을 얻을 수 있게 된 피오니는 더할 나위 없이 기쁜 마음이었다. "모든 게 똑같아요." 피오니가 안마당으로 걸음을 옮기며 왕 마에게 나지막이 말했다.

"그 사이 작은 죽음이 하나 있었단다." 왕 마가 말했다. "그것 말고는 아무 문제가 없었지."

피오니는 작은 개의 목소리를 그리워했지만, 어디선가 자고 있으려니 생각했을 따름이었다. 나이도 든 데다 워낙 게으른 녀석이었기 때문이다.

"설마 작은 개가!" 피오니가 목소리를 높였다.

왕 마가 고개를 끄덕였다. "녀석은 네가 떠난 이후로 우울해하면서 아무 것도 먹으려 들지 않았어. 이빨을 덜 써도 되게 고기를 잘게 찢어서 주기도 하고, 신선한 돼지 간을 사다주기도 했지만 아무 것도 먹지 못하더구나."

"데려갔더라면 좋았을 걸 그랬어요." 피오니가 구슬프게 말했다.

"그랬으면 집을 또 그리워했을 거야." 왕 마가 대답했다. "이래저래 그 녀석은 죽을 운명이었던 거야."

피오니는 더 이상 아무 말도 하지 않았지만 작은 개가 무척이나 보고 싶었다. 안주인과 아이들이 방에 들어가는 걸 보고 난 뒤 자신의 작은 안뜰로 돌아온 피오니는 주변의 정적이 너무나 무겁게 느껴졌다. 모든 이들로부터 떨어져 혼자라는 느낌을 받은 피오니는 마루에 앉아 조용히 흐느꼈다. 작은 개의 방석이 여전히 탁자 아래에 놓여있었다. 피오니는 슬픈 표정으로 텅빈 방석을 바라보며 또 다른 강아지 한 마리를 구해볼까 하는 생각을 해보았다. 개는 사방에 흔했고, 손쉽게 한 마리를 새로 데려올 수도 있었다. 아무도 강아지쯤은 살아있든 죽든 신경 쓰지 않았다. 하지만 왠지 그녀는 자신이 알고 지냈고, 지금은 떠나보낸 그 작은 개 말고 다른 개는 원치 않았다. 피오니는 자신의 일편단심을 못마땅해 했다.

"난 바보야." 피오니는 크게 소리를 내어 중얼거렸다. "내 사랑은 언제나 너무 편협해." 피오니는 처음엔 작은 개를 생각하고 있었지만, 더 나아가 데이빗에게 매달리는 마음도 이 편협함에서 비롯된 것이라 생각하며 스스로를 자책했다. 다른 여자 같았으면 그를 일찍감치 포기하고, 다른 남자를 만나 아이들을 낳고 행복하게 살았으리라. 비록 사랑하는 남자와의 결합이 아닐지라도 말이다. 하지만 아무리 자신을 책망해도 고집스런 그녀의 사랑법을 결코 바꿀 순 없었다. 난 지금의 내 모습을 안고 살아가야 해…… 라고 그녀는 슬픔에 잠긴 채 생각했다. 그렇게 잠시 흐느끼고 난 뒤 피오니는 세수를 하고, 머리를 빗었고, 옷을 갈아입었다. 그리곤 주어진 일을 하기 위해 안주인과 아이들에게로 갔다.

데이빗은 그날 밤 늦게까지 아버지와 자리를 함께 했다. 첫날 밤은 그렇게 부자가 단둘이 저녁식사를 했고, 쿵 첸과는 다음 날 함께 저녁을 하기로 약속했다. 아버지와 아들은 서로에게 각기 새로운 소식을 전해 주었다. 에즈라는 건강이 괜찮다고 말했지만, 조금 야위어 보였다. 오랜만에 아버지를 대하게 된 데이빗은 자신의 아버지가 이제 노인이 되어가고 있다는 걸 느낄 수 있었다. 얼굴엔 주름살이 늘었고, 왼쪽 눈꺼풀이 왠지 오른쪽에 비해 아래로 처져있었다. 그는 몸의 왼편이 좀 뻣뻣해서 걸을 때 발을 좀 끌어야 한다며 푸념을 했다. 그럼에도 불구하고, 그의 눈은 여전히 당당하고 빛이 났다. 또한 목소리도 이전과 다름없이 우렁찼다.

"뻣뻣한 게 천천히 시작됐어요, 아님 빠르게 진행됐어요?" 데이빗이 걱정스레 물었다.

"두 달 전쯤인가? 아침에 일어났을 때였지." 에즈라가 대답했다. "며칠 동안 혀가 뻑뻑한 거야. 그 때문에 말을 명확하게 할 수 없었지. 그래서 왕 마가 의사를 불러왔고, 약초를 다린 물을 마시고 나니까 좀 나아졌단다."

"아버지, 이제부턴 제가 일을 좀 더 도와드리도록 할게요." 데이빗이 말했다.

이에 에즈라가 대답했다. "그건 내가 이미 준비해 두었단다. 네가 떠나 있는 사이 널 사업의 대표자로 만들어 놓았다. 이제부터 사업상 가부간의 결정을 하는 건 네 몫이다. 계획을 세우는 것도 모두 네가 할 일이고. 쿵 첸도 나와 똑같이 장남에게 모든 걸 승계했단다. 너희 두 사람은 이제 협력자가 된 거다. 우리 두 노인들은 이제 집에 머물면서 가끔씩 조언이나 해줄 참이다."

데이빗은 마음이 뭉클해지면서 자부심도 느껴졌지만 마음 한구석에선 연민의 감정도 전혀 없지 않았다. 이것은 아버지 삶의 끝을 알리는 신호였다. 그의 전성기가 시작됨에 따라 그의 아버지는 쇠퇴할 수밖에 없었다. 불가피한 세대의 변화였고, 누구도 그 진행을 막을 수는 없었다. 하지만 그는 스스로에게 다짐했다. 지금부터 아버지가 돌아가시는 그날까지 언제나 다정하게 대해 드리고, 모든 것을 아버지의 뜻에 따르겠다고.

"난 네 엄마가 그립단다." 에즈라가 갑자기 입을 열었다.

그는 젖은 눈으로 데이빗을 바라보았고, 이내 주먹으로 눈물을 훔쳐냈다. 늦은 시간이었고, 집 안은 고요했다. 어두운 안뜰을 향해 열려있는 문 사이로 여름 밤바람이 흘러들어와 촛불을 흔들었다.

"우리 모두 어머니를 그리워해요." 데이빗이 조용히 말했다. "어머니가 돌아가신 뒤로 집은 예전 같지 않아요. 우리 모두가 그렇게 느끼고 있어요."

에즈라는 아들의 말에 전혀 귀를 기울이지 않는 것처럼 보였다. 그는 몸을 뒤로 젖히고 두 손으로 의자의 팔걸이를 움켜쥐었다. "난 네 엄마와 함께 했던 삶을 되돌아보곤 한단다." 그가 말을 이었다. "결코 쉬운 결혼 생활이 아니었지. 네 엄마는 완고한 여자였다. 내가 적응을 하기까지 시간이 좀 걸렸지. 네 엄마한테는 절대 같은 방식으로 두 번 이상 상대할 수가 없었다. 아주 변화가 잦은 여자였지. 그래서 네 엄마가 화를 낼 때면 어떤 때는 나 역시 화를 내면서 받았고, 어떤 때는 사랑으로 대하고, 어떤 때는 웃으면서 상대를 하기도 했단다. 그때그때 적당한 무기를 선택해야 했지. 네 엄마가 바뀌면 나도 새로운 방식으로 대응을 해야 했단다. 하지만 그 모든 변화의 근본에는 늘 한결 같은 순수함이 자리하고 있었지. 네 엄마는 마음씨가 좋은 사람이었어. 그래서 난 네 엄말 신뢰할 수 있었어. 네 엄마는 결코 신을 배반하지 않았고, 그건 나에 대해서도 마찬가지였지. 더 바랄 게 없는 아내였단다."

데이빗은 당혹스러움에 아무 말도 하지 않았다. 이제까지 그에게 있어 부모는 그저 부모일 뿐이었다. 하지만 이제 서서히 그들이 남자와 여자로 보이기 시작한 것이다. 자신을 낳아준 이 두 사람이 각기 남자와 여자로서 열정적이고 사적인 삶을 살아왔다는 사실을 생각하니 적잖이 당황스러웠다.

"네 엄마는 절대 멍청한 여자가 아니었어." 에즈라가 다시 말을 시작했다. "음, 때로는 너무 과하다 싶을 정도였지. 나보다 더 영리하다고 느낄 때가 한두 번이 아니었거든! 젊었을 때는 내 심기를 건드릴 때도 많았지만, 나이가 들수록 내가 얼마나 복이 많은 사람인지를 깨닫게 되었지. 쿵 첸을 보거라! 외로운 사내 아니냐? 그는 결코 아이들 어머니에 대해 내게 얘기를 하지 않지만, 가끔씩 그의 안사람을 볼 때마다 느끼는 게 ― 좀 멍청하지, 그렇지 않냐? 쿵 첸은 꽤 까다로운 사내지. 나도 마찬가지고. 네 엄마 같은 여자를 한번 알고 나면 ― 육체와 영혼을 ―" 에즈라는 거기서 말을 멈추고 한숨을 내쉬었고, 잠시 뒤 다시 말을 이었다. "너도 떠나 있고, 카오 리엔도 대상들과 함께 서방으로 떠났었기 때문에 난 혼자서 많은 생각을 해볼 수 있었단다. 네 엄마와 살아온 지난 모든 삶도 다시 돌아보았지. 네 엄마가 떠나서 많은 부분이 허전한 게 사실이란다. 그런데 이런 묘한 부분도 있단다. 너도 알다시피 난 한 번도 독실한 신자인 적이 없었다. 하지만 네 엄마가 집에 있을 때 난 신 앞에서 안심할 수 있었어. 네 엄마는 나의 양심이었던 거야. 때론 거슬리기도 하고, 강하게 거부하기도 했지만, 난 내심 늘 높게 평가를 했었지. 이제 난 길을 잃은 느낌이란다. 신이 내게서 멀리 떨어져 있는 느낌이다. 만일 신이 있다면 말이다. 과연 있을까?"

데이빗은 아버지의 물음에 어떻게 답을 해야 할지 몰랐다. 그저 침묵을 지킬 따름이었다.

아들이 말이 없자, 에즈라가 다시 얘길 했다. "너나 나나 이 질문에 답을 할 순 없을 게다. 그걸 보면 우린 더 이상 유대인이 아닌 게지. 난 나의 선택을 한 거고, 넌 네 선택을 한 거지. 내가 다시 돌아갈 수 있을까? 그럴 수 없을 거야. 아, 지금 이게 내 모습일 뿐이야. 옛날로 다시 돌아간다 해도 난 똑같은 선택을 하게 될 게야. 너도 마찬가지일 테고."

"저는 아버지만큼 확신을 하지는 못하겠어요." 데이빗이 말문을 열었다. "아마도 지금과는 다른 사람이 되었을지도 모르죠. 만일 리아가 살아있다면……" 그는 말을 채 잇지 못했다.

"리아가 살아있다면." 에즈라가 아들의 말을 되풀이했다. 그는 머릿속으로 곰곰이 생각을 해보았다. 그리고 다시 입을 열었다. "만일 리아가 살아있다면 네 엄마도 살아 있을 게다. 모든 게 지금과는 달랐겠지."

"우린 이곳에서 살고 있지 않았을 거예요."

에즈라가 놀란 표정으로 탁자 너머의 아들을 바라보았다. "네 말은?"

"이곳 사람들과 함께 살면서 그들과 분리된 채로 계속 남아있을 수는 없을 테니까요." 데이빗이 힘주어 말했다. "유럽의 나라들에서는, 예, 가능하죠. 그곳 사람들은 우리를 박해해가면서 자기들로부터 분리를 시키니까요. 아무도 우리를 받아주지 않으니까 그곳에서 우린 우리 민족끼리 뭉치는 거예요. 많은 사람들이 순교를 당하고 우린 그들을 찬미하죠. 모든 나라들이 우리 민족을 슬픔에 잠기게 해요. 하지만 이곳에서는 모두가 친구들이고, 피를 섞어가면서까지 우리들을 열성적으로 받아들이죠. 그러니 따로 분리되어 있는 게 무슨 이로움이 있겠어요?"

"그렇지 — 그렇지, 맞는 말이다." 에즈라가 동의했다. "우리에게 일어난 모든 일은 다 불가피한 일이야."

"불가피한 일이었죠." 데이빗이 같은 의견을 피력했다.

"그리고 네 아들들, 내 손자들은 지금보다 더욱 그들과 융합이 되겠지."

"그럴 거예요." 데이빗이 동의했다.

에즈라가 생각에 잠긴 채 말했다. "그럼 우리 민족은 사라지게 되는 걸까?"

데이빗은 대답을 하지 않았다. 그건 자신이 말한 대로 피할 수 없는 일이었다. 사람들이 서로에게 친절하면 그들 사이의 벽은 무너지고 모두가 하나가 된다. 그럼에도 불구하고, 데이빗은 후손들이 자신을 알지 못하게 되는 먼 훗날의 미래까지는 상상할 수 없었다. 아마도 그들은 에즈라라는 이름조차 잊게 될 것이다. 실제로 그때쯤 되면 그들은 그저 사막에 던져진 한 줌 모래나, 바다에 뿌려진 한 컵의 물과 같이 거의 존재감을 잃게 될 것이다. 그는 자신의 아들, 그리고 아들들의 아들, 그렇게 계속 이어지는 미래의 후손들을 떠올려 보았다. 자신이 떠올린 후손들이 일제히 데이빗쪽으로 고개를 돌렸을 때 그의 눈에 들어온 건 바로 중국인의 얼굴이었다.

"우리가 너무 우울해하는 것 같구나." 에즈라가 애써 분위기를 바꾸었다. "지난 일은 지난 일이다. 그걸 부정할 순 없지. 자, 여행이 어땠는지 얘기를 해주려무나."

이에, 데이빗이 기운을 차리고 아버지에게 모든 걸 얘기해주었다. 거대한 수도 북경이 얼마나 아름다운 곳인지, 그곳 사람들의 모습이나 태도가 얼마나 근사한지에 대해, 그리고 자신이 먹은 음식과 마신 술에 대해서도 이야기했다. 그리고 북경에서 누렸던 모든 즐거운 일들과 서태후를 알현한 일, 그녀에 관한 저잣거리의 소문들, 그리고 끝으로 피오니를 위해 갑자기 한밤중에 북경을 떠나야만 했던 일에 대해서도 들려주었다.

에즈라는 아들의 말을 주의 깊게 들었다. 웃기도 하고, 때론 두 눈을 반짝이기도 하고, 사업 얘기를 들을 때면 신중하고 날카로운 모습을 보이기도 했다. 피오니 얘기에 접어들자, 에즈라는 무척 심각해졌다. "운이 나빴구나!" 그가 목소리를 높였다. "수석 집사 정도면 어디든 촉수를 뻗칠 수 있을 게야. 내일 당장 쿵 첸에게 얘기를 해야겠다."

"저로선 어떻게 다른 방안을 강구할 수가 없었어요." 데이빗이 말했다.

"아니 — 아니야." 에즈라가 잠시 머뭇거리다 단호하게 얘기했다. "만일 피오니가 아니라 다른 아이에게 그렇게 궁궐에 들어갈 수 있는 기회가 생겼다면 — 음 — 그건, 뭐랄까 우리 집안의 경사라고 할 수도 있겠지. 아주 높은 곳에 지인이 있게 되는 셈이 되니까. 하지만 그게 피오니인 이상 그건 안 되는 일이지. 이제부턴 어떤 방법을 강구해서라도 나쁜 결과가 일어나지 않도록 해야만 한다. 어떻게 보면 처자 한 명 때문에 크게 희생을 감수해야 할 수도 있고, 사업에 지장이 초래될 수도 있다. 네 엄마는 늘 이런 말을 했지. 우리가 피오니를 너무 애지중지 한다고."

아버지의 말에 데이빗은 뭔가 몸속에서 끓어오르는 걸 느꼈고, 한편으론 자신을 변호하기 위해 차분하게 말했다. "만약 제가 현명치 못하게 행동한 것이라면 제가 나서서 어떻게든 다른 방식으로 수습을 해보도록 하겠습니다. 하지만, 피오니는 제겐 누이동생이나 다름없는 존재였어요. 어떤 대가를 치른다 해도 도저히 그 사악한 집사의 손에 넘겨줄 수가 없었어요. 이게 제 생각입니다."

"피오니가 네게 더도 덜도 아니고 그저 누이동생 정도의 존재라고 한다면 난 아무 불만이 없다." 에즈라가 말했다.

아버지의 이 말은 너무도 분명해서 데이빗으로선 당황하지 않을 수 없었다. 자기 자신조차 알고 싶어 하지 않는 영역에까지 이 말은 깊숙이 파고들었다. 데이빗은 아무 말도 할 수 없었다. 그는 양초를 물끄러미 바라보다 많이 녹아내린 것을 발견하고는, 몸을 일으켜 심지 자르는 가위를 가져왔다.

"밤이 깊었어요. 내일 아침 일찍 가게에 나가봐야 해요, 아버지. 그만 잠자리에 들도록 하겠습니다." 데이빗은 그의 복잡한 심경을 이 말로 대신했다.

이때 문밖에서 대기를 하고 있던 왕 마가 데이빗의 말을 듣고 새로 우려낸 차와 쌀죽을 가지고 들어왔고, 에즈라는 잠자리에 들기 전에 약간의 음식을 들었다. 그날은 그렇게 마무리가 되었다.

하지만 데이빗은 잠을 이룰 수 없었다. 그는 아내에게 가지 않고 자신의 방에 머물렀다. 그곳에서 자신에 대한 피오니의 정성을 확인할 수 있었다. 이불은 곱게 정돈되어 있었고, 커튼은 내려져 있었으며, 따뜻한 차와 함께 파이프 담배가 준비되어 있었고, 초의 심지들도 깔끔하게 정리되어 있었다. 하지만 피오니는 이미 모습을 감춘 뒤였다.

잠자리에 들 준비를 끝낸 데이빗은 촛불을 끄고 커튼을 젖힌 뒤 침대 위에 몸을 뉘였다. 여전히 잠은 찾아오지 않았다. 그의 아버지의 말은 지난 여러 날 동안 여행을 하면서 생각해왔던 것들을 다시금 환기시키는 역할을 했다. 그의 어머니, 리아, 피오니, 쿠에이란, 그의 삶을 형성했던 이 네 명의 여인들이 여전히 그에게 영향을 미치고 있었다. 데이빗은 그들 모두로부터 자유롭고 싶었지만, 남자는 현재의 자신을 만든 여자들로부터 절대 자유로울 수 없다는 것 역시 잘 알고 있었다. 그는 한숨을 내쉬고 이리저리 뒤척이며 어서 내일이 되었으면 하고 바랐다. 날이 밝아 가게로 나가 일에 몰두하면 지금의 고민들을 잠시나마 잊을 수 있으리라.

피오니 역시 그날 밤은 마음이 편치 않았다. 데이빗이 오랫동안 아버지와 자리를 함께 했다는 걸 알고 있었다. 두 사람이 밤이 깊도록 진지하게 대화를 나눴다는 사실을 왕 마로부터 전해 들었기 때문이다. 자정이 넘은 시간이었지만, 왕 마는 감히 방 안으로 들어 갈 수가 없었다고 했다. 피오니는 뒤늦게 합류해 문밖에서 왕 마와 함께 대기를 했다. 표면적으로는 왕 마의 말동무가 되어주는 게 이유였지만, 사실은 스쳐 지나가는 사이에라도 데이빗의 얼굴을 보고 싶었기 때문이다. 그러나 데이빗은 피오니를 보지 못했고, 피오니 역시 감히 그를 불러 세울 엄두를 내지 못했다. 방을 나선 데이빗은 어두운 안뜰에 앉아있던 피오니 곁을 지나갔는데, 워낙 가까이서 지나가 피오니로서는 손만 뻗어도 그를 잡을 수 있을 정도였다. 하지만 피오니는 손을 뻗지 않았다. 의심의 여지없이 데이빗은 아버지에게 북경을 떠난 이유를 말했을 것이고, 아마도 에즈라는 당연히 아들을 나무랐을 것이라고 생각했다. 또한 그 수석 집사가 문제를 일으킬 가능성이 완전히 사라진 게 아니란 걸 알고 있었기에 피오니는 문제를 야기시킨 당사자로서 몸을 움츠릴 수밖에 없었다.

데이빗을 보내고 난 뒤, 피오니는 달이 보이지 않는 여름밤, 홀로 침대에 누워 자신이 처한 곤경에 대해 곰곰이 생각에 잠겼다. 에즈라 가족이 자신에게 지금껏 그래왔던 것처럼, 부유한 사람들에겐 상냥하고 다정한 측면이 있다. 하지만 그들은 친절하게 대해주던 아랫사람 누군가가 문제를 일으키면 순식간에 냉담한 태도를 취할 수도 있는 사람들이었다. 피오니는 데이빗을 떠올렸다. 그녀는 데이빗이 자신을 사랑하고 있을지도 모른다는 생각을 하기도 했고, 때론 그의 눈빛에서 그러한 감정을 읽어내기도 했다. 하지만 지난 몇 주간 자신에게 냉담하기만 했던 그였다. 분명히 데이빗은 나를 위해 했던 일을 후회하고 있을 거라고 피오니는 생각했다.

다시금 자존심이 그녀의 내부에서 살아났다. 피오니는 데이빗을 만나는 대로 자신은 시내에 있는 비구니 수녀원으로 들어가겠노라 말하기로 마음을 먹었다. 그곳은 남자들의 손길이 닿지 않아 안전할 터였다. 그리고 데이빗은 그 수석 집사에게 피오니는 오래 전부터 승려가 될 생각이 있었고, 여행이 끝나는 대로 사찰로 들어갈 계획이었다고 말하면 되었다. 여자들만 사는 그 조용한 피난처 안이라면 안전할 수 있으리라는 생각에 피오니는 스스로 만족스러워 했다.

생각하면 할수록 이 계획이야말로 모두에게 좋은 방법이 될 것이라는 확신을 갖게 된 피오니는 데이빗이 여행 기간 동안 미뤄두었던 업무가 우선적으로 마무리가 될 때까지 며칠간 마음 속으로 이 생각을 간직하고 있었다. 피오니로서는 더 이상 침묵만을 지키고 있을 수 없었다. 언제 궁궐에서 문제를 일으킬지 알 수 없었기 때문이다.

집에 도착한지 닷새째 되던 날, 데이빗은 점심 식사를 마친 뒤 서둘러 상점으로 돌아가지 않아도 되는 듯 느긋하게 여유를 부렸다. 에즈라는 여름철이 되면 대나무 숲 아래에 놓아두는 기다란 의자로 가서 낮잠을 자곤 했고, 왕 마는 그의 곁에 앉아 파리를 쫓았다. 아이들도, 하인들도, 안주인 역시 낮잠을 잤다. 점심 식사 준비를 총지휘하던 피오니는 아래하녀들이 빈 그릇들을 치우는 사이 대나무로 만든 이쑤시개를 데이빗에게 건네며 이렇게 말했다. "주인님께서도 주무시겠어요? 대기도 무겁고, 남쪽에서 먹구름이 밀려오고 있어요."

"난 내 안뜰에서 한 시간 정도 잘 생각이야." 그가 대답했다.

이에 피오니는 오래된 소나무 밑에 대나무로 만든 긴 의자를 갖다 놓았고, 부드러운 매트를 그 위에 펼쳤다. 그때 데이빗이 안뜰로 들어섰다. 그는 가운을 벗은 뒤 연한 초록색 실크 실내복으로 갈아입었다.

"다 준비됐습니다." 피오니는 그렇게 말한 뒤 자리를 뜨려 했다. 워낙 더운 날이었기에 피오니의 두 뺨 위로 맑은 땀줄기가 가늘게 흘러내렸다. 그녀는 웃음을 지으며 땀을 닦아냈다. "몸이 녹아내리나 봐요!"

피오니가 미처 의식하지 못하는 사이, 데이빗과 눈이 마주치자 이내 웃음이 잦아들었다. 데이빗이 자신을 그런 눈빛으로 쳐다보는 건 처음이었다. 열정적이고 진중하면서도 따뜻한 눈빛이었다. 피오니는 얼굴이 달아올랐고, 다리가 떨려왔다. 그녀는 두서없이 말을 하기 시작했다. 비록 조리 있게 말을 하지는 못했지만, 마음속으로 줄곧 생각해오던 것들이었다.

"할 — 할 얘기가 있었는데 계 — 계속 기회만 찾고 있었어요." 피오니는 그렇게 운을 뗐다.

"지금 하면 되겠군." 데이빗이 말했다.

피오니가 두 손을 맞잡았다. "저 — 저 그동안 많이 울었어요."

"왜?" 그가 물었다.

"북경에서 있었던 일 때문에요." 피오니의 말이 점차 빨라졌다. "부탁드릴 게 있어요 — 간청 드릴게요 — 전 저 때문에 주인님께서 어떤 피해도, 아니, 아주 작은 피해라도 입는 걸 견딜 수 없어요. 그래서 비구니 수녀원으로 들어가도 좋을 것, 아니 들어갈 생각이에요. 그곳은 안전할 거예요. 그러면 주인님은 수석 집사한테 제가 비구니가 될 예정이었다고 말씀하시면 되고요."

"비구니라고!" 데이빗이 낮은 목소리로 소리쳤다. 그는 마치 아무도 듣지 못하도록 하기 위해서인 양 소리를 내지 않고 조용히 웃었다.

하지만 그의 웃음소리를 들을 사람은 아무도 없었다. 집안은 온통 잠들어 있었고, 두 사람 주위엔 뜨거운 오후 햇살만이 내리쬐었다. 담장 너머에서조차 아무 소리도 들려오지 않았다. 매미들마저도 조용했다. 피오니는 마치 거미줄에 단단히 걸리기라도 한 것처럼 데이빗 앞에 꼼짝하지 않고 서있었다. 그녀는 다시 입을 열 생각을 하지 않았다. 사실, 그러고 싶어도 입이 열리지 않았다.

데이빗이 무슨 생각을 하고 있는지 피오니로선 도저히 감이 잡히지 않았다. 그녀는 놀랍기도 하고 두렵기도 했다. 사랑의 감정이 피를 달아오르게 했고, 심장을 두근거리게 만들었다. 한동안 자신에게 냉담하기만 했던 데이빗이 갑자기 활활 타오르는 불길이 되어있었다.

"피오니, 날 좀 따라와." 그가 명령조로 말했다.

데이빗이 뒤로 돌아서서 걷기 시작하자, 피오니가 그를 따라 거실로 향했다. 자리에 앉은 데이빗은 탁자 너머의 피오니를 바라보았다. "지금부터 내가 하는 말은 우리가 죽을 때까지 효력이 있는 거야. 꼭 기억해야 해. 알았지?"

"네." 피오니가 데이빗의 두 눈을 주시하며 조그맣게 대답했다.

"난 지난 긴 세월동안 너를 그저 누이 같은 존재라고 말하면서 내 자신을 속여 왔어." 그가 말했다. "난 그동안 바보였어. 넌 절대 내 누이동생 같은 존재가 아니었어. 우리가 어렸을 때를 생각해봐도, 널 사랑했던 것처럼 내 누이를 좋아하진 못했을 거야. 지금 너를 사랑하는 마음도 마찬가지고." 데이빗은 피오니를 지그시 바라보았고, 피오니도 그의 시선을 외면하지 않았다. 이 순간은 지금까지의 그녀의 삶이 안겨주는 선물이었다. 다른 생각 할 것 없이 모든 걸 잊고 그저 두 손을 뻗어 선물을 받으면 그만이었다. 하지만 그건 그녀에게 가능한 일이 아니었다. 지난 오랜 세월동안 피오니는 그를 돌봐주고, 그의 방패가 되어주고, 그에게 힘을 실어주고, 그를 위해 계획을 세우고, 그를 사랑했다. 그런데 갑자기 이제 와서 자기 자신을 먼저 생각할 수는 없었다.

피오니는 짐짓 웃어 보이려 했다. "비구니가 되어야 할 또 다른 이유가 생긴 것 같네요."

데이빗은 밝은 표정으로 피오니의 가식을 한 켠으로 밀어냈다. "그렇게 웃으면서 날 피해가려 하지 마." 그가 힘 있게 말했다. "나도 내가 방금 한 얘기가 어떤 의미를 담고 있는지 너만큼 잘 알아. 하지만 내가 왜 너를 궁궐에 보낼 수 없었는지 네게 알려주기 위해선 지금 그 얘기를 하지 않을 수 없었어. 내가 살아 있는 한 넌 반드시 내 집에 함께 있어야 해, 피오니. 왜냐하면 난 너 없이 살 수 없기 때문이야. 마침내 난 그걸 깨닫게 됐어."

"지난 번 집으로 돌아오는 내내 제게 냉담하셨던 게 이것 때문이었나요?" 피오니가 물었다.

"네게 냉담했던 게 아니야. 난 밤낮으로 네 생각을 했어." 그가 대답했다.

피오니는 이제 더 이상 웃는 척 할 수 없었다. 데이빗은 단호했고, 피오니는 자신에 대한 그의 사랑이 문제를 일으키게 될지도 모른다는 생각에 마음이 편치 않았다. "마음속에 있는 걸 얘기해줘서 고마워요." 그녀의 목소리는 명료했고, 진중했다. "해주신 말씀은 영원히 마음속에 간직할게요. 늘 제게 큰 위안이 되어줄 거예요."

피오니는 두 손을 앞으로 모으고 목례를 한 뒤 자리를 떴다.

문가에 이를 무렵 데이빗의 목소리가 들려왔다. "지금 해준 얘기 이상으론 생각해보지 않았어. 우린 앞으로 어떻게 될까?"

피오니는 한쪽 발은 문지방에 올려놓고 한 손으론 출입문의 손잡이를 잡은 채 멈춰 섰다. "시간이 알려줄 거예요." 그녀가 부드럽게 말했다. 그리곤 데이빗이 다가와 손을 잡거나 어깨를 붙들지는 않을까, 그리고 가까스로 자제하고 있는 데이빗을 향한 사랑의 감정이 드러날까 두려워 그녀는 재빨리 발걸음을 옮겼다.

그날 밤은 도저히 잠을 이룰 수가 없었다. 피오니는 여행 내내 밝게 비추던 달이 사라진 걸 다행으로 생각했다. 그녀는 어두컴컴한 복숭아 정원을 찾아 나무 아래 홀로 앉았다. 별들은 구름 뒤편에 숨어 있었고, 대기는 다가올 비 때문에 축축한 상태였다. 하지만 그리 오래 앉아있지는 못했다. 이내 모기들이 윙윙거리며 날아들기 시작했기 때문이다. 피오니는 소맷자락을 들어 마치 날개를 휘젓듯 흔들었다. 그리곤 자리에서 일어나 정원을 이리저리 움직였다. 이건 리아가 늘 보이던 모습이었다. 그녀도 정원에서 오랫동안 이렇게 걷곤 했다. 갑자기 리아가 이곳에 등장했다. 피오니는 그녀가 이곳에 있다는 느낌을 떨쳐낼 수가 없었다. 하지만 왜 리아를 아직까지도 두려워해야 하는 걸까? 피오니에겐 그 유령을 영원히 잠재울 수 있는 무기가 있었다. 원하기만 한다면, 그녀는 지금 바로 데이빗에게 가 자신의 몸으로 사랑을 증명할 수도 있었다. 이제 한 줌 먼지로 변해버린 리아가 무엇을 어찌 할 수 있겠는가? 피오니는 어두운 하늘을 향해 고개를 들었다. 희열이 마음속에 가득 차올랐다. 온 집 안이 잠이 든 사이 살금살금 데이빗의 방으로 건너가 그의 사랑을 자기 것으로 만들어버리면 어떻게 될까? 승리는 자신의 것이 되는 것이다.

피오니는 어둠 속에 멈춰서서 손가락을 입술에 댄 채로 미소를 지었다. 그렇게 되면 자신의 비밀스런 삶 속으로 데이빗이 들어오고, 그녀는 더 이상 혼자가 아니게 되는 것이다. 그러나 피오니는 고개를 저었다. 손이 아래로 내려가고, 미소가 사라졌다. 심장이 거세게 뛰기 시작했다. 왜 그걸 꼭 비밀로 해야 하는 걸까? 남자가 사랑하는 여자를 취하는 건 불법이 아니었다. 주변을 둘러보면 흔한 일이었다. 쿵 첸도 나중에 배신을 당하긴 했지만 어여쁜 여가수 한 명을 취한 적이 있지 않은가. 누구도 데이빗에게 뭐라 하지는 않을 터였다. 실제로 데이빗에겐 도움이 될 수도 있었다. 주변 친구들과 보다 더 가까워지는 계기가 될 것이다. 특별한 의식 같은 것도 필요치 않았다. 마음을 굳게 먹고, 지금 바로 데이빗에게 가는 것이다. 그리고 아침에 왕 마에게 이야기를 해주면 이내 모두들 알게 될 것이고, 안주인도 사실을 묵묵히 받아들이며 그녀에게 두 번째 자리를 허락하리라. 아니 어쩌면 쿠에일란은 사실을 슬쩍 모른 척하면서 이전과 다름없는 모습을 보일지도 모른다.

그렇게 피오니는 이런저런 추론을 해보았다. 길고도 오랜 생각 끝에 피오니의 마음은 차츰 명료해졌다. 데이빗도 다른 남자들과 같을까? 머리가 마음에게 물었다.

바로 그 순간, 스스로에게 대답을 하기 바로 직전 피오니는 갑자기 들려온 묵직한 비명소리에 화들짝 놀랐다. 그녀는 머리를 치켜들고 귀를 기울였다. 더 이상은 아무 소리도 들려오지 않았다. 하지만 늘 이 집안에서 일어나는 일에 책임감을 느끼는 피오니는 즉각 어두운 정원을 가로질러 어슴푸레 불이 밝혀있는 접대실로 향했고, 다시 귀를 기울였다. 접대실에 면해있는 에즈라의 방들은 동쪽으로 문이 나있었고, 창문들 역시 정원을 바라보고 있었다. 피오니는 닫혀있는 문에 귀를 바짝 갖다 댔다. 에즈라의 숨소리가 들려왔다. 신음소리에 가까운 그 숨소리는 무척 무겁게 그리고 천천히 이어졌다. 피오니가 살며시 문을 열었다.

"저, 피오니에요!" 그녀가 부드럽게 말했다. "어디 편찮으세요, 주인님?"

에즈라는 대답은 하지 못한 채 힘겨워하며 거칠게 숨을 들이마셨고, 마치 가슴에서 숨을 질질 끌고 나오듯 밖으로 내뱉었다. 피오니는 그의 침실로 뛰어 들어가 늘 연기를 피우고 있는 화로의 갈색 종이 불쏘시개를 후후 불어 되살렸고, 등불의 불을 밝혔다. 그리고 오른손으로 등불을 높이 들고는 다른 손으로 커튼을 활짝 젖혔다. 에즈라는 침대에 누워 있었다. 베개에서 머리가 내려와 있었기 때문에 그는 턱수염을 천정으로 향한 채 완전히 고개가 젖혀진 모습이었다. 두 눈을 부릅뜬 채 얼굴은 온통 진홍색으로 변해 있었고, 허리는 둥글게 굽은 채 딱딱하게 굳어 있었다. 그는 피오니를 보지도, 그녀의 목소리를 듣지도 못했다. 모든 신경을 오직 숨을 들이마시고 다시 내쉬는 데 집중하고 있었기 때문이다.

"오, 세상에!" 피오니가 소리쳤다. 그녀는 들어 올렸던 커튼을 손에서 놓고 데이빗의 방으로 달려가 문을 두드렸다. 그리고 문을 열어보려 했다. 문은 잠겨있었다! 이 혼비백산한 와중에서도 그녀는 잠시 생각에 잠겼다. 데이빗은 왜 문을 잠근 걸까? 그녀를 막기 위한 것 말고는 다른 이유가 없어보였다. 아니, 어쩌면 데이빗 자신을 막기 위한 것일지도 몰랐다. 이제 데이빗이 대답을 해왔다. "무슨 일이지?"

"저 피오니에요!" 그녀가 소리쳤다. "아버님께서 쓰러지셨어요!"

데이빗이 연한 빛깔의 잠옷 차림으로 바로 문을 열고 나왔고, 실크 허리띠를 단단히 고쳐 매며 발걸음을 옮겼다.

"복숭아 정원에 있었는데 — 비명소리가 들려서 — 가보았어요 —" 데이빗을 따라가며 피오니는 더듬거리며 이렇게 말했다. 잠시 뒤 두 사람은 에즈라의 방에 도착했다.

더 이상 숨소리가 들려오지 않았다. 데이빗이 커튼을 젖혔을 때 피오니는 그의 어깨 너머로 에즈라의 모습을 보았다. 노인은 마치 죽음과 전투라도 치른 듯 팔다리를 쭉 뻗고 대자로 누워 있었다. 그는 전투에서 졌고, 목숨을 잃고 말았다. 턱수염은 가슴께로 내려와 있었고, 두 눈은 뜬 채로 차갑게 굳어 있었다. 피오니는 에즈라의 뜬 눈을 보자마자 데이빗을 옆으로 살짝 밀어두고 침대로 다가가 그의 눈꺼풀을 내려주었다. 그대로 두면 부식될 때까지 그 상태로 굳어버릴 염려가 있었다. 피오니는 팔도 몸 쪽으로 끌어당기고, 다리도 나란히 모은 뒤 이불을 덮어주었다. "이제야 그저 주무시는 것처럼 보이네요." 넋이 나간 듯 피오니가 중얼거렸다.

그동안 데이빗은 그대로 꼼짝 않고 서있을 따름이었다. 이제 그가 무릎을 꿇고 앉아 에즈라의 두 손을 움켜쥐었다. 그의 죽음은 의심의 여지가 없었다. 데이빗은 아버지를 보자마자 이미 돌아가신 걸 확신할 수 있었다. 그는 바로 집안의 식솔들을 깨우고, 쿵 첸에게 연락을 취하고, 시내 전체에 에즈라의 죽음을 알려야 했다. 반드시 해야 할 일이었지만 데이빗은 사실을 받아들이지 못하며 자신의 다음 행동을 미뤘다.

"불과 몇 시간 전에 아버지와 대화를 나눴었는데." 데이빗이 중얼거렸다.

"그래도 비교적 편안하게 돌아가신 거예요." 피오니가 부드럽게 그를 위로했다. 하지만 그녀는 불현듯 두려움을 느꼈다. 에즈라가 떠난 이 집에 과연 이전의 그 다정다감함이 남아 있을 수 있을까? 왜? 왜 데이빗은 문을 잠가 둔 걸까? 피오니는 무릎을 꿇고 앉아 머리를 침대에 갖다 댄 뒤 울기 시작했다. "정말 좋은 분이셨는데!" 그녀가 흐느끼며 말했다. 나한테 — 정말 잘해 주셨는데!"

피오니는 그렇게 비통스런 마음으로 기다렸다. 과연 데이빗이 자신의 어깨에 팔을 둘러주며 위로를 해줄지 궁금해하며. 하지만 그는 끝내 그러지 않았다. 그 대신 데이빗은 마치 아직도 에즈라가 살아 있는 양 아버지의 손을 부드럽게 토닥이기 시작했다.

13

 그렇게 에즈라 벤 이스라엘은 세상을 떠났고, 자신의 아버지 곁에 묻혔다. 에즈라의 무덤 조금 위쪽엔 에즈라 부인의 육신이 중국의 대지와 섞이고 있었다.
 아버지의 열려있는 무덤 곁에 서 있던 데이빗의 머릿속을 파고 든 것은 바로 어머니였다. 그는 어머니를 생각했다. 강인했던 어머니, 그녀는 여전히 데이빗의 존재 안에서 그 힘을 잃지 않고 있었다. 평생토록 어머니는 자신의 신념을 잃지 않기 위해 고군분투했고, 유대 집안으로서의 차별성을 추구했지만 이제 모든 게 끝이 났다. 죽음이 그녀를 패배시켰다. 언덕 위의 초저녁 바람은 달콤했다. 데이빗은 아버지의 장례식에 참석한 많은 사람들의 면면을 의식하지 않을 수 없었다. 그는 오히려 어머니가 먼저 돌아가셔서 이 모습을 볼 수 없는 게 다행스럽기까지 했다. 후덕한 인품을 지녔던 에즈라의 많은 친구들이 장례식의 풍경을 여느 중국 관리의 장례식과 거의 같은 모습으로 만들었기 때문이다. 이 자리에서 유대인적인 장면을 찾아보기란 거의 힘든 상황이었다. 오직 데이빗의 마음속에만 자신의 태생에 대한 의식이 있을 뿐이었다. 그는 이제, 평생 처음으로, 어머니가 왜 그토록 고향 땅으로 돌아가 그곳에 묻히고 싶어 했는지를 이해할 수 있을 것 같았다. 의심의 여지없이 그의 어머니는, 비록 구체적으로 표현을 하지는 않았지만, 만일 당신이 이곳에서 죽게 되면 자신의 육신이 이국의 대지에 뒤섞여 사라지리라는 것을 알고 있었던 것이다. 그가 서 있는 바로 이곳엔 그동안 수많은 세대가 도시를 건설해왔고, 오랜 세월에 걸쳐 계속 새로운 세대로 이어지면서 그 명맥을 유지해왔다. 그 과거의 선조들이 아마도 땅속으로 다섯 층 정도는 쌓여 있을 것이고, 어떤 무덤도 그보다 더 깊이 파고 들어가 그 고대의 죽은 자들을 피할 순 없었다. 그의 아버지와 어머니 역시 어쩔 수 없이 다른 사람들처럼 흙으로 돌아갈 수밖에 없고, 고로 다른 민족들과 분리될 수 없는 것이었다.

불교 승려들의 영창 소리에 데이빗은 잠시 크게 놀랐다. 그는 '황금부처' 사찰의 주지 스님이 망자에게 경의를 표하기 위해 찾아왔을 때 정중히 거절하려 했었다. 용기를 내 아버지의 종교는 불교가 아니라고 얘길 해보기도 했다. 데이빗은 자신이 보일 수 있는 최대한의 예의를 갖춰 나이든 승려에게 아버지의 무덤가에서 불교 음악이 들리는 건 적합하지 않다는 말을 전했다. 이에 주지 스님은 더할 나위 없이 위엄 있게 대답을 했다.

"아버님께서는 비록 외국분이시긴 했지만, 아주 마음이 넓은 분이셨습니다. 결코 다른 사람들로부터 자신을 분리시키지 않으셨습니다. 우린 그분에게 경의를 표하고 싶은데, 우리가 가진 거라곤 이 종교 밖에 없군요."

낮고 부드러운 영창 소리가 산언덕을 휘감으며 하늘로 솟아올랐고, 그 사이 데이빗은 고개를 숙이고, 두 손을 앞으로 맞잡은 채 영창을 들으며 깊이 생각에 잠겼다. 그의 양옆으론 아들들이 서있었다. 그와 마찬가지로 거친 재질의 흰색 상복 차림이었다. 막내까지도 같은 옷을 입었다. 그의 뒤쪽에선 본분에 충실하게 아내가 소리 내어 곡을 했다. 그는 쿠에일란이 피오니의 부축을 받고 있으리라는 걸 알고 있었다.

피오니! 유년 시절 그에게 누구보다도 소중했던 이들 가운데 이젠 피오니만이 남게 되었다. 그는 사흘 전의 일을 떠올렸다. 그는 그날 피오니에게 사랑한다고 말했었다. 지금까지 그 말을 못한 것은 그녀를 온전히 소유하고 싶은 생각이 간절했기 때문이었다. 지금도 이렇게 자신의 그 갈망을 떠올리면서 아버지가 당신의 모친이 후처였다는 얘기를 꺼낼 때마다 격노하던 어머니의 모습이 떠오르면 자신의 마음이 여전히 편치 않았다. 하지만 여기, 그를 무척이나 따뜻하게 격려해주는 이 친구들 가운데는 누구도 그가 피오니를 후처로 삼는다 해서 뭐라 할 사람이 없었다. 그들은 피오니의 아름다움을 예찬하며 축하를 해줄 것이고, 자신들과 같은 처지가 된 것을 환영할 것이다. 심지어 그의 아내조차 불평을 하지 않을지도 몰랐다. 하지 않을 가능성이 높았다. 피오니는 워낙 세심하고, 예의 바른 처녀였기에 아내에게 해를 입히지 않을 것이고, 안주인에 대한 그녀의 태도 또한 전혀 달라지지 않을 것이기 때문이다.

하지만, 사흘 전 그날 밤, 그의 모든 몸과 마음이 피오니를 애타게 원했을 때, 그는 갑자기 침실의 문을 잠갔다. 그리곤 스스로를 다그치며 책을 집어 들었다. 그런데 우연찮게도 그가 무심코 집어든 책은 바로 토라였다! 그는 스스로도 내심 놀라워하며 이후 몇 시간 동안 계속해서 독서에 열중했다. 그리고 피오니의 외침소리가 들려온 것이다.

그의 회상은 리아가 살아있던 시절, 사랑과 두려움 사이에서 마음을 정하지 못하던 그 시절로 거슬러 올라갔다. 만일 그와 리아가 나이가 더 든 후에 만났더라면, 어머니에 맞서 반항을 일삼던 젊은 시절이 지나고 난 뒤 만났더라면, 아마도 그는 리아를 진정 사랑했을지도 몰랐다. 그는 지금에 와서도 묘한 회한의 감정을 지닌 채 리아를 떠올렸다. 그녀의 아름다움, 소박함, 그리고 고결한 정신세계. 자신 때문에 일어난 그녀의 자포자기적 죽음은 그의 기억 속에 남아있는 리아에게 힘을 실어주었고, 그도 그 점을 애써 부인하지는 않았다. 여전히 그의 내부에는 리아의 일부가 살고 있었다. 하지만 현실에서는 결코 실현되지 못했던 꿈, 그 이상은 아니었다.

그럼에도 불구하고, 쿠에일란 없는 그의 삶 역시 상상하기 힘들었다. 리아나 피오니와 마찬가지였다. 아, 그러나 리아였다면 아마도 절대 피오니를 용납하지 않았을 것이다!

쿠에일란은 보다 관대한 모습을 보였고, 데이빗도 그 점을 좋아했다. 만일 지금 그의 어머니가 살아있었다면 쿠에일란에게 실망스런 부분이 있다는 얘기를 어머니께 차마 하지 못했으리란 걸 잘 알고 있었다. 데이빗은 예쁜 얼굴과 뽀얀 살결, 둥그스름한 몸매, 짙은 눈, 작은 손, 그리고 신을 두려워하는 아이의 그것과 같은 천진난만한 그녀의 마음을 보고 쿠에일란과 결혼을 했다. 하지만 그 외 다른 부족한 부분은? 그는 갑자기 고개를 들었고, 어깨를 쭉 폈다.

사실을 인정하자! 피오니가 늘 집에 함께 있었기에 그는 부족함을 느끼지 않았다. 피오니와는 정신적으로 충분히 교감이 가능했다. 그녀와는 아들들에 관해서, 사업에 관해, 그리고 자신의 모든 문제들에 대해 상의할 수 있었고, 피오니는 그를 잘 보필하면서 집안일을 도맡아 해냈으며, 자잘한 일들을 데이빗이 신경 쓰지 않아도 되도록 그의 방패막이가 되어주었다. 지금까지 그의 삶은 나무랄 데가 없었다.

영창이 끝나고 난 뒤, 데이빗은 아버지의 관 위로 첫 번째 흙덩이가 떨어지는 소리를 들었다. 주지사가 제공한 에즈라의 관은 거대한 사이프러스 통나무로 만들어졌고, 세밀한 양각과 함께 금박이 입혀져 있었다. 무덤 건너편에 어두운 진홍색 가운 차림으로 서있던 쿵 첸은 소맷자락으로 눈물을 훔쳐냈다. 앞서 애도를 표했던 아랫사람들처럼 크게 소리 내어 울지는 않았다. 비록 소리는 내지 않았지만 그의 두 뺨 위로는 눈물이 연신 흘러내렸다. 그는 에즈라를 진심으로 좋아했었다. 전적으로 그를 신뢰하지는 못했다 하더라도 그를 좋아하는 마음만큼은 의심의 여지가 없었다.

완벽한 사람은 없는 법이다. 쿵 첸은 아무리 두 집안이 결합을 이루었다 해도 에즈라의 돈에 대한 애정을 경계하지 않을 수 없는 자신을 발견하고는 너털웃음을 지은 적도 있었다. 에즈라는 마음이 따뜻한 사내였다. 그가 자기에게 슬쩍 눈속임을 하기는 했어도, 최소한 다른 사람이 자기를 속이고 재산을 취하려 하는 건 절대 용납하려 들지 않았음을 생각하며 슬픔에 잠겼다. 그는 이제 더 이상 이 턱수염을 기른 불그스름한 얼굴색의 친구를 못 본다는 사실을 진심으로 애통해했다. 그는 누군가 자신을 바라보고 있다는 느낌이 들어 고개를 들었고, 무덤 너머에서 자신을 응시하고 있는 데이빗을 발견했다.

데이빗은 다시 고개를 숙였고, 이제 쿵 첸이 아버지 같은 존재로서 자신에게 가장 가까운 사람이란 생각을 하게 되었다. 그는 이 마음씨 좋은 중국 상인을 좋아했다. 그러면서도 그를 새로이 가깝게 느끼는 자신의 감정에 스스로 놀라워했다. 이제 유대 민족과의 마지막 끈이 끊어진 거였다. 그의 유대 신앙은 영원히 다시 부를 수 없는 것이 되었다. 오래전의 그 양심의 가책이 새삼 되살아나 그를 우울하게 만들었다.

마침내 기나긴 장례식이 끝이 났고, 데이빗은 양심의 가책을 짊어진 채 집으로 돌아왔다. 이제 오래된 유대 신앙의 자취를 계속 살려내느냐, 아니면 죽게 놓아두느냐는 오직 그의 몫으로 남게 되었다.

피오니는 먼저 집에 도착해 있었고, 데이빗이 대문에 들어서서 처음 마주친 사람이 바로 그녀였다. 피오니는 그가 안도의 빛을 보이는 걸 알아챌 수 있었다.

"아, 피오니, 집안일을 좀 챙겨줘." 그가 조그맣게 부탁했다. "난 혼자 있을 시간이 좀 필요해서."

"저한테 다 맡기세요." 피오니가 믿음직스럽게 말했다.

데이빗은 고맙다는 말과 함께 손가락을 입술에 갖다 대며 따뜻한 눈빛으로 미소를 보냈고, 그녀를 지나쳐 자신의 거처로 향했다. 피오니는 아이들을 돌보느라 숨 돌릴 틈도 없었다. 막내는 큰소리로 울어대며 칭얼대기까지 했다. 피오니는 지친 유모에게서 아이를 건네받아 품에 안고는 달래기 시작했다.

"물러가서 옷을 갈아입도록 해." 피오니가 유모에게 말했다. "평상복으로 갈아입으면 아이가 얌전해질 거야."

피오니는 아이를 다시 얼러주기 시작했다. 그렇게 그녀는 데이빗의 아이들을 손수 돌봐주었다. 각각의 아이들은 피오니를 엄마와는 다른 대상으로 받아들였지만, 쿠에일란보다 좀 더 강한 존재로 인식했다. 아이들은 그녀의 단호한 음성을 들으며 자랐고, 엄마가 기분이 안 좋거나, 잠이 들어 있을 때면 자신들을 다정히 돌보아주는 사람이 피오니였다. 피오니는 언제나 변함이 없었다. 쿠에일란은 아이들을 지극정성으로 사랑하고, 달콤한 간식을 한 아름 안겨주고, 매만지고 쓰다듬고 살갑게 대하다가도, 엉덩이를 때린다거나 큰소리로 꾸지람을 하기도 했다. 반면 피오니는 늘 다정했다. 지나치게 따뜻하지는 않았지만 역시 지나치게 차가워지지도 않았다. 피오니는 그들 삶의 토대를 이루는 반석이었다. 아이가 울음을 그치자, 피오니는 막내의 겉옷을 벗겨 땀으로 젖은 몸을 말려 주었고, 다시 따뜻하게 해준 뒤 새로 우려낸 차를 조금 먹였다. 유모가 다시 돌아왔을 땐 어려움 없이 아이를 돌볼 수 있게 되었다.

그렇게 피오니는 각각의 아이들을 오가며 보듬어주고 놀아주었으며, 아이들은 즐거워했다. 그녀는 장난감이나 이런저런 물건들을 몰래 모아두곤 했는데, 아이들이 반길만한 것들을 틈틈이 사두곤 했다. 이제 피오니는 죽음에 대한 생각을 물리치게 할 생각으로 아이들에게 장난 감들을 가져다주었다.

"이제 우린 할아버지를 다신 볼 수 없는 거예요?" 장남 꼬마가 물었다.

"할아버지의 마음은 늘 여기에 계셔." 피오니가 답했다.

"그걸 볼 수 있어요?" 아이가 다시 물었다.

"그건 눈으로 보는 게 아니야." 피오니가 대답했다. "하지만 이따금 씩 어두운 밤에 할아버지의 모습을 떠올리면서 생각을 하면 할아버지가 우리와 함께 있는 게 느껴질 거야. 자, 이제 우리 같이 이 조그만 책을 한번 읽어볼까?"

피오니는 아이들의 가정교사 역할도 해왔다. 피오니가 자리에 앉자, 장남과 둘째가 그녀의 무릎에 팔꿈치를 대고 몸을 기울였다. 이어 피오니가 책을 열자 아이들이 내용을 읽기 시작했다. 피오니는 아이들의 영특함에 뿌듯해하며 듬뿍 칭찬을 해주었고, 아이들은 집안에 일어난 슬픈 일을 서서히 잊어갔다. 이 책은 피오니가 에즈라 부인의 책장에서 발견한 것이었다. 오래 전, 책 정리를 하면서 피오니는 책의 일부는 서재로 옮겼고, 일부는 에즈라 부인의 개인적인 물건들이 담긴 상자 안에 넣어둔 바 있었다. 그 안엔 숄도 있었고, 장신구들, 그리고 이젠 누구에게도 어울리지 않는 종교적 문양이 새겨진 천들도 있었다. 그 때 피오니는 중국어로 씌어진 작은 책자를 따로 보관해 두었다. 거기엔 유대 민족의 역사가 실려 있었다. 이집트에서 노예생활을 하던 당시의 이야기, 그리고 여왕이 총애하던, 하지만 민족 고유의 혈통이 아닌 자에 의해 해방을 맞이하게 된 이야기 등이 담긴 책이었다. 이제 데이빗의 아이들이 이런 저런 부분들을 궁금해하며 책을 읽고 있었다.

"이 이집트란 곳은 어디에요?" 한 아이가 물었다.

"이 사람들은 왜 노예인 거죠?" 장남이 물었다. 그리고 이어 또 다른 질문을 던졌다. "그들을 해방시킨 이 모세란 사람은 누구예요?"

이야기를 다 읽고 나자 아이들의 표정이 무척 심각해졌다. "모든 장남들을 죽이라고 한 그들의 신은 동정심도 없는 것 같아요. 그들의 신이 이곳에 없어서 다행이에요."

어떤 질문에도 대답을 할 수 없었던 피오니가 이렇게 말했다. "이건 그저 이야기일 뿐이야. 오래 전에 끝난 일이란다."

책을 덮은 뒤, 아이들의 저녁을 챙겨주고, 아이들이 노는 모습을 지켜보면서 피오니는 아이들이 던진 질문들에 대해 곰곰이 생각해 보았다. 집안의 누군가는 반드시 아이들에게 대답을 해주어야 했다. 나중에 그들이 자라났을 때, 자신들의 조상에 대해 아무 것도 아는 것이 없는 상태가 되는 걸 막기 위해서는 말이다. 그건 정말 바람직하지 않은 일이다. 어느 집안에서건 선조들이란 뿌리와 같은 것이고, 아이들은 열매에 해당한다. 이 둘은 절대 싹둑 잘라져서는 안 되는 것이다. 그녀는 시간이 날 때마다 에즈라 부인의 옛날 책들을 탐독해 아이들의 물음에 충분히 대답을 할 수 있게끔 해야겠다고 마음을 먹었다.

이제 피오니는 안주인에게 건너가 모든 게 편안한지, 기분은 좋은지 확인을 해야 했다. 땅거미가 어스름히 내려앉고 있었고, 대기는 고요하고 온화했다. 피오니는 여러 안마당을 지나 안주인의 거처로 향했다. 집은 무척이나 조용했다. 피오니는 이미 떠난 두 사람을 쓰린 마음으로 그리워했다. 허나 세대는 그렇게 전수되는 법이었다. 이제 데이빗이 가장이었고, 그 둘은 새로운 가장의 앞 세대에 속했다. 피오니는 문득 잠겨 있던 문을 떠올렸다. 실제, 단 한 순간도 그 일을 잊어본 적이 없다. 그는 이제껏 단 한 번도 피오니를 상대로 문을 잠가두었던 적이 없었다. 만일 그게 데이빗 자신을 상대로 잠근 거라면? 그렇다 해도 그건 그녀를 상대로 한 거나 다를 바 없었다. 이제 피오니는 절대 데이빗을 찾아가지 않을 터였다. 문은 영원히 잠겨 있는 것이다 — 데이빗 자신이 그걸 열기 전까지는.

하지만 피오니의 일상은 변함이 없었다. 그녀는 데이빗을 위해 이전보다도 더욱 더 많은 일을 해야만 했다. 위안과 즐거움을 주는 것만으론 더 이상 충분치 않았다. 그에게 위엄과 권위를 더해줄 수 있는 일이 무엇일지 그녀는 연구하고 또 연구해야만 했다. 그녀가 생각하는 데이빗의 삶은 더할 나위 없이 흡족해야 했다. 그래야 자기 자신 안에서 힘과 평화를 찾을 수 있기 때문이다. 피오니는 잠시 하늘을 향해 고개를 들었다. 그녀는 평생 단 한 번도 기도란 걸 해본 일이 없었다. 신에 대해선 아는 게 없는 피오니였지만 이제 그 이름을 부르고 있었다. 갑자기 데이빗의 동포들이 섬기는 그 신의 이름이 떠올랐다! 그건 바로 여호와였다.

'낯선 이의 기도이긴 하지만 관대히 들어주소서.' 피오니는 그렇게 마음속으로 기도를 올렸다. '제가 사랑하는 사람을 잘 보필할 수 있도록 제게 지혜를 내려주세요.'

피오니는 그대로 선 채 잠시 기다렸지만, 아무런 신호도 전해지지 않았다. 그저 대나무 숲에서 살짝 바스락거리는 소리, 그리고 시내 어디에선가 죽어가는 아이의 방황하는 영혼을 다시 집으로 돌아오도록 부르는 한 여인네의 슬픔에 잠긴 목소리가 들려올 뿐이었다.

쿠에일란은 자신의 거처에 단정한 자세로 앉아 있었다. 이제 그녀는 이 집안의 안주인이었고, 현재 에즈라 가문을 이끌고 있는 세대 중 가장 나이가 많은 여인이었다. 산허리에 있는 무덤가까지 오고 가며 피로해졌던 몸을 다시 추스른 그녀는 달콤한 간식과 따뜻한 차를 마시며 휴식을 취하고 있었다. 눈물을 쏟아내느라 붉어졌던 두 눈도 원 상태로 돌아왔다.

하지만 피오니가 들어오는 걸 보자 쿠에일란은 막 입으로 가져가려던 케이크를 내려놓고는 구슬픈 표정을 지어보였다. "한없이 인자하셨던 아버님이 무척 그리울 것 같아."

"우리 모두 그럴 거예요." 피오니가 차분하게 말했다. 쿠에일란이 좀 더 이야기를 하고 싶어 한다는 걸 눈치 챈 피오니가 그녀 옆에 자리를 잡고 앉아 두 손을 앞으로 모았다.

"내게 정말 다정하게 대해주셨지. 한 번도 불편하게 대해 주신 적이 없었어." 쿠에일란이 애도를 표했다.

"예, 그러셨죠." 피오니가 동의했다.

쿠에일란의 눈에 눈물이 고여 들었다. "아버님은 우리 애들 아버지보다도 더 다정하셨어."

"주인님도 무척 다정하세요, 마님." 피오니가 상냥하게 대답했다.

쿠에일란의 눈물이 갑자기 잦아들었다. "그이의 마음속 밑바닥엔 뭐랄까 딱딱하고 차가운 부분이 있어." 그녀가 열의를 갖고 말했다. "난 그걸 느낄 수 있어. 피오니, 너도 그이가 한없이 완벽한 사람이라고 간주하지만 않는다면 느낄 수 있을 거야. 물론 넌 그이와 결혼을 한 건 아니니까, 하지만 아내로서 볼 때, 난 그이의 마음속에 무척이나 차갑고 경직된 부분이 있다는 걸 알아. 때론 나를 바라보는 그의 눈빛에서 그걸 발견하기도 하거든."

피오니가 한숨을 내쉬었다. "제가 이전에도 말씀드렸잖아요, 마님. 주인님께서는 마님이 늘 깔끔하고 예쁜 모습을 보이시길 원하세요. 때로 마님께선 주인님께서 방에 드실 때, 제가 옷단장을 해드리려는 걸 마다하시고, 머리마저 빗으려 하지 않으시잖아요. 어떤 날 밤에는 피곤하시다며 주무시기 전에 목욕도 하지 않으시고요. 그리고 이 간식들도요 — 주인님께서 돼지기름 냄새를 싫어하시는 걸 잘 아시면서 왜 자꾸 드시는 거예요?"

오랜 세월을 같이 지내면서 피오니는 이 아름답고 자그마한 여인에겐 아주 솔직하게 말하는 게 효과가 있다는 걸 깨달은 바 있었다. 쿠에일란이 잔뜩 찌푸린 표정으로 피오니를 바라보았다. 쿠에일란이 여전히 아름다운 건 사실이었지만, 그녀의 가냘픈 뼈대 위로 지방이 살짝 덮이기 시작한 것 역시 부인할 수 없었다. 또한 그녀는 피오니가 자신의 발을 묶어두었던 붕대를 푼 이후로 늘 발이 아프다며 불평을 했다. 쿠에일란은 꼭 필요한 경우가 아니면 거의 몸을 움직이지 않았다. 그녀는 달콤한 간식을 좋아했고, 맛있는 음식을 즐겼다. 피오니가 그녀의 찡그린 얼굴을 보며 미소를 지었다. "절 미워하지 마세요, 마님. 제가 마님을 얼마나 좋아하는데요."

쿠에일란은 최대한 찡그린 얼굴을 유지하려 했지만 이내 자신도 웃음을 참지 못했다. "넌 나를 너무 자주 꾸짖어." 그녀가 힘주어 말했다. "내 말은, 이제 너도 어느 정도 단념을 해야만 한다는 거야. 난 이제 이 집의 안주인이야. 그러니 너도 내게 복종을 해야 해. 내게 이래라 저래라 하는 건 더 이상 옳지 않은 일이라구."

자그마한 체구의 안주인은 허리를 쭉 펴며 고쳐 앉았고, 크고 검은 두 눈에서 반짝이고 있는 웃음 그 이상의 무언가를 담은 눈빛으로 피오니를 바라보았다.

피오니는 놀랍기도 하고 또 궁금하기도 한 심정으로 쿠에일란을 대했다. 늘 고집 세어 보이던 안주인이었지만, 그럼에도 불구하고, 늘 그녀가 구슬리고, 놀려주고, 웃게 만들 수 있는 쿠에일란이기도 했다. 하지만 앞으로 그녀가 점차 거만해지고, 더욱 도도해진다면 데이빗도 더 이상 견딜 수 없는 상황이 될지도 몰랐다. 두 사람 사이를 이어주는 유일한 끈은 육체였고, 그것은 쉽게 끊어질 수 있는 것이었다. 데이빗은 욕정을 쫓는 남자가 아니었다. 물론 정열은 남아 있었지만, 그것은 영혼 그리고 정신과 한데 얽혀 있는 것이었다. 즉, 데이빗이라는 인간 전체로서 존재하는 것이지 여러 부분으로 나뉘어질 수는 없었다. 그의 눈앞에서 아내가 어여쁘고 따뜻하며 온화한 태도를 보인다면, 그리고 굳이 그의 심기를 거스르는 행동을 하지 않는다면, 쿠에일란은 그의 마음에 닿아있는 그 줄을 계속해서 쥐고 있을 수 있을 것이었다. 하지만 그렇지 않을 경우, 그녀가 잡고 있는 줄은 위태로울 정도로 가늘어질 것이었다. 그녀는 데이빗을 온전히 소유하지 못했다.

이 모든 것을 피오니는 잘 알고 있었다. 그녀는 살아오면서 이런저런 것들을 곰곰이 생각하는 데 많은 시간을 할애할 수 있었다. 또한 평생을 이 에즈라 저택에서 지냈기에 집안 내에 거주하는 각각의 인물들에 대해 많은 생각을 해왔다. 그 가운데서도 가장 빈번했던 대상은 바로 데이빗이었다. 피오니에게 있어 질투심이나 희망 같은 것은 이미 지나가버린 감정일 수도 있다고 그녀는 스스로에게 말했다. 그녀의 유일한 관심사는 그저 어떻게 하면 데이빗이 각각의 재원으로부터 자신의 행복과 건강을 위해 최대한의 것들을 얻어낼 수 있는가 하는 부분이었다.

피오니는 안주인에게서 새로운 자긍심을 발견했지만, 차분하게 마음을 가다듬고 입을 열었다. "그래도 주인님을 위해서라면 기꺼이 무엇이든 하실 마님이시죠." 피오니가 작은 목소리로 말했다. 그리고는 침실로 건너가 잠자리 준비가 제대로 되어있는지 점검했다. 그곳은 안주인을 위한 침실이었지만, 데이빗이 왔다 가면 피오니는 그걸 어렵지 않게 알 수 있었다. 아침에 가보면 늘 그가 다녀간 흔적을 찾아볼 수 있었다. 파이프, 슬리퍼, 흰색 실크 손수건, 가지고 왔던 책까지. 피오니는 그 책들을 살펴보곤 했다. 처음에는 대개 시집들이었는데, 요즘은 예외 없이 역사나 철학 같은, 확실히 아내에게 읽어주기엔 무리가 있는 난해한 내용의 책들이었다. 북경에서 돌아온 이후, 데이빗은 처음으로 어머니의 서재에 있는 책들을 읽기 시작했다. 그 이유는 피오니도 알지 못했는데, 무엇이 데이빗을 이렇게 변하게 만들었는지 곰곰이 생각해보기도 했다. 아무튼 지난 며칠간 그가 선조들에 대해 많은 생각을 한 건 확실해 보였다.

피오니는 등불을 점검하고, 탁자 위의 먼지를 닦아냈으며, 곧 침대에 오를 쿠에일란을 위해 이불을 접어 젖혀 놓았고, 은 재질의 갈고리에 매달려있는 무거운 공단 침대 커튼을 살짝 쳐두었다. 그리고 나방이나 모기가 들어오지 못하도록 격자창을 닫았고, 향을 피우고 난 뒤 방을 빠져나왔다. 쿠에일란은 여전히 한가롭게 탁자 옆에 앉아 있었다.

"옷을 갈아입는 걸 도와드릴까요?" 피오니가 물었다.

쿠에일란이 고개를 저었다. "잠자리에 들기에는 아직 너무 일러." 그녀가 거만하게 말했다. "그냥 잠시 혼자 있을게."

피오니는 안주인의 분부에 따르며 방을 나섰다. 쿠에일란이 집안의 대소사를 관장하게 되면 분명 이제까지와는 다른 집이 될 게 분명했다. 피오니는 셋째 안뜰에서 멈춰 서서 생각에 잠겼다. 데이빗한테 가야할까? 가지 않으면 데이빗이 이상하게 생각할지도 몰랐다. 하지만 어쩌면 자신을 기다리지 않을지도 몰랐다. 그녀는 데이빗에게 갈 수가 없었다. 잠긴 문의 기억이 남아있었다. 대신 피오니는 왕 마를 찾아갔다. 그곳에 도착하자 침대에 앉아 있는 왕 마의 모습이 보였고, 왕 씨 노인이 침대 가까이의 대나무 걸상에 걸터앉아 있었다. 두 사람은 울고 있었다.

집안일에 분주하다보니 피오니는 두 사람을 깜빡 잊고 있었다. 사실 지난 몇 년이 흐르는 동안, 두 사람을 종종 잊은 적이 많았다. 그 이유는, 왕 씨 부부가 에즈라를 모시는 사이, 피오니는 차세대의 구성원들을 돌보았기 때문에 이전보다 그들과 마주치는 시간이 적었기 때문이었다. 이제 그들은 모실 대상을 잃은 것이었다. 피오니는 그들을 위로할 생각을 하기도 전에 소매를 들어 올려 자신의 눈물을 닦았고, 왕 마가 말을 건넬 때까지 기다렸다.

"애야, 뭐 하나 부탁해도 되겠니?" 왕 마가 흐느끼며 말했다.

"예, 말씀 하세요." 피오니가 대답했다.

"난 이제 더 이상 이 집에 머물 생각이 없단다. 나도 그렇고 이 사람도 그렇고. 우린 시골 장남네로 가서 손자들을 보면서 살 생각이야. 새로운 주인님께 나 대신 말씀을 드려주렴."

크게 상심해 있는 그들을 보자, 피오니는 자신이 부탁하려 했던 일을 차마 입 밖으로 꺼낼 수 없었다. 그녀가 부탁하고자 했던 일은, 자기 대신 데이빗의 시중을 들어달라는 거였다.

"주인님께서 슬픔을 떨쳐내시고 원래의 모습을 회복하시는 대로 말씀드리도록 할게요." 그녀가 약속했다. "그러니 두 분 너무 상심 마세요. 아마 주인님께서도 선뜻 받아들여주실 거예요. 그건 그렇고, 만약 두 분이 떠나신다면 저 혼자 어떻게 해나가죠? 전 늘 아줌마한테 의지해왔었잖아요."

"이 집에서 지내고픈 마음이 더 이상 없단다." 왕 마가 그렇게 대답하고 다시 흐느끼기 시작했다.

이에 하는 수없이 피오니는 울적한 마음으로 자리를 떴고, 남자하인 한 명을 데이빗에게 보내 음식이라든가 뭐 필요한 게 없는지 여쭤보라 지시했다. 그런 다음 피오니는 홀로 자신의 거처로 향했다. 이미 밤이 깊었고, 피오니는 꽤 지쳐있었다. 다가올 미래가 그저 불투명하기만 했다.

예기치 않게 세상을 뜬 에즈라는 데이빗 일행이 그렇게 갑자기 북경을 떠난 이유를 쿵 첸에게 미처 얘기해주지 못 했다. 데이빗 역시 슬픔에 잠겨 있느라 그걸 잊고 있었다. 슬픔만으론 충분치 않았는지, 물건들을 싣고 인도를 떠났던 배들이 돌아와 항구에 도착했다는 소식이 날아들었고, 이제 육상으로 운송이 시작되었다는 소식이 들려왔다. 전쟁이 끝난 지 얼마 되지 않은 시점이라 사람들은 가난했고, 도처에 도적들이 들끓었기 때문에 데이빗은 짐을 실은 일행이 지나는 지방마다 호위대와 군인들을 배치시켜야 했다. 그에게는 아버지를 애도할 시간조차 주어지지 않았고, 곧바로 업무에 복귀해야만 했다. 이러한 와중에서 그는 북경에서 피오니와 관련해 벌어진 이야기를 쿵 첸에게 해주는 걸 잊고 있었던 것이다. 이즈음, 데이빗은 안팎으로 골치를 앓고 있었다. 집 안에서는 피오니가 자신을 경원하기 시작한 것이다. 그는 피오니가 깊이 생각한 끝에 그러한 행동을 하는 것이라는 걸 알고 있었음에도 마음이 편치 않았다. 그래서 그는 물품들이 상점들에 안전하게 도착하고, 아버지를 잃은 상실감이 잦아들면서 심적으로 안정을 찾게 되면 다시금 자신과 솔직하게 대면을 해 피오니 문제를 어떻게 할지 결정을 내릴 생각이었다.

그러한 상황에서 어느 날 아침 쿵 첸이 대경실색한 표정으로 데이빗을 찾아왔다. 데이빗은 상점 내 집무실에서 막 도착하기 시작한 물품들의 수량을 계산하는 한편, 인도에서 직조된 고급 면의 품질을 측정하고 있던 중이었다. 그의 곁에는 쿵 첸의 장남이 앉아 있었고, 두 사람 모두 업무에 몰두 중이었다. 쿵 첸이 들어서자 두 사람 모두 놀란 표정을 지어 보였다.

"데이빗, 나와 잠시 얘기를 좀 하세. 그리고 아들, 너도 함께 오거라." 쿵 첸이 심각한 음성으로 말했다.

그렇게 두 사람은 그를 따라 작은 방으로 들어갔고, 쿵 첸은 문을 닫았다. 겁에 질린 그의 얼굴은 온통 잿빛으로 물들어 있었고, 입술엔 핏기가 없었다.

"북경 우리 가게에서 전령이 한 명 도착했네." 쿵 첸이 거의 속삭이듯 운을 뗐다. "그가 말하길 궁궐에서 우리를 크게 못마땅해 한다는구나, 데이빗. 수석 집사가 너희 집의 하녀 가운데 한 명이 서태후에게 무례하게 행동했다는 소문을 퍼뜨리고 있다던데, 대체 이게 무슨 일이냐?"

데이빗의 가슴이 철렁 내려앉았다. 그는 즉시 사태를 파악했고, 어렵사리 두 사람에게 자초지종을 설명해 주었다. 쿵 첸 부자는 아무 말 없이 데이빗의 말에 귀를 기울였다.

"수석 집사는 피오니를 벌한다는 명목으로 그 아이를 데려가려 할 게 분명해." 데이빗이 말을 마치자, 쿵 첸이 말을 이었다. "만일 피오니를 단념하지 않으면, 우린 절대 이전처럼 사업이 번창하는 걸 기대할 수 없게 되네. 궁궐의 힘은 막강하거든."

"저 혼자 북경에 다시 가도록 하겠습니다." 데이빗이 말했다. "그리고 황후들을 알현해 모든 걸 사실대로 말씀드려 보겠습니다."

데이빗의 말을 들은 두 중국인 부자는 크게 놀라며 고개를 저었다. "그건 어리석은 짓이야!" 쿵 첸이 힘주어 말했다. "자네가 수석 집사를 상대해 이길 수 있을 거라 생각하나? 그는 궁정의 신임을 한 몸에 받고 있는 자야. 만일 그랬다가는 자네 인생은 그걸로 끝일 걸세. 답이 없어. 피오니를 보내는 것 외에는 방법이 없단 말일세."

"그렇게는 할 수 없습니다." 데이빗이 단호하게 말했다.

쿵 첸 부자는 서먹한 표정으로 데이빗을 바라보았다. 데이빗은 두 사람을 향한 자신의 시선을 그대로 유지하느라 크게 애를 먹었다. 이어 아버지와 아들은 서로를 바라보았다. 두 사람은 피오니가 얼마나 아름다운 처녀인가 하는 점을 상기했다. 쿵 첸은 일전에 한두 차례 아들에게 이런 말을 한 적이 있었다. 그렇게 아름다우면서도 똑똑하고 지적인 하녀를 곁에 두고 마음이 흔들리지 않을 남자는 없을 거라고.

데이빗으로선 그 순간을 더 이상 잠자코 견뎌낼 수 없었다. "어떤 생각을 하고 계시는지 잘 알고 있습니다." 그가 딱딱하게 말했다. "하지만 그건 가능한 일이 아닙니다. 저희 종교에서는 남자에게 오직 아내만이 허락됩니다. 피오니는 우리 집안에서 거의 딸과 같은 존재였습니다. 그 때문에, 그 환관에게 피오니를 내줄 수는 없습니다."

쿵 첸은 희망의 끈을 놓지 않았다. "만일 그 아이가 자진해서 가겠다고 한다면?"

데이빗은 솔직한 자신의 심정을 털어놓을 수 없었다. 왜 말을 못하는지 스스로도 알 수 없었다. 설령 자신이 피오니를 사랑하고, 그녀를 후처로 삼고 싶다는 말을 솔직하게 털어놓는다 해도 이 두 사내는 그를 탓하지 않을 터였다. 그저 껄껄 웃으며 어떻게 하면 그를 위해 피오니를 구해낼 수 있을지 함께 고민을 해줄지도 몰랐다. 하지만 데이빗은 그렇게 자신의 감정을 실토할 수는 없었다. 그가 고개를 숙이며 입을 열었다. "본인이 진정 가고 싶어서 가겠다고 한다면……." 데이빗이 더듬거리며 말을 이었다. "그럼 보내도록 하겠습니다."

이제 세 사람은 다시 회사 일로 돌아갔고, 데이빗은 평상심을 되찾으려 노력했다. 하지만 지금 이 순간, 그가 숫자들이나 물품들, 심지어 이윤 따위를 어떻게 염두에 둘 수 있겠는가? 쿵 첸은 피오니를 불러 강요를 하려 들지도 몰랐다. 궁궐로 가지 않으면 데이빗과 양쪽 집안에 얼마나 막대한 손해를 입히게 될지를 피오니에게 환기시키며 압력을 가할 수도 있었다. 그렇다면 배려심이 남다른 피오니는 온전히 그의 뜻대로 할 것이다. 데이빗은 마음이 혼란스러워 더 이상 업무를 볼 수 없었다. "몸이 안 좋네요." 그가 쿵 첸의 장남에게 말했다. "집에 가서 일찍 잠을 자야겠어요. 내일 뵙도록 하죠."

쿵 첸의 장남이 데이빗을 지그시 바라보았지만 데이빗으로부터 별다른 말을 들을 수는 없었다. 하지만 그는 데이빗의 마음을 알고 있었다. 데이빗 역시 장남의 작고 상냥한 두 눈에서 그가 자신의 마음을 읽고 있다는 것을 알아볼 수 있었다. 데이빗은 서둘러 사무실을 빠져나왔다. 한시도 지체할 시간이 없었다. 집에 도착하자마자 그는 피오니를 데려오게 했고, 손에 묻은 물기를 닦으며 피오니가 달려올 때까지 안절부절못한 채 기다렸다.

"부엌에 있었어요. 단지에 들어있는 간장이 적당히 걸쭉하지 않다고 해서 한번 가봤어요."

데이빗은 피오니의 말에는 주의를 기울이지 않았지만, 집안의 기둥인 아름답고 강인한 그녀의 모습을 주의 깊게 바라보았다. 데이빗은 그녀 없이 살 수 없었다. "자리에 앉아, 피오니." 그가 불쑥 분부를 내렸다.

피오니는 평소와 다른 그의 표정과 목소리에 놀라며 의자 언저리에 걸터앉았다. "무슨 일이죠?"

데이빗이 서둘러 대략적인 이야기를 해주었다. 한시라도 빨리 짐을 덜고 싶은 마음에서였다. 또한 피오니라면 어떤 이야기건 감당할 수 있으리란 걸 알고 있었기 때문이다. 그럼에도 데이빗은 분홍빛 얼굴에서 건강함과 핏기가 가시는 모습의 피오니를 보고 자못 놀라지 않을 수 없었다.

"그래서 제가 비구니가 되겠다고 말씀드렸잖아요." 그녀가 속삭였다. "그것 말고는 주인님을 구해드릴 방법이 없어요." 피오니는 자리에서 일어나 잊고 있었던 파란색 앞치마를 풀기 시작했다.

"잠깐," 데이빗이 말했다. "네가 나와 함께 있을 수 있는 또 다른 방법이 있어."

피오니는 그게 무엇을 뜻하는지 알았지만, 마음을 다잡고 데이빗에게 다그쳐 물었다. "어떤 방법으로요?"

"너도 알잖아." 데이빗이 피오니를 바라보지 못 한 채 낮은 목소리로 말했다.

고개를 돌리는 데이빗에게 화가 난 피오니가 단호한 음성으로 말했다. "저를 후처로 삼겠다는 말씀이세요?"

"응." 데이빗이 여전히 피오니를 바라보지 않은 채 대답했다.

피오니는 표정 없이 긴장해 있는 데이빗의 얼굴을 바라보았다. 그의 눈빛에는 즐거움이 보이지 않았다. 그녀의 손에서 앞치마가 흘러 내려 바닥으로 떨어졌다. "내가 들어가지 못하게 문을 잠그셨잖아요! 도대체 왜 그러셨던 거죠?"

"그걸 내가 어떻게 알겠니?" 그가 오히려 피오니에게 되물었다.

"주인님은 알고 계세요." 그녀가 반박했다. "지금 제게 묻는 바로 그걸 두려워하시는 거예요. 주인님이 두려워하는 건 자기 자신이에요. 주인님 마음속에 여전히 남아있고, 앞으로도 평생 남아있을 그것을 두려워하시는 거예요!"

"그렇지 않아!" 그가 큰 소리로 피오니의 말을 부인했다.

"부정한다고 부정되는 게 아니에요." 그녀가 말을 이었다. "그건 타고 난 거예요."

그는 머리를 한 손으로 감싼 채 아무 대답도 하지 않았다. 그 순간, 그는 리아를 보았다. 그리고 마치 그녀가 살아있기라도 한 것처럼 명확하게 그녀의 목소리를 들었다. 리아의 목소리는 이내 그의 어머니의 목소리가 되었고, 그에 앞서 살다간 모든 남자와 여자의 목소리가 되었다. 그건 여호와의 목소리였다.

"만일 제가 주인님의 뜻에 따른다면, 주인님은 점점 더 양심의 가책을 느끼게 될 테고, 저를 점점 덜 사랑하게 되실 거예요. 아뇨, 전 그걸 허락하지 않을 거예요. 그러니, 절 가게 해주세요. 저는 제 자유 의지대로 가겠어요. 절대 궁궐로 가진 않아요!"

피오니는 이 말을 남기곤 방을 뛰쳐나갔고, 데이빗은 그녀를 쫓아갈 수 없었다. 그녀가 한 말은 사실이었다. 그의 어머니가 반항적인 그의 영혼에 심어 넣으려 했던 그것이 어느새 뿌리를 내리고 있었다. 비록 그가 무시하고, 홀대를 했지만, 그것은 아직 죽지 않았다. 그것은 그 안에 여전히 살아있었다. 그건 바로 유대 민족의 신앙과 믿음이었다. 그것은 망자로부터 살아나와 그의 영혼을 요구했다. 그는 결코 거기서 빠져나올 수 없었다. 데이빗은 무릎을 꿇었고, 팔을 가슴께에 접은 뒤 머리를 그 위로 숙였다. "오 여호와여, 진정한 유일신이시여, 제 기도를 들으소서 — 부디 저를 용서해주소서!"

시내를 가로질러 피오니는 바삐 걸음을 옮겼다. 머리는 숙인 채였고, 손에는 아무 것도 들고 있지 않았다. 불교 수녀원의 문이 열렸고, 그녀가 들어섰다. 안마당은 조용했지만 피오니는 주저 없이 목소리를 높였다. "원장님 계세요?"

잿빛 가운을 입은 부드러운 용모의 나이든 여인이 밖으로 나와 손을 뻗으며 피오니를 맞이했다. "어서 오세요, 딱한 영혼." 원장이 말했다.

"저는 위험에 처해 있습니다." 피오니가 숨차하며 말했다.

"이곳에선 신들께서 우리를 보호해주십니다. 누구도 범접할 수 없죠."

"아, 어서 문을 잠가주세요!" 피오니가 애원했다. 이제 이렇게 수녀원 안에 들어와 있자니 피오니는 자신이 한 행동에 스스로 덜컥 겁이 났다. 그녀는 나이든 여인의 손을 꼭 쥐며 간청했다. "만일 제가 내보내달라고 부탁을 해도 절대 허락하지 말아주세요!"

"그렇게 할게요." 수녀원장이 약속했다. 그리고 쇠막대를 내려 문을 잠갔다.

설마 피오니가 집으로 돌아오지 않으리라고 데이빗이 생각할 수 있을까? 그는 혼란스런 심정으로 몇 시간 동안 그녀를 기다렸다. 하지만 얼마 뒤, 너무 오랜 기다림에 지친 데이빗이 왕 마를 불러 혹시 피오니가 비구니 수녀원에 가있는지를 확인해보도록 했다. 워낙 그의 표정이 무거웠기 때문에 왕 마는 감히 뭔가를 물어볼 엄두도 내지 못한 채 그저 크게 놀라며 분부를 따랐다.

혹시 피오니가 강물에 뛰어들지나 않았을까 하는 걱정을 하기도 했던 데이빗은 한 시간쯤 지나 왕 마가 돌아와 피오니가 정말 수녀원에 있다는 얘기를 해주었을 때에야 비로소 마음을 놓을 수 있었다. 그 소식을 전해들은 데이빗은 곧 집안에 이 사실이 퍼져나갈 것이라는 걸 깨닫고,

곧바로 쿠에일란에게 가서 자초지종을 설명해 주어야겠다고 생각했다. 즉, 수석 환관이 손을 뻗쳐와 자신을 낚아채 가는 걸 피오니가 두려워해 스스로 이런 결심을 했다는 사실을 얘기해줄 생각이었다. 하지만 자신의 복잡한 심경, 자신과 피오니 사이에 굳게 잠긴 문이 생겨나 느끼게 된 묘한 기분 같은 것에 대해서는 말하지 않을 터였다. 하지만 그녀가 자신을 떠났다는 사실을 부인할 수 있을까? 데이빗은 피오니가 그렇게 자신을 떠났다는 사실에 자못 상처를 받았다. 그녀는 마치 학대받는 노예처럼 그의 집에서 도망쳤다. 오누이처럼 자라왔던 두 사람의 감정이 어느 시점에서 더 큰 감정으로 변했는지 모를 정도로 어린 시절부터 그녀를 사랑해온 자신을 남겨두고 말이다. 그는 이 사랑의 감정을 마주 대하는 게 두려웠다. 그래서 그것을 애써 외면하며 마음속으로 피오니를 나무랐다. 그렇게 갑자기 자신을 떠날 권리가 그녀에겐 없다고 생각했다. 데이빗은 피오니로부터 냉대를 받았다는 느낌에 휩싸인 채 아내를 찾았다.

우연찮게도 쿠에일란은 무척이나 기분이 좋은 상태였다. 그녀는 자신이 이 집안의 진정한 안주인이 되었다는 점, 남편이 집의 주인이고, 두 사람이 받들어 모셔야 할 연장자가 집안에 없다는 사실을 무척이나 기뻐했다. 집안의 이국적인 모든 것들이 이제 사라지고 없었다. 그녀는 곧잘 미소를 지었고, 하인들이나 자식들에게도 관대한 모습을 보이고 있었다. 쿠에일란의 앞마당에 도착했을 때 데이빗은 어떤 남자의 마음이라도 충족시켜줄 수 있는 광경을 대할 수 있었다. 그의 아내인 이 아름다운 여인이 잔디 위에 앉아있었고, 그녀의 주위에선 아이들이 뛰어놀고 있었다. 가정교사 역할을 하고 있던 피오니가 오지 않았기 때문에 데이빗의 아들들은 오늘 하루를 휴일 삼아 보냈다. 장남은 깃털공놀이를 했고, 둘째는 귀뚜라미를 가지고 놀았고, 막내는 쿠에일란의 무릎 위에 앉아 있었다. 담장 옆의 테라스에는 국화가 한껏 피어올라 있었고, 오후의 햇살이 꽃들과 아이들 위로 내려앉았다. 이제 데이빗은 그가 때때로 잊곤 하는 것을 다시금 확인했다 — 그건 바로 쿠에일란이 얼마나 아름다운 여인인가 하는 점이었다. 그녀의 크림색 피부는 밝은 빛 아래에 있는 아기의 피부처럼 투명하기 이를 데 없었고, 입술은 붉은 빛을 띠었으며, 피오니가 오랫동안 관리를 해준 검은 머리칼엔 윤기가 흘렀다. 이날 아침 피오니는 비취 귀걸이와 밝은 녹황색 웃옷에 맞춰 머리매듭에 비취 핀을 꽂아 주었었다.

내가 행복해하지 않을 이유가 어디 있을까? 데이빗은 스스로에게 이렇게 묻고 있었다.

그는 문 앞에 서있었고, 이제 모두들 그가 온 걸 알아보았다. 쿠에일란이 자리에서 몸을 일으켰고, 소년들은 아버지를 향해 달려갔다. 쿠에일란도 데이빗에게 다가갔다. 데이빗은 밝은 햇살 아래 서있는 아내의 모습을 보고, 다시 한 번 그녀의 아름다움을 느낄 수 있었다. 쿠에일란 역시 문가에 서있는 남편을 바라보았다. 훤칠한 키에 남성스러움이 절정에 다다른 모습이었다. 데이빗은 일부 외국남자들이 그러하듯 턱수염을 길게 기르지 않았다. 부드러운 얼굴선, 크고 검은 두 눈에 탄탄한 입술, 무엇보다도 그녀의 마음을 흔드는 건 그의 강인하고 듬직한 체격이었다. 그녀는 남편을 사랑했지만, 하루하루 지내오면서 그 감정을 잊고 있었다. 그녀가 남편의 곁으로 가 앉았다. 두 사람은 서로를 뜨거운 눈빛으로 바라보았다. 데이빗이 그녀의 품에 있던 막내를 들어올렸다. "녀석이 얼마나 컸는지 한번 봅시다." 그가 말했다.

쿠에일란이 서둘러 아이의 밑에 두툼한 천을 갖다 댔다. "아직 어려서 쉬를 할지도 모르거든요!"

데이빗이 웃음을 지어 보였다. 놀고 있던 두 아들이 달려와 팔꿈치를 데이빗의 무릎 위에 대고 앉았다. 세 아이들에게 둘러싸인 채 두 사람은 다시 눈을 마주쳤고, 미소를 지었다.

"어떻게 이 시간에 집에 오셨어요?" 쿠에일란이 물었다.

"아주 기이한 일이 일어났소." 데이빗이 말했다. "당신, 그 수석 집사 기억하지? 피오니를 원했던 그 환관 말이오." 데이빗은 아주 스스럼없이 얘기를 꺼냈다! 그는 스스로도 자신의 차분함에 놀라워했다.

"설마 아직도 피오니를 원하고 있는 건 아니겠죠?" 쿠에일란이 크게 호기심을 보이며 말했다.

데이빗이 고개를 끄덕였다. "피오니가 궁궐에 가기를 원하지 않는 이상, 우리 집안에 위험을 몰고 오지 않으면서 이 난관을 탈출할 수 있는 방법은 오직 한 가지 뿐이오."

쿠에일란은 데이빗의 얼굴을 유심히 지켜보았다. 아, 그는 마음속 깊숙이 존재하는 자신의 감정까지 아내에게 말해줄 수는 없다는 것을 느낄 수 — 아니 알 수 있었다. 그 자신은 그 깊이를 제대로 알고 있을까? 하나의 사랑에 맞선 또 하나의 사랑, 이 둘 중에 과연 어느 것이 보다 더 소중한지, 아무리 무게를 재고 길이를 재본다 한들, 자신 있게 말할 수 있는 남자가 과연 있을까?

"피오니는 비구니 수녀원으로 들어갔소." 데이빗이 조용히 말했다.

"그곳에서 지내려고요?" 쿠에일란이 눈을 크게 뜨며 물었다.

"그곳 말고 더 안전한 곳이 어디 있겠소?"

이제 아이들이 질문을 던지기 시작했다. "이제 피오니 누나는 여기서 우리랑 살지 않는 거예요?" 장남이 물었다.

"비구니가 될 거라면 사찰에서 살아야 하는 거야." 쿠에일란이 대답했다.

막내가 울기 시작했다. "피오니 누나가 보고 싶어." 그가 흐느끼며 말했다.

"조용!" 쿠에일란이 아이의 투정을 제지했다. "정식으로 비구니가 되면 우리를 보러 올 수도 있을 거야."

데이빗은 막내아들의 손을 토닥거리며 침묵을 지켰다. 그는 자신의 손바닥 위에 아기의 손을 펼쳐보았다. 아들의 손바닥에서 온기가 전해져왔다.

쿠에일란은 깊이 생각에 잠겨 있었다. 그녀 역시 무게를 재고, 길이를 측정해보며 선과 악 사이를 오가고 있었다. 그녀 또한 피오니를 무척 그리워 할 터였다. 하지만 수련 기간이 끝나면 피오니는 언제든 집을 찾아올 수 있을 것이다. 물론 밤이 되면 사찰로 돌아가야겠지만, 수시로 피오니가 집에 들락거리는 건 유쾌한 일이 아니었다. 쿠에일란은 시부모가 돌아가신 지금, 더이상 피오니를 필요로 하지 않았다. 이젠 모든 게 율법과 전통에 부합하는지 신경을 쓸 필요가 없었기 때문이다. 그랬다, 이젠 피오니가 이곳에 있지 않은 게 더 나았다. 때로는 피오니가 거의 안주인처럼 보이기도 했다. 그녀 안에 잠자고 있던 비밀스런 질투심 ― 당시엔 피오니가 유용했기 때문에 그저 묻어두었던 그 시기심이 이제 잠을 깨고 밖으로 튀어나왔다. 또한 피오니는 지나치리만치 아름다웠다. 책도 즐겨 읽는 피오니였기에 데이빗은 그녀와 대화하는 걸 좋아했다.

"비구니가 되는 건 피오니에게 좋은 일이에요." 쿠에일란이 갑자기 입을 열었다. "그 아인 결혼할 생각이 없으니, 여자로서 비구니가 되는 것 말고 다른 무슨 할 일이 있겠어요? 여러 번 우리가 남편을 구해주겠다는 얘기를 해보았지만 피오니는 전혀 관심을 보이지 않았어요. 그렇다고 세월을 막을 수는 없죠. 결국 언젠가는 비구니가 될 운명이었어요. 궁궐에 들어가는 것도 마다했으니 말이죠. 만일 그리로 갔다면, 물론?"

"전혀 그럴 생각이 없었지." 데이빗이 고개를 들지 않은 채 불쑥 끼어들었다.

쿠에일란이 질투심을 느꼈다. "피오니가 만일 지금까지 그렇게 보여

왔던 것처럼 우리를 진정으로 사랑했다면 궁궐에 갈 수도 있었을 거예요." 그녀가 언성을 높였다. "그 아이가 궁궐에 들어가는 것보다 우리 집안에 더 큰 도움을 줄 수 있는 게 어디 있겠어요? 그곳에서 당신 입장을 대변해줄 수도 있고, 우리 아이들이 크면 초대를 해줄 수도 있고, 나도 피오니를 만나러 가볼 수도 있고 말이죠. 좋은 점이 어디 한 두 가지겠어요?"

데이빗은 아무 대답도 하지 않았다. 아기는 그의 손바닥 안에서 손가락을 구부렸고, 그는 아이의 작은 주먹을 꼭 쥐어주었다. 갑자기 몸을 일으킨 데이빗이 허리를 굽혀 아이를 엄마의 무릎 위에 내려놓았다. "피오니가 안 보이면 집이 좀 어색해지겠지." 데이빗이 조용히 말했다. "하지만 현명한 결정을 내린 거야. 자, 난 가게에 나가 한 시간 정도 업무를 보고 돌아오겠소."

그는 아내의 둥근 뺨을 한 차례 어루만진 뒤 집을 나섰다. 마음이 차분해지는 기분이었다. 그의 삶의 일부가 막을 내리고 있었다. 그는 하나의 선택을 한 상황이었지만, 그 스스로에게조차 그게 어떤 선택인지 말해줄 수 없었다. 하지만 악전고투가 끝났음을 그는 알았다. 그는 집안의 주인일 뿐만 아니라 자신의 마음의 주인이기도 했다.

왕 마가 피오니를 찾으러 갔을 때, 문가에 나온 한 비구니는 왕 마를 바로 들이지 않고 원장에게 가서 허락을 구했다. 수녀원 내부는 에즈라 집안에서 온 아름다운 젊은 여성의 입문으로 살짝 들뜬 분위기였다. 얼마 전 그 집안의 가장이 세상을 떠났다는 사실은 모두들 알고 있었다. 시내에 사는 사람들 가운데 그 장대한 장례식을 전해 듣지 않은 사람은 아무도 없었기 때문이다. 원장은 수녀원 내부에 오가는 이런저런 수군거림을 듣긴 했지만, 피오니에게 아무런 질문도 하지 않았다. 그녀는 피오니에게 자그마한 대나무 숲에 면한 널찍하고 조용한 방을 내주었다. 수련 비구니들은 피오니가 목욕을 할 수 있도록 뜨거운 물을 가져다 주었고, 의자 위에는 모시로 만든 부드럽고 깨끗한 잿빛 가운을 올려두었다. 얼마 뒤, 피오니가 목욕을 하고 잿빛 가운으로 갈아입었다는 얘기를 전해들은 원장은 피오니가 입고 있던 옷가지들을 모아다 한 상자에 넣어두고 잠가두라고 일렀다. 이어 피오니 앞에 채식으로 마련된 식사가 놓였고, 더할 나위 없이 정결한 차도 함께 제공되었다.

문 앞에 한 노파가 와있다는 보고를 전달받은 원장은 직접 피오니를 찾아갔다. 피오니는 두 손을 맞잡은 채 창가에 앉아있었다. 잿빛 가운을 걸친 그녀의 모습이 너무나도 아름다웠기에 원장은 마음이 저려오는 걸 느꼈다. 오래 전, 결혼한 지 한 달도 채 지나지 않아 자신의 젊은 남편이 죽었을 때 그녀는 이곳에 들어왔었다. 그녀는 우선 자신의 자궁에 열매가 맺어지지 않았음을 확인하기 위해 잠시 기다렸고, 이어 하늘에 자신을 맡기기로 서약을 맺었다. 자신이 혼자 살아가야만 한다는 사실을 알고 있는 여인을 보면 원장은 굳이 얘기를 하지 않아도 그 사정을 알아볼 수 있었다.

"지금 문 앞에 왕씨 성을 가진 나이든 하인 한 사람이 찾아와서 널 만나보고 싶어 한단다." 원장이 상냥하게 말했다. "만나겠니?"

피오니는 자리에서 일어나 슬픔에 잠긴 커다란 눈을 들어 원장의 후덕한 얼굴을 바라보았다. 피오니는 고개를 저을 생각이었지만 도저히 그렇게 할 수가 없었다. 자신을 찾기 위해 데이빗이 왕 마를 보냈다는 건 의심의 여지가 없었다.

"예, 만나보는 게 좋을 것 같아요."

그렇게 왕 마는 안으로 들어왔고, 잠시 뒤 잿빛 가운을 입은 피오니의 모습을 보자 왕 마는 할 말을 잃은 채 주름진 두 뺨 위로 눈물을 흘리기 시작했다. 그녀가 두 손을 벌리자 피오니는 더 이상 자제를 할 수가 없었다. 피오니는 왕 마에게 달려갔고, 두 여인은 함께 얼싸안고 눈물을 흘렸다. 곁에 있던 원장은 머리를 숙인 채 차분히 기다렸다.

먼저 눈가의 눈물을 닦은 건 왕 마였다. 그녀가 자리에 앉으며 중얼거렸다. "다리가 후들거려서."

피오니는 뺨 위로 눈물을 흘리며 서 있었다.

"주인님이 어쩌셨기에?" 왕 마가 물었다.

피오니가 고개를 저으며 소매로 눈물을 훔쳤다. "아무 것도요." 그녀가 작은 목소리로 대답했다.

"그런데 왜." 왕 마가 말했다. 그리곤 계속 피오니를 주시했다.

피오니는 바닥에 시선을 둔 채 말을 이었다. "그 환관이 다시 저를 찾아내려 해서요." 그녀가 여전히 작은 음성으로 말했다.

"그래, 넌 주인님의 아내도 후처도 아니니 —"

"예, 저를 보호해줄 사람은 없죠." 피오니가 왕 마와 의견을 같이 했다.

왕 마가 크게 한숨을 내쉬었다. "다시 돌아오기엔 너무 늦은 거니?"

"돌아가 보았자 슬픔 외에 뭐가 기다리고 있겠어요?"

"너도 그저 나처럼 했으면 좋았을 텐데." 왕 마가 아쉬움을 토로했다. "난 집안에서 주선해준 남자와 결혼을 한 뒤, 에즈라 가족들과 함께 살았지. 주인님이 황천길을 떠나실 때까지 그분의 시중을 들었고 말이야. 이젠 나도 늙었는지 할아범이 된 남편조차도 내게 위안이 되어준단다."

데이빗은 그의 아버지와 다르고, 자신은 왕 마와 다르다는 것을 피오니가 어떻게 설명할 수 있을까? 그녀 눈에는 여전히 눈물이 가득 고여 있었지만, 애써 입술을 움직여 미소를 지어보였다. "일전에 제게 삶이란 슬픈 것이라고 말씀해주셨던 거 기억하세요?"

피오니의 목소리는 너무도 가냘프고 작았기 때문에 제대로 듣지 못한 왕 마는 대답을 하지 않았다. 왕 마는 두세 차례 혀를 끌끌 차고는 무릎 위에 두 손을 짚고 피오니를 물끄러미 바라보다가 원장에게로 시선을 돌렸다.

"이 아이의 머리를 삭발하실 건가요?" 왕 마가 원장에게 물었다.

"전 규범을 따를 거예요." 원장이 대답을 하기 전에 피오니가 말했다.

왕 마는 한숨을 내쉬고는 몸을 일으켰다. "네 마음이 하늘에 가 있다면 내가 더 이상 여기에 머물 이유가 없지." 그녀가 단호하게 말했다. "주인님께 전할 말은 없니?"

피오니를 바라보고 있던 원장은 이제 상황을 대략 알아차릴 수 있게 되었다. 피오니의 목과 얼굴이 짙고 사랑스런 장밋빛으로 붉게 물들었다. 그녀의 붉은 입술이 파르르 떨렸고, 눈물이 속눈썹 아래에 무겁게 매달렸다. "아마도 다시는 주인님을 만나 뵙지 않게 될 거예요." 그녀가 작은 음성으로 말했다.

이 말을 들은 원장은 피오니를 동정했다. 오래 전, 원장은 마음속의 사랑과 동경으로부터 결코 자유로워질 수 없다는 생각에 며칠 밤을 눈물로 지새운 적이 있었다. 하지만 그럭저럭 마음은 치유가 되었고, 고통은 과거 속으로 사라졌다. 이제 그녀의 기억 속에 남아 있는 건 남편이 살아있었을 당시의 달콤했던 시절뿐이었고, 상실의 고통은 차츰 희미해져갔다.

"지금 그런 말을 할 필요는 없단다." 원장이 피오니에게 말했다. "마음이 어떻게 치유되고 정리되는지 지켜보자꾸나."

왕 마는 원장의 말에 고개를 끄덕인 뒤 자리를 떴다.

그녀가 떠나간 뒤 원장이 자리에 앉았다. 피오니는 그대로 서있었다. 원장이 무척 차분한 목소리로 한 그 얘기가 피오니의 마음속에서 마치 종소리처럼 울려 퍼졌다. 피오니가 원장을 바라보았다. "아까 하신 말씀은, 제가 그분을 사랑하는 걸 멈출 수도 있다는 건가요?"

원장이 미소를 지어보였다. "사랑은 변하는 거란다. 불꽃이 사그라져도, 온기는 남아있지. 하지만 더 이상 중심을 차지하고 영혼 전체를 따뜻하게 만들어주지는 못한단다. 그러면 이제 영혼은 확산된 사랑으로 모든 인류에게 눈을 돌리게 되지."

피오니는 조용히 선 채로 원장의 말을 귀담아 들었다. 원장은 이 어린 처녀가 더욱 측은하게 여겨졌다.

"제가 왜 이곳에 오게 되었는지 말씀을 드릴까요?" 잠시 뒤 피오니가 물었다.

"마음 편하게 말할 수 있을 때 하거라." 원장이 대답했다.

"제가 왜 도망쳐왔는지 말해야만 하는 규정 같은 건 없나요?"

"없단다." 원장이 부드러운 미소를 띤 채 피오니를 응시했다. "여기 있는 우리는 모두 각자 슬픔을 한두 개씩 가지고 있지. 그 슬픔들 때문에 우리의 삶이 괴물처럼 변했을 때 우린 피난처를 찾은 거란다. 한 가지 꼭 알아야 할 점은 네게 힘을 행사할 수 있는 남편이 있는가 하는 게다. 그렇다면 네 자유를 놓고 그와 거래를 해야 하거든."

"말씀드린 대로 제겐 남편이 없어요." 피오니가 대답했다.

"그럼 이곳에서 편히 지내도록 해라. 우리 위로는 하늘이, 아래로는 땅이 있을 뿐이다."

그렇게 말하며 원장은 일어섰고, 방을 빠져나갔다. 피오니는 그로부터 한참 더 그대로 서있었다. 아무런 걱정도 고통도 느끼지 않았다. 깊은 고요함이 그의 존재 속으로 슬며시 찾아들었다.

삼년 동안 피오니는 이 수녀원 내에서 살아왔다. 원장이 말했던 그 불꽃이 온기로 변하는 데 그렇게 긴 시간이 걸렸다. 그 기간 동안 피오니는 데이빗을 만나지 않았다. 어떤 남자도 대문 안으로 들어올 수 없었고, 그녀 역시 밖으로 한 발짝도 나서지 않았다. 왕 마가 떠난 바로 그날부터 피오니는 수녀원의 삶을 받아들였다. 그녀는 수련 비구니로서 불경을 공부하고, 염불 예식을 배우고, 불상을 모시는 데 손을 보탰으며, 정원을 관리하고, 부엌에서 일도 거들었다. 이윽고 나이든 비구니들이 그녀의 검은 머리를 자르고 삭발을 해주었을 때 피오니는 수련자로서의 삶을 마칠 수 있었다. 그녀는 서약을 한 뒤 비구니가 되었다. 마음속에 품고 지내던 비밀스런 삶은 끝이 났다. 원장은 그녀에게 칭 안이라는 새 이름을 주었다. '맑은 평화'라는 의미를 지닌 이름이었다.

하지만 지난 삼 년간 쿠에일란은 피오니를 자주 보러 왔다. 첫 해에는 단 두 차례 정도만 찾아왔는데, 피오니는 거의 아무 말 없이 앉아 있었고, 쿠에일란은 늘 그렇듯 집안 소식부터 해서 이런저런 이야기들을 활기차게 쉼 없이 늘어놓았다. 그렇게 해서 피오니는 왕 마와 왕 씨 노인이 시골로 돌아가 자식들과 함께 살게 된 사실을 알게 되었다. 또한 에즈라가 죽고 난 뒤 애런이 돌아와 이전과 다를 바 없는 방탕한 생활을 했고, 이에 데이빗은 도저히 참을 수 없는 지경이 되어, 카오 리엔의 아들들을 시켜 대상들이 서방으로 떠날 때 그를 데려가도록 지시를 내렸다는 소식을 듣게 되었다. 이제 카오 리엔은 너무 나이가 들어 아들들이 그의 자리를 승계한 것이었다. 그렇게 카오 리엔의 아들들은 애런을 산맥 너머 서쪽 어느 나라에 맡겨두고 돌아왔다. 그곳에 살고 있는 유대인들이 애런을 가르쳐 사람으로 만들어줄 것이었다. 그 이후로 애런의 소식은 전해진 게 없었다.

하지만 일 년이 지난 뒤부턴 쿠에일란이 수녀원을 찾는 횟수가 잦아졌다. 그녀는 네 번째 아기를 낳았고, 생후 한 달이 되었을 때 아기를 데려와 피오니를 보여주었다. 쿠에일란은 아들이 많은 것을 자랑스러워했다. 하지만 다른 비구니들이 자리를 뜨고 피오니와 단둘이 남게 되자 갓 태어난 이 넷째 아들에 대해 불평을 쏟아냈다.

"얘 좀 봐!" 쿠에일란이 소리를 높였다. 옆에 서있던 보모가 선 채로 아기를 안고 몸을 움직이며 어르고 있었다. "이 애가 정말 내 아이 맞는 거니, 피오니?"

쿠에일란은 여전히 피오니란 옛 이름으로 불렀다.

"아씨가 낳으셨잖아요." 피오니가 미소를 지으며 말했다. 하늘이 이제 그녀를 쿠에일란과 동격으로 만들어주었다. 피오니는 더 이상 그녀를 안주인님이라고 부를 필요가 없었다.

쿠에일란이 입을 내밀었다. "얘는 꼭 친가 쪽 그 외국인 할머니를 닮았어."

피오니는 그저 웃을 수밖에 없었다. 정말 이 작은 소년은 묘하게도 에즈라 부인을 쏙 빼닮았다. 작은 얼굴에 어울리지 않게 이목구비가 크고 강해보였다. 피오니는 보모에게 손짓을 해 아이를 넘겨받았다. 그리고 아기를 무릎에 눕힌 후 발과 손을 살펴보았다. 역시 큼지막했다. "나중에 크면 체격이 좋겠어요." 피오니가 힘주어 말했다. "귀 좀 보세요. 귓불이 어찌나 긴지 — 귓불이 크면 용감하고 똑똑하다죠. 행운을 타고난 아기예요."

그렇게 피오니는 쿠에일란을 위로했고, 그녀의 따뜻한 마음에 감화된 쿠에일란은 다음과 같이 말하며 피오니를 구슬렸다. "집에 다시 놀러오고 그래. 하녀들이 너한테 그랬던 것만큼 내 말을 잘 듣지 않아. 그리고 우리 맏이가 공부를 열심히 안 해. 그것 때문에 어제도 아버지한테 매를 맞았지. 내가 아이 매 맞는 걸 보고 비명을 지르니까, 데이빗이 나한테도 역정을 내는 거야. 네가 와주면 다들 네 말을 귀담아 들을 거야. 예전처럼 말이야."

하지만 피오니는 여전히 미소를 지으며 고개를 저었고, 아기를 보모에게 건네줬다.

"넌 여전히 같은 피오니야. 비록 머리를 삭발했다고 해도 말이지." 쿠에일란이 이렇게 말하며 구슬렸다.

피오니는 크게 놀랐다. 쿠에일란의 이 말이 피오니의 속마음을 드러내게 한 것일까? 머리를 삭발하고 비구니가 되었기 때문에 그녀는 데이빗이 자신을 보는 걸 원치 않는 것일까? 피오니는 점차 심각해져갔고,

아무 말이 없는 그녀를 보고 쿠에일란은 자신의 뜻이 관철된 걸로 여겼다. 집으로 돌아와 데이빗에게 자신이 피오니를 설득해 집을 한번 방문하게 했다고 말하자, 데이빗 역시 심각한 표정을 지으며 아무 말도 하지 않았다.

자신의 독방에서 피오니는 다시금 냉정하게 자신의 마음을 심문해보았다. 그건 사실이야, 라고 그녀는 생각했다. '난 데이빗이 나를 바라보는 게 두려워.'

비구니들의 방에는 거울이 없었다. 피오니는 날이 거의 저물어 희미해진 태양빛 아래서 세숫대야에 깨끗한 물을 받아 허리를 굽혀 자신의 모습을 바라보았다. 처음으로 그녀는 머리카락이 없는 자신의 모습을 보았고, 추하다고 생각했다. 그 외에는 아무 것도 보이지 않았다. 잔잔한 짙은 두 눈이나 붉은 입술, 여전히 젊은 부드러운 얼굴 선 등, 그 어떤 것도 눈에 들어오지 않았다. 이제 피오니에게 자신의 모든 아름다움은 머리칼에 있었던 것처럼 느껴졌다. 한쪽 귀 뒤쪽으로 넘기곤 하던 땋은 머리, 머리에 즐겨 꽂았던 꽃들에 자신의 아름다움이 깃들어 있었던 것 같았다. 한참 동안 피오니는 자신의 얼굴을 바라보았다. 그러고는 세숫대야를 들어 열린 창문 밖으로 물을 쏟아 부었다. 담벼락 옆에서 자라고 있는 백합꽃 위로 물이 흩뿌려졌.

그래, 데이빗이 나를 보게 하는 건 나에 대한 체벌이야, 라고 피오니는 스스로에게 말했다.

그 이후로 또 만 이년이 더 지나는 동안에도 피오니는 데이빗의 집을 찾아가지 않았다. 그 사이 쿠에일란은 다섯 번째 아기를 가졌는데, 이번엔 딸이었다. 그리고 또 얼마간 시간이 흐른 뒤 여섯째를 가졌다. 그러던 어느 날 하녀 한 명이 급히 수녀원을 찾아와 맏아들이 몸져누워 죽어간다며 피오니에게 집으로 와달라고 부탁을 했다. 하녀는 피오니에게 접은 종이를 하나 건넸고, 펼쳐보자 거기엔 데이빗이 쓴 짤막한 글귀가 적혀 있었다.

"내 아들을 위해 꼭 와줘."

"가도록 할게." 피오니는 그렇게 하녀에게 말한 뒤 허락을 구하기 위해 서둘러 원장에게 갔다. 지난 몇 년간 늙고 쇠약해진 원장은 자신의 방에서 한 발짝도 나오지 않았다. 모두에게 다정한 원장이었지만, 특히나 피오니는 마치 친딸처럼 끔찍이 아꼈다. 이제 그녀는 피오니의 손을 잡고 잠시 그대로 있었다.

"네 안에 있는 불길이 잡혔느냐?" 그녀가 물었다.

"예, 원장님."

"그럼 가거라." 원장이 대답했다. "네가 그 집에 가있는 동안 난 그 아이의 목숨을 위해 기도해 주마."

그렇게 피오니는 이제 자신의 집이 된 그 피난처에서 나와 데이빗의 집으로 향했다. 갈색 새틴나무로 만든 염주를 손에 쥐고 발걸음을 옮기던 피오니는 줄곧 염불을 외우며 마음을 안정시켰다. 눈에 익은 대문 안으로 들어설 무렵, 자신을 기다리고 있는 데이빗의 모습이 눈에 들어왔다. 가슴이 뛰기 시작하자 스스로에게 침착하라고 명령을 내렸다. 그녀는 겁내지 않고 데이빗을 바라보았다. 냉정한 우정 외에 다른 어떤 감정도 두 눈에 드러내지 않으리라 굳게 마음을 먹었다.

"피오니!" 데이빗이 소리쳤다. 그의 눈빛이 자신의 달라진 모습을 탐색하는 게 느껴졌다.

"제 이름은 '맑은 평화'예요." 그녀가 미소 지으며 말했다. 그랬다, 피오니는 미소 짓는 걸 두려워하지 않았다.

"내게 있어 넌 언제까지나 피오니야." 데이빗이 대답했다.

피오니는 데이빗의 이 말엔 대꾸하지 않았다. "맏이는 어디 있지요?" 그녀가 물었다.

두 사람은 이제 나란히 걸음을 옮겼다. 피오니는 마음을 차분히 다스리며 염주를 움켜쥔 손가락을 연신 움직였다. 그녀는 데이빗이 얼마나 키가 크고 강인한 남자인지 그동안 잊고 있었다. 젊은 기운은 사라졌지만, 그는 이제 듬직하고 위엄 있는 남자가 되어있었다. 피오니는 죄책감을 느끼지 않은 채 그를 자랑스럽게 느꼈다. 고개를 들자, 그와 다시 눈이 마주쳤다. "그다지 변한 게 없군." 데이빗이 불쑥 말을 건넸다. "음 — 머리만 빼고."

"난 많이 변했어요." 피오니가 쾌활하게 말했다. "자, 이제 아이에게 절 데려다 주세요."

"아, 내 아들." 데이빗이 한숨을 내쉬었다.

두 사람은 걸음을 재촉해 데이빗이 장남과 차남 두 아들과 함께 지내는 거처로 들어섰다. 두 아들은 각기 일곱 살이 되었을 때 어머니의 거처를 떠나 아버지와 함께 지내왔다. 데이빗은 피오니를 자신의 방으로 데려갔고, 병든 소년은 데이빗의 침대에 누워있었다. 장남은 더 이상 아이가 아니었다. 큰 키에 호리호리한 체격의 아들은 사지를 쭉 뻗고 누워있었다. 숨은 쉬고 있었지만, 매 호흡마다 숨이 막혔고, 붉게 물든 얼굴에 두 눈은 감은 채였다.

피오니는 장남의 팔목을 쥐고 맥박을 재보려 했지만 너무 빠르게 뛰어 셀 수가 없었다. "시간이 없어요!" 피오니가 소리를 높였다. "아드님의 목에 독성 점액이 있어요."

피오니는, 모든 비구니들이 그러하듯, 그동안 많은 환자를 접해 왔다. 올해엔 북쪽에서 불어온 바람이 병균을 실어와 도시 전체를 덮친 바 있었다. 피오니는 하인에게 심지가 굵은 램프를 가져오게 했고, 또 다른 하인에게는 기다랗고 부드러운 대나무 하나를 꺾어 오라고 지시했다. 기다리는 동안 피오니는 천을 뜨거운 물에 적셔 소년의 목에 감았다. 목 근육을 따뜻하게 해주기 위해서였다. 가느다란 대나무 통을 손에 쥐자마자 피오니는 데이빗에게 소년을 꼭 붙들고 있을 것을 지시하고, 남자하인에게는 두 다리를 잡도록 했다. 그리고는 왼쪽 손으로 장남의 턱을 부드럽게 눌러 입을 열게 한 뒤 대나무 통을 밀어 넣었고 천천히 빨아들이기 시작했다. 소년이 목메어하며, 무척이나 힘겨워했지만 피오니는 동작을 멈추지 않았다. 결국 통 속으로 덩어리 같은 게 빨려 올라왔고, 소년은 크게 숨을 헐떡이며 몸을 뒤로 젖혔다.

"이 대나무 통을 불에 태워요." 피오니가 하인에게 지시했다. "독으로 가득 차 있거든요. 그리고 술을 좀 가져다 줘요."

선 채로 움직임 없이 소년을 바라보고 있던 피오니는 하인이 술을 가져오자 소년의 목에 조금 흘려 넘겼고, 자신도 술로 입안을 헹군 뒤 침대 곁에 있던 은으로 만든 타구에 뱉어냈다.

"많이 좋아졌어!" 데이빗이 기뻐하며 소리 높여 말했다.

"목숨을 구했어요." 피오니가 말했다.

그럼에도 피오니는 거의 어둠이 내릴 때까지 침대 곁에서 떠나지 않았다. 수녀원 규정상 해가 지기 전엔 들어가야 했기에 피오니는 마침내 데이빗의 집을 나섰다. 하지만 다음 날도 피오니는 소년을 보러왔고, 다시금 원기를 회복할 때까지 하루도 빠지지 않고 데이빗의 집을 찾았다.

그 무렵, 피오니는 자신이 자주 데이빗의 집을 찾아와야 한다는 사실을 깨닫게 되었다. 데이빗이 그녀를 몹시도 필요로 했기 때문이다. 그는 하루가 다르게 자라나는 자식들을 대하며 당황스러워 했고, 많은 하인들이 게을러지고, 말을 잘 듣지 않아 속을 썩고 있었다. 한창 번성하는 사업 때문에 집안일을 신경 쓸 여력도 없는 상황이었다. 피오니는 장차 데이빗의 아들과 딸들이 약혼을 하고 결혼을 할 테고, 그러면 이 명망 있고, 분주한 집안도 자연스레 다음 세대로 이어지리라는 것을 미루어 짐작할 수 있었다. 또한 피오니는 자신이 안전하게 데이빗의 집을 방문할 수 있음을 깨달았는데, 데이빗이 아내를 진심으로 사랑한다는 사실을 느낄 수 있었기 때문이다.

피오니는 오래 전부터 이어져온 그 아련한 고통을 새삼 느끼며 그 사실을 받아들였다. 그러면서 피오니는 스스로에게 물었다. 더 이상 왜 고통을 느껴야 하지? 쿠에일란을 이 집에 들어오게 한 건 바로 자신이 아니던가? 그리고 쿠에일란이 자신을 집 밖으로 내보낸 당사자도 아니었다. 피오니 자신이 조성했던 결혼이 꽃을 피우고, 열매를 맺은 것이었다. 이제 데이빗과 쿠에일란 사이에는 집과 가정과 아이들, 그리고 번영과 더불어 새로이 돈독해진 유대관계가 있었고, 두 사람의 삶은 실타래처럼 엮이게 되었다. 그녀가 바랐던 게 바로 이런 모습이 아니었던가?

데이빗은 더 이상 불안해하는 모습을 보이지 않았다. 피오니가 보기에, 그는 지금과 다른 형태의 삶이 이 집에 있었다는 걸 까맣게 잊은 것처럼 보였다. 어머니의 흔적조차 지워버렸다. 접대실 탁자 위에 걸려있던 두루마리 장식은 사라졌고, 대신 그 자리엔 바위와 구름과 소나무가 그려진 그림이 걸려있었다. 누구의 지시로 행해졌는지 피오니는 묻지 않았지만, 이 사실은 집안의 변화 — 그리고 데이빗의 변모를 상징적으로 보여주는 것이었다. 데이빗은 그 변화에 흡족해했다.

그렇게 피오니는 이후 오랜 세월, 데이빗 그리고 쿠에일란과 대등한 위치에서 마주하며 수시로 그의 집을 드나들었다. 피오니에게 점차 의지하게 된 데이빗 부부는 그녀의 조언을 경청했고, 피오니의 말엔 권위가 실렸다.

'맑은 평화'란 이름의 비구니로 지낸지 10년째 되었을 때 원장이 세상을 떠났다. 그 기간 동안 주위 비구니들의 존경을 한 몸에 받는 위치에 오르게 된 피오니는 고인이 된 원장의 뒤를 이을 새로운 원장으로 추대되었다. 그렇게 되자 피오니는 데이빗의 집을 이전만큼 자주 방문할 수 없게 되었다. 이젠 비구니들이 지내는 수녀원도 피오니가 직접 관리를 해야 했기 때문이다. 피오니는 아주 현명하게 원장 노릇을 해냈다.

그녀는 누구도 실망시키지 않았고, 누구에게도 상처를 입히지 않았다. 심지어 부엌에서 일하는 가장 낮은 지위의 비구니까지 꼼꼼히 챙겨주었다.

그렇게 피오니와 데이빗이 서로를 완벽하게 이해하게 되고 난 뒤로 다시금 몇 년이 흘렀다. 원장 비구니로서 피오니는 언제든 자유롭게 외출을 할 수 있었다. 어느 누구도 피오니에게 적대적이지 않았다. 피오니 역시 이제 더 이상 젊은 나이가 아니었다. 데이빗의 두 아들은 결혼을 했고, 아내와 아이들 모두 데이빗의 집에서 함께 살았다. 그리고 셋째 아들은 약혼을 해놓은 상태였다. 데이빗의 장녀는 어린 나이에 어느 중국 집안으로 시집을 갔으며, 그의 며느리들 역시 중국 여자들이었다.

만일 데이빗의 넷째 아들이 아니었더라면 그의 집은 이전의 모든 것들을 잊은 채 그저 여느 중국 집안과 조금도 다를 바 없는 모습을 띠었을 것이다. 넷째는 다른 형제들과 무척 다르게 성장했고, 그래서 데이빗은 넷째 아들을 보면 이따금씩 선조들의 모습을 상기하곤 했다. 다혈질에, 열정적이고, 흥분 잘하는 이 튼튼한 넷째 아들은 집안을 늘 들썩거리게 만들었다. 피오니는 그럴 때마다 얼굴 가득 미소를 머금었고, 누구보다도 이 넷째를 좋아했다. 묘하게도 이 아이는 친아들이 없는 피오니에게 마치 자식처럼 여겨졌다.

"이 아이는 제게 맡기세요." 늘 그러하듯 부자지간에 다시 한 번 충돌이 있던 어느 날, 피오니가 데이빗에게 말했다. "제가 주인어른보다 넷째를 더 잘 이해하죠? 그건 이 아이가 생각하시는 것 이상으로 주인어른과 무척 닮았기 때문이에요."

"난 절대 저 바보 녀석 같지 않았어!" 데이빗이 항변했다.

이에 피오니는 그저 미소를 지을 뿐이었다.

그렇게 세월은 또 흘러갔고, 피오니, 데이빗, 쿠에일란 이 세 사람은 차츰 나이를 먹어갔다. 해가 갈수록 세 사람의 관계는 더욱 더 좋아졌다. 좀 더 사려 깊은 두 사람 사이에서 쿠에일란은 사랑스런, 나이든 아이 대접을 받았고, 두 사람은 쿠에일란을 무척 소중히 여기면서도 때론 깔깔 웃으며 쿠에일란을 놀려주곤 했다. 자연스레 응석받이가 된 쿠에일란은 이따금씩 두 사람에게 투정을 부리고, 놀리거나 할 때면 뾰로통해지곤 했지만, 그들의 애정에 의지하며 살아갔다.

늘 번창하는 집안이었고, 데이빗은 장안에서 알아주는 어른이었으며, 피오니는 현명한 여인으로 존경을 받았다. 모두들 그렇게 우아하게 나이를 먹어갔다.

이제 예배당은 그저 흙더미에 지나지 않았다. 도시의 가난한 자들은 폐허가 된 예배당의 마지막 남은 벽돌들마저 하나하나 집어갔다. 조각물들은 모두 다 사라졌고, 거대한 석판들도 얼마 전까지는 세 개 정도 남아있었지만, 지금은 그 가운데 하나가 또 사라지고 없었다. 이 두 석판은 오랫동안 태양빛 아래서 황량하게 서 있었는데, 어느 날 한 외국인 기독교도가 나타나 나머지 두 석판을 사들였다.

이 일은 장안을 들끓게 했다. 차오라는 성씨를 갖고 태어난 데이빗의 넷째 아들이 그 석판을 팔아버린 것이다. 이들이 살고 있는 카이펑 시의 시장은 크게 분노했다. 그리고 그 분노는 데이빗의 넷째아들에게로 향했다. "불효자식 같으니라고, 어떻게 선조들의 석판을 외국 기독교인에게 팔 수 있단 말인가?" 시장이 다그쳐 물었다. "그 자는 반드시 그것들을 되찾아 와야만 하네. 우리나라에서 그걸 가져다 자기나라로 가져가면 그자 집안의 사자들이 무덤에서 일어나 우리에게 벌을 내릴 거란 말일세." 이어 시장은 자신의 호위병에게 지시를 내려 차오를 감옥에 집어넣도록 했다.

하지만 차오의 몸속엔 에즈라 부인의 피가 흐르고 있었다. 그는 감옥 창살 사이로 크게 소리를 질렀다. "나한테 아무리 돈을 많이 준다 해도,

그 기독교인에게 석판들을 다시 가져오라고 부탁하진 않을 것이오! 그것들은 우리의 종교에 속한 것이고, 이 땅에서 그 종교는 종말을 맞이했소. 하지만 그 자의 종교는 우리의 것으로부터 싹을 틔운 것이므로, 난 그가 석판들을 지니게 할 것이오."

데이빗 벤 에즈라의 자손들인 차오 집안은 모두들 차오를 지지했다. 가족은 시장에게 지난 오랜 세월 동안 눈과 비와 뜨거운 태양빛 속에 석판들이 방치되어왔으며, 거의 못 쓰게 될 지경이 될 때까지 누구도 그것들을 보호하려 하지 않았음을 지적했다. 그런데 왜 이제 와서 그걸 팔려고 하니 불평을 하냐는 것이었다.

양자 간에 타협점을 찾지 못한 채 시간을 보내던 와중에, 사람들은 비구니 수녀원 원장이 차오 가족을 잘 알고 있음을 상기했고, 이에 시장은 수녀원으로 전령들을 보냈다. 규정상 남자들은 수녀원 내로 들어올 수 없었기에 피오니는 수녀원 문가에서 그들을 맞이했다.

피오니는 이제 무척 연로해있었지만, 정신만큼은 여전히 맑고 침착했다. 그녀는 전령들로부터 전갈을 전해 들었다. 피오니는 문가에 선 채로 지혜로운 해결책을 말해주었다. 그녀가 해준 말은 다음과 같았다.

"차오란 성씨를 가진 이 젊은이는 활기가 넘치는 아이였죠. 그리고 이제 누구나 알고 있듯이 어엿한 사내로 자라났습니다. 이 친구는, 그의 자존심을 다치게 하지 않으면서 감옥 밖으로 나올 수 있는 방법을 강구하지 않으면, 아마 평생을 감옥에서 지내려 할 것입니다. 저는 이 친구의 아버지도 잘 알고, 그 아버지의 아버지도 잘 아는 사람입니다. 자, 제가 방법을 알려드리죠. 그 외국인이 자신이 구매한 그 신성한 석판들을 소유하게끔 하십시오. 하지만 우리의 도시에서 벗어나서는 안 됩니다. 자신의 신전 앞에 그 석판들을 놓아두게끔 하십시오. 그리고 이후 세대 사람들도 와서 볼 수 있도록 그 위에 대형 천막을 설치해 보호하게끔 하십시오."

전령들은 서로를 바라보며 곰곰이 피오니의 말을 되새겨 보았고, 이내 원장의 의견이 참으로 지혜롭다는 것을 인정했다. 그들은 감사의 말을 전한 뒤 돌아갔다.

피오니가 말한 대로 일은 처리되었다. 새로운 신전이 세워졌고, 대형 천막 아래 석판들이 놓여졌다. 석판 위에는 고대어로 「순결과 진실의 신전」이라고 새겨져 있었으며, 글귀 아래로는 유대인들의 역사와 그들이 나아가는 길이 양각되어 있었다. 내용의 일부는 다음과 같다. '길은 형식도 없고 형태도 없다. 하지만 그것은 저 위 「천상의 길」의 모습에 입각해 만들어졌다.'

자신의 처소로 돌아온 피오니는 오랫동안 생각에 잠겼다. 에즈라 집안과 관련한 모든 기억들이 떠올랐다. 그녀의 삶은 그저 운, 또는 그녀 자신은 이해하지 못하는 어떤 목적에 의해 그 집안과 엮여왔다. 하지만 한 가지 확실한 건 자신에게 어떠한 일이 일어났든 그건 하늘의 뜻이라는 것이었다. 이스라엘과 에즈라, 그리고 데이빗으로 이어지는 이 힘 있고 세력 있는 집안이, 그들의 선조가 자신들의 신을 위해 만든 신전도 이젠 사라지고 없게 된 마당에서, 과연 어느 시점이 되면 더 이상 힘을 발휘하지 못하게 될까? 데이빗을 부추겨 리아를 떠나 쿠에일란과 결혼을 하게 만든 건 과연 사악한 행동이었을까?

오랜 시간 생각에 잠겨있던 피오니에게 답이 찾아왔다. 나이가 지긋이 든 이후로 이렇게 종종 명쾌하게 대답이 찾아오곤 했다. 그녀는 조금도 잘못한 게 없었다. 아무 것도 잃은 게 없기 때문이다. "아무 것도 잃은 게 없어." 그녀가 혼잣말로 중얼거렸다. "그들은 다시 그리고 또 다시 계속해서 살아갈 거야, 우리 중국 민족과 함께." 그녀가 생각에 잠겨 말했다.

"용감무쌍한 얼굴, 밝은 눈빛이 있는 곳이라면, 그들이 있을 거야. 더

없이 맑은 노래를 부르는 목소리가 있는 곳이라면 그들이 있을 거야. 선명한 그림을 그리기 위해 선들이 솜씨 좋게 그려지고, 힘 있게 조각이 이뤄지는 곳이라면 그들이 있을 거야. 존경받는 정치인, 정의로운 재판관이 있는 곳이라면 그들이 있을 거야. 학식이 풍부한 학자가 있는 곳이라면 그들이 있을 거야. 그들의 피는 어떤 뼈대 안에서든 생기로 넘쳐나지. 그리고 그 뼈대가 사라진다 해도, 바로 그 흙먼지는 상냥하고 평화로운 대지를 비옥하게 해주지. 그들의 정신은 매 세대마다 다시 태어나는 거야. 그들은 더 이상 존재하지 않지만, 동시에 그들은 영원히 사는 거야."

〈끝〉

■ 역사적 고찰

웬디 아브라함(Wendy R Abraham), **교육학 박사**

오랜 세월 동안 전 세계에 흩어져 살아 온 유대인의 역사 중에서도 카이펑(Kaifeng)의 유대인에 대해서는 알려진 바가 거의 없다. 그러나 세상에 알려지지 않은 그들의 삶은 흥미로운 이야기 거리들로 가득 차 있다. 에즈라 가문을 둘러싼 가공의 사건들이 복잡하게 뒤얽힌 소설「피오니(Peony)」를 통해 펄 벅은 중국인들과 쉽게 동화하면서도 여전히 자신들의 고유한 색채를 잃지 않았던 유대인들이 카이펑에 남긴 마지막 발자취를 역사적 사실에 근거해 조명하고 있다.

기독교 선교사 부부의 딸이었던 펄 벅이 영적 기강이 무너져 버린 한 유대인 가족의 깊은 애환과 정서를 그토록 실감나게 묘사하고, 낯선 타국 땅에서 조상 대대로 전해 내려온 전통을 이어가야 한다는 그들의 뿌리 깊은 민족적 의무감을 깊이 공감하면서도, 한편으로는 시종일관 중국인의 감성적인 부분을 예리하고 통찰력 있게 그려냈다는 사실은 작가 자신의 위대함을 그대로 드러내는 증거와도 같다고 하겠다.

중국 유대인의 기원

중국 내 유대인에 대한 실제 역사적 기록은 8세기까지 거슬러 올라간다. 당나라 시대(618~906)에 페르시아와 인도의 유대 상인들은 실크로드를 따라 육로로 이동하여 머나먼 중국까지 무역을 하러 왔었다. 최근 발견된 고고학적 증거들을 통해 이러한 내용들이 역사적인 사실로 밝혀졌다. 1901년 고고학자이자 동양학자인 마크 오럴 스타인(Marc Aurel Stein)은 실크로드 북쪽 길에서 718년 경에 씌여진 유대계 페르시아인의 무역서신을 발견하였다. 그로부터 9년 후, 실크로드 남쪽 길을 따라 위치한 간쑤성(Gansu Province) 둔황 고굴(Dunhuang Caves)에서 발굴된 유적 중에서 히브리어로 쓰인 회개 기도문도 나왔다. 708년 경에 쓰인 것으로 추정되는 이 문서는 현존하는 최고(最古)의 히브리어 필사본이다. 이 두 가지 유물은 종이에 기록되었다는 점에서 매우 중요한 의미를 갖는다. 그 당시 종이는 중국에서만 만들어졌기 때문이다. 적어도 8세기부터 중국 땅에 유대인들이 거주했음을 입증해주는 자료인 것이다.

일부 학자들은 광둥, 항저우, 양저우, 기타 다른 지역의 해안을 따라 유대인 공동체가 형성된 점으로 미루어 볼 때 유대인들이 바닷길을 통해 중국으로 이주해 왔을 것이라는 가설을 펴기도 한다. 그중에서도 카이펑의 유대인 공동체가 가장 규모가 컸으며, 당시 중국의 수도였던 카이펑에는 1163년에 세워진 웅장한 유대교 예배당이 있었다.

중국에 거주했던 유대인에 대한 역사적 기록은 거의 없다. 9세기에서 14세기 사이 아부 자이드(Abu-Zaid)와 이븐 바투타(Ibn-Battutah)와 같이 잘 알려진 아랍 여행가와 역사학자들이 중국에 유대인이 존재한다는 사실을 보고한 바 있다. 이것은 서양인에게 알려진 중국 유대인에 대한 최초의 정보이지만 유대인들의 일상생활에 대해서는 거의 알려진 바가 없다. 중국 유대인의 기원을 찾기 위해 이슬람 국가, 그중에서도 특히 페르시아에 주목하면서 밝혀진 사실은 유대인들이 이슬람교도들과 대략 비슷한 시기에 비슷한 경로를 거쳐 중국으로 이동했으며 정착지도 주요 대도시로써 유사했다는 것이다. 실제로 중국인들은 유대인과 이슬람교도를 자주 혼동했으며 유대인을 '파란색 모자를 쓴 이슬람교도'라고 부르기도 했는데, 이것은 이슬람교도가 작은 사발을 뒤집어 쓴 듯한 모양의 흰색 모자를 착용했던 반면 유대교들은 파란색 모자를 썼기 때문이다. 이 소설에서도 데이빗이 파란색 실크 모자를 착용하고 있다고 묘사된 부분이 있는데 파란색은 펄 벅이 우연히 고른 색깔이 아니라 사실적 근거가 있는 의미 있는 색깔이었던 것이다.

원나라 시대(1280년~1367년)에 중국을 여행했던 유럽인들 역시 그곳에서 유대인을 목격했다고 기록하고 있다. 놀라운 사실은 마르코 폴로가 자신의 회고록에서 이방인 즉, 몽골족이 세운 왕조인 원나라의 초대 황제 쿠빌라이 칸이 이슬람교, 기독교, 유대교의 종교축제를 인정했다는 점을 인상 깊게 기록하고 있다. 이 시기에 이탈리아 페루자(Perugia)의 앤드류와 같은 유럽의 선교사들은 유대인들이 개종압력이나 종교적 신념을 흔들려는 시도에 대해 강력히 저항했다는 기록을 남겼다. 14세기 전반에 걸쳐 중국의 유대인들은 다른 외국인들과 교류했고, 다른 왕조와는 달리 타 민족에게 관대했던 당시 중국인들과 중국정부 덕분에 그들의 종교생활과 유대인으로서의 민족의식이 원형대로 보존되었으며 특별히 방해나 도전도 받지 않았음을 알 수 있다.

당시 중국인들은 자신들과 섞여 살았던 이방인에 대해 쓸만한 정보를 남기지 않았다. 정부의 공식문서에서 유대인에 대해 언급한 것은 겨우 여섯 차례에 불과한데 모두 원나라 시대의 문서들이다. 원나라 시대의 독특한 특징 중 하나는 외국 민족 및 타 문화와 교류가 활발하여 상업이 매우 번성했다는 점이다. 그런 이유로 원나라 때 정부의 공식 문서에서 미미하나마 유대인에 대한 정보가 발견될 수 있었던 것이다. 1280

년 1월 27일, 종교적 제물을 바치기 위해 살육을 행하던 유대교와 이슬람교의 관습을 금지하는 법이 선포되었다. 그로부터 40년 후, 같은 법에서 납세와 관련하여 유대인, 이슬람교도, 네스토리우스교도가 언급되었다. 원나라의 공식적인 역사기록에도 1392년, 1340년, 1354년에 각각 유대인에 관해 언급한 내용들이 나타난다. 유대인들은 세금감면 대상에서 제외되며, 남편이 사망할 경우 그 아내가 사망한 남편의 남자형제와 결혼하는 유대교와 이슬람교의 공통적인 관습을 금지하는 내용이었다.

17세기 작성된 지방의 지명사전을 보면 상당수의 유대인들이 고위 공직에 진출했음을 알 수 있다. 전체 인구 중 유대인의 비율과 비교했을 때 불균형적으로 과도한 수의 유대인들이 어려운 과거 시험에 합격했고, 이는 그들이 중국사회에 성공적으로 진출했다는 증거라고 볼 수 있다. 어려운 과거 시험을 통과하고 중국 사회에서 고위직에 진출하기 위해 필수적이었던 4서 5경(四書五經)을 완벽하게 소화해냈던 유대인들의 능력이 돋보이는 대목이기도 하지만, 한편으로는 그 시대 유대인들이 이미 성공적으로 중국사회에 동화되었음을 보여주는 첫 번째 중국 문건이라는 데 의미가 있다.

돌에 새겨진 유대인의 역사

카이펑에 살았던 초기 유대인들에 대해 알려진 내용의 상당 부분은 아랍인, 유럽인, 중국인이 아니라 바로 유대인 자신들이 남긴 기록에 의존하고 있다. 이 기록들은 유대교 예배당에 세워졌던 석비(石碑)에 새겨진 비문의 형태로 남아있다.

이 비문들은 유대인의 역사와 관습을 바라보는 그들의 시각을 알 수 있는 흥미로운 자료가 되고 있다. 1489년, 1512년, 1663년, 1669년에 각각 세워진 석비 중 현재까지 남아 있는 것은 두 개뿐이며 이것이 카이펑의 유대인 공동체에 관한 유일한 기록이다. 1489년에 세워진 석비는 1461년에 닥친 홍수로 인해 유실된 유대교 예배당의 재건을 기념한 것이다. 이 석비에는 1163년 처음 석비가 세워졌던 바로 그 자리에 기존의 예배당을 재건하도록 황제가 신속하게 허가를 내주었다는 내용의 비문이 적혀 있다. 유대교의 역사를 기록하고 있는 이 비문의 서두에는 이스라엘 민족의 조상인 아브라함이 반고 아담(Pangu-Adam, 중국에서 여러 소수민족들이 숭배하는 천지만물을 창조한 우주 최초의 신-역주)의 19대 자손이라고 적혀있다. 예배당에 석비를 세우는 것은 중국의 관습이라는 점을 감안할 때 유대인들이 이러한 석비를 건립했다는 사실은 이들이 주변 환경에 완전히 동화되었다는 것을 뜻한다. 성서의 창세기에 등장하는 믿음의 조상 아브라함이 중국의 창조신과 같은 맥락에서 거론되었다는 사실은 15세기에 이르러 유대인들이 중국문화에 얼마나 동화되었는지를 보여주는 증거라고 할 수 있다.

비문의 내용을 보면 1489년 이후 유대인들은 우상을 섬기지 않았고 한 달에 네 번 금식했으며 유대교의 율법과 종교의식을 준수했음을 알 수 있다. 비문에는 주로 성경에서 인용된 문구들이 사용되었으나 논어에서 발췌된 금언들이 곳곳에 섞여 있었다. 모세와 에즈라 역시 석비 초반에 언급되는데 광야를 방황하는 이스라엘인이라기보다 중국 유학자의 모습에 가깝게 묘사되어 있다. 또한, 비문은 유대교가 인도에서 유래했다고 쓰고 있다. 처음에 70여 씨족 집단이 카이펑으로 이주해 왔고 송나라 황제는 이들에게 이렇게 말했다고 전해진다. "우리 중국에 잘 왔도다. 너희 조상의 관습을 숭상하고 보존하여 카이펑에서 그 관습을 후대에 전해주도록 하라."

70이 아니라 17개의 씨족 집단이 이주해 왔을 것으로 보는 견해가 일반적인데 그 이유는 70과 17의 중국어 발음이 비슷해서 오류가 있었을 확률이 높기 때문이다. 이중에서 유대인의 성으로 추정되는 일곱 개의 성씨가 아직도 남아 있는데, 아이(Ai), 까오(Gao), 진(Jin), 리(Li), 스(Shi), 장(Zhang), 차오(Zhao)가 그것이다.

닝보(Ningbo)의 유대인 공동체가 1461년 홍수가 난 뒤에 카이펑의 유대인 공동체에게 두루마리에 필사한 토라(Torah, 유대교의 율법서로써 하나님이 유대 백성에게 내린 계시의 본질로 여겨지며 저자는 모세라는 설이 일반적임. 때에 따라 모세 5경(Pentateuch)을 의미하기도 함-역주)를 기증했던 것으로 보인다. 개인들이 예배당 재건에 기여한 내용과 유대인들의 고위공직사회 진출에 관한 내용이 자세히 설명되어 있으며, 유대교가 당시 중국에서 주류를 이루었던 불교, 도교, 유교 등 여타 종교와 전혀 마찰을 일으키지 않았다는 사실도 기록하고 있다. 유대인들이 당시 중국인들에게 무척이나 낯설었던 자신들의 신을 충실히 섬기는 동시에 중국의 황제에게도 충성을 다했다는 점을 특히 강조했다. 그러나 실제로는 국가의 보호와 권위를 상징하며 황제의 만수무강을 기원하는 뜻에서 모든 허가받은 사원에 걸어 놓았던 현판 위에, 유대인들은 자신들만이 읽을 수 있는 히브리어로 된 글씨를 황금으로 새겨서 달았다. 유대인들이 새겨 넣은 것은 '셰마'(Shema, 유대교에서 아침저녁으로 기도할 때 반복해서 읽는 성서의 구절-역주)라고 불리는 히브리어 신조였다. 유대인들은 중국정부를 존중했지만 자신들의 신이 황제보다 더 높은 존재라고 믿었음을 보여준다.

1512년에 만들어진 두 번째 비문은 1489년 석비의 뒷면에 새겨졌으며 유대교에 대해 자세히 언급했고 유대교와 유교의 유사점을 설명하는데 많은 공을 들였다. 특히, 히브리어로 '자선' 또는 '기부'를 의미하는 제다카(zedakah)의 개념을 상세하게 설명했다. '성서를 존중하는 예배당에 관한 기록(A Record of the Synagogue Which Respects the Scriptures of the Way)'이라는 비명이 붙은 이 석비에는 유대인들이 한나라 시대(기원전 206년~서기 220년)에 처음으로 중국 땅을 밟은 것으로 기록되어 있다. 그러나 첫 번째 비문과 내용이 대부분 일치하며 새로운 정보는 거의 없다. 이 비문 역시 토라를 기부하고 예배당으로 이어지는 아치형 통로를 세워 준 양저우의 진씨 성을 가진 남자를 포함하여 타 공동체 소속의 유대인들의 기부와 공헌에 대해 카이펑의 유대인 공동체를 대신하여 칭송하고 있다.

1663년도 석비는 현재 남아있지 않지만 그 탁본은 여전히 보존되어 있다. 1642년 황하의 범람으로 인해 예배당이 또 다시 수몰되고 나서 두 번째로 재건되었고 이를 기념하기 위해 설립된 것이 바로 이 석비다. 그러나 이 비문의 실제 작성자는 유대인이 아닐 가능성이 크다. 이 비문에는 아담이 반고(Pangu)의 19대 후손이라고 기술되어 있으며, 유대인들이 주나라(기원전 1100년~221년) 시대에 중국으로 이주한 것으로 기록되는 등 1512년 석비의 내용보다 과장된 면이 더 많다. 1663년 석비는 중국 고전에서 인용된 문구들로 채워져 있다. 이런 내용들은 중국에 동화되었음을 보여주고 싶은 유대인들의 강한 열망에서 비롯된 것이다.

마지막 석비는 차오(Zhao) 가문을 상징하는 아치형 통로의 건축을 기념하고, 이 가문이 수 년에 걸쳐 유대인 지역사회에 공헌한 바를 일일이 기록하기 위해 차오 씨족이 1679년에 세운 석비다. 발견 당시 이 석비는 예배당 부지의 남단 경계선에 위치한 차오 가의 저택 벽에 박혀 벽의 일부를 형성하고 있었다. 실제로 오늘날 이 지역에서는 차오 가문의 사람들이 다수 거주하고 있다.

펄 벅의 소설에서 에즈라 집안이 차오 씨족에 속한다고 언급한 것은 중요한 대목이다. 차오 씨족은 수 세기 동안 카이펑의 유대인 지역사회에서 가장 영향력 있는 집단이었기 때문이다. 유대인들이 공직에 입문하는 과거시험에서 두드러진 성공을 거뒀고, 그로 인해 중국 사회에도 인정받았기 때문에 그 지역의 지명사전에서 차오 씨족에 대한 정보를 가장 많이 찾을 수 있다. 차오 가문 중에는 1163년 카이펑에 최초로 예배당을 건립했던 사람의 직계 자손도 포함되어 있다. 또한 1421년에 실시된 예배당 재건의 책임자 역시 차오 청(Zhao Cheng)이라는 차오 가문의 사람이었다. 1642년 홍수가 났을 때 두루마리에 필사된 여러 개의 토라 사본을 무사히 보존한 것도 차오 가문의 두 형제와 유대인 공동체 리더들이었다. 차오 가문 사람들은 1653년 예배당 재건과 성서 원본 복원사업을 적극적으로 지원했다. 19세기에는 차오 가문에서 두 사람이 히브리어와 유대교에 대한 재교육을 받기 위해 초대를 받고 상하이를 방문하기도 했다. 차오 가문은 20세기에 이르러서도 카이펑 유대인들의 역사를 대변하는 산 증인으로 남아 있다.

예수회 선교사, 중국에서 유대인과 맞닥뜨리다

석비에 새겨진 침묵의 증거들과 아랍인과 유럽인들이 중국에서 유대인을 목격했다는 기록을 제외하면 17세기 동안 중국의 유대인에 관한 기록은 전무하다. 그런데 1605년 아주 흥미로운 사건이 하나 발생한다.

예수회 선교사 마테오 리치(Matteo Ricci)가 1583년 중국에 처음 도착했을 때는, 그로부터 25년 뒤 자신이 서양인으로서는 처음으로 중국 유대인과 직접 대면하고 중국 유대인의 존재를 서구에 알리게 될 것이라고는 상상조차 못했다. 1605년 어느 여름날, 아이 티엔(Ai Tain)이라는 이름을 가진 중국 유대인이 과거 시험을 치르기 위해 북경으로 가는 길이었다. 여정 중에 그는 「내가 들은 신기한 이야기(Things I Have Heard Tell)」라는 책을 읽고 있었는데 그 책에 따르면 중국에 유럽인이 살고 있는데 이들은 유일신을 믿으며 이슬람교도가 아니라고 고집스럽게 주장한다는 것이었다. 기독교에 대해 알 리가 없는 그는 그 유럽인들이 분명 유대인일 것이라고 짐작했다.

아이 티엔은 이 유럽인들을 찾아보기로 결심했고 북경에 도착하자 수소문 끝에 예수회 사제의 관저에 이르게 되었다. 관저의 문을 두드리자 다름 아닌 마테오 리치가 그를 맞이했고, 그는 '유대인'이라는 단어는 한 번도 언급하지 않은 채 자신이 마테오 리치와 같은 종교를 가진 영적 동지임을 자랑스럽게 밝혔다. 마테오 리치 역시 중국에서 선교활동을 본격적으로 시작하기도 전에 벌써 기독교로 개종한 중국인을 직접 만나게 되었다는 생각에 무척 기뻐했다.

몇 년 뒤 마테오 리치는 일기에서 자신을 3인칭으로 지칭하면서 한 편의 코미디 같은 아이 티엔과의 만남을 이렇게 회상했다.

"우리 집에 들어서자마자 그는 우리와 같은 종교를 믿는다는 사실을 털어 놓으며 흥분을 감추지 못했다. 그 남자의 전체적인 외모나 코와 눈

등 모든 얼굴 윤곽은 중국인의 그것과는 판이하게 달랐다. 리치 신부는 그를 교회 안으로 데려가 높은 제단 위에 있는 그림을 보여 주었다. 동정녀 마리아와 아기 예수, 그리고 이 두 사람 앞에서 무릎을 꿇고 기도하고 있는 세례 요한의 그림이었다. 유대인이었던 아이 티엔은 우리도 자신과 같은 유대교 신자라고 철석같이 믿었기 때문에 그림 속의 인물이 리브가(Rebecca)와 그녀의 두 자녀 야곱(Jacob)과 에서(Esau)라고 생각했고 그림 앞에서 경건한 자세로 경의를 표했다. 비록 우상을 섬기는 것은 유대인의 관습에 위배되지만 한낱 그림일지라도 자신의 조상에게 예의를 갖추지 않을 수 없었던 것이다. 이 우스운 사건이 일어난 날은 마침 세례 요한 축일이었다. 제단의 양 측면을 장식하고 있는 네 명의 복음서 저자들의 모습을 보고 그 유대인은 제단에 모셔진 분(야곱)이 낳은 12명의 자녀 중 네 명이냐고 물었다. 리치 신부는 그가 12제자를 뜻하는 것이라 생각하고 고개를 끄덕였다. 사실 두 사람은 상대방의 말을 전혀 다른 뜻으로 해석하고 있었다. 손님을 관저로 다시 모셔와 그의 신분에 대해 묻기 시작하면서 리치 신부는 그가 고대 유대교 율법을 지키는 유대인이라는 것을 깨닫기 시작했다. 그는 자신이 이스라엘인이라는 사실은 인정했지만 유대인이란 말은 알지 못했다. 이런 사실로 미루어 보건데 열 개의 흩어진 부족 즉, 10지파 중 일부가 머나먼 이곳 동쪽 나라에까지 이른 것으로 보였다. 그에게 예수회의 성서를 보여주자 히브리 문자인 것은 알아보았으나 내용을 읽고 그 뜻을 이해하지는 못했다. 그는 자신의 고향 마을에 10~12가구의 이스라엘인들이 살고 있으며 금화 1만냥의 비용을 들여 최근 개조한 웅장하고 화려한 예배당이 있다고 했다. 그 예배당에는 자그마치 5~6백 년 이상된 두루마리에 기록된 〈모세오경〉이 신성하게 보존되어 있다고 덧붙였다. 항저우에는 훨씬 많은 수의 이스라엘인들이 살고 있으며 그곳에도 역시 예배당이 있다고 했다. 다른 지역에도 소수의 이스라엘인들이 흩어져 살고 있는데 워낙 그

수가 적어 소멸될 지경에 이르렀으며 예배당도 없다고 했다."

그는 리치 신부가 유대교에 대해 아는 바가 많으니 자신과 함께 카이펑으로 돌아가 유대인의 랍비가 되어달라고 부탁했다. 그리고는 돼지고기를 먹지 않겠다고 약속해야 한다는 조건을 덧붙였다. 이 유대인 남자와의 우연한 만남을 통해 중국의 유대인들이 서양에 살고 있는 다른 유대인들과 마찬가지로 철저한 신앙생활을 유지했으며 예배당과 랍비가 존재했고 모든 유대교 관습과 안식일을 충실히 지켰음을 알게 되었다. 리치 신부는 아이 티엔이라는 이 유대인이 한 말을 확인하기 위해 다른 사제들을 카이펑으로 보냈는데 이들 역시 유대인들의 종교적 관습에 따라야 했으며 이 사제들을 통해 모든 것이 사실임을 확인할 수 있었다. 그러나 안타깝게도 1642년 대홍수로 인해 그 예배당은 파괴되었고 카이펑의 유대인들은 10년 가까이 흩어져 살게 되었다. 예수교 사제들은 유대인 공동체 속에서 함께 살면서 자신들이 본 것을 기록했는데 안타깝게도 홍수 때문에 모두 죽고 말았다.

18세기 초에 대여섯 명의 사제들이 카이펑으로 파견되었는데 그들은 특별한 임무를 부여받았다. 그것은 중국 유대인들이 소유하고 있던 토라의 사본을 입수하는 것이었다. 그 당시 유럽 사람들은 탈무드 시대의 랍비들이 토라에서 예수를 메시아로 언급한 부분을 고의로 삭제했다고 믿고 있었다. 만약 일부 내용이 삭제된 유럽의 토라와는 달리 원형이 그대로 보존된 카이펑의 토라를 손에 넣기만 한다면 대조를 통해 삭제된 부분을 확인할 수 있을 것이었다. 그렇게 되면 유럽의 유대인들은 자신들의 과오를 깨닫고 랍비가 자신들을 기만했음을 알게 될 것이며 결국 기독교로 개종할 것이라 믿었다.

사제들은 결국 카이펑의 토라를 직접 눈으로 보게 되었고 그것이 유럽의 유대인들이 사용했던 토라와 한 글자도 틀림없이 똑같다는 것을 인정해야 했다. 또한, 이 사제들이 스케치한 유대교 예배당의 내부와 외부의 모습은 소중한 역사적 기록이자 유산이 되었다. 그 예배당은 예루살렘이 있는 서쪽을 향하고 있었고 유대인들은 기도를 할 때마다 서쪽을 바라보았다. 외관상으로 본 예배당은 아치형 통로와 마당이 많은 여느 중국 사찰과 매우 흡사했다. 여러 개의 서원 중에서 가장 안쪽에 마련된 서원에는 '언약의 궤'(Ark of the Covenant, 모세의 십계명을 새긴 두 짝의 석판을 넣은 궤-역주)가 모셔져 있었다. 가장 바깥쪽에 위치한 본당에 이르는 길 양옆에는 대리석으로 조각된 두 마리의 사자 석상이 버티고 서 있었고 그 사이에는 커다란 철제 향로가 놓여 있었는데 이것은 다분히 불교적인 관습이다. 본당을 지나자 율법에 따라 음식을 준비하는 공간, 유대교 창시자를 모신 사당, 유대인의 조상을 모신 사당, 차오(Zhao) 가문과 리(Li) 가문의 조상을 모신 사당과 두 가문이 세운 아치형 기념 통로가 있었다.

내부에는 제단이 있고 그 위에는 향로, 꽃병, 촛대가 놓여 있었다. 제단 뒤에 있는 〈모세의 의자〉 위에는 기도할 때 낭독하는 토라가 놓여 있었다. 앞에서 언급했던 황제의 만수무강을 기원하는 현판과 벽에 새겨진 중국어 문구들이 눈에 띄었다.

이 사제들은 중국 유대인들의 비문과 기록들을 무사히 보존하여 후대에 물려주었다. 사제들이 남긴 보고서는 중국 유대인들의 일상생활을 직접 눈으로 보고 경험한 것을 바탕으로 작성한 유일한 기록이며 종교 공동체로서 유대인들의 삶이 전성기를 이루었을 때와 쇄락의 길로 접어 든 시점을 모두 아우르는 귀한 자료다. 이 시기에 중국 유대인들의 히브리어에 대한 지식은 미미했지만 그럼에도 불구하고 자신들의 종교를 철저히 고수했으며 굳건한 공동체 의식을 유지했던 것으로 전해진다. 또한, 아름다운 예배당에 대한 자부심이 대단했는데 1722년 쟝 도미니크(Jean Domenge) 신부는 그 예배당의 모습을 그림으로 남겼다. 그 예배당은 자그마치 600년 동안 그 자리에 서 있었다. 유교가 지배하는 주변 환경에 동화된 흔적은 분명했지만 유대인들의 근본의식이 너무도 뚜렷했던 나머지 카이펑 토라의 사본을 입수하려는 시도는 수포로 돌아갔다.

1723년 선교사들은 중국에서 추방되었고 반 외국인 정서가 일면서 개종이 금지되었다. 그 후 1850년에 이르러서야 외국인들은 다시 중국 유대인과 직접 접촉할 수 있었다.

「피오니」의 역사적 배경

펄 벅은 중국이 외부세계와의 접촉을 단절했던 시기의 끝 무렵을 소설 「피오니」의 시대적 배경으로 삼고 있다. 소설의 초기 시대적 배경을 18세기 후반이나 19세기 초로 설정한다면 그 시기에 비록 고령이나마 마지막 랍비가 생존해 있었을 것이라는 추측이 가능하다. 학문적 연구에 따르면 최후의 랍비는 1800년에서 1810년 사이에 사망한 것으로 확인되었고 따라서 소설이 시작된 시기와 대략적으로 일치한다.

소설 초반에 에즈라 부인은 거의 쉰 살에 가까운 나이로 묘사된다. 즉, 그녀의 부모는 예수회 선교사들이 바티칸 교황청에 보낸 서신에서 묘사한 유대인의 전성기에 신앙생활을 했다는 추론이 가능하다. 에즈라 부인의 유대교에 대한 깊은 애착이 훨씬 더 설득력을 갖는 대목이다.

에즈라의 가족은 상인의 신분으로 페르시아와 인도를 거쳐 육로와 바닷길을 통해 중국으로 건너온 70개 씨족 중 하나이며 이후 차오라는 성을 얻게 되었다고 기술되어 있는데 이것 역시 석비를 통해 입증된 역사적 사실과 일치한다. 차오 가문이 중국의 유대인 역사에서 영향력 있는 지위를 누렸다는 역사적 기록을 알고 나면 에즈라 부인이 랍비에게 자신의 집안이 명문 유대가문이라고 한 말에 사실성이 더해진다.

서서히 폐허로 변해가는 모습으로 묘사된 예배당은 '제거된 힘줄 거리(Street of the Plucked Sinew)'에 위치해 있다고 소설은 쓰고 있다(당시 유대인들이 소고기 등을 먹을 때 힘줄을 골라내고 먹었던 관습이 있어 '힘줄을 골라내는 교'라고 불리기도 했다는 기록이 있는 것으로 보아 이러한 관습에서 유래한 거리 명칭으로 보임-역주). 오늘날 이 거리는 '성서교습남로(South Teaching Scripture Lane)'라고 불리고 있으나 1900년대 초 이전까지만 해도 '제거된 힘줄 거리'라고 불렸다. 랍비는 신성한 토라가 놓여 있던 〈모세의 의자〉 옆에 서 있었다고 묘사되었다. 랍비는 길게 늘어진 검은색 예복을 입고 머리에는 검은색 모자를 썼으며 하얀

색의 고운 천이 등을 따라 길게 늘어져 있다고 묘사된다. 이러한 모습은 1910년부터 1933년까지 25년을 카이펑에서 보냈던 윌리엄 찰스 화이트(William Charles White) 주교가 쓴 「중국의 유대인(Chinese Jews)」이라는 저서에 등장하는 랍비의 사진과 완벽하게 일치한다. 소설의 다른 부분에서 묘사된 예배당의 모습도 1722년 쟝 도미니크 신부가 그린 예배당의 스케치와 정확히 일치한다. 이 스케치는 훗날 화이트 주교의 저서에서 그대로 인용되기도 했다. 1489년도 석비의 비문 일부가 번역되었는데 그 내용에 따르면 13개의 두루마리 형태로 된 토라가 기다란 원통형 상자에 담겨져 예배당 내에 보관되어 있었다고 한다. 타 지역에서 온 유대인들이 세로로 길게 문구를 새겨 넣은 현판에 대한 언급도 있다.

펄 벅이 문학적 허용에 따라 역사적 사실에서 벗어난 부분은 랍비와 관련된 시간 설정이다. 카이펑의 마지막 랍비는 1810년에 사망한 것으로 추정되지만 펄 벅은 랍비의 사망 시점이 아편전쟁(1839~1842) 기간인 것으로 암시하고 있다. 훗날 데이빗 에즈라가 그의 가족을 모두 이끌고 북경으로 여행을 갔을 때는 서태후(Empress Dowager)의 통치기였는데 서태후가 데이빗의 '이방인' 자녀들을 보기를 청했다. 황태후의 영향력이 가장 두드러졌던 시기는 1898년부터 1908년이므로 랍비가 죽은 시점(아편전쟁 중에 사망했다는 가정 하에)과 데이빗이 자식들을 데리고 북경을 방문한 시점 사이에 50년 이상의 시차가 발생한다는 것은 이야기 전개상 논리적으로 들어맞지 않는다.

소설 후반부에 이르면 예배당은 결국 먼지만 쌓인 폐허로 변한다. 장식 조각들은 사라지고 겨우 세 개 남았던 석비도 나중에는 두 개로 줄어든다. 남은 석비는 하늘 아래 황량한 모습으로 남아 있다가 어느 외국인 기독교 신자에게 팔린다. 실제로 화이트 주교가 그 석비들을 매입해서 보존을 위해 성당 부지로 옮겨다 놓았다. 그러나 화이트 주교가 석비를 매입한 것은 1912년도의 일이다. 따라서 앞서 추정한 대로 소설의 초기 시간적 배경이 실제 마지막 랍비의 사망시점인 18세기 후반에서 19세기 초반이라면 이 이야기는 자그마치 100년이라는 긴 세월에 걸쳐 일어난 셈이다.

소설 속의 에즈라 부인과 랍비, 그리고 그 자녀들은 명백한 서구인의 외모를 가졌을 것으로 추정되지만 19세기에 이르게 되면 중국 유대인들의 외모는 사실상 중국 사람과 완전히 동화되어 구별하기 어려웠다. 1850년경 카이펑에 살았던 차오 가문의 두 유대인 형제를 스케치한 그림을 보면 이마가 훤칠하고 얼굴 윤곽이 유대인의 특징을 나타내지만 동양적인 눈과 머리카락을 하고 있다. 확인할 길은 없지만 19세기 후반에 접어들면 카이펑 유대인 중에서 명백히 서구적인 외모를 유지하고 있는 사람은 한 명도 없었을 가능성이 매우 높다.

시간의 흐름상 오류가 있음에도 불구하고 – 어쩌면 오히려 그런 식으로 문학적 허용을 활용함으로써 – 펄 벅은 에즈라 가문을 통해 유대교의 흥망성쇠를 단적으로 보여줌으로써 중국 유대인의 역사를 장구하면서도 역동적인 한 편의 파노라마로 엮어내는 데 성공했다.

19세기 중국 유대인의 자취

 소설「피오니」가 끝났다고 해서 중국 유대인의 역사가 끝난 것은 결코 아니다. 130년의 단절이 있긴 했지만 1850년에 카이펑 유대인과 외부와의 접촉이 다시 시작되었다. 유대인을 대상으로 포교활동을 하는 런던 기독교 선교회가 상하이 출신의 개신교로 개종한 두 명의 중국인을 카이펑으로 파견 보냈다. 이들은 예배당이 비참한 몰골로 황폐해졌고 마지막 랍비는 약 50년 전쯤 사망했다고 전했다. 몇 년 전 카이펑 유대인들이 황제에게 예배당을 수리하고 재건할 수 있게 해달라고 간청했으나 아무 회신도 받지 못했다. 예배당의 상태가 너무 형편없어서 파견나간 개신교도들은 카이펑을 겨우 두 번 방문한 끝에 히브리어 필사본 70점과 토라 여섯 두루마리를 주고 예배당을 사들일 수 있었다. '중국 히브리인 망자 연대기(Chinese-Hebrew Memorial Book of the Dead)'도 사들였는데 처음에는 이것이 족보인 줄 알았다. 이 자료들은 현재 신시내티(Cincinnati)에 있는 히브리유니언대학(Hebrew Union College)의 클라우 도선관(Klau Library)에 소장되어 있다.

 개신교 파견자들은 카이펑 유대인 두 명(위에서 언급되었던 차오 형제)에게 상하이로 가서 히브리어와 유대교를 다시 배워서 카이펑으로 돌아와 유대교 공동체를 부흥시키라고 제안했다. 차오 원퀘이(Zhao Wenkui)와 차오 진청(Zhao Jincheng)은 할례를 받은 유대인이었는데 그 당시 카이펑에서는 여전히 할례가 행해지고 있었다. 동생은 상하이에 잠시 머물다 카이펑으로 돌아갔고 형은 상하이에서 임종을 맞아 19세기 유대인 이민자들이 상하이에 조성한 지역 공동묘지에 안장되었다.

 이보다 1년 앞서 중국 제국군 소속 병장 티에 딩안(Tie Dingan)이 아모이(Amoy)에 있는 영국 영사 T.H. 래이튼(Layton)에게 쓴 편지에는 여덟 가구의 유대인들이 카이펑에 남아있다고 기록되어있다. 편지에는 이 유대인들이 외모로 보면 중국인이지만 '중국의 중부 지역 사람들과 똑같은 특징'을 가졌다고 기록되어있다. 랍비도 없었고 히브리어를 읽을 줄 아는 이도 없었다.

타 지역 유대인을 포함한 외부인들이 카이펑 유대인들의 존재를 알게 되면서 이들에게 서신을 보내기도 했으나 답장을 받은 것은 단 한 번 뿐이었는데 아마도 나머지 편지들을 카이펑 유대인이 받지 못했던 것으로 추측된다. 1850년 8월 20일, 카이펑의 차오 니안쯔(Zhao Nianzi)라는 사람이 래이튼 영사에게 편지를 한 통 보냈다. 이 편지는 히브리어에 능통하고 유대교에 대해 해박한 지식을 소유했던 제임스 핀(James Finn)이라는 전문 외교관이자 선교사가 1847년에 보낸 편지에 대한 답장이었다. 이 편지의 내용에 따르면 당시 카이펑의 상황은 암담했고 종교문서들은 남아 있으나 1800년 내지 1810년 이후부터는 유대교가 후손들에게 제대로 전파되지 않았다고 한다. 예배당에는 오래전부터 성직자가 없었다고 덧붙였다. 예배당은 뼈대만 앙상하게 남아 폐허로 변했고 심지어 예배당을 저당물로 내놓거나 매각하려는 사람들도 있다고 했으며 까오(Gao), 스(Shi), 차오(Zhao) 가문에서 기부한 물건들을 언급하기도 했다.

차오의 편지는 한마디로 서양의 유대인들에게 도움을 구걸하는 절규나 다름없었다. 카이펑의 유대인들은 가난했고 전반적으로 히브리어에 무지했으며 유별난 종교적 관습으로 인해 사실상 중국문화에 거의 완벽하게 동화되었음에도 불구하고 심각한 고립상태에 놓여 있었다.

1860년 황하 강이 또 다시 범람하면서 대홍수가 카이펑 지역을 강타했다. 그리고 예배당은 물살에 휩쓸려 영원히 사라져 버렸다. 1866년 카이펑을 방문한 W. A. P. 마틴(Martin) 목사는 7세기 동안 그 자리를 지켜왔으며 개신교 사절단이 파견되었던 1850년까지만 해도 처참한 몰골이나마 형태를 유지하고 있었던 예배당을 더 이상 찾아 볼 수 없었다고 전했다.

마틴 목사는 그 당시 카이펑의 유대인들의 딱한 처지를 상세히 묘사하고 있다. 마틴 목사는 마지막 랍비가 사망한 후 유대인들은 토라를 필사하여 그 사본을 시장에 내다 두었는데 그것은 먼 곳에서 온 유대인이 우연히 카이펑에 들렀다가 토라를 알아보고 자신들에게 그 내용을 가르쳐 주지 않을까 하는 실낱같은 희망 때문이었다고 기록하고 있다. 마틴 목사는 그 당시 남아 있는 석비는 단 하나 뿐이었다고 보고했다.

서양 유대인들과의 접촉

카이펑을 방문한 첫 서양 유대인은 1867년 7월 열흘 동안 머물다 떠났다. 제이콥 리버먼(Jacob L. Liebermann)이라는 오스트리아 출신의 유대인 상인은 종교집단에서 파견된 것이 아니라 개인적으로 카이펑을 방문했으며 그의 부친에게 열 장의 편지를 써 보냈다. 그는 편지에서 유대인들이 중국에 깊이 동화되어 버린 사실을 개탄하고 있었으며 자신들의 번성했던 과거를 회고하면서 이런저런 이야기를 늘어놓았다고 한다.

19세기 후반에 가서야 상하이에 살던 유대인들이 카이펑의 유대인들과 긴밀히 접촉하여 카이펑의 유대인 공동체를 회생시키고자 진지한 노력을 기울이기 시작했다. 상해 유대인들이 1년 전인 1899년 유대인들이 헤난(Henan)성 교구의 볼론테리(Volonteri) 교황대리에게 마지막 남은 토라 두루마리를 팔았다는 사실을 발견하고 나서 이러한 접촉이 시작되었다.

20세기가 시작되기 전까지 서양의 유대인들은 카이펑의 유대인 공동체에 대해 들어본 적도 없었으며 카이펑을 실제로 방문한 사람도 드물었다. 일반 유대인들은 선교사에게 제공되는 재정적인 지원을 받을 수 없었기 때문이다.

사순(Sassoons) 가문이나 카도리(Kadoories) 가문으로 대표되는 성공한 세파르디(Sephardi, 스페인이나 포르투갈계의 유대인) 유대인들과 아시케나지(Ashkenazi, 독일, 폴란드, 러시아계 유대인) 유대인들이 19세기 상하이에서 정착해 살았는데 이들은 카이펑 유대인들이 토라를 팔았다는 사실과 카이펑 유대인 사회가 붕괴에 직면했다는 것을 알고 무척 놀랐다.

이들은 힘을 합쳐 1900년 '중국 유대인 구조를 위한 상하이 위원회(Shanghai Committee for the Rescue of Chinese Jews)'를 조직하여 카이펑 유대인들의 영적 몰락을 막고자 노력했다. 이로써 카이펑 유대인과의 접촉이 시작되었고 카이펑의 몇몇 유대인들은 상해로 가게 되었다. 상해를 방문한 카이펑의 유대인들은 상해의 유대인들이 유대교 음식규정 중 일부를 준수했고 일부는 할례를 하기도 했지만 생활 속에서 유대교를 철저하게 실천하는 유대인들은 없었다고 보고했다. 이들은 상하이 유대인들의 원조를 받아 예배당을 재건하고 이를 통해 과거에 카이펑 유대인들을 하나로 결속시켰던 공동체 의식을 다소나마 되살리고자 하는 간절한 소망을 강력히 피력했다.

그러나 곧 유대인 대학살과 러시아 유대인들의 이민이 시작되면서 사람들의 관심과 지원 자금이 카이펑 유대인을 위한 예배당 재건이라는 당초 계획에 집중되지 못하고 다른 곳으로 빠져나갔다. 자신들의 공동체 재건을 도와줄 서양의 유대인들을 찾고자 하는 부푼 희망을 안고 상하이에 왔던 카이펑 유대인들은 그 희망이 산산조각나자 참담한 심정으로 카이펑에 돌아왔고 과거 예배당의 웅장함과 유대인 공동체로서의 자부심은 영영 되돌릴 길이 없음을 깨달았다.

화이트 주교(Bishop White)

1910년부터 1933년까지 헤난성의 캐나다 성공회 소속 주교가 처음으로 유대인들과 함께 거주했다. 윌리엄 찰스 화이트 주교는 중국 유대인들과 가장 오랫동안 함께 지냈던 서양인으로서, 1942년 그의 대표작 「중국의 유대인」이란 저서를 출간했다. 화이트 주교는 일곱 씨족들의 대표들을 설득해 1912년 남아 있던 두 개의 석비에 대한 관리권을 인수받았다. 2년 전만해도 유대인들은 예배당부지에 대한 법적 소유권을 절대 포기하지 않았다. 그로부터 1년 뒤 화이트 주교는 지역 당국과 석비의 소유권을 놓고 마찰을 빚은 끝에 석비를 성 밖으로 옮겨가지 않겠다는 조건으로 석비를 사들일 수 있었다. 그리고 1914년 유대인들은 예배당 부지를 교구에 매각했는데 이는 7세기만에 처음으로 중국 유대인이 아닌 사람이 예배당 부지를 소유하게 되었음을 뜻한다.

그 당시 토라 두루마리는 모두 사라진 상태였고 예배당의 일부는 카이펑에 사는 비유대인들이 사용하고 있었다. 한때 유대교 예배당이었던 건물의 대리석 난간 중 하나는 어느 유교사원이 50년 동안 차지하고 있었고, 두 마리의 사자 석상은 어느 불교사원 앞을 나란히 지키고 있었으며, 예배당의 초록색 지붕 기왓장은 이슬람 사원의 장식용으로 변해있었다.

1919년 5월 화이트 주교는 중국 유대인들을 교육하고 그들의 공동체 의식을 회복시키기 위해 수 차례에 걸쳐 계속적으로 그들과 모임을 가졌다. 일곱 씨족의 대표들이 모두 참석했으며 약 200가구 중 40가구가 모임에 나왔다. 참석자들은 서로 모르는 사이였고 스(Shi) 씨족만이 족보를 보존하고 있었다.

화이트 주교가 카이펑에 거주하는 동안 사들인, 중국 유대인들이 만든 공예품 여러 점이 현재 토론토 소재 왕립 온타리오 박물관에 보관되어 있다. 박물관에 소장된 공예품 중에는 유대인들에게 기도시간을 알려주는데 사용되었던 대리석으로 만든 검은색 차임, 연꽃을 새겨 넣은 석재 그릇 두 점, 그리고 토라 두루마리를 보관했던 원통형 상자도 있다.

화이트 주교가 카이펑에 있는 동안 남긴 주요 업적 중 하나는 일곱 씨족의 연합을 주도함으로써 유대인 공동체의 부활을 시도했으며 사진과 글로써 그 기록을 남겼다는 것이다. 그러나 화이트 주교의 노력은 성과를 거두지 못했다. 유대인들은 이미 연대의식을 모두 상실한 상태였고, 예배당을 재건하거나 유대교를 다시 공부하고자 하는 희망도 없었으며, 그들의 삶 속에서 유대교를 제대로 실천하지도 않고 있었다.

그 시점에 이르러 유대인 공동체는 사실상 붕괴되었으나 개개인의 민족의식은 여전히 강해서 그들의 민족 정체성은 20세기에도 살아 유지되었다.

1911년 청나라가 멸망하고 1949년 중화인민공화국이 설립되기 전까지 지속된 중화민국 시대의 초기 5년 동안 사회가 혼란스러운 가운데 카이펑에는 외부인들의 유입이 급증했다. 외부인들 중에는 중국 유대인들이 여전히 그들의 조상에게서 물려받은 신체적 특징을 유지하고 있다고 주장하는 이들도 있었지만, 대부분은 그 당시 유대인들이 중국에 완전히 동화된 상태였다고 전하고 있다. 그럼에도 불구하고 중국 유대인들은 서구 유대인과의 접촉을 통해 자신들의 종교인 유대교에 대해 알고자 하는 열망이 강했음을 알 수 있었다. 특히 어린이를 위한 학교 설립을 원했다. 유대인들은 수적으로 상당히 감소했지만 카이펑의 유대인들은 끈질기게 버텨나갔고 쇠약해져 가는 그들의 민족의식을 보존하고자 노력했다.

20세기 중국 유대인들의 후손

중화인민공화국이 창설된 후, 카이펑에 사는 유대인 후손들과의 접촉은 거의 없었다. 1952년 중국 내 모든 소수민족에 대한 인구조사가 실시되었는데 여기서 '소수민족' 이라함은 '자신들만의 고유한 언어로 소통하고 다수족인 한족과 다른 자신들만의 고유한 전통과 문화적 특징을 유지하고 있는 민족 집단'을 의미하였다. 마이클 폴락(Michael Pollak)의 저서 「중국인, 유대인 그리고 선교사(Madarins, Jews and Missionaries)」에는 다음과 같이 묘사되어 있다. "유대인들의 경우 북경에서 하달된 소수민족분류기준에 부합하지 않는다는 것을 몰랐던 수 백 명의 카이펑 주민들이 공식적으로 존재하지 않는 소수 민족의 일원임을 자처하며 인구조사기관으로 몰려와 소수민족으로 등록해달라고 요청하자 해당기관의 공무원들은 당황할 수밖에 없었다. 이들의 소수민족 등록 시도는 당연히 실패로 끝났다."

1966년 시작된 중국의 문화혁명으로 인해 10년 동안 혼란과 폭력이 지속되었고 이로 인해 서양인들은 1970년대 후반이 되어서야 카이펑을 방문할 수 있게 되었다. 1980년 UPI 통신의 한 기자가 1960년대 이후 처음으로 카이펑의 유대인을 방문해 아이(Ai) 씨족과 스(Shi) 씨족에 속한 유대인들을 만났고 이들로부터 카이펑에 수십 명의 유대인 후손들이 살고 있다는 말을 들었다. 오로지 조상이 유대인이라는 사실 하나 뿐, 그들이 유대인이라는 주장을 뒷받침해줄 수 있는 증거는 아무 것도 없었다. 유대교 관습이나 의식을 지키고 있는 사람은 아무도 없었다. 석비들은 카이펑 시립 박물관에 안전하게 보존되어 있는 것으로 확인되었다.

1981년 중국의 유대인과 접촉하거나 이들에 관한 연구를 시행하려는 목적으로 다양한 활동이 진행되었다. 카이펑에서 유대인과의 인맥이 가장 넓다는 전 카이펑 시립 박물관장 왕 이샤(Wang Yisha)가 조사를 실시했다. 그 조사결과에 따르면 여섯 개 성씨를 가진 140가구의 유대인 후손들이 여전히 살고 있는 것으로 나타났다. 이중 79가구는 카이펑에 거주하며 나머지 61가구는 중국의 다른 지역으로 이주한 것으로 알려졌다.

1981년 진 샤오징(Jin Xiaojing)이 쓴 '나는 중국 유대인이다(I am a Chinese Jew)'라는 글이 발표되었다. 베이징에 있는 중국사회과학원(Chinese Academy of Social Sciences)의 국립소수민족 연구소(National Minorities Research Institute) 소속의 사회학자인 진 샤오징은 1980년 한 전문가 컨퍼런스에 참석했다가 자신의 근본이 유대인이라는 사실을 알게 되었다. 그 회의에서 누군가가 두 남자의 이름을 거론하면서 이들이 유대인이라고 설명했는데 그 두 남자는 바로 그녀의 삼촌들이었다. 그녀의 조상들이 원래 살던 곳이 카이펑이라는 것은 알았지만 어려서부터 이슬람교도를 신봉했기 때문에 자신이 유대인의 후손일거라고는 생각조차 못했던 것이다.

나는 1983년 전미유대인대회(American Jewish Congress) 행사의 일환으로 특별 방문단을 이끌고 카이펑을 방문하였고 그 후 카이펑을 자주 방문하게 되었다. 방문단은 차오 가문과 스 가문을 대표하는 세 사람과 만남을 가졌다. 우리는 예배당이 있었던 성서교습남로(South Teaching Scripture Lane)를 방문했다. 그곳에는 병원이 들어서 있었고 예배당부지였다는 흔적만 남아 있었다. 또한, 카이펑시립박물관에 소장된 1489년, 1512년, 1679년 석비들도 눈으로 확인할 수 있었다.

유대인 후손들과의 토론은 다소 딱딱한 분위기에서 이루어졌고 이스라엘에 관한 언급은 금지되었지만 그들과 우리의 조상이 같은 언어로 기도를 드렸으며 조상들의 고향땅으로 돌아가기를 간절히 바란다는 공통의 염원을 갖고 있다는 사실을 처음으로 깨달았다.

1985년 나는 혼자서 카이펑에 돌아갔고 아이, 리, 스, 차오 씨족을 대표하는 유대인 후손 대표 여섯 명과 그들의 가족 구성원들을 어렵게 만날 수 있었다. 카이펑에서 보낸 하루하루는 어렵게 명맥을 유지하고 있는 유대인 공동체를 발견해가는 모험의 연속이었다. 나는 현재까지 보존된 유대인들의 모습과 이미 잊혀진 것들에 관해 입에서 입으로 전해 내려온 비공식적인 역사적 사실과 증언들을 수집했다.

아이 가문의 한 사람은 유대교와 관련 있는 다윗의 별(a Star of David)을 몰랐고 카이펑 유대인들의 종교와 역사에 대해서도 전혀 아는 게 없었다. 그는 자신의 부친이 유대인이라고 말해주어서 자신이 유대인의 후손임을 알고 있을 뿐이며 딱히 구체적인 이유는 모르지만 자기 아들에게도 그런 사실을 꼭 알려주어야 한다고 믿고 있었다. 짐작하건데 카이펑에 사는 유대인들의 후손들은 대부분 그와 별반 다르지 않을 것이다. 방문단이 만났던 씨족 대표들처럼 자기 가문과 중국 유대인들의 역사 그리고 종교적 관습을 줄줄이 꿰고 있는 유대인 후손들은 드물 것이다.

다른 아이 가문의 최고령자인 70대 후반의 노인에게서 들은 이야기가 가장 흥미로웠다. 그는 1952년 중화인민공화국 창설 3주년 기념행사에 참석할 유대계 소수민족의 대표로 선출되어 베이징으로 가게 되었다고 한다. 노인은 마오 쩌둥(Mao Zedong), 저우 언라이(Zhou Enlai), 덩 샤오핑(Deng Xiaoping)과 만나 악수를 하게 되었는데 이를 본 사람들은 유대인들이 조만간 공식 소수민족으로 인정받을 것이라고 믿게 되었다.

중국 유대인 역사에서 우월적인 지위를 유지했고 펄 벅의 소설에도 등장하는 차오 가문 출신의 연로한 정치인은 자기 가문의 조상들이 카이펑 유대인 지역사회에 공헌한 바를 기리기 위해 자신만의 미니 박물관을 만들기 시작했다. 그는 부친과 조부에게서 들은 예배당의 모습을 토대로 예배당의 모형을 제작했고 이스라엘의 디아스포라 박물관(Diaspora Museum)에 전시된 예배당의 모형에 빠져 있는 두 마리의 사자 석상도 잊지 않고 자신의 모형에 포함시켰다.

중국 유대인들 가운데 가장 비즈니스 감각이 뛰어난 이 정치인은 자신의 딸과 함께 중국 스타일의 야물커(Yarmulka, 유대인 남자가 기도할 때 머리에 쓰는 테가 없는 작은 모자-역주)를 만들기 시작했는데 몇 년 뒤 박물관을 찾아올 관광객들에게 판매할 계획이었다. 수 세기 동안 카이펑의 유대교는 부계를 따라 전수되었기 때문에 딸만 다섯을 둔 이 정치인은 입장이 난처했다. 유대민족의 역사에 정통한 중국 유대인 후손이었던 그는 자신의 딸들이 낳은 모든 자녀는 설사 아버지가 유대인의 후손이 아니라 해도 모든 신분증의 국적기입란 옆에 있는 민족분류란에 한족이 아니라 유대인임을 뜻하는 '요우타이(Youtai)'라고 등록하도록 지시했다. 차오 가문은 아직도 예배당부지였던 병원 근처의 성서교습남로에 살고 있다.

스(Shi) 가문 출신의 한 연장자는 유대인의 전통을 회복하고자 하는 열망이 남달랐다. 그는 어린 시절의 추억들을 생생하게 기억하고 있었다. 그는 어렸을 때 모친이 하나님께서 엿새 만에 만물을 창조하신 것을 기념하여 야물커를 여섯 조각으로 만들었다고 회상했다. 놋으로 만든 다윗의 별들을 약상자에 넣고 열쇠를 채워서 보관했음에도 세월이 흐르면서 어디론가 사라졌고 유월절이면 닭의 피 대신 붉은색 물감을 물에 풀어서 중국 붓과 함께 집 문기둥에 뿌렸던 기억들도 쏟아냈다. 유월절 축제는 중국의 춘절과 융합되었고 그 대신 춘절이 지나고 나서 한 달 후 누룩을 넣지 않은 케이크를 굽는 관습이 새롭게 생겨났다.

그는 왕 이샤와 공동으로 카이펑의 유대인들, 특히 자신이 속한 스(Shi) 가문의 계보를 복원하는 작업을 진행해 왔다. 이 작업을 지원하기 위해 신시내티의 히브리 유니언 대학은 '중국 히브리인 망자 연대기'라는 마이크로필름 두 개를 카이펑시립박물관과 왕 이샤에게 각각 기증하기로 합의했다.

내가 마지막으로 1988년 카이펑에 돌아왔을 때, 자신들의 과거를 알고자 적극적으로 노력하는 중국의 유대인 후손들이나, 기억이 점점 흐려지는 마지막 세대가 아직 살아있는 이 중대한 시점에 이들과 접촉하게 된 운 좋은 서양인들 모두 그 마음속에 새로운 목표의식이 확고히 뿌리내렸음을 느낄 수 있었다.

내가 단독으로 카이펑을 방문하기 두 달 전인 1985년 6월, 전 세계적으로 중국의 유대인에 관한 학술적 연구와 정보교환을 촉진하기 위한 목적으로 캘리포니아 팔로 알토(Palo Alto) 중국유대연구소(Sino-Judaic Institute)가 설립되었다. 카이펑시립박물관에 유대교 전시관 별관 개설을 촉진하기 위해 박물관은 중국 유대인에 대한 자료뿐 아니라 이와 관련된 외부인사의 카이펑 방문현황에 관한 모든 자료를 담은 소식지를 발간하고 있다.

20세기 초 설립된 '중국 유대인 구조를 위한 상하이 위원회'를 기리기 위해 박물관은 중국 유대인에 관한 유물에 관심을 집중시킴으로써 그들의 이야기를 널리 알리고 중국인과 유대인간의 친목과 이해를 증진하기 위한 노력이 성공적인 결실을 맺기를 기대하고 있다.

중국 내에서도 유대인에 대한 관심이 높아지면서 1988년 이후 상하이에는 유대연구협회(Shanghai Judaic Studies Association)가, 난징에는 중국유대교연구협회(China Jewish Studies Association)가 설립되었다. 후자의 경우 유대교 연구에 관한 중국의 학술적 성과를 보여주는 전시회를 계획하고 있으며 전자는 중국 내 학자와 그 밖의 관심 있는 사람들이 자료를 공유할 수 있는 유대교 도서관 건립을 추진 중이다.

전 세계 유대인과의 관계개선을 위한 중국의 공식 행보가 여러 곳에서 포착되고 있는데 그중 한 예로써 북경대학교에서 여섯 명의 중국인 학부생을 대상으로 히브리어 강좌가 시험적으로 진행되고 있다. 또한, 여러 중국 대학의 연륜 있는 학자들이 이스라엘을 종종 방문하고 있으며 중국 유대인에 관한 전시 투어가 조만간 시작될 예정이다.

중국정부는 중국을 방문하는 유대인과 카이펑의 유대인 후손들을 고려해 이스라엘에 관한 언급을 오랫동안 피해오다가 1990년 마침내 중국과 이스라엘 간의 학술교류 사무소를 북경과 텔아비브에 각각 개설했다. 양국의 공식 외교관계가 언제 설립될지는 예측하기 어렵지만 그 가능성은 해마다 증가하고 있다.

펄 벅이 중국 유대인들에 대해 상당한 지식을 갖고 있었던 것은 아마도 20세기 초 그녀가 난징에서 어린 시절을 보내는 동안 카이펑의 선교사들과 접촉하면서 많은 이야기를 들었기 때문이거나 「피오니」를 집필하기 6년 전에 출간된 화이트 주교의 「중국의 유대인」에서 도움을 얻었을 것으로 추정된다. 펄 벅은 중국 유대인들의 일상이나 관습을 에즈라 가문의 이야기 속에 놀라울 정도로 자세하게 녹여내고 있다. 이 소설을 탄생시킴으로써 펄 벅은 중국인과 유대인 간의 상호 문화적 이해를 보다 증진시키는 데 크게 기여했다. 중국과 이스라엘의 관계가 한 단계 도약하려는 절묘한 시점에 「피오니」라는 소설이 재출간됨으로써 지구상에서 가장 오래된 두 문명의 만남이 향후 어떤 모습으로 전개될지에 대한 호기심이 증폭되는 계기가 될 것이다

교육학 박사이자 이 책의 후기를 집필한 웬디 아브라함(Wendy R. Abraham)은 카이펑 유대인 후손들의 역사를 연구하는 학자이다. 콜롬비아대학 사범대 재학 시절 쓴 그녀의 논문 주제 역시 카이펑의 중국 유대인(1605년~1985년)이었다.

중국 유대인에 관한 강연을 자주 하고 있으며 캘리포니아의 팔로 알토에 소재한 중국유대연구소(Sino-Judaic Institute)의 이사로 재직 중이고 뉴욕대(NYU)와 뉴욕시에 있는 사회학 연구를 위한 뉴 스쿨(New School for Social Research)에서 동양학을 가르치고 있다. 아브라함 박사는 1981년 이후 여섯 차례 중국을 방문했으며 1985년 카이펑에 거주하고 있는 최고령 유대인 후손들로부터 직접 들은 그들의 역사를 기록으로 정리했으며 이 기록을 책으로 출간할 계획이다.

차오 원퀘이(Zhao Wen-kui), 카이펑 유대인 공동체 출신의 교사로서 상하이로 가서, 유대인을 대상으로 포교활동을 하는 런던 기독교 선교회의 사절에게서 히브리어를 배웠다.

차오 진청(Zhao Jincheng), 1850년경 카이펑의 유대인 공동체 소속

By permission of the British Library

나폴레옹 전기

666 인간 '나폴레옹'
그는 알면 알수록 점점 커져만 간다 (괴테)

역사상 그 누가 모스크바를 점령하여 아침 햇살에 빛나는 모스크바의 둥근 지붕들을 바라보았던가? 이 책은 너무나 잘 알려진 이름임에도 그동안 감추어져 있었던 영웅 나폴레옹의 진면목을 강렬하고 빈틈없이 요약했다. – 동아일보

펠릭스 마크햄 지음 / 값 13,000원

성서 이야기

기쁨과 슬픔을 집대성한 인류역사 소설
왜 인간은 에덴의 동쪽으로 돌아갈 수 없는가

노벨문학상 수상 작가 펄벅 여사의 '성서 이야기'는 경건한 종교세계는 물론 인류역사의 시작과 그 과정을 특유의 유려한 필치로 흥미롭게 풀어낸다. – 조선일보

펄 S. 벅 지음 / 값 18,000원

베토벤 평전

진실한 삶 속에서 울리는 풍요로운 음악 소리
베토벤, 자신을 버린 세상을 끊임없이 사랑하다

악성 베토벤의 인간적 삶에 초점을 맞춘 전기. 알콜중독자 아버지에게 혹독한 훈련을 받던 어린시절부터, 청각을 상실하는 말년에 이르기까지 베토벤의 삶과 예술을 풍성하게 되짚는다.
– 조선일보

앤 핌로트 베이커 지음 / 값 8,000원

상형문자의 비밀

고대 이집트의 눈부신 현장이 펼쳐진다

고대 이집트의 멸망과 함께 영원히 비밀 속으로 사라질 뻔했던 상형문자. 어느 날 회색빛 돌 하나를 로제타라는 작은 마을에서 발견하고, 돌 위에 씌어진 상형문자의 해독을 위해 모든 것을 바쳤던 사람들, 바로 그 정열적인 사람들의 신비로운 이야기.

캐롤 도나휴 지음 / 값 12,000원

두 개의 한국

한국 현대사를 정평한 제3자의 객관적 시각
한반도 현대사는 진정한 핵의 현대사다

전 워싱턴포스트지 기자 돈 오버더퍼의 눈을 통해 한반도 문제의 핵심인 청와대, 평양, 백악관 사이에서 비밀스럽게 진행됐던 수많은 사건들과 핵 협상의 숨막히는 담판 승부를 생생히 목도할 수 있다.

돈 오버더퍼 지음 / 값 22,000원

절대권력(전2권)

'돈 對 사상' 현대 중국의 고민

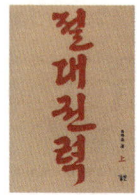

경제 발전에 따른 중국의 부패상을 담아낸 장편소설로 '사회주의적 인간의 건전성'을 찬미하는 데 목적을 두고 있다. 그러나 현대 중국의 갈등과 고민을 당성黨性과 자본주의적 배금주의와의 충돌로 이해하는 데 도움을 준다. - 중앙일보

저우메이선 지음

매독

매독, 그리고 어둠 속의 신사들

콜럼버스가 신대륙 학살 끝에 얻어온 '창백한 범죄자' 매독은 근 5백 년간 천재들의 영혼을 지배하며 복수의 칼날을 휘둘러왔다. 링컨의 알 수 없는 광증, 베토벤의 청력 상실, 히틀러의 유대인 학살, 니체의 폭발적인 사유, 이 모두가 만일 매독이 불러일으킨 불가해한 현상이라면, 과연 유럽의 역사는 어떻게 달라져야 하는가?

데버러 헤이든 지음 / 값 20,000원

해외 부동산투자 20국+영주권

해외투자는 새로운 미래다!

이 책은 투자 천국인 미국, EU 영주권을 제공하는 몰타, 최저비용으로 고품격 삶을 누릴 수 있는 멕시코 등 20국가를 선별해, 금전적 이익과 생활의 자유를 한꺼번에 잡을 수 있는 새로운 차원의 투자 방법을 제시하고 있다. 새로운 경제 돌파구를 마련하고자 하는 소규모 투자자, 세계를 익히고자 하는 의욕적인 사업가, 새로운 문화 속에서 제2의 인생을 꿈꾸는 퇴직자라면, 이 책에서 해외투자에 대한 많은 정보를 얻을 수 있을 것이다.

헨리 G. 리브먼 지음 / 값 15,000원

누구를 위한 통일인가

전직 주한미군 그린벨의 장교가 바라본 한국의 분단과 통일관

한국 격변기 때 중요한 역사의 현장을 온몸으로 체험한 주한 미군 장교가 수기 형식으로 써내려간 이 책에서 우리는 흔히 접할 수 있는 딱딱한 이론이나 주관주의에 매몰된 자기 주장 따위는 찾아볼 수 없다. 마치 한 편의 소설을 읽는 듯한 착각에 빠지게 만드는 저자 특유의 생동감 넘치는 대화체 등의 현장 묘사와 그 동안 배후에 가려져 왔던 숨겨진 일화들을 공개함으로써 읽는 재미를 배가시키며, 나무와 더불어 숲을 아우르는 객관적이고 심도 있는 분석을 통해 남북 분단의 근거와 실체, 주요 리더들의 특징과 그 역학적 관계에 대한 정확한 이해, 그에 따른 통일의 함정과 지향점 등을 설득력 있게 제시한 역작이다.

고든 쿠굴루 지음 / 값 17,000원

톨스토이 공원의 시인

톨스토이, 그리고 영혼의 집 짓기

1년밖에 살지 못한다는 시한부 인생을 선고받고 숲으로 들어와 20여 년을 더 살아낸 20세기 마지막 시인 헨리 스튜어트. 이 책은 삶과 죽음 사이를 흔들흔들 오가며 둥근 지붕의 집을 지은 헨리의 특별한 이야기이자, 세월 속에서 잃어버린 우리 영혼에 대한 기록이다. 마치 눈으로 보듯 세밀하게 그려진 집 짓기 과정은 부나 명예와 같은 껍데기가 아닌, 내면의 뼈대를 구축하는 일이 얼마나 중요한가를 역설하고 있으며, 곳곳에 녹아 있는 레오 톨스토이의 사상은 매순간 삶에 대한 뜨거운 애정으로 되살아난다.

소니 브루어 지음 / 값 15,000원

Dear Leader Mr. 김정일

김정일은 악마인가? 체제의 희생양인가?

2005년 타임지 선정 '세계에서 가장 영향력 있는 100인(지도자&혁명가 부문)' 중 한 사람. 세계 최초로 핵확산금지조약을 탈퇴한 지도자. 예술적 면모와 열정을 지닌 북한 최대의 영화 제작자. 개인 최대 코낙 수입자. 주민의 10%가 굶어 죽어가는 나라의 지도자. 이 책에서는 이처럼 아이러니 그 자체인 김정일을 정확하고 심도 있게 분석하고 있다. 김정일을 둘러싼 분분한 소문보다는 그의 행동과 북한 체제, 과거부터 현재까지 북한의 역사와 한국과의 관계를 정확히 분석하여 가정을 세우고, 그 가정을 증명한 이 책은 그간 어디서도 찾아볼 수 없던 북한 정밀 보고서이며, 김정일 정신분석 보고서다. 북한의 핵문제가 전 세계적으로 파급되고 있는 이때, 북한과 김정일을 정확하게 파악하지 못한다면 세계의 미래 역시 예측 불가능할 것이다. 저자는 이 책을 통해, 김정일을 사악한 미치광이로 매도하는 것은 지나친 단순화의 오류며, 김정일 또한 냉전이라는 덫에 사로잡힌 역사의 제물이고, 북한 공산주의라는 체제의 피해자임을 지적한다.

마이클 브린 지음 / 값 14,000원

통제하의 북한예술

'북한 예술'을 발가벗긴 책

우리의 관심을 벗어날 수 없는 북한예술은 이 책을 통해 북한의 정치, 사회사를 통합적으로 관통한 저자의 서술에서 그 희미한 실체가 윤곽을 드러내게 된다. 또한 풍부한 자료를 통해 생생하게 전달되는 북한의 미술 세계에서 우리는 이제껏 품어온 궁금증을 하나씩 벗거내며 저자의 훌륭한 안내를 받게 될 것이다.

제인 포털 지음 / 값 18,000원

독재자의 최후

한 권으로 읽는 지상 최고 악당들의 세계사

역사의 굵직굵직한 사건 뒤에는 늘 독재자들이 그 모습을 감추고 있었다. 그리고 사건이 표면화되면 그들은 서서히 모습을 드러내고 자신의 나라와 국민들을 피의 전쟁으로 몰아넣었다. 예수 그리스도의 탄생 후 자행되었던 헤롯의 유아 대학살, 칭기스칸의 공포적인 영토 확장, 전 세계를 전쟁의 소용돌이로 몰아넣은 히틀러, 그리고 최근 비참한 말로를 맞은 후세인에 이르기까지…. 이 책은 역사상 가장 잔혹하고 무자비한 독재 정권을 통해 피의 향연을 펼치고, 아울러 역사를 바꾸기까지 한 독재자들에 대해 조명하고 있다. 어떻게 해서 그들이 독재적인 성격을 띠게 되었는지, 그리고 어떤 최후를 맞게 되었는지를 알아보고, 국가와 국민들에게 행한 잔인한 실상들을 낱낱이 파헤치고 있다.

셸리 클라인 지음 / 값 18,000원

사요나라 BAR

일본 신사이바시 골목 어딘가의 '사요나라 바'를 무대로 펼쳐지는 이 소설은 사랑과 폭력, 그리고 상처와 연민을, 젊음과 중년세대를 아우르며 매우 실감나게 묘사하고 있다.
(야쿠자 조직원과 눈먼 사랑에 빠진) 영국인 호스티스 메리, (소설 '황금비늘'과 '캐리'의 주인공을 연상케하는) 영험한 정신적 능력을 지닌 4차원적 인물 와타나베, (죽은 아내의 환상 속에서 살아가는) 외로운 일벌레 사토, 이들의 이야기가 탄탄한 구성과 함께 저자 특유의 현란한 문체에 힘입어 독자들은 어느새 '사요나라 바'에 앉아 삶의 진한 페이소스로 혼합한 위스키 한 잔을 맛보는 듯한 착각에 빠질 것이다.

수잔 바커 지음 / 값 14,800원

북경의 세 딸

소리 없이 찾아드는 대반점의 밤

이 소설은 거대한 중국 본토에 피의 강을 범람케 했던 '문화대혁명'의 물결 속에서 영혼의 갈등을 겪는 한 가족의 이야기다. 상하이 최고 대반점의 여주인으로 언제 무너질지 모르는 아슬아슬한 삶을 사는 어머니와, 조국의 부름과 자유 사이에서 번뇌하는 세 딸들… 온갖 영화의 시기를 구름처럼 흘려보내고 대혁명의 습격으로 인해 문을 닫게 되는 대반점과 양 마담의 비참한 최후는, 인간이 역사에게가 아니라, 역사가 인간에게 가져야 할 도의적 책임은 무엇인가라는 엄중한 물음을 던지고 있다.

펄 S. 벅 지음 / 값 14,000원

사탄은 잠들지 않는다

장개석과 모택동의 내전으로 넓은 중국 대륙이 온통 피로 물들던 시대, 두 명의 아일랜드인 신부가 중국 광동성의 시골 마을에 갇히고 만다.
강인한 신의 사자이자 인간적 위트로 넘치는 피치본 대신부와, 무한한 애정 속에서 영혼의 치료사로 거듭나는 젊은 신부 오배논, 그리고 오배논에 대한 금지된 사랑으로 가슴 아파하는 아름다운 소녀 수란과 부모에게 버림받았다는 상처 속에서 삐뚤어진 공산당원이 되는 호산……
이 네 사람 사이에 벌어지는 사랑에 대한 숭고하고도 슬픈 이 대서사시는, 수많은 극적인 사건이 숨겨진 한 편의 연극처럼, 읽는 이를 거대한 감정의 파도 속으로 몰고 간다.

펄 S. 벅 지음 / 값 9,800원

골든혼의 여인

황금빛 물결 속에 피어난 인연의 꽃

이스탄불에 석양이 질 무렵 황금빛 물결을 출렁이는 골든혼.
그곳에서 운명 지어진 아시아데와 존 롤랜드, 그리고 망명지에서의 새로운 연인 하싸. 어디로 흐를지 알 수 없는 세 남녀의 조국, 미래, 사랑의 물결을 따라 새 희망을 꿈꾸며 떠나는 인생 항로의 여정…….

쿠르반 사이드 지음 / 값 12,900원

열두 가지 이야기

삶을 어루만지는 모성적 따뜻함의 정수(精髓)

일상적 소재에서 신선한 감동과 삶을 이끌어낸 펄 벅의 열두 가지 단편이 담겨있다. 단절과 소외, 의혹과 불안의 시대를 살아가는 현대인의 가슴속에 따뜻한 온기를 불어넣어 삶에 대한 긍정적인 감정을 일깨워주는 작품.

펄 S. 벅 지음 / 값 12,900원

만다라

**리얼한 구성과 섬세한 내면 묘사
인도의 근현대사 안에서 펼쳐지는 대서사 로망스!**

《대지》, 《북경의 세 딸》 등을 통해 전통과 현대가 충돌하는 지점에서 역동적으로 삶을 헤쳐 나가는 인물들을 보여주었던 펄 벅이 또 한 번 따뜻한 리얼리스트로 돌아왔다. 《만다라》는 그녀의 완숙한 통찰력이 돋보이는 후기작으로, 인도의 격동기를 살아가는 네 주인공의 인생과 사랑, 갈등과 번민을 그린다. 왕족의 권위를 벗어던지고 시대정신에 따르려는 라지푸트족의 위대한 왕 자가트, 체제순응자인 고결한 왕비 모티, 정체성을 찾아 방랑하다 오래된 나라 인도를 찾아온 미국여자 부룩 그리고 가난한 소수민족에게 영적 자비와 실질적 도움을 주려 애쓰는 영국인 신부 폴 등을 통해 시대와의 불화와 극복, 인종과 신분을 뛰어넘은 세기의 사랑, 주변국과의 전쟁과 영토분쟁의 현실, 환생으로 이어지는 인간의 끈질긴 관계 등을 생생히 보여준다.

펄 S. 벅 지음 / 값 12,000원

카불미용학교

눈물과 웃음, 그것이 우리들의 신입니다

아프간 여인들의 삶 속으로 들어간 데보라 로드리게즈의 다큐멘터리 기록 《카불미용학교》는 전쟁의 그늘 속에서 재기를 꿈꾸는 아프간 여성들을 위해 건설된 미용학교에서 벌어진 일들을 그린 논픽션 작품이다. 애절한 사랑을 가슴에 묻고 계약과 다름없는 결혼을 해야 했던 로산나, 그 외에도 미용학교 수업을 듣기 위해 탈레반 남편의 잔인한 폭력에 맞서야 했던 수많은 아내들처럼, 이 미용학교는 가슴 아픈 사연을 한 자락씩 품은 여성들의 이야기로 넘쳐흐른다. 이들은 미용기술과 더불어 우정, 그리고 자유가 무엇인지를 배워나가는 동시에, 전쟁의 포화 속에서도 인간적 삶을 놓치지 않으려 했던 아프간 사람들의 역사를 눈물과 웃음으로 털어놓는다.

데보라 로드리게즈 지음 / 값 10,000원

Miss 디거의 황금 사냥

부유한 왕자님을 만나고 싶은가? 그렇다면 당신은 먼저 공주가 되어야 한다! 결과가 존재를 규명하는 것이 아니라, 존재가 결과를 불러온다. 공주처럼 생각하고 공주처럼 행동하고 공주처럼 존재하라! 이 책은 저자의 수많은 시행착오와 심리학적인 고찰을 통해 부유한 남자들의 본질을 해부하고, 그 위에 당당한 여성만의 깃발을 꽂았다. 생생한 에피소드와 저자 특유의 재치 있는 입담, 명쾌한 해법은, 저자가 직접 실천해서 성공한 '공주의 공식'과 '공주의 법칙'을 살아있는 것으로 만들고, 당신이 이를 적용하느냐 안하느냐에 따라 관계의 재앙을 불러오거나, 관계의 열매를 맺을 수도 있다는 저자의 주장에 강한 힘을 실어준다.

도나 스팽글러 지음 / 값 9,800원

새해

남편의 숨겨진 아이를 찾아 떠나는 길고 긴 여행

이 책의 이야기는 단순하지만 가혹한 질문에서 시작된다. '만일 당신의 남편에게 숨겨진 아이가 있다면 당신은 어떻게 하겠는가?' 어느 날 사랑하는 남편과 평온한 생활을 꾸려오던 로라의 집에 편지 한 통이 도착한다. '그리운 아버지께'로 시작하는 편지는 평온했던 로라의 행복을 송두리째 앗아간다. 배신감을 느끼면서도 남편을 사랑할 수밖에 없는 로라는 남편의 숨겨진 아이를 만나기 위해 긴 여행을 떠나고, 고통 끝에 그 아이를 자신의 세계로 받아들임으로써, 인간의 삶은 노력을 통해서는 결코 완벽해질 수 없으며, 상실과 슬픔을 메울 수 있는 것은 결국 또 다른 사랑뿐이라는 오래된 진실을 들려준다.

펄 S. 벅 지음 / 값 9,500원

펄 벅 시리즈

노벨문학수상작가
펄 벅이 돌아오다!

따뜻한 사랑과 화해를 향한 갈구, 역사와 인간에 대한 깊이 있는 시선으로
20세기의 고전을 빚어낸 "꿈의 스토리텔러 펄 벅"

기쁨과 슬픔을 집대성한 인류역사 소설
성서 이야기
704쪽 | 값 18,000원

꽃과 칼날의 여인, 서태후!
연인 서태후
604쪽 | 값 16,000원

소리 없이 찾아드는 대반전의 밤
북경의 세 딸
380쪽 | 값 14,000원

새해
288쪽 | 값 9,500원

여자의 눈물은 사탄이 소유한 최고의 무기
사탄은 잠들지 않는다
252쪽 | 값 9,800원

삶을 어루만지는 모성적 따뜻함의 정수(精髓)
열두 가지 이야기
380쪽 | 값 12,900원

가늠할 수 없는 억겁의 사랑 그리고 꿈
만다라
448쪽 | 값 12,000원

피오니
496쪽 | 값 13,500원

2012년까지 펄 벅의 전집(총 26권)이 도서출판 길산에서 출간됩니다.

펄벅문화원 Pearl S. Buck Literary Institute

● 〈피오니〉를 보는 시선

100여 년 전 중국의 모습을 마치 곁에서 보는 것처럼 생생하게 전달하는 소설, 〈피오니〉! 독자들은 펄 벅의 여느 중국 소설에서처럼 살아 숨 쉬는 장면들과 에피소드, 캐릭터, 그리고 다채로운 세부 묘사를 만날 수 있을 것이다.

- 〈뉴욕 헤럴드 트리뷴〉

펄 벅은 소설 〈피오니〉에서 중국인과 유대인 사이의 타고난 기질 차이로 비롯된 갈등을 사려 깊은 이해와 심원한 지혜를 동원해 섬세하고 정교하게 그려나간다. ······이 매혹적인 이야기의 주제는 관용이다. 적극 추천한다.

- 〈라이브러리 저널〉

펄 S. 벅 1892~1973

인간의 삶과 숙명적 굴레를 리얼리즘 서사로 길어올린 작가 펄 벅은 미국 웨스트버지니아에서 태어났다. 생후 3개월 만에 장로교 선교사인 아버지를 따라 중국으로 건너간 그녀는 어머니와 중국인 왕王 노파의 보살핌 속에서 영어와 중국어를 동시에 깨우치며 동서양의 감수성을 자연스럽게 체득한다. 이후 미국의 랜돌프 메이컨 대학교를 우수한 성적으로 졸업한 뒤 다시 중국으로 돌아와 남경대학교의 교수가 되었다.

1917년 농업기술박사인 존 로싱 벅과 중국에서 결혼하여 정신지체인 딸 캐롤을 낳았는데, 그 딸에 대한 깊은 죄의식과 연민의 감정은 창작에 커다란 동기가 되었다. 《대지大地》(1931)로 1938년 미국 여류작가로는 처음으로 노벨문학상을 수상했다.

1967년 한국 경기도 부천 소사에 전쟁고아와 혼혈아동을 위한 복지시설인 '소사 희망원'을 건립하였다. 이를 모태로 2006년 펄 벅 기념관이 부천시에 개관되었다.

옮긴이 이 지 오

한국외국어대학교 철학과를 졸업하고,
뉴욕 School of Visual Arts에서 영화를 전공하였다.
현재는 단편영화 감독 겸 전문번역가로 활동 중이다.

역서
《6월 26일 하멜른》,
《열두 가지 이야기》, 《친척》,
《생생자연사박물관 전8권》, 《정글북》

피오니 / 펄 S. 벅 ; 이지오 옮김. 고양 : 길산, 2009

496P. ; 125×187mm

영어서명 : PEONY
원저자명 : Buck, Pearl Sydenstricker
ISBN 978-89-91291-17-1 03820 : 13500

843-KDC4 813.52-DDC21 CIP2009001987